Omniscient Reader's Viewpoint

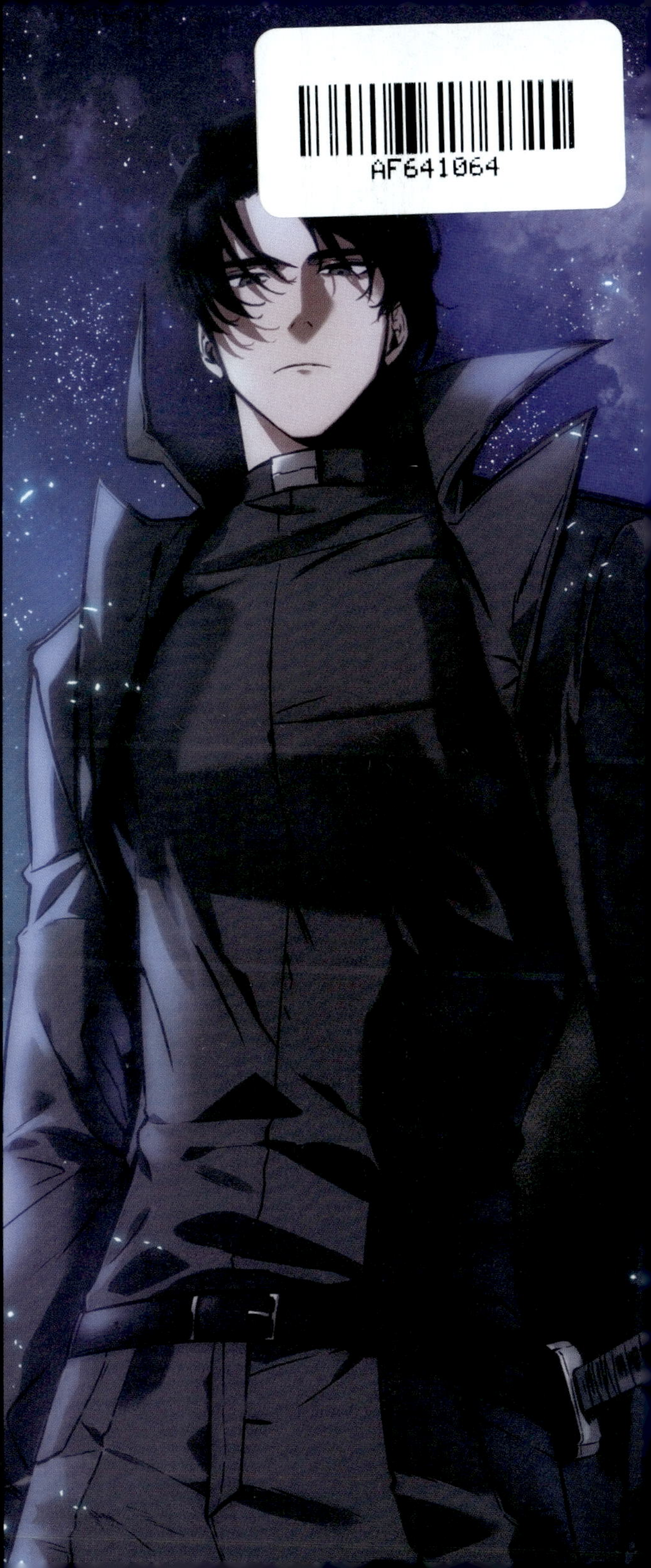

ADAPTION UMI(REDICE STUDIO)
STORY singNsong
ART Sleepy-C(3B2S STUDIO)

OMNISCIENT READER'S VIEWPOINT

INHALTSVERZEICHNIS

CHARAKTERE

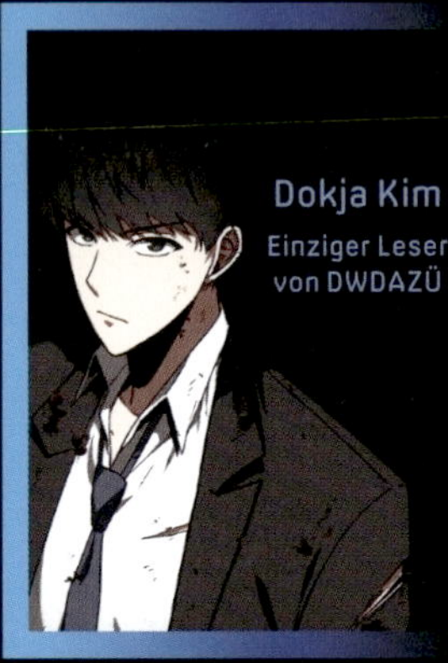
Dokja Kim
Einziger Leser
von DWDAZÜ

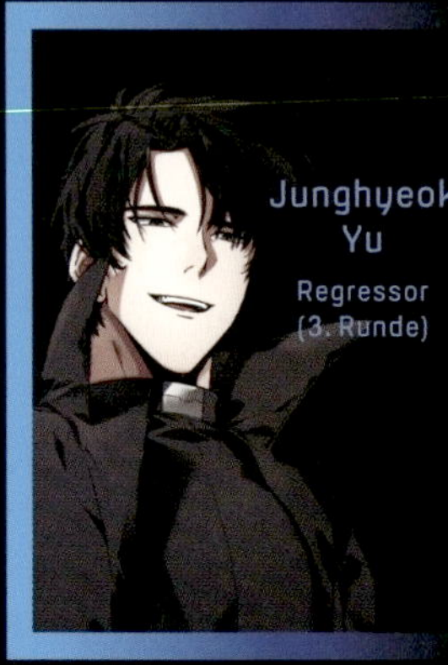
Junghyeok
Yu
Regressor
(3. Runde)

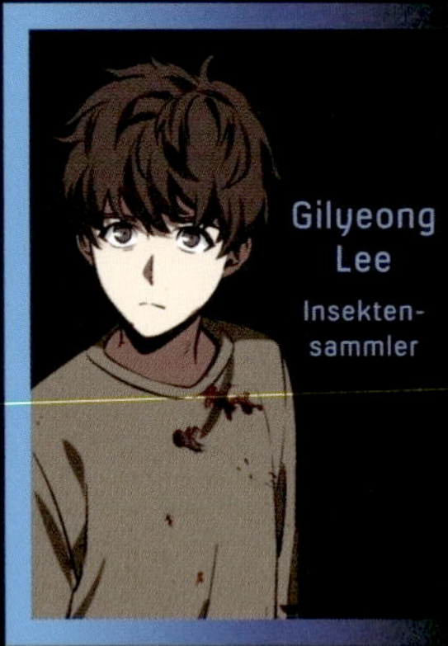
Gilyeong
Lee
Insekten-
sammler

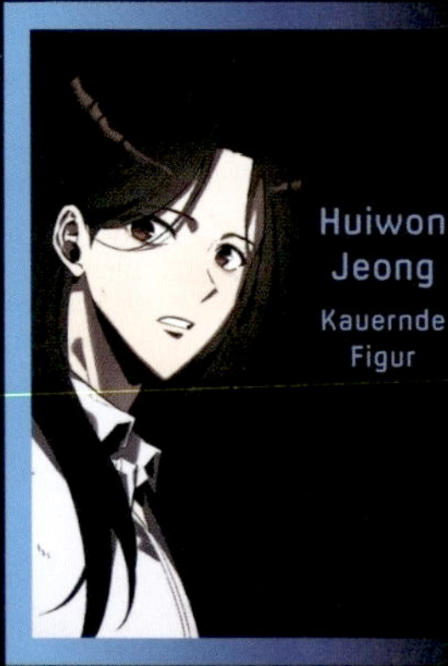
Huiwon
Jeong
Kauernde
Figur

EP. 02

Die Hauptfigur

EP.0

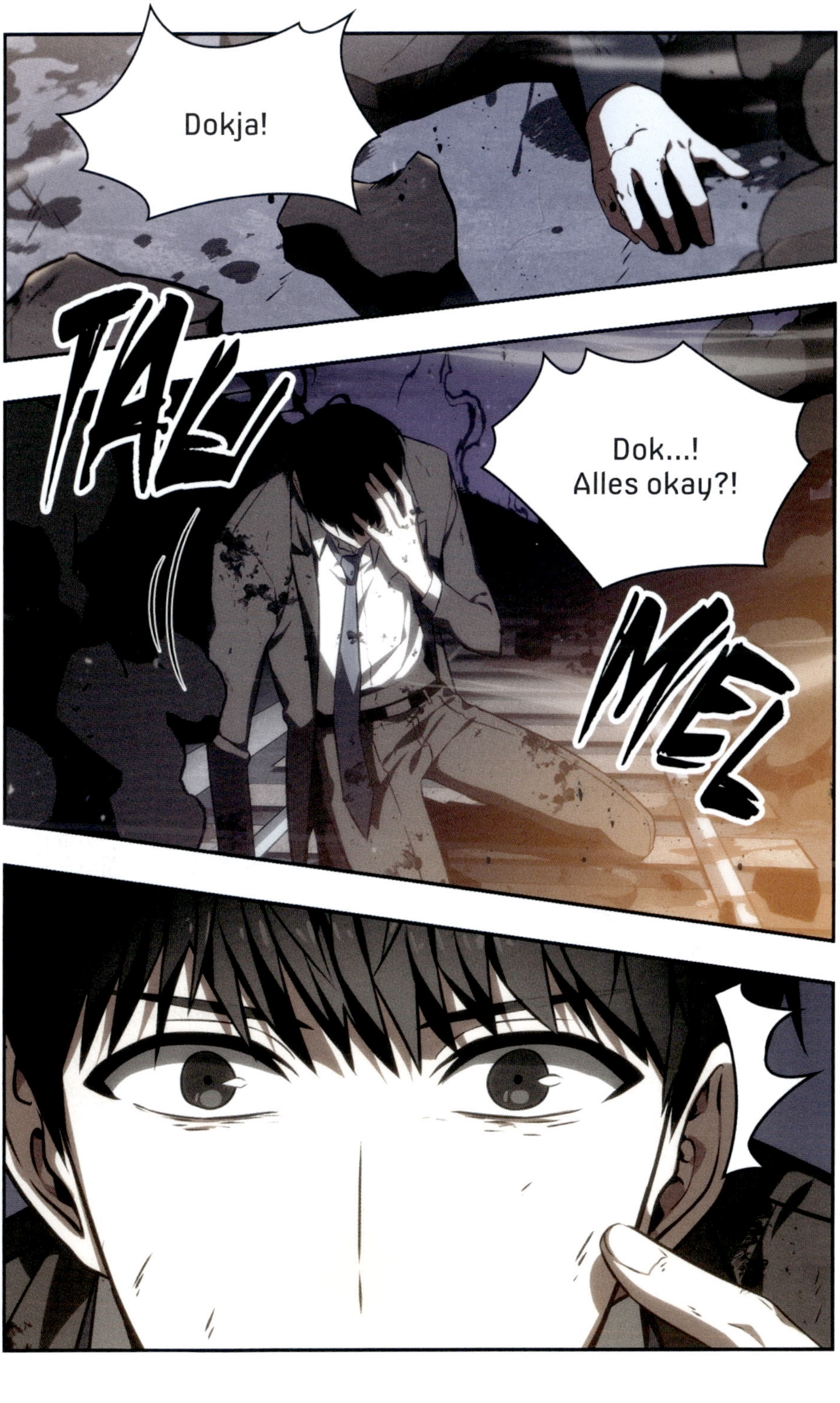
Dokja!
TAU
Dok…!
Alles okay?!
MEL

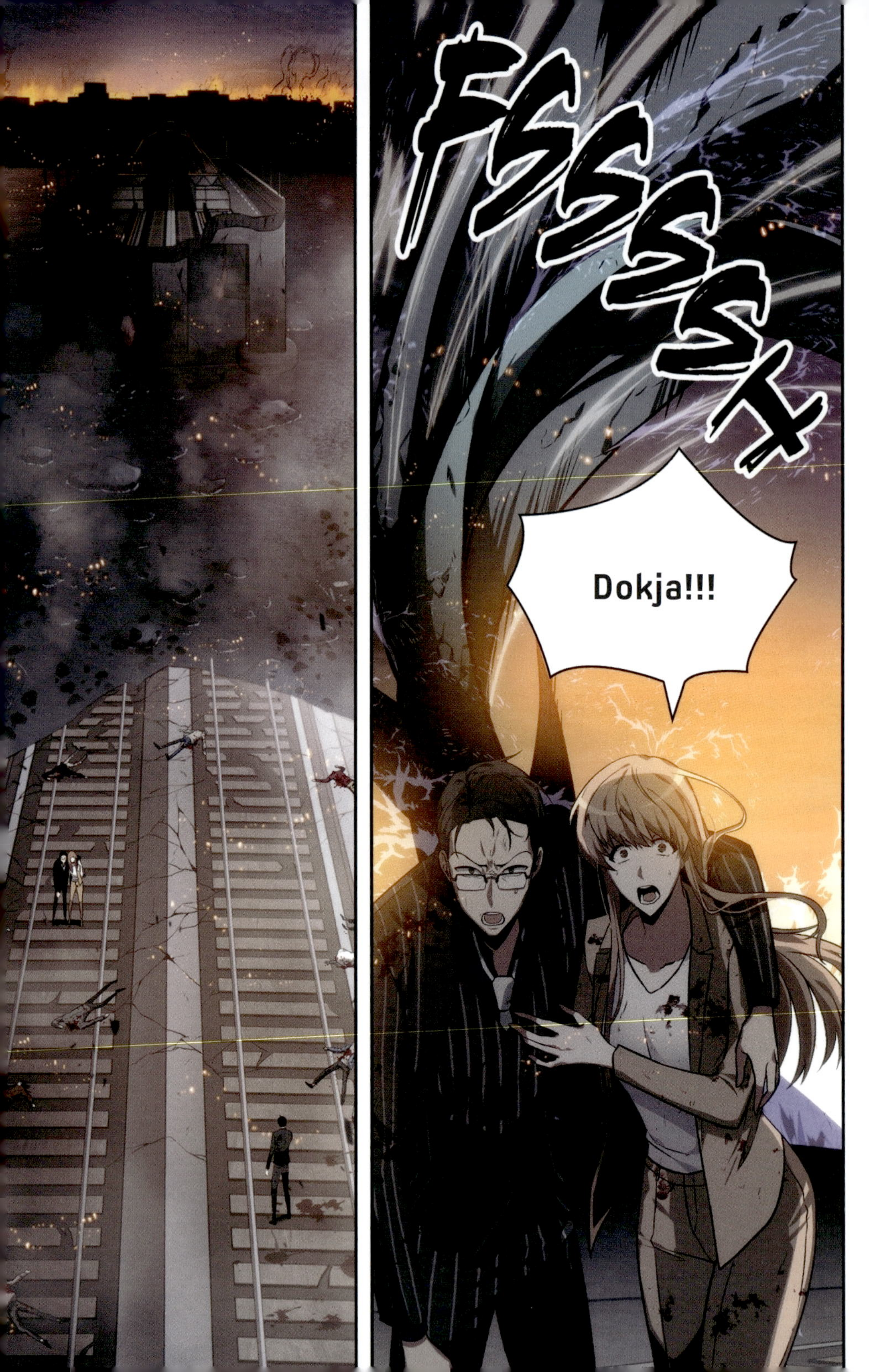
FSSSSHT
Dokja!!!

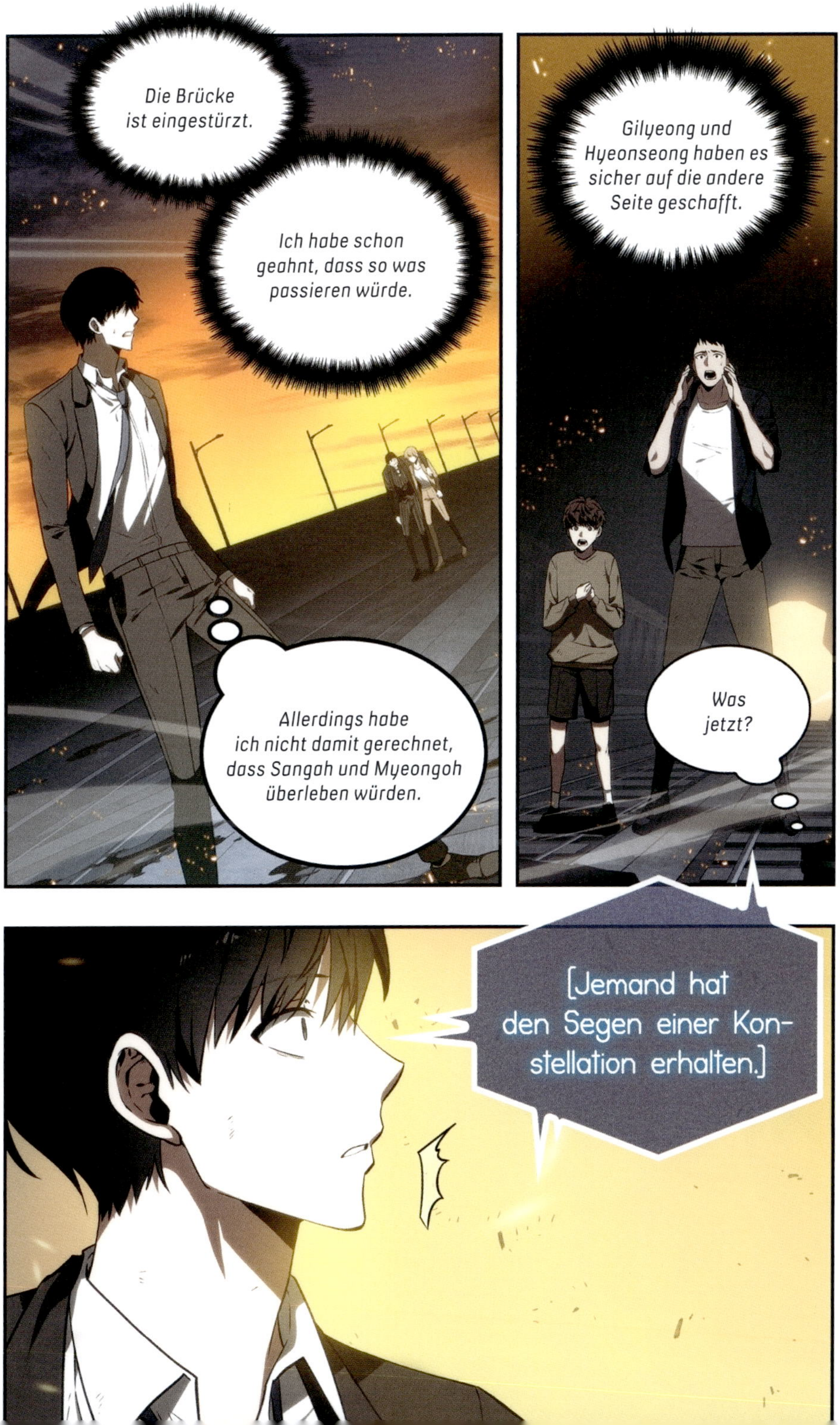
Die Brücke ist eingestürzt.
Ich habe schon geahnt, dass so was passieren würde.
Allerdings habe ich nicht damit gerechnet, dass Sangah und Myeongoh überleben würden.
Gilyeong und Hyeonseong haben es sicher auf die andere Seite geschafft.
Was jetzt?
[Jemand hat den Segen einer Konstellation erhalten.]

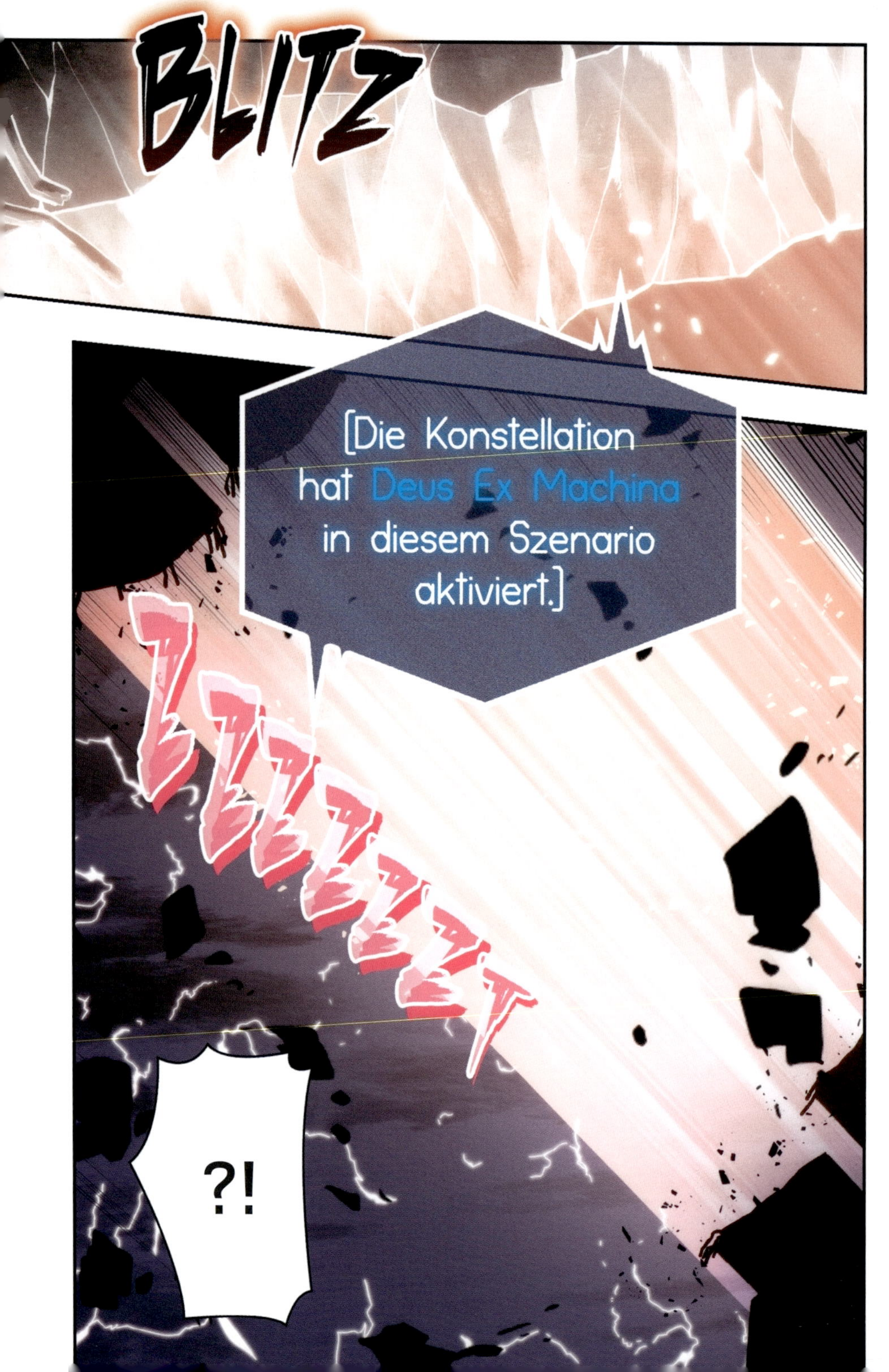
BLITZ
[Die Konstellation hat Deus Ex Machina in diesem Szenario aktiviert.]
ZZZZZZZT
?!

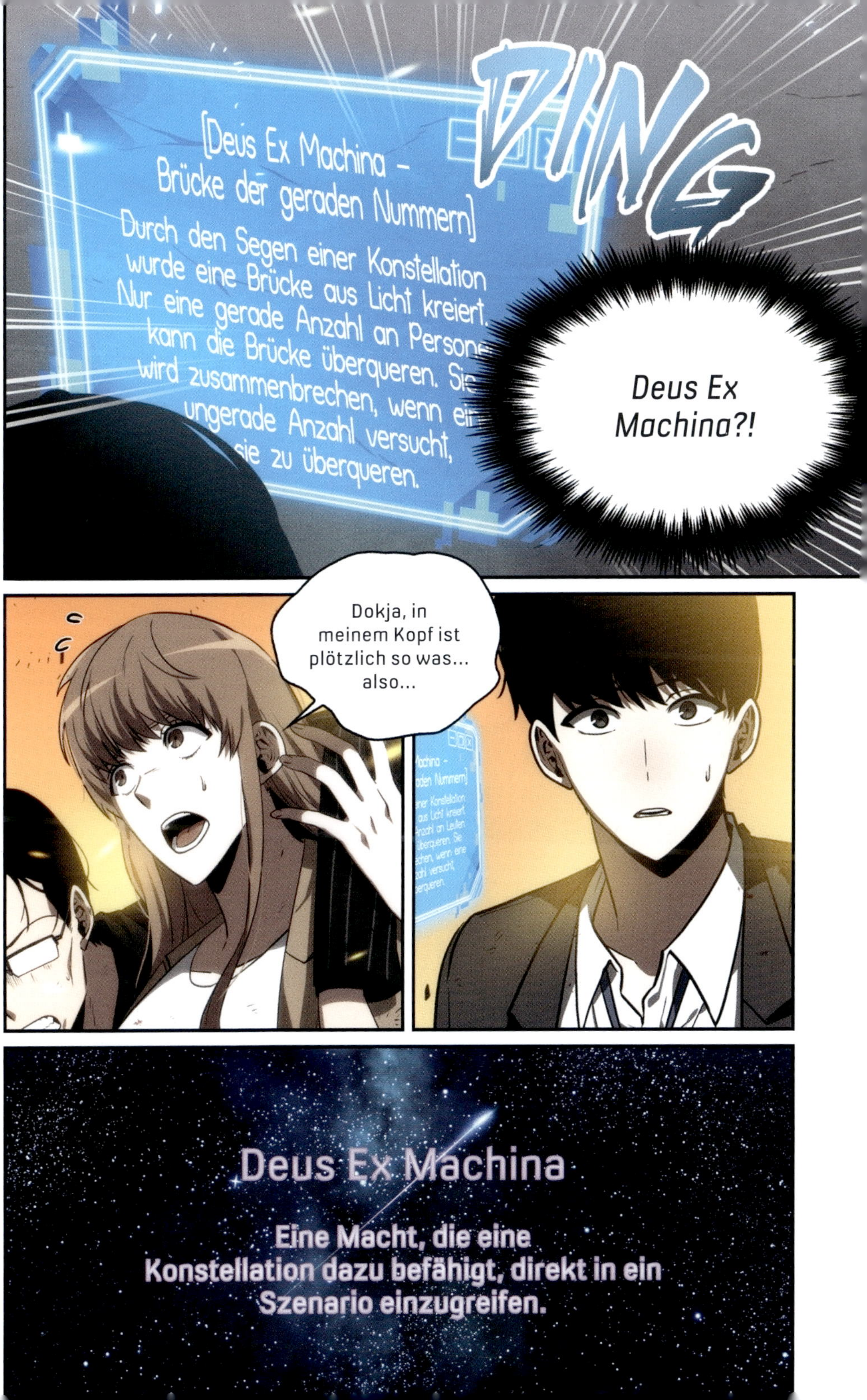

DING
[Deus Ex Machina – Brücke der geraden Nummern]
Durch den Segen einer Konstellation wurde eine Brücke aus Licht kreiert. Nur eine gerade Anzahl an Persone kann die Brücke überqueren. Sie wird zusammenbrechen, wenn ein ungerade Anzahl versucht, sie zu überqueren.
Deus Ex Machina?!
Dokja, in meinem Kopf ist plötzlich so was... also...
Deus Ex Machina
Eine Macht, die eine Konstellation dazu befähigt, direkt in ein Szenario einzugreifen.

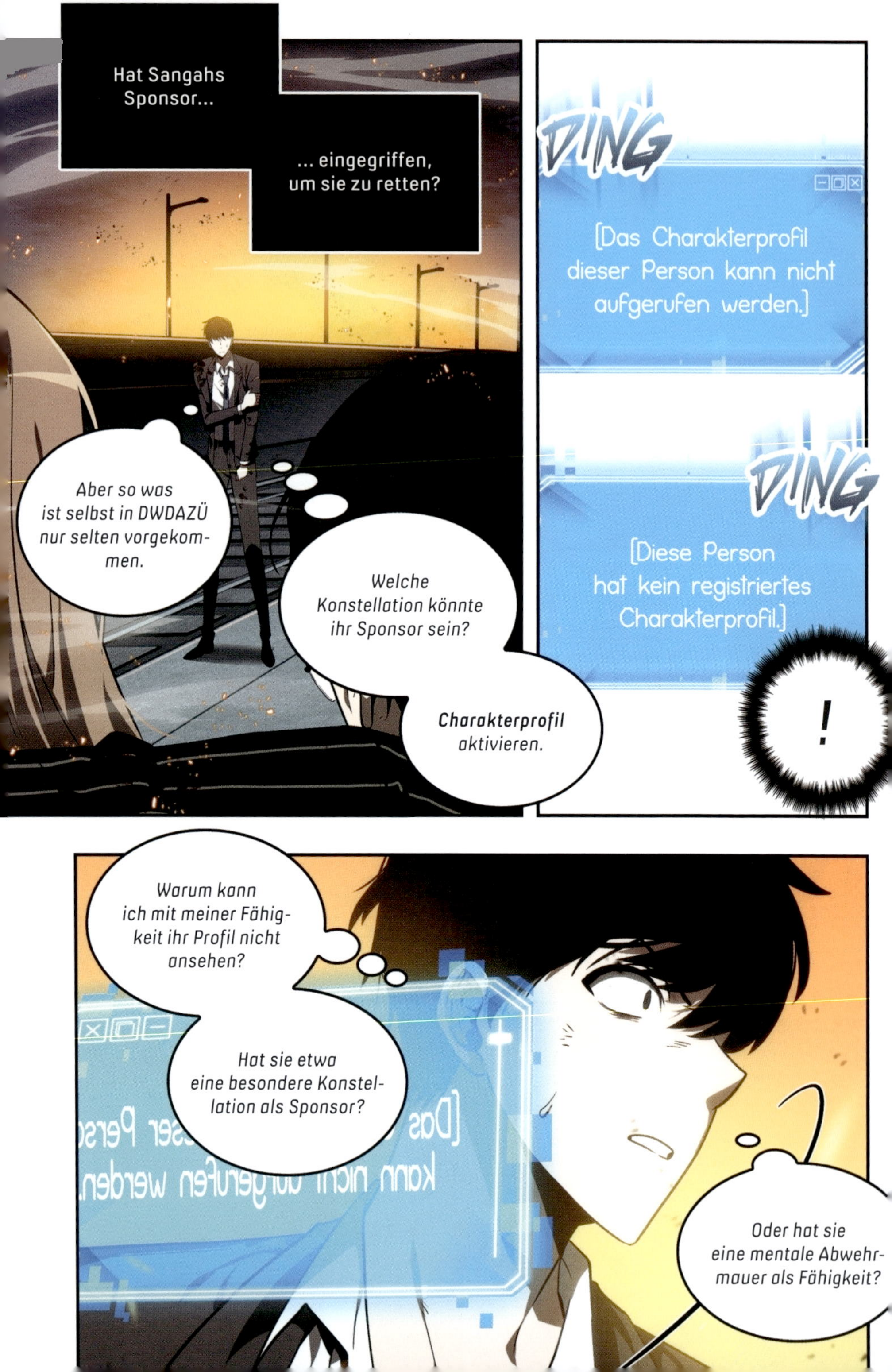
Hat Sangahs Sponsor...
... eingegriffen, um sie zu retten?
Aber so was ist selbst in DWDAZÜ nur selten vorgekommen.
Welche Konstellation könnte ihr Sponsor sein?
Charakterprofil aktivieren.
DING
[Das Charakterprofil dieser Person kann nicht aufgerufen werden.]
DING
[Diese Person hat kein registriertes Charakterprofil.]
!
Warum kann ich mit meiner Fähigkeit ihr Profil nicht ansehen?
Hat sie etwa eine besondere Konstellation als Sponsor?
Oder hat sie eine mentale Abwehrmauer als Fähigkeit?

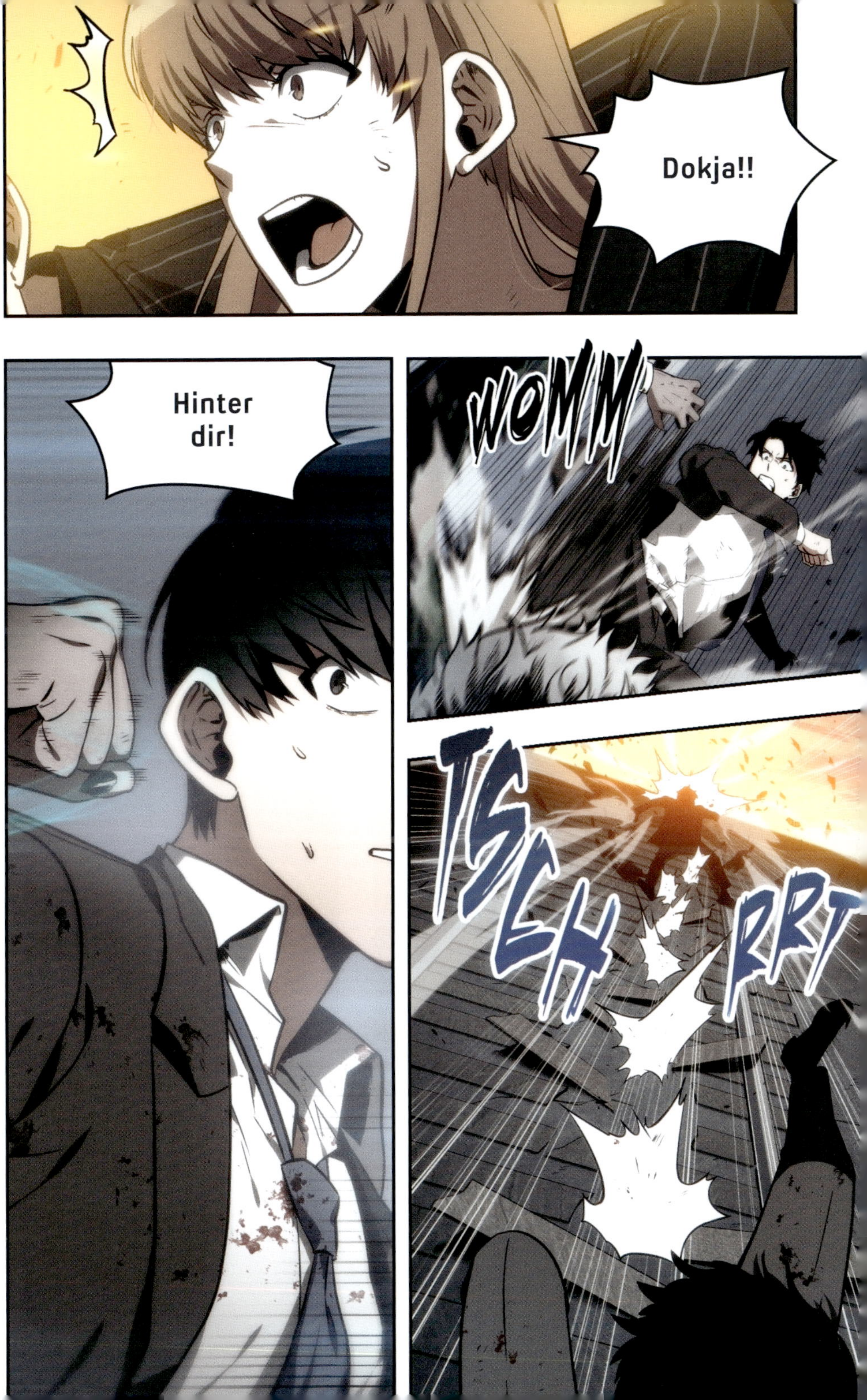
Dokja!!
Hinter dir!
WOMM
TSCH RRT

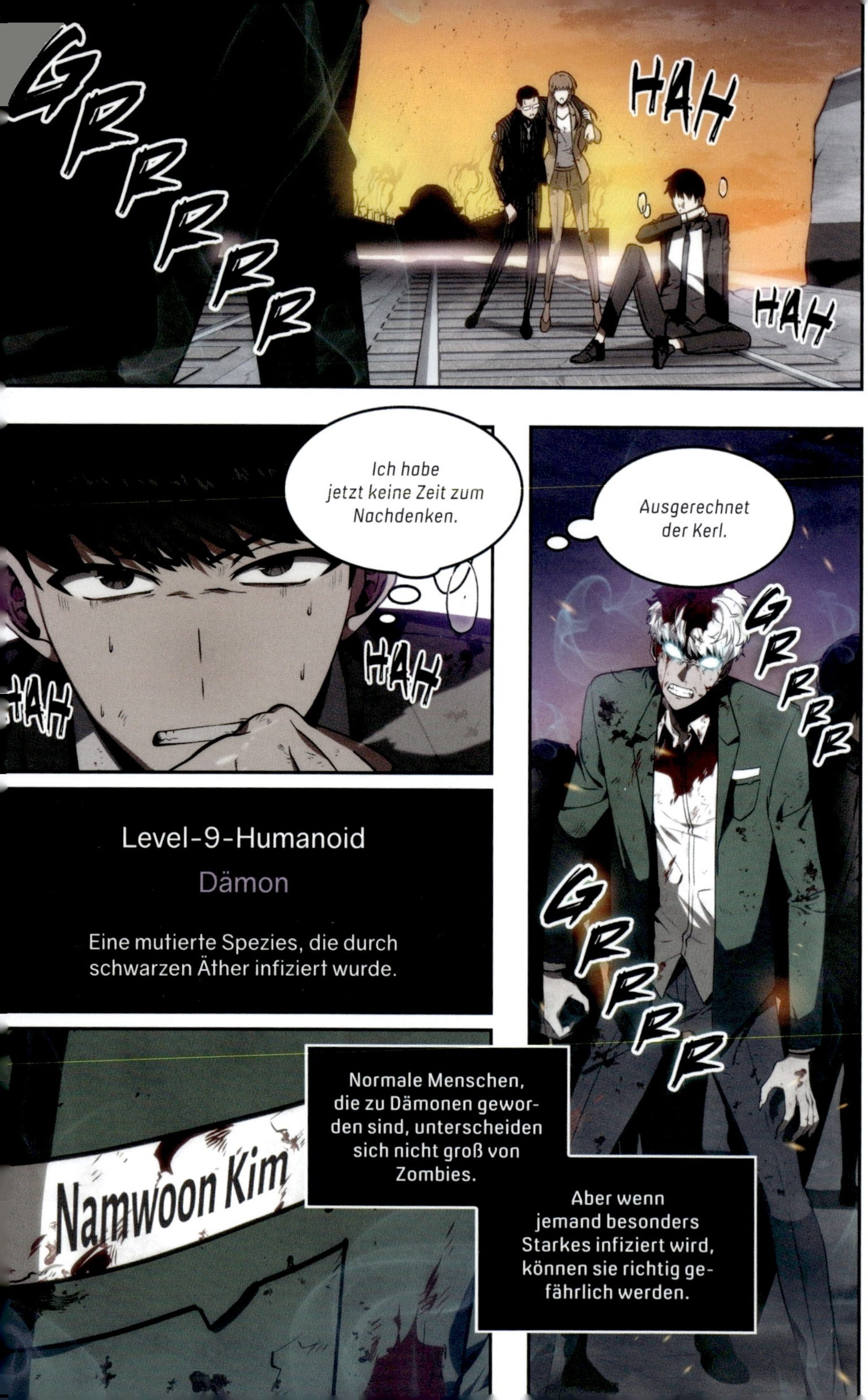
GRRRRRR
HAH
HAH
Ich habe jetzt keine Zeit zum Nachdenken.
HAH
HAH
Level-9-Humanoid
Dämon
Eine mutierte Spezies, die durch schwarzen Äther infiziert wurde.
Ausgerechnet der Kerl.
GRRRR
GRRRR
Namwoon Kim
Normale Menschen, die zu Dämonen geworden sind, unterscheiden sich nicht groß von Zombies.
Aber wenn jemand besonders Starkes infiziert wird, können sie richtig gefährlich werden.

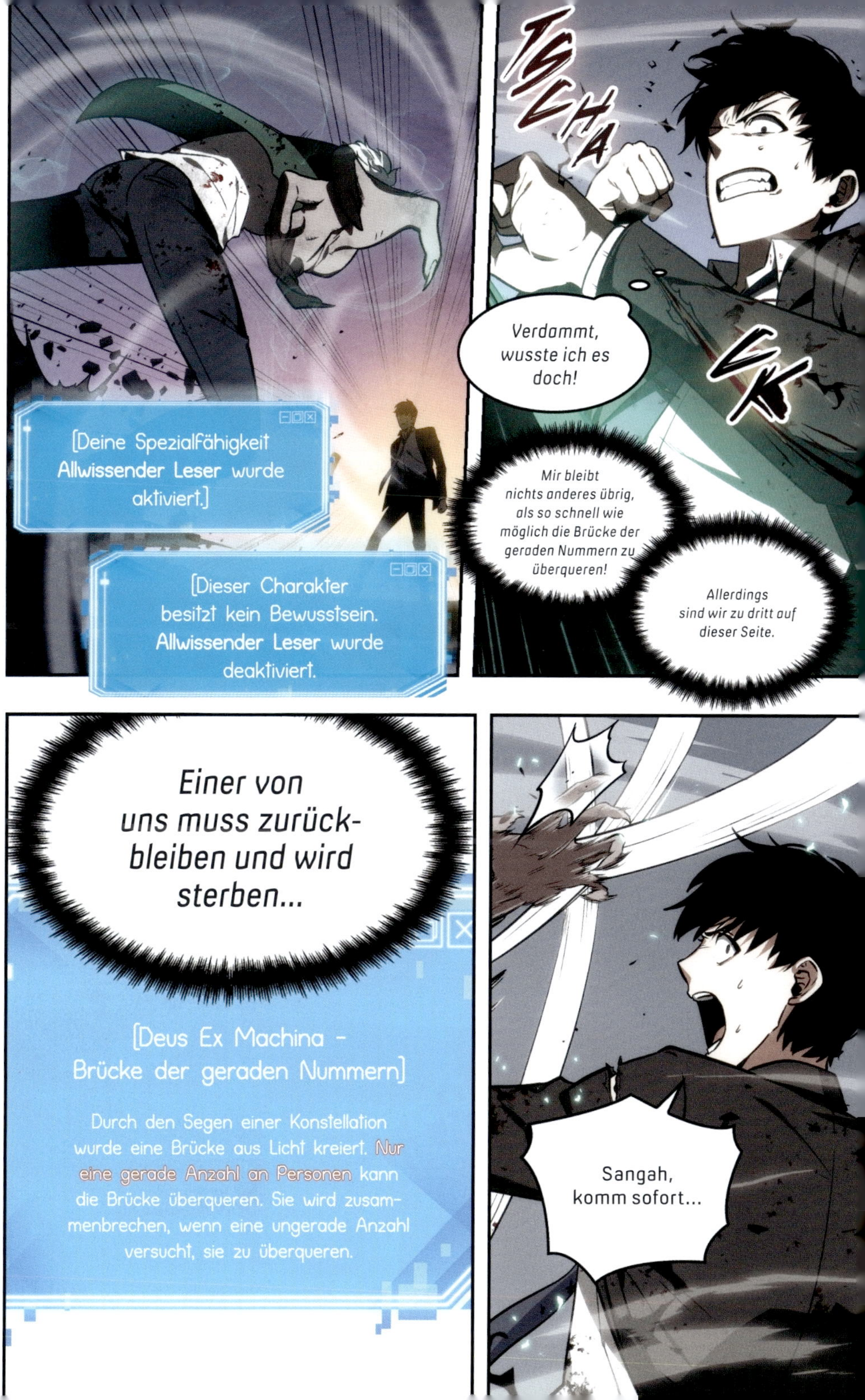
[Deine Spezialfähigkeit Allwissender Leser wurde aktiviert.]
[Dieser Charakter besitzt kein Bewusstsein. Allwissender Leser wurde deaktiviert.
TSCHA
Verdammt, wusste ich es doch!
LK
Mir bleibt nichts anderes übrig, als so schnell wie möglich die Brücke der geraden Nummern zu überqueren!
Allerdings sind wir zu dritt auf dieser Seite.
Einer von uns muss zurückbleiben und wird sterben...
[Deus Ex Machina - Brücke der geraden Nummern]
Durch den Segen einer Konstellation wurde eine Brücke aus Licht kreiert. Nur eine gerade Anzahl an Personen kann die Brücke überqueren. Sie wird zusammenbrechen, wenn eine ungerade Anzahl versucht, sie zu überqueren.
Sangah, komm sofort...

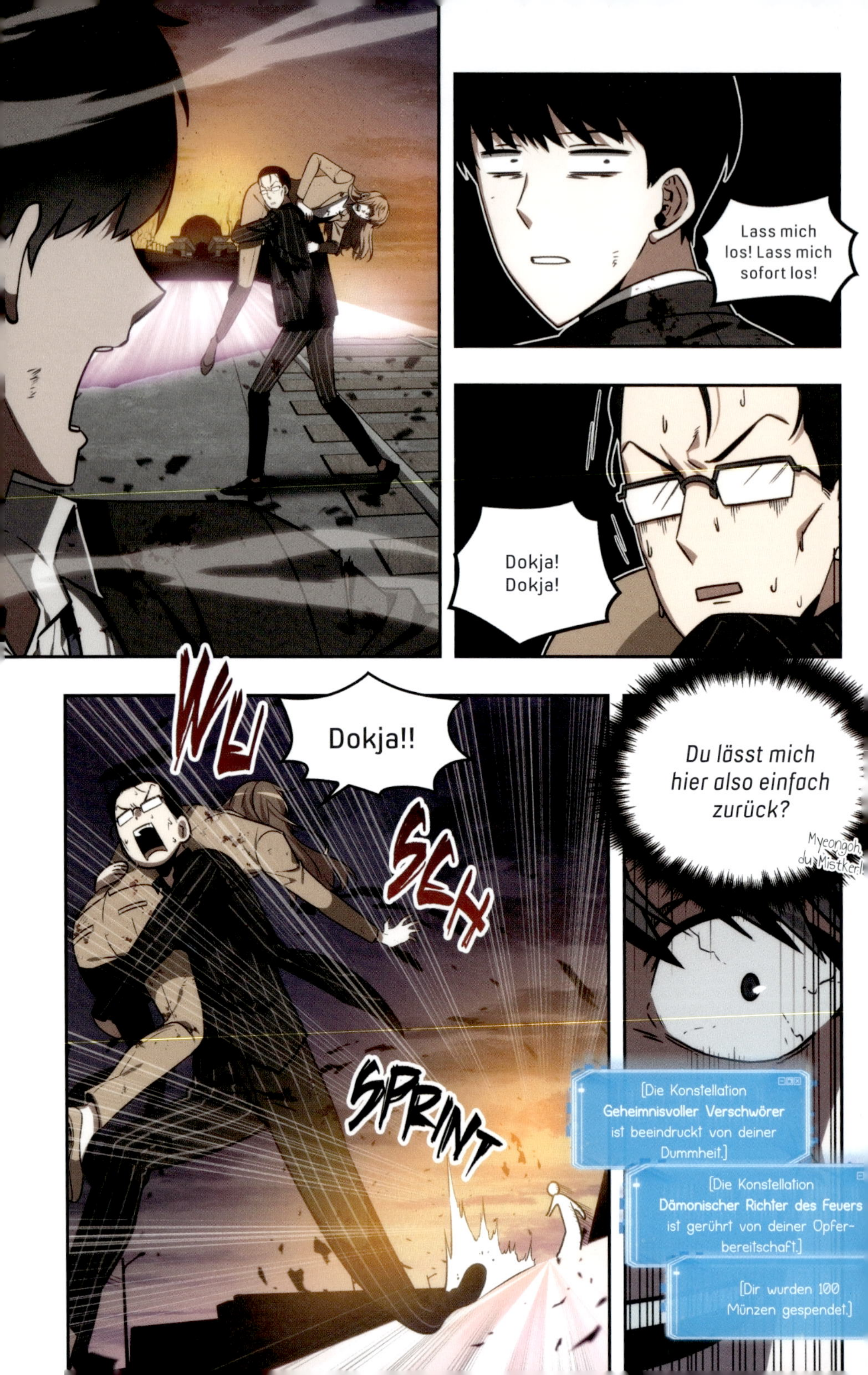

Lass mich los! Lass mich sofort los!
Dokja! Dokja!
WUSCH
Dokja!!
Du lässt mich hier also einfach zurück?
Myeongoh, du Mistkerl!
SPRINT
[Die Konstellation Geheimnisvoller Verschwörer ist beeindruckt von deiner Dummheit.]
[Die Konstellation Dämonischer Richter des Feuers ist gerührt von deiner Opferbereitschaft.]
[Dir wurden 100 Münzen gespendet.]

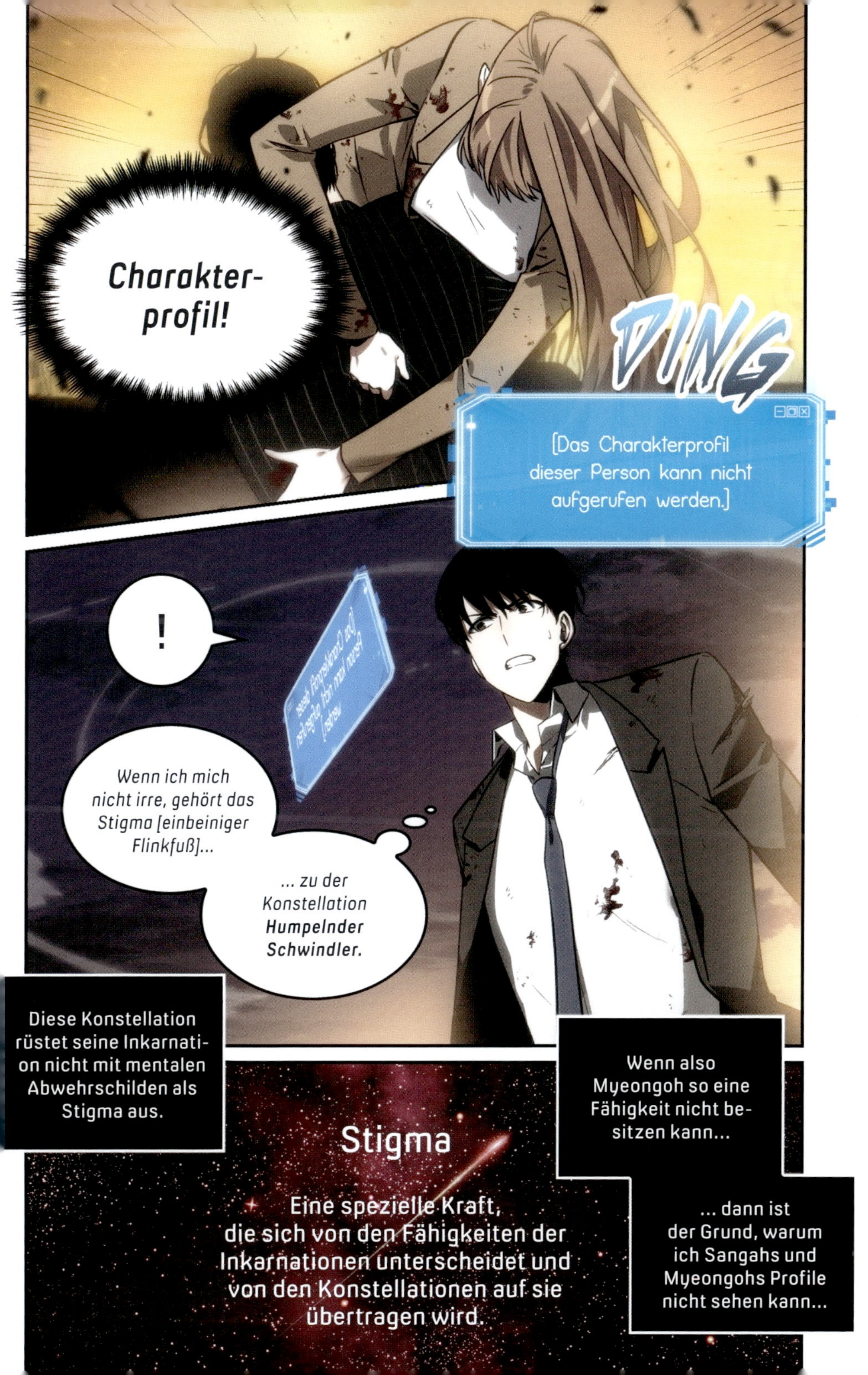
Charakter-
profil!
DING
[Das Charakterprofil
dieser Person kann nicht
aufgerufen werden.]
!
Wenn ich mich
nicht irre, gehört das
Stigma [einbeiniger
Flinkfuß]...
... zu der
Konstellation
**Humpelnder
Schwindler.**
Diese Konstellation
rüstet seine Inkarnati-
on nicht mit mentalen
Abwehrschilden als
Stigma aus.
Wenn also
Myeongoh so eine
Fähigkeit nicht be-
sitzen kann...
Stigma
Eine spezielle Kraft,
die sich von den Fähigkeiten der
Inkarnationen unterscheidet und
von den Konstellationen auf sie
übertragen wird.
... dann ist
der Grund, warum
ich Sangahs und
Myeongohs Profile
nicht sehen kann...

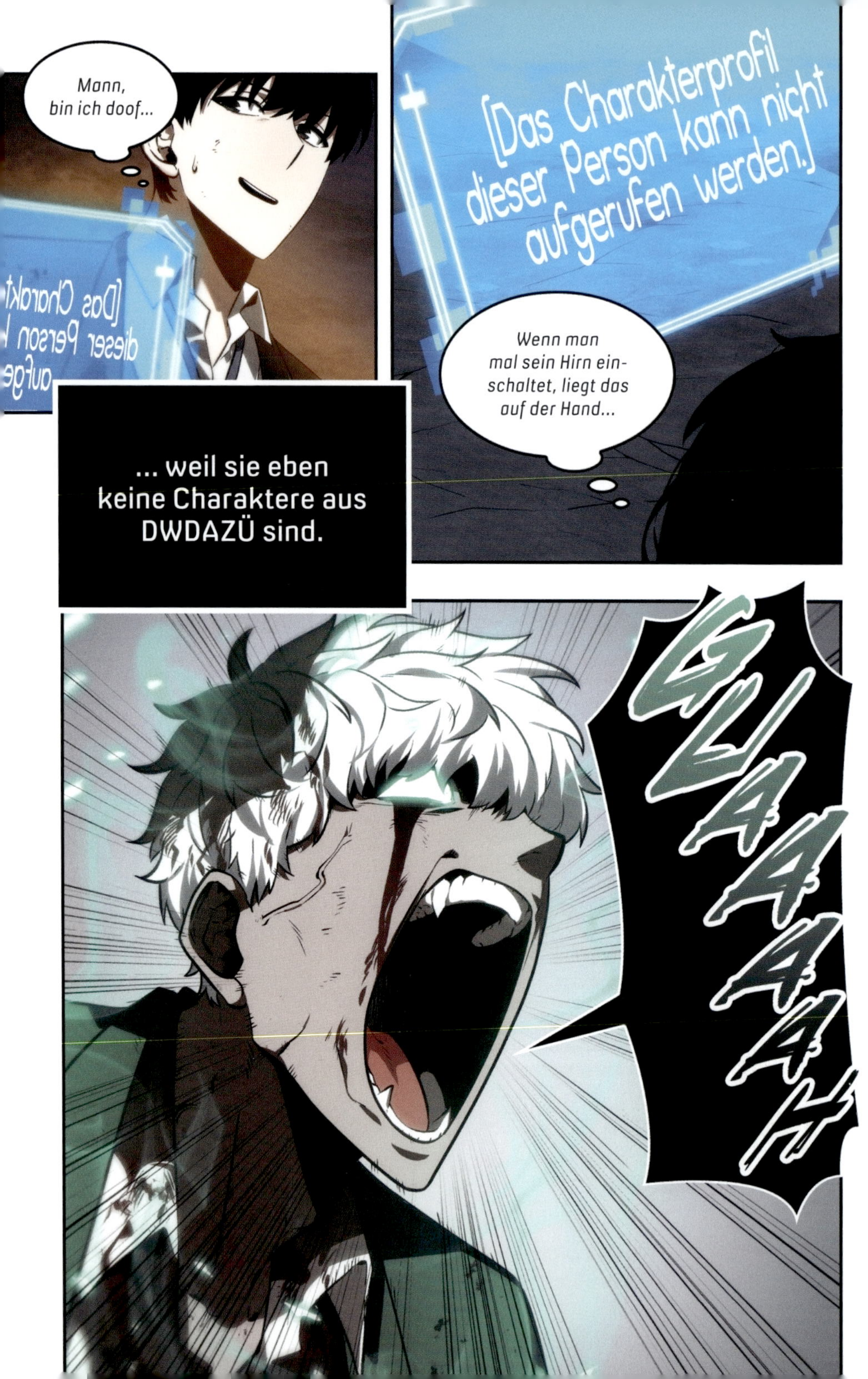
Mann,
bin ich doof ...
[Das Charakterprofil dieser Person kann nicht aufgerufen werden.]
Wenn man mal sein Hirn ein-schaltet, liegt das auf der Hand ...
... weil sie eben keine Charaktere aus DWDAZÜ sind.
GUAAAAH

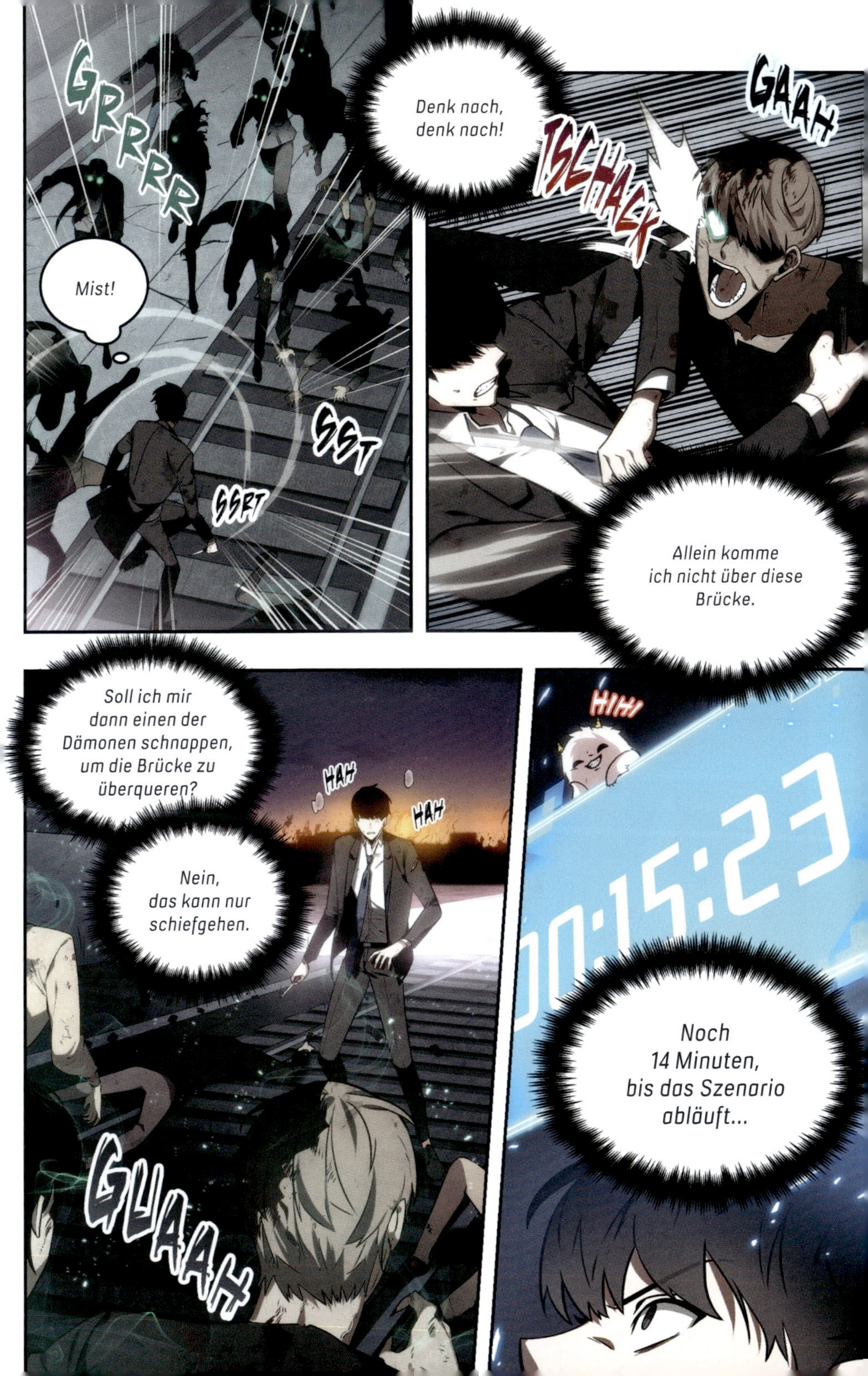
GRRRRR
Mist!
SST
SSRT
Denk nach,
denk nach!
GAAH
TSCHACK
Allein komme
ich nicht über diese
Brücke.
Soll ich mir
dann einen der
Dämonen schnappen,
um die Brücke zu
überqueren?
HAH
HAH
Nein,
das kann nur
schiefgehen.
GUAAAH
HIHI
00:15:23
Noch
14 Minuten,
bis das Szenario
abläuft...

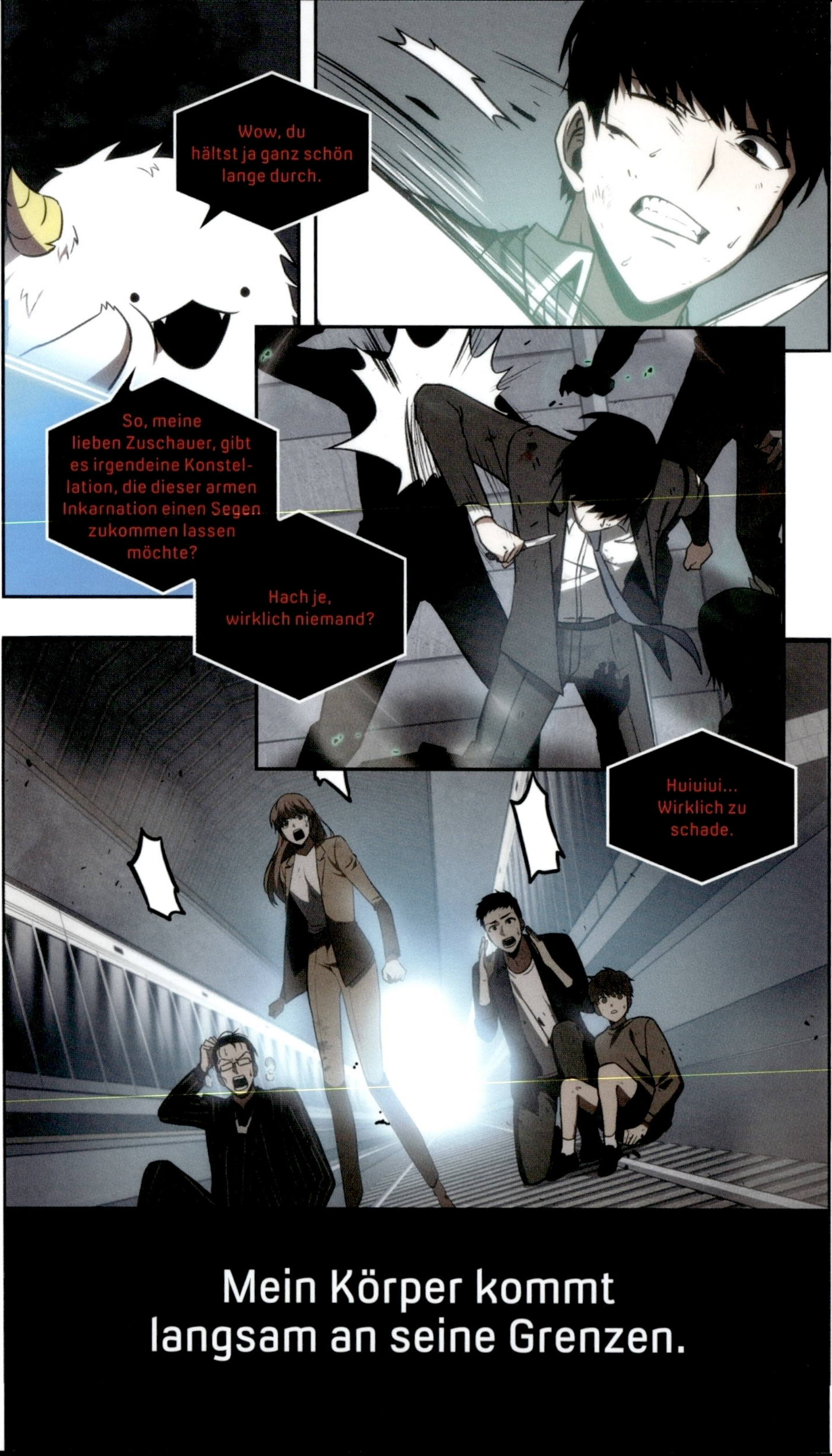
Wow, du hältst ja ganz schön lange durch.
So, meine lieben Zuschauer, gibt es irgendeine Konstel-lation, die dieser armen Inkarnation einen Segen zukommen lassen möchte?
Hach je, wirklich niemand?
Huiuiui... Wirklich zu schade.
Mein Körper kommt langsam an seine Grenzen.

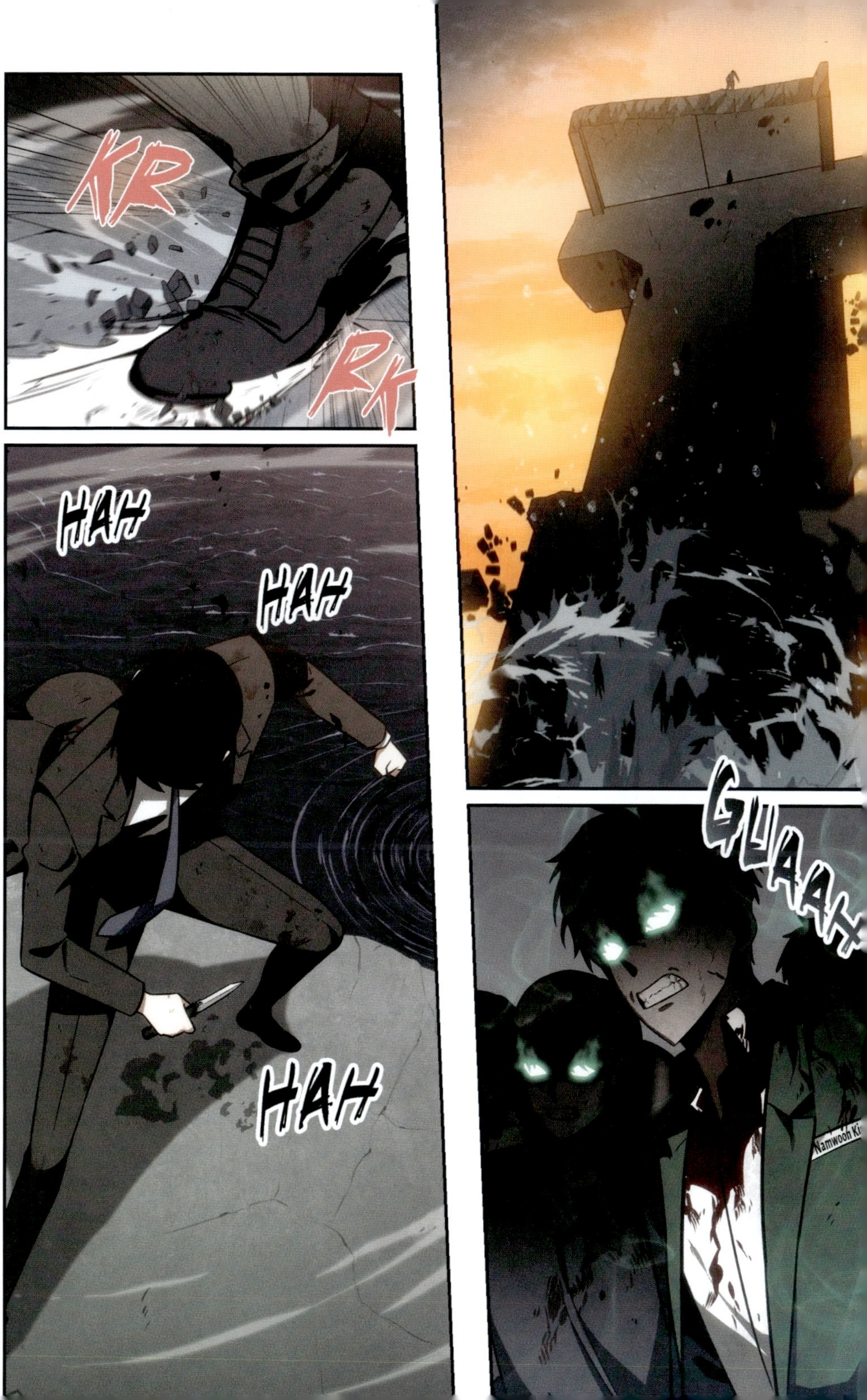

KR
RK
HAH
HAH
HAH
GUAAAH
Namwooh Ki

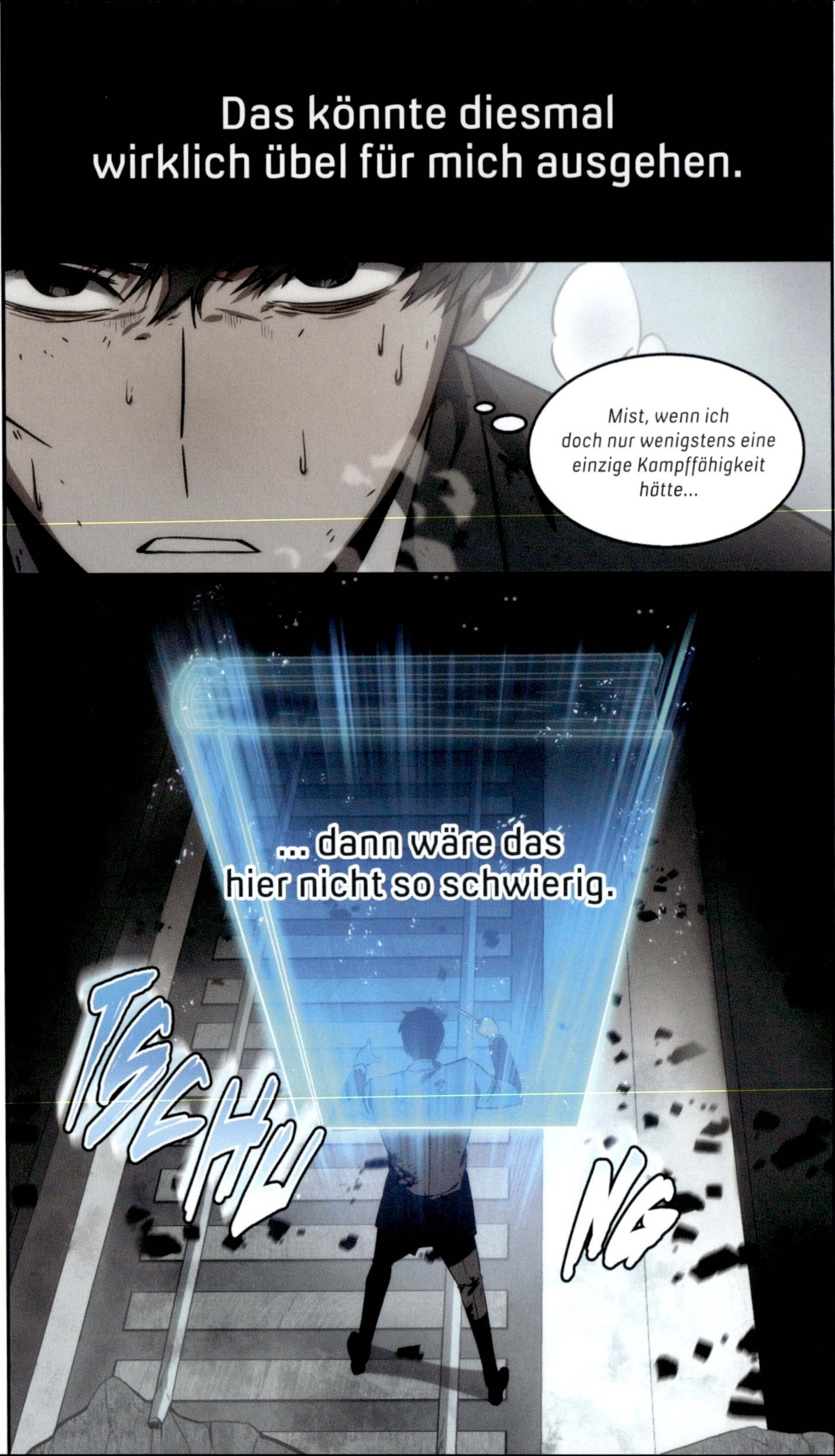

Das könnte diesmal wirklich übel für mich ausgehen.
Mist, wenn ich doch nur wenigstens eine einzige Kampffähigkeit hätte...
... dann wäre das hier nicht so schwierig.
TSCHUNG

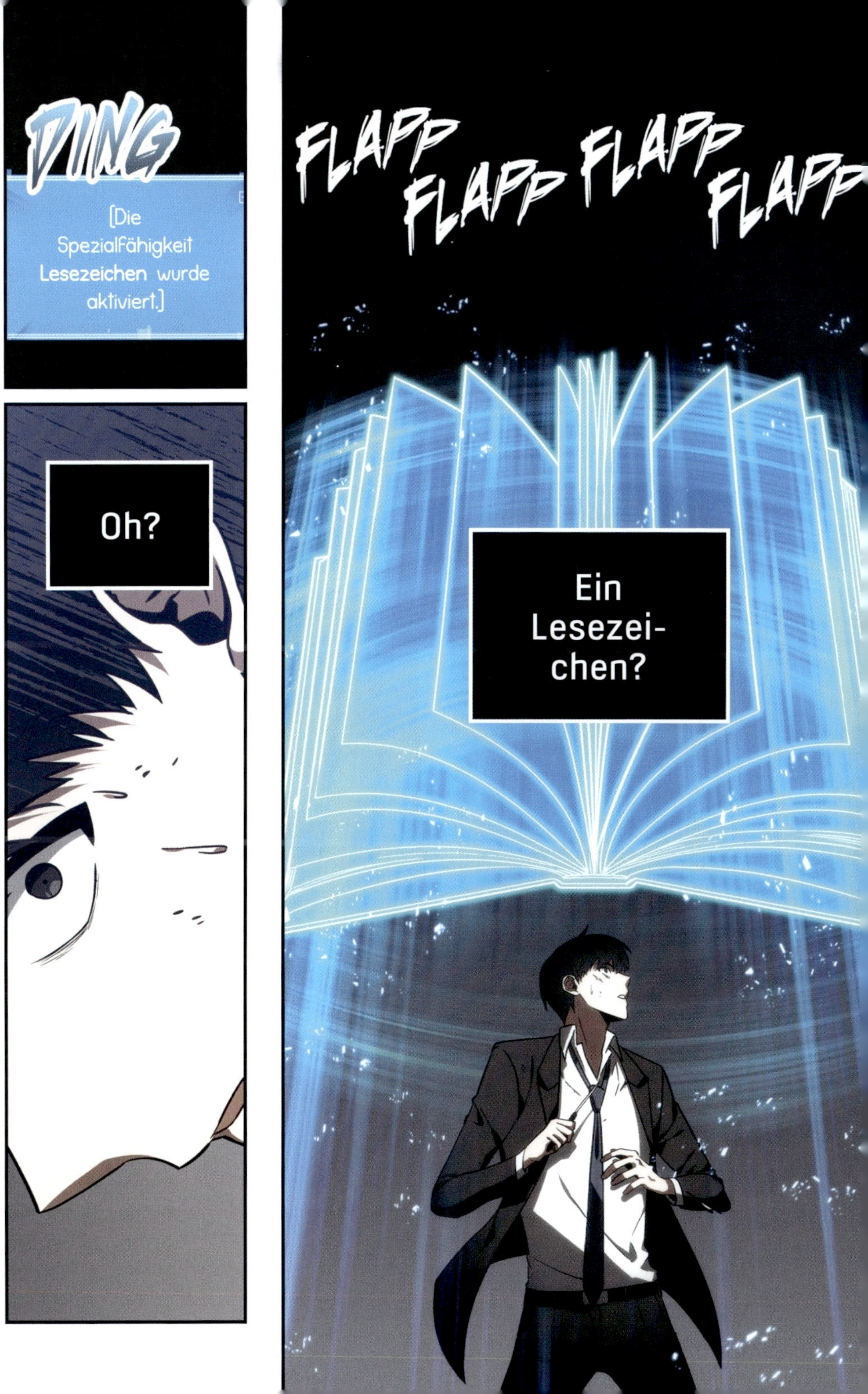
DING
[Die Spezialfähigkeit Lesezeichen wurde aktiviert.]
Oh?
FLAPP FLAPP FLAPP FLAPP
Ein Lesezei-chen?

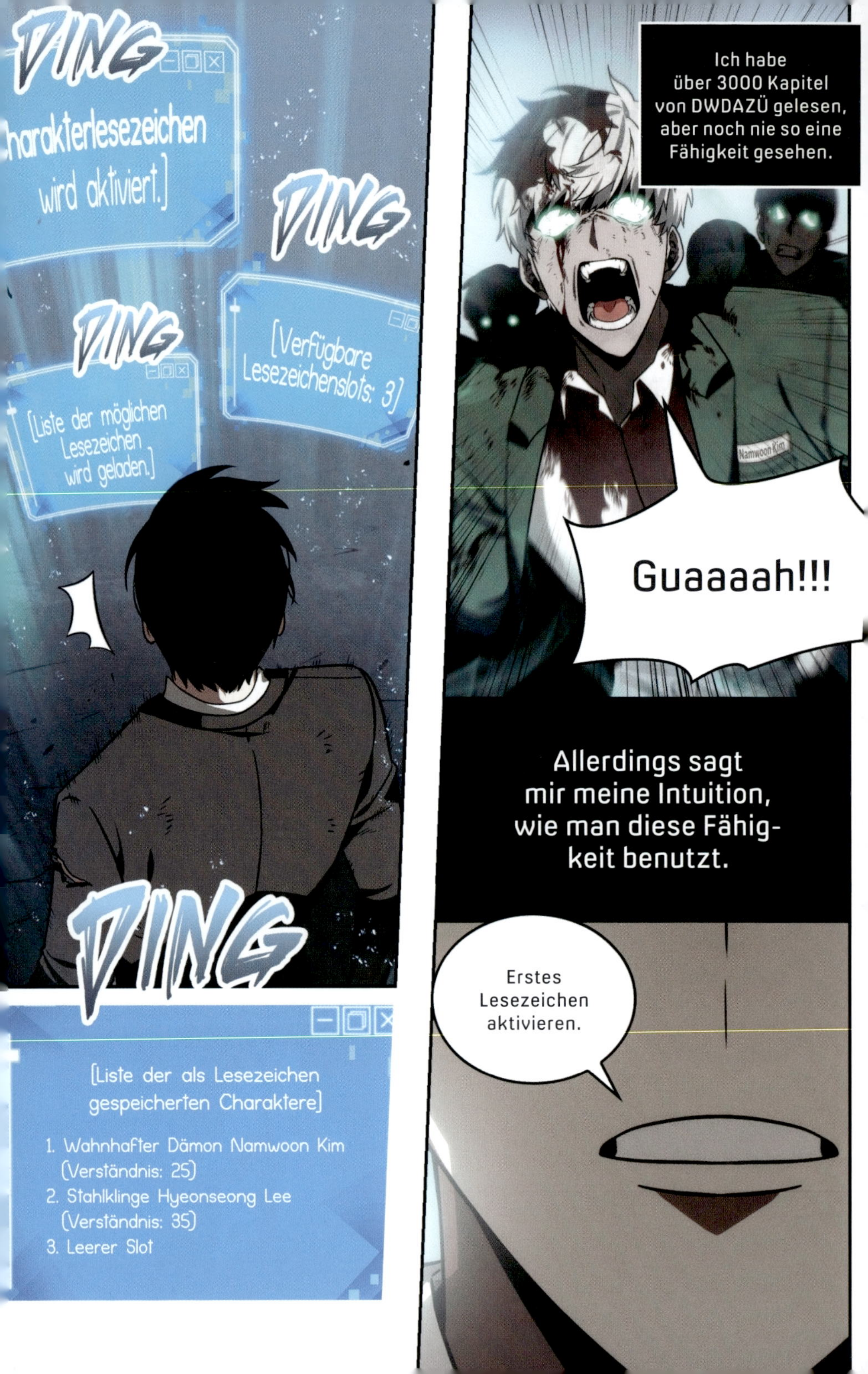
DING
[Charakterlesezeichen wird aktiviert.]
DING
DING
[Verfügbare Lesezeichenslots: 3]
[Liste der möglichen Lesezeichen wird geladen.]
DING
[Liste der als Lesezeichen gespeicherten Charaktere]
1. Wahnhafter Dämon Namwoon Kim (Verständnis: 25)
2. Stahlklinge Hyeonseong Lee (Verständnis: 35)
3. Leerer Slot
Ich habe über 3000 Kapitel von DWDAZÜ gelesen, aber noch nie so eine Fähigkeit gesehen.
Namwoon Kim
Guaaaah!!!
Allerdings sagt mir meine Intuition, wie man diese Fähigkeit benutzt.
Erstes Lesezeichen aktivieren.

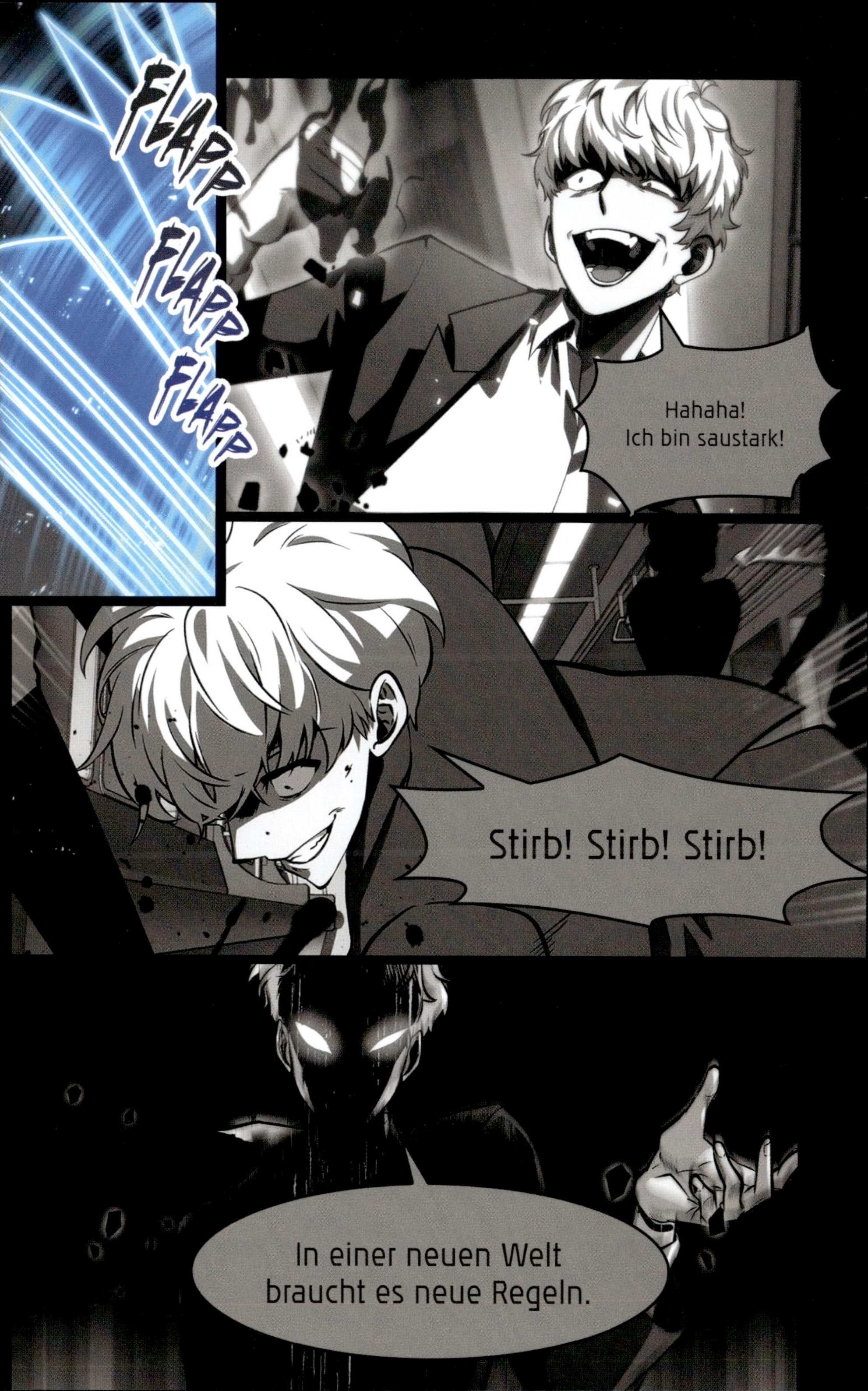
FLAPP
FLAPP
FLAPP
FLAPP
Hahaha!
Ich bin saustark!
Stirb! Stirb! Stirb!
In einer neuen Welt
braucht es neue Regeln.

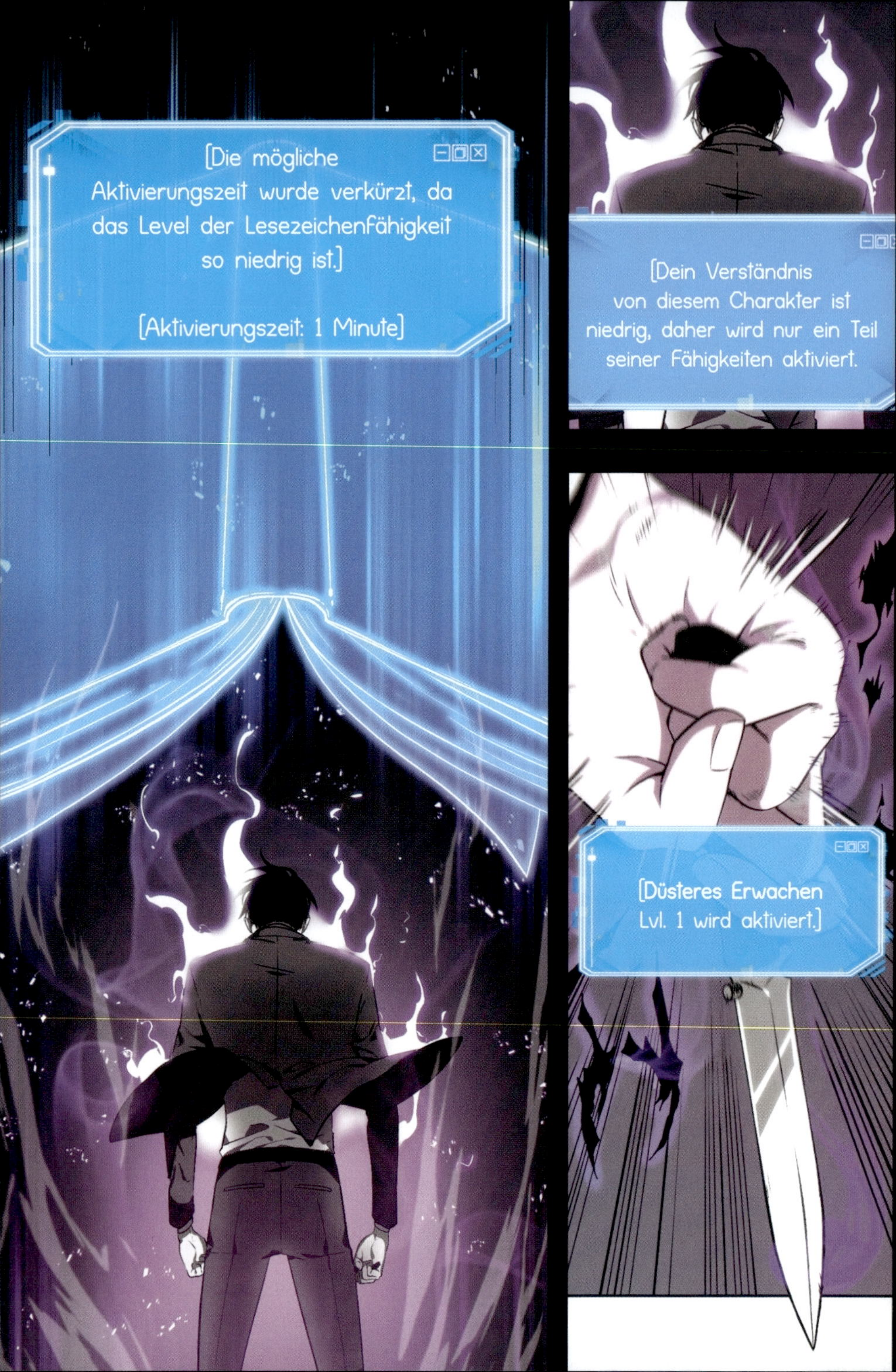
[Die mögliche Aktivierungszeit wurde verkürzt, da das Level der Lesezeichenfähigkeit so niedrig ist.]
[Aktivierungszeit: 1 Minute]
[Dein Verständnis von diesem Charakter ist niedrig, daher wird nur ein Teil seiner Fähigkeiten aktiviert.
[Düsteres Erwachen Lvl. 1 wird aktiviert.]

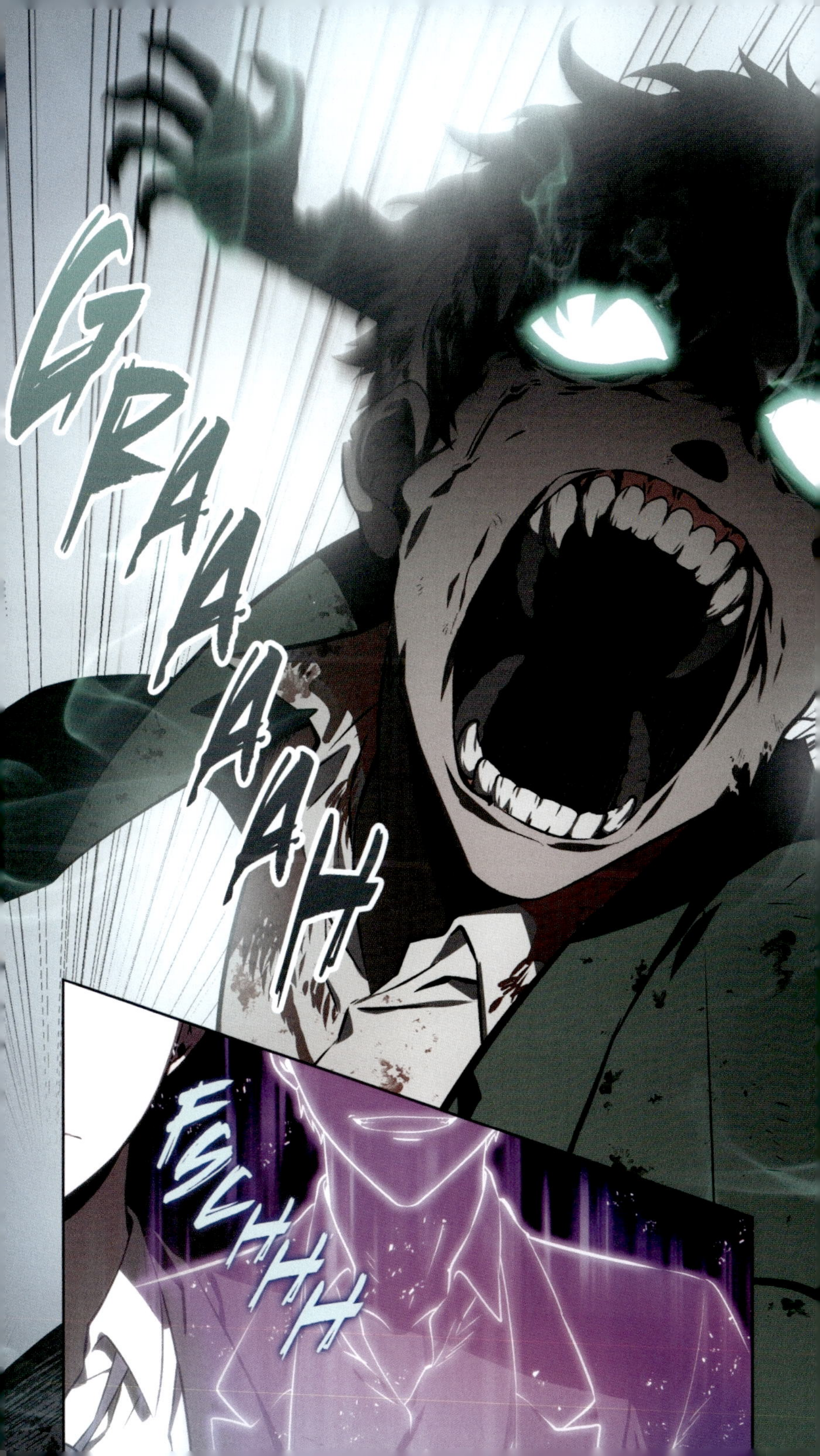
GRAAAAAH
FSCHHHH

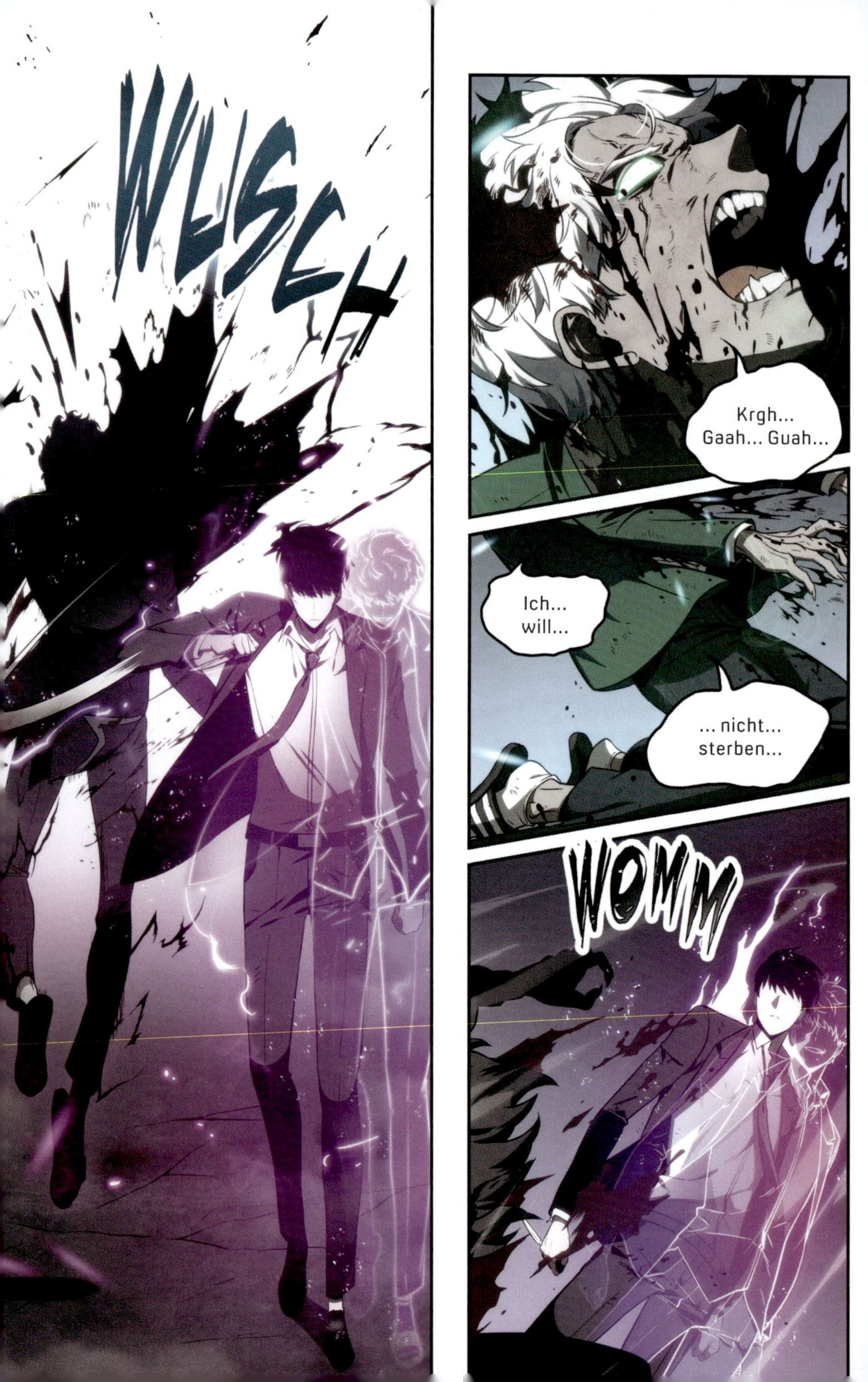
WUSCH
Krgh... Gaah... Guah...
Ich... will...
... nicht... sterben...
WOMM

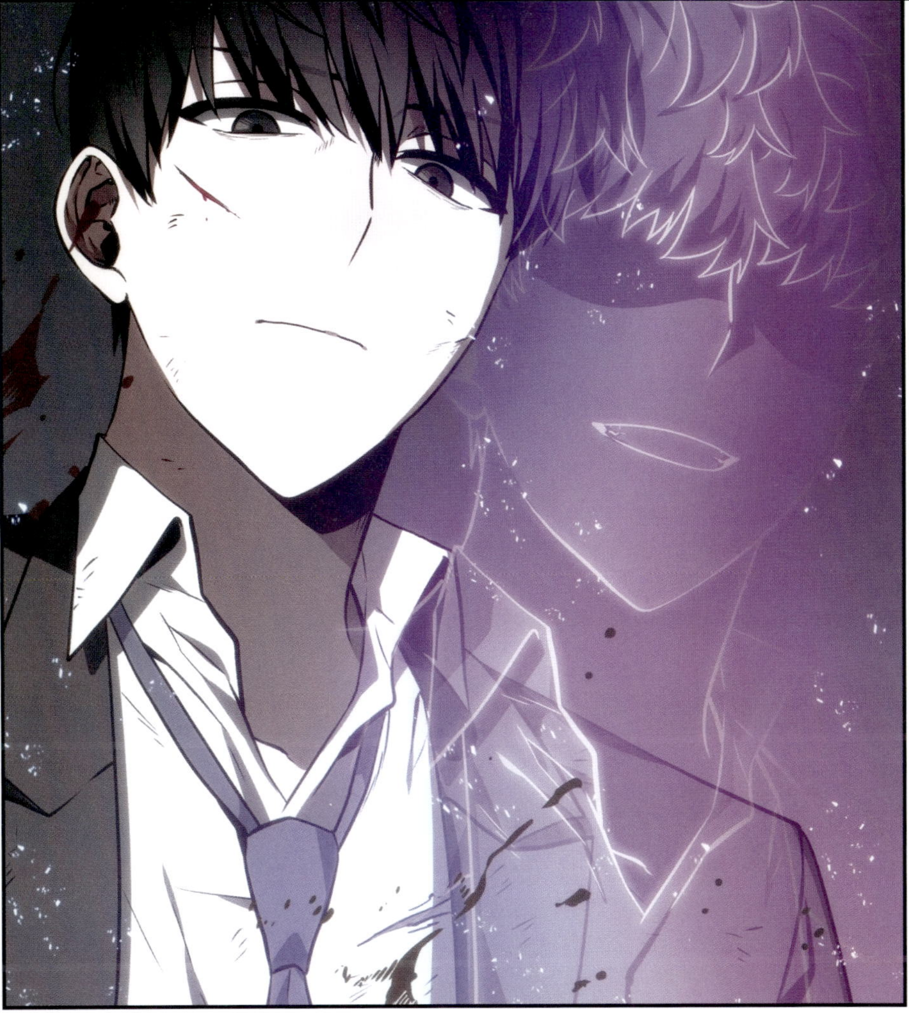

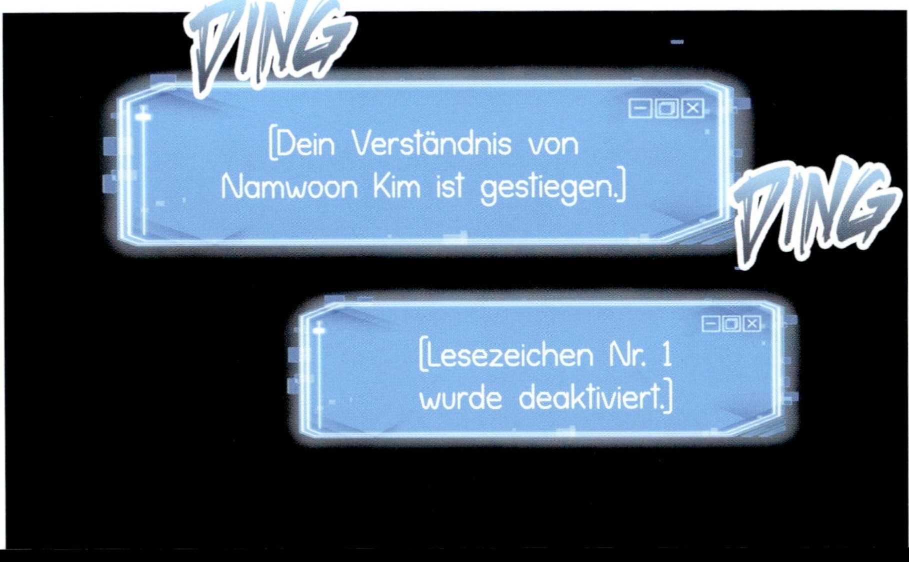
DING
[Dein Verständnis von Namwoon Kim ist gestiegen.]
DING
[Lesezeichen Nr. 1 wurde deaktiviert.]

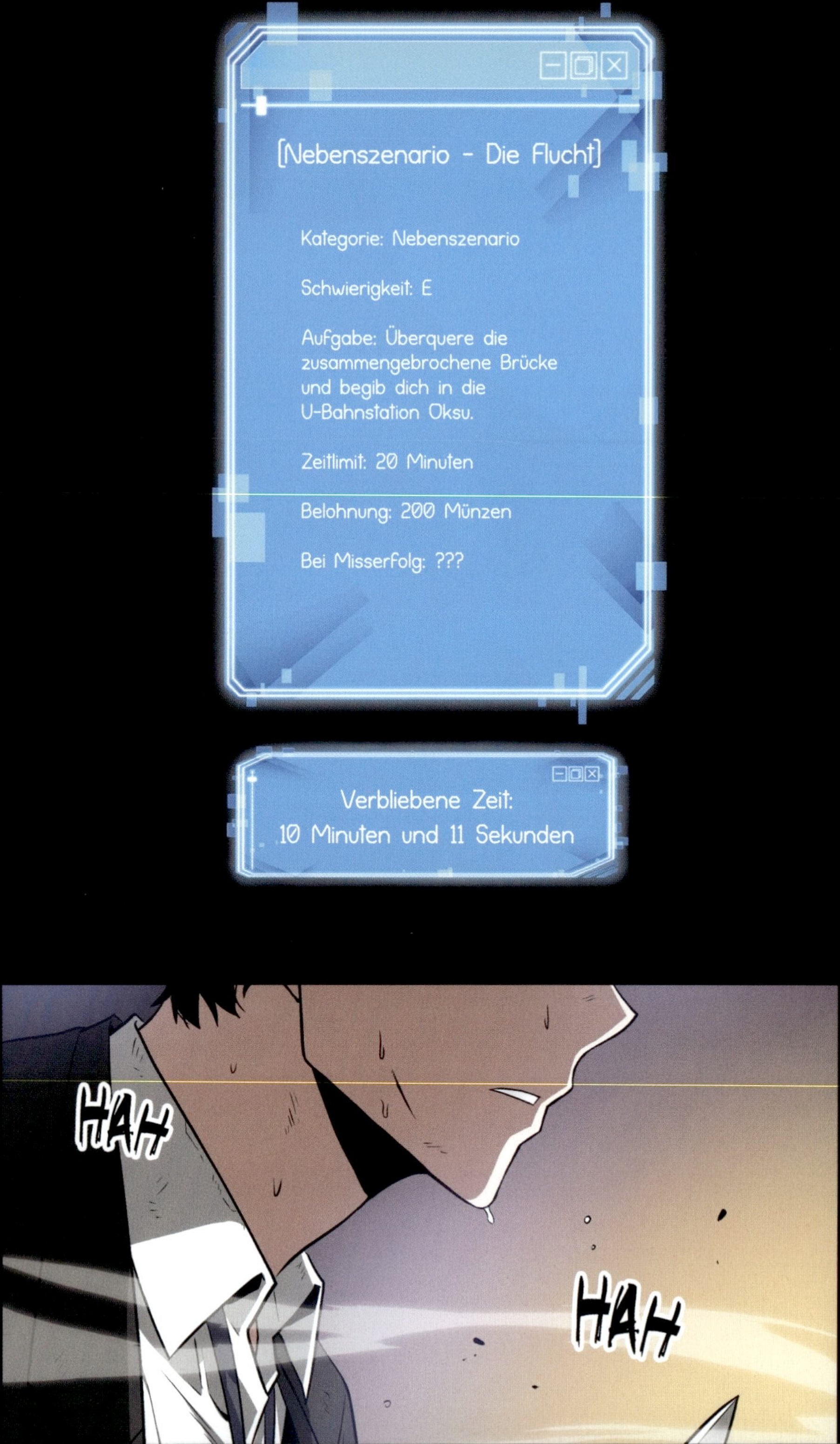
[Nebenszenario - Die Flucht]
Kategorie: Nebenszenario
Schwierigkeit: E
Aufgabe: Überquere die zusammengebrochene Brücke und begib dich in die U-Bahnstation Oksu.
Zeitlimit: 20 Minuten
Belohnung: 200 Münzen
Bei Misserfolg: ???
Verbliebene Zeit: 10 Minuten und 11 Sekunden
HAH
HAH

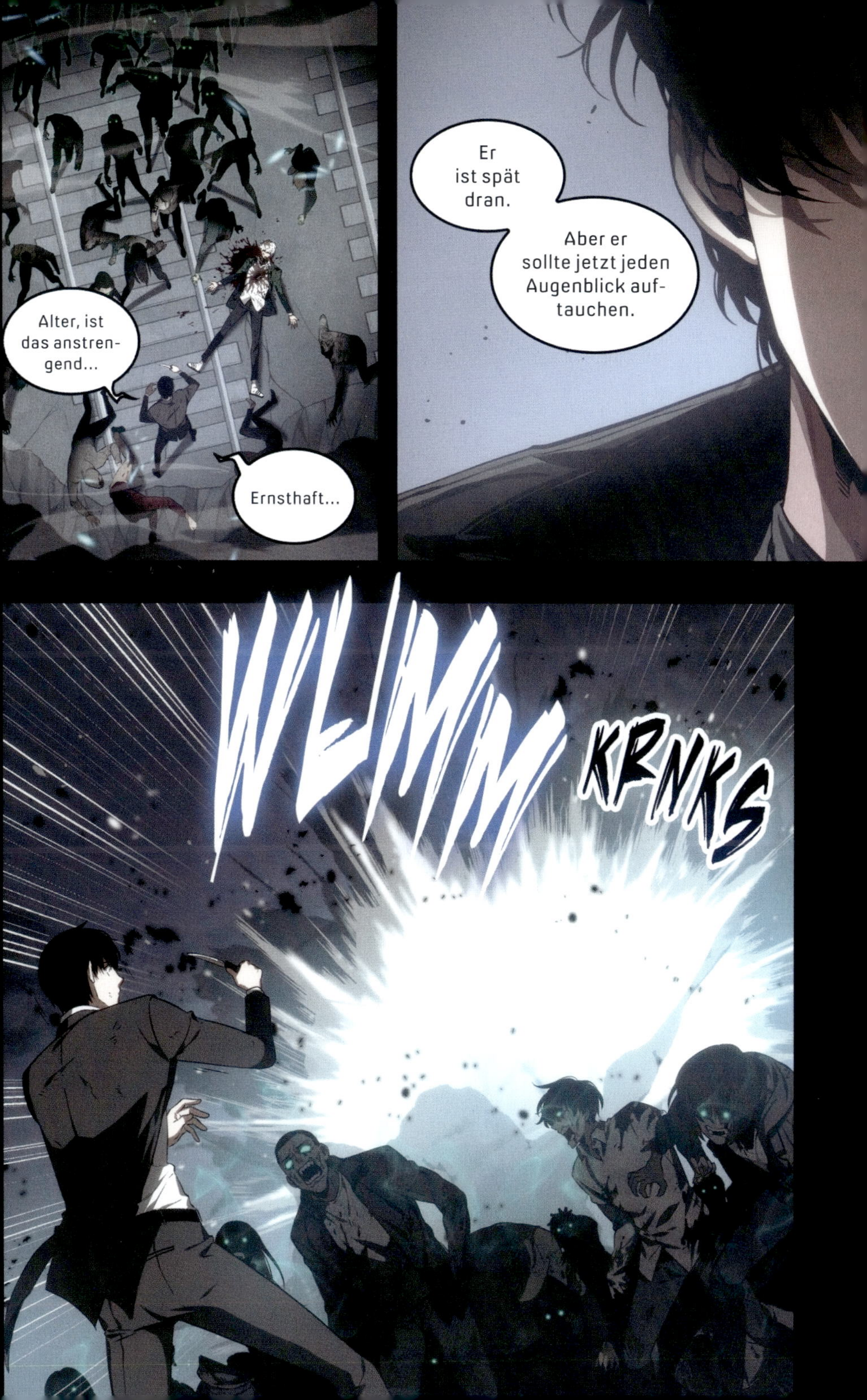

Alter, ist das anstren-gend...
Ernsthaft...
Er ist spät dran.
Aber er sollte jetzt jeden Augenblick auf-tauchen.
WUMM
KRNKS

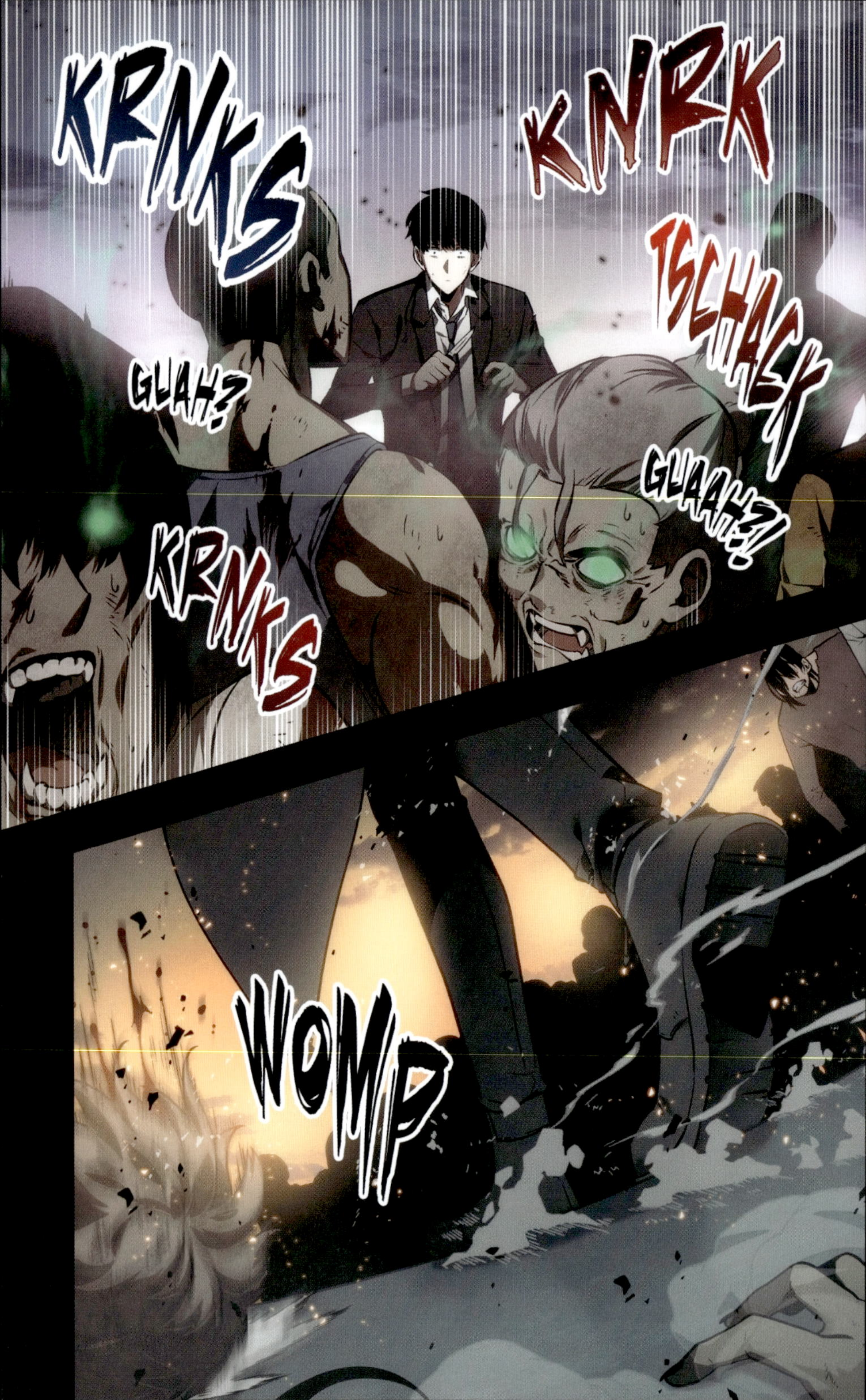
KRNKS
KNRK
TSCHACK
GUAH?
GUAAH?!
KRNKS
WOMP

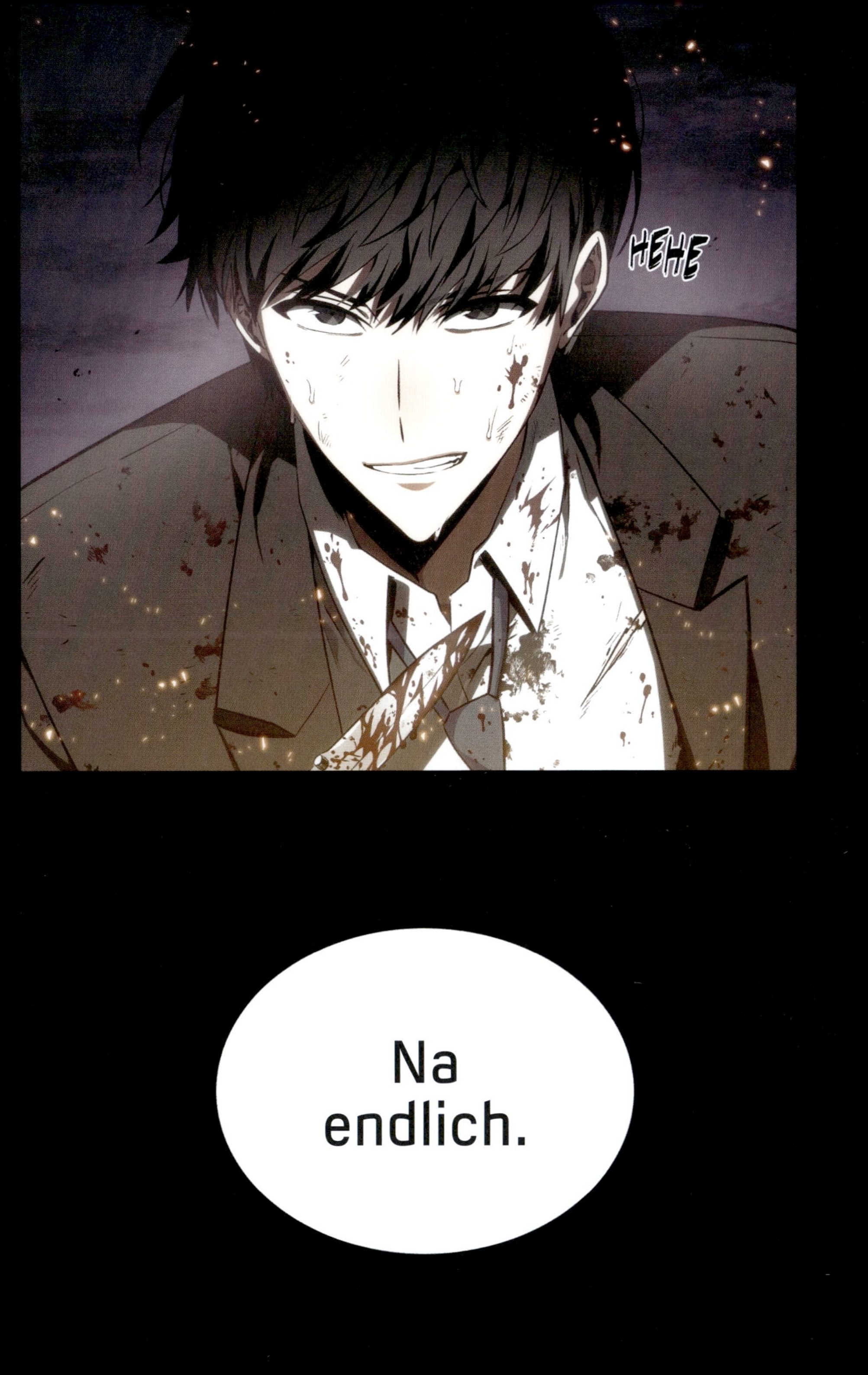
HEHE
Na endlich.

EP. 0

Omniscient Reader's Viewpoint

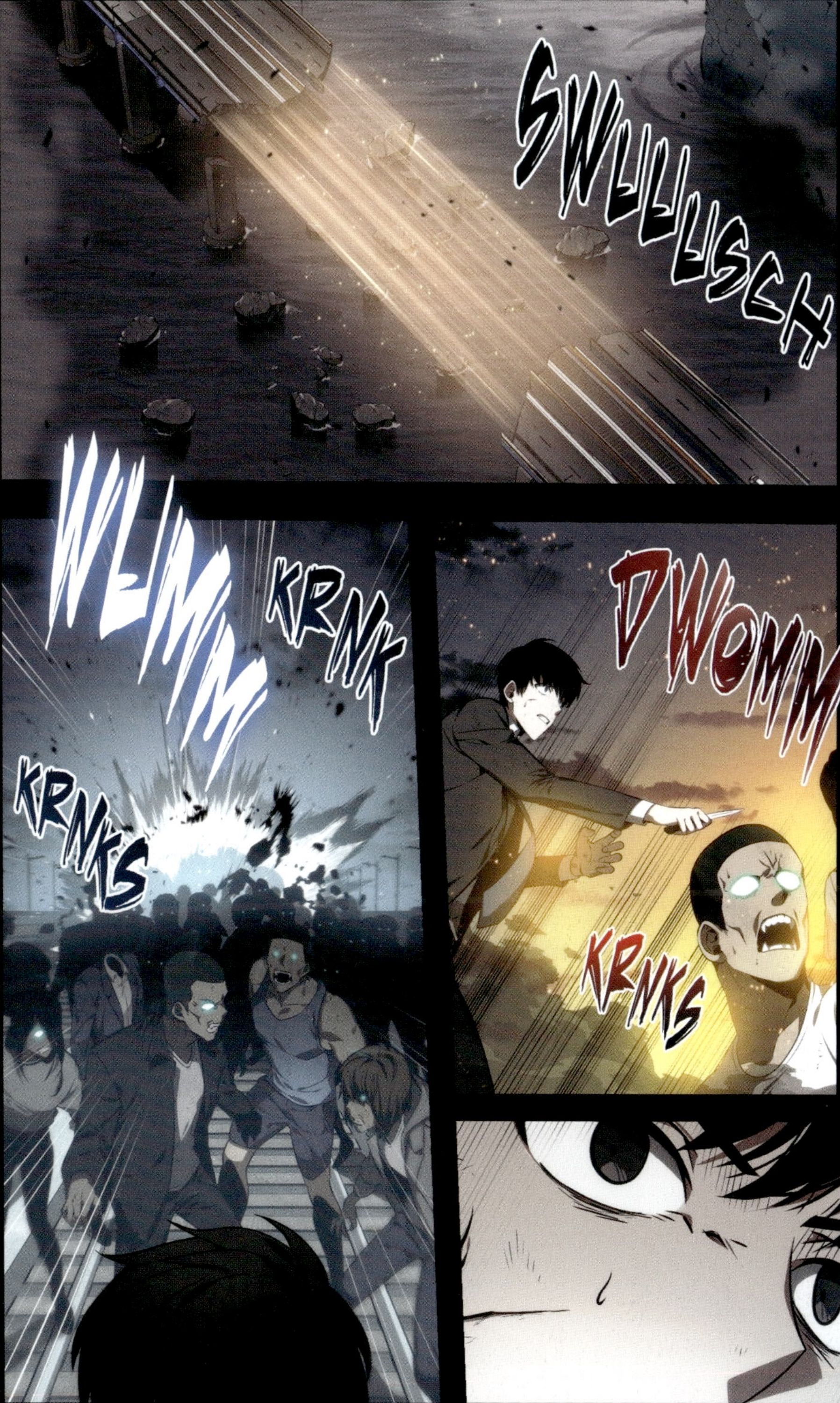
SWUUUSCH
WUMMM
KRNK
KRNKS
DWOMM
KRNKS

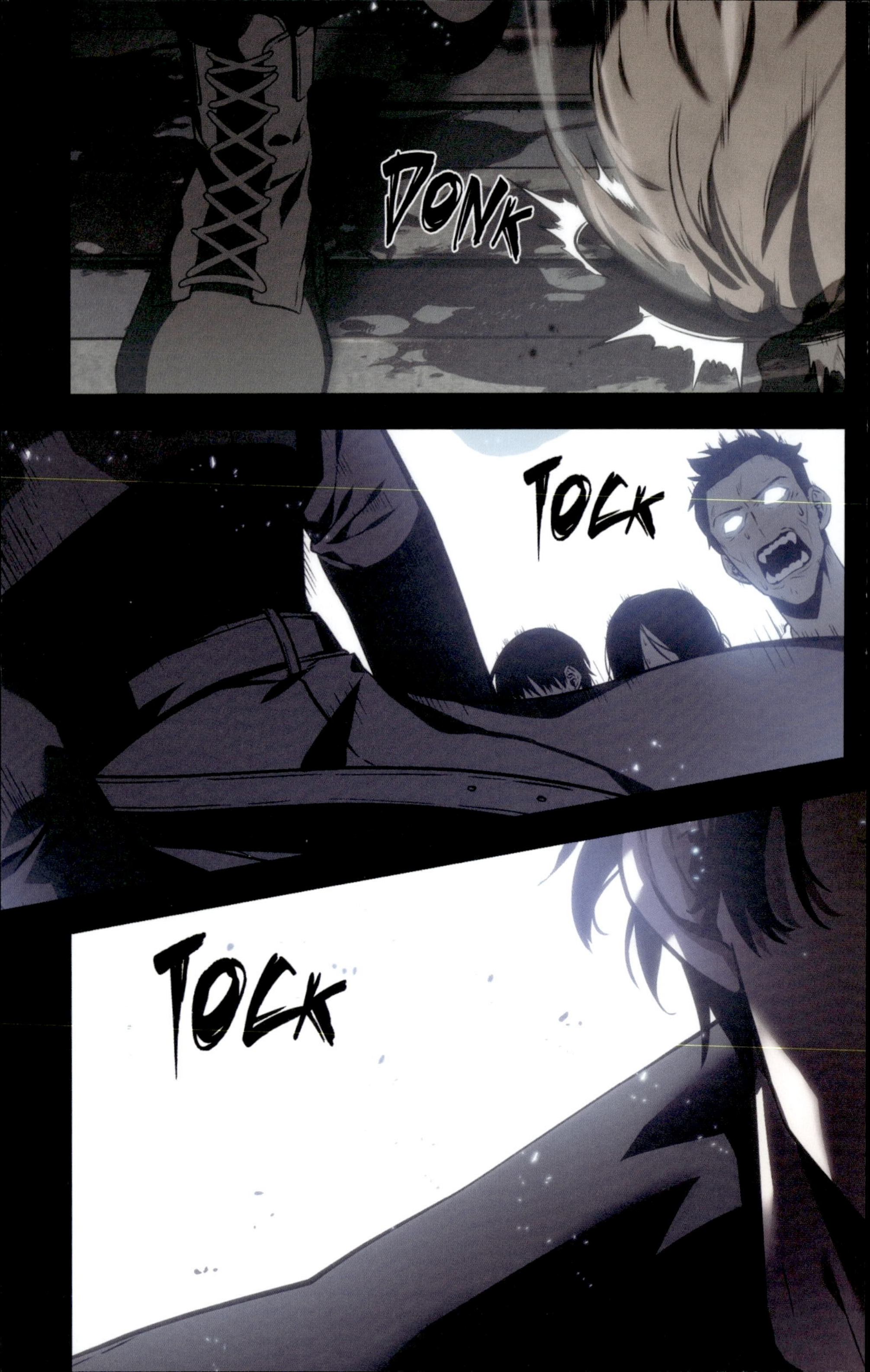
DONK
TOCK
TOCK

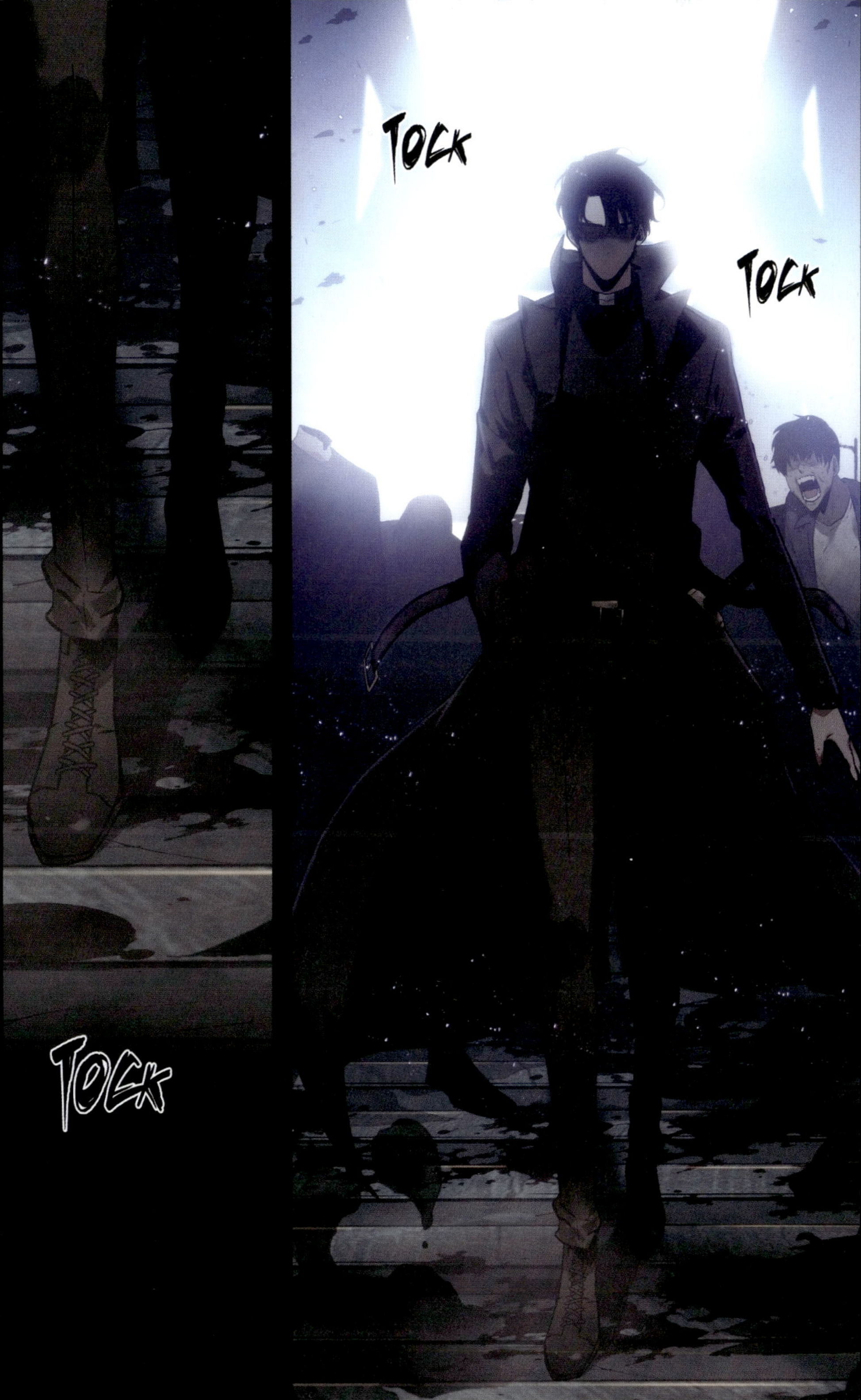
TOCK
TOCK
TOCK

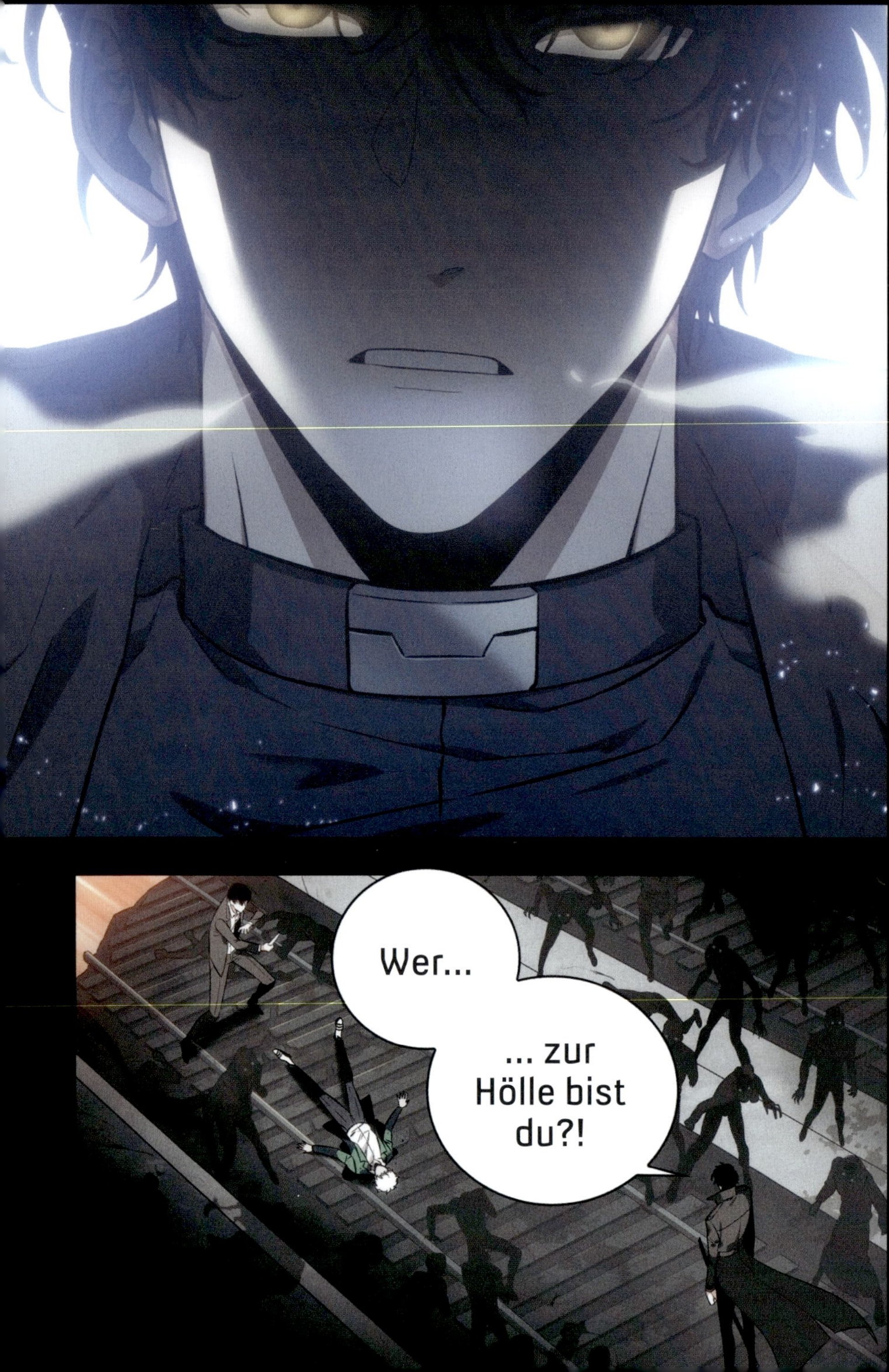
Wer...
... zur Hölle bist du?!

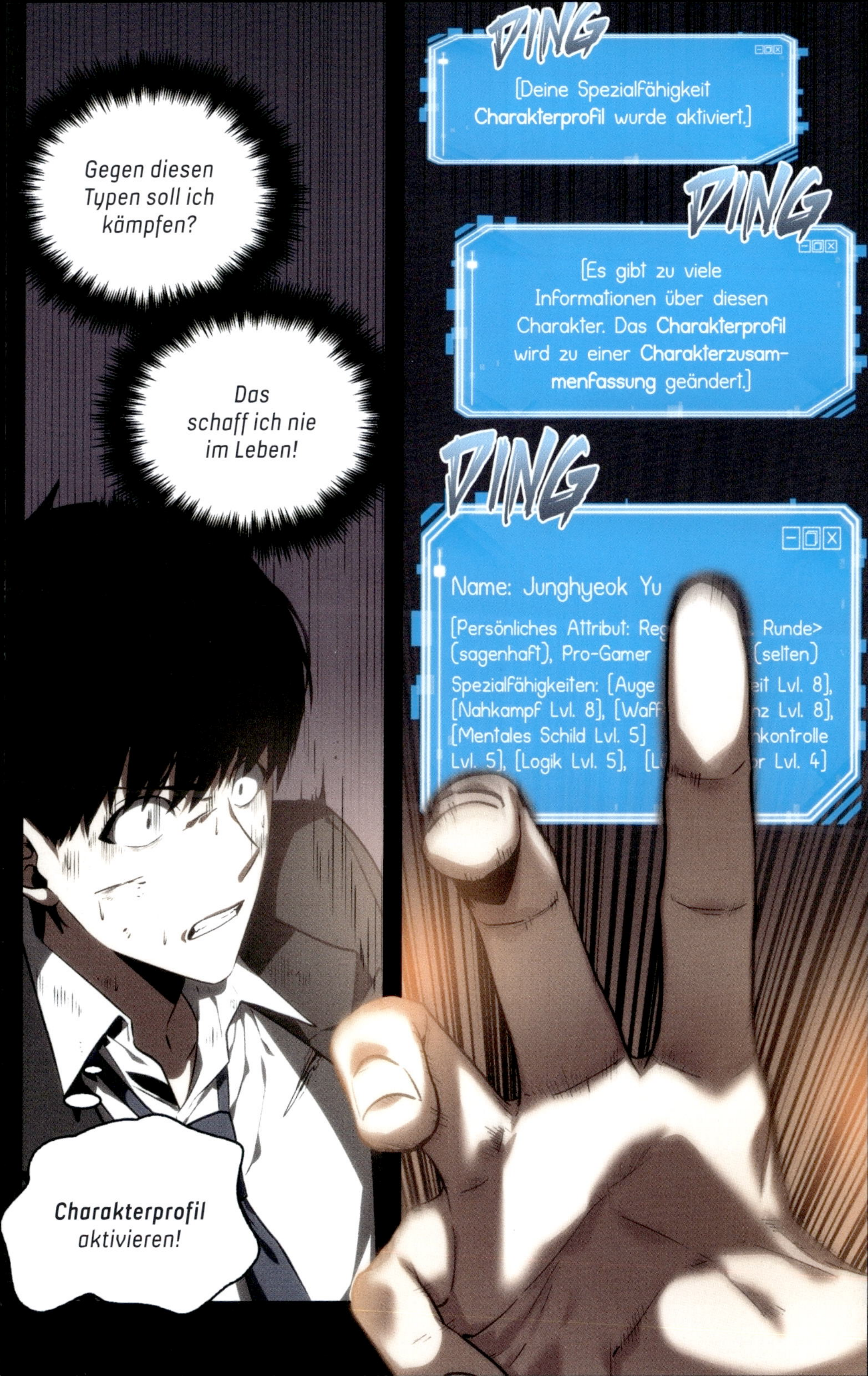

Gegen diesen Typen soll ich kämpfen?
Das schaff ich nie im Leben!
Charakterprofil aktivieren!
DING
[Deine Spezialfähigkeit Charakterprofil wurde aktiviert.]
DING
[Es gibt zu viele Informationen über diesen Charakter. Das Charakterprofil wird zu einer Charakterzusammenfassung geändert.]
DING
Name: Junghyeok Yu
[Persönliches Attribut: Reg Runde>
(sagenhaft), Pro-Gamer (selten)
Spezialfähigkeiten: [Auge eit Lvl. 8],
[Nahkampf Lvl. 8], [Waff nz Lvl. 8],
[Mentales Schild Lvl. 5] nkontrolle
Lvl. 5], [Logik Lvl. 5], [L or Lvl. 4]

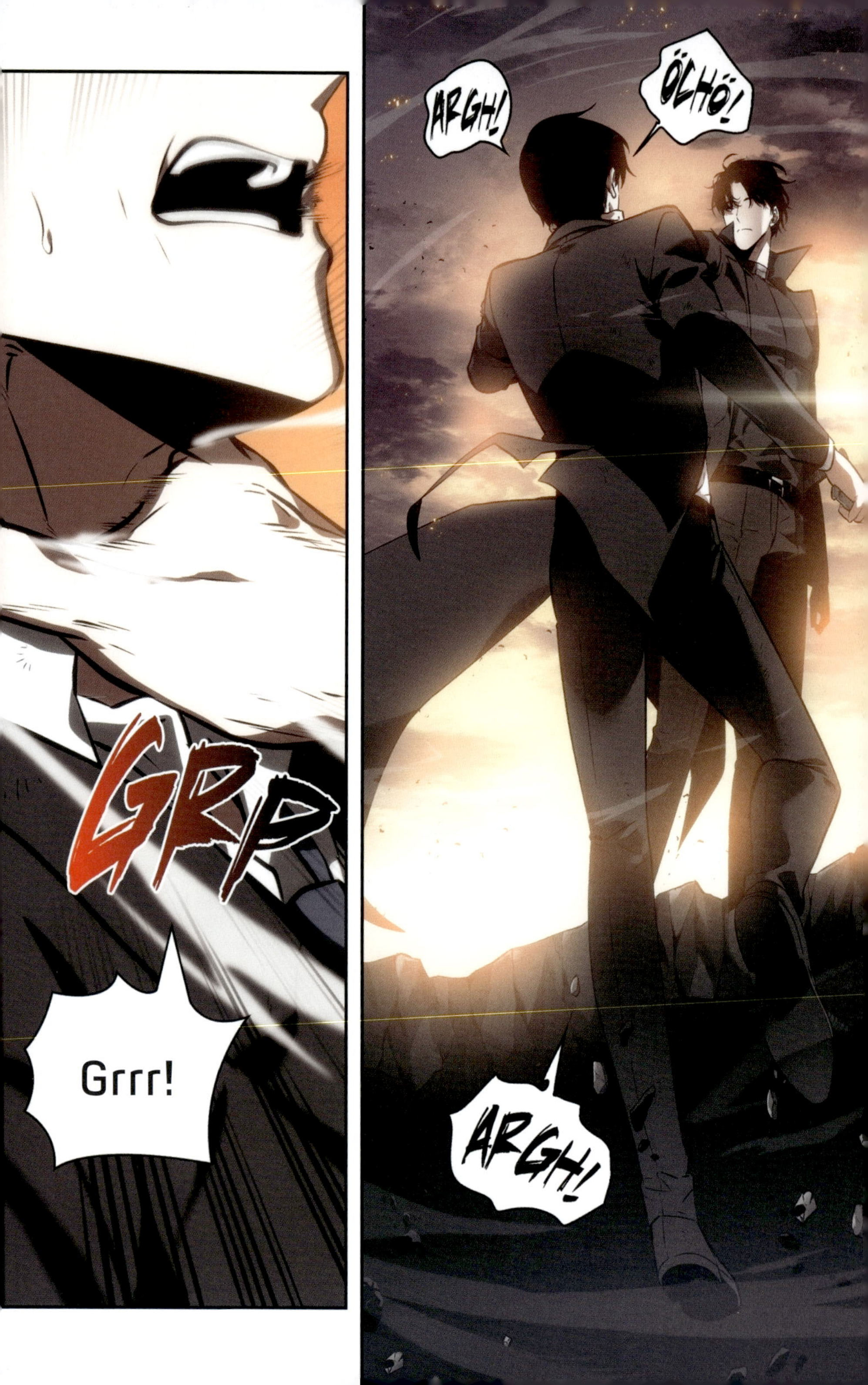
GRIP
Grrr!
ARGH!
ÖCHÖ!
ARGH!

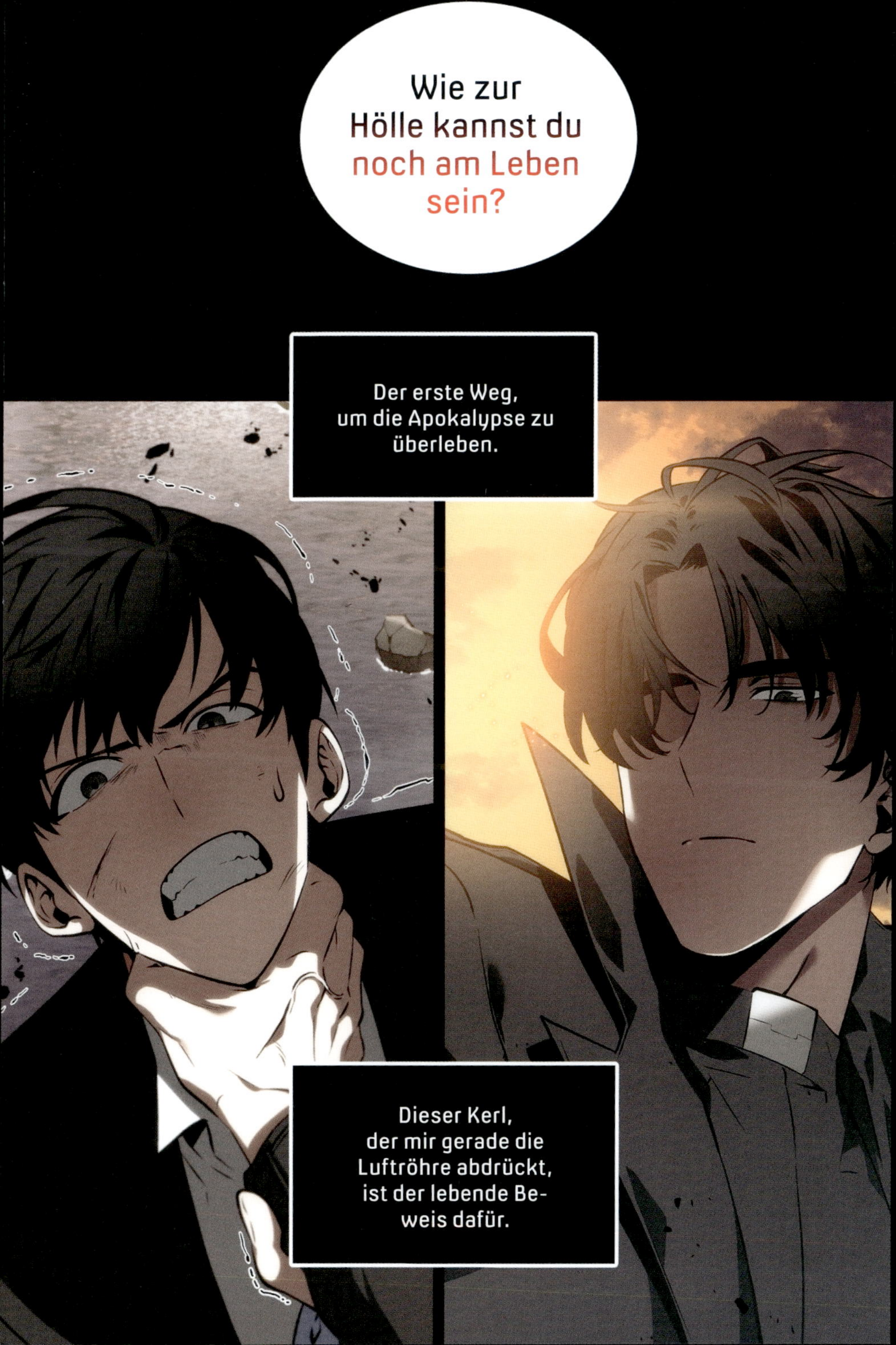
Wie zur Hölle kannst du noch am Leben sein?
Der erste Weg, um die Apokalypse zu überleben.
Dieser Kerl, der mir gerade die Luftröhre abdrückt, ist der lebende Beweis dafür.

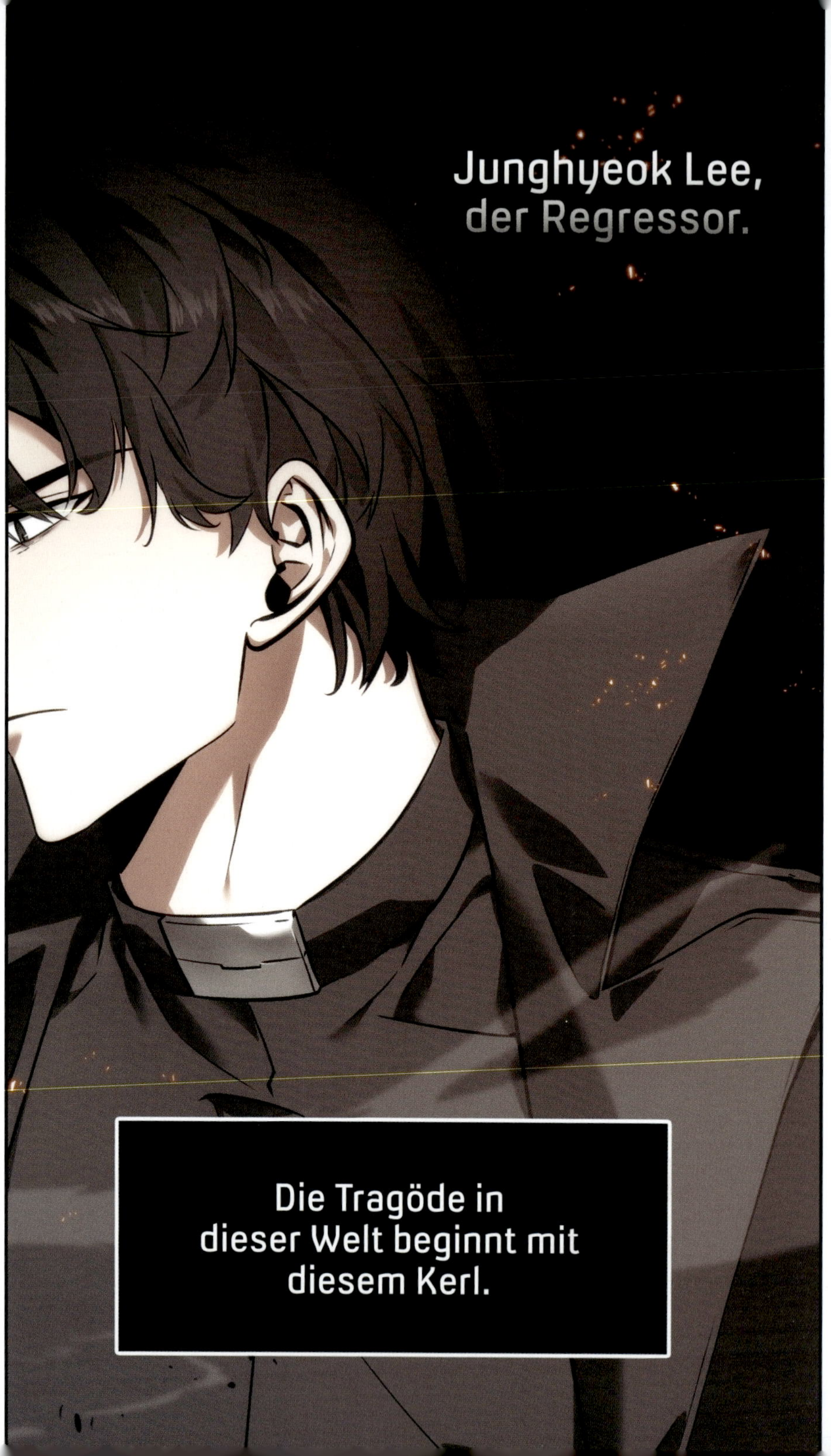
Junghyeok Lee,
der Regressor.
Die Tragöde in
dieser Welt beginnt mit
diesem Kerl.

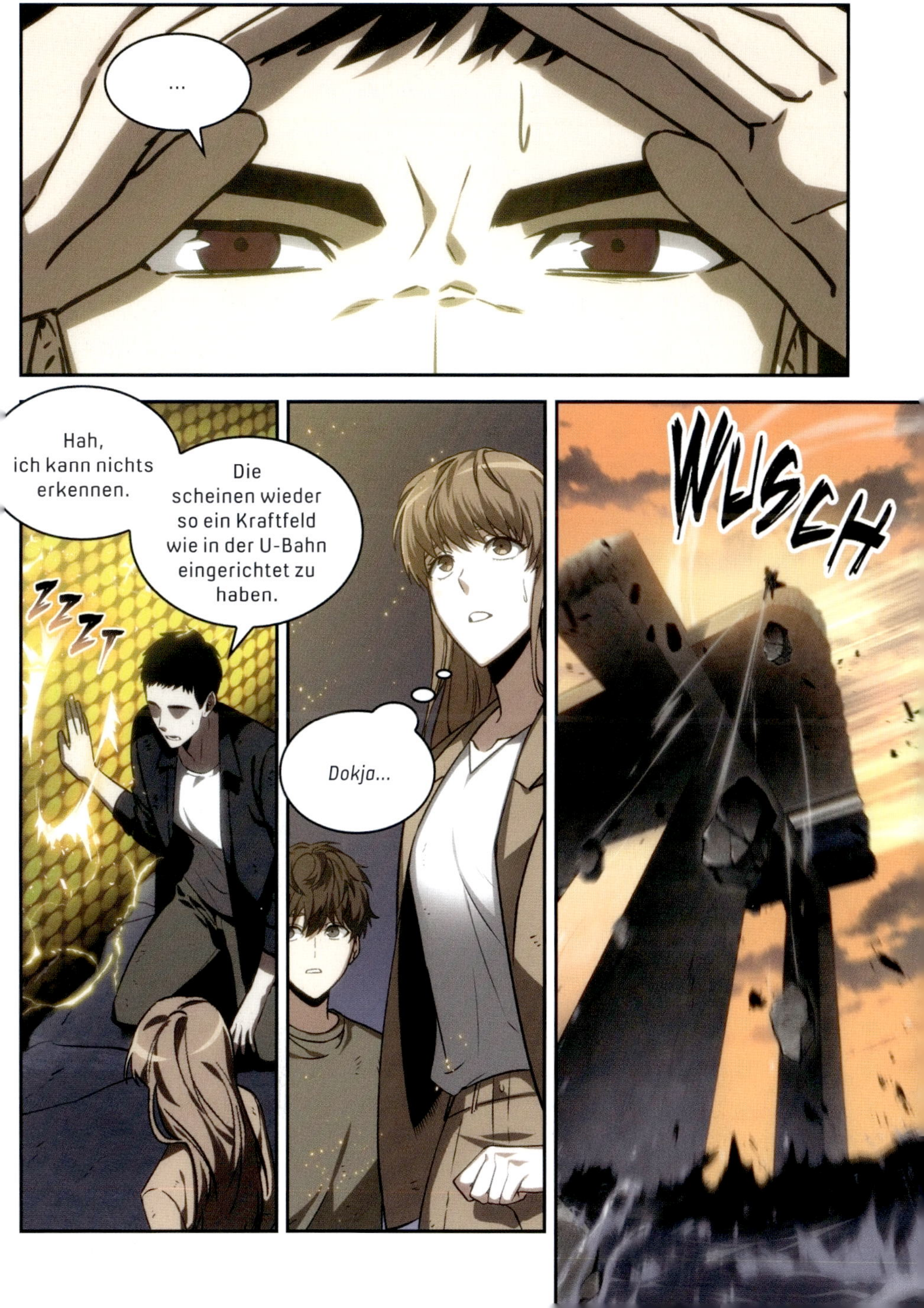
...
Hah, ich kann nichts erkennen.
Die scheinen wieder so ein Kraftfeld wie in der U-Bahn eingerichtet zu haben.
ZZZT
Dokja...
WUSCH

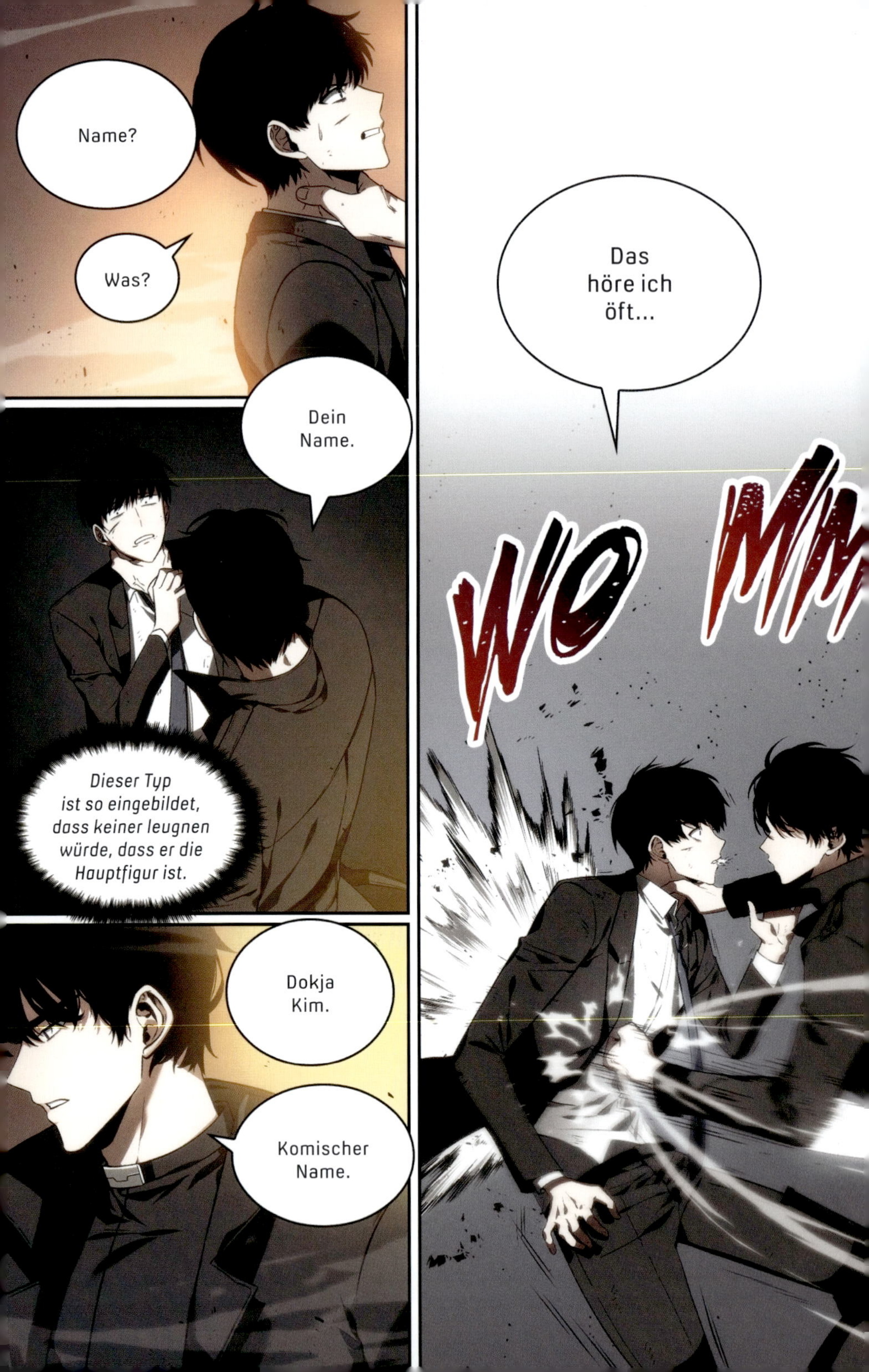
Name?
Was?
Dein Name.
Dieser Typ ist so eingebildet, dass keiner leugnen würde, dass er die Hauptfigur ist.
Dokja Kim.
Komischer Name.
Das höre ich öft...
WOMM

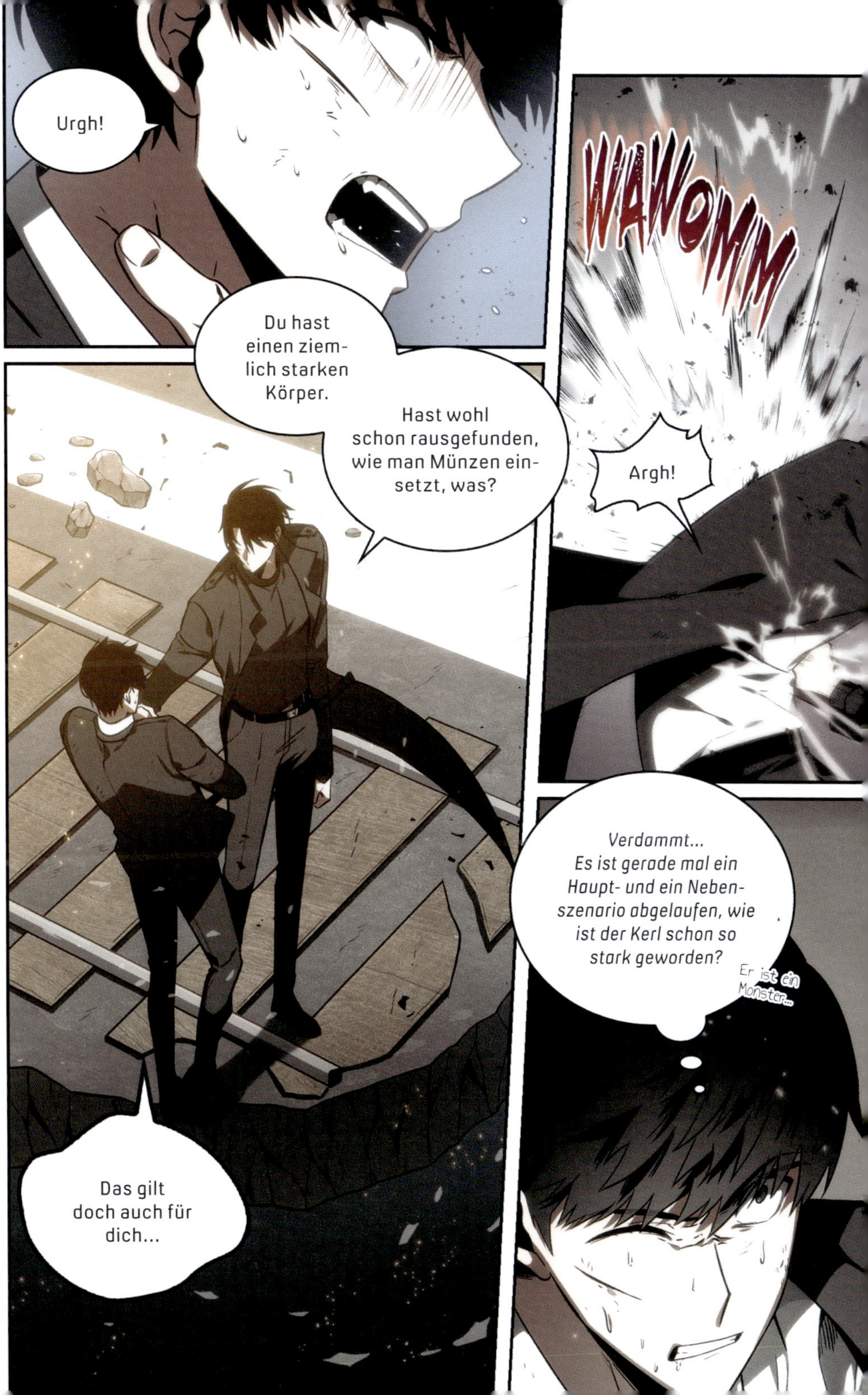
Urgh!
WAWOMM
Du hast einen ziemlich starken Körper.
Hast wohl schon rausgefunden, wie man Münzen einsetzt, was?
Argh!
Das gilt doch auch für dich...
Verdammt... Es ist gerade mal ein Haupt- und ein Nebenszenario abgelaufen, wie ist der Kerl schon so stark geworden?
Er ist ein Monster...

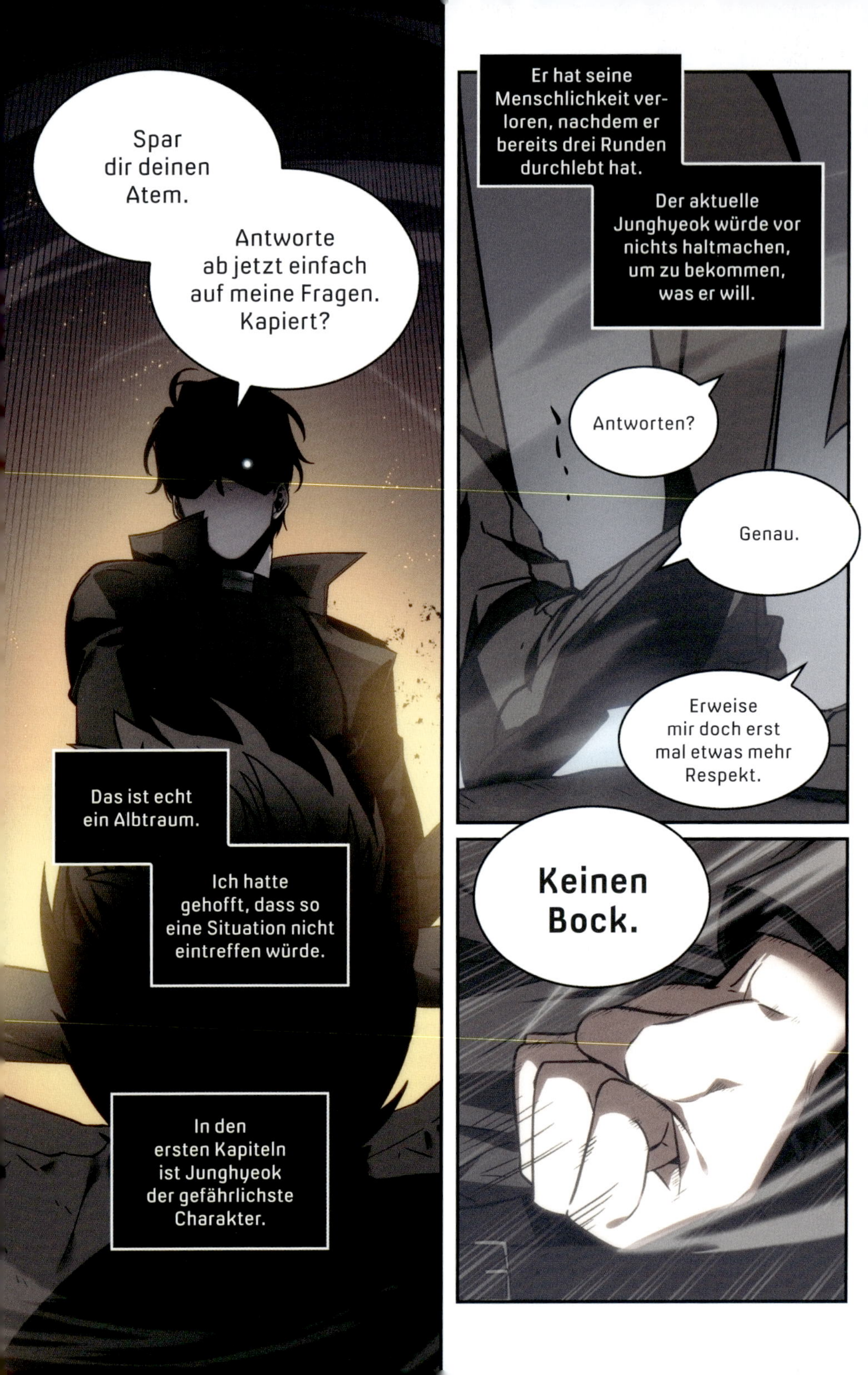
Spar dir deinen Atem.
Antworte ab jetzt einfach auf meine Fragen. Kapiert?
Das ist echt ein Albtraum.
Ich hatte gehofft, dass so eine Situation nicht eintreffen würde.
In den ersten Kapiteln ist Junghyeok der gefährlichste Charakter.
Er hat seine Menschlichkeit verloren, nachdem er bereits drei Runden durchlebt hat.
Der aktuelle Junghyeok würde vor nichts haltmachen, um zu bekommen, was er will.
Antworten?
Genau.
Erweise mir doch erst mal etwas mehr Respekt.
Keinen Bock.

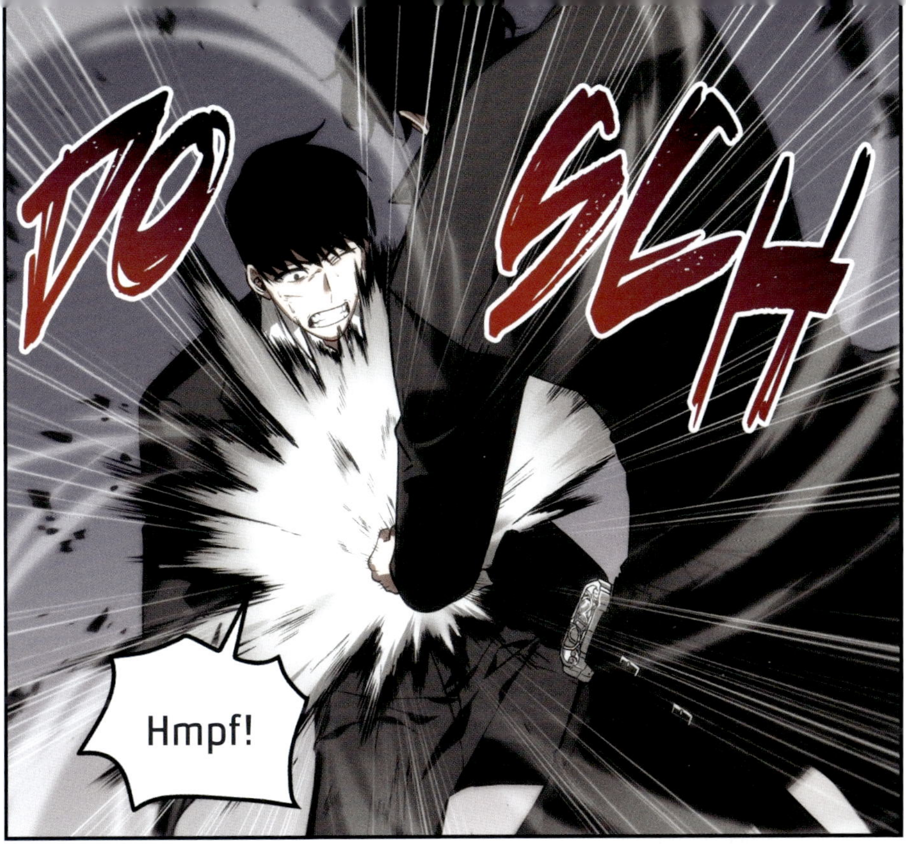
DO SCH
Hmpf!

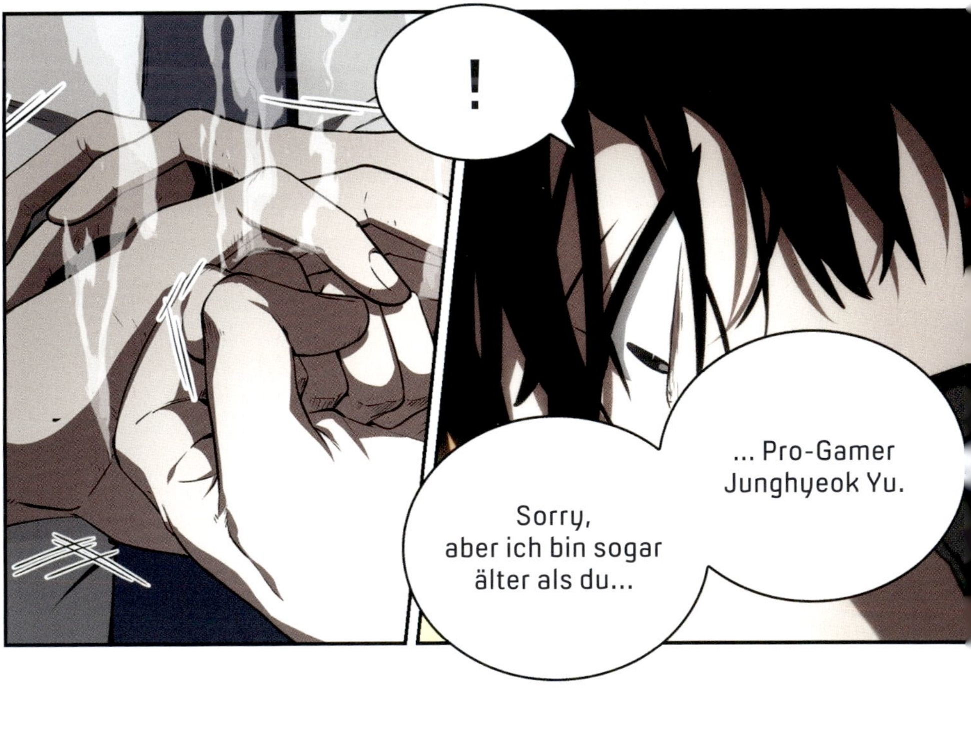
!
... Pro-Gamer Junghyeok Yu.
Sorry, aber ich bin sogar älter als du...

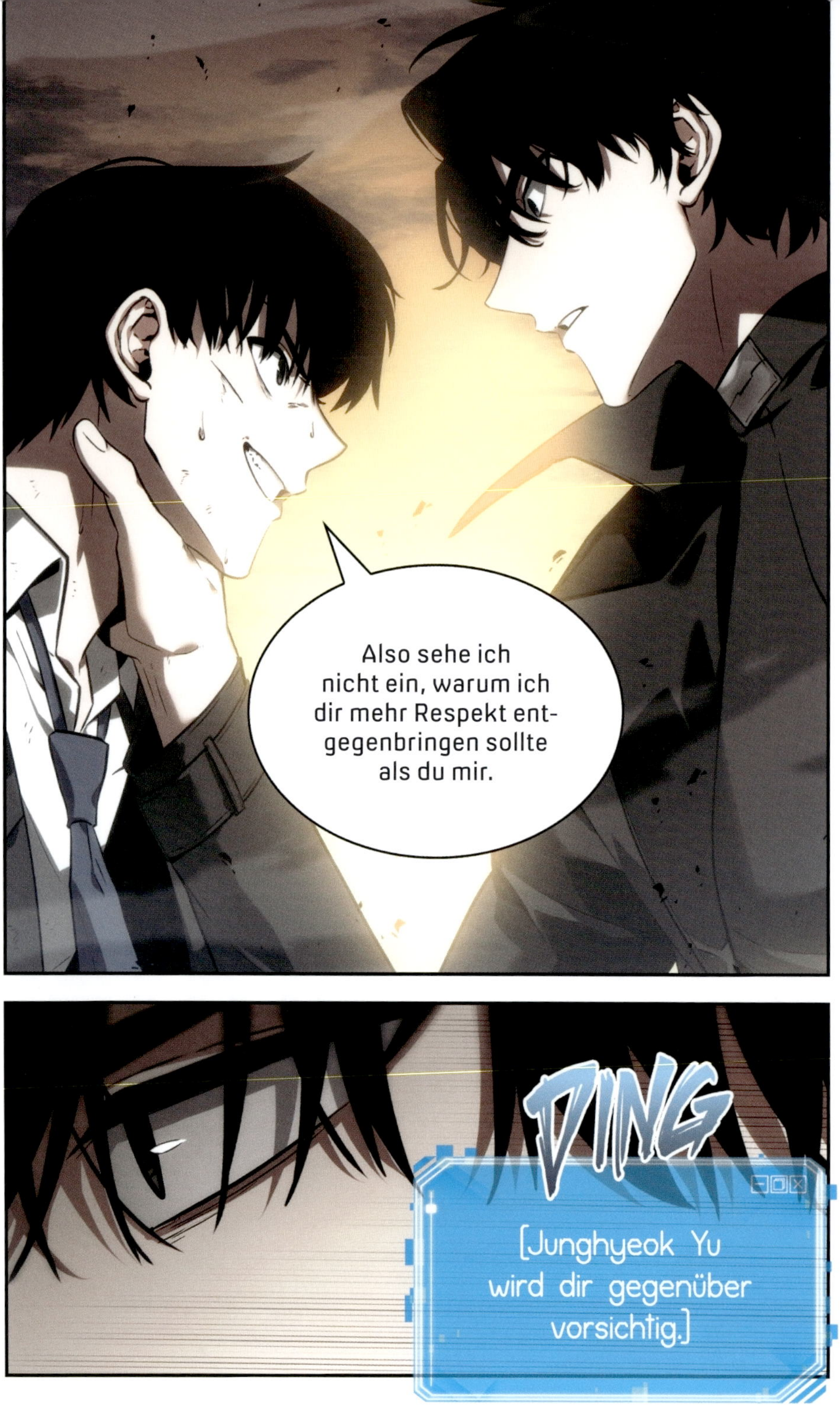
Also sehe ich nicht ein, warum ich dir mehr Respekt entgegenbringen sollte als du mir.
DING
[Junghyeok Yu wird dir gegenüber vorsichtig.]

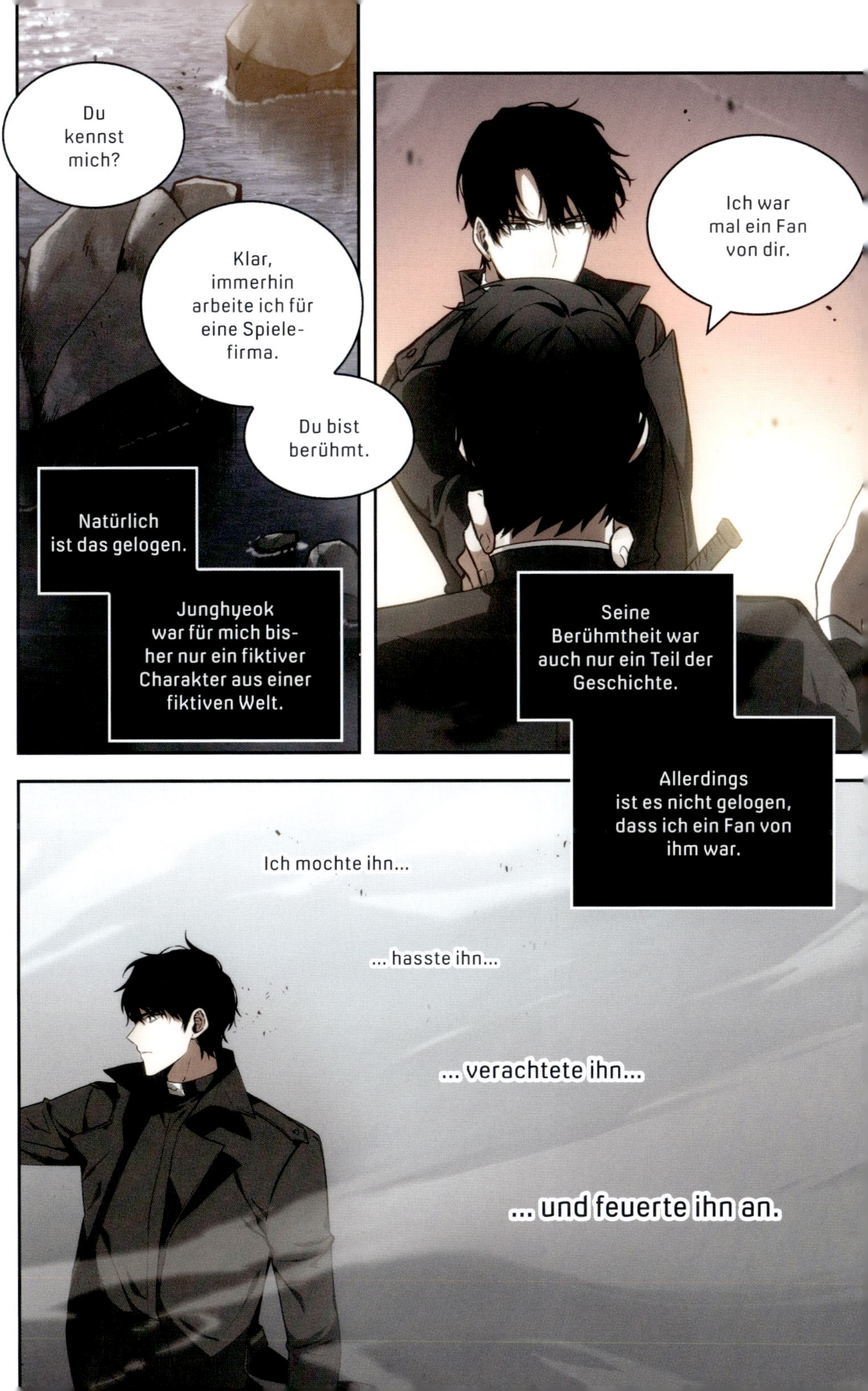
Du kennst mich?
Klar, immerhin arbeite ich für eine Spiele-firma.
Du bist berühmt.
Natürlich ist das gelogen.
Junghyeok war für mich bis-her nur ein fiktiver Charakter aus einer fiktiven Welt.
Ich war mal ein Fan von dir.
Seine Berühmtheit war auch nur ein Teil der Geschichte.
Allerdings ist es nicht gelogen, dass ich ein Fan von ihm war.
Ich mochte ihn...
... hasste ihn...
... verachtete ihn...
... und feuerte ihn an.

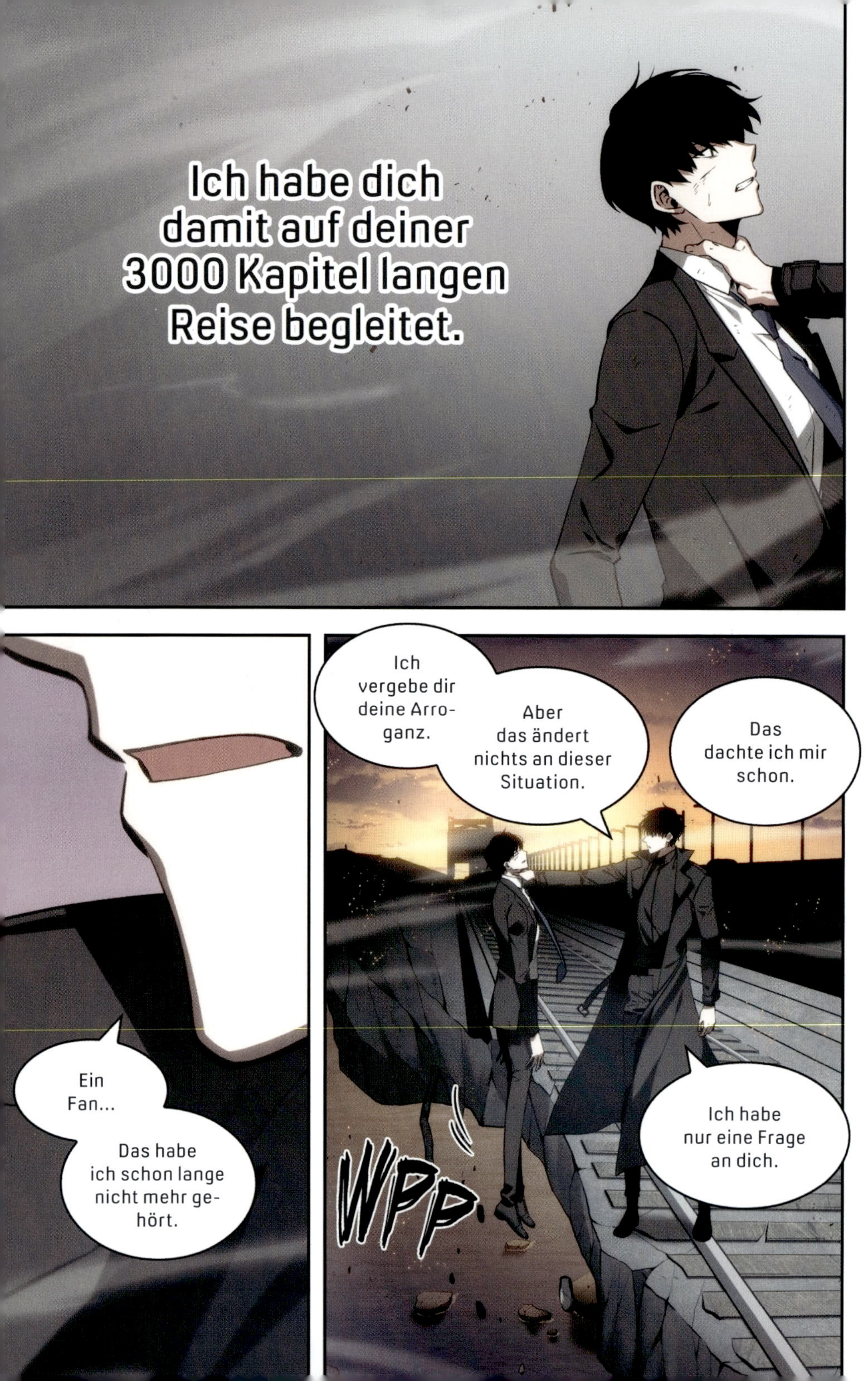
Ich habe dich damit auf deiner 3000 Kapitel langen Reise begleitet.
Ein Fan...
Das habe ich schon lange nicht mehr ge-hört.
Ich vergebe dir deine Arro-ganz.
Aber das ändert nichts an dieser Situation.
Das dachte ich mir schon.
WPP
Ich habe nur eine Frage an dich.

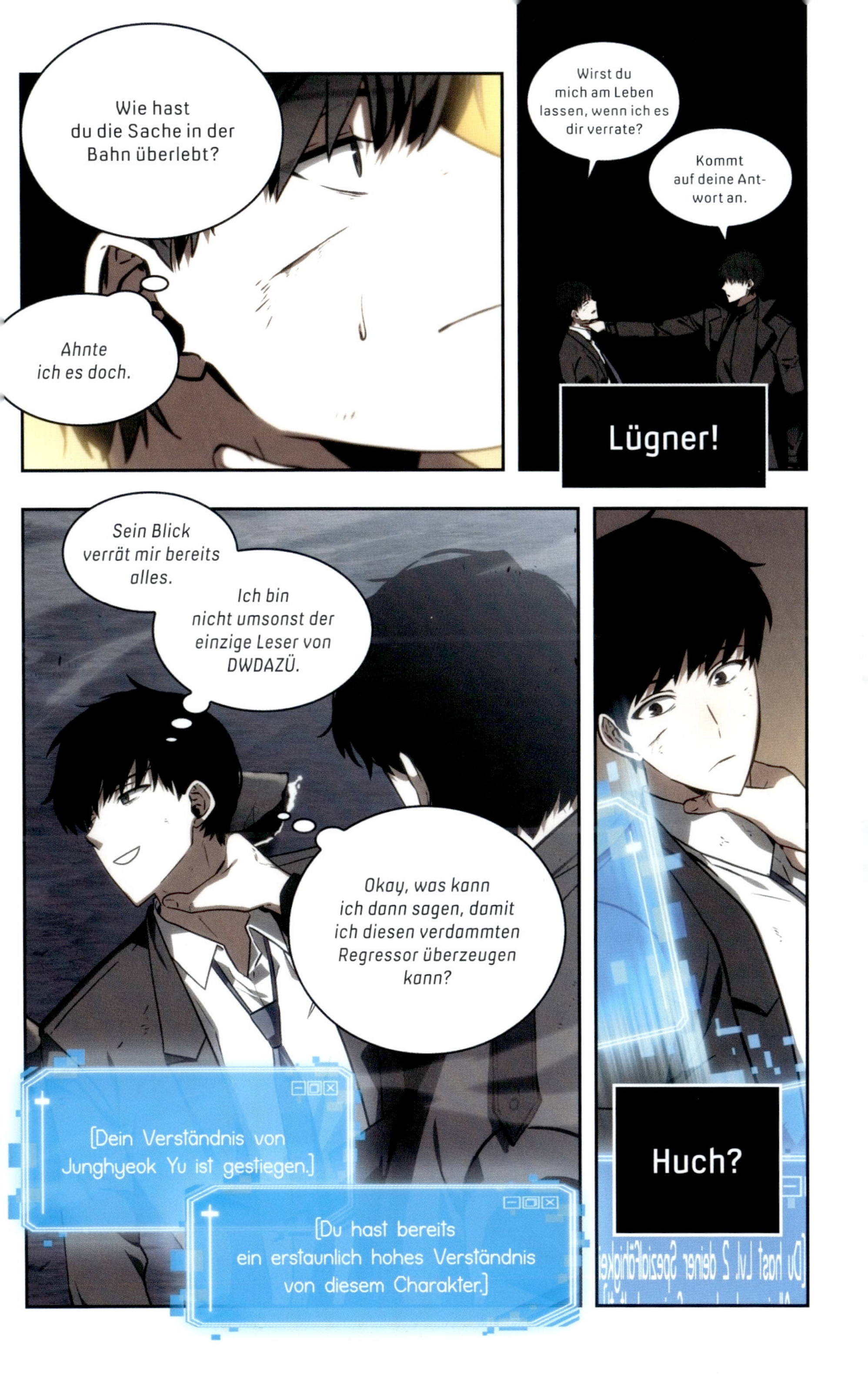
Wie hast du die Sache in der Bahn überlebt?
Ahnte ich es doch.
Wirst du mich am Leben lassen, wenn ich es dir verrate?
Kommt auf deine Ant-wort an.
Lügner!
Sein Blick verrät mir bereits alles.
Ich bin nicht umsonst der einzige Leser von DWDAZÜ.
Okay, was kann ich dann sagen, damit ich diesen verdammten Regressor überzeugen kann?
[Dein Verständnis von Junghyeok Yu ist gestiegen.]
[Du hast bereits ein erstaunlich hohes Verständnis von diesem Charakter.]
Huch?

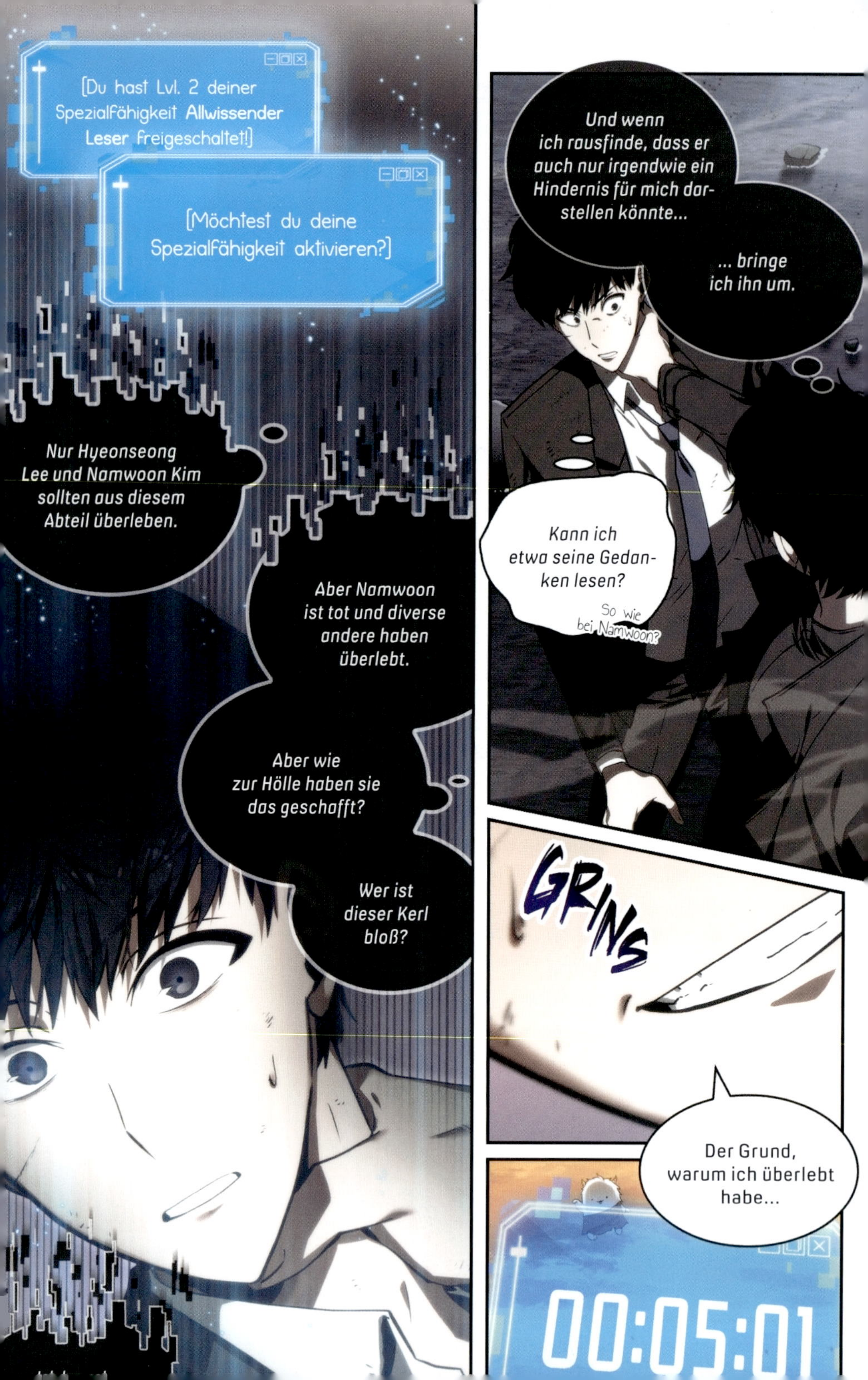

[Du hast Lvl. 2 deiner Spezialfähigkeit Allwissender Leser freigeschaltet!]
[Möchtest du deine Spezialfähigkeit aktivieren?]
Nur Hyeonseong Lee und Namwoon Kim sollten aus diesem Abteil überleben.
Aber Namwoon ist tot und diverse andere haben überlebt.
Aber wie zur Hölle haben sie das geschafft?
Wer ist dieser Kerl bloß?
Und wenn ich rausfinde, dass er auch nur irgendwie ein Hindernis für mich darstellen könnte...
... bringe ich ihn um.
Kann ich etwa seine Gedanken lesen?
So wie bei Namwoon?
GRINS
Der Grund, warum ich überlebt habe...
00:05:01

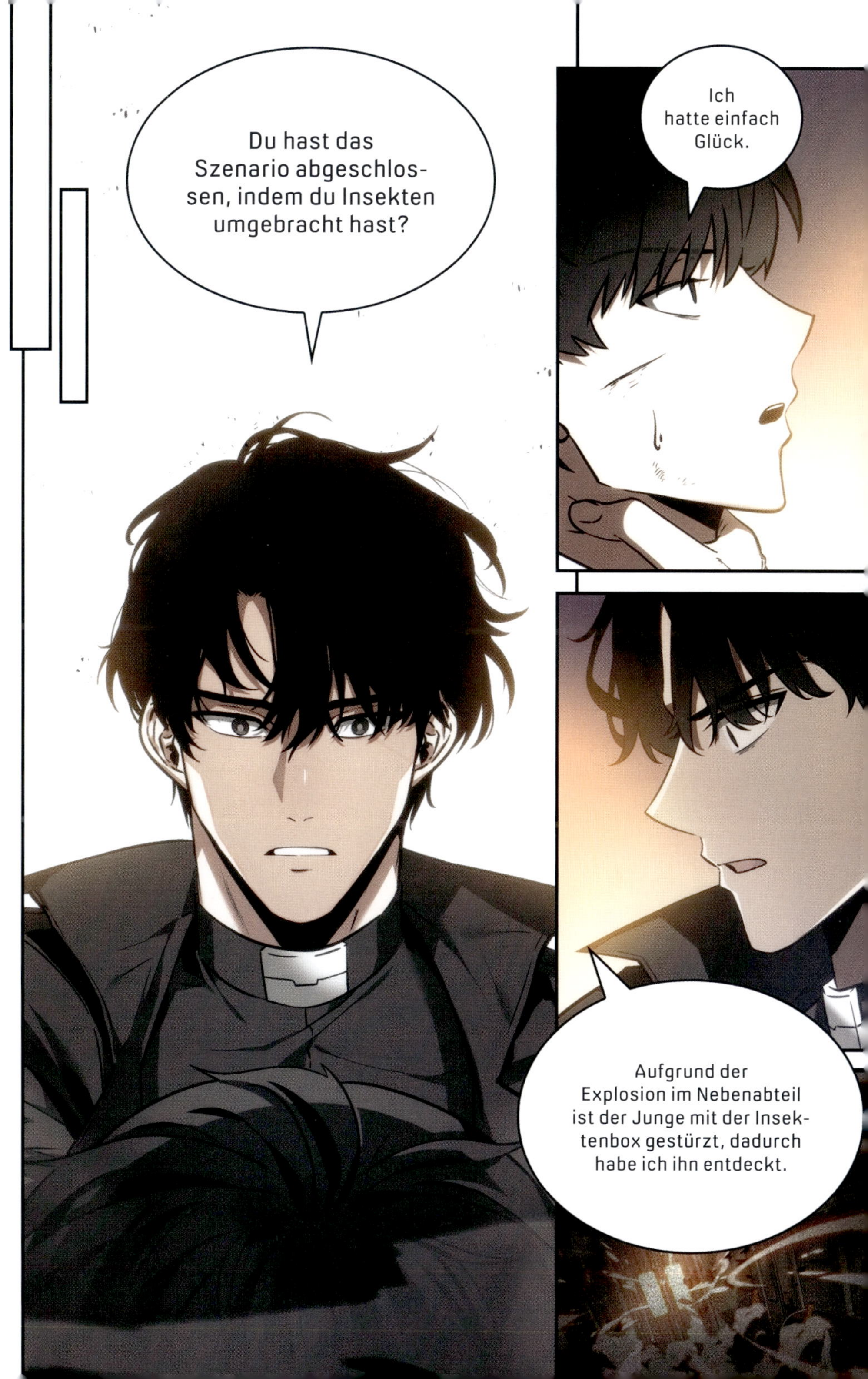
Du hast das Szenario abgeschlossen, indem du Insekten umgebracht hast?
Ich hatte einfach Glück.
Aufgrund der Explosion im Nebenabteil ist der Junge mit der Insektenbox gestürzt, dadurch habe ich ihn entdeckt.

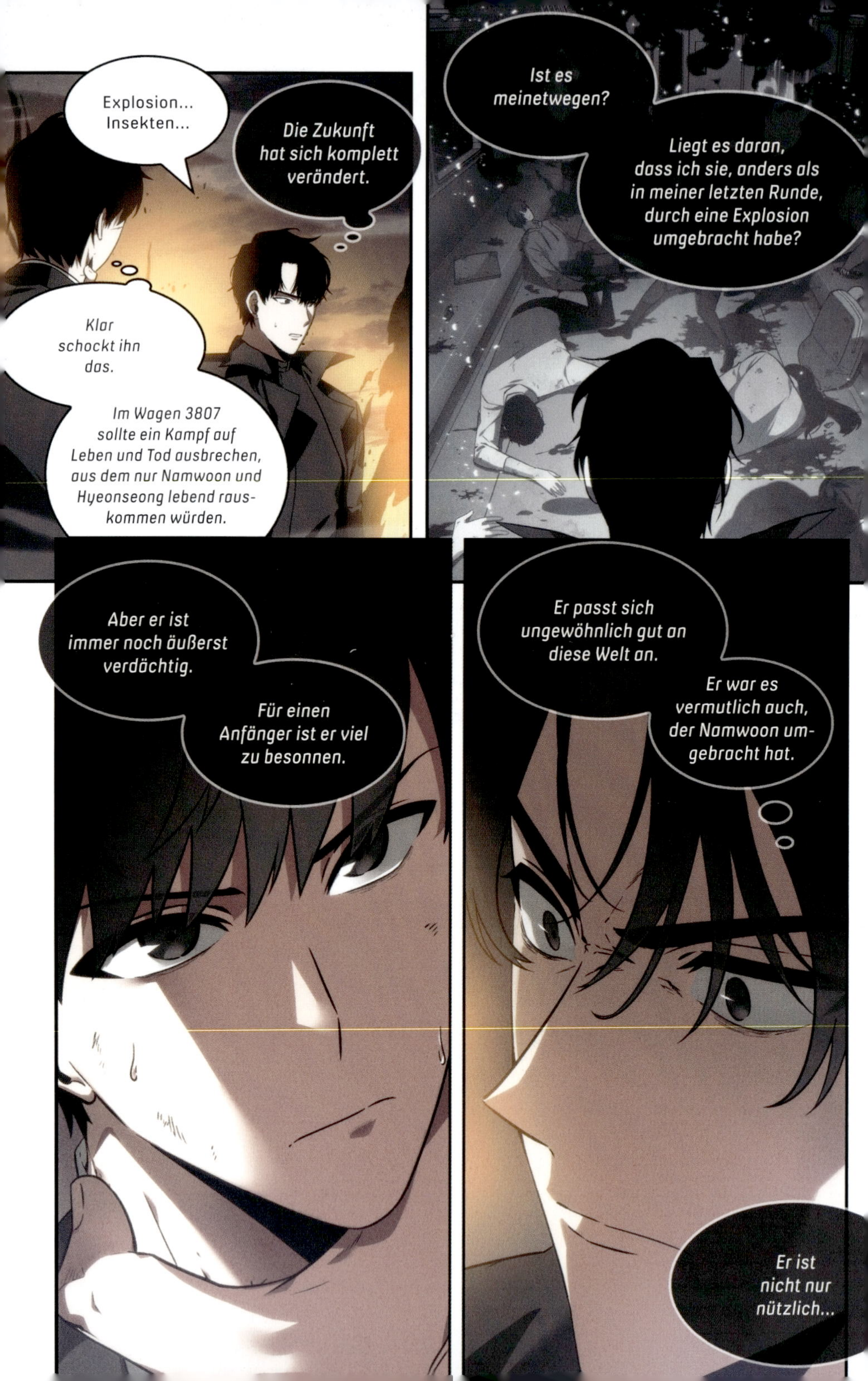
Explosion... Insekten...
Die Zukunft hat sich komplett verändert.
Klar schockt ihn das.
Im Wagen 3807 sollte ein Kampf auf Leben und Tod ausbrechen, aus dem nur Namwoon und Hyeonseong lebend raus-kommen würden.
Ist es meinetwegen?
Liegt es daran, dass ich sie, anders als in meiner letzten Runde, durch eine Explosion umgebracht habe?
Aber er ist immer noch äußerst verdächtig.
Für einen Anfänger ist er viel zu besonnen.
Er passt sich ungewöhnlich gut an diese Welt an.
Er war es vermutlich auch, der Namwoon um-gebracht hat.
Er ist nicht nur nützlich...

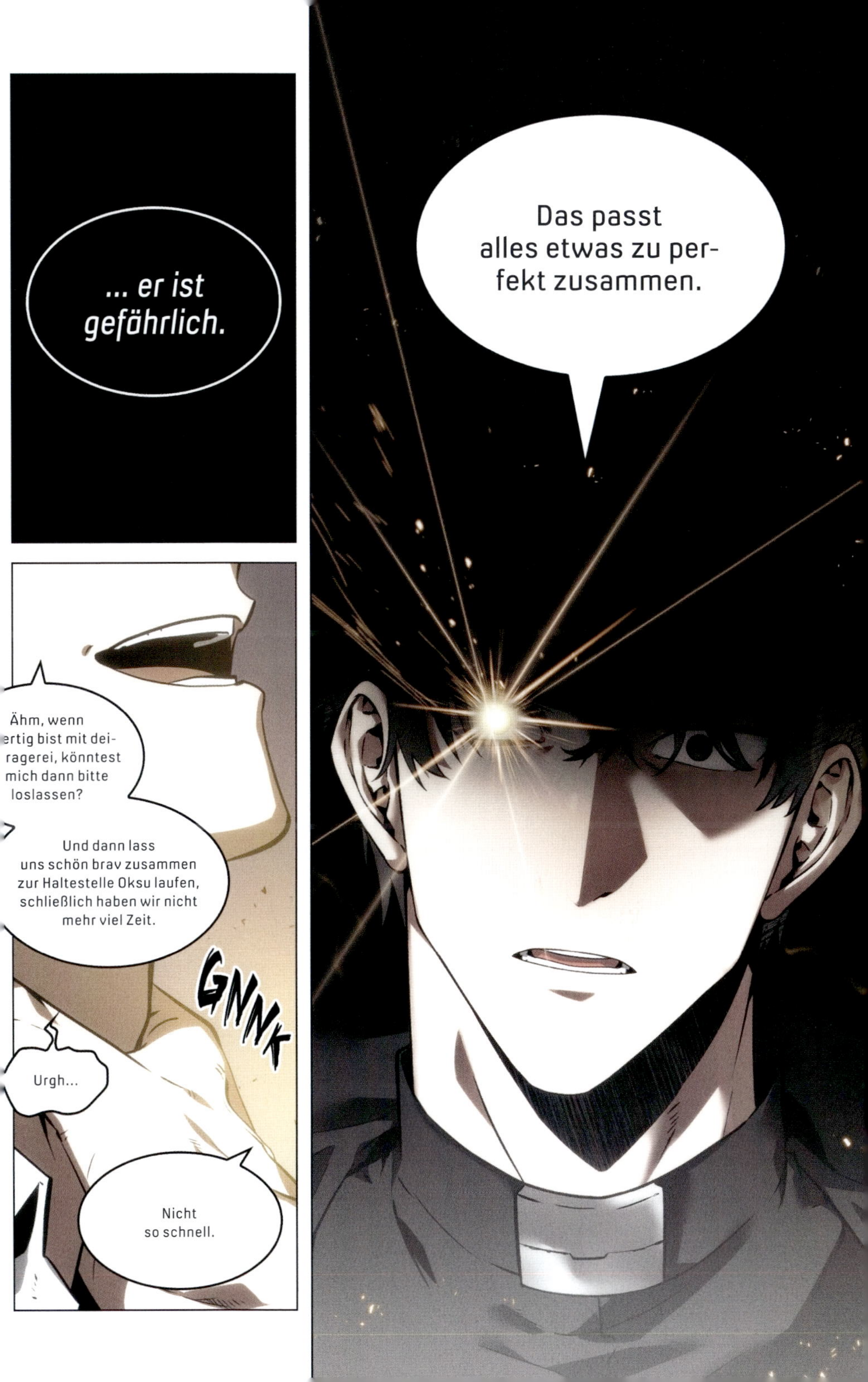

... er ist gefährlich.
Das passt alles etwas zu perfekt zusammen.
Ähm, wenn ertig bist mit deiragerei, könntest mich dann bitte loslassen?
Und dann lass uns schön brav zusammen zur Haltestelle Oksu laufen, schließlich haben wir nicht mehr viel Zeit.
GNNK
Urgh...
Nicht so schnell.

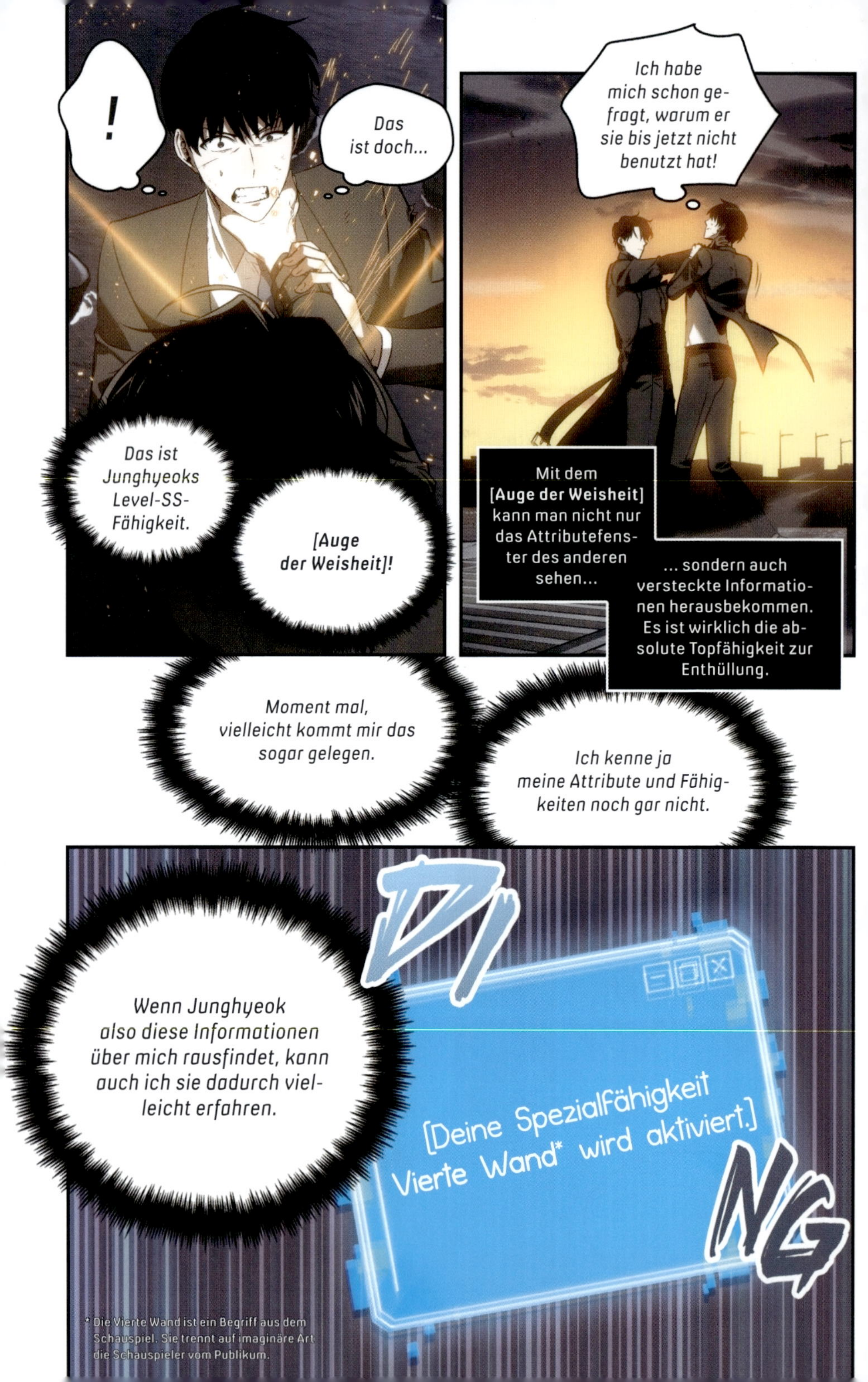
!
Das ist doch...
Ich habe mich schon gefragt, warum er sie bis jetzt nicht benutzt hat!
Das ist Junghyeoks Level-SS-Fähigkeit.
[Auge der Weisheit]!
Mit dem [Auge der Weisheit] kann man nicht nur das Attributefenster des anderen sehen...
... sondern auch versteckte Informationen herausbekommen. Es ist wirklich die absolute Topfähigkeit zur Enthüllung.
Moment mal, vielleicht kommt mir das sogar gelegen.
Ich kenne ja meine Attribute und Fähigkeiten noch gar nicht.
Wenn Junghyeok also diese Informationen über mich rausfindet, kann auch ich sie dadurch vielleicht erfahren.
DING
[Deine Spezialfähigkeit Vierte Wand* wird aktiviert.]
* Die Vierte Wand ist ein Begriff aus dem Schauspiel. Sie trennt auf imaginäre Art die Schauspieler vom Publikum.

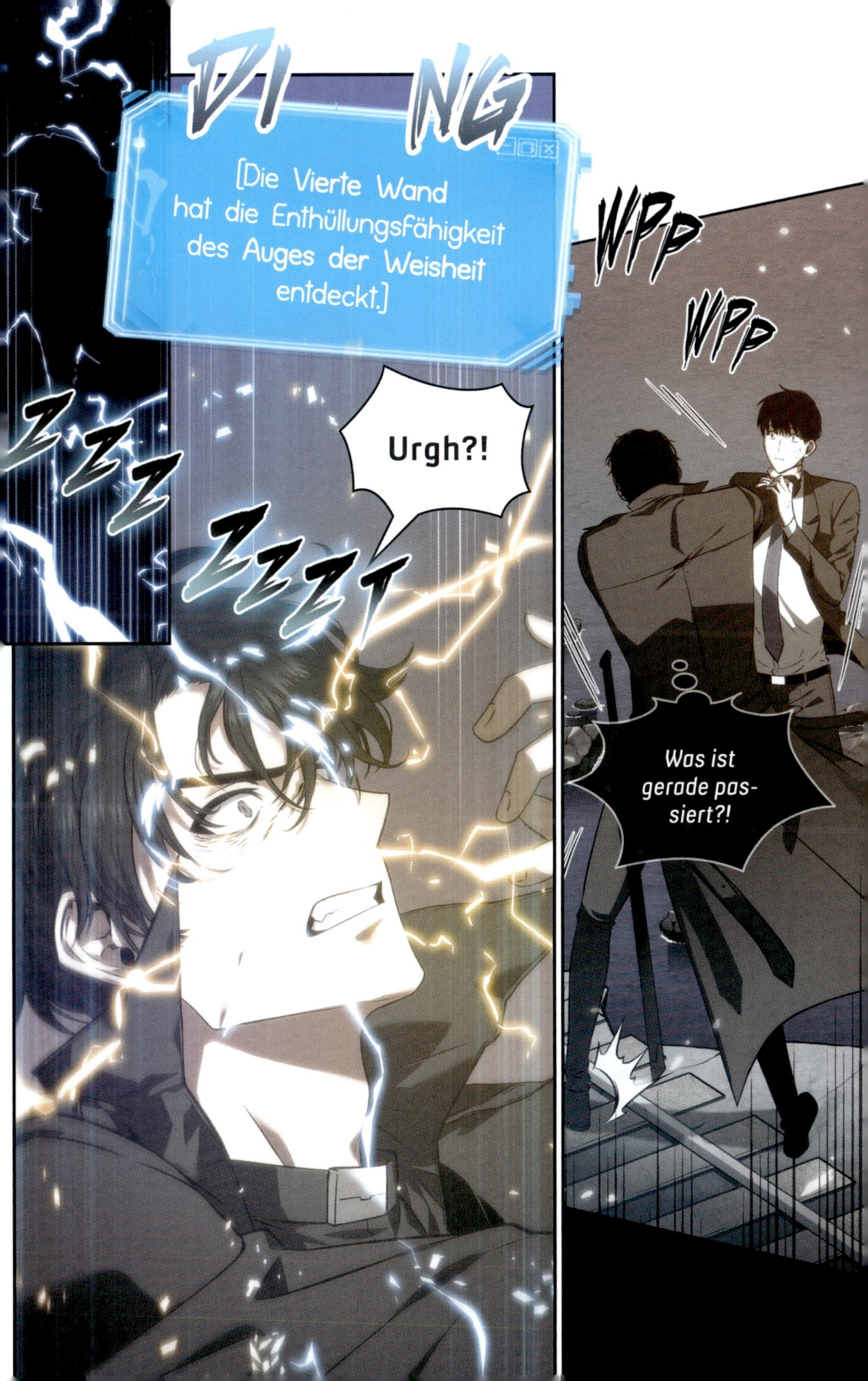
DING
[Die Vierte Wand hat die Enthüllungsfähigkeit des Auges der Weisheit entdeckt.]
ZZZ
ZZZZ
Urgh?!
WPP
WPP
Was ist gerade pas-siert?!

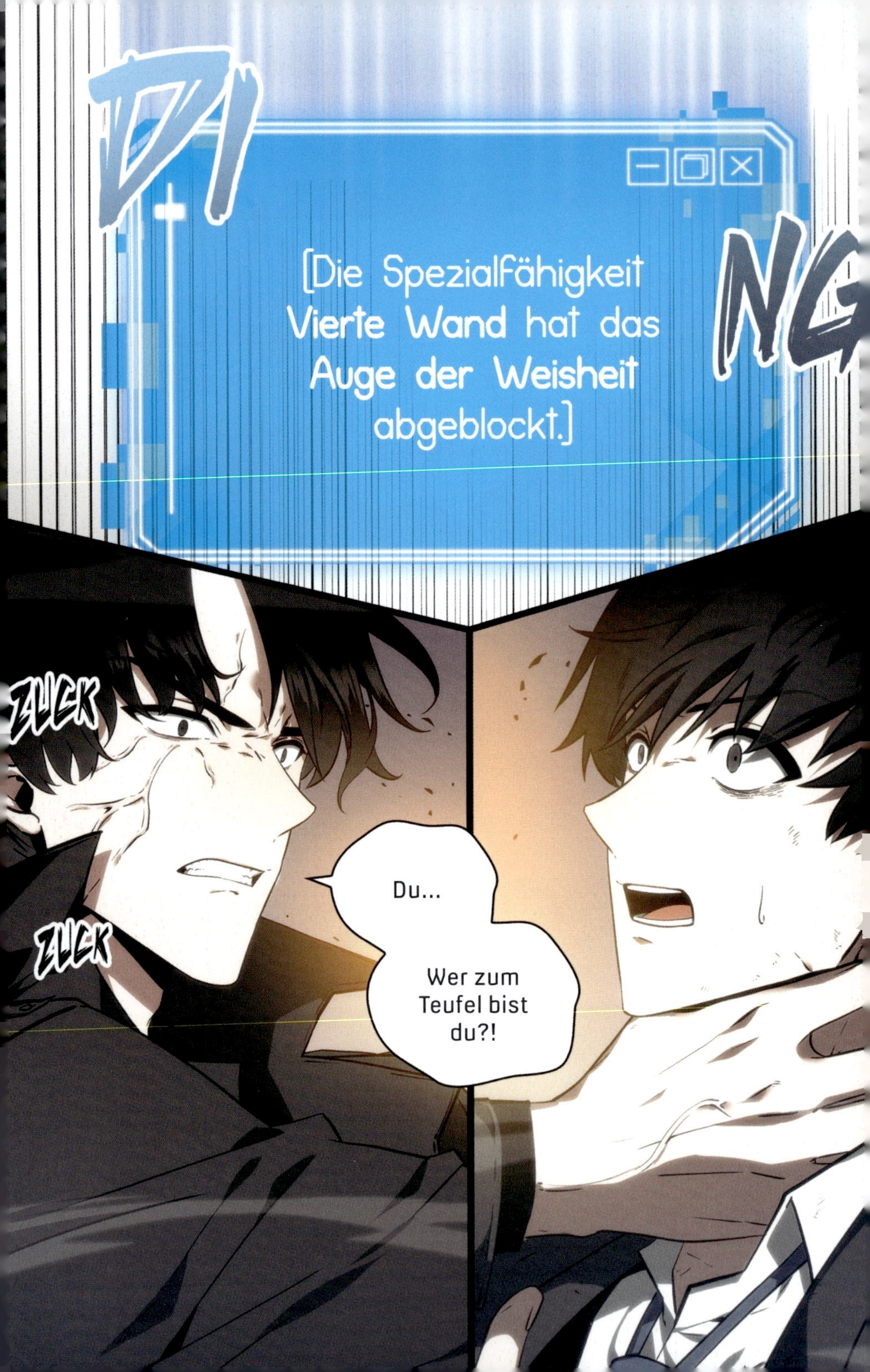
DI
NG
[Die Spezialfähigkeit Vierte Wand hat das Auge der Weisheit abgeblockt.]
ZUCK
ZUCK
Du...
Wer zum Teufel bist du?!

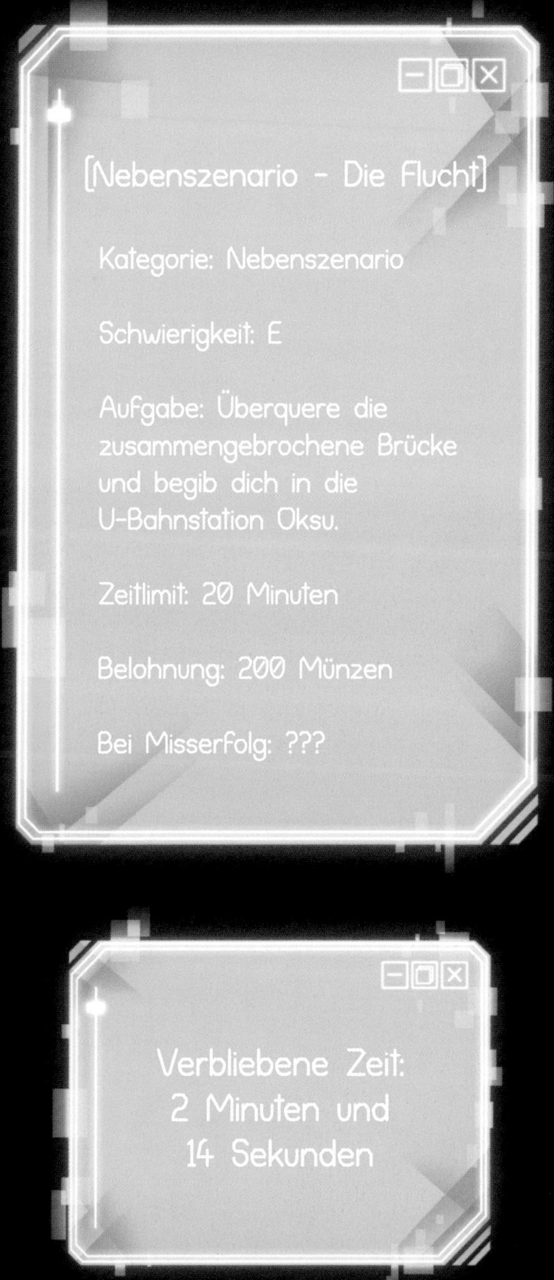
[Nebenszenario - Die Flucht]
Kategorie: Nebenszenario
Schwierigkeit: E
Aufgabe: Überquere die zusammengebrochene Brücke und begib dich in die U-Bahnstation Oksu.
Zeitlimit: 20 Minuten
Belohnung: 200 Münzen
Bei Misserfolg: ???
Verbliebene Zeit: 2 Minuten und 14 Sekunden

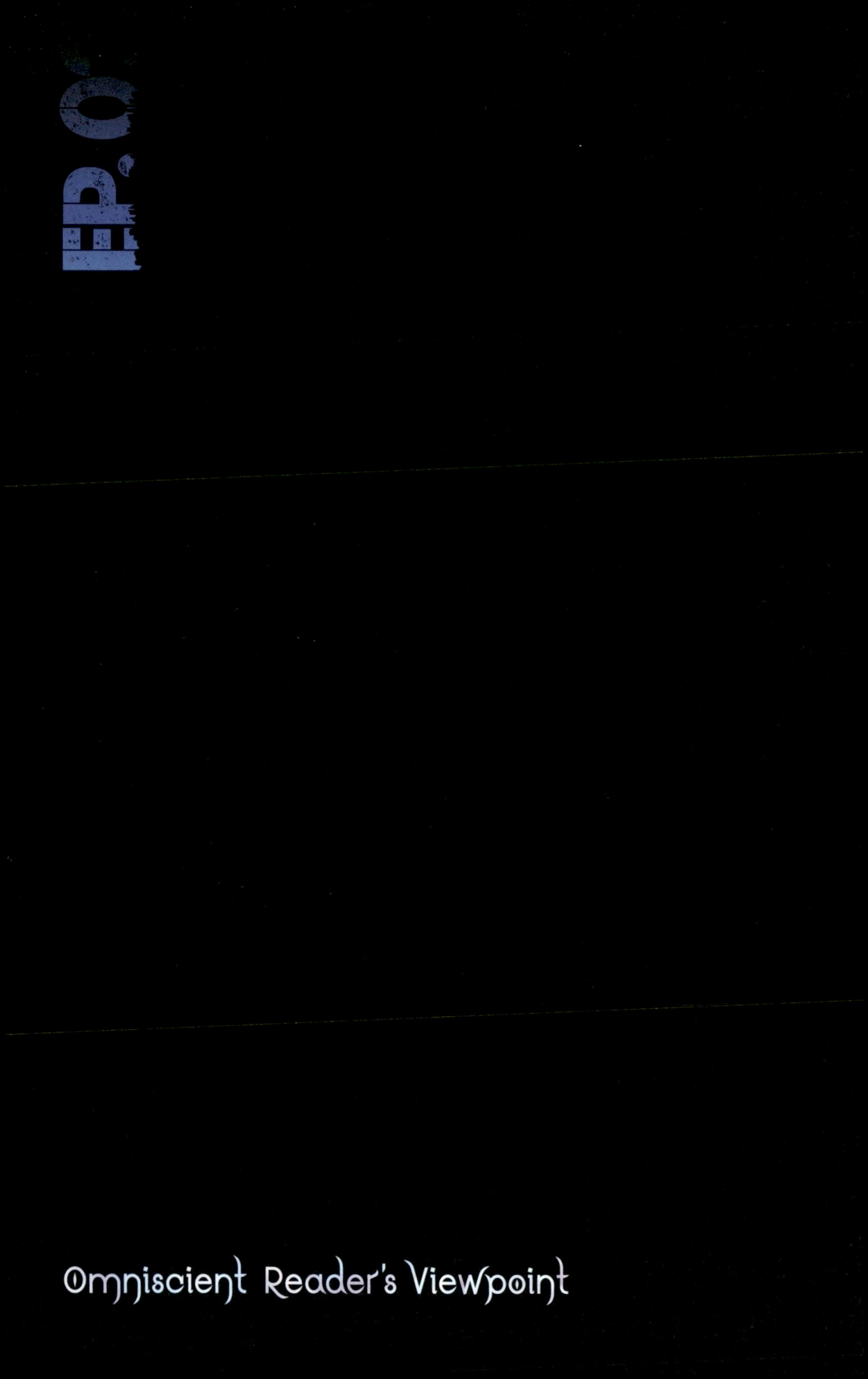
Omniscient Reader's Viewpoint

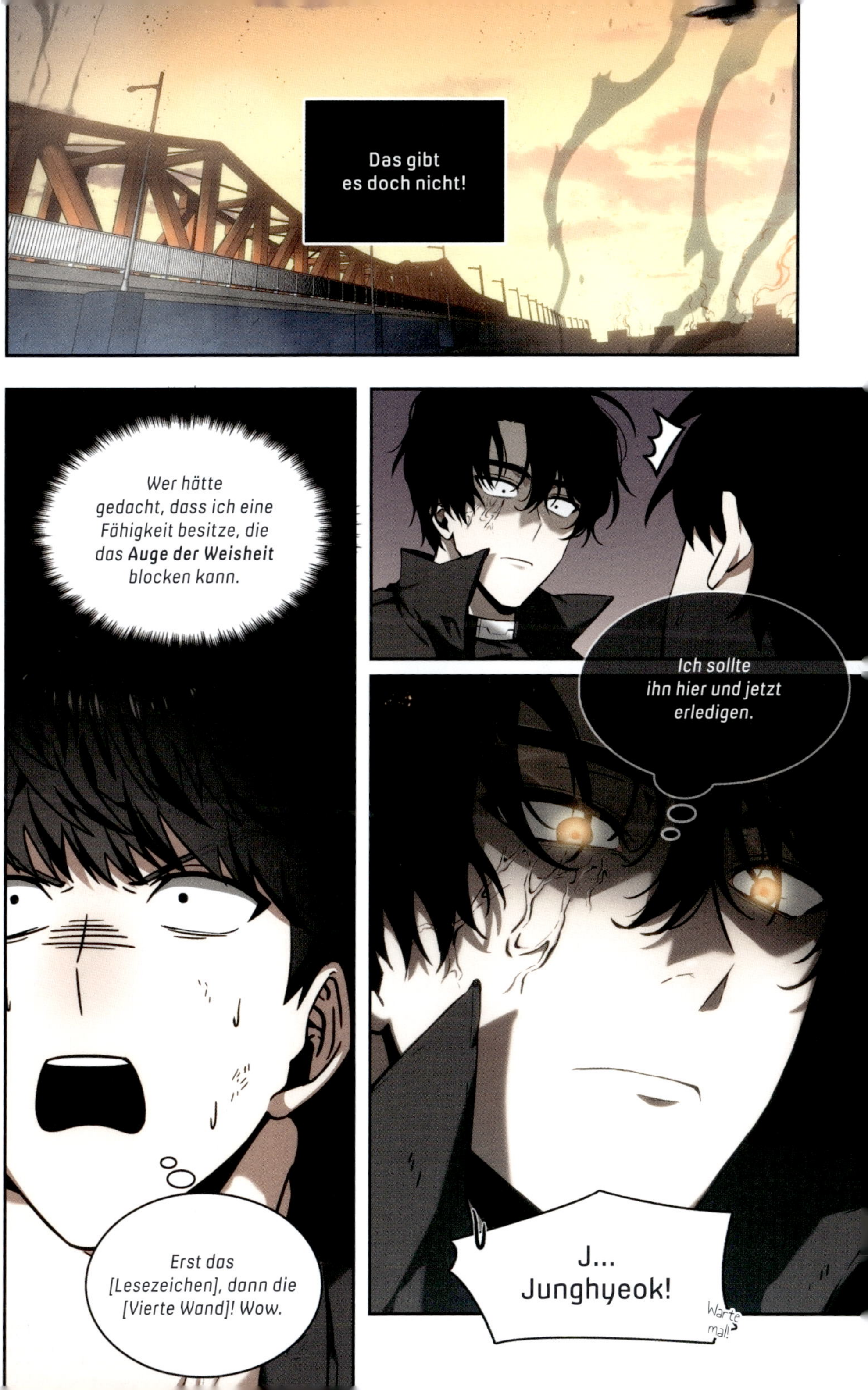
Das gibt es doch nicht!
Wer hätte gedacht, dass ich eine Fähigkeit besitze, die das **Auge der Weisheit** blocken kann.
Ich sollte ihn hier und jetzt erledigen.
Erst das [Lesezeichen], dann die [Vierte Wand]! Wow.
J... Junghyeok!
Warte mal!

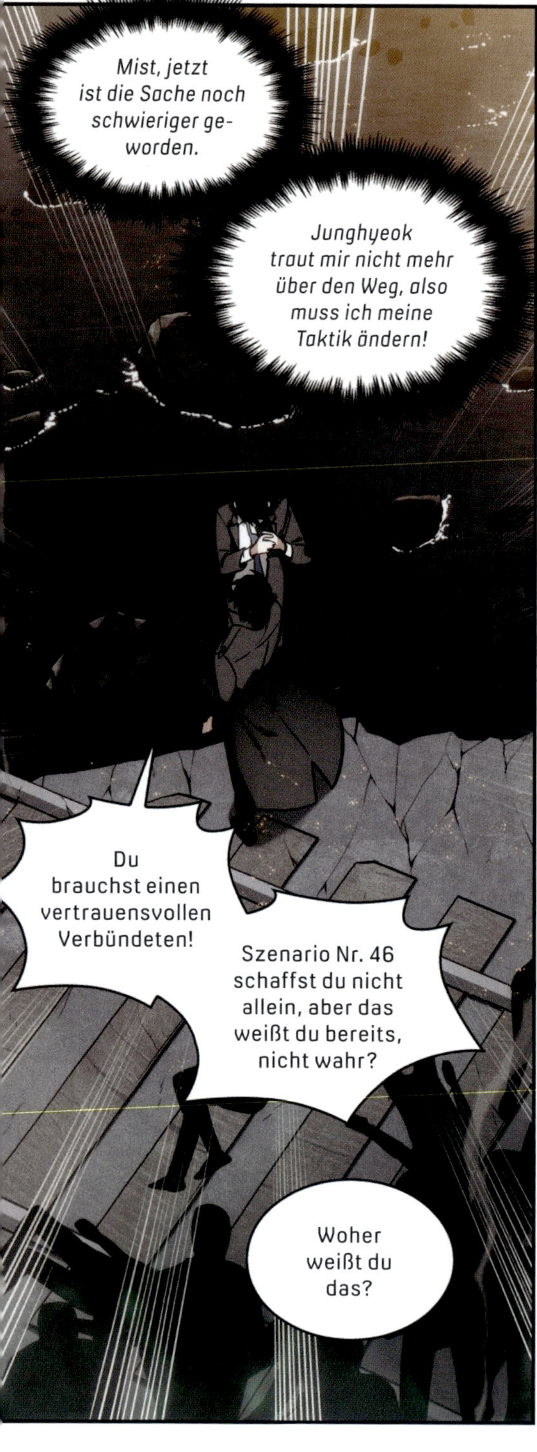
Mist, jetzt ist die Sache noch schwieriger geworden.
Junghyeok traut mir nicht mehr über den Weg, also muss ich meine Taktik ändern!
Du brauchst einen vertrauensvollen Verbündeten!
Szenario Nr. 46 schaffst du nicht allein, aber das weißt du bereits, nicht wahr?
Woher weißt du das?
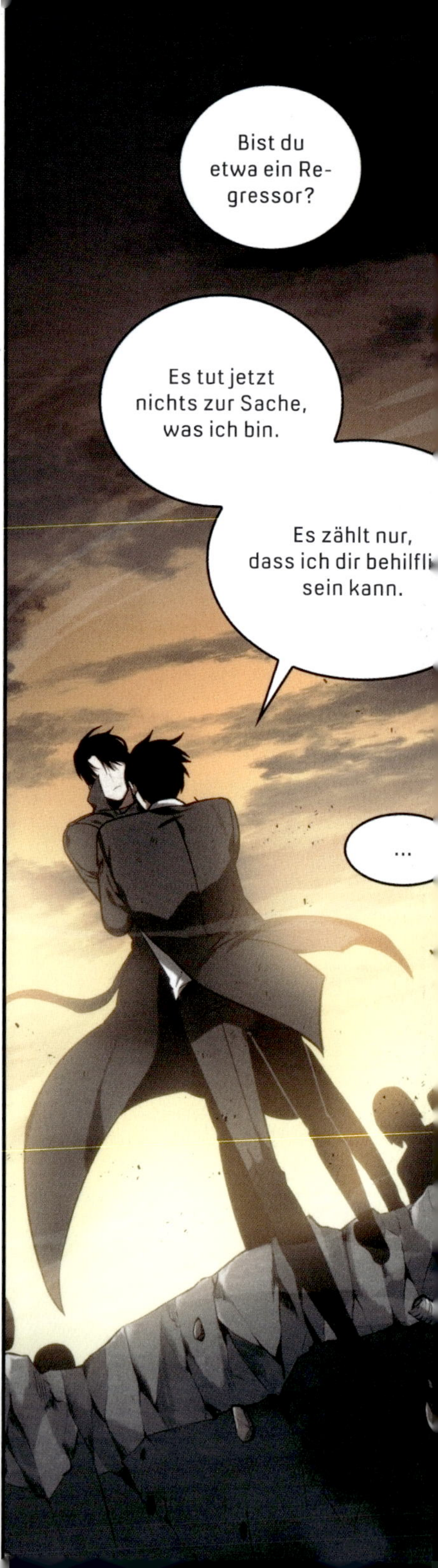
Bist du etwa ein Regressor?
Es tut jetzt nichts zur Sache, was ich bin.
Es zählt nur, dass ich dir behilfli sein kann.
...

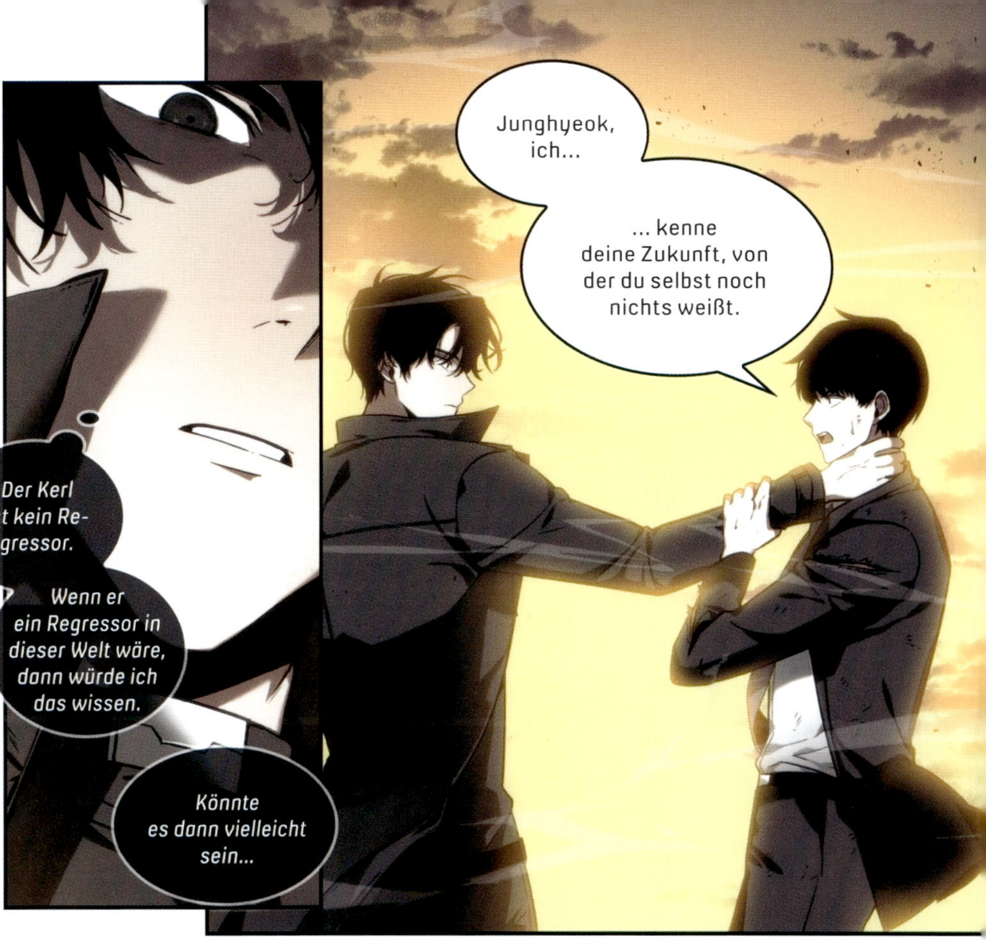
Junghyeok, ich...
... kenne deine Zukunft, von der du selbst noch nichts weißt.
Der Kerl st kein Regressor.
Wenn er ein Regressor in dieser Welt wäre, dann würde ich das wissen.
Könnte es dann vielleicht sein...

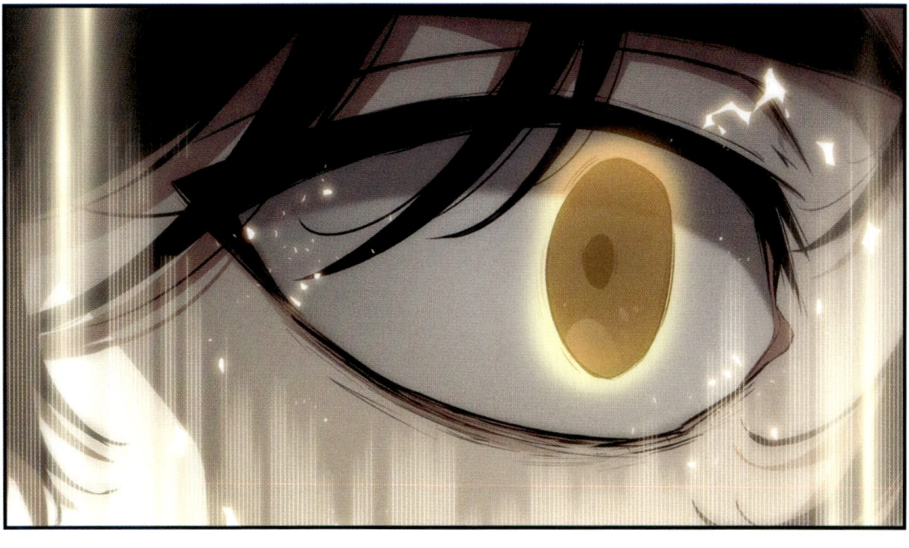

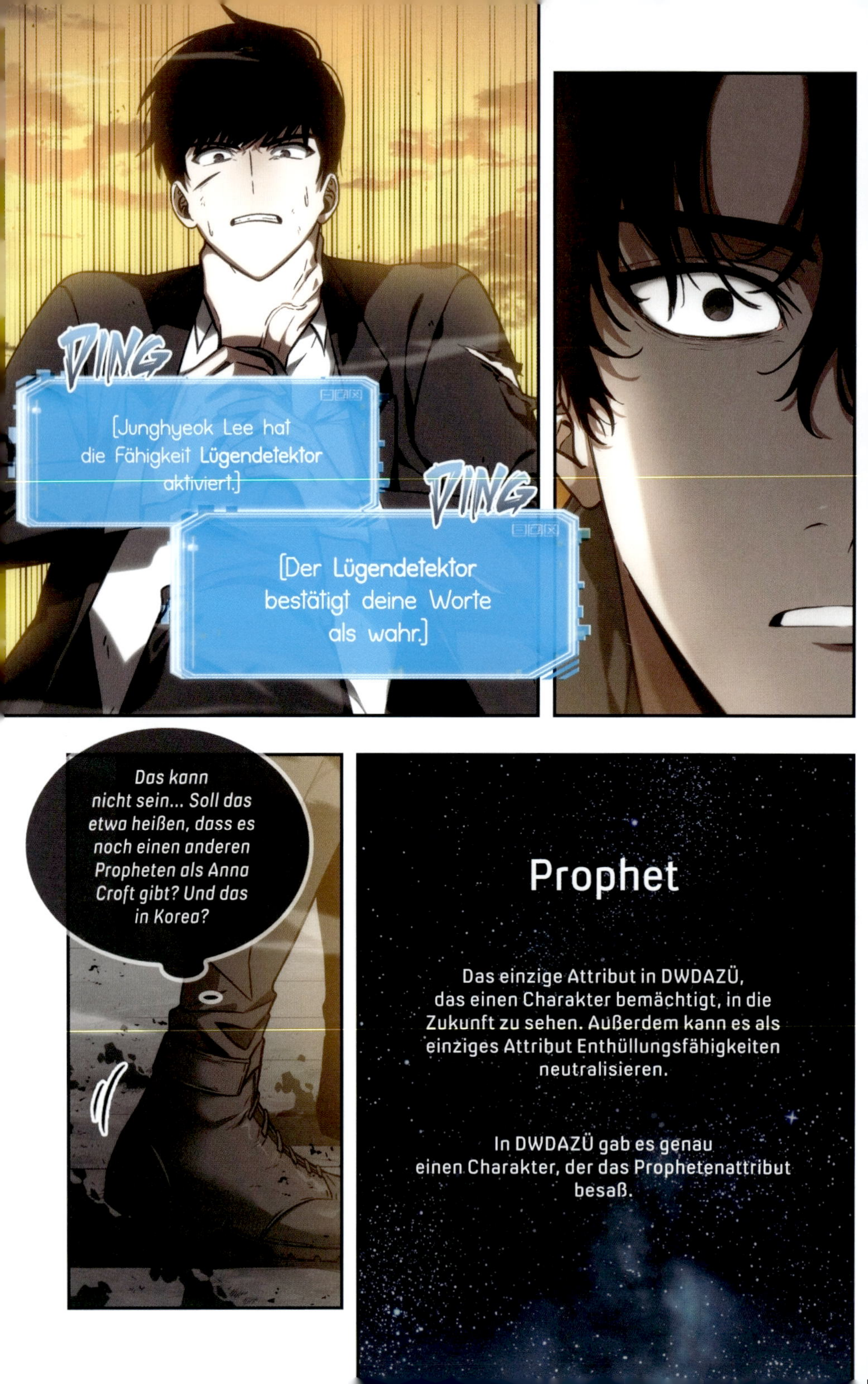
DING
[Junghyeok Lee hat die Fähigkeit Lügendetektor aktiviert.]
DING
[Der Lügendetektor bestätigt deine Worte als wahr.]
Das kann nicht sein... Soll das etwa heißen, dass es noch einen anderen Propheten als Anna Croft gibt? Und das in Korea?
Prophet
Das einzige Attribut in DWDAZÜ, das einen Charakter bemächtigt, in die Zukunft zu sehen. Außerdem kann es als einziges Attribut Enthüllungsfähigkeiten neutralisieren.
In DWDAZÜ gab es genau einen Charakter, der das Prophetenattribut besaß.

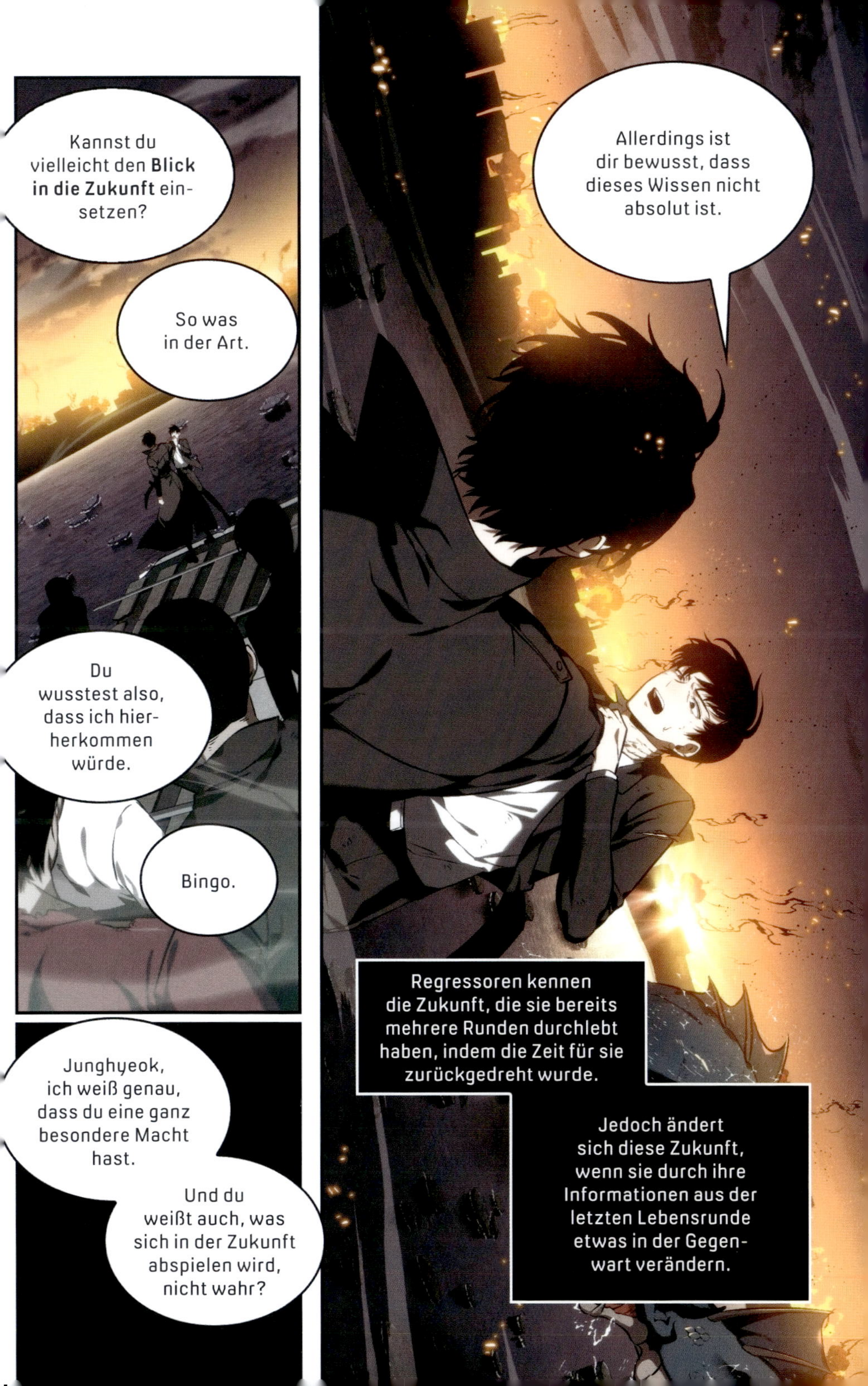
Kannst du vielleicht den **Blick in die Zukunft** einsetzen?
So was in der Art.
Du wusstest also, dass ich hierherkommen würde.
Bingo.
Junghyeok, ich weiß genau, dass du eine ganz besondere Macht hast.
Und du weißt auch, was sich in der Zukunft abspielen wird, nicht wahr?
Allerdings ist dir bewusst, dass dieses Wissen nicht absolut ist.
Regressoren kennen die Zukunft, die sie bereits mehrere Runden durchlebt haben, indem die Zeit für sie zurückgedreht wurde.
Jedoch ändert sich diese Zukunft, wenn sie durch ihre Informationen aus der letzten Lebensrunde etwas in der Gegenwart verändern.

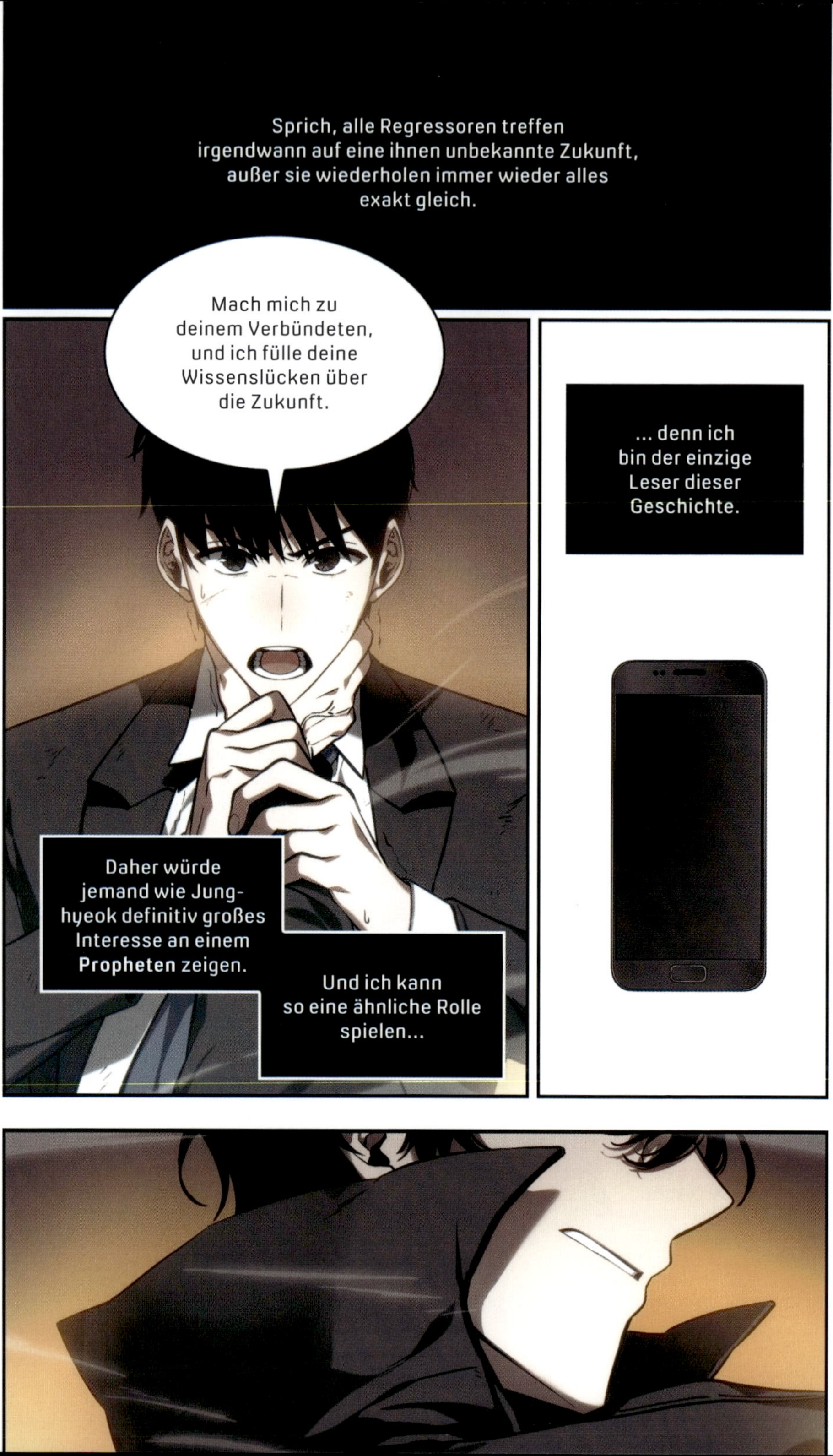
Sprich, alle Regressoren treffen irgendwann auf eine ihnen unbekannte Zukunft, außer sie wiederholen immer wieder alles exakt gleich.
Mach mich zu deinem Verbündeten, und ich fülle deine Wissenslücken über die Zukunft.
Daher würde jemand wie Jung-hyeok definitiv großes Interesse an einem **Propheten** zeigen.
Und ich kann so eine ähnliche Rolle spielen...
... denn ich bin der einzige Leser dieser Geschichte.

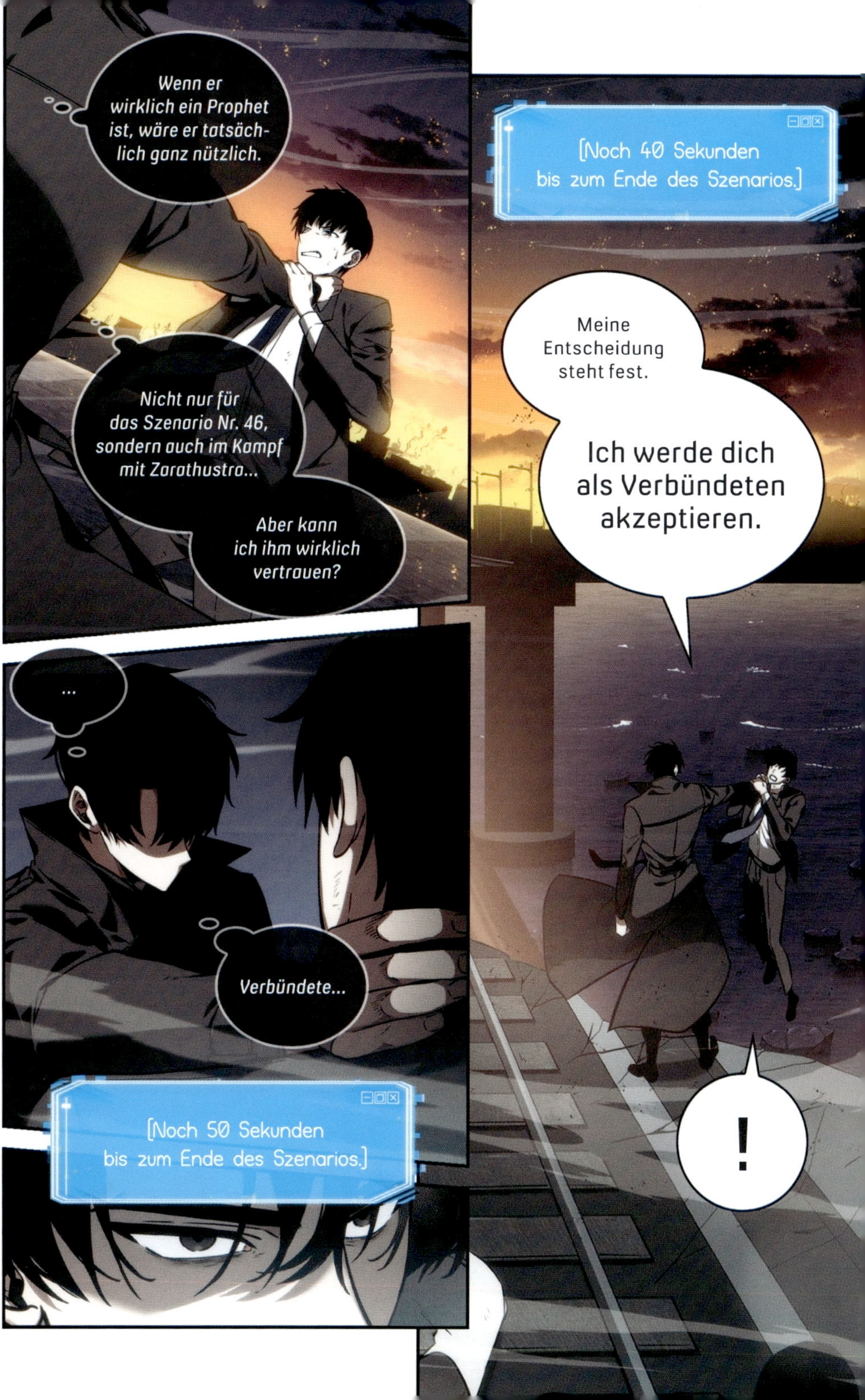
Wenn er wirklich ein Prophet ist, wäre er tatsächlich ganz nützlich.
Nicht nur für das Szenario Nr. 46, sondern auch im Kampf mit Zarathustra...
Aber kann ich ihm wirklich vertrauen?
...
Verbündete...
[Noch 50 Sekunden bis zum Ende des Szenarios.]
[Noch 40 Sekunden bis zum Ende des Szenarios.]
Meine Entscheidung steht fest.
Ich werde dich als Verbündeten akzeptieren.
!

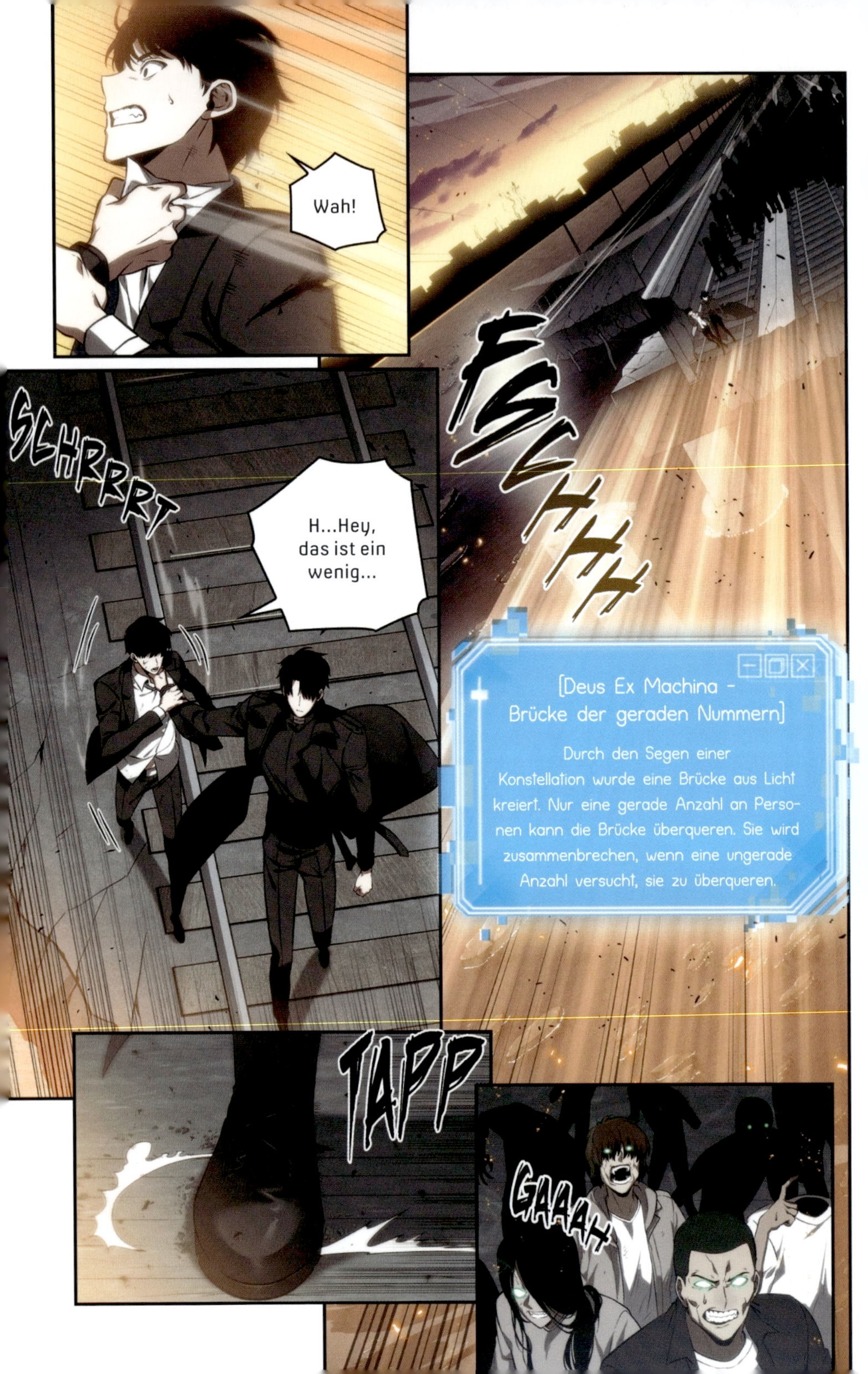
Wah!
FSCHHH
SCHRRRT
H...Hey, das ist ein wenig...
[Deus Ex Machina - Brücke der geraden Nummern]
Durch den Segen einer Konstellation wurde eine Brücke aus Licht kreiert. Nur eine gerade Anzahl an Personen kann die Brücke überqueren. Sie wird zusammenbrechen, wenn eine ungerade Anzahl versucht, sie zu überqueren.
TAPP
GAAAH

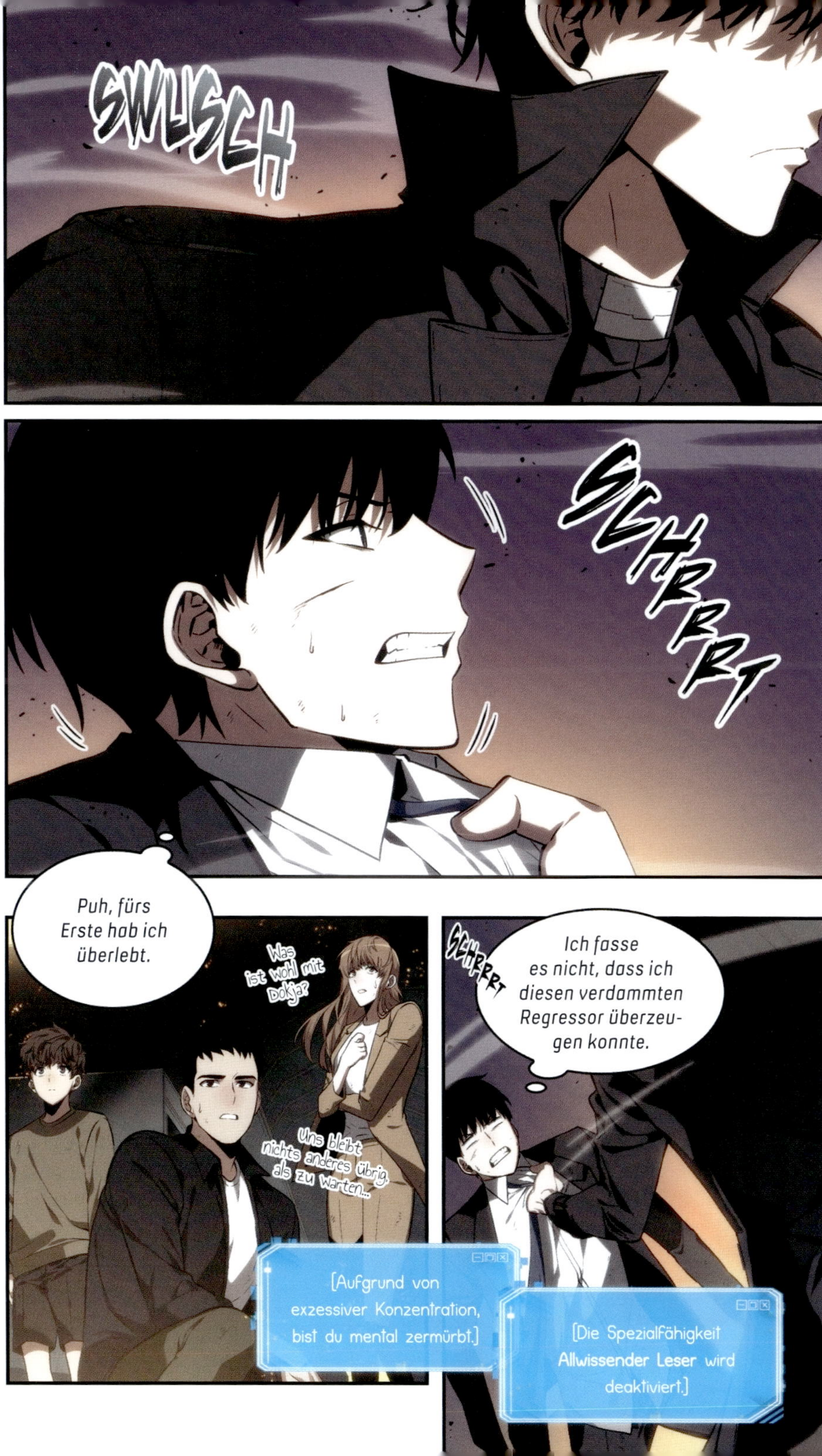
SWUSCH
SCHRRRT
Puh, fürs Erste hab ich überlebt.
Was ist wohl mit Dokja?
Uns bleibt nichts anderes übrig, als zu warten...
[Aufgrund von exzessiver Konzentration, bist du mental zermürbt.]
SCHRRRT
Ich fasse es nicht, dass ich diesen verdammten Regressor überzeugen konnte.
[Die Spezialfähigkeit Allwissender Leser wird deaktiviert.]

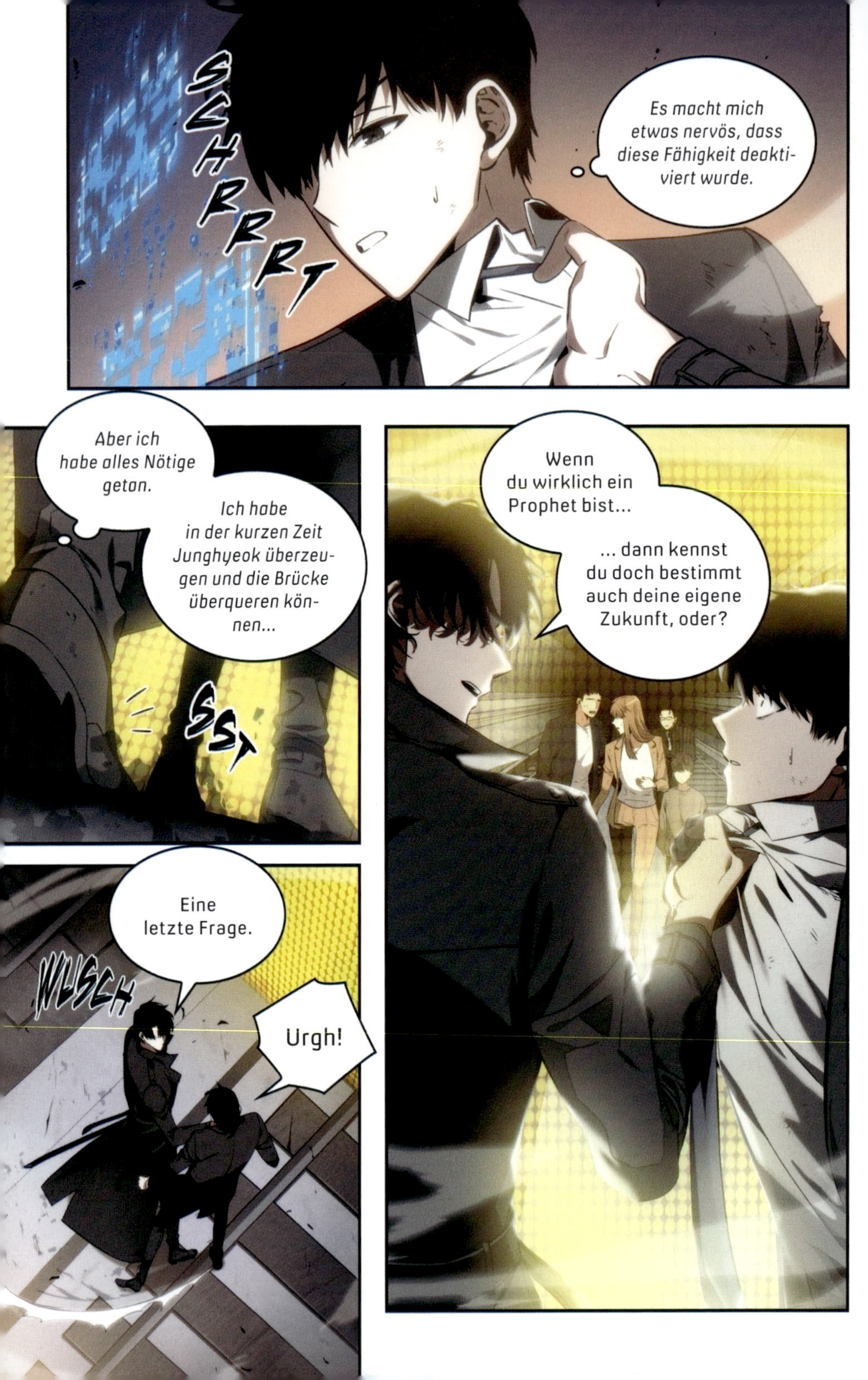
SCHRRRT
Es macht mich etwas nervös, dass diese Fähigkeit deaktiviert wurde.
Aber ich habe alles Nötige getan.
Ich habe in der kurzen Zeit Junghyeok überzeugen und die Brücke überqueren können...
SST
Wenn du wirklich ein Prophet bist...
... dann kennst du doch bestimmt auch deine eigene Zukunft, oder?
Eine letzte Frage.
WUSCH
Urgh!

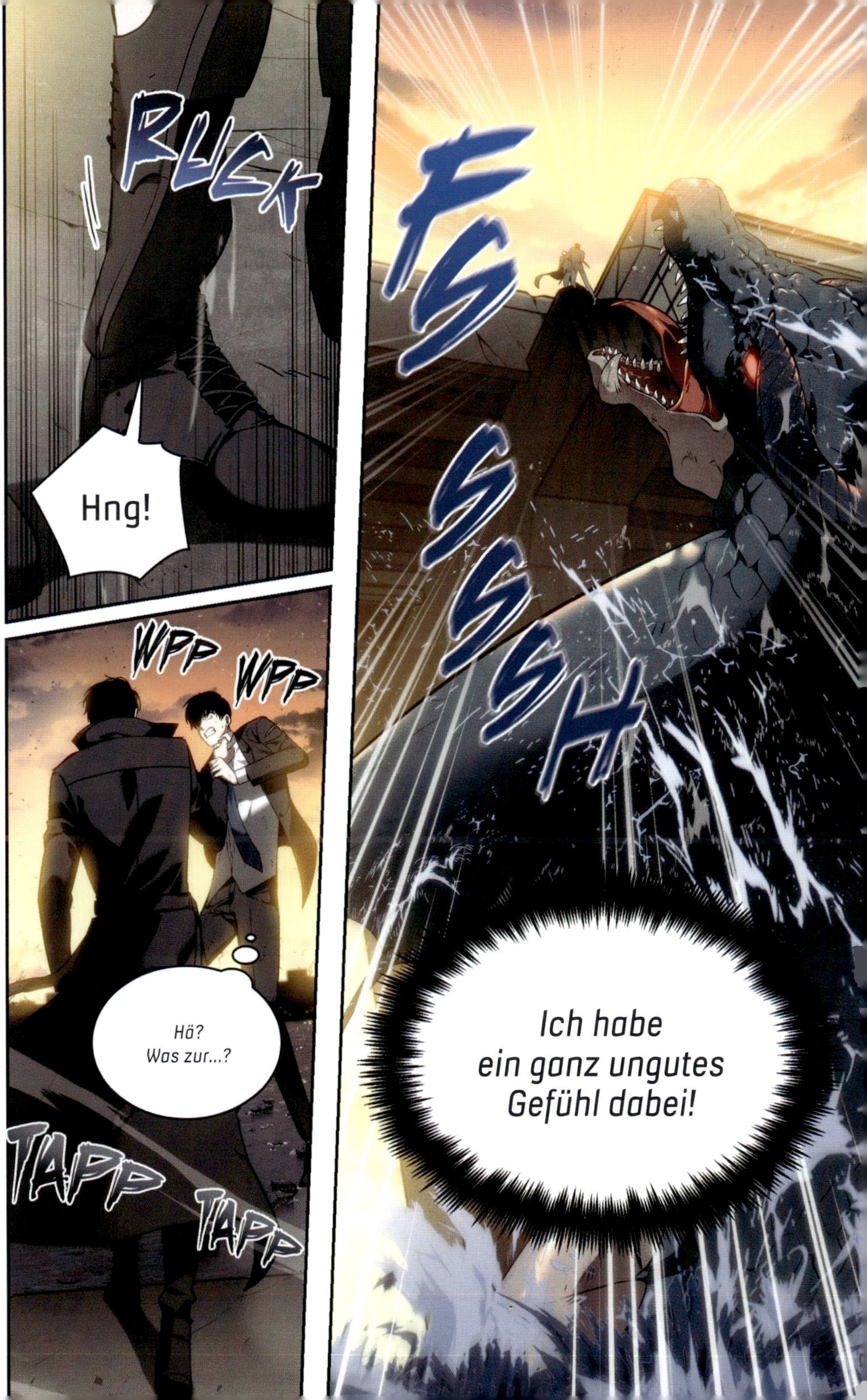
RUCK
Hng!
WPP WPP
Hä?
Was zur...?
TAPP TAPP
FSSSSH
Ich habe
ein ganz ungutes
Gefühl dabei!

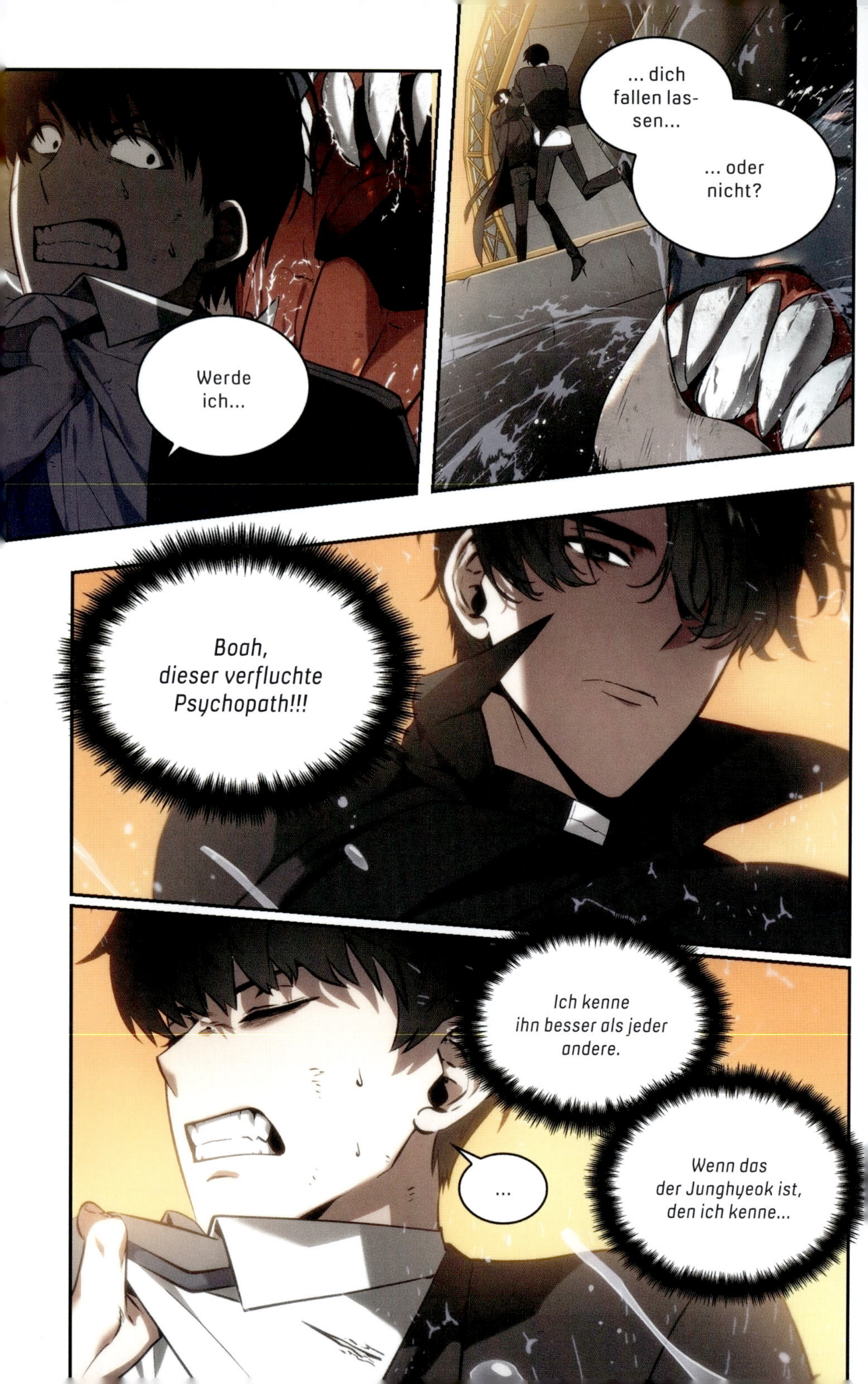
Werde
ich...
... dich
fallen las-
sen...
... oder
nicht?
Boah,
dieser verfluchte
Psychopath!!!
Ich kenne
ihn besser als jeder
andere.
...
Wenn das
der Junghyeok ist,
den ich kenne...

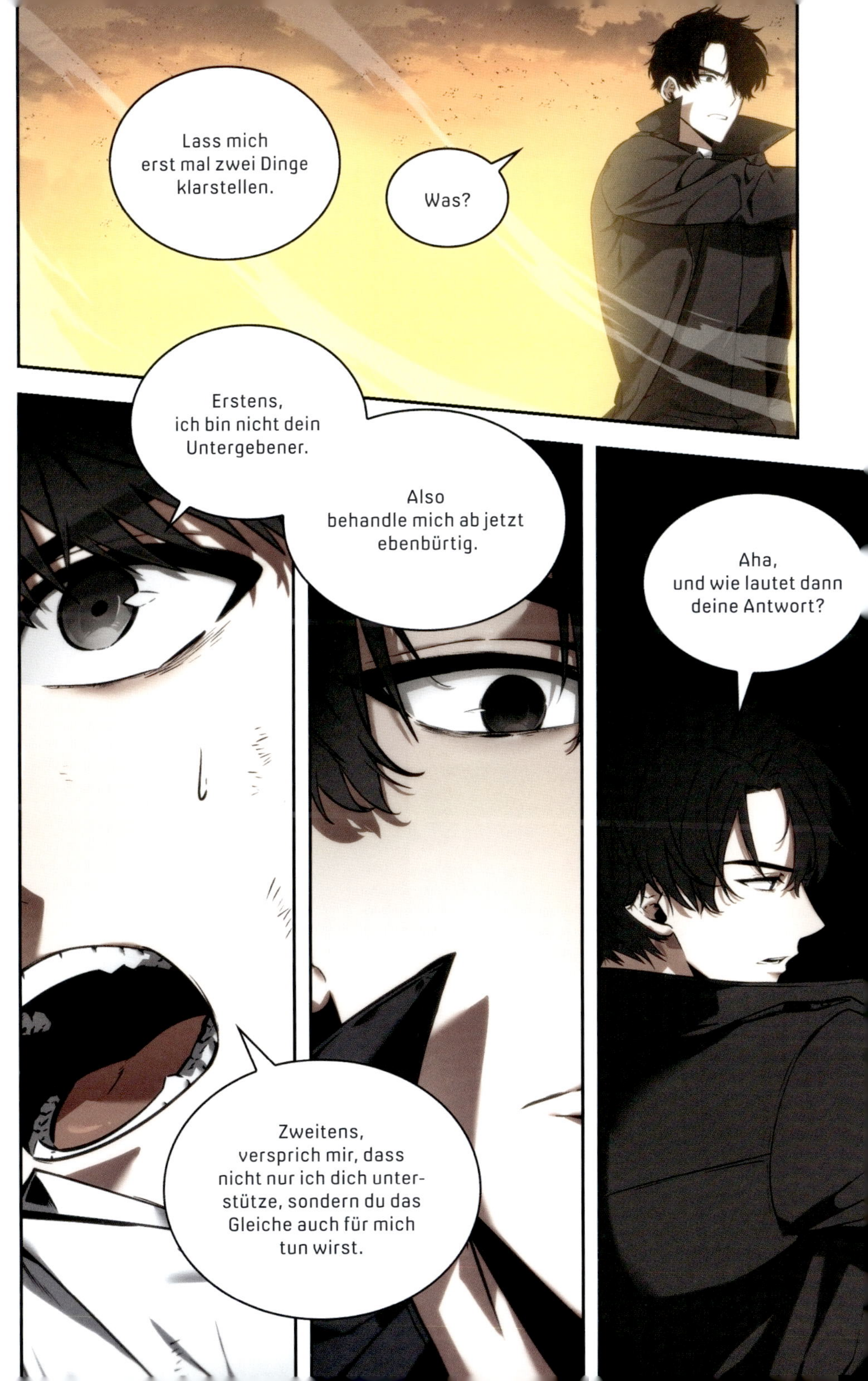
Lass mich erst mal zwei Dinge klarstellen.
Was?
Erstens, ich bin nicht dein Untergebener.
Also behandle mich ab jetzt ebenbürtig.
Aha, und wie lautet dann deine Antwort?
Zweitens, versprich mir, dass nicht nur ich dich unter-stütze, sondern du das Gleiche auch für mich tun wirst.

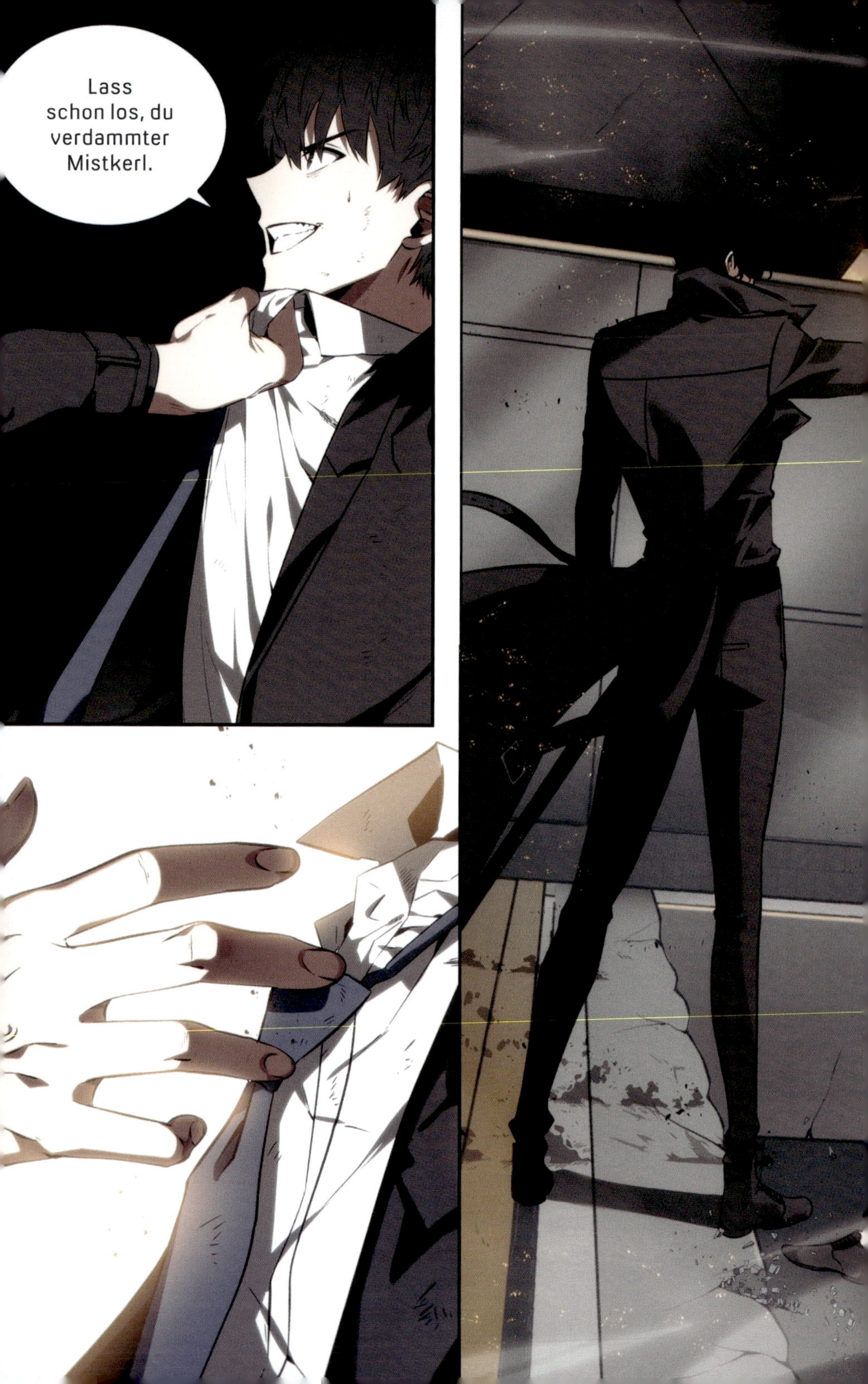
Lass schon los, du verdammter Mistkerl.

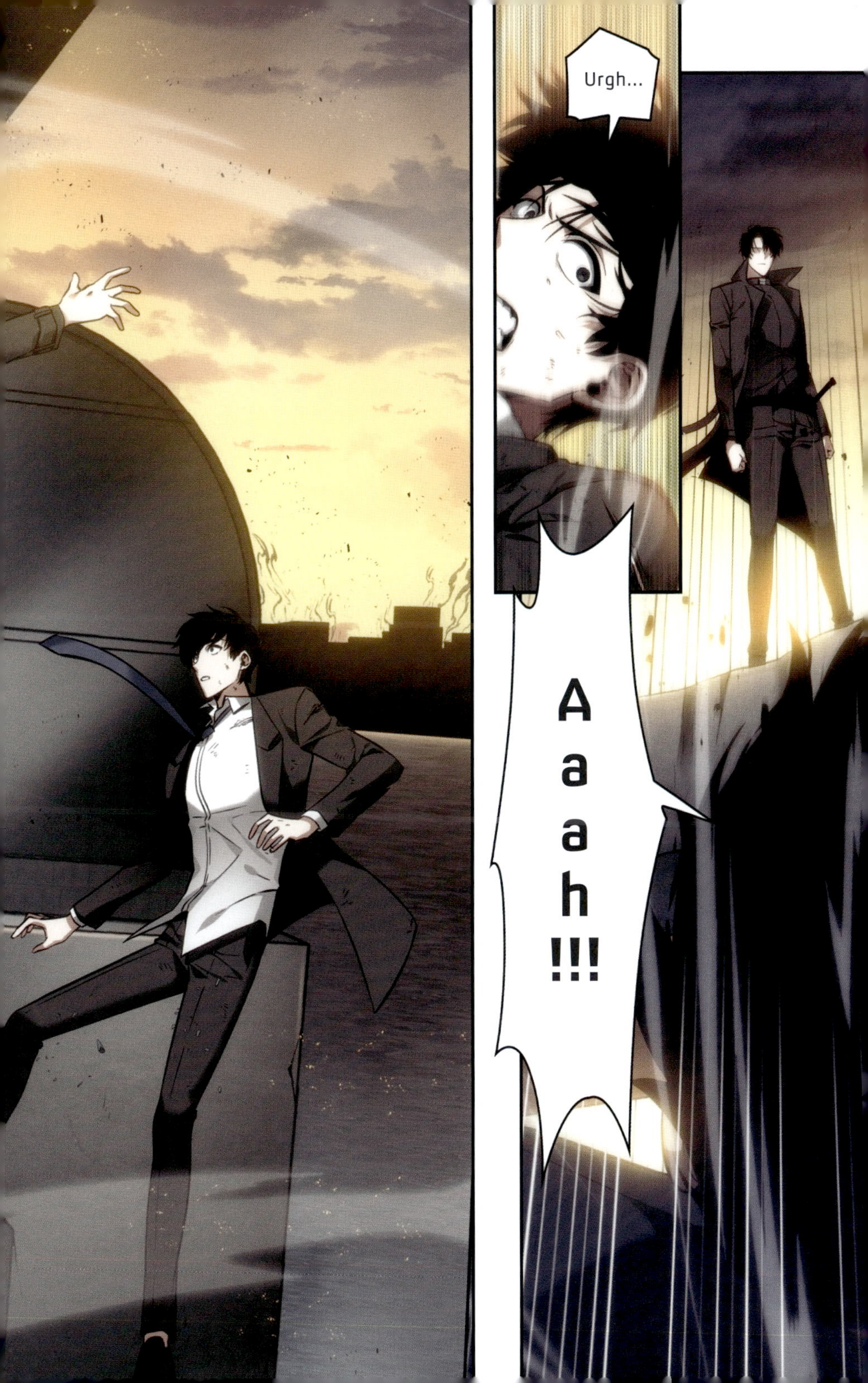
Urgh...
Aaah!!!

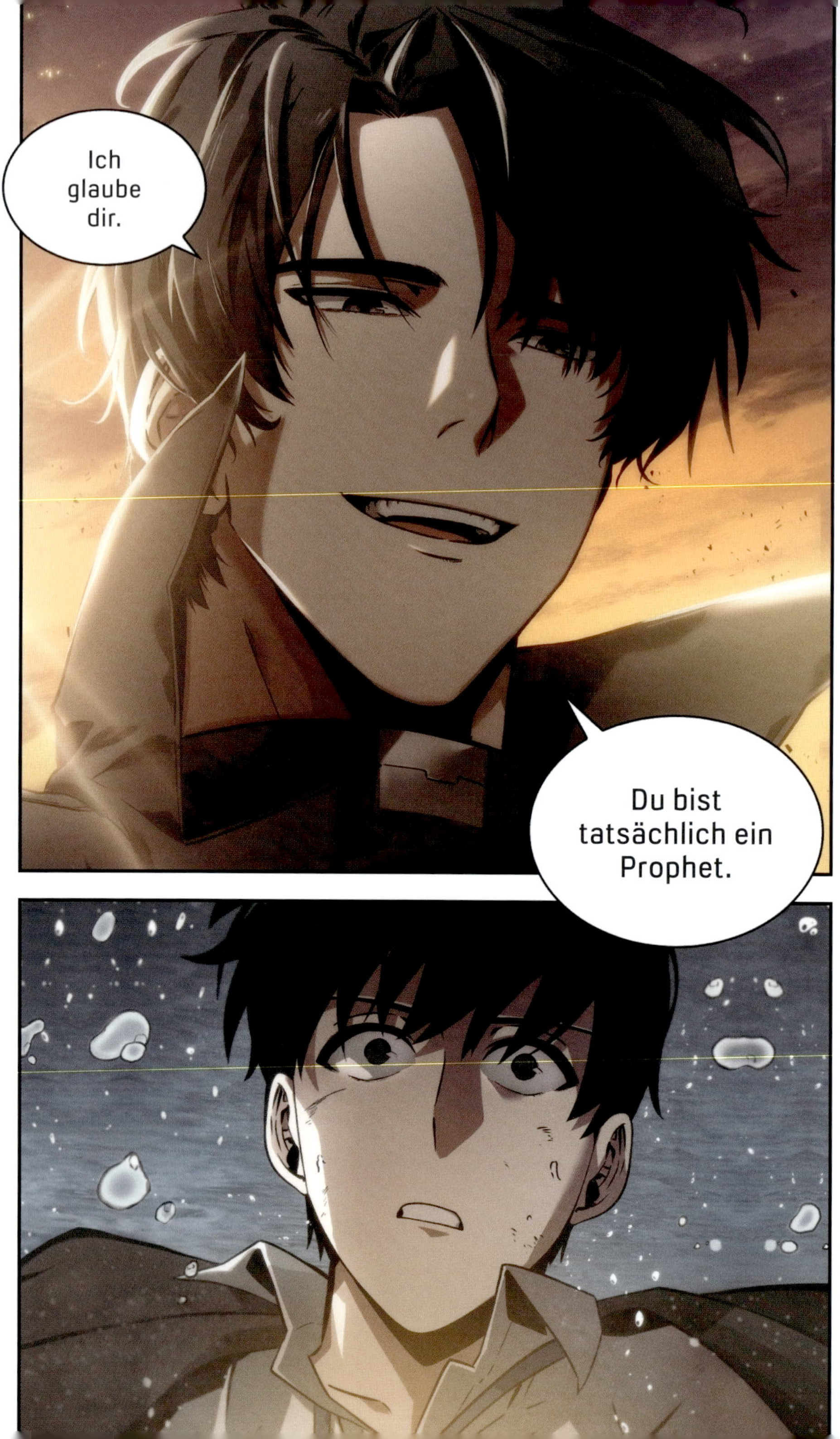
Ich glaube dir.
Du bist tatsächlich ein Prophet.

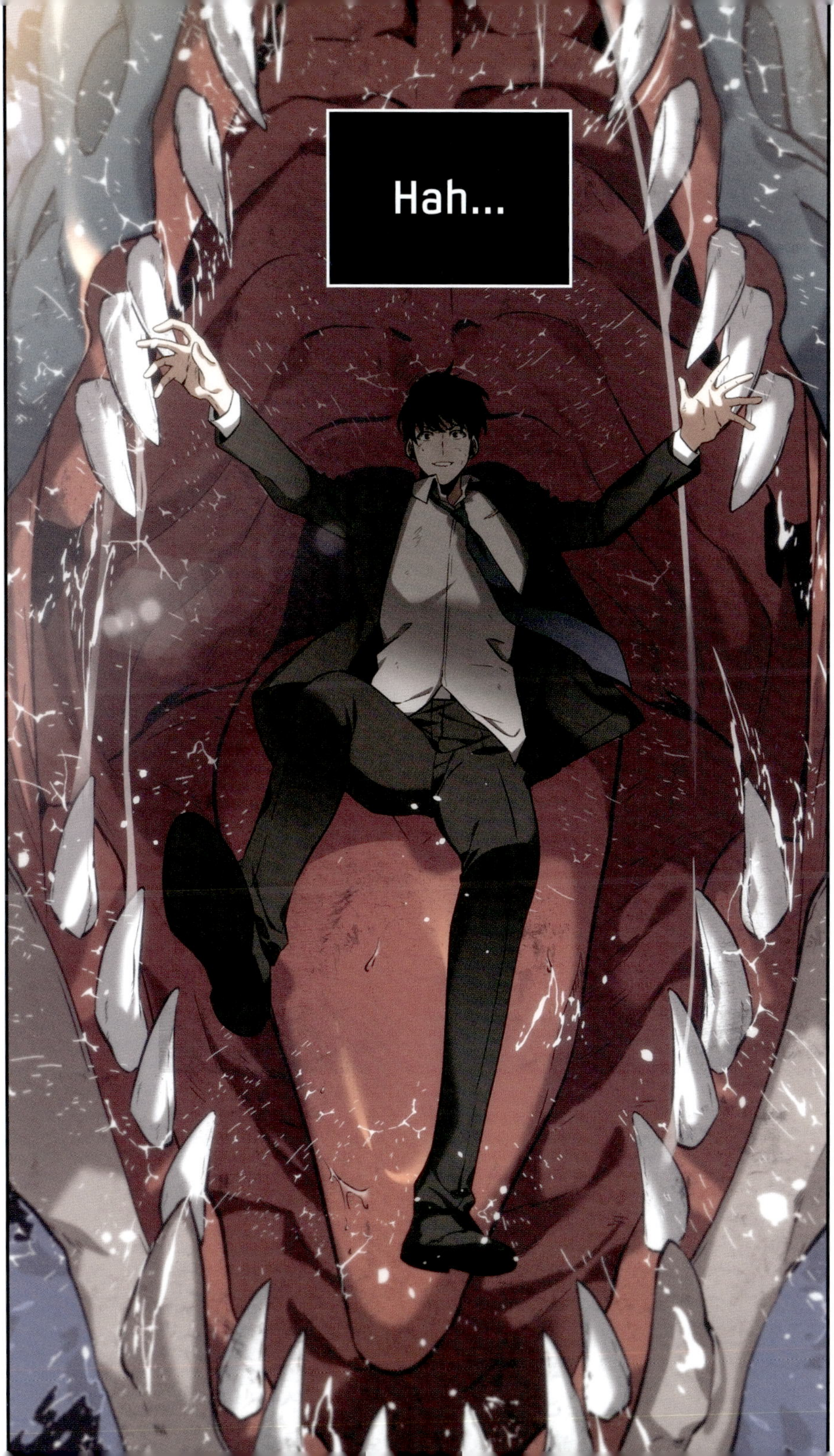
Hah...

Mistkerl!

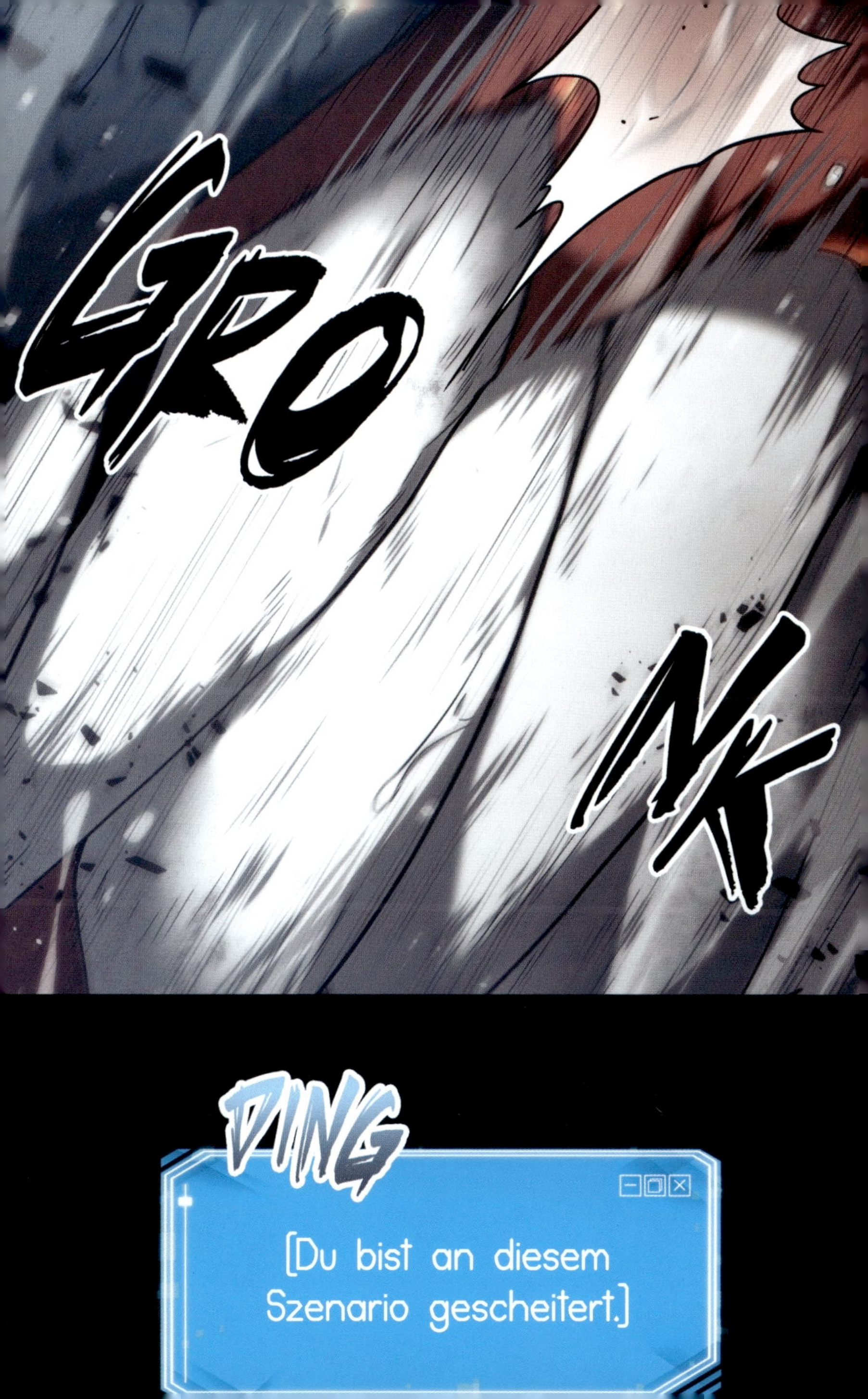
GRONK
DING
[Du bist an diesem Szenario gescheitert.]

Der Vertrag

EP.03

EP.03

Omniscient Reader's Viewpoint

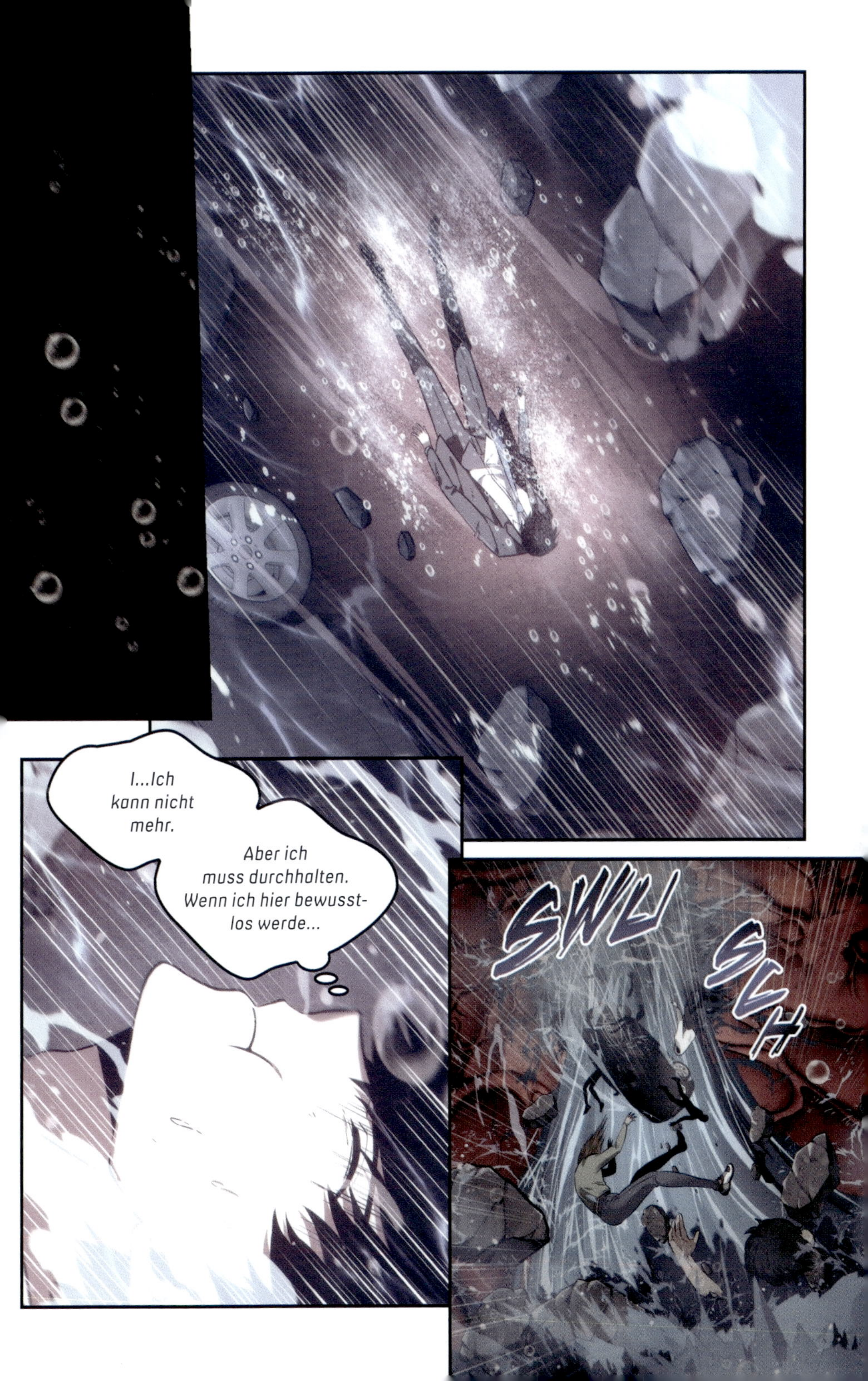
I...Ich kann nicht mehr.
Aber ich muss durchhalten. Wenn ich hier bewusstlos werde...
SWU
SUH

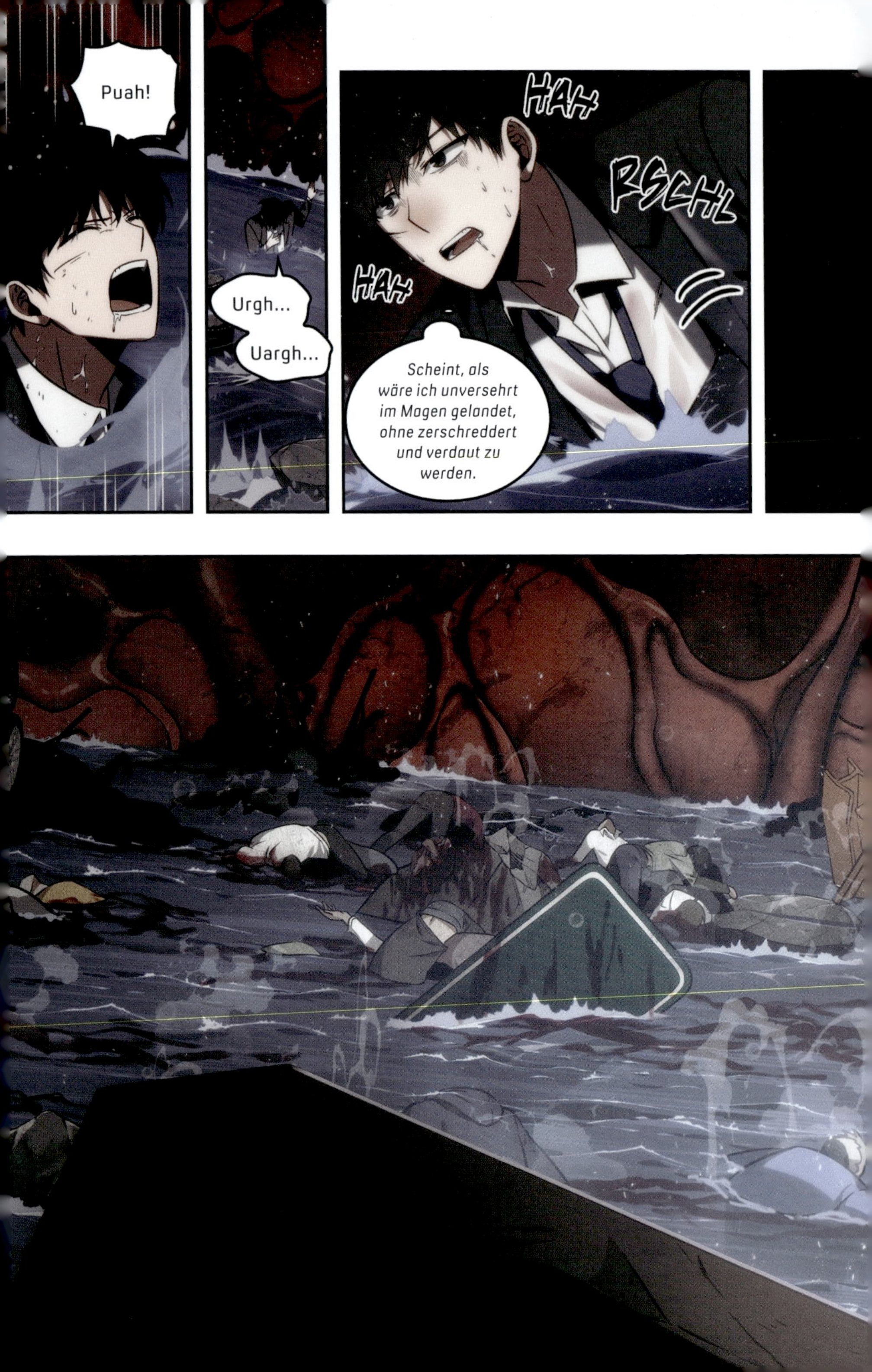
Puah!
Urgh...
Uargh...
HAH
RSCHL
HAH
Scheint, als wäre ich unversehrt im Magen gelandet, ohne zerschreddert und verdaut zu werden.

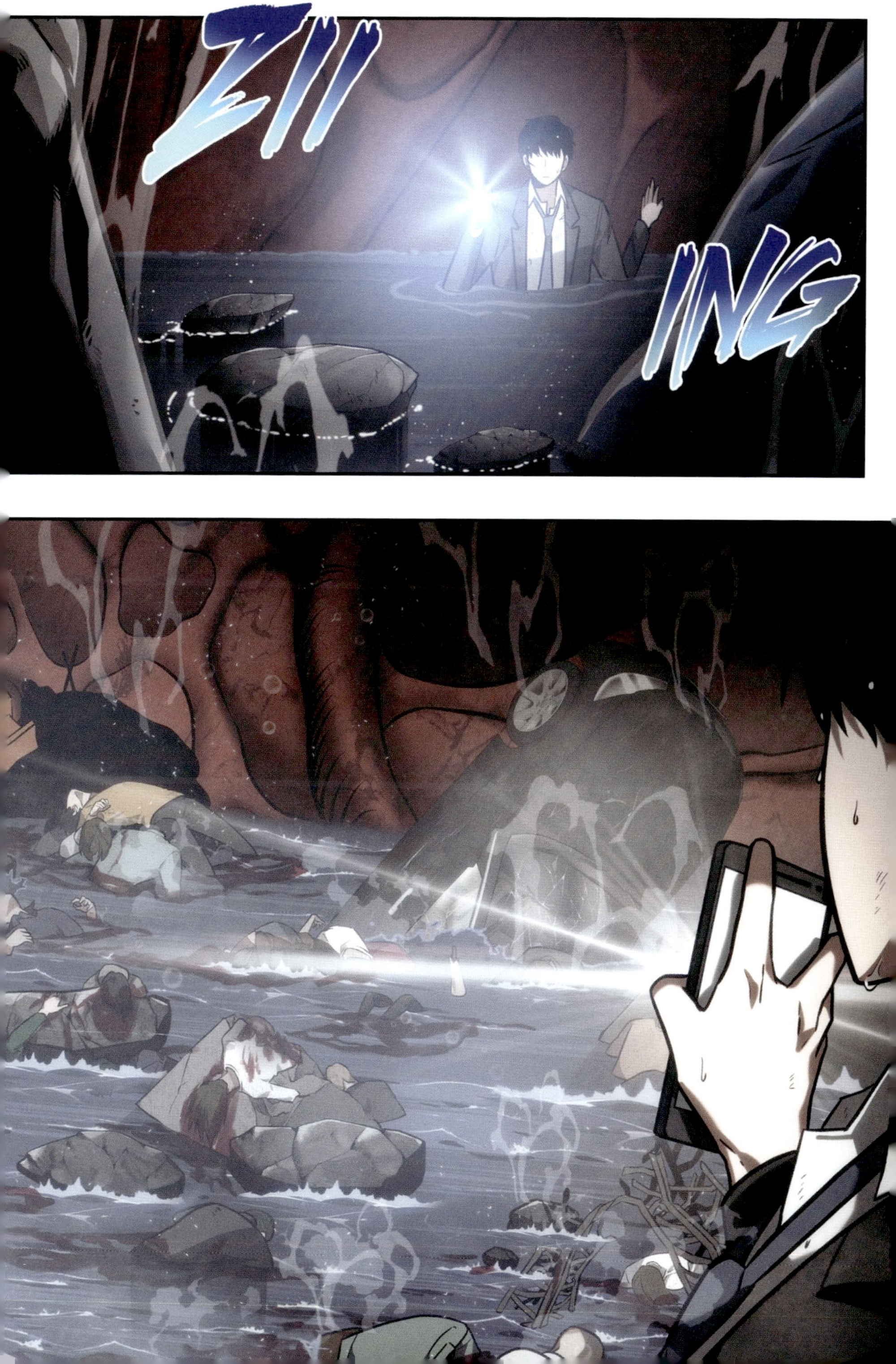
ZII
ING

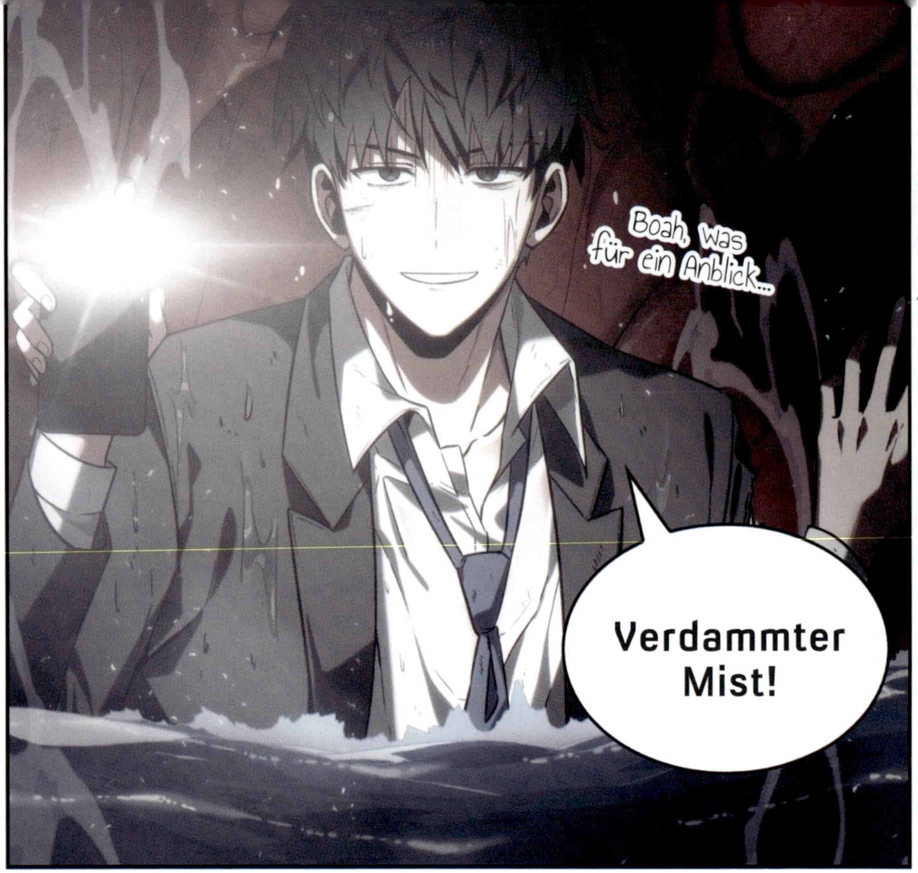
Boah, was
für ein Anblick...
Verdammter
Mist!

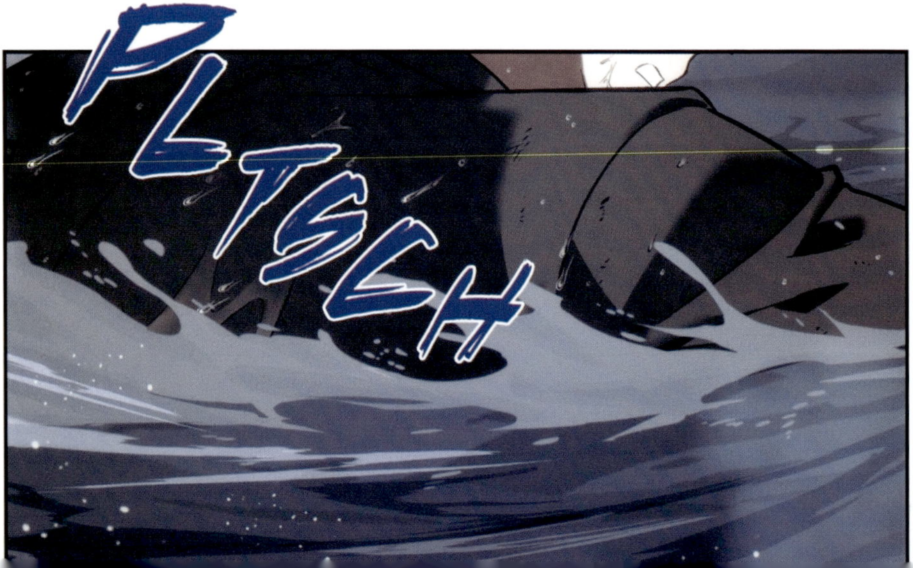
PLTSCH

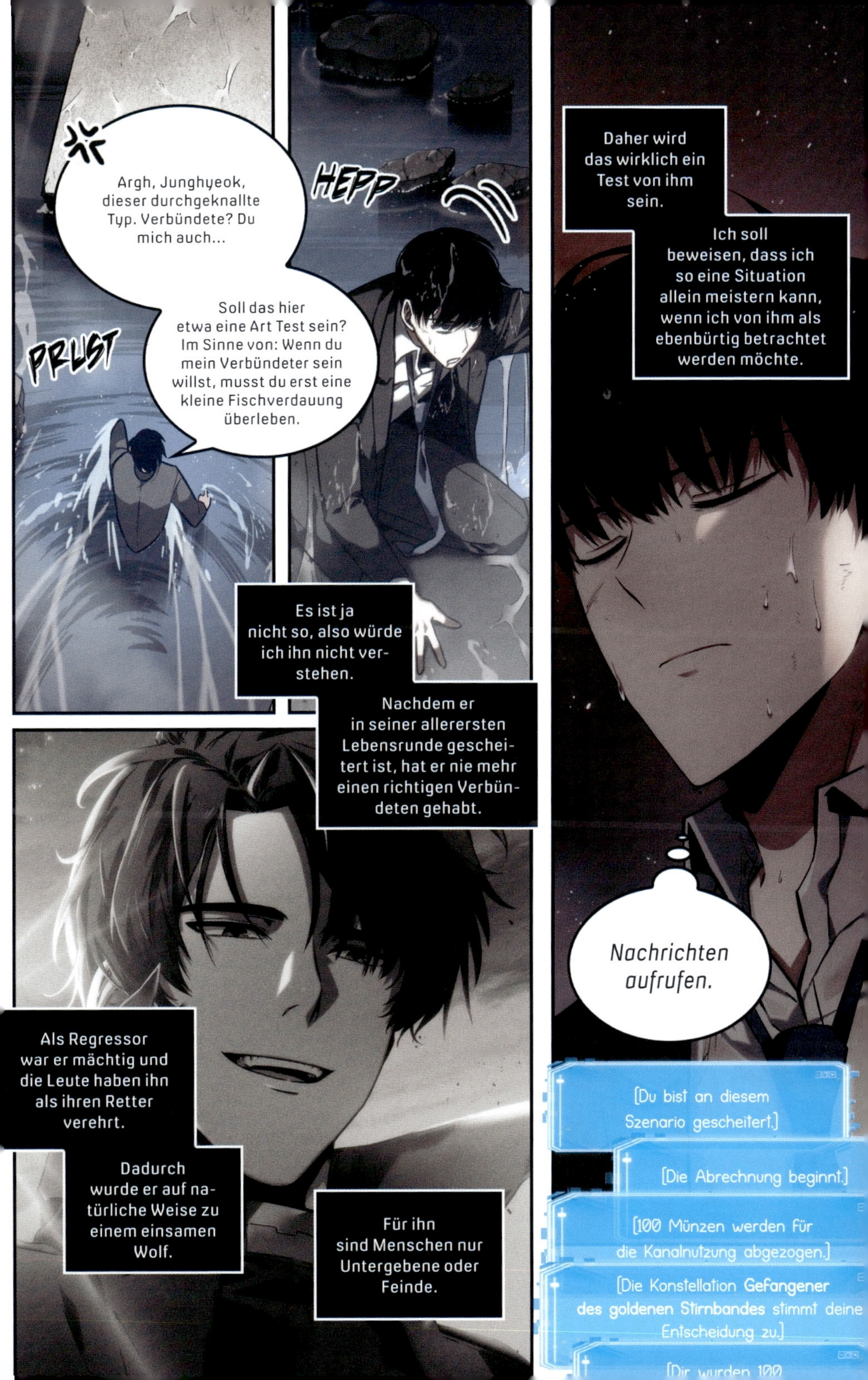
Argh, Junghyeok, dieser durchgeknallte Typ. Verbündete? Du mich auch...
Soll das hier etwa eine Art Test sein? Im Sinne von: Wenn du mein Verbündeter sein willst, musst du erst eine kleine Fischverdauung überleben.
PRUST
HEPP
Es ist ja nicht so, also würde ich ihn nicht ver-stehen.
Nachdem er in seiner allerersten Lebensrunde geschei-tert ist, hat er nie mehr einen richtigen Verbün-deten gehabt.
Als Regressor war er mächtig und die Leute haben ihn als ihren Retter verehrt.
Dadurch wurde er auf na-türliche Weise zu einem einsamen Wolf.
Für ihn sind Menschen nur Untergebene oder Feinde.
Daher wird das wirklich ein Test von ihm sein.
Ich soll beweisen, dass ich so eine Situation allein meistern kann, wenn ich von ihm als ebenbürtig betrachtet werden möchte.
Nachrichten aufrufen.
[Du bist an diesem Szenario gescheitert.]
[Die Abrechnung beginnt.]
[100 Münzen werden für die Kanalnutzung abgezogen.]
[Die Konstellation Gefangener des goldenen Stirnbandes stimmt deine Entscheidung zu.]
[Dir wurden 100

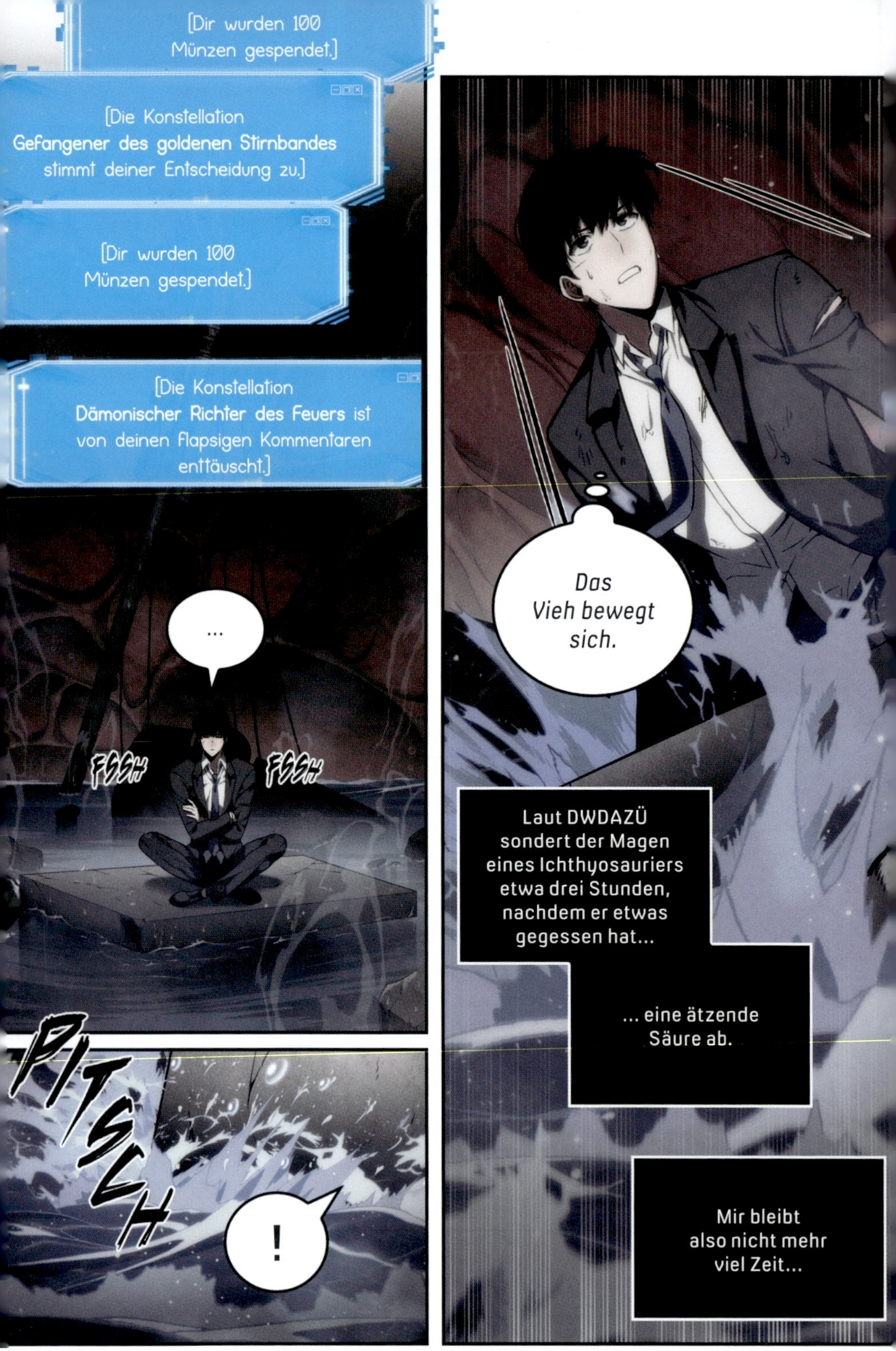
[Dir wurden 100 Münzen gespendet.]
[Die Konstellation Gefangener des goldenen Stirnbandes stimmt deiner Entscheidung zu.]
[Dir wurden 100 Münzen gespendet.]
[Die Konstellation Dämonischer Richter des Feuers ist von deinen flapsigen Kommentaren enttäuscht.]
...
FSSH
FSSH
PITSCH
!
Das Vieh bewegt sich.
Laut DWDAZÜ sondert der Magen eines Ichthyosauriers etwa drei Stunden, nachdem er etwas gegessen hat...
... eine ätzende Säure ab.
Mir bleibt also nicht mehr viel Zeit...

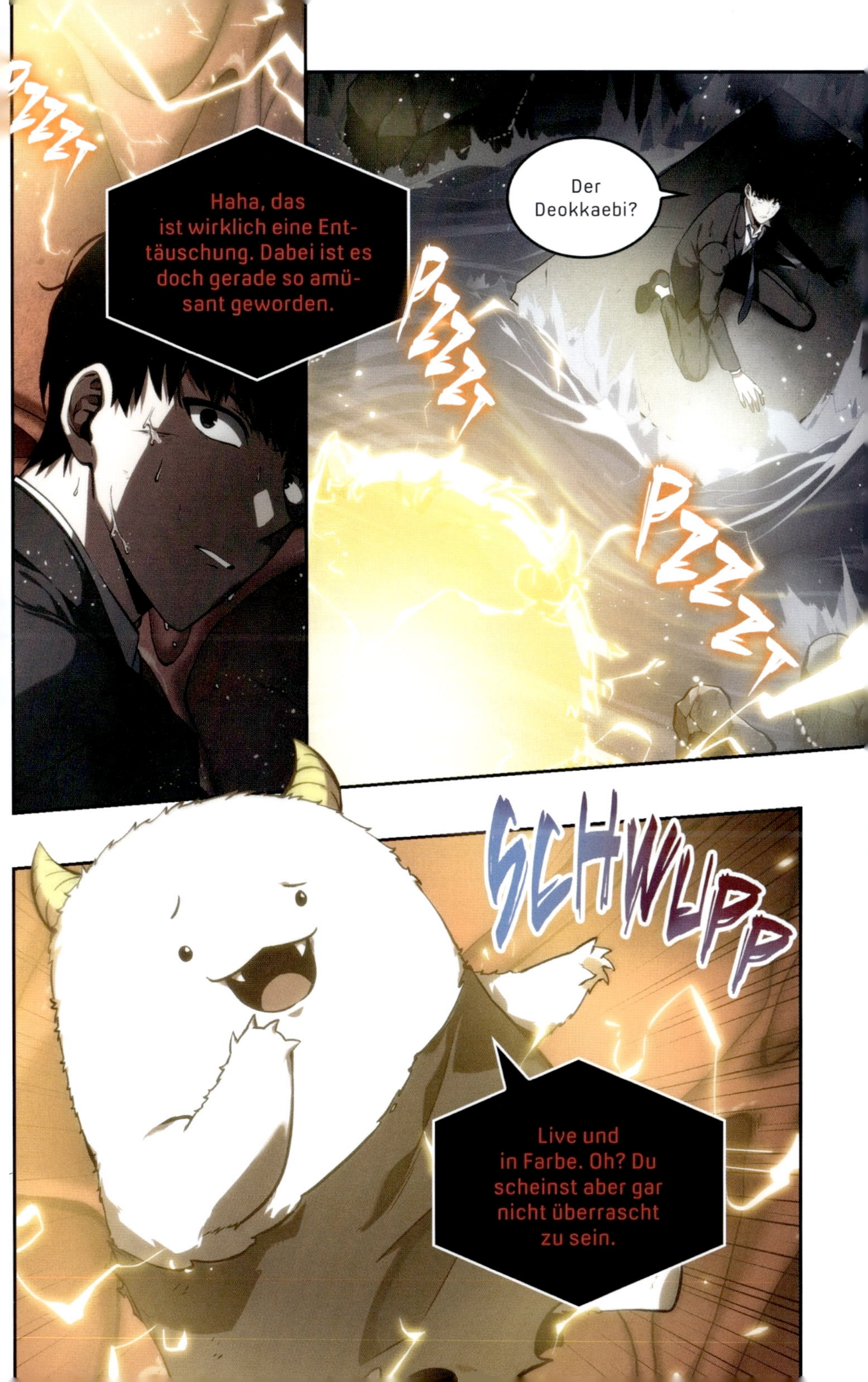
PZZZT
Haha, das ist wirklich eine Enttäuschung. Dabei ist es doch gerade so amüsant geworden.
Der Deokkaebi?
PZZZT
PZZZT
SCHWUPP
Live und in Farbe. Oh? Du scheinst aber gar nicht überrascht zu sein.

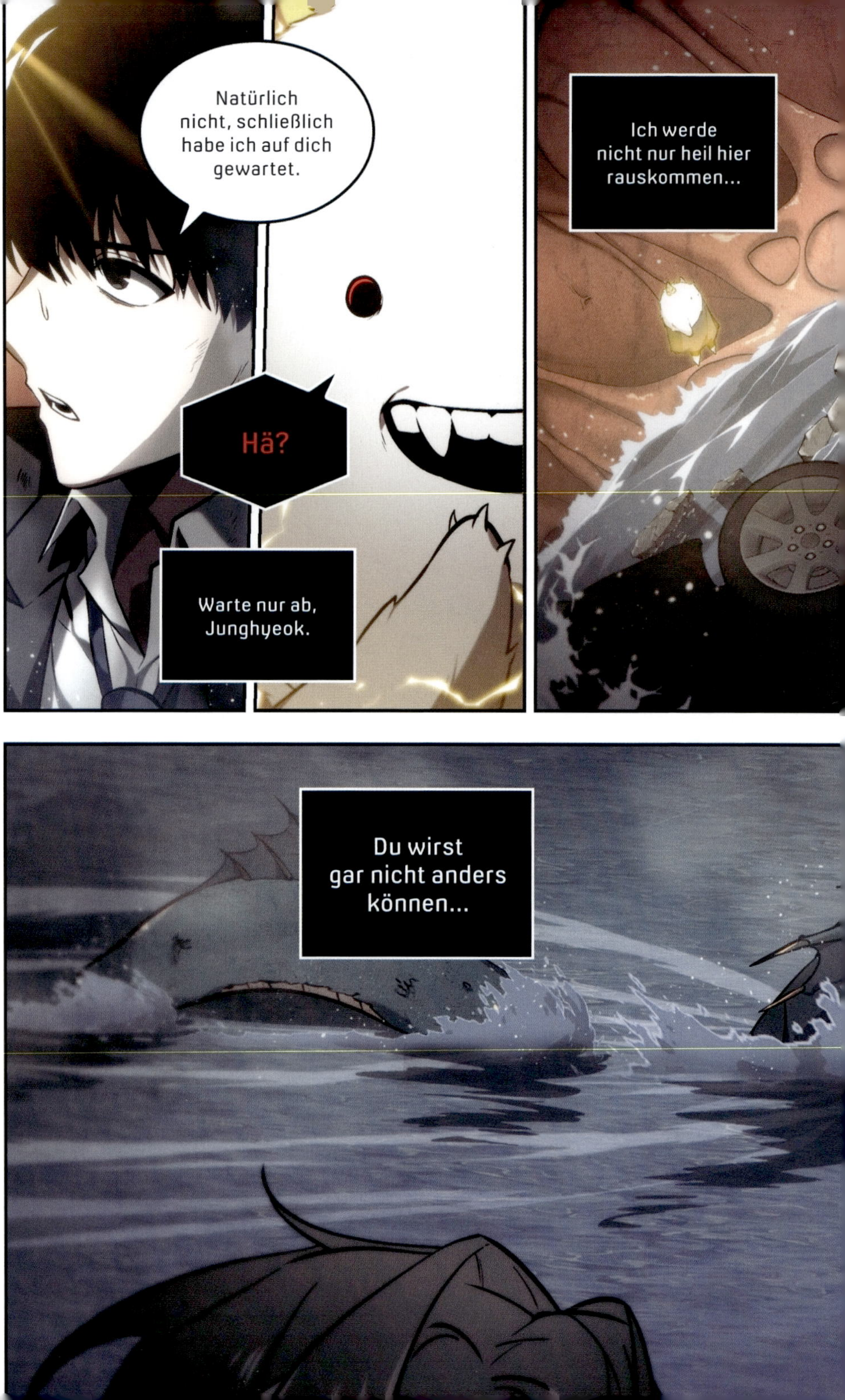
Natürlich nicht, schließlich habe ich auf dich gewartet.
Hä?
Warte nur ab, Junghyeok.
Ich werde nicht nur heil hier rauskommen...
Du wirst gar nicht anders können...

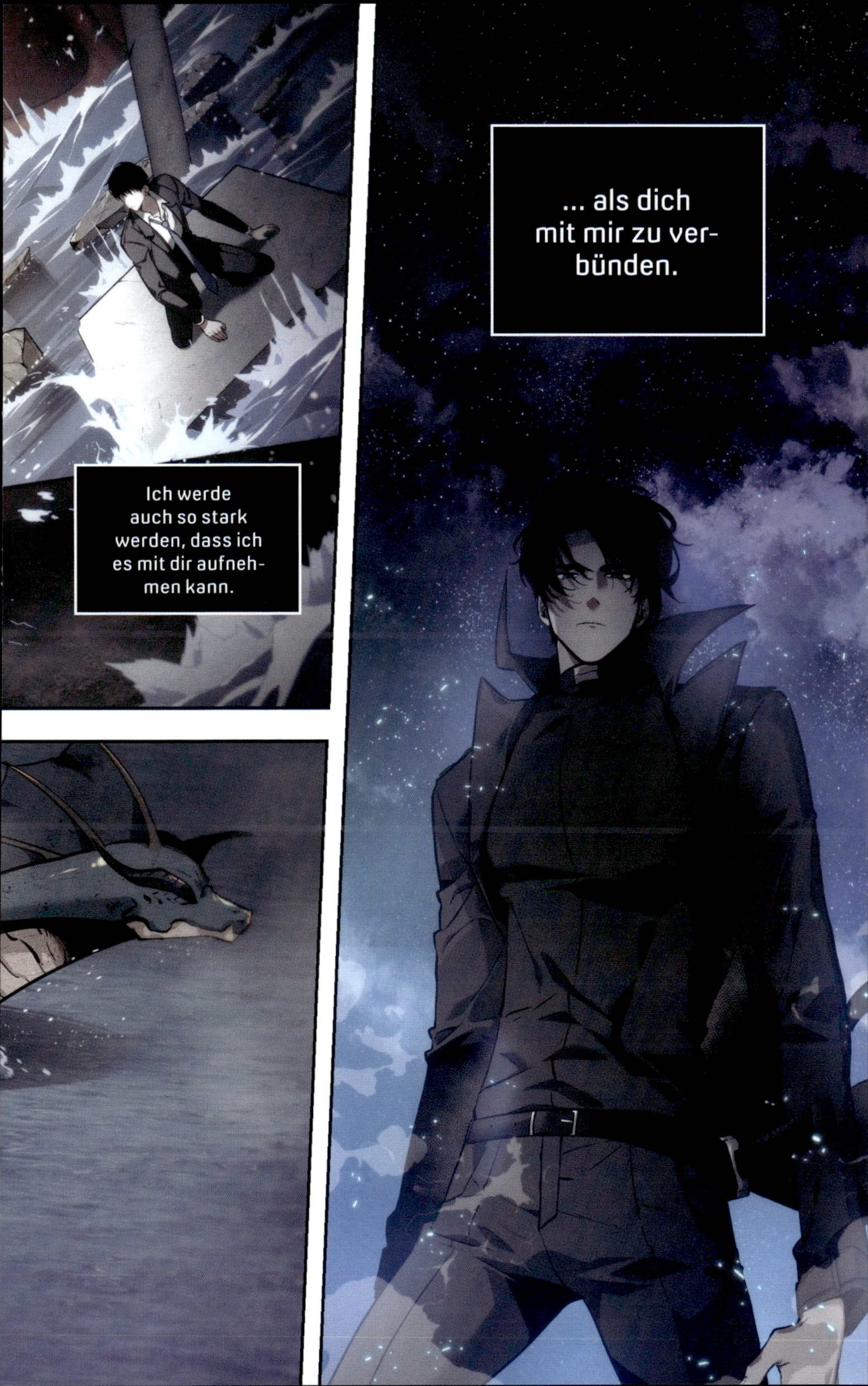
Ich werde auch so stark werden, dass ich es mit dir aufnehmen kann.
... als dich mit mir zu verbünden.

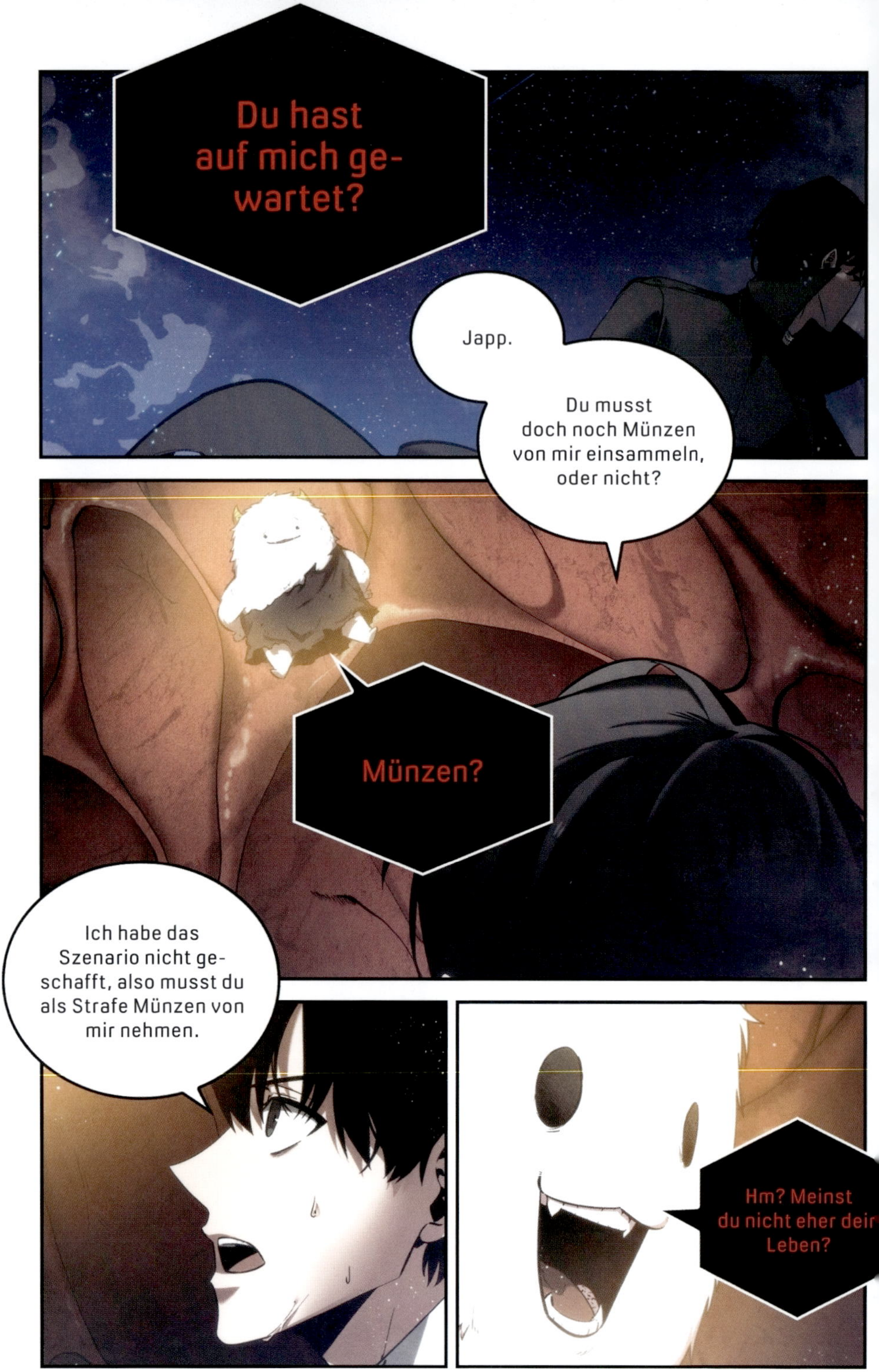
Du hast auf mich ge-wartet?
Japp.
Du musst doch noch Münzen von mir einsammeln, oder nicht?
Münzen?
Ich habe das Szenario nicht ge-schafft, also musst du als Strafe Münzen von mir nehmen.
Hm? Meinst du nicht eher dein Leben?

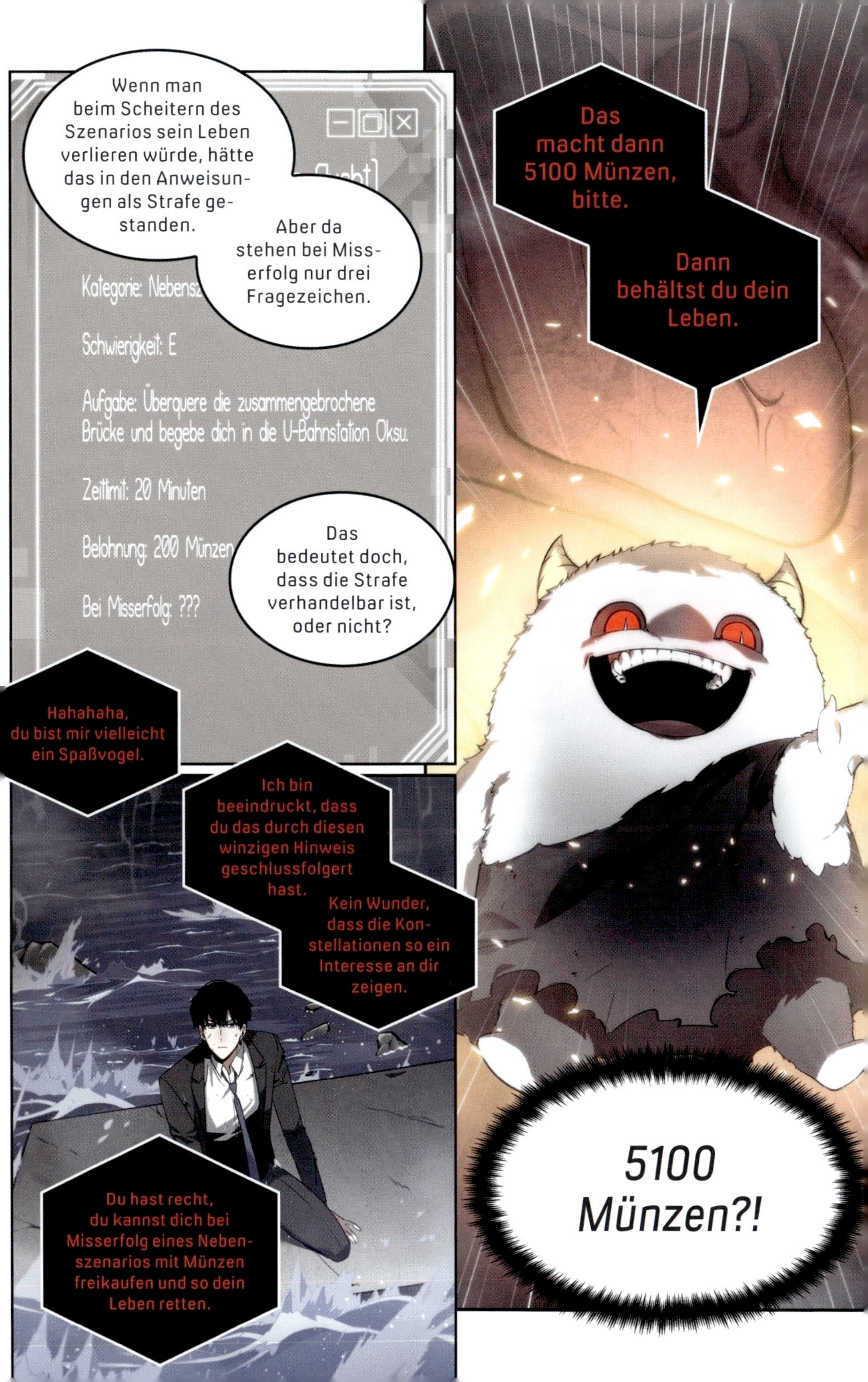
Wenn man beim Scheitern des Szenarios sein Leben verlieren würde, hätte das in den Anweisungen als Strafe gestanden.
Aber da stehen bei Misserfolg nur drei Fragezeichen.
Schwierigkeit: E
Aufgabe: Überquere die zusammengebrochene Brücke und begebe dich in die U-Bahnstation Oksu.
Zeitlimit: 20 Minuten
Belohnung: 200 Münzen
Bei Misserfolg: ???
Das bedeutet doch, dass die Strafe verhandelbar ist, oder nicht?
Hahahaha, du bist mir vielleicht ein Spaßvogel.
Ich bin beeindruckt, dass du das durch diesen winzigen Hinweis geschlussfolgert hast.
Kein Wunder, dass die Konstellationen so ein Interesse an dir zeigen.
Du hast recht, du kannst dich bei Misserfolg eines Nebenszenarios mit Münzen freikaufen und so dein Leben retten.
Das macht dann 5100 Münzen, bitte.
Dann behältst du dein Leben.
5100 Münzen?!

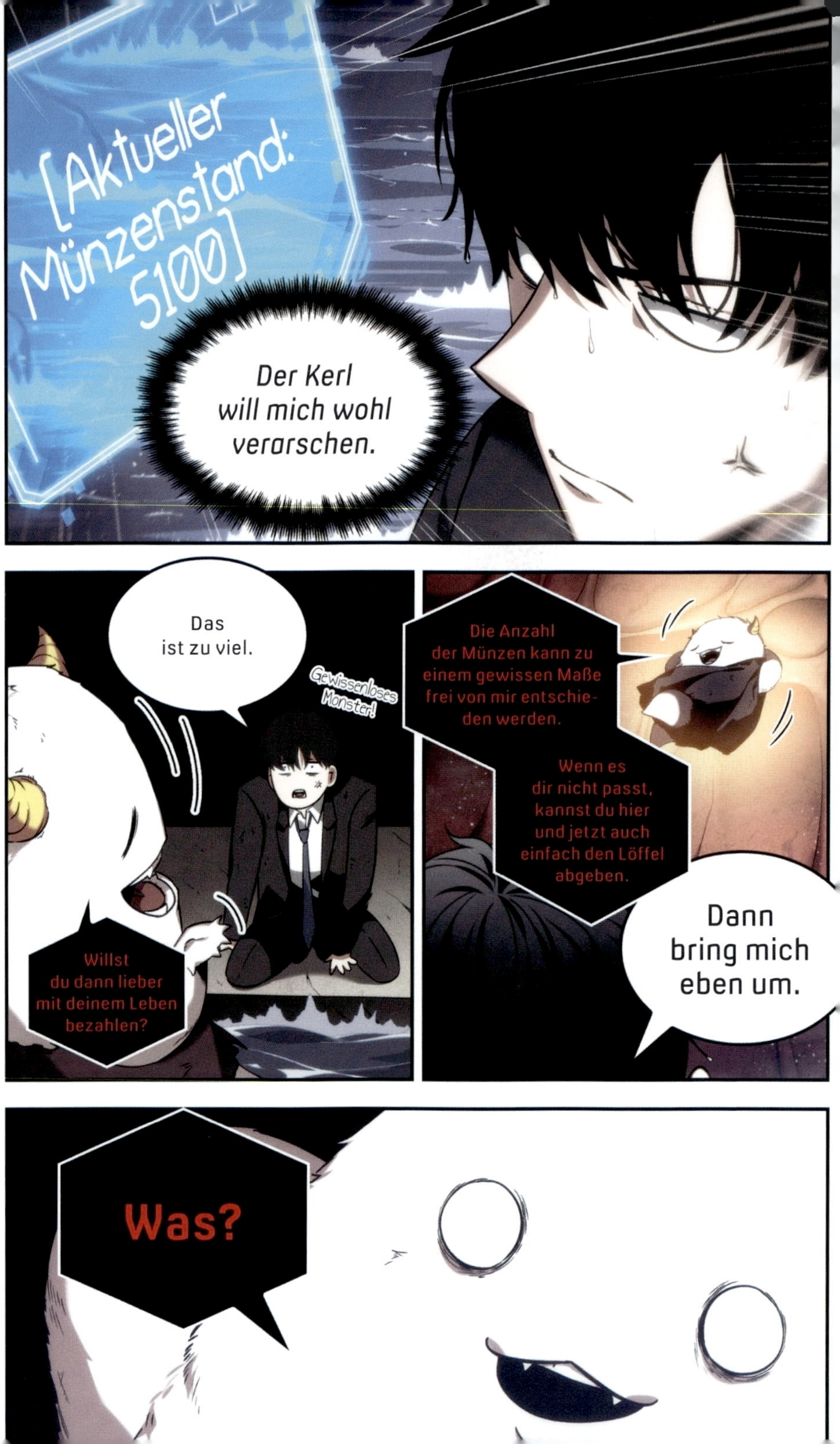
[Aktueller Münzenstand: 5100]
Der Kerl will mich wohl verarschen.
Das ist zu viel.
Gewissenloses Monster!
Willst du dann lieber mit deinem Leben bezahlen?
Die Anzahl der Münzen kann zu einem gewissen Maße frei von mir entschie-den werden.
Wenn es dir nicht passt, kannst du hier und jetzt auch einfach den Löffel abgeben.
Dann bring mich eben um.
Was?

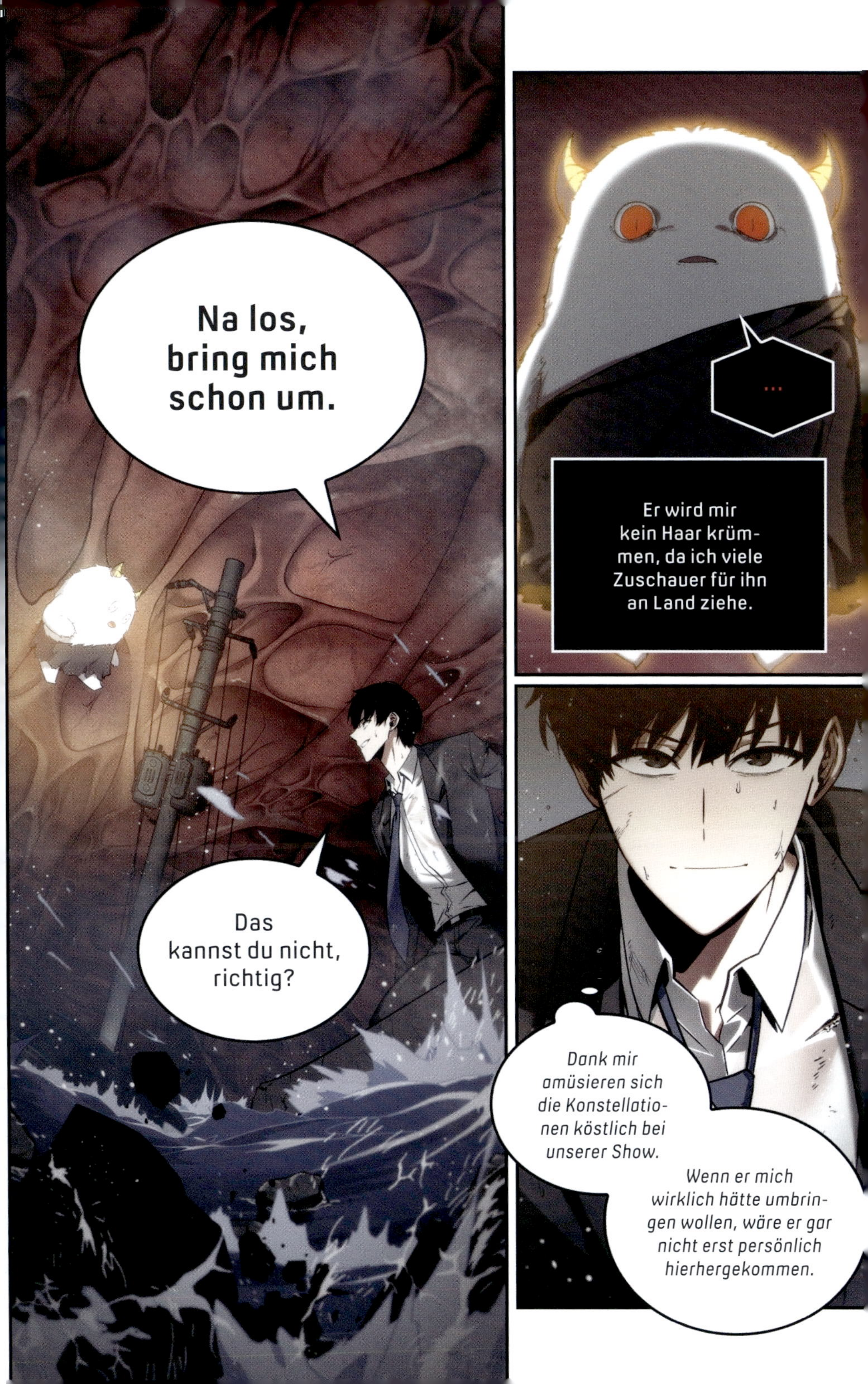
Na los, bring mich schon um.
Das kannst du nicht, richtig?
...
Er wird mir kein Haar krümmen, da ich viele Zuschauer für ihn an Land ziehe.
Dank mir amüsieren sich die Konstellationen köstlich bei unserer Show.
Wenn er mich wirklich hätte umbringen wollen, wäre er gar nicht erst persönlich hierhergekommen.

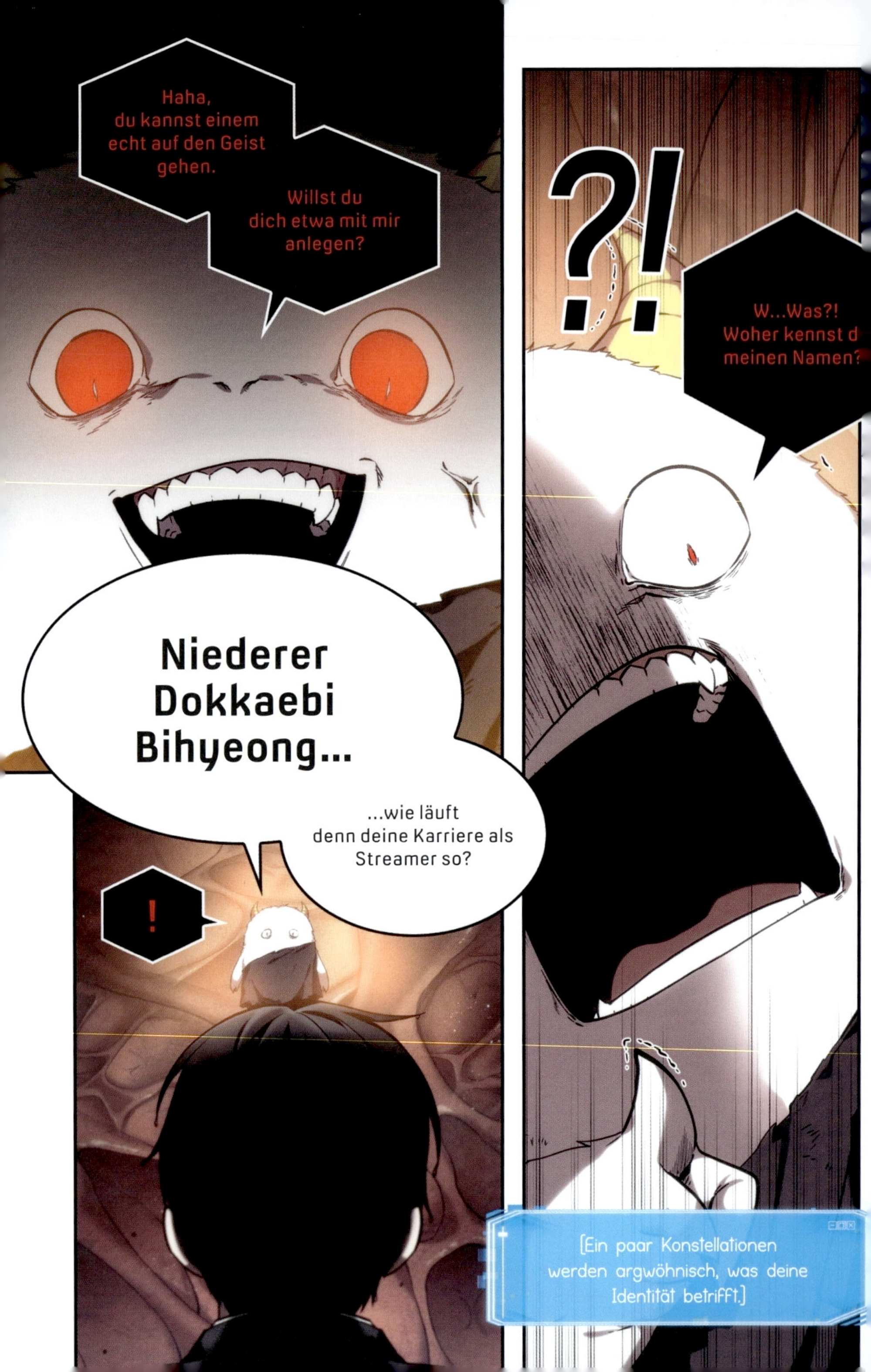
Haha, du kannst einem echt auf den Geist gehen.
Willst du dich etwa mit mir anlegen?
Niederer Dokkaebi Bihyeong...
...wie läuft denn deine Karriere als Streamer so?
!
?!
W...Was?! Woher kennst d meinen Namen?
[Ein paar Konstellationen werden argwöhnisch, was deine Identität betrifft.]

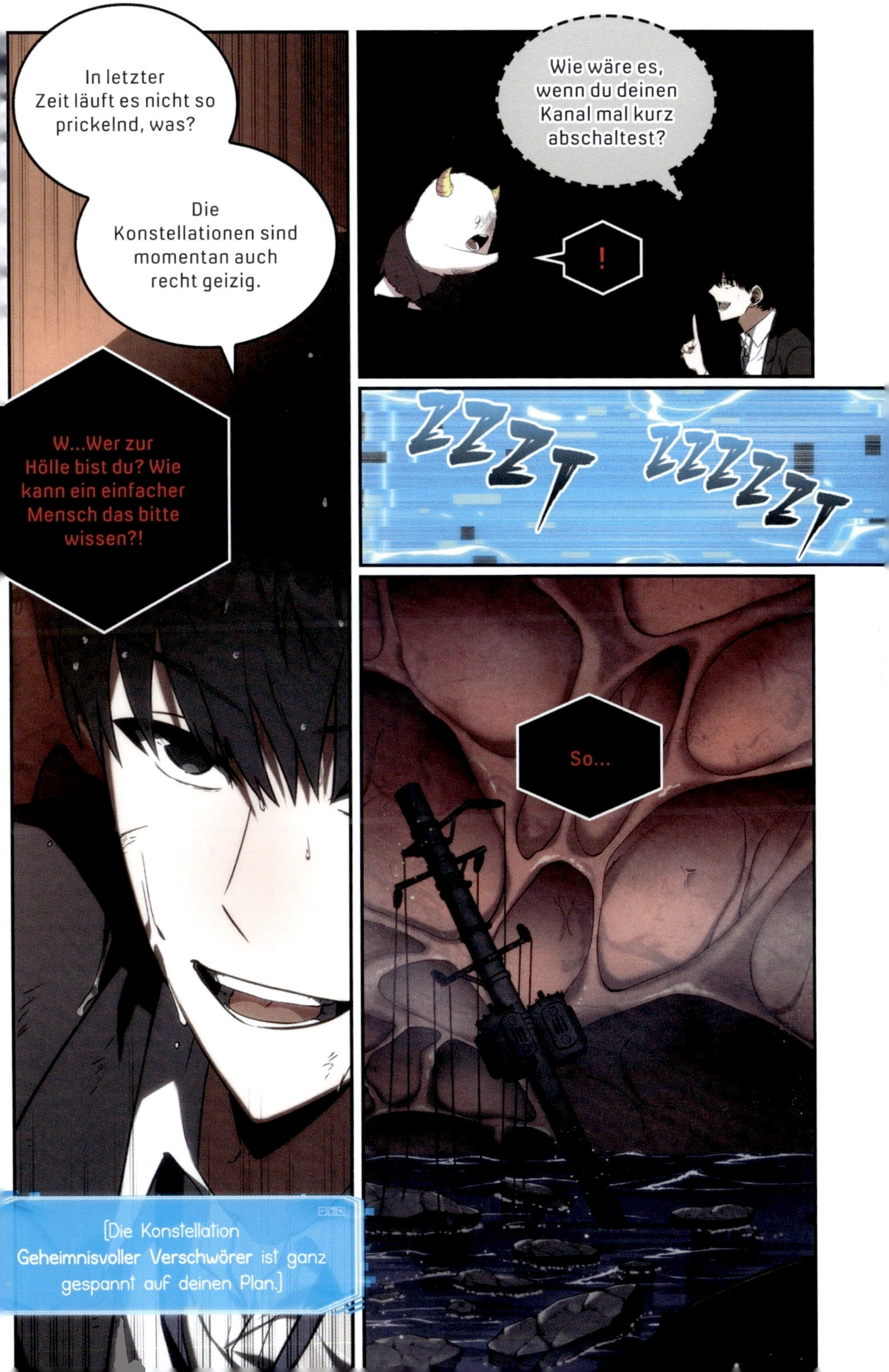
In letzter Zeit läuft es nicht so prickelnd, was?
Die Konstellationen sind momentan auch recht geizig.
W...Wer zur Hölle bist du? Wie kann ein einfacher Mensch das bitte wissen?!
Wie wäre es, wenn du deinen Kanal mal kurz abschaltest?
!
ZZZZT ZZZZZZZT
So...
[Die Konstellation Geheimnisvoller Verschwörer ist ganz gespannt auf deinen Plan.]

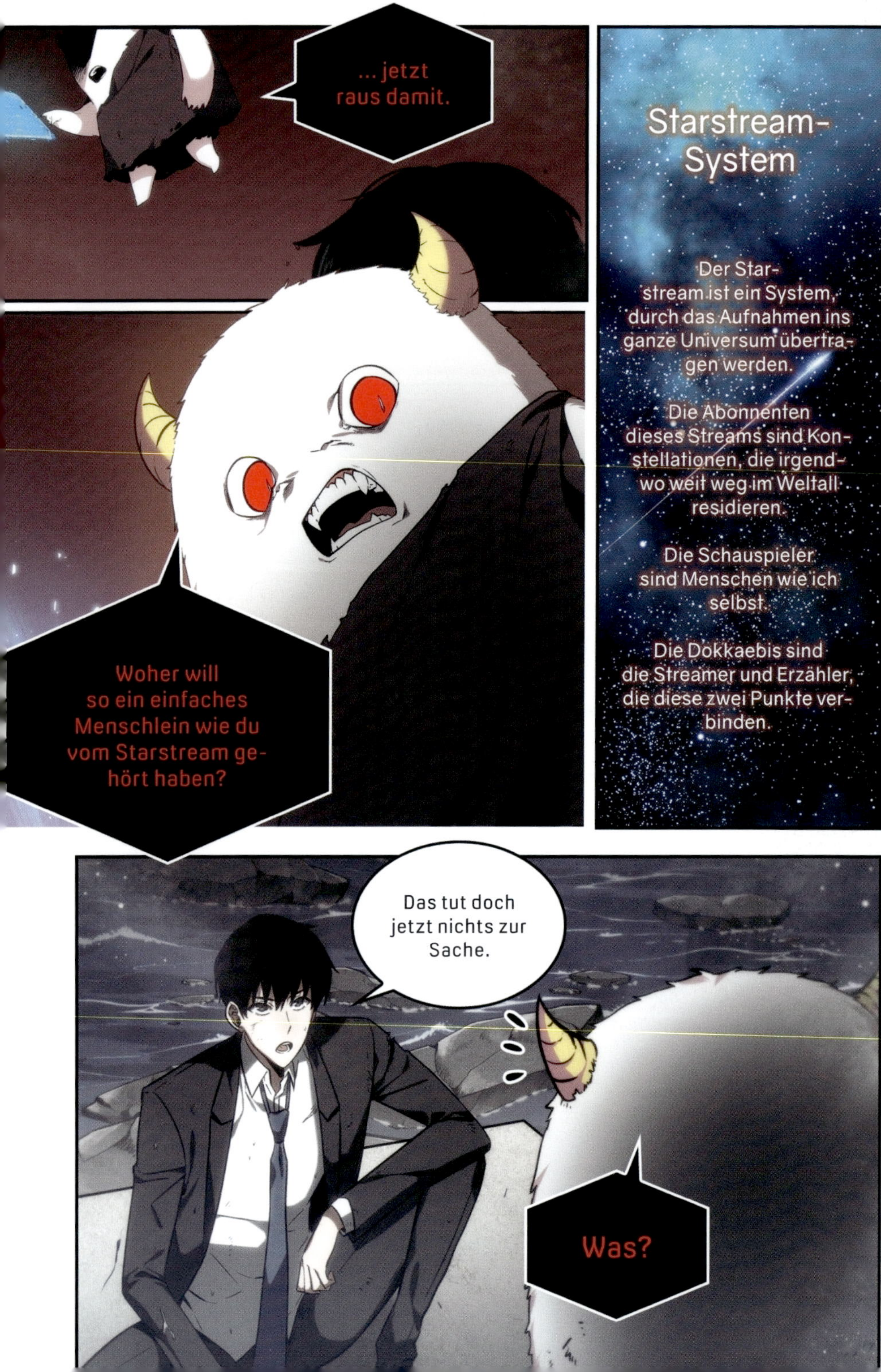
... jetzt raus damit.
Starstream-System
Der Starstream ist ein System, durch das Aufnahmen ins ganze Universum übertragen werden.
Die Abonnenten dieses Streams sind Konstellationen, die irgendwo weit weg im Weltall residieren.
Die Schauspieler sind Menschen wie ich selbst.
Die Dokkaebis sind die Streamer und Erzähler, die diese zwei Punkte verbinden.
Woher will so ein einfaches Menschlein wie du vom Starstream gehört haben?
Das tut doch jetzt nichts zur Sache.
Was?

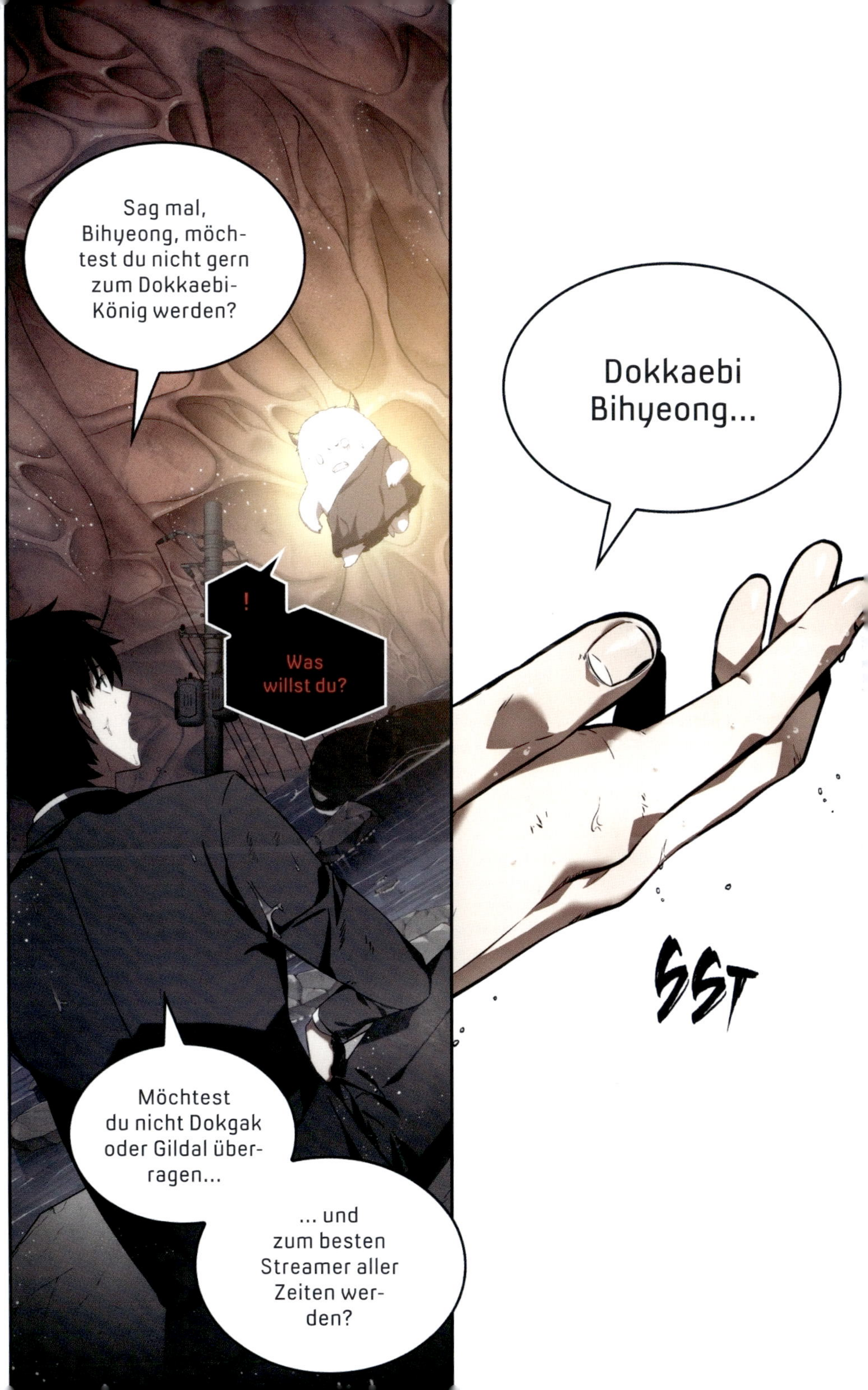
Sag mal, Bihyeong, möchtest du nicht gern zum Dokkaebi-König werden?
!
Was willst du?
Dokkaebi Bihyeong...
SST
Möchtest du nicht Dokgak oder Gildal überragen...
... und zum besten Streamer aller Zeiten werden?

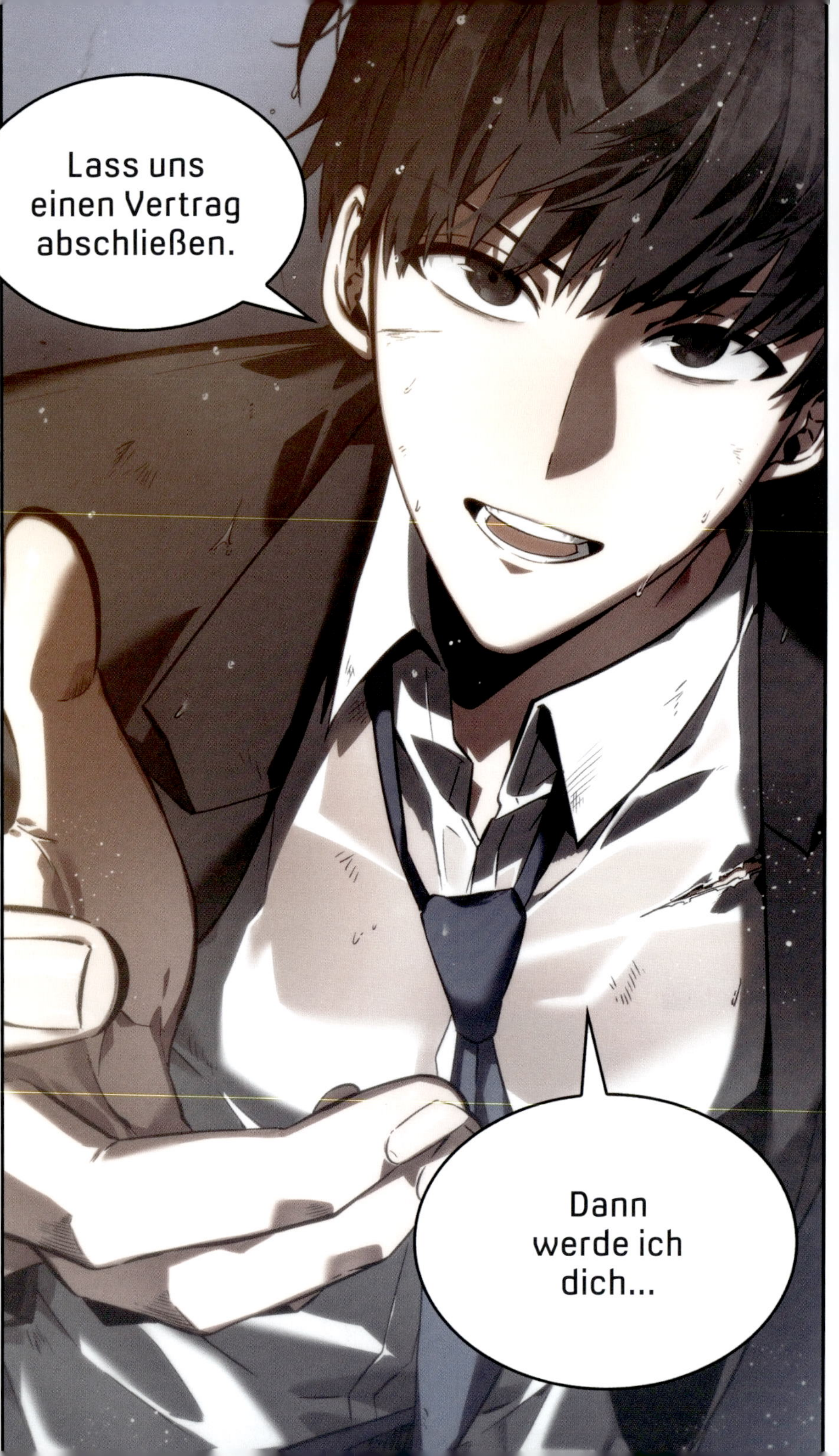
Lass uns einen Vertrag abschließen.
Dann werde ich dich...

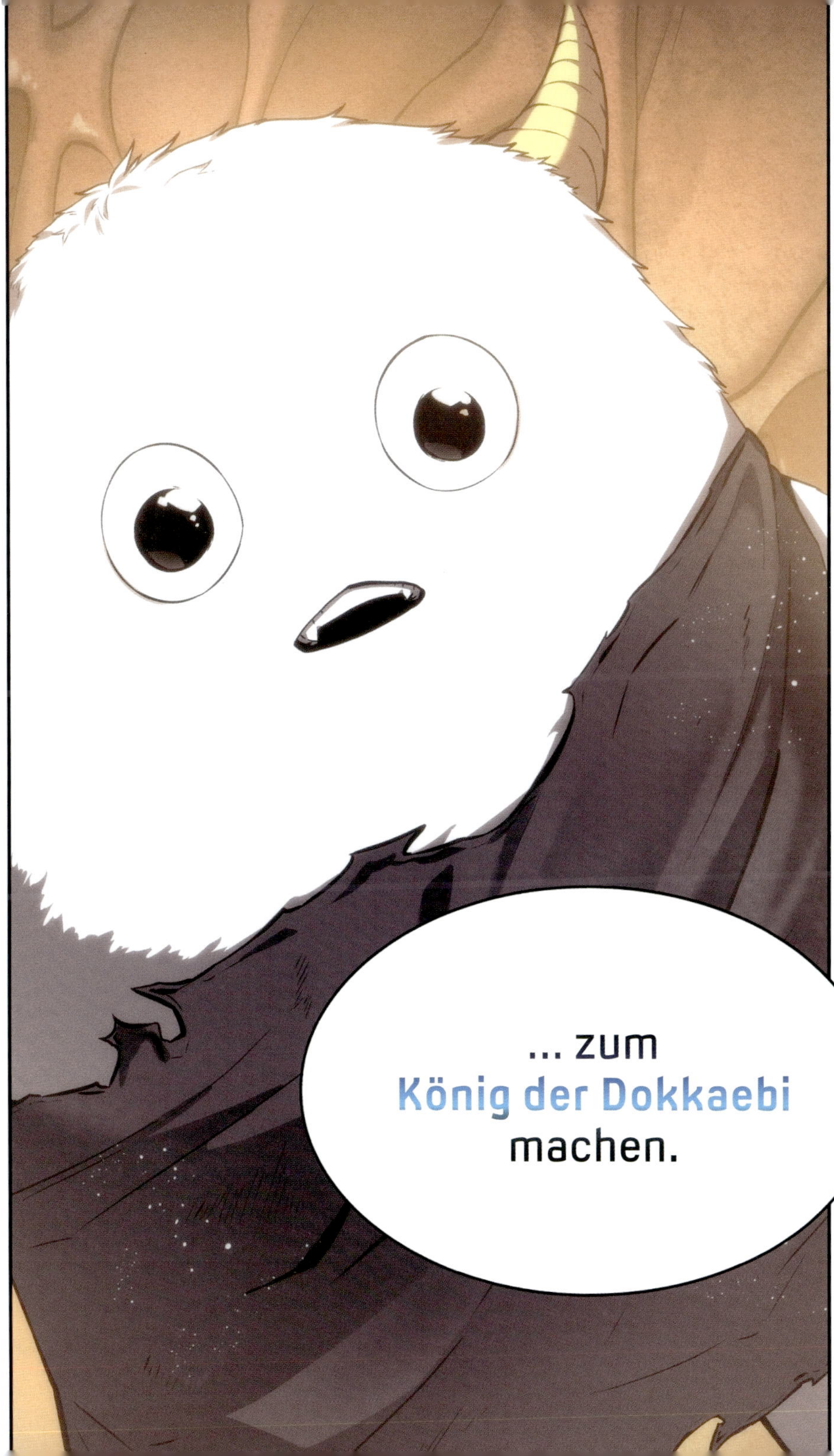
... zum
König der Dokkaebi
machen.

EP.03

Omniscient Reader's Viewpoint

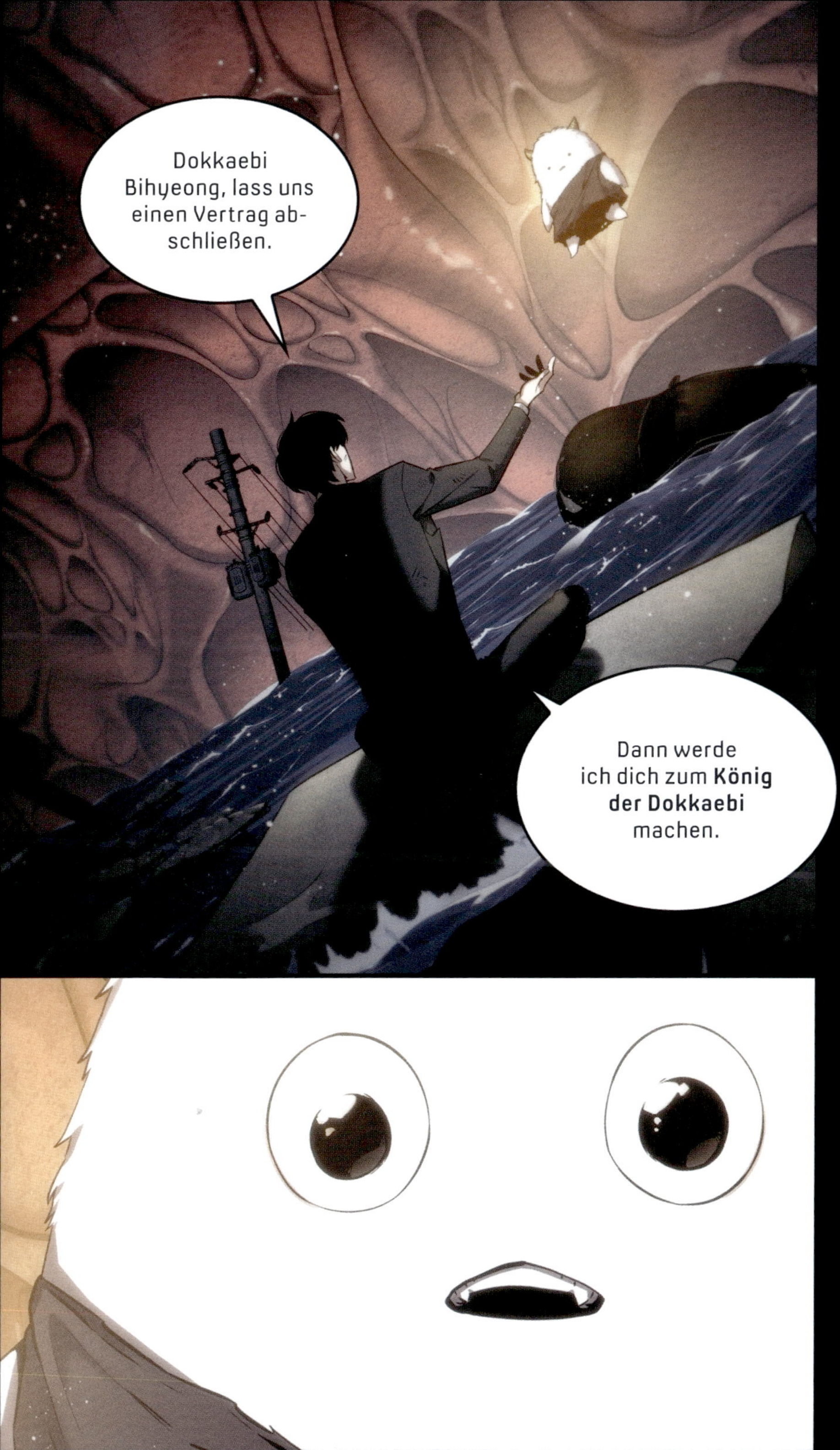
Dokkaebi Bihyeong, lass uns einen Vertrag abschließen.
Dann werde ich dich zum **König der Dokkaebi** machen.

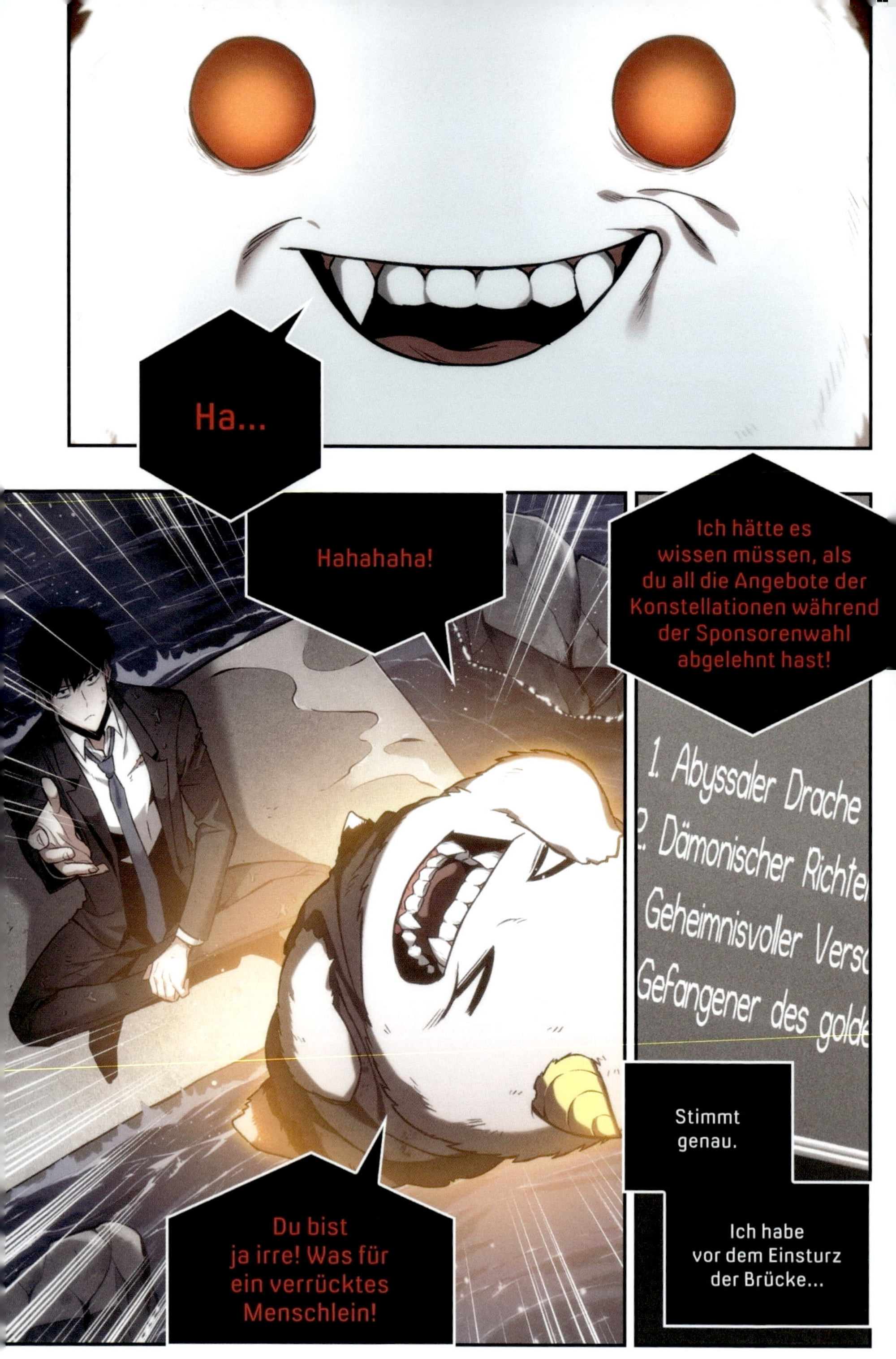

Ha...
Hahahaha!
Ich hätte es wissen müssen, als du all die Angebote der Konstellationen während der Sponsorenwahl abgelehnt hast!
1. Abyssaler Drache
2. Dämonischer Richter
Geheimnisvoller Versc
Gefangener des golde
Stimmt genau.
Du bist ja irre! Was für ein verrücktes Menschlein!
Ich habe vor dem Einsturz der Brücke...

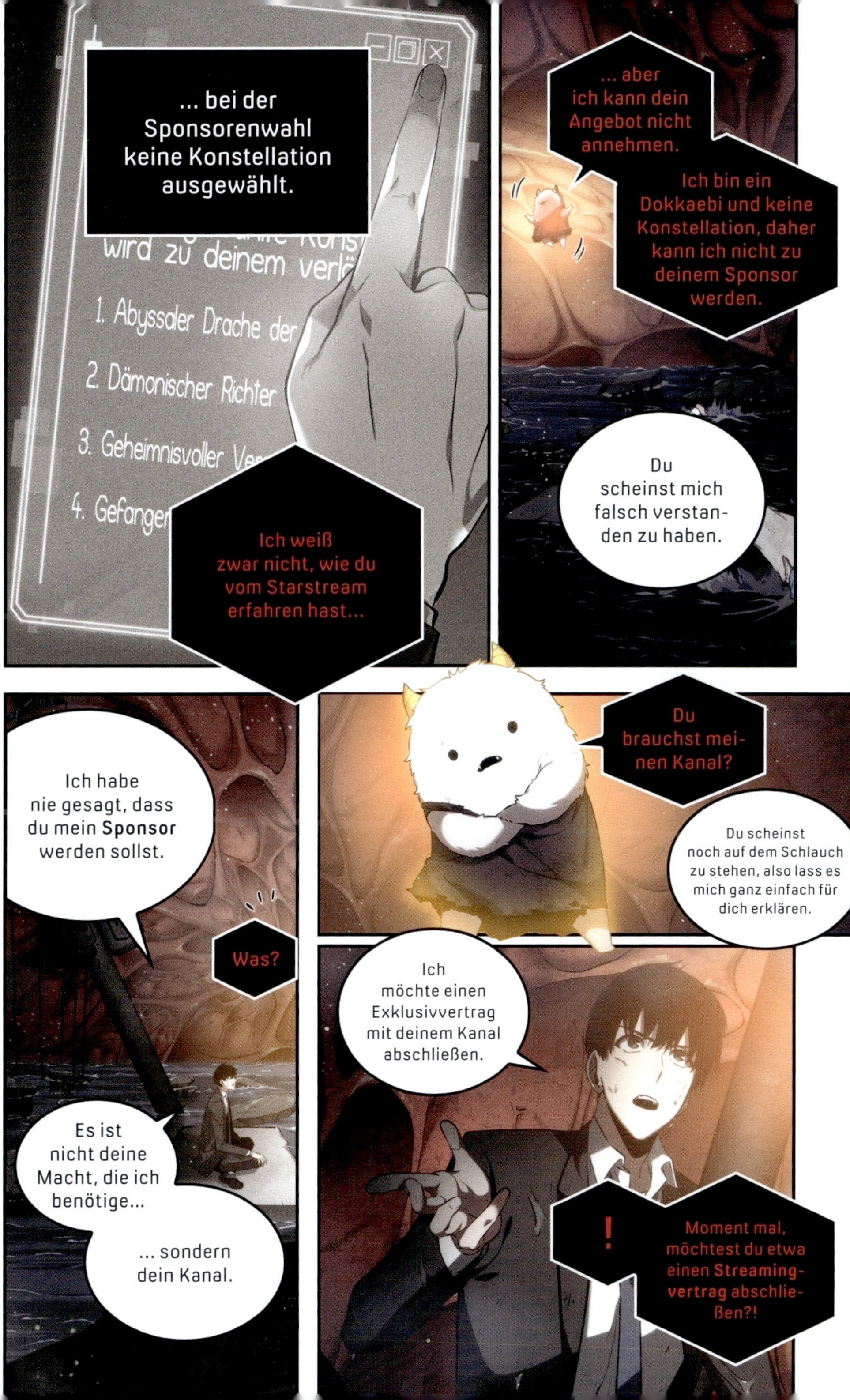
... bei der Sponsorenwahl keine Konstellation ausgewählt.
wird zu deinem verl
1. Abyssaler Drache der
2. Dämonischer Richter
3. Geheimnisvoller Ver
4. Gefangen
Ich weiß zwar nicht, wie du vom Starstream erfahren hast...
... aber ich kann dein Angebot nicht annehmen.
Ich bin ein Dokkaebi und keine Konstellation, daher kann ich nicht zu deinem Sponsor werden.
Du scheinst mich falsch verstan-den zu haben.
Ich habe nie gesagt, dass du mein **Sponsor** werden sollst.
Was?
Es ist nicht deine Macht, die ich benötige...
... sondern dein Kanal.
Du brauchst mei-nen Kanal?
Du scheinst noch auf dem Schlauch zu stehen, also lass es mich ganz einfach für dich erklären.
Ich möchte einen Exklusivvertrag mit deinem Kanal abschließen.
!
Moment mal, möchtest du etwa einen **Streaming-vertrag** abschlie-ßen?!

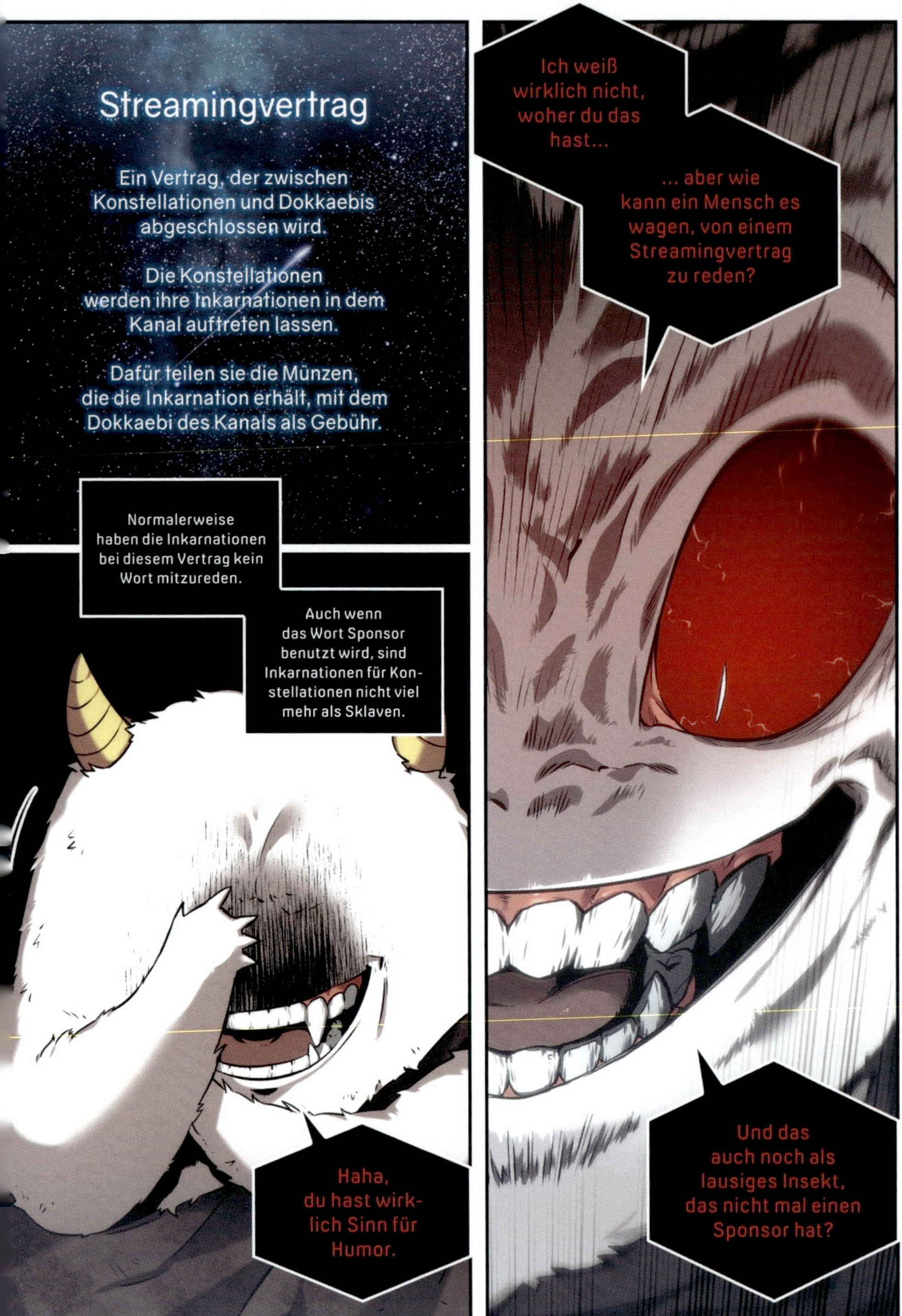
Streamingvertrag
Ein Vertrag, der zwischen Konstellationen und Dokkaebis abgeschlossen wird.
Die Konstellationen werden ihre Inkarnationen in dem Kanal auftreten lassen.
Dafür teilen sie die Münzen, die die Inkarnation erhält, mit dem Dokkaebi des Kanals als Gebühr.
Normalerweise haben die Inkarnationen bei diesem Vertrag kein Wort mitzureden.
Auch wenn das Wort Sponsor benutzt wird, sind Inkarnationen für Konstellationen nicht viel mehr als Sklaven.
Haha, du hast wirklich Sinn für Humor.
Ich weiß wirklich nicht, woher du das hast...
... aber wie kann ein Mensch es wagen, von einem Streamingvertrag zu reden?
Und das auch noch als lausiges Insekt, das nicht mal einen Sponsor hat?

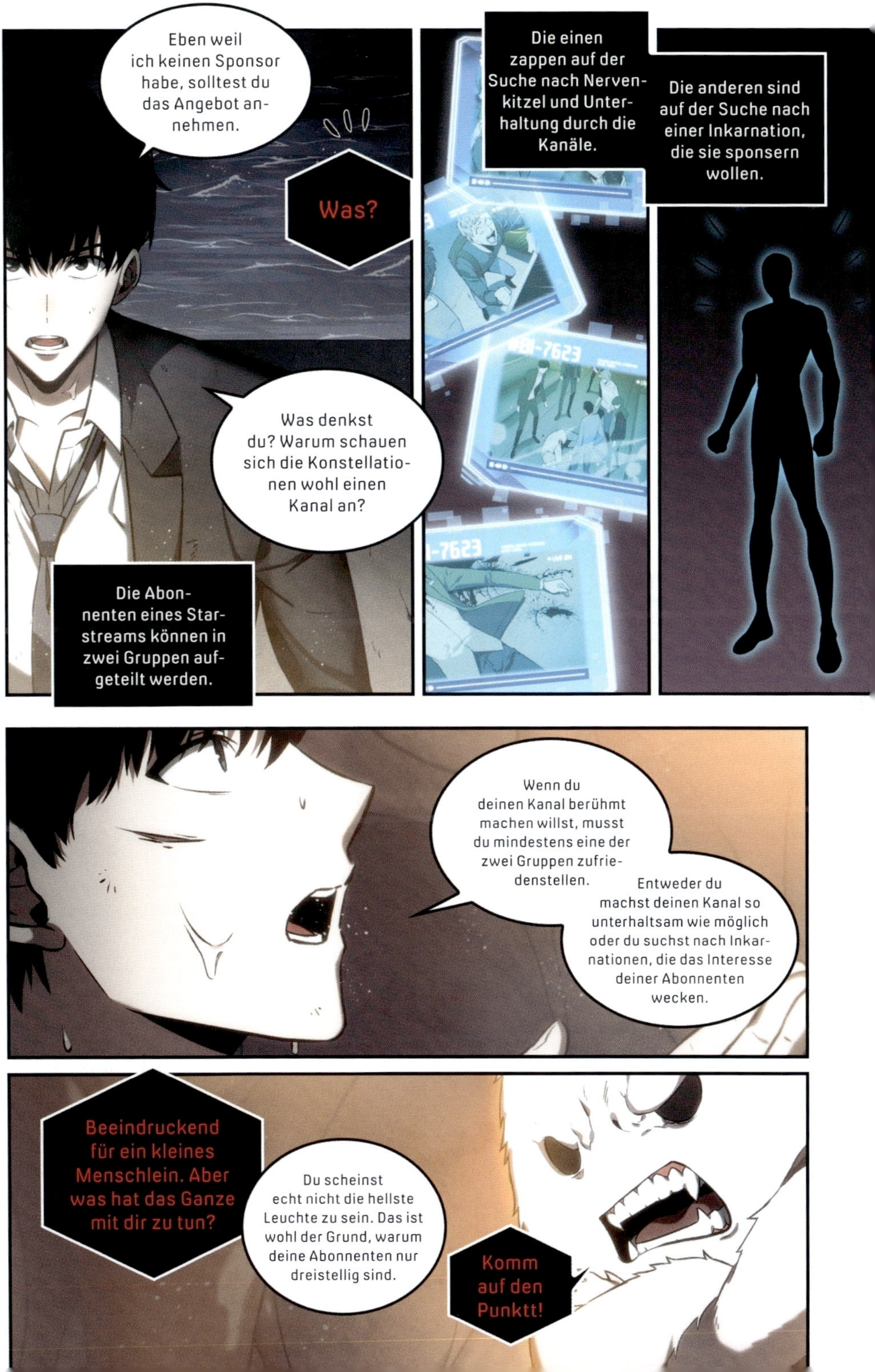

Eben weil ich keinen Sponsor habe, solltest du das Angebot annehmen.
Was?
Die einen zappen auf der Suche nach Nervenkitzel und Unterhaltung durch die Kanäle.
Die anderen sind auf der Suche nach einer Inkarnation, die sie sponsern wollen.
Was denkst du? Warum schauen sich die Konstellationen wohl einen Kanal an?
Die Abonnenten eines Starstreams können in zwei Gruppen aufgeteilt werden.
Wenn du deinen Kanal berühmt machen willst, musst du mindestens eine der zwei Gruppen zufriedenstellen.
Entweder du machst deinen Kanal so unterhaltsam wie möglich oder du suchst nach Inkarnationen, die das Interesse deiner Abonnenten wecken.
Beeindruckend für ein kleines Menschlein. Aber was hat das Ganze mit dir zu tun?
Du scheinst echt nicht die hellste Leuchte zu sein. Das ist wohl der Grund, warum deine Abonnenten nur dreistellig sind.
Komm auf den Punktt!

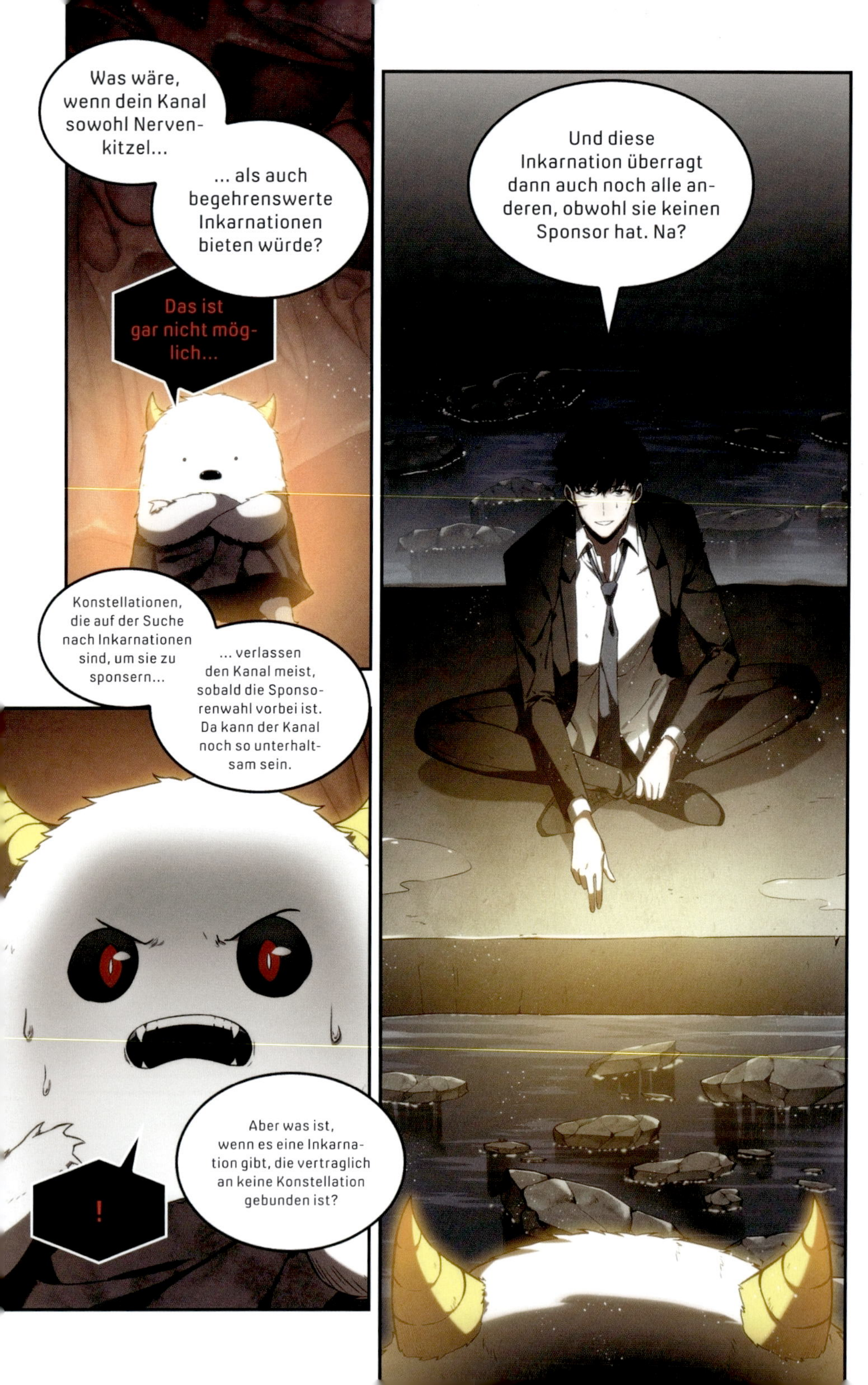
Was wäre, wenn dein Kanal sowohl Nerven- kitzel...
... als auch begehrenswerte Inkarnationen bieten würde?
Das ist gar nicht mög- lich...
Konstellationen, die auf der Suche nach Inkarnationen sind, um sie zu sponsern...
... verlassen den Kanal meist, sobald die Sponso- renwahl vorbei ist. Da kann der Kanal noch so unterhalt- sam sein.
Aber was ist, wenn es eine Inkarna- tion gibt, die vertraglich an keine Konstellation gebunden ist?
!
Und diese Inkarnation überragt dann auch noch alle an- deren, obwohl sie keinen Sponsor hat. Na?

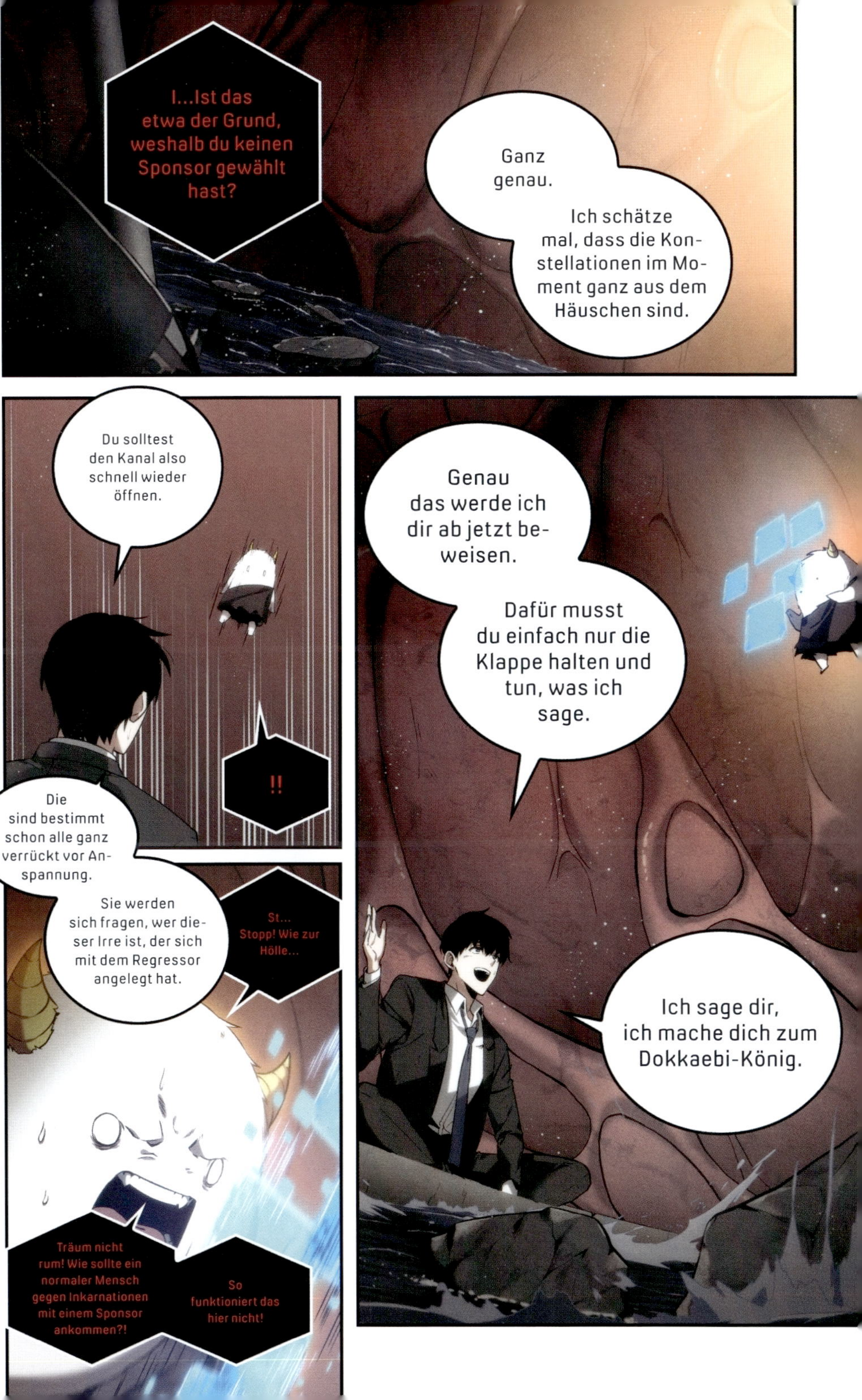
I...Ist das etwa der Grund, weshalb du keinen Sponsor gewählt hast?
Ganz genau.
Ich schätze mal, dass die Konstellationen im Moment ganz aus dem Häuschen sind.
Du solltest den Kanal also schnell wieder öffnen.
!!
Die sind bestimmt schon alle ganz verrückt vor Anspannung.
Sie werden sich fragen, wer dieser Irre ist, der sich mit dem Regressor angelegt hat.
St... Stopp! Wie zur Hölle...
Träum nicht rum! Wie sollte ein normaler Mensch gegen Inkarnationen mit einem Sponsor ankommen?!
So funktioniert das hier nicht!
Genau das werde ich dir ab jetzt beweisen.
Dafür musst du einfach nur die Klappe halten und tun, was ich sage.
Ich sage dir, ich mache dich zum Dokkaebi-König.

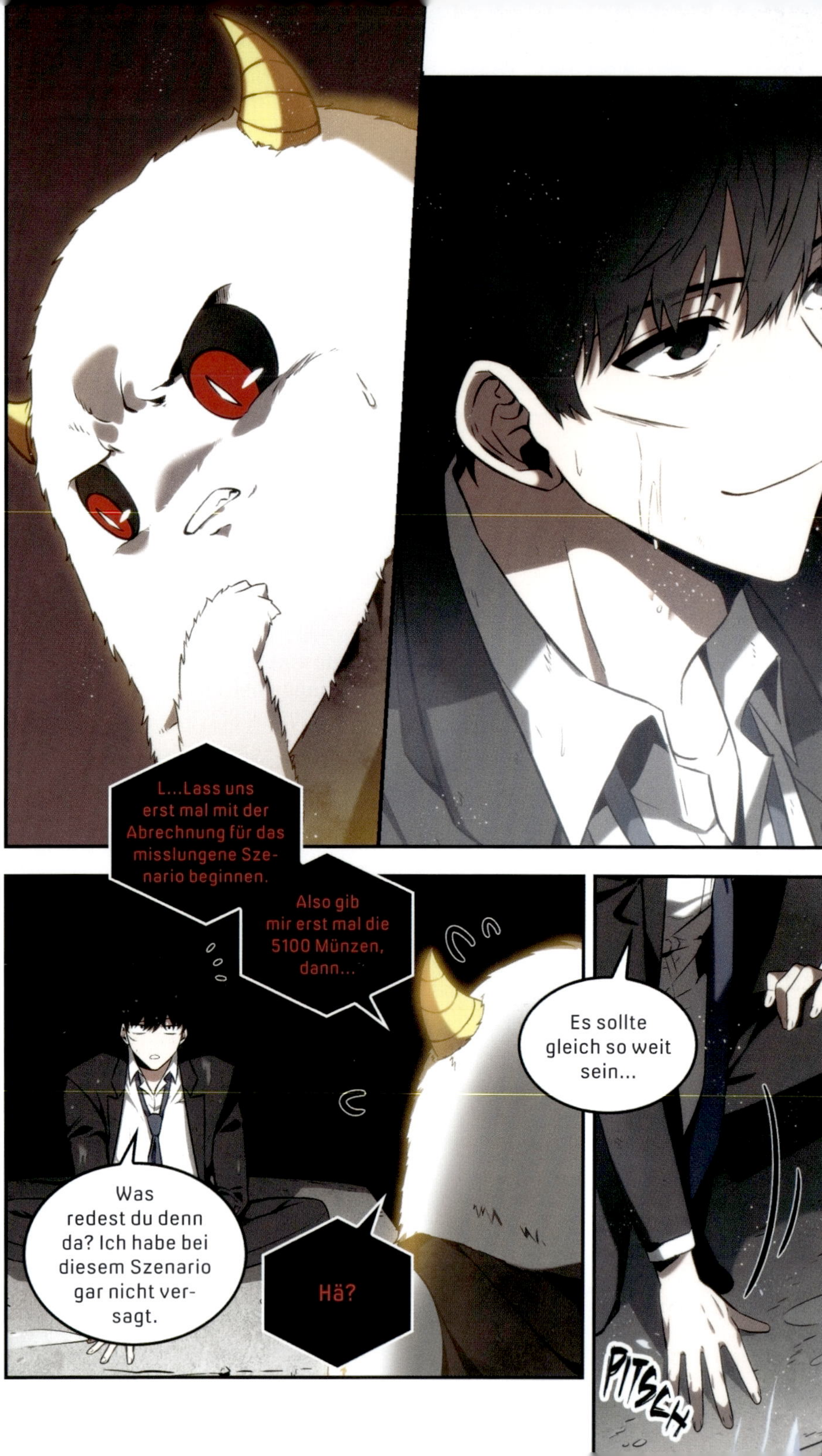
L...Lass uns erst mal mit der Abrechnung für das misslungene Sze-nario beginnen.
Also gib mir erst mal die 5100 Münzen, dann...
Was redest du denn da? Ich habe bei diesem Szenario gar nicht ver-sagt.
Hä?
Es sollte gleich so weit sein...
PITSCH

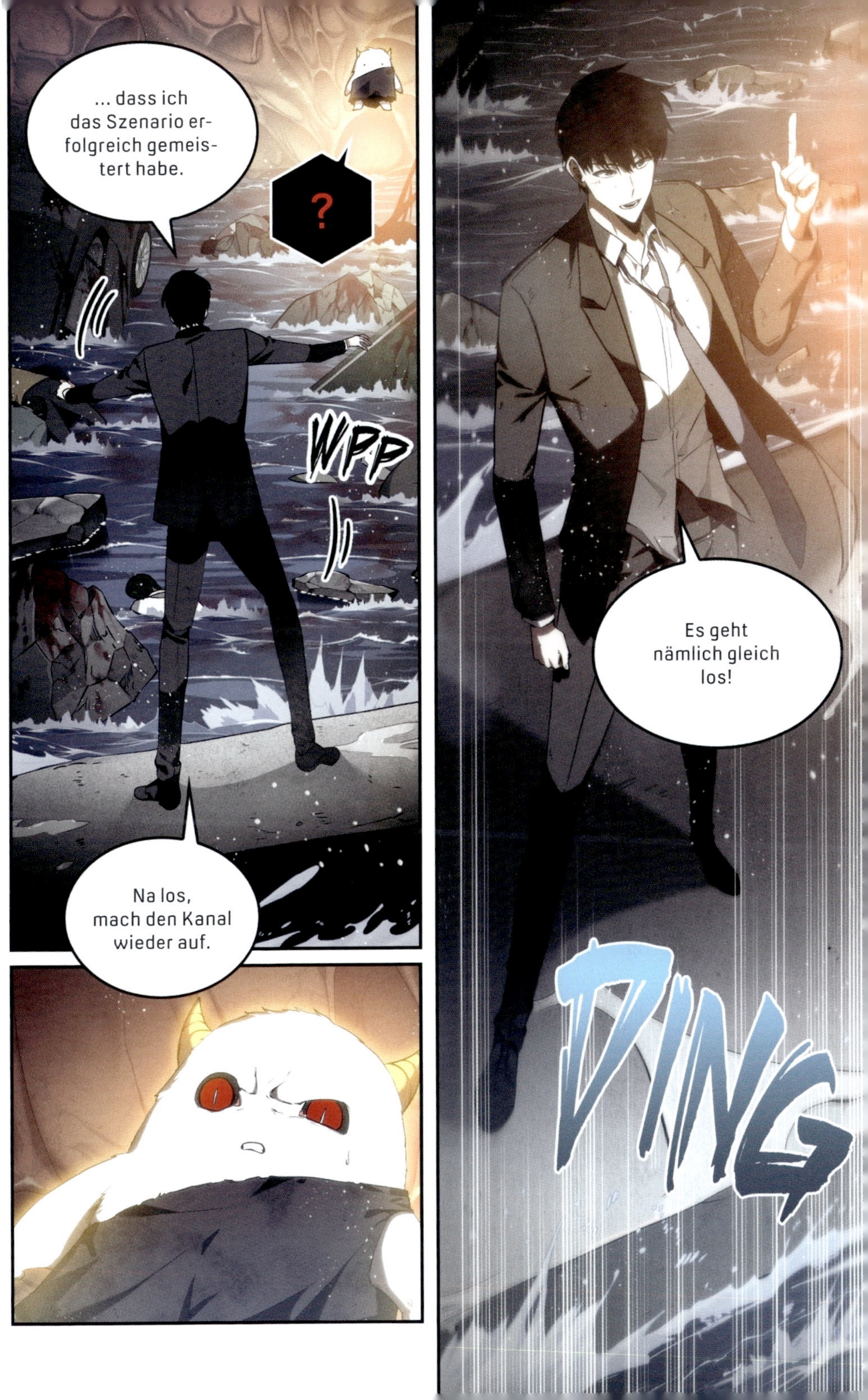

... dass ich das Szenario erfolgreich gemeistert habe.
?
WPP
Na los, mach den Kanal wieder auf.
Es geht nämlich gleich los!
DING

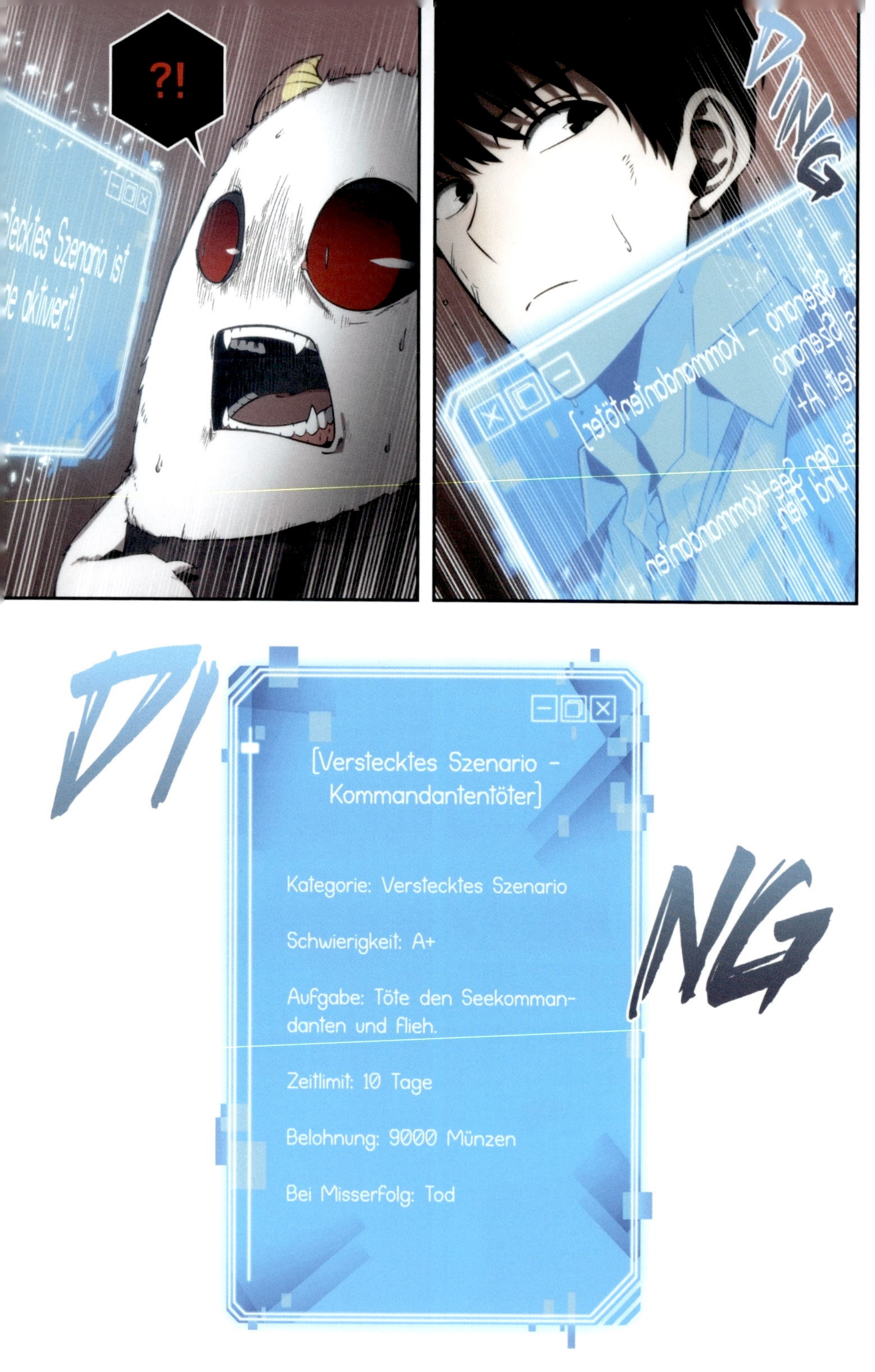
?!
DING
DING
[Verstecktes Szenario - Kommandantentöter]
Kategorie: Verstecktes Szenario
Schwierigkeit: A+
Aufgabe: Töte den Seekommandanten und flieh.
Zeitlimit: 10 Tage
Belohnung: 9000 Münzen
Bei Misserfolg: Tod

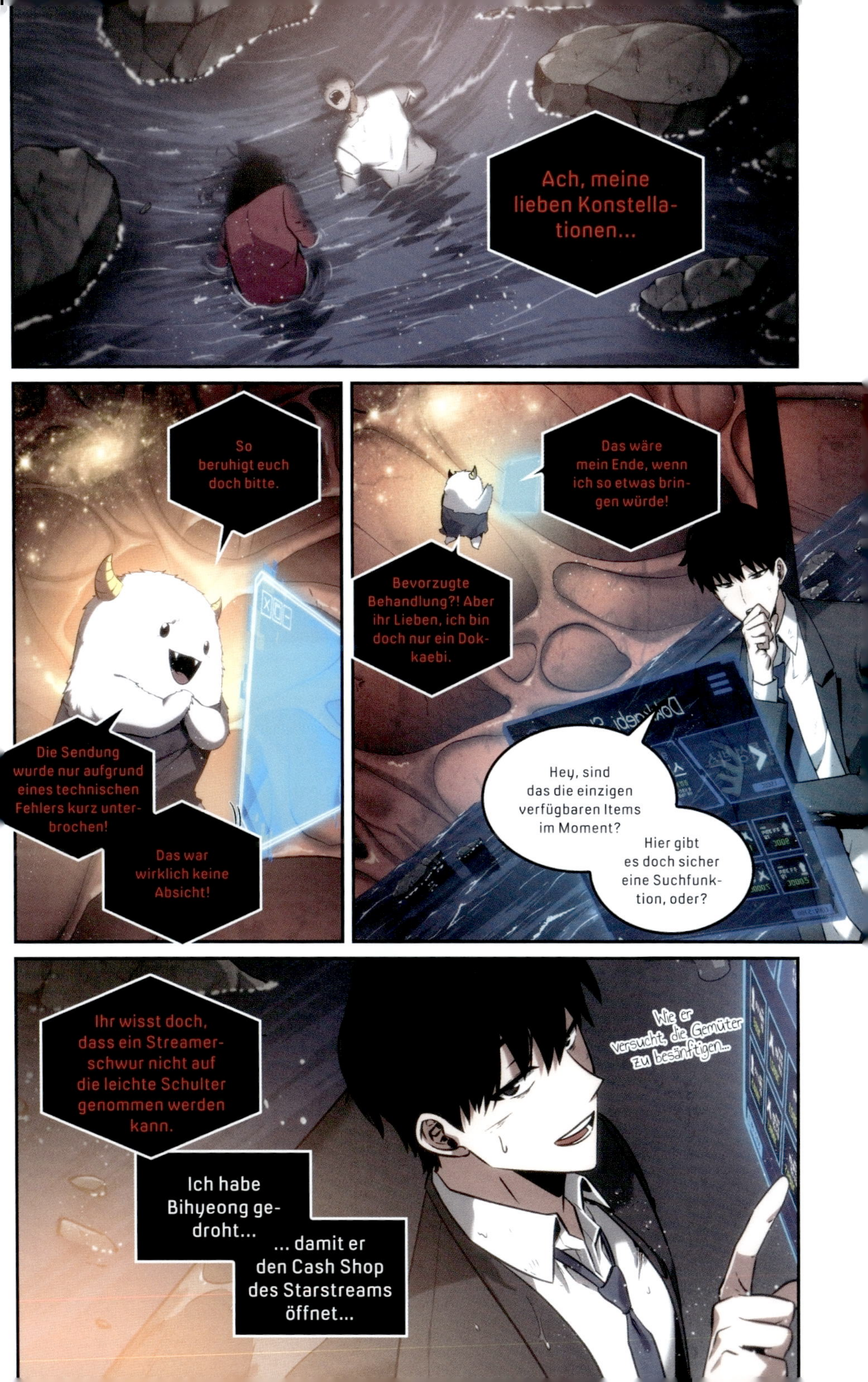
Ach, meine lieben Konstellationen...
So beruhigt euch doch bitte.
Die Sendung wurde nur aufgrund eines technischen Fehlers kurz unterbrochen!
Das war wirklich keine Absicht!
Das wäre mein Ende, wenn ich so etwas bringen würde!
Bevorzugte Behandlung?! Aber ihr Lieben, ich bin doch nur ein Dokkaebi.
Hey, sind das die einzigen verfügbaren Items im Moment?
Hier gibt es doch sicher eine Suchfunktion, oder?
Ihr wisst doch, dass ein Streamerschwur nicht auf die leichte Schulter genommen werden kann.
Wie er versucht, die Gemüter zu besänftigen...
Ich habe Bihyeong gedroht...
... damit er den Cash Shop des Starstreams öffnet...

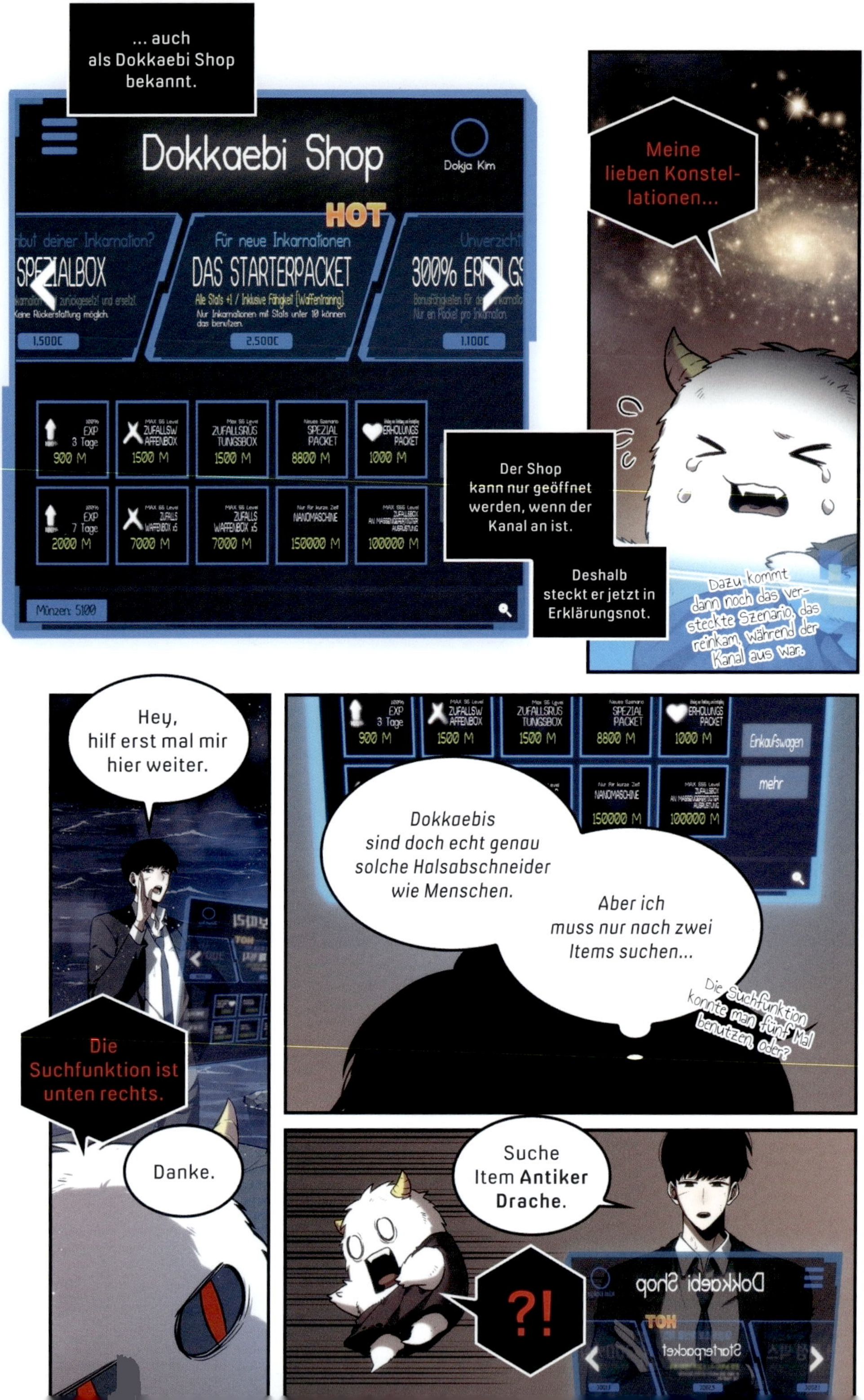
... auch als Dokkaebi Shop bekannt.
Dokkaebi Shop
Dokja Kim
HOT
Für neue Inkarnationen
DAS STARTERPACKET
Alle Stats +1 / Inklusive Fähigkeit [Waffentraining]
Nur Inkarnationen mit Stats unter 10 können das benutzen.
SPEZIALBOX
1.500C
2.500C
1.100C
EXP 3 Tage 900 M
ZUFALLSWAFFENBOX 1500 M
ZUFALLSRÜSTUNGSBOX 1500 M
SPEZIAL PACKET 8800 M
ERHOLUNGS PACKET 1000 M
EXP 7 Tage 2000 M
7000 M
7000 M
NANOMASCHINE 150000 M
100000 M
Münzen: 5100
Meine lieben Konstellationen...
Der Shop kann nur geöffnet werden, wenn der Kanal an ist.
Deshalb steckt er jetzt in Erklärungsnot.
Dazu kommt dann noch das versteckte Szenario, das reinkam, während der Kanal aus war.
Hey, hilf erst mal mir hier weiter.
Die Suchfunktion ist unten rechts.
Danke.
Einkaufswagen
mehr
Dokkaebis sind doch echt genau solche Halsabschneider wie Menschen.
Aber ich muss nur nach zwei Items suchen...
Die Suchfunktion konnte man fünf Mal benutzen, oder?
Suche Item **Antiker Drache**.
?!

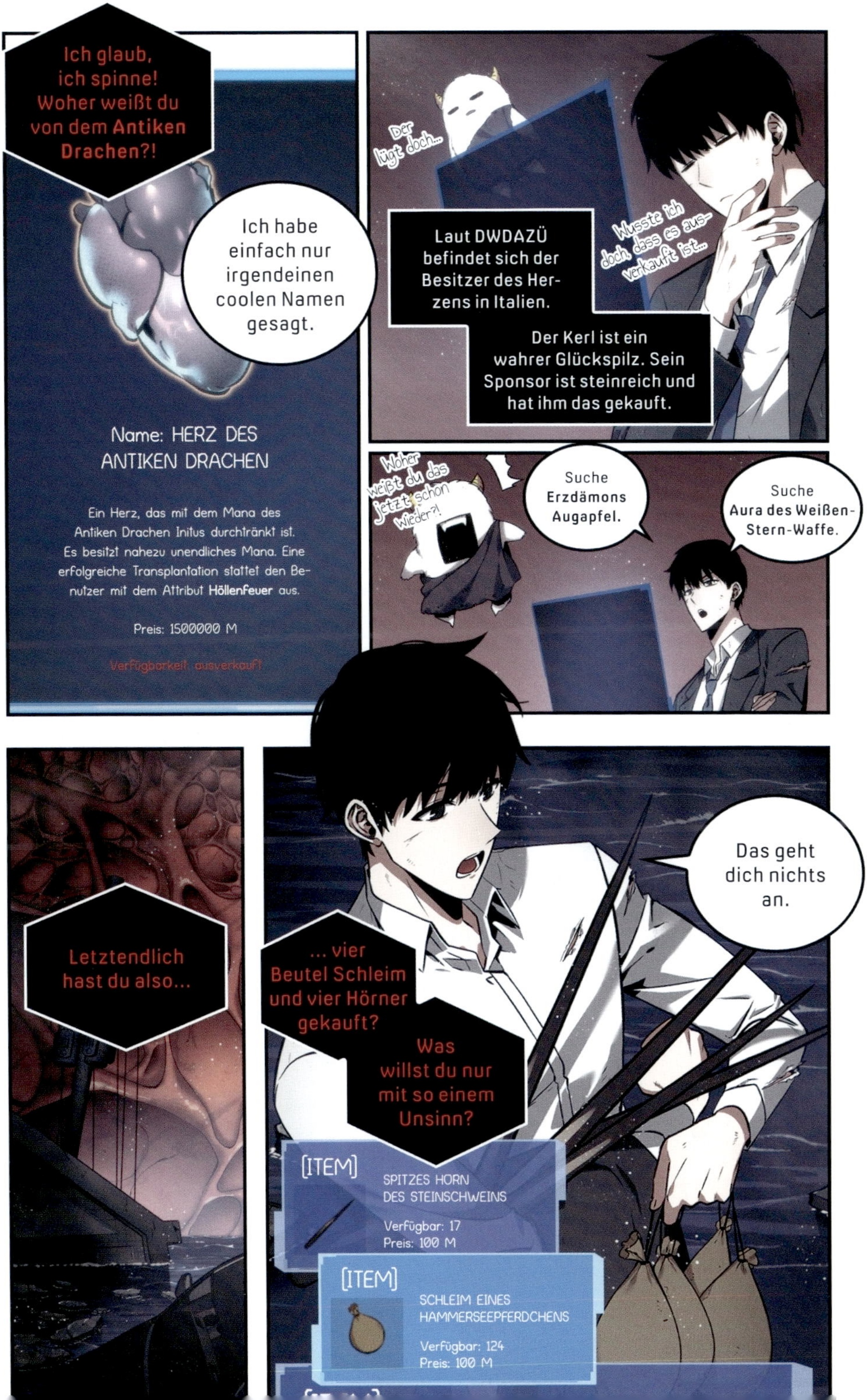
Ich glaub, ich spinne! Woher weißt du von dem Antiken Drachen?!
Ich habe einfach nur irgendeinen coolen Namen gesagt.
Name: HERZ DES ANTIKEN DRACHEN
Ein Herz, das mit dem Mana des Antiken Drachen Initus durchtränkt ist. Es besitzt nahezu unendliches Mana. Eine erfolgreiche Transplantation stattet den Benutzer mit dem Attribut Höllenfeuer aus.
Preis: 1500000 M
Verfügbarkeit: ausverkauft
Der lügt doch...
Wusste ich doch, dass es ausverkauft ist...
Laut DWDAZÜ befindet sich der Besitzer des Herzens in Italien.
Der Kerl ist ein wahrer Glückspilz. Sein Sponsor ist steinreich und hat ihm das gekauft.
Woher weißt du das jetzt schon wieder?!
Suche Erzdämons Augapfel.
Suche Aura des Weißen-Stern-Waffe.
Letztendlich hast du also...
... vier Beutel Schleim und vier Hörner gekauft?
Was willst du nur mit so einem Unsinn?
Das geht dich nichts an.
[ITEM] SPITZES HORN DES STEINSCHWEINS Verfügbar: 17 Preis: 100 M
[ITEM] SCHLEIM EINES HAMMERSEEPFERDCHENS Verfügbar: 124 Preis: 100 M

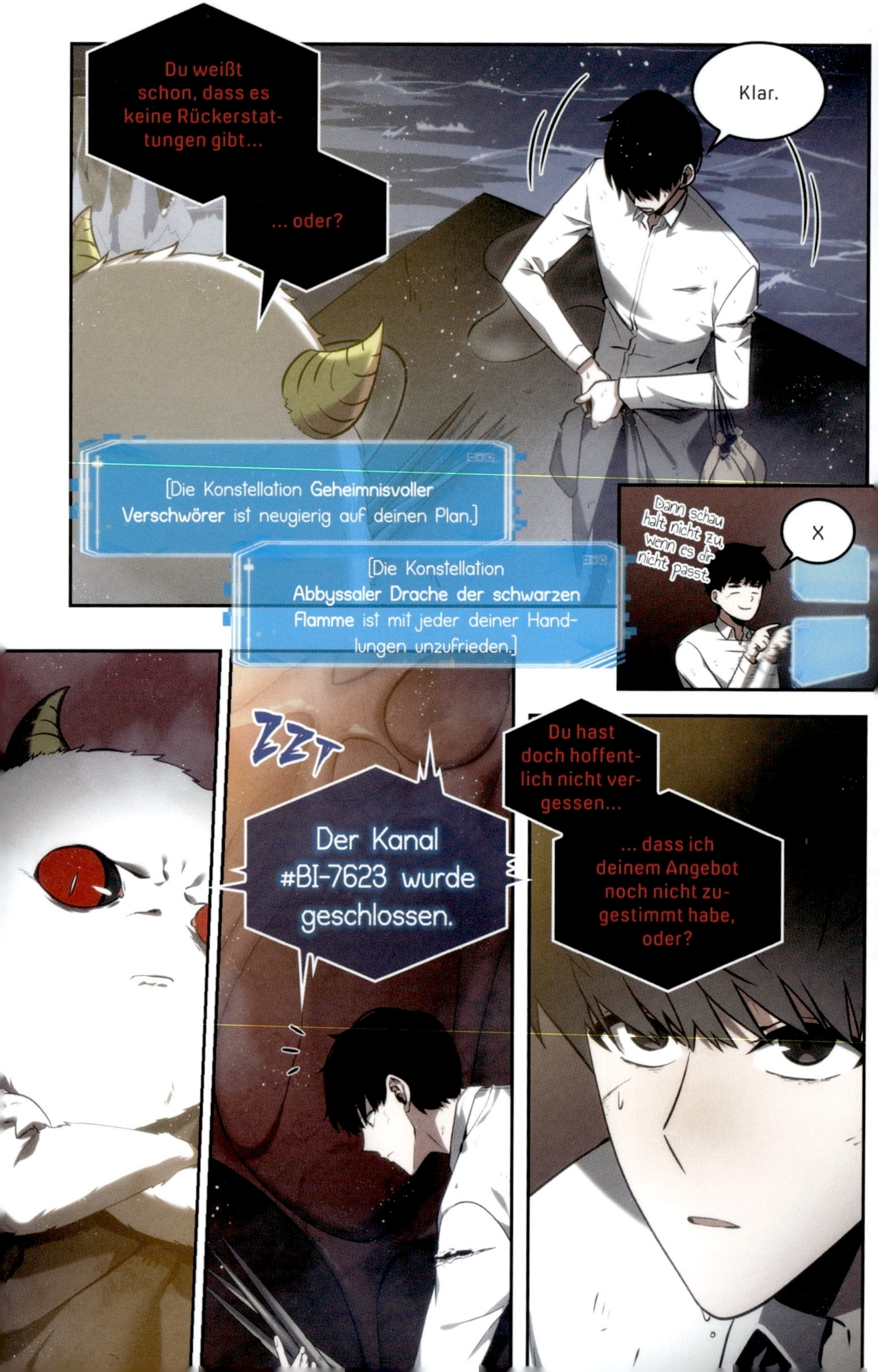
Du weißt schon, dass es keine Rückerstattungen gibt...
... oder?
Klar.
[Die Konstellation Geheimnisvoller Verschwörer ist neugierig auf deinen Plan.]
[Die Konstellation Abbyssaler Drache der schwarzen Flamme ist mit jeder deiner Handlungen unzufrieden.]
Dann schau halt nicht zu, wenn es dir nicht passt.
X
ZZT
Der Kanal #BI-7623 wurde geschlossen.
Du hast doch hoffentlich nicht vergessen...
... dass ich deinem Angebot noch nicht zugestimmt habe, oder?

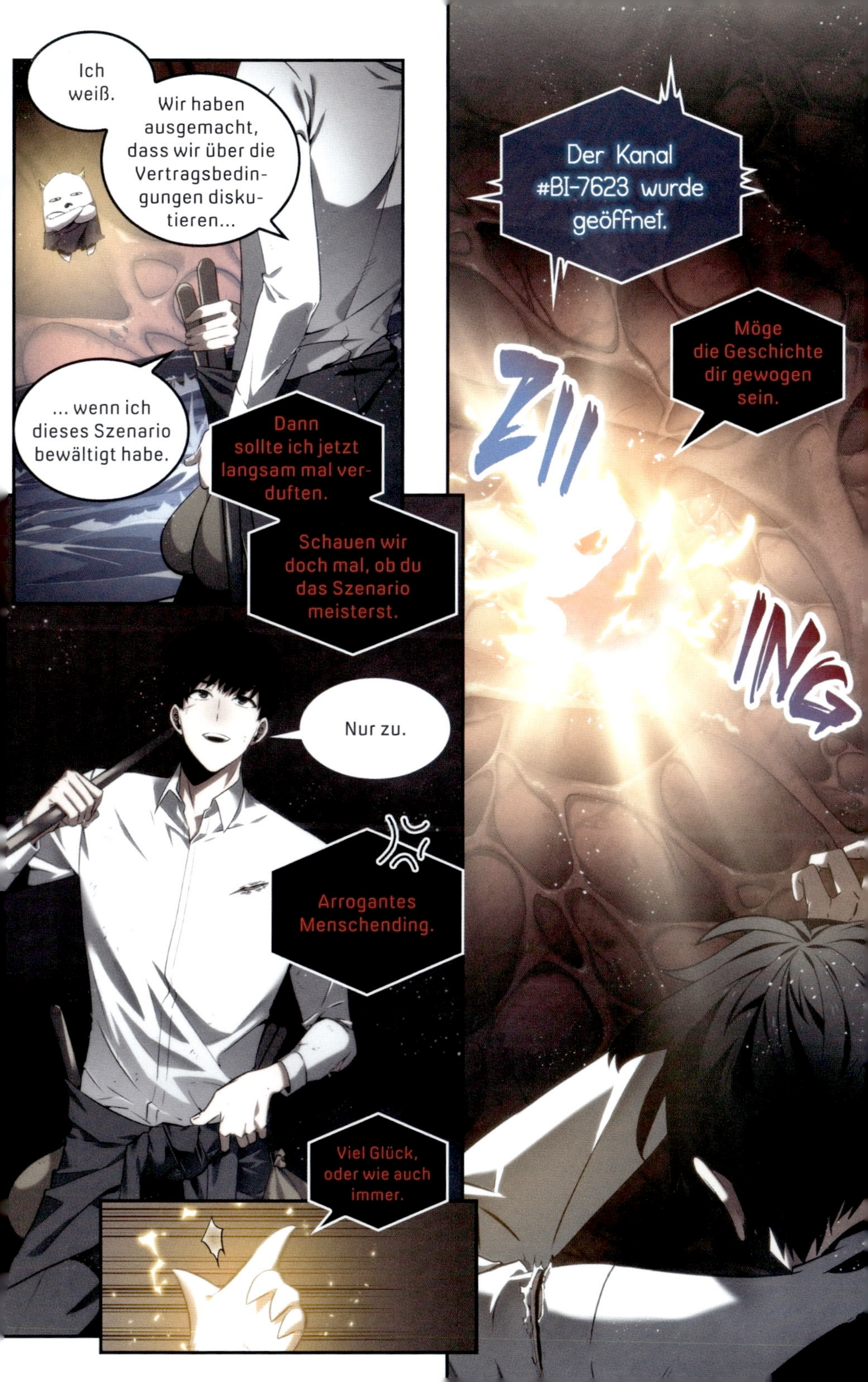

Ich weiß.
Wir haben ausgemacht, dass wir über die Vertragsbedingungen diskutieren...
... wenn ich dieses Szenario bewältigt habe.
Dann sollte ich jetzt langsam mal verduften.
Schauen wir doch mal, ob du das Szenario meisterst.
Nur zu.
Arrogantes Menschending.
Viel Glück, oder wie auch immer.
Der Kanal #BI-7623 wurde geöffnet.
Möge die Geschichte dir gewogen sein.
ZIIING

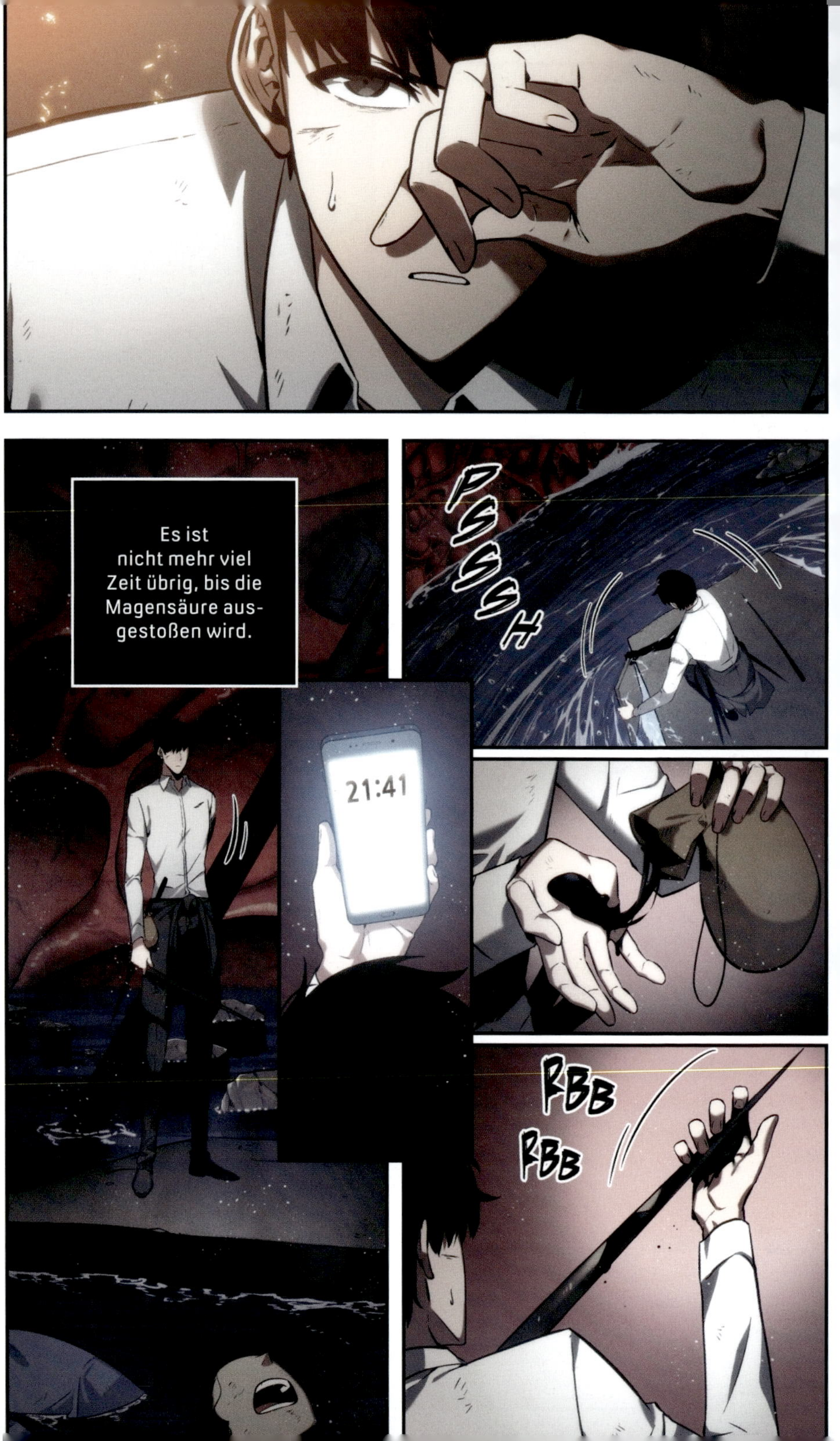
Es ist nicht mehr viel Zeit übrig, bis die Magensäure aus-gestoßen wird.
PSSSH
21:41
RBB
RBB

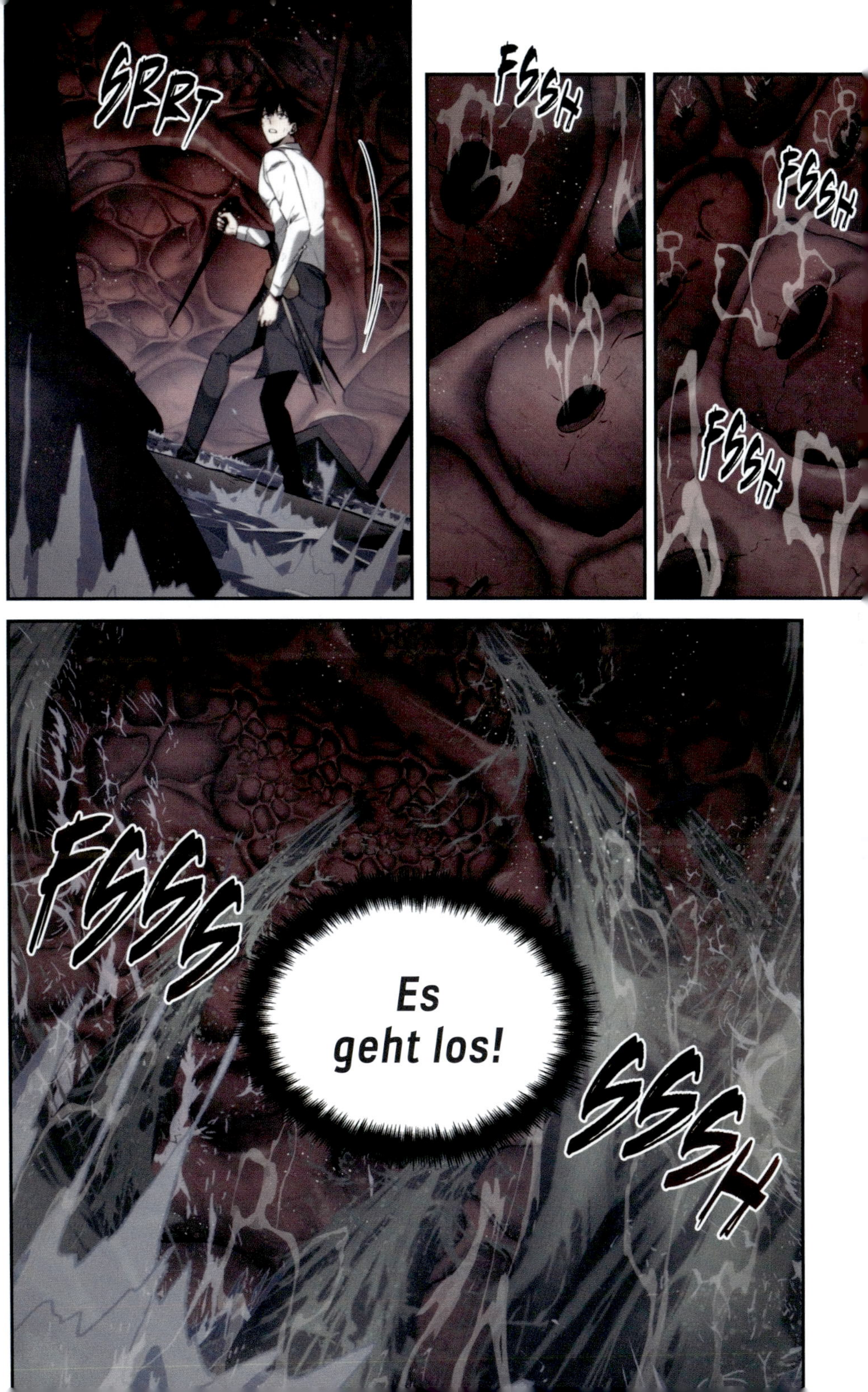

SRRT
FSSH
FSSH
FSSH
FSSS
Es geht los!
SSSH

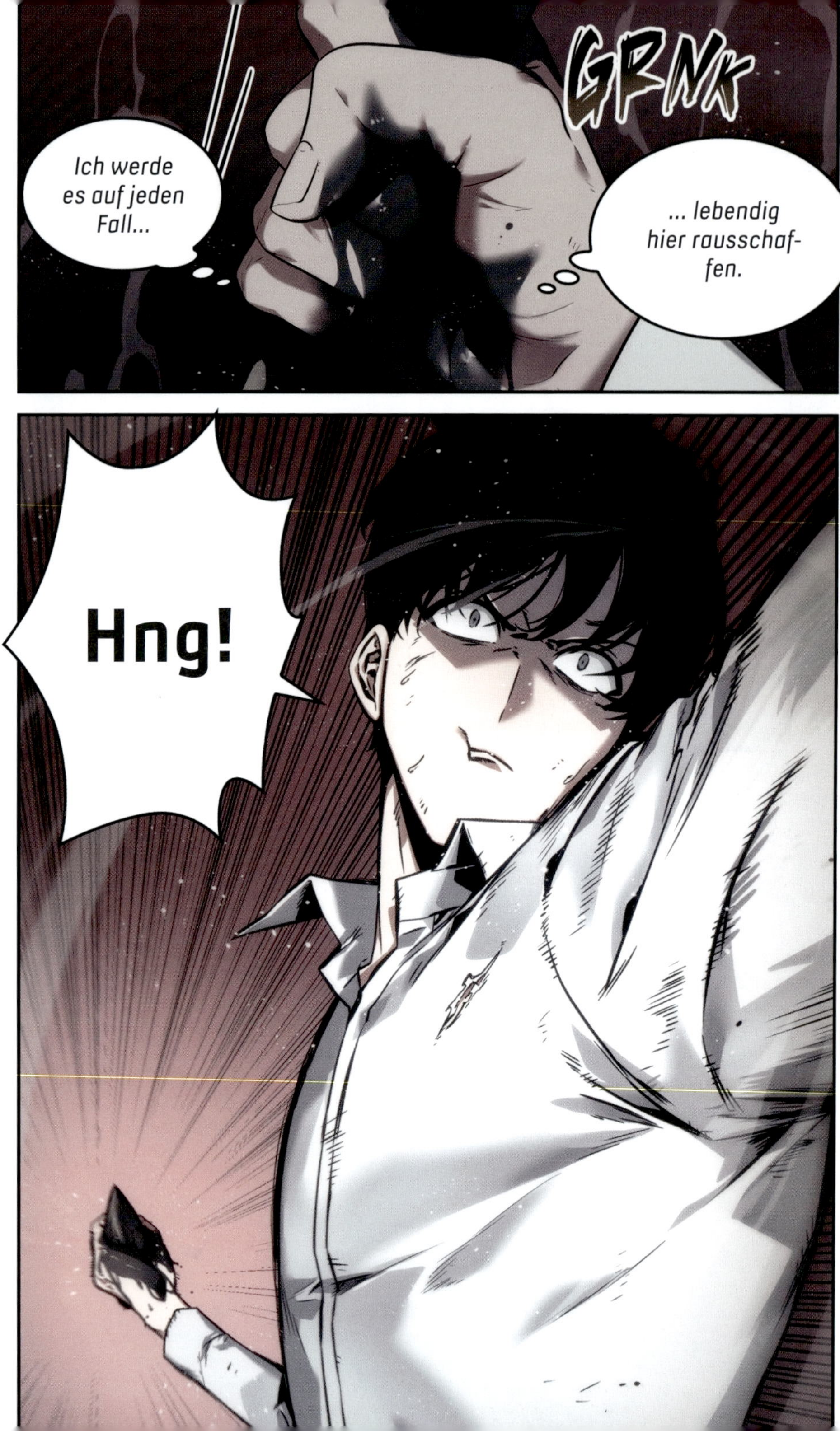
GRNK
Ich werde es auf jeden Fall...
... lebendig hier rausschaffen.
Hng!

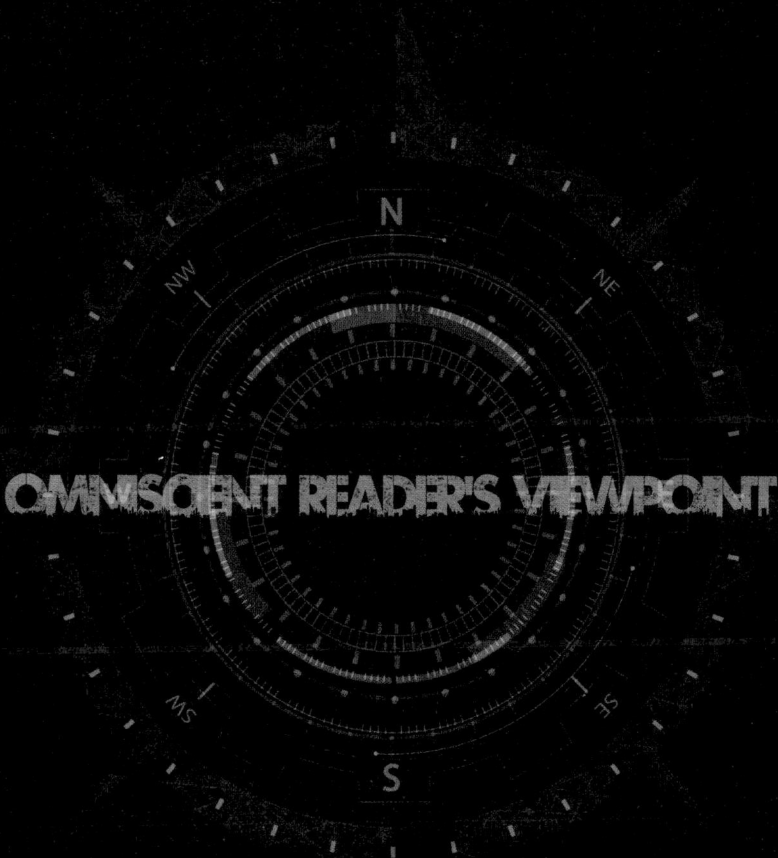
N
NW
NE
OMNISCIENT READER'S VIEWPOINT
SW
SE
S

EP.03

Omniscient Reader's Viewpoint

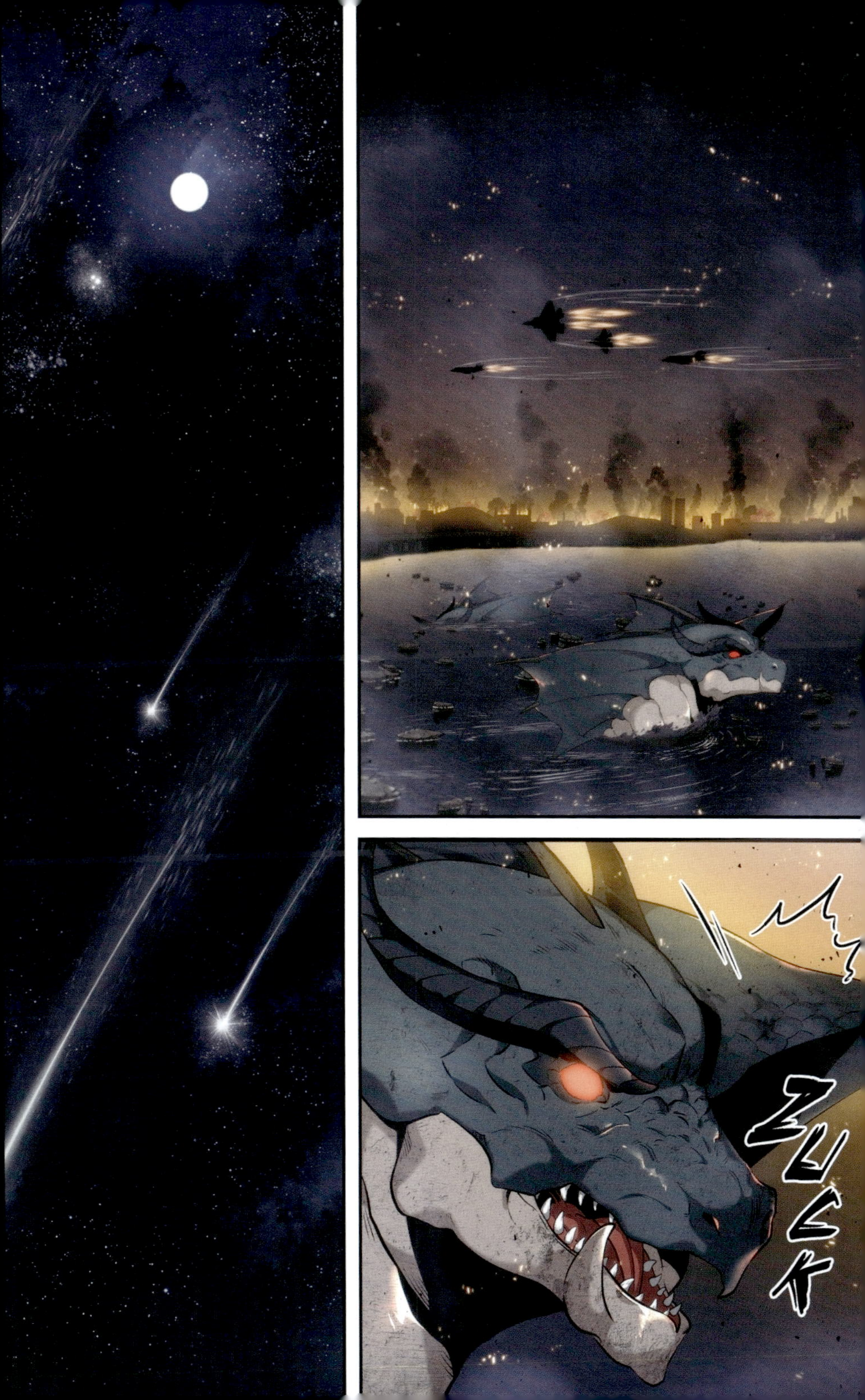
ZUCK

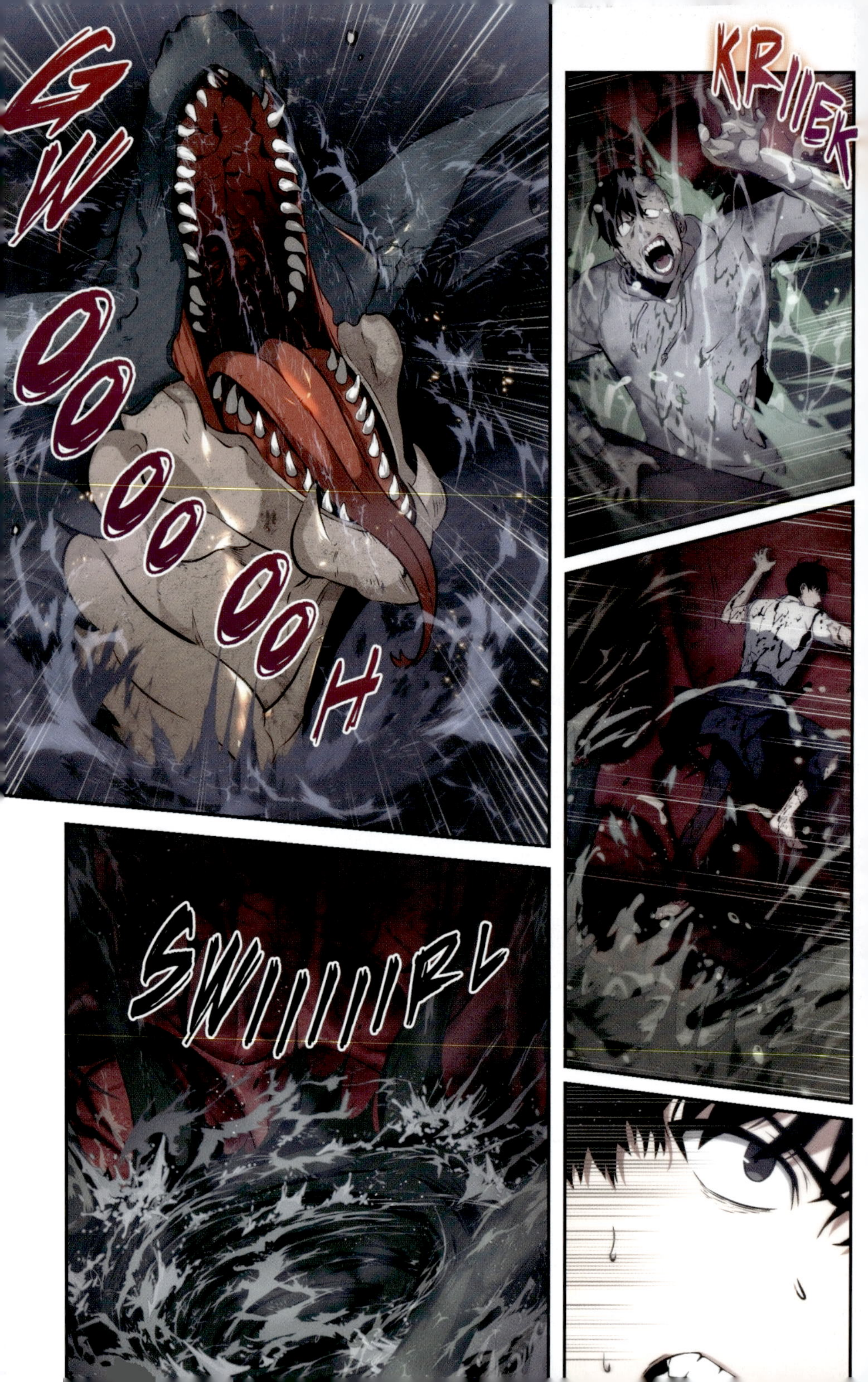
GWOOOOOOOH
KRIIEK
SWIIIIIRL

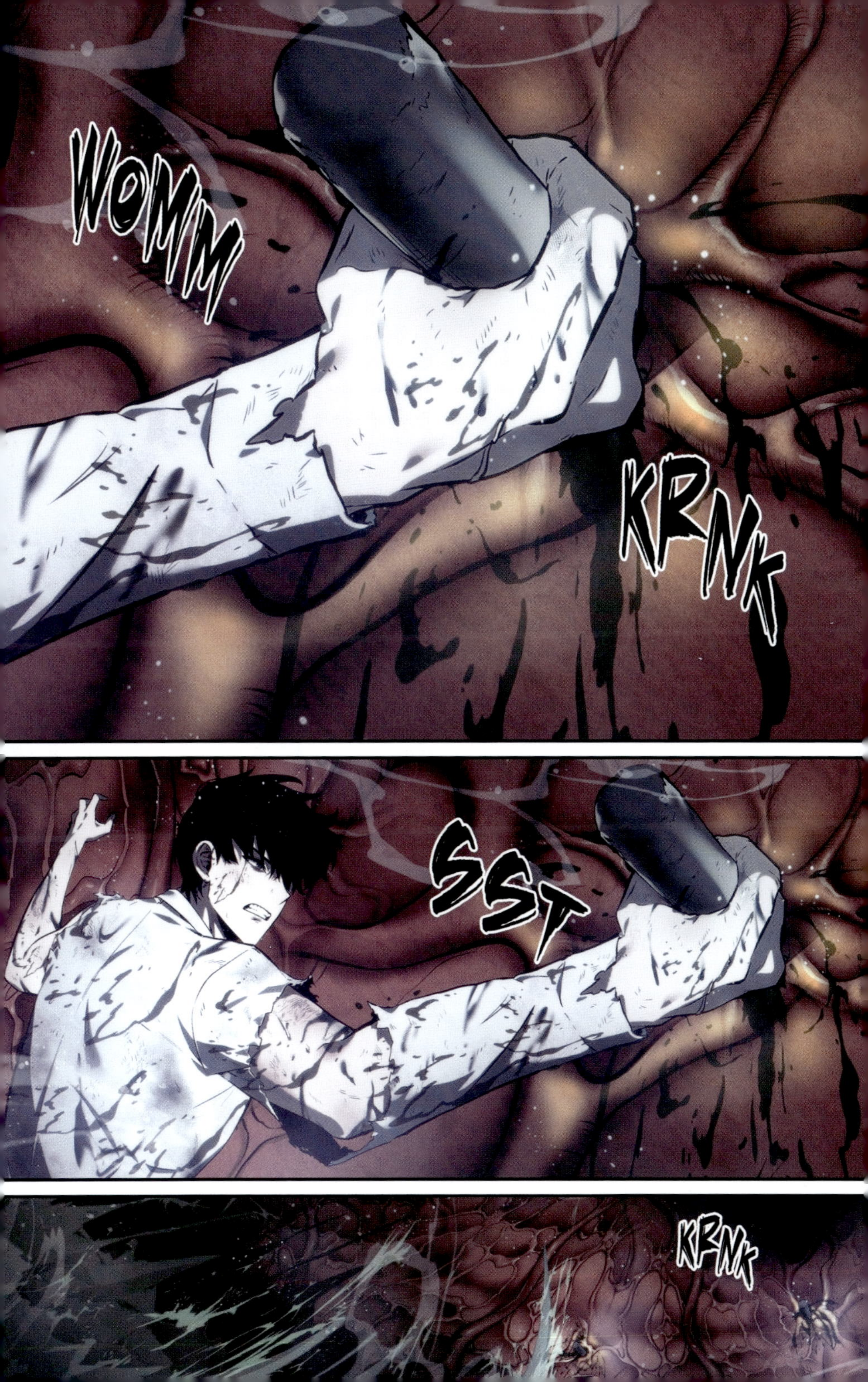
WOMM
KRNK
SST
KRNK

Wie viel Zeit
ist wohl vergangen?

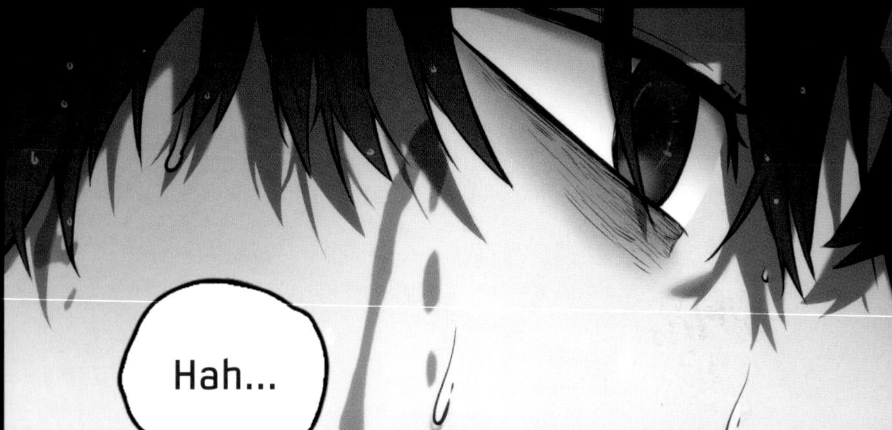

Habe ich mich
vielleicht selbst über-
schätzt?

Hah...

Hah...

Ich bin doch
nur ein einfacher
Leser.

Hah...

Ich bin kein Held.

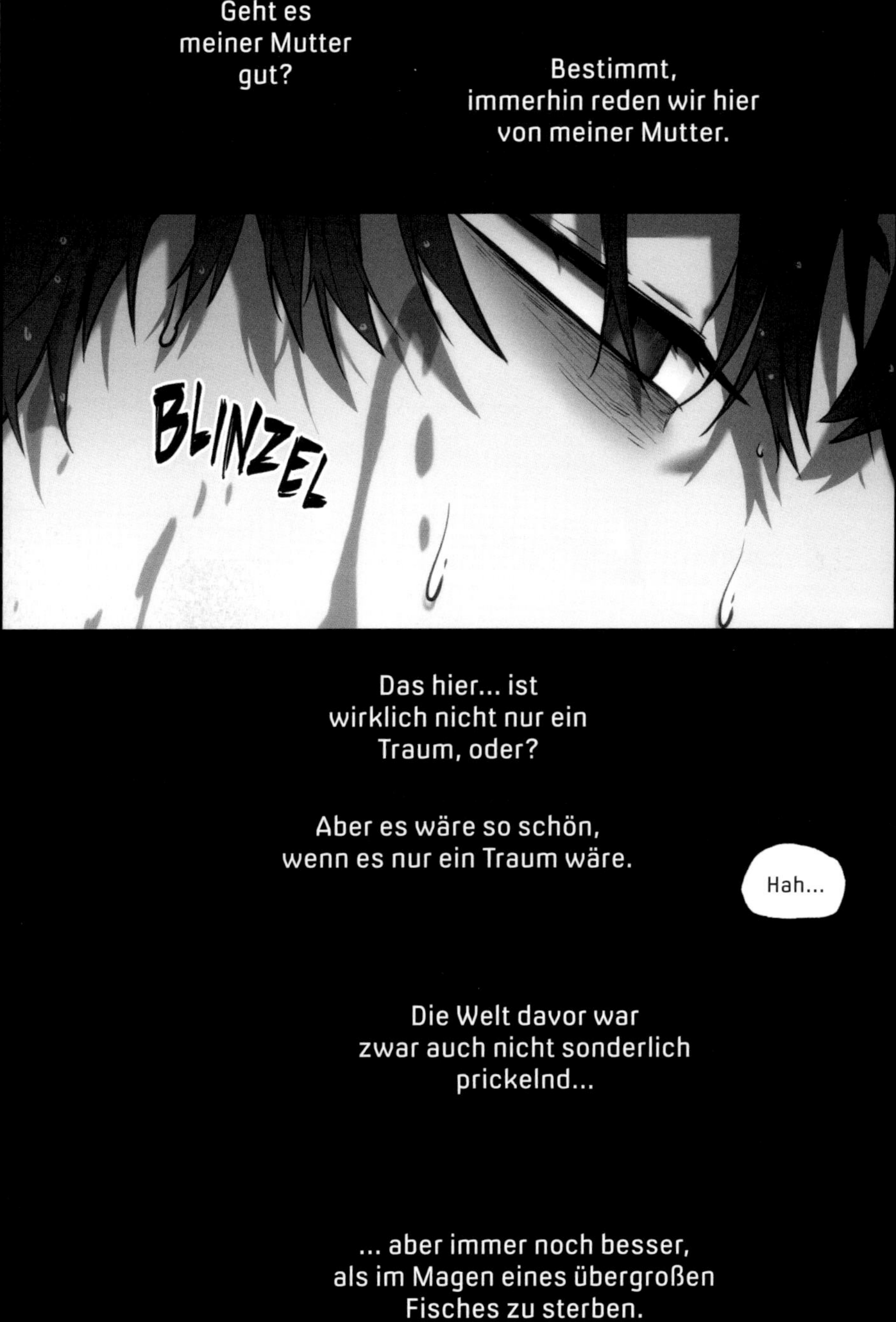
Geht es meiner Mutter gut?
Bestimmt, immerhin reden wir hier von meiner Mutter.
BLINZEL
Das hier... ist wirklich nicht nur ein Traum, oder?
Aber es wäre so schön, wenn es nur ein Traum wäre.
Hah...
Die Welt davor war zwar auch nicht sonderlich prickelnd...
... aber immer noch besser, als im Magen eines übergroßen Fisches zu sterben.

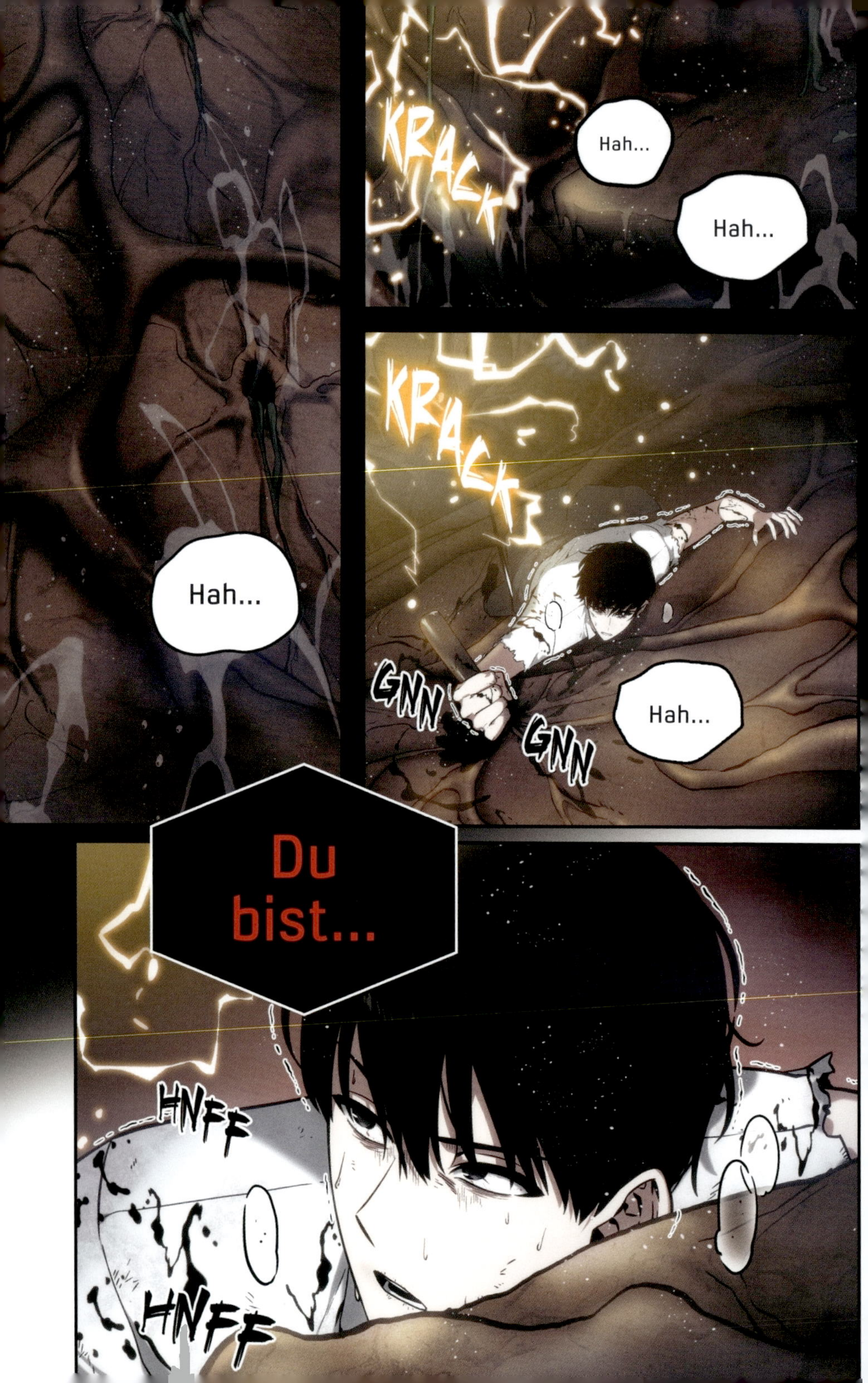
KRACK
Hah...
Hah...
Hah...
KRACK
GNN
GNN
Hah...
Du bist...
HNFF
HNFF

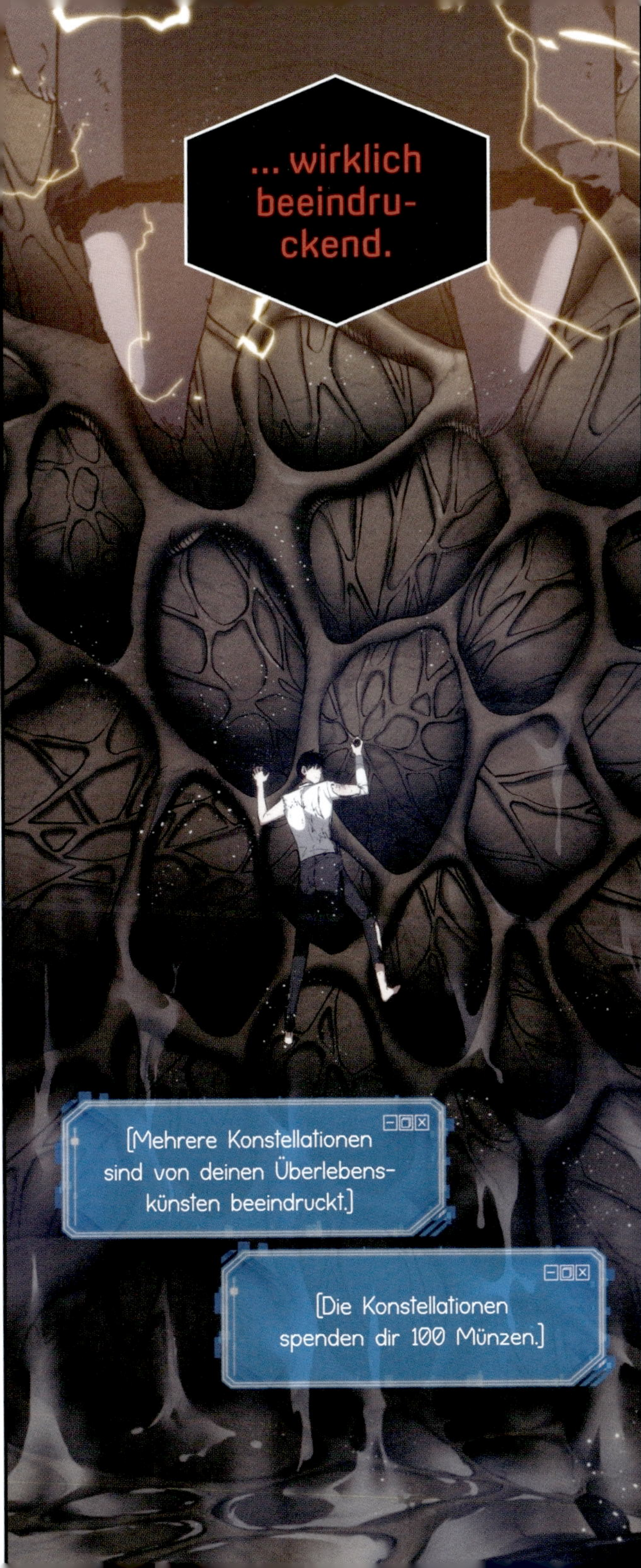
... wirklich beeindru-ckend.
[Mehrere Konstellationen sind von deinen Überlebens-künsten beeindruckt.]
[Die Konstellationen spenden dir 100 Münzen.]

Vierter Tag...

... seit Beginn des Szenarios.

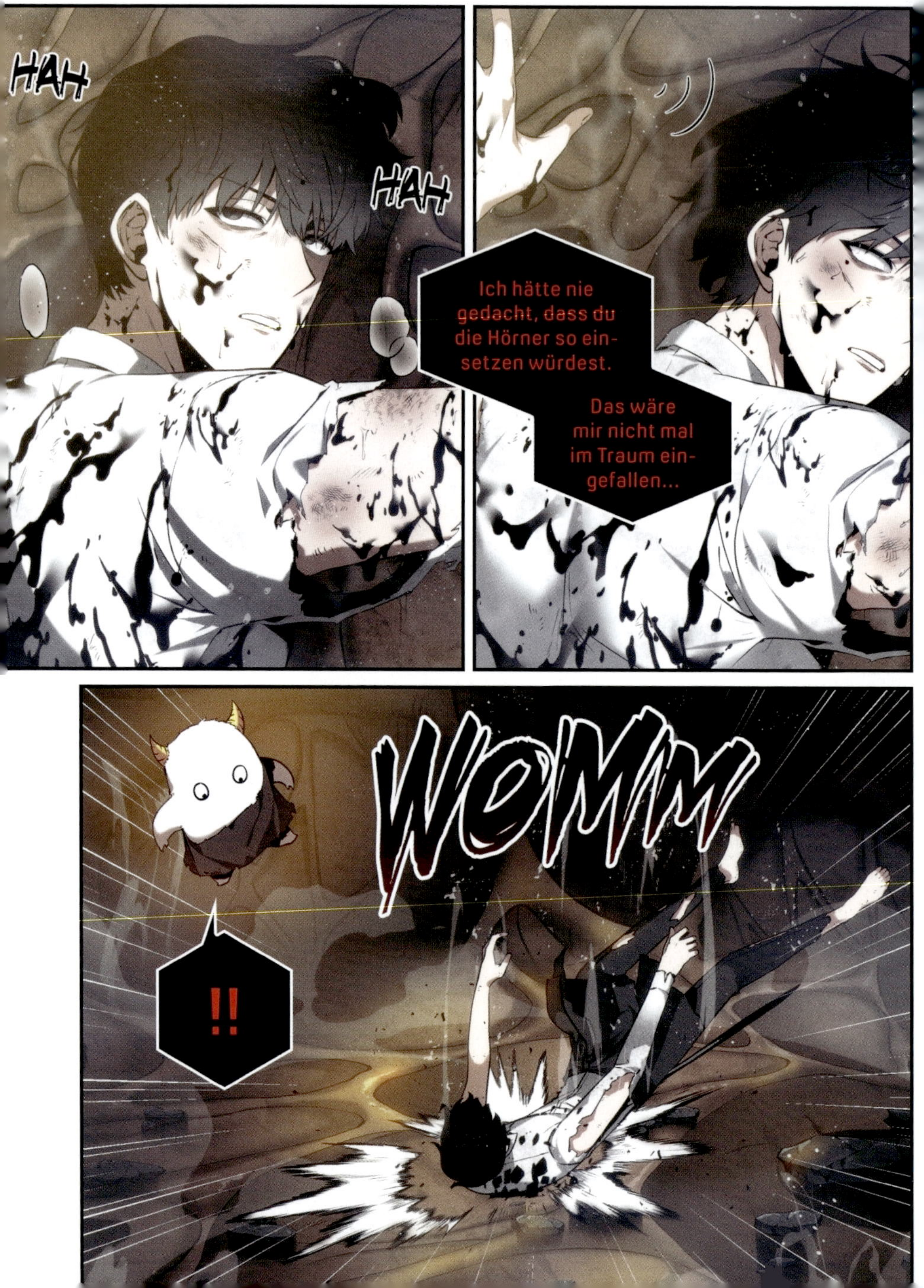

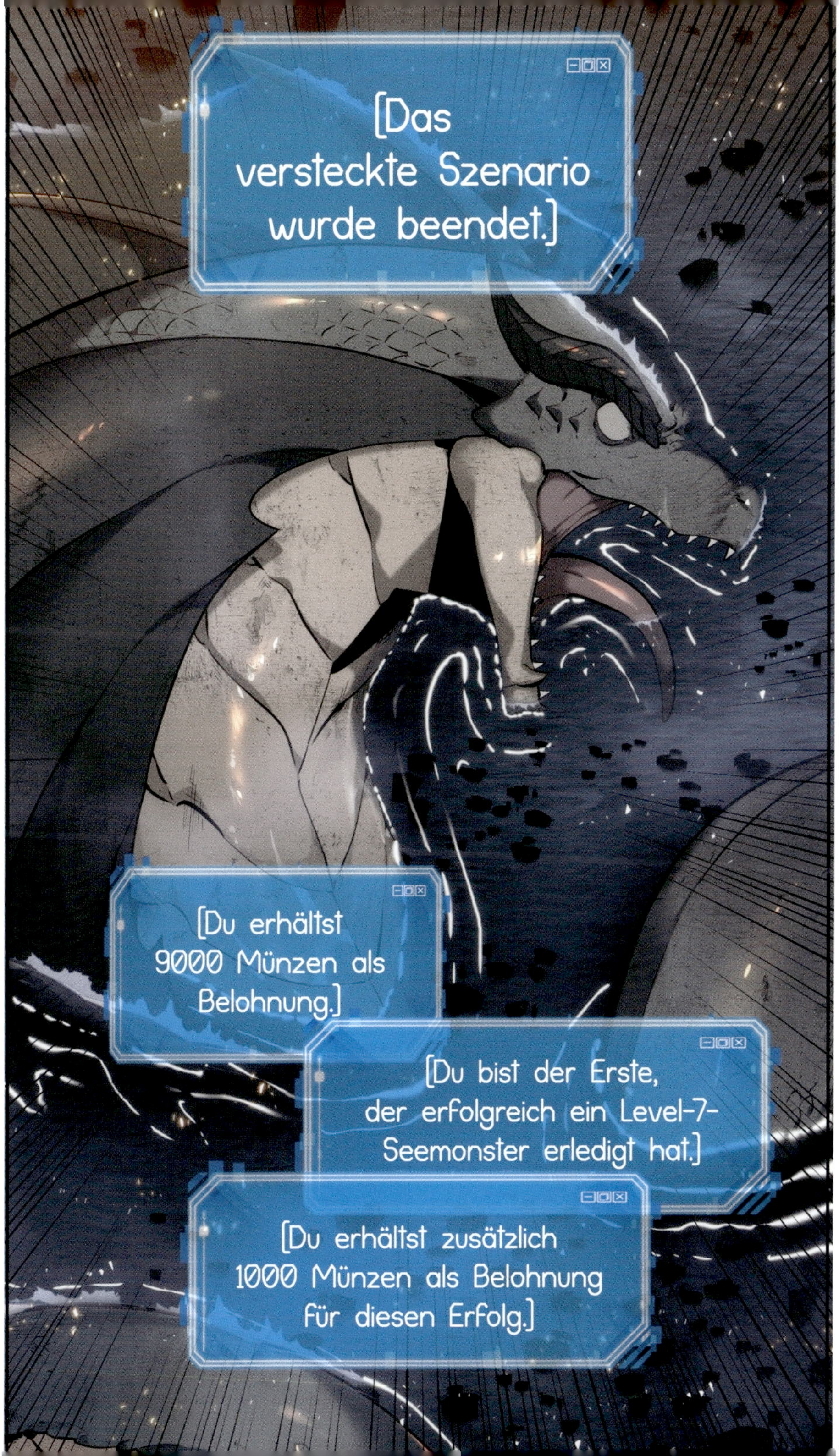
[Das versteckte Szenario wurde beendet.]
[Du erhältst 9000 Münzen als Belohnung.]
[Du bist der Erste, der erfolgreich ein Level-7-Seemonster erledigt hat.]
[Du erhältst zusätzlich 1000 Münzen als Belohnung für diesen Erfolg.]

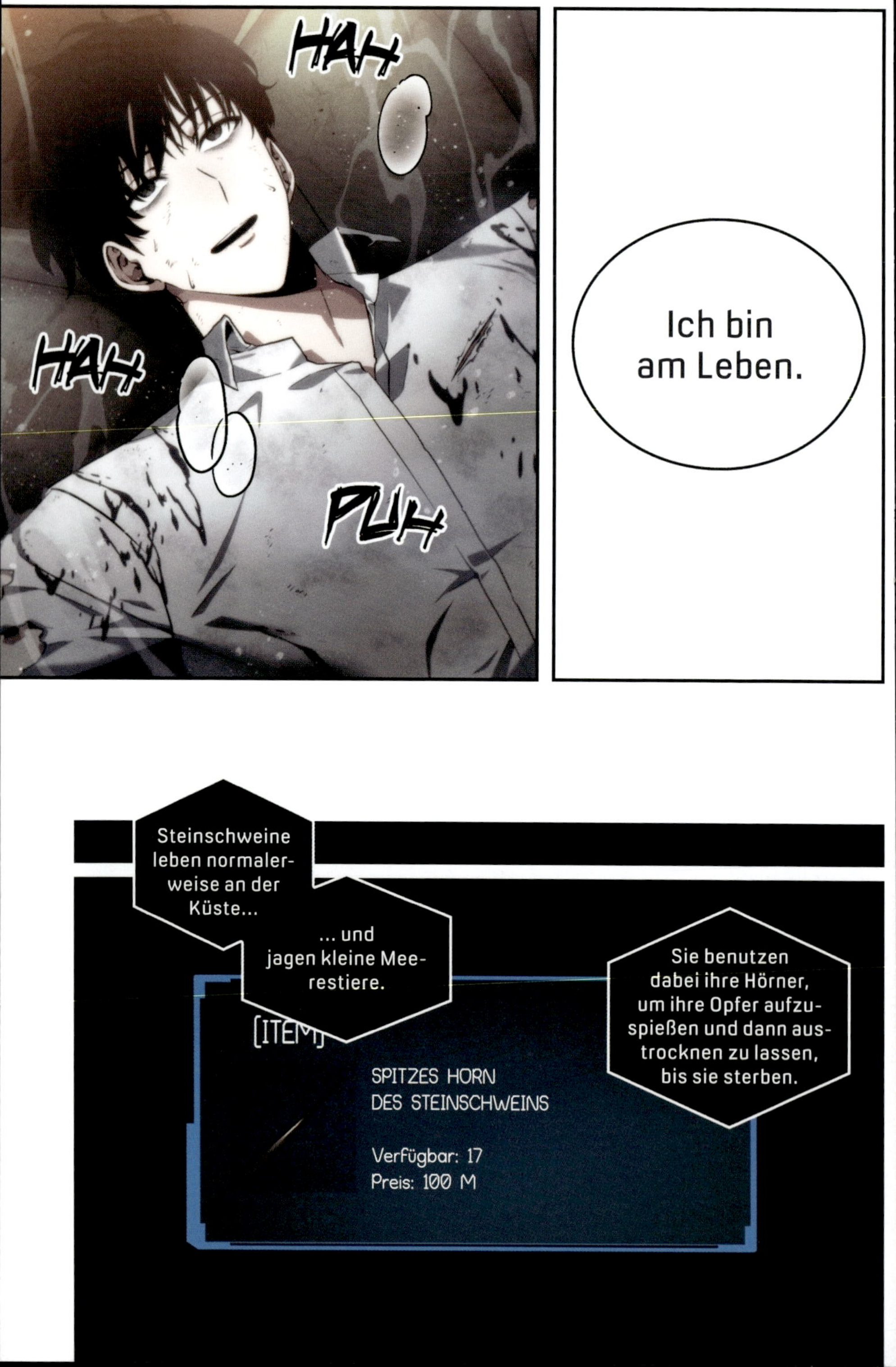
HAH
HAH
PUH
Ich bin am Leben.
Steinschweine leben normalerweise an der Küste...
... und jagen kleine Meerestiere.
[ITEM]
SPITZES HORN DES STEINSCHWEINS
Verfügbar: 17
Preis: 100 M
Sie benutzen dabei ihre Hörner, um ihre Opfer aufzuspießen und dann austrocknen zu lassen, bis sie sterben.

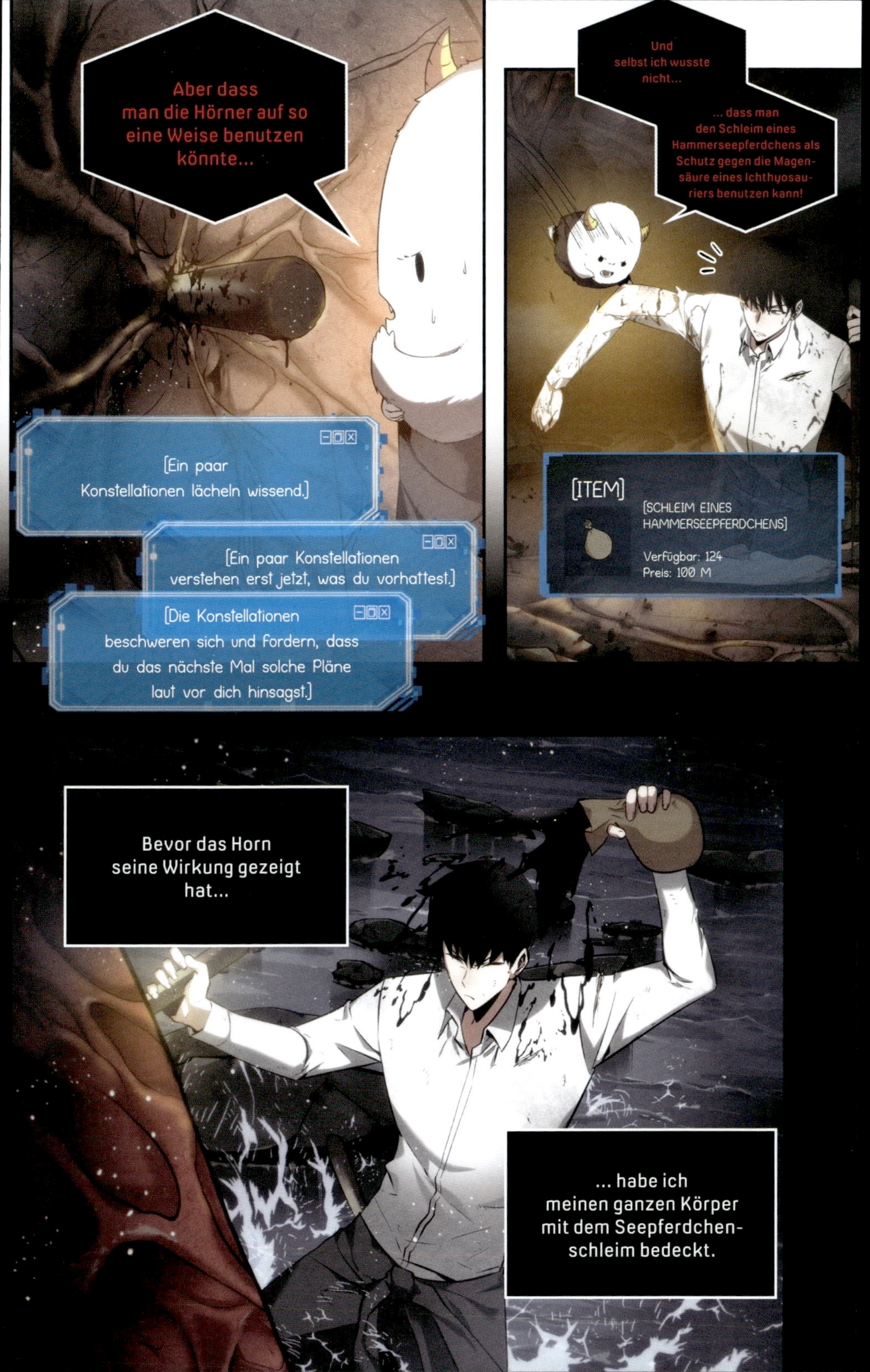

Aber dass man die Hörner auf so eine Weise benutzen könnte...
[Ein paar Konstellationen lächeln wissend.]
[Ein paar Konstellationen verstehen erst jetzt, was du vorhattest.]
[Die Konstellationen beschweren sich und fordern, dass du das nächste Mal solche Pläne laut vor dich hinsagst.]
Und selbst ich wusste nicht...
... dass man den Schleim eines Hammerseepferdchens als Schutz gegen die Magensäure eines Ichthyosauriers benutzen kann!
[ITEM]
[SCHLEIM EINES HAMMERSEEPFERDCHENS]
Verfügbar: 124
Preis: 100 M
Bevor das Horn seine Wirkung gezeigt hat...
... habe ich meinen ganzen Körper mit dem Seepferdchenschleim bedeckt.

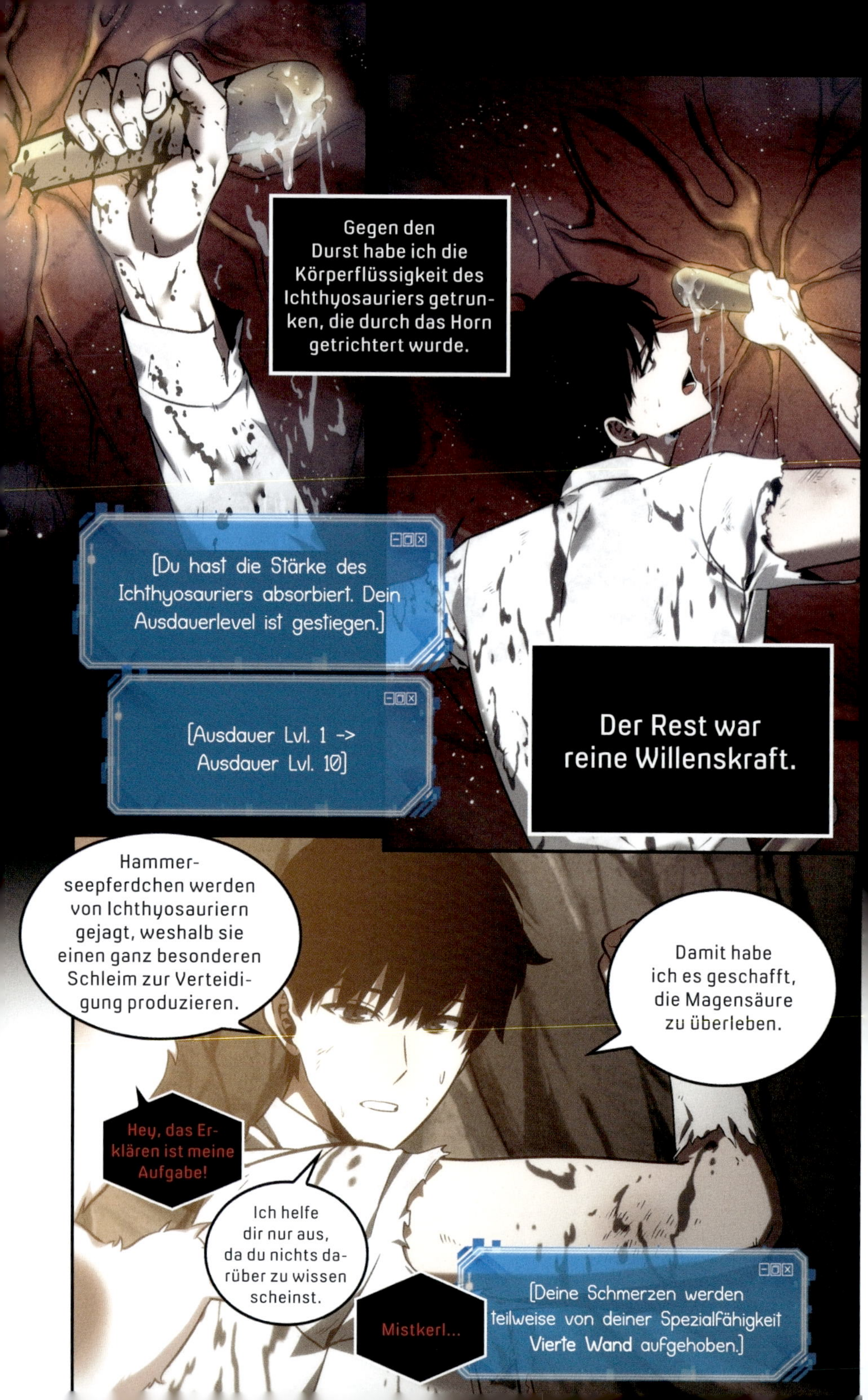

Gegen den Durst habe ich die Körperflüssigkeit des Ichthyosauriers getrunken, die durch das Horn getrichtert wurde.
[Du hast die Stärke des Ichthyosauriers absorbiert. Dein Ausdauerlevel ist gestiegen.]
[Ausdauer Lvl. 1 -> Ausdauer Lvl. 10]
Der Rest war reine Willenskraft.
Hammerseepferdchen werden von Ichthyosauriern gejagt, weshalb sie einen ganz besonderen Schleim zur Verteidigung produzieren.
Damit habe ich es geschafft, die Magensäure zu überleben.
Hey, das Erklären ist meine Aufgabe!
Ich helfe dir nur aus, da du nichts darüber zu wissen scheinst.
Mistkerl…
[Deine Schmerzen werden teilweise von deiner Spezialfähigkeit Vierte Wand aufgehoben.]

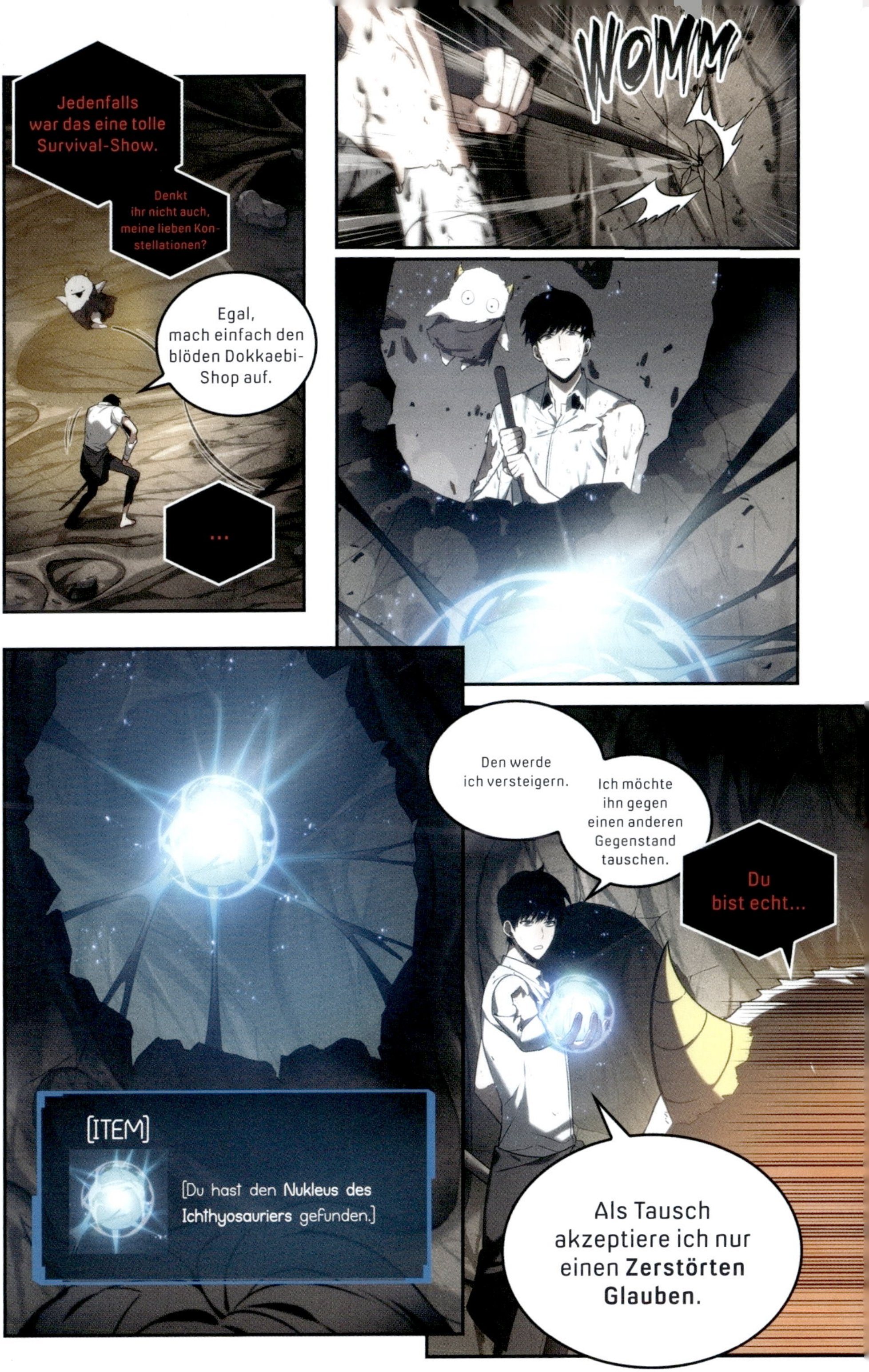
Jedenfalls war das eine tolle Survival-Show.
Denkt ihr nicht auch, meine lieben Konstellationen?
Egal, mach einfach den blöden Dokkaebi-Shop auf.
...
WOMM
[ITEM]
[Du hast den Nukleus des Ichthyosauriers gefunden.]
Den werde ich versteigern.
Ich möchte ihn gegen einen anderen Gegenstand tauschen.
Du bist echt...
Als Tausch akzeptiere ich nur einen Zerstörten Glauben.

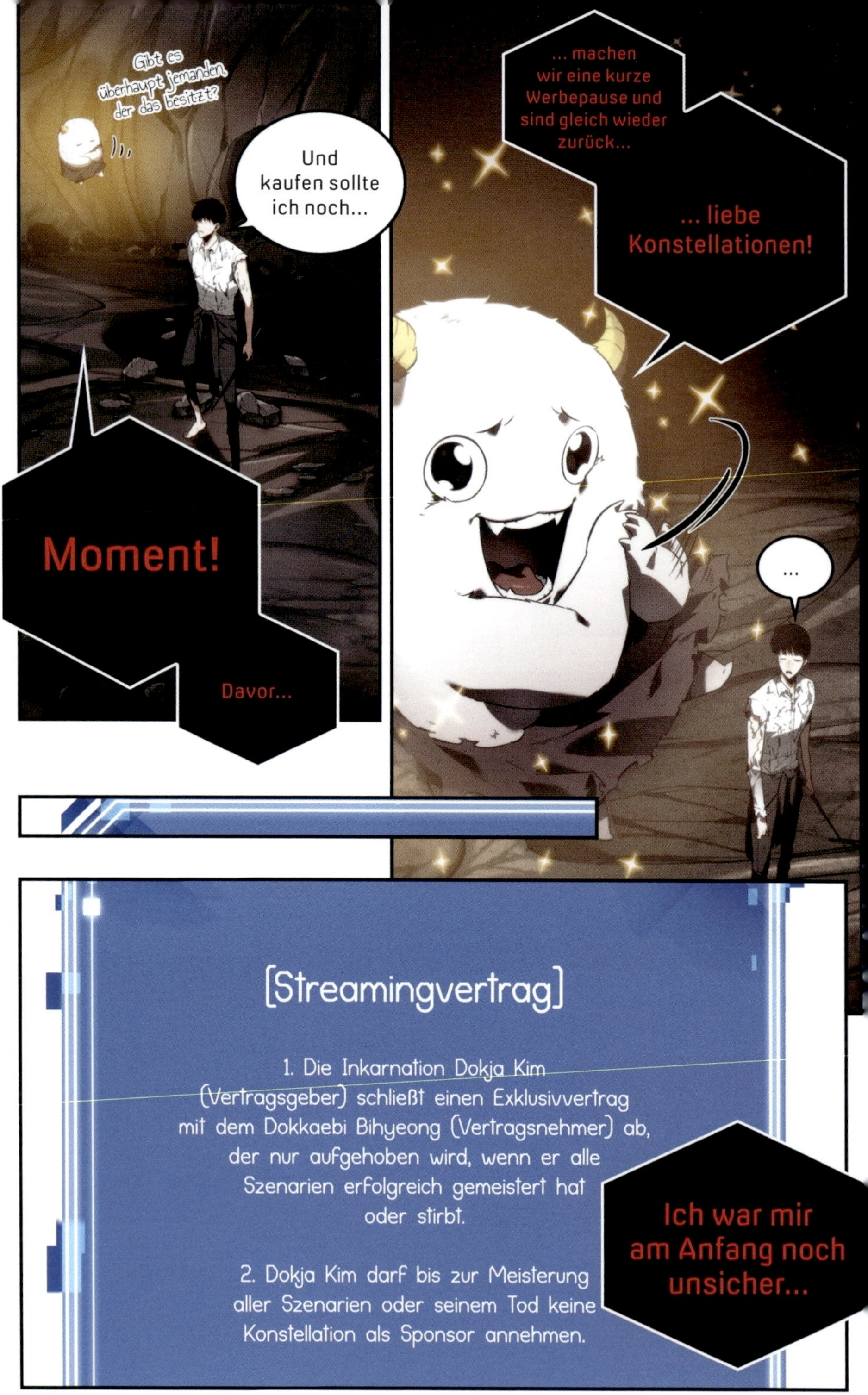
Gibt es überhaupt jemanden, der das besitzt?
Und kaufen sollte ich noch...
Moment!
Davor...
... machen wir eine kurze Werbepause und sind gleich wieder zurück...
... liebe Konstellationen!
...
[Streamingvertrag]
1. Die Inkarnation Dokja Kim (Vertragsgeber) schließt einen Exklusivvertrag mit dem Dokkaebi Bihyeong (Vertragsnehmer) ab, der nur aufgehoben wird, wenn er alle Szenarien erfolgreich gemeistert hat oder stirbt.
2. Dokja Kim darf bis zur Meisterung aller Szenarien oder seinem Tod keine Konstellation als Sponsor annehmen.
Ich war mir am Anfang noch unsicher...

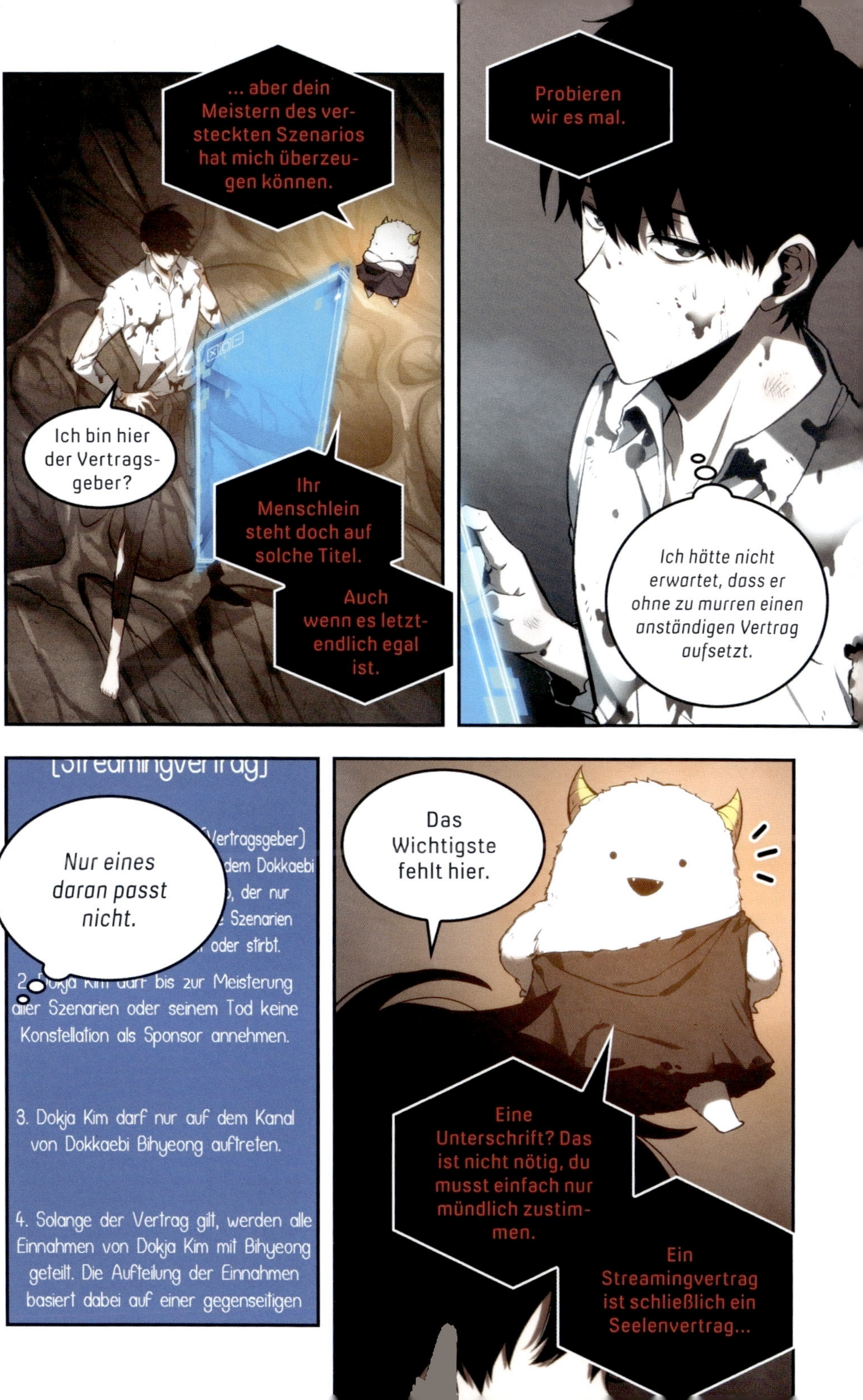
... aber dein Meistern des versteckten Szenarios hat mich überzeugen können.
Ich bin hier der Vertragsgeber?
Ihr Menschlein steht doch auf solche Titel.
Auch wenn es letztendlich egal ist.
Probieren wir es mal.
Ich hätte nicht erwartet, dass er ohne zu murren einen anständigen Vertrag aufsetzt.
[Streamingvertrag]
(Vertragsgeber)
dem Dokkaebi
), der nur
Szenarien
oder stirbt.
Nur eines daran passt nicht.
2. Dokja Kim darf bis zur Meisterung aller Szenarien oder seinem Tod keine Konstellation als Sponsor annehmen.
3. Dokja Kim darf nur auf dem Kanal von Dokkaebi Bihyeong auftreten.
4. Solange der Vertrag gilt, werden alle Einnahmen von Dokja Kim mit Bihyeong geteilt. Die Aufteilung der Einnahmen basiert dabei auf einer gegenseitigen
Das Wichtigste fehlt hier.
Eine Unterschrift? Das ist nicht nötig, du musst einfach nur mündlich zustimmen.
Ein Streamingvertrag ist schließlich ein Seelenvertrag...

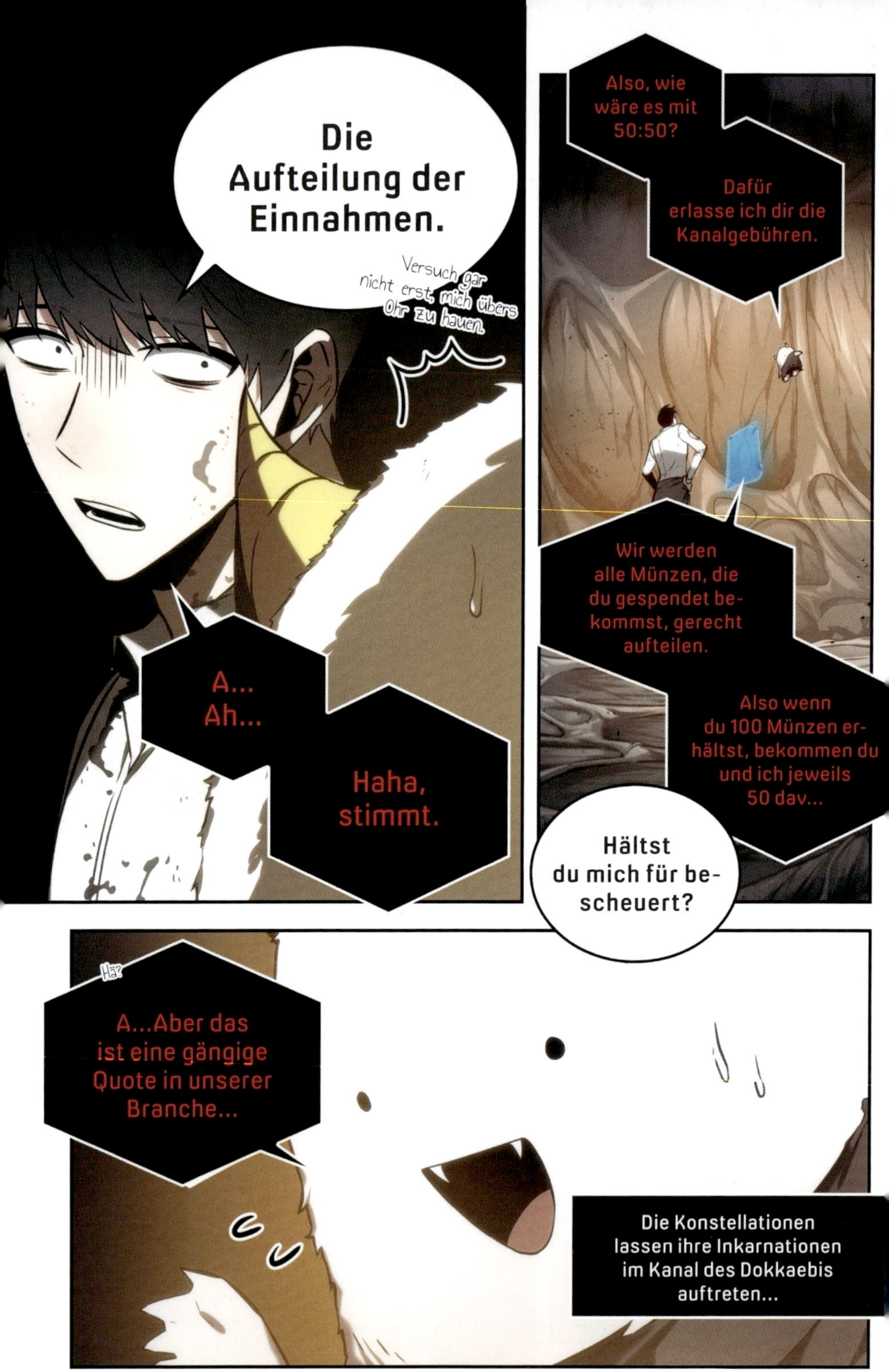
Die Aufteilung der Einnahmen.
Versuch gar nicht erst, mich übers Ohr zu hauen.
A... Ah...
Haha, stimmt.
Also, wie wäre es mit 50:50?
Dafür erlasse ich dir die Kanalgebühren.
Wir werden alle Münzen, die du gespendet bekommst, gerecht aufteilen.
Also wenn du 100 Münzen erhältst, bekommen du und ich jeweils 50 dav...
Hältst du mich für bescheuert?
Hä?
A...Aber das ist eine gängige Quote in unserer Branche...
Die Konstellationen lassen ihre Inkarnationen im Kanal des Dokkaebis auftreten...

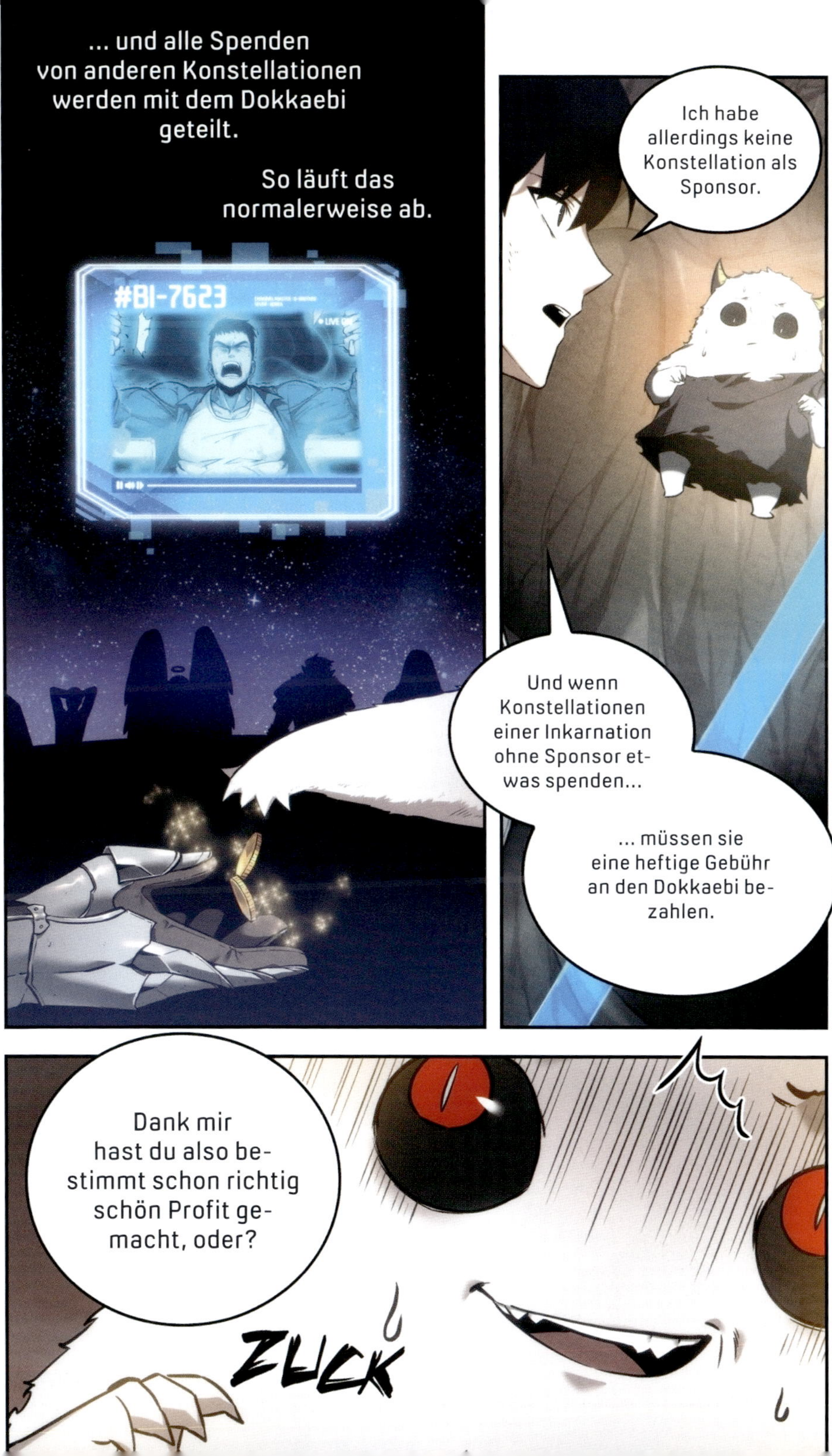
... und alle Spenden von anderen Konstellationen werden mit dem Dokkaebi geteilt.
So läuft das normalerweise ab.
#BI-7623
Ich habe allerdings keine Konstellation als Sponsor.
Und wenn Konstellationen einer Inkarnation ohne Sponsor etwas spenden...
... müssen sie eine heftige Gebühr an den Dokkaebi bezahlen.
Dank mir hast du also bestimmt schon richtig schön Profit gemacht, oder?
ZUCK

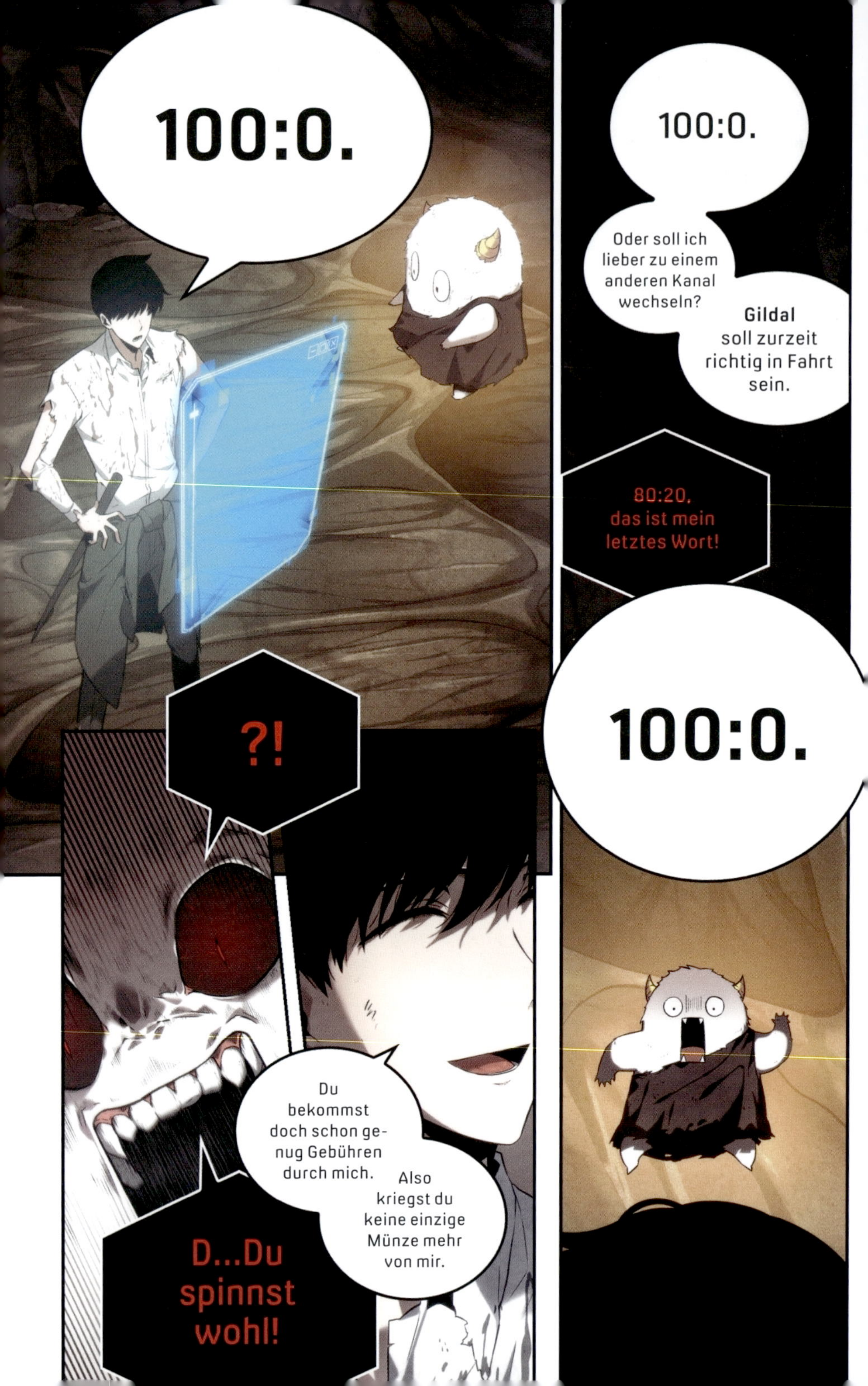
100:0.
100:0.
Oder soll ich lieber zu einem anderen Kanal wechseln?
Gildal soll zurzeit richtig in Fahrt sein.
80:20, das ist mein letztes Wort!
100:0.
?!
Du bekommst doch schon ge-nug Gebühren durch mich.
Also kriegst du keine einzige Münze mehr von mir.
D...Du spinnst wohl!

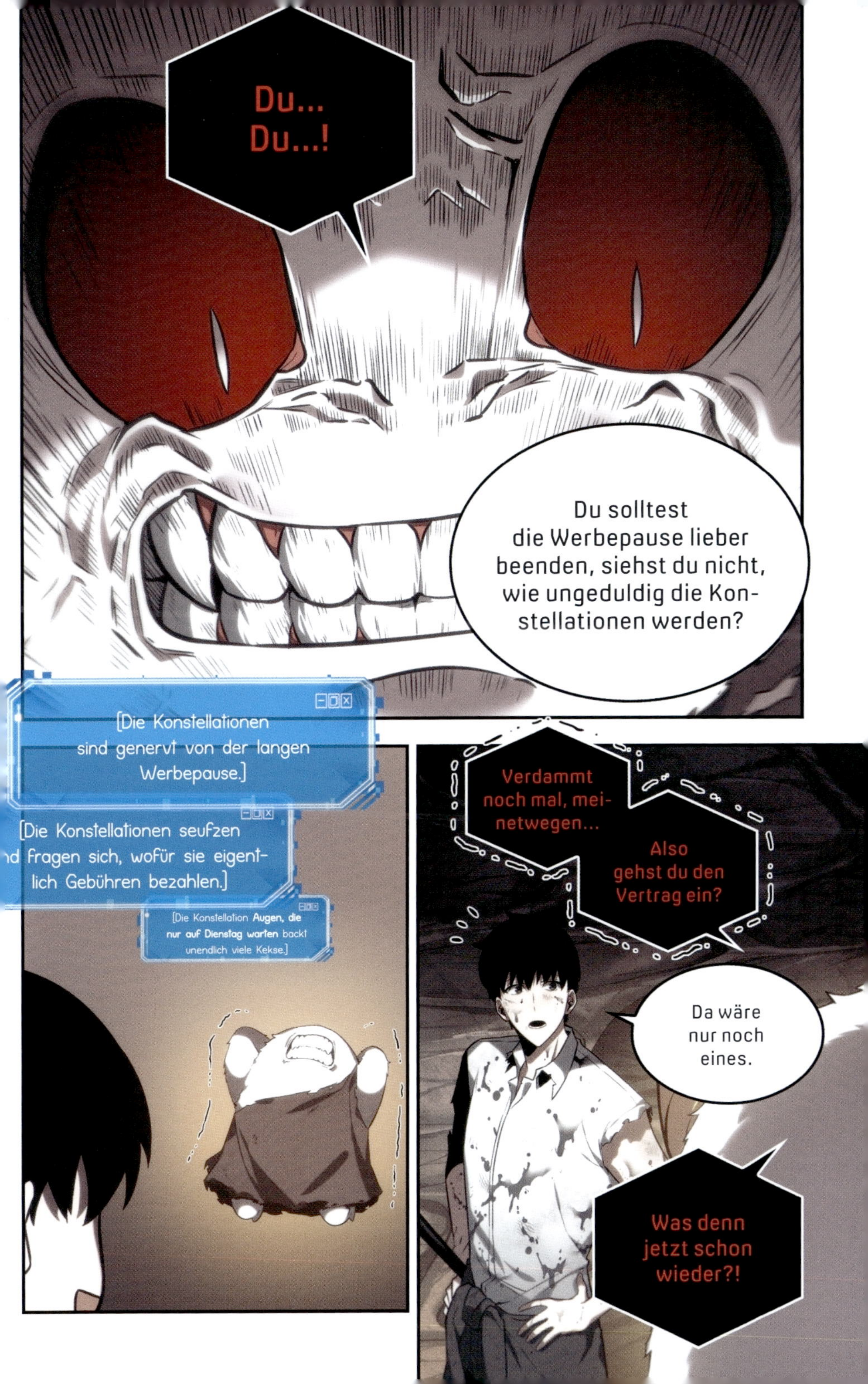
Du...
Du...!
Du solltest die Werbepause lieber beenden, siehst du nicht, wie ungeduldig die Konstellationen werden?
[Die Konstellationen sind genervt von der langen Werbepause.]
[Die Konstellationen seufzen nd fragen sich, wofür sie eigentlich Gebühren bezahlen.]
[Die Konstellation **Augen, die nur auf Dienstag warten** backt unendlich viele Kekse.]
Verdammt noch mal, meinetwegen...
Also gehst du den Vertrag ein?
Da wäre nur noch eines.
Was denn jetzt schon wieder?!

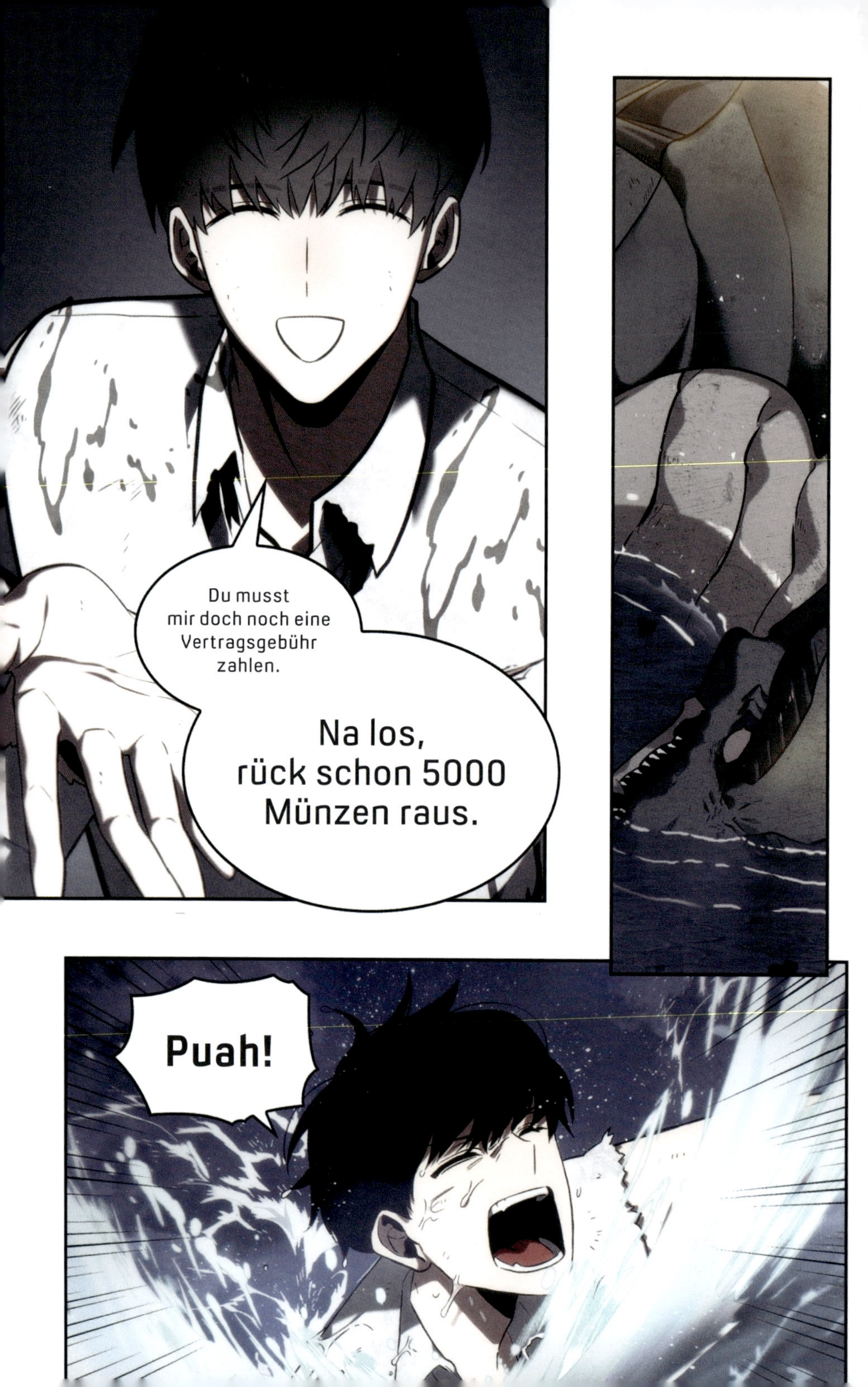
Du musst mir doch noch eine Vertragsgebühr zahlen.
Na los, rück schon 5000 Münzen raus.
Puah!

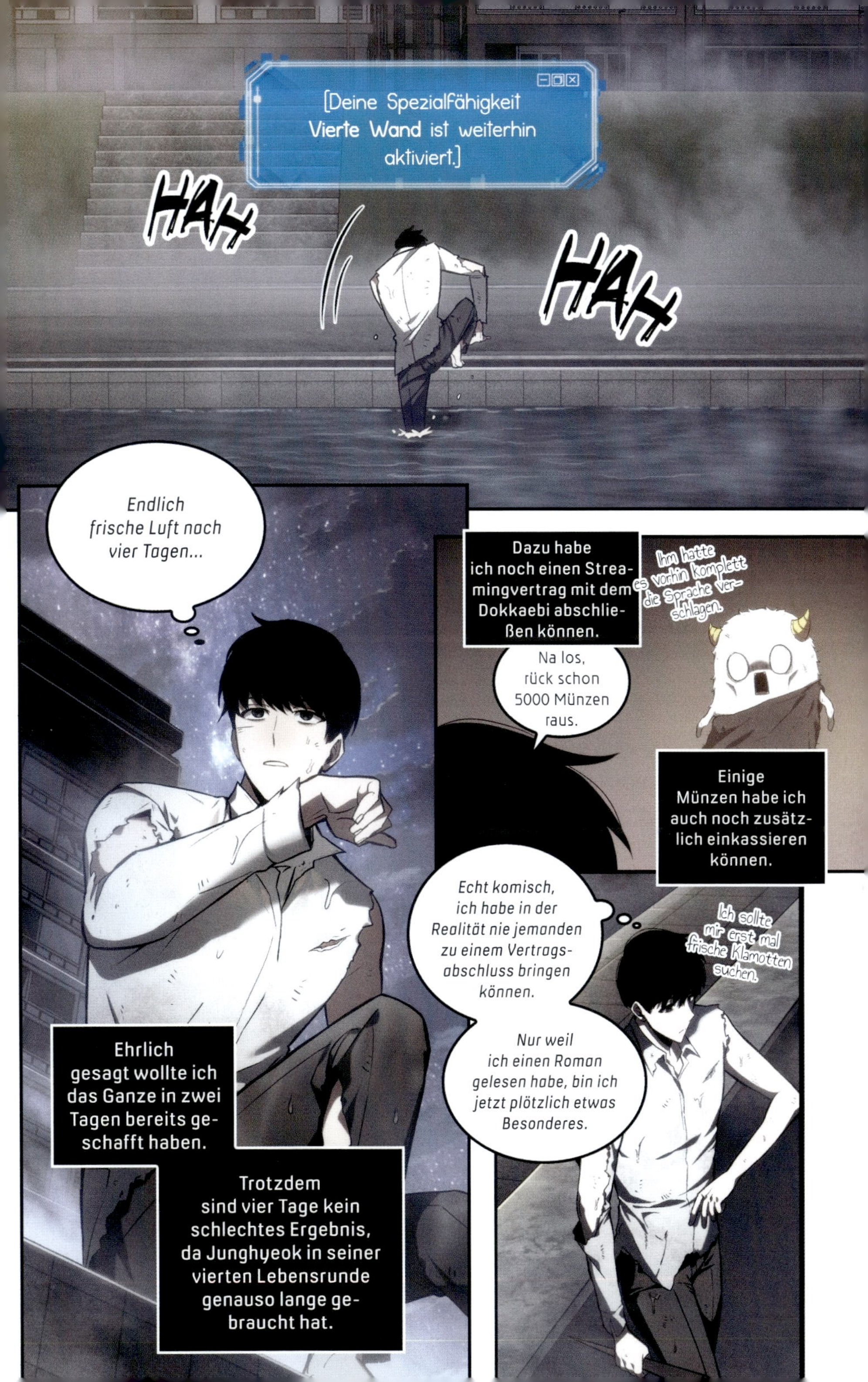
[Deine Spezialfähigkeit Vierte Wand ist weiterhin aktiviert.]
HAH
HAH
Endlich frische Luft nach vier Tagen...
Ehrlich gesagt wollte ich das Ganze in zwei Tagen bereits geschafft haben.
Trotzdem sind vier Tage kein schlechtes Ergebnis, da Junghyeok in seiner vierten Lebensrunde genauso lange gebraucht hat.
Dazu habe ich noch einen Streamingvertrag mit dem Dokkaebi abschließen können.
Ihm hatte es vorhin komplett die Sprache verschlagen.
Na los, rück schon 5000 Münzen raus.
Einige Münzen habe ich auch noch zusätzlich einkassieren können.
Echt komisch, ich habe in der Realität nie jemanden zu einem Vertragsabschluss bringen können.
Nur weil ich einen Roman gelesen habe, bin ich jetzt plötzlich etwas Besonderes.
Ich sollte mir erst mal frische Klamotten suchen.

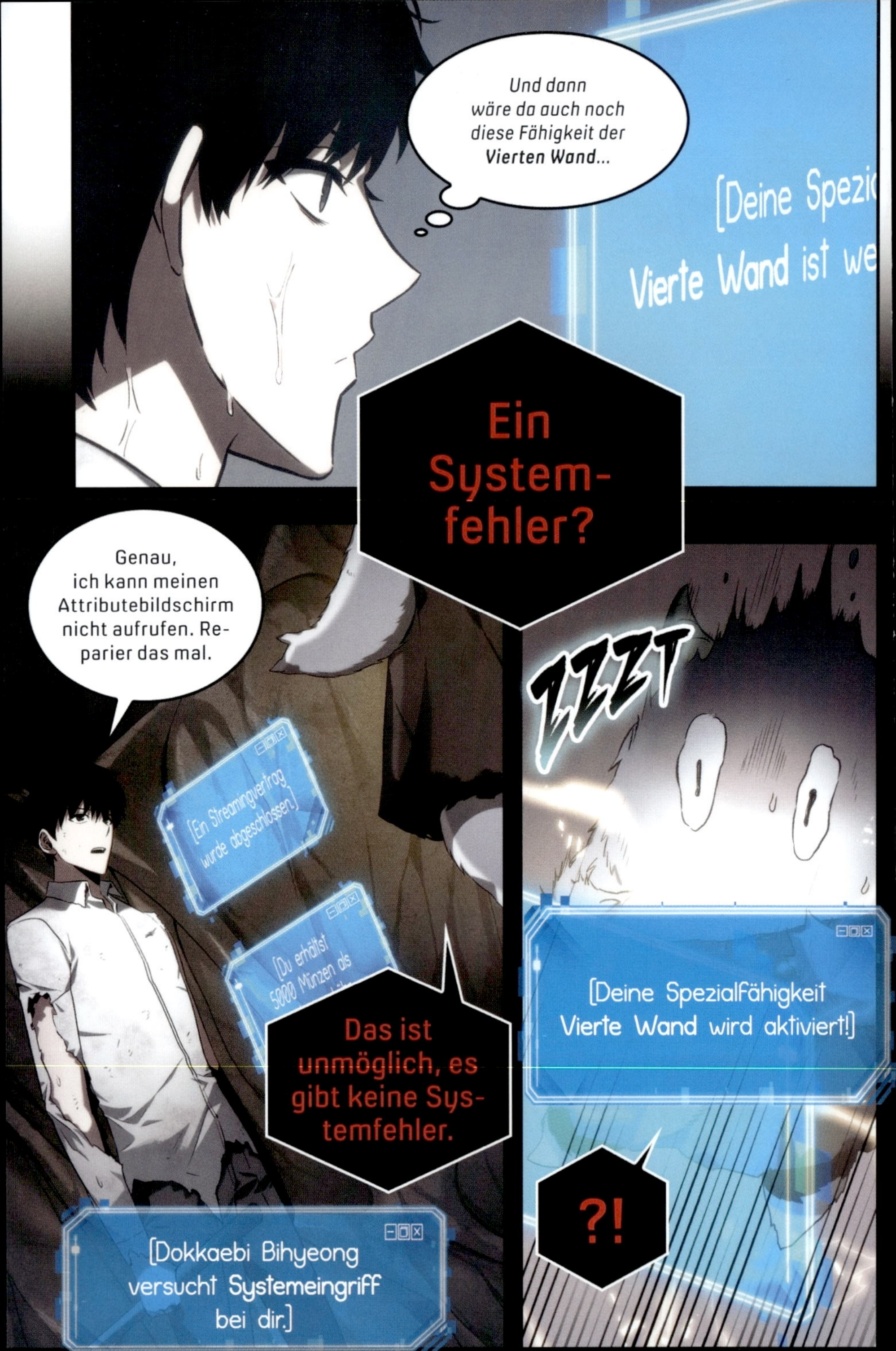
Und dann wäre da auch noch diese Fähigkeit der **Vierten Wand**...
[Deine Spezi
Vierte Wand ist we
Ein System-fehler?
Genau, ich kann meinen Attributebildschirm nicht aufrufen. Re-parier das mal.
[Ein Streamingvertrag wurde abgeschlossen.]
[Du erhältst 5000 Münzen als
Das ist unmöglich, es gibt keine Sys-temfehler.
[Dokkaebi Bihyeong versucht Systemeingriff bei dir.]
ZZZT
[Deine Spezialfähigkeit Vierte Wand wird aktiviert!]
?!

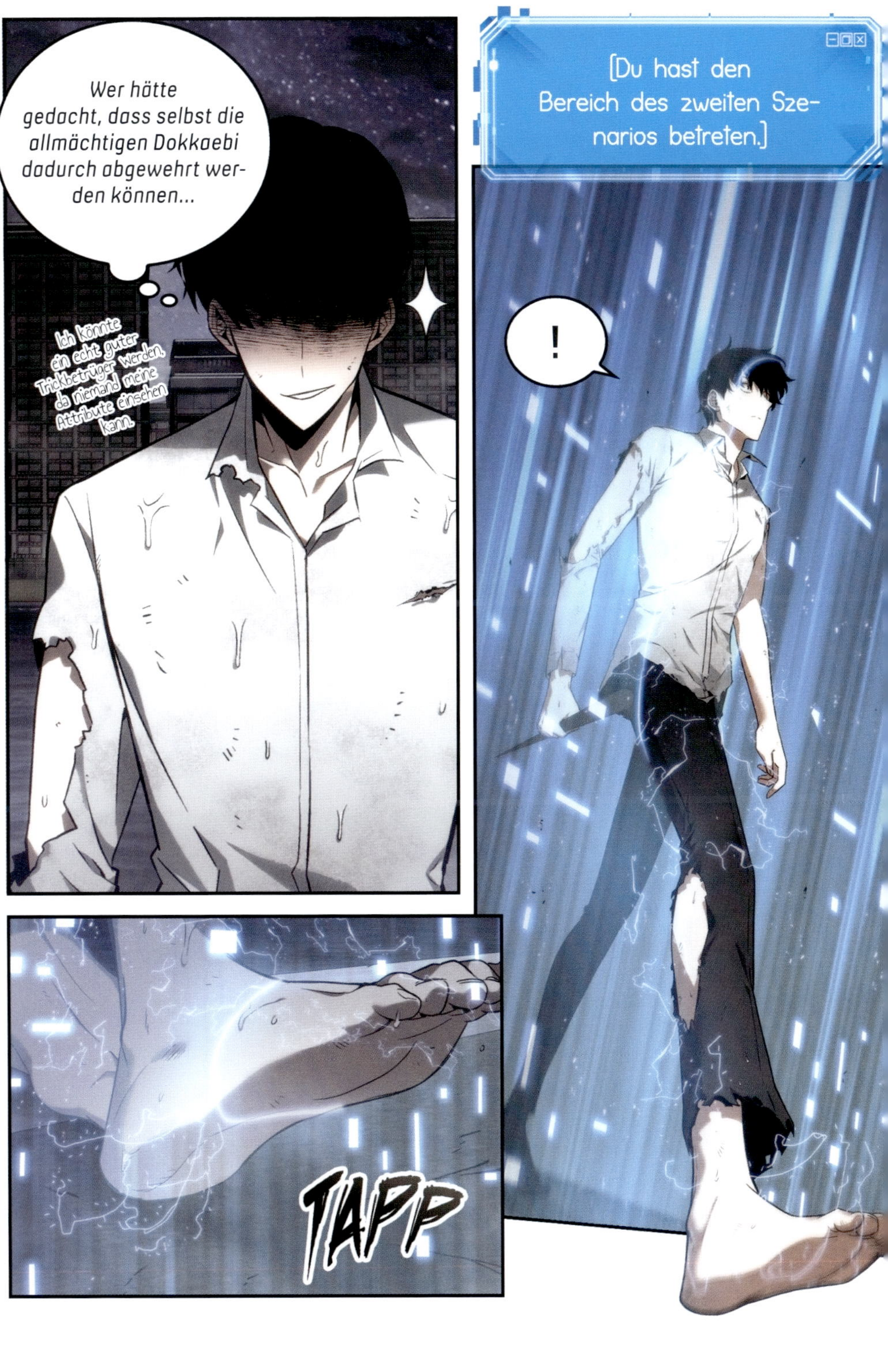
Wer hätte gedacht, dass selbst die allmächtigen Dokkaebi dadurch abgewehrt werden können...
Ich könnte ein echt guter Trickbetrüger werden, da niemand meine Attribute einsehen kann.
[Du hast den Bereich des zweiten Szenarios betreten.]
!
TAPP

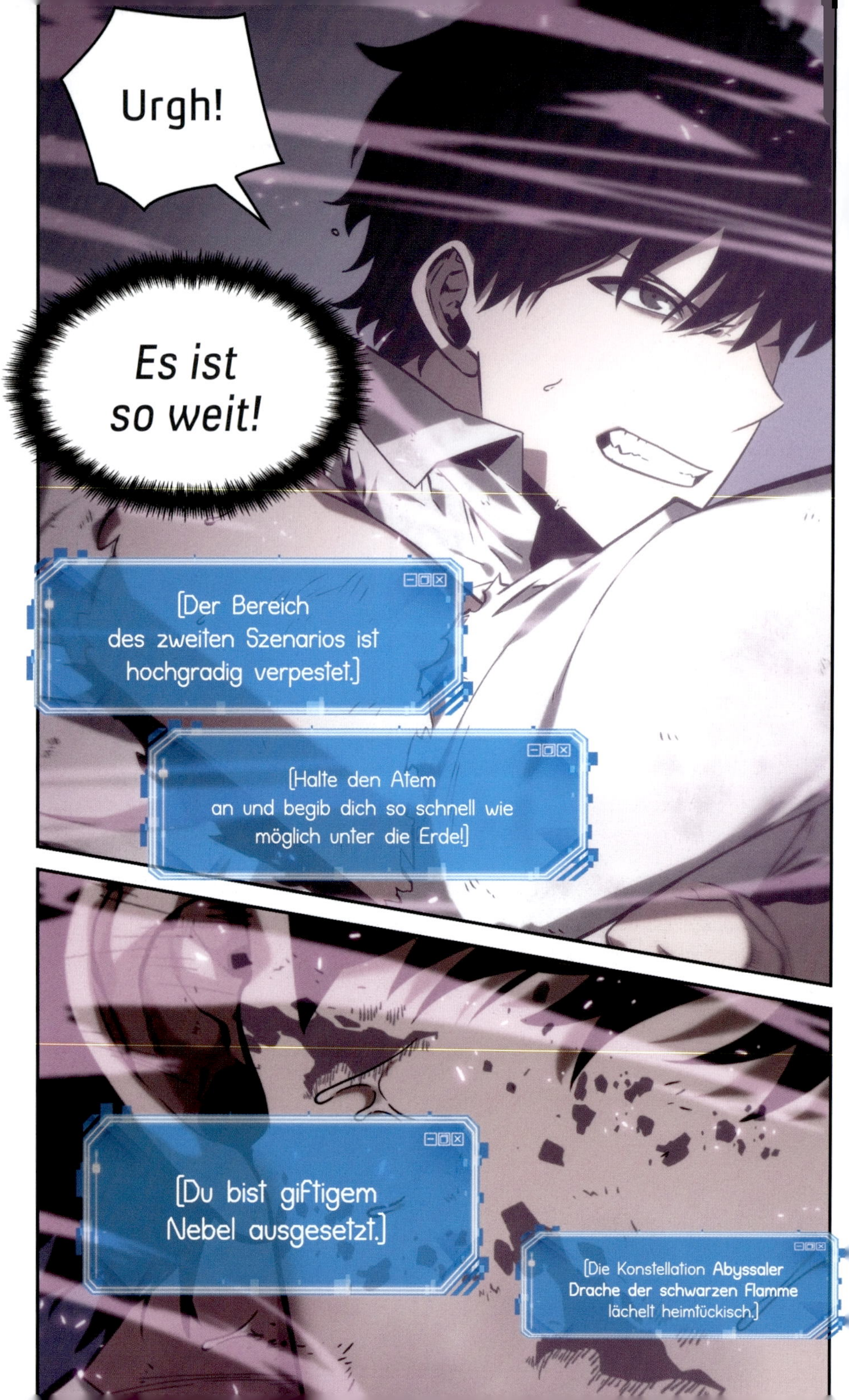
Urgh!
Es ist so weit!
[Der Bereich des zweiten Szenarios ist hochgradig verpestet.]
[Halte den Atem an und begib dich so schnell wie möglich unter die Erde!]
[Du bist giftigem Nebel ausgesetzt.]
[Die Konstellation Abyssaler Drache der schwarzen Flamme lächelt heimtückisch.]

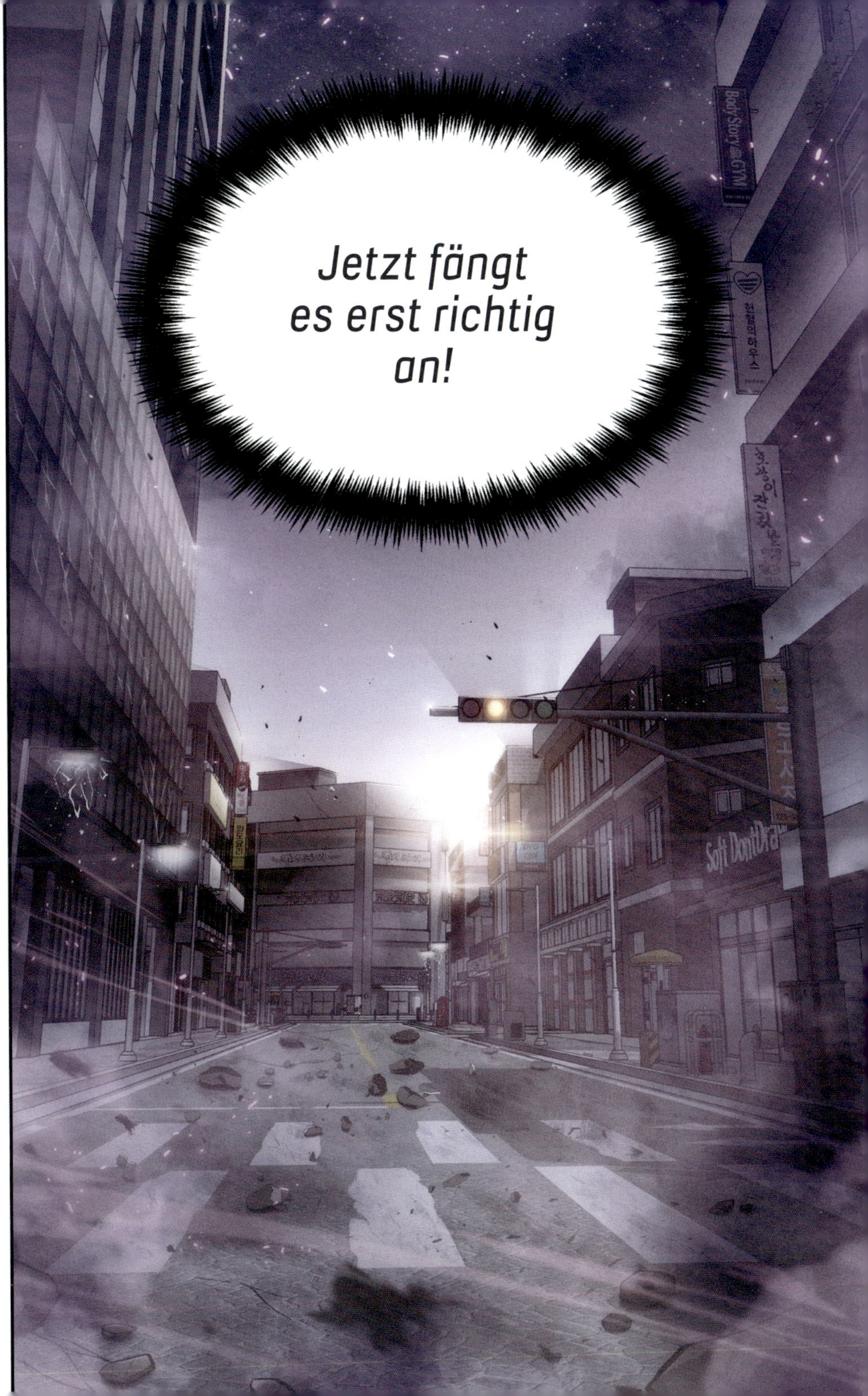
Jetzt fängt es erst richtig an!

Auch
Heuchler haben
ihre Grenzen

EP.04

EP.04

Omniscient Reader's Viewpoint

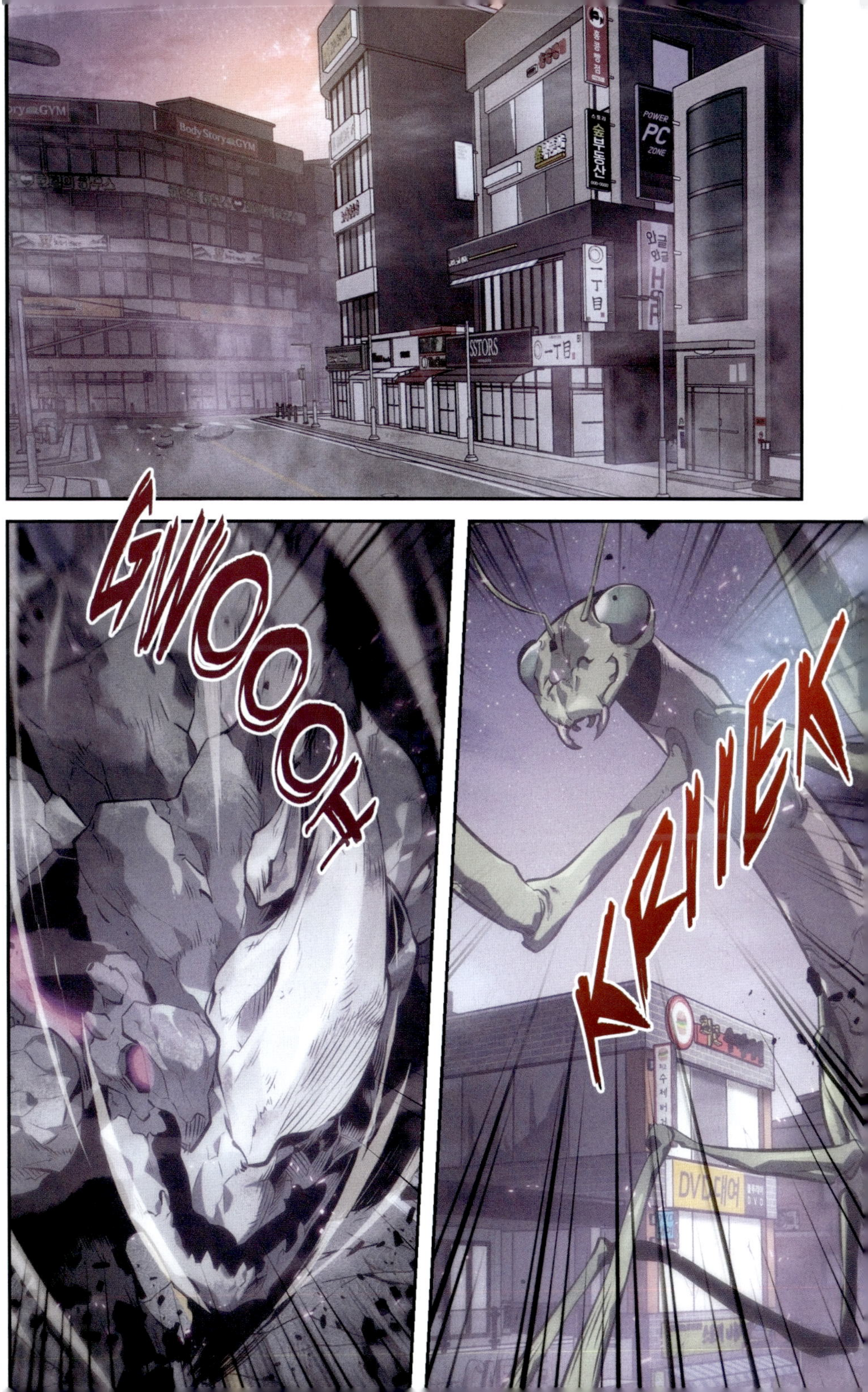
Body Story GYM
POWER PC ZONE
SSTORS
GWOOOH
KRIIEK
DVD대여

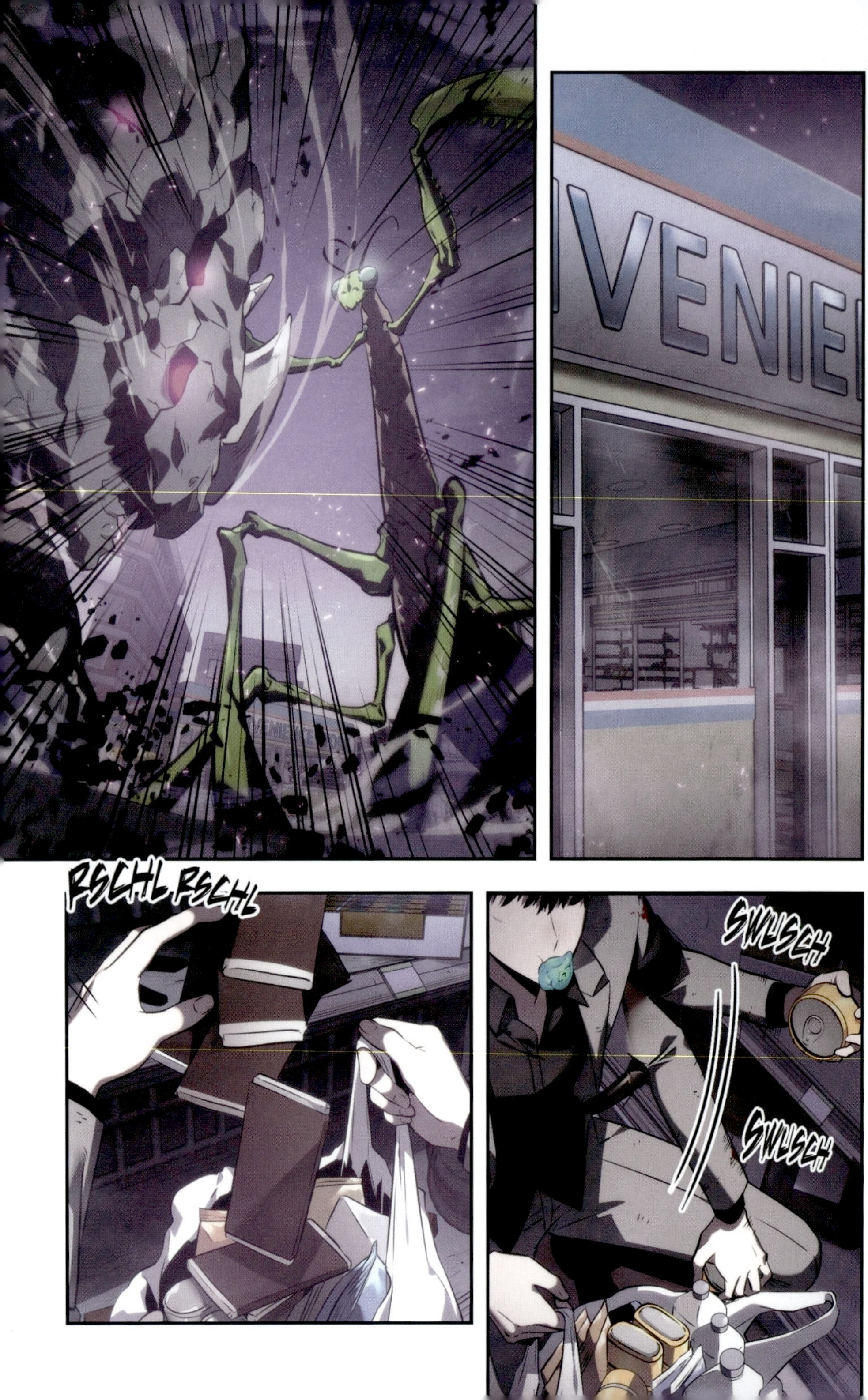

VENIE
RSCHL RSCHL
SWUSCH
SWUSCH

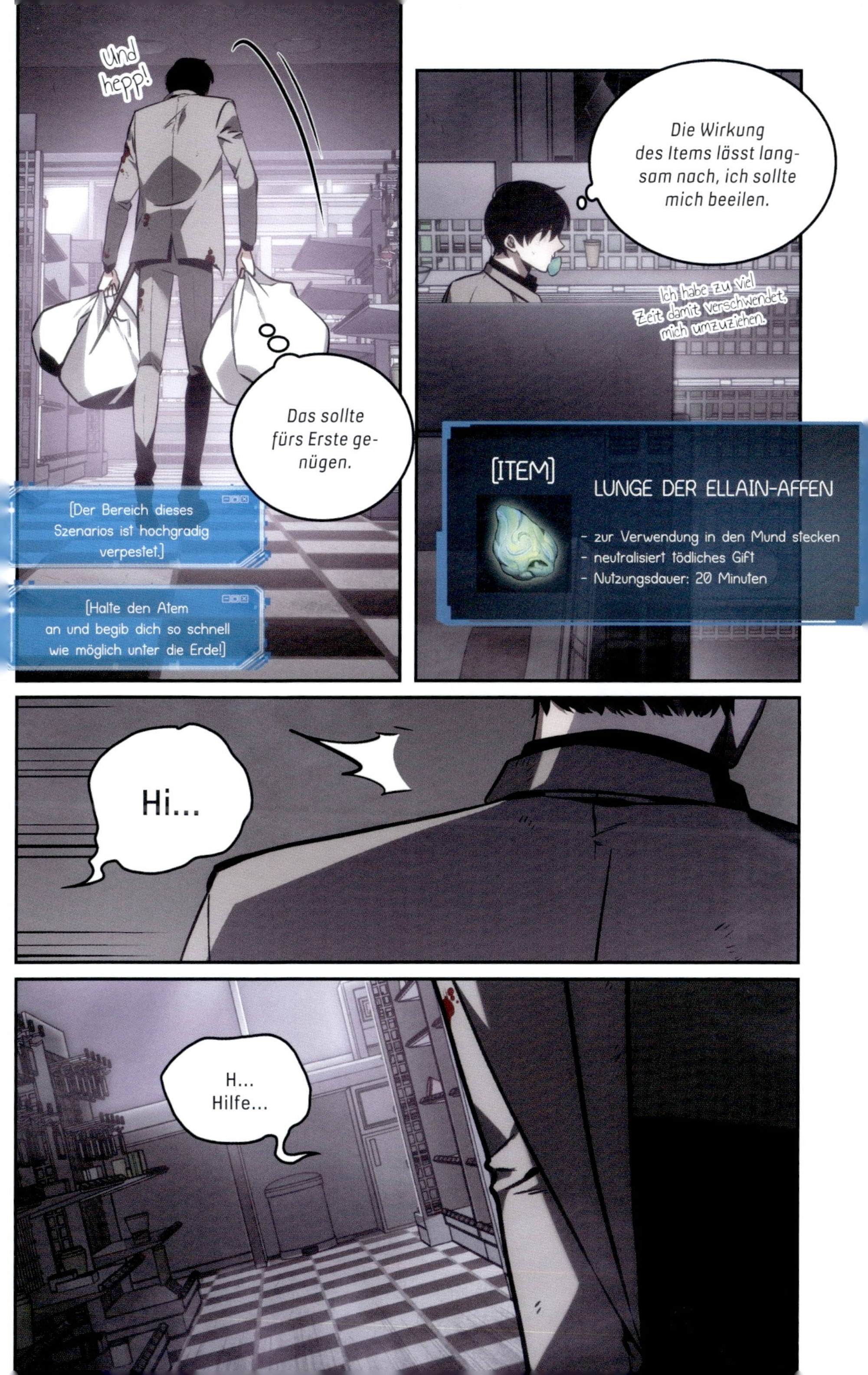

Und hepp!
Das sollte fürs Erste ge-nügen.
[Der Bereich dieses Szenarios ist hochgradig verpestet.]
[Halte den Atem an und begib dich so schnell wie möglich unter die Erde!]
Die Wirkung des Items lässt lang-sam nach, ich sollte mich beeilen.
Ich habe zu viel Zeit damit verschwendet, mich umzuziehen.
[ITEM]
LUNGE DER ELLAIN-AFFEN
- zur Verwendung in den Mund stecken
- neutralisiert tödliches Gift
- Nutzungsdauer: 20 Minuten
Hi...
H... Hilfe...

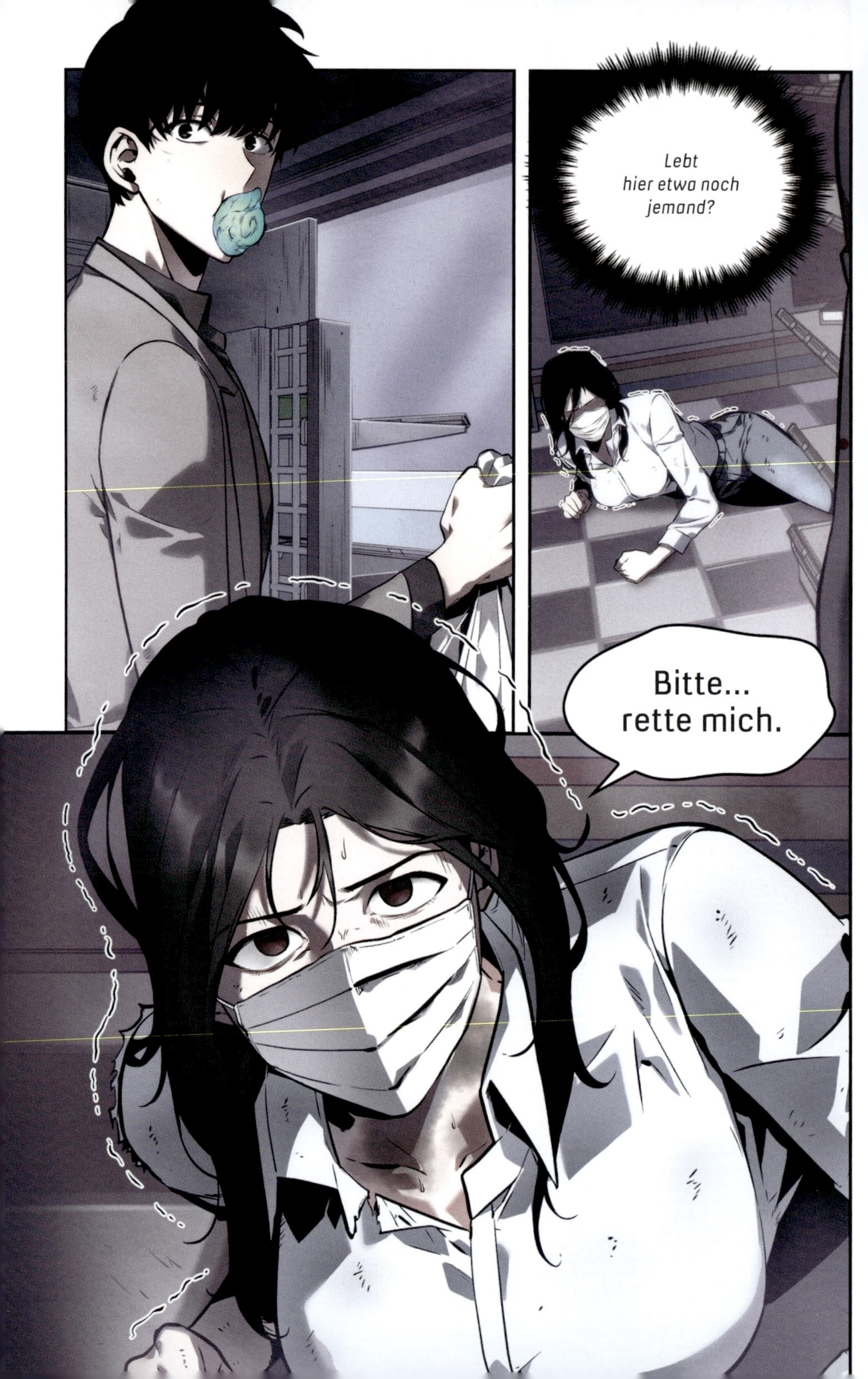
Lebt hier etwa noch jemand?
Bitte... rette mich.

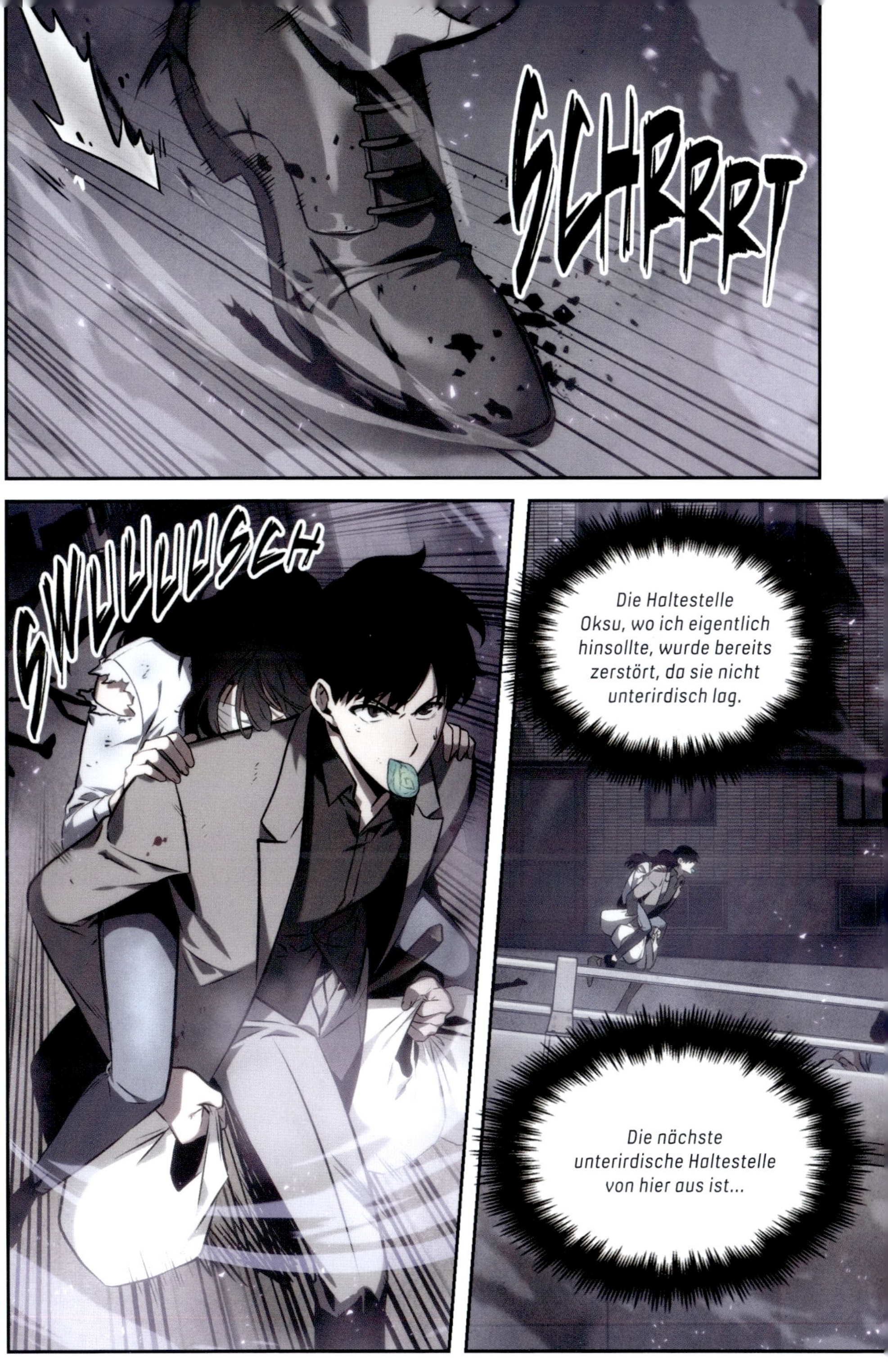
SCHRRRT
SWUUUUSCH
Die Haltestelle Oksu, wo ich eigentlich hinsollte, wurde bereits zerstört, da sie nicht unterirdisch lag.
Die nächste unterirdische Haltestelle von hier aus ist...

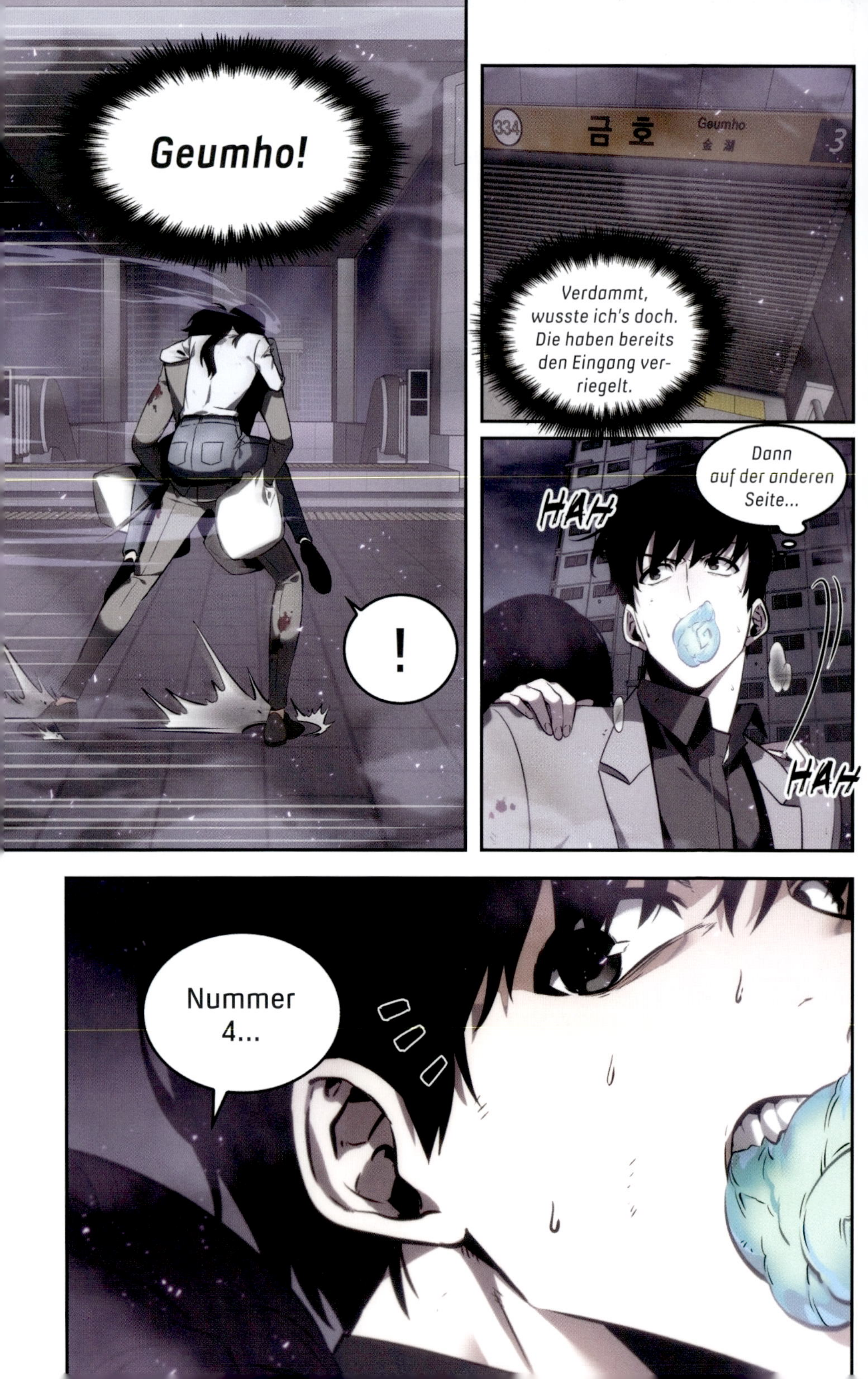
Geumho!
!
334
금 호
Geumho
3
Verdammt, wusste ich's doch. Die haben bereits den Eingang ver-riegelt.
HAH
Dann auf der anderen Seite...
HAH
Nummer 4...

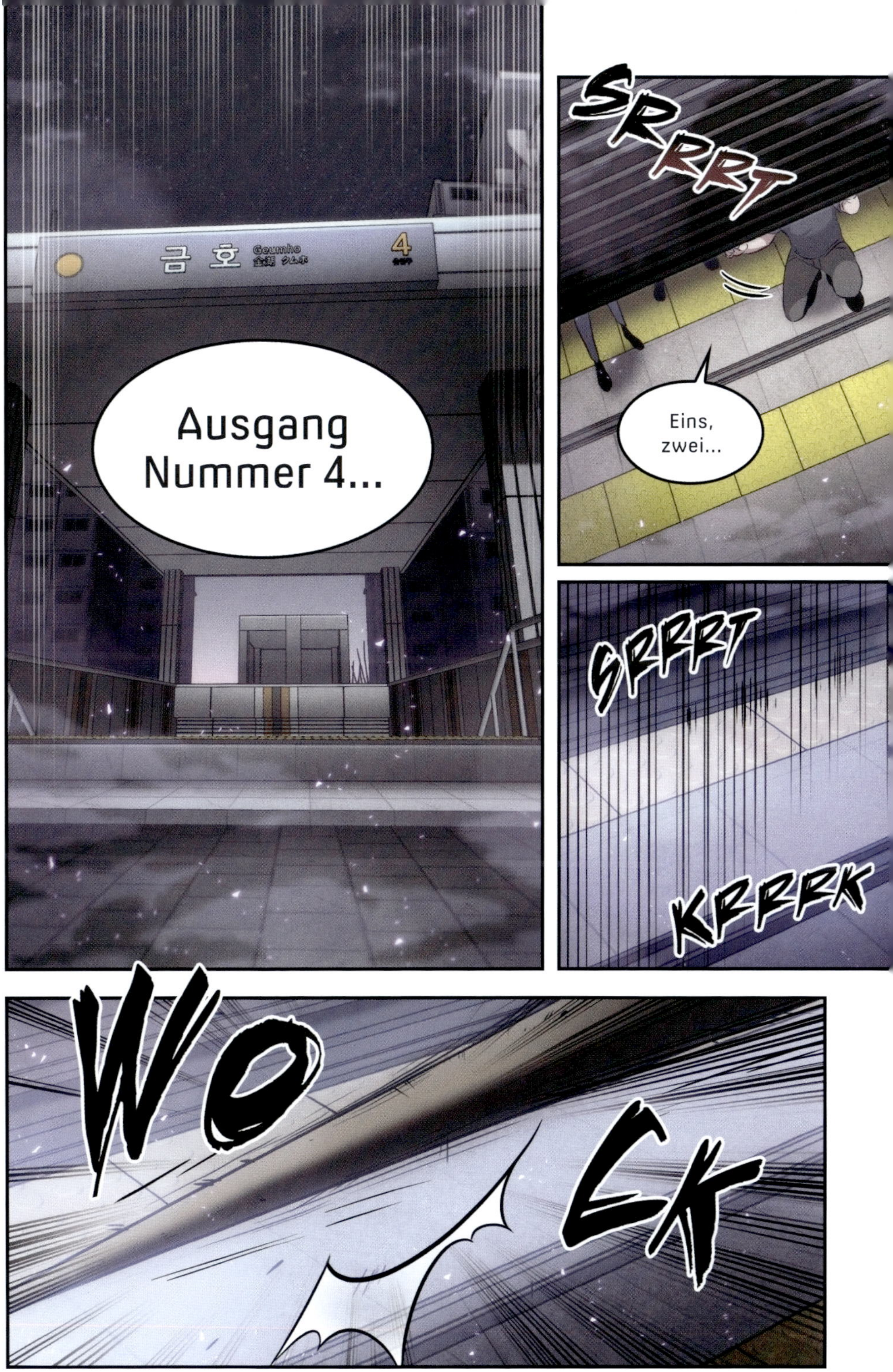
금호 Geumho 金湖 クムホ
4
Ausgang Nummer 4...
SRRRT
Eins, zwei...
SRRRT
KRRRK
WOCK

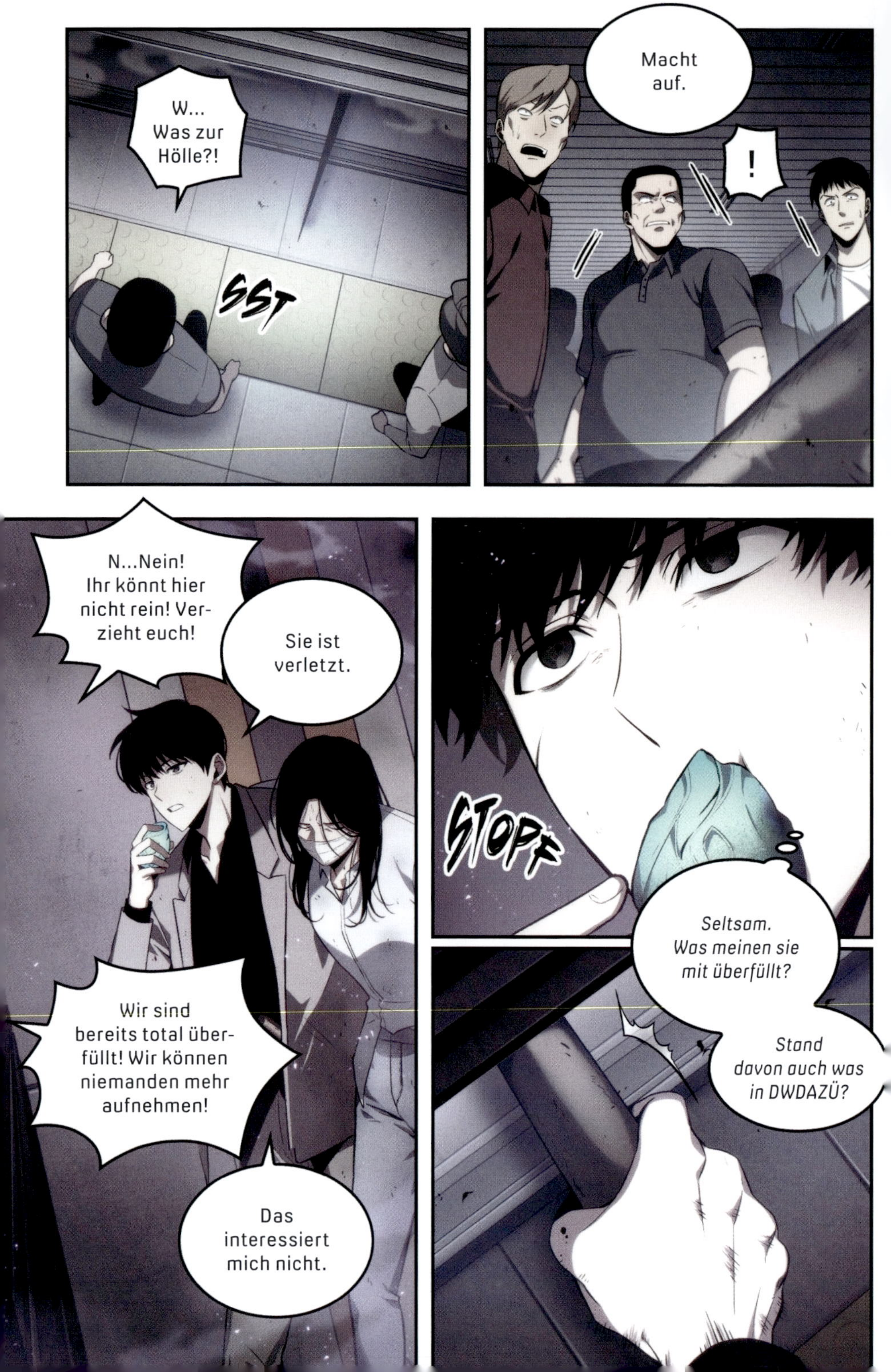

W...
Was zur Hölle?!
SST
Macht auf.
!
N...Nein! Ihr könnt hier nicht rein! Verzieht euch!
Sie ist verletzt.
Wir sind bereits total überfüllt! Wir können niemanden mehr aufnehmen!
Das interessiert mich nicht.
STOPF
Seltsam. Was meinen sie mit überfüllt?
Stand davon auch was in DWDAZÜ?

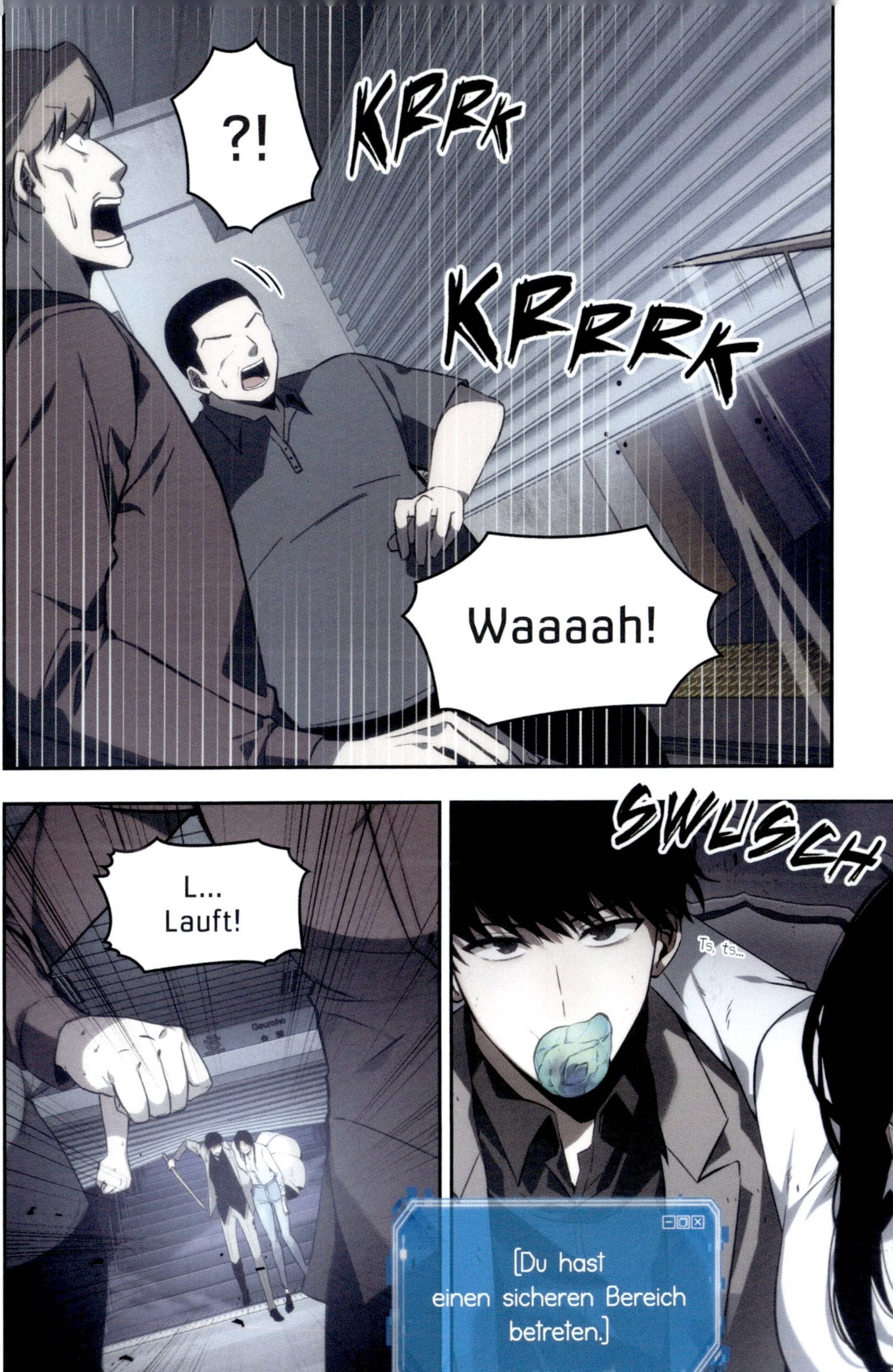
?!
KRRK
KRRRK
Waaaah!
L...
Lauft!
SWUSCH
Ts, ts...
[Du hast
einen sicheren Bereich
betreten.]

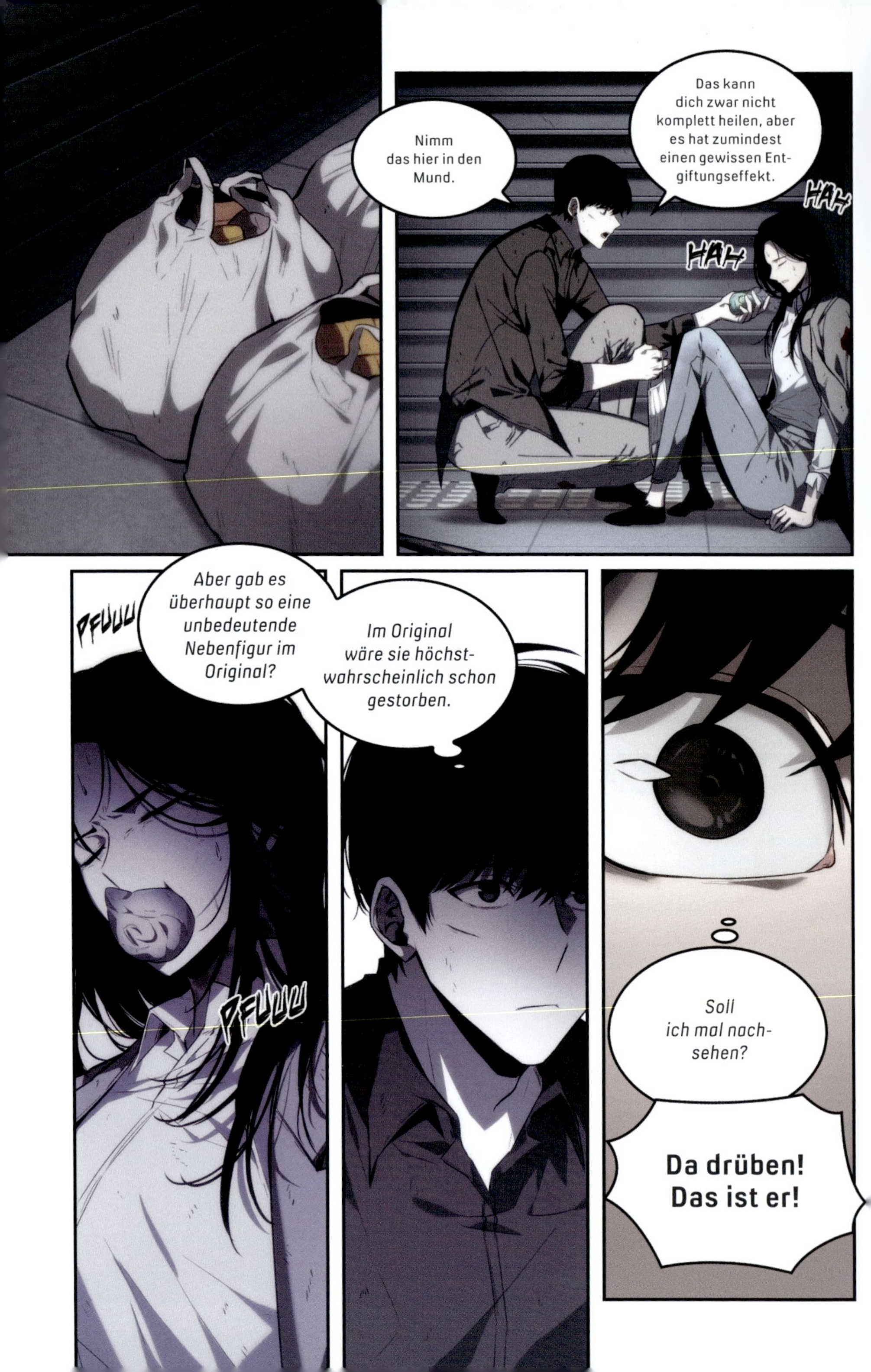
Nimm das hier in den Mund.
Das kann dich zwar nicht komplett heilen, aber es hat zumindest einen gewissen Entgiftungseffekt.
HAH
HAH
PFUUU
Aber gab es überhaupt so eine unbedeutende Nebenfigur im Original?
Im Original wäre sie höchstwahrscheinlich schon gestorben.
PFUUU
Soll ich mal nachsehen?
Da drüben! Das ist er!

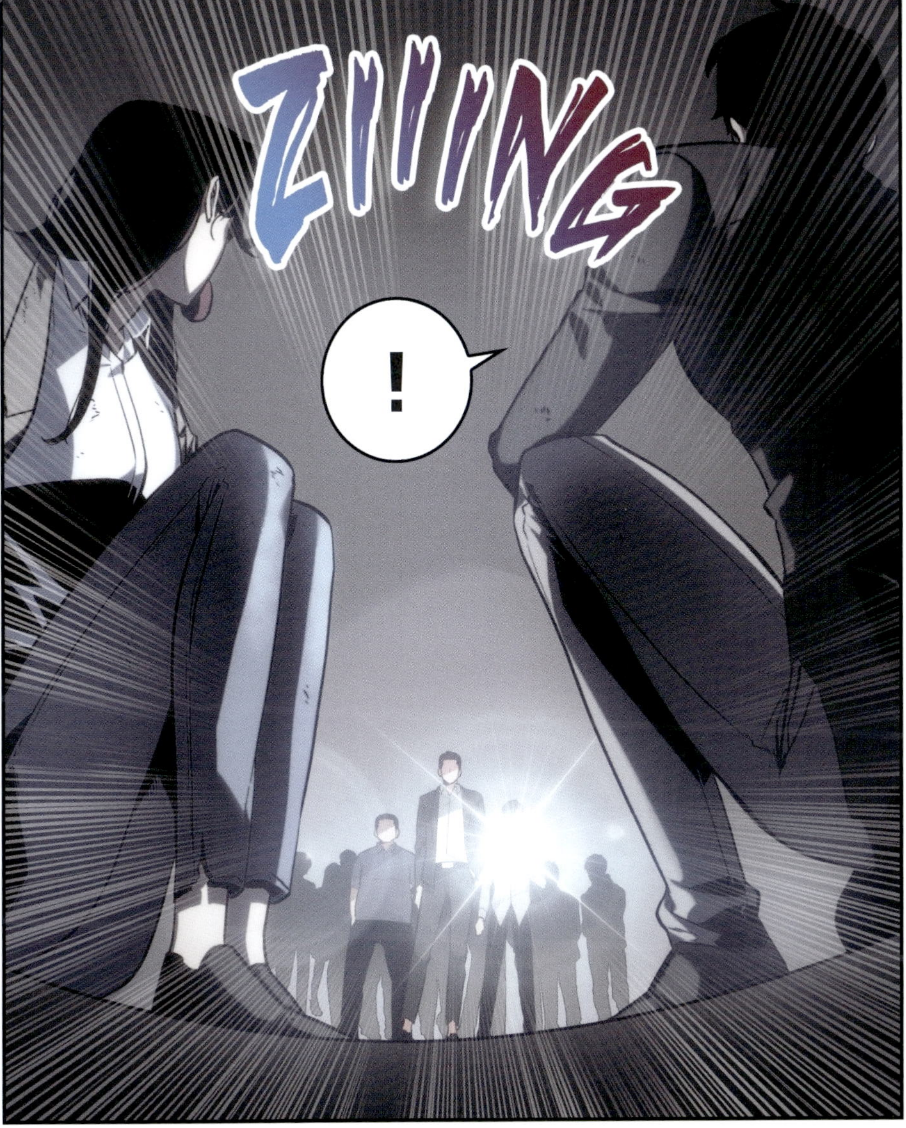
ZIIING
!
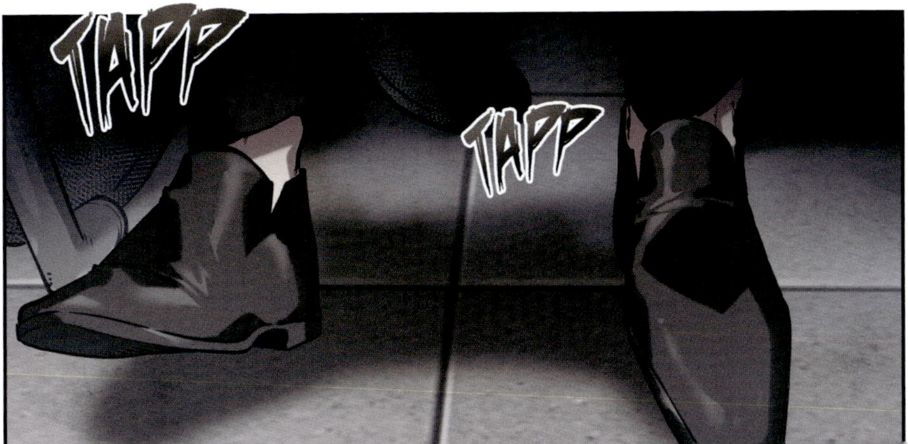
TAPP
TAPP

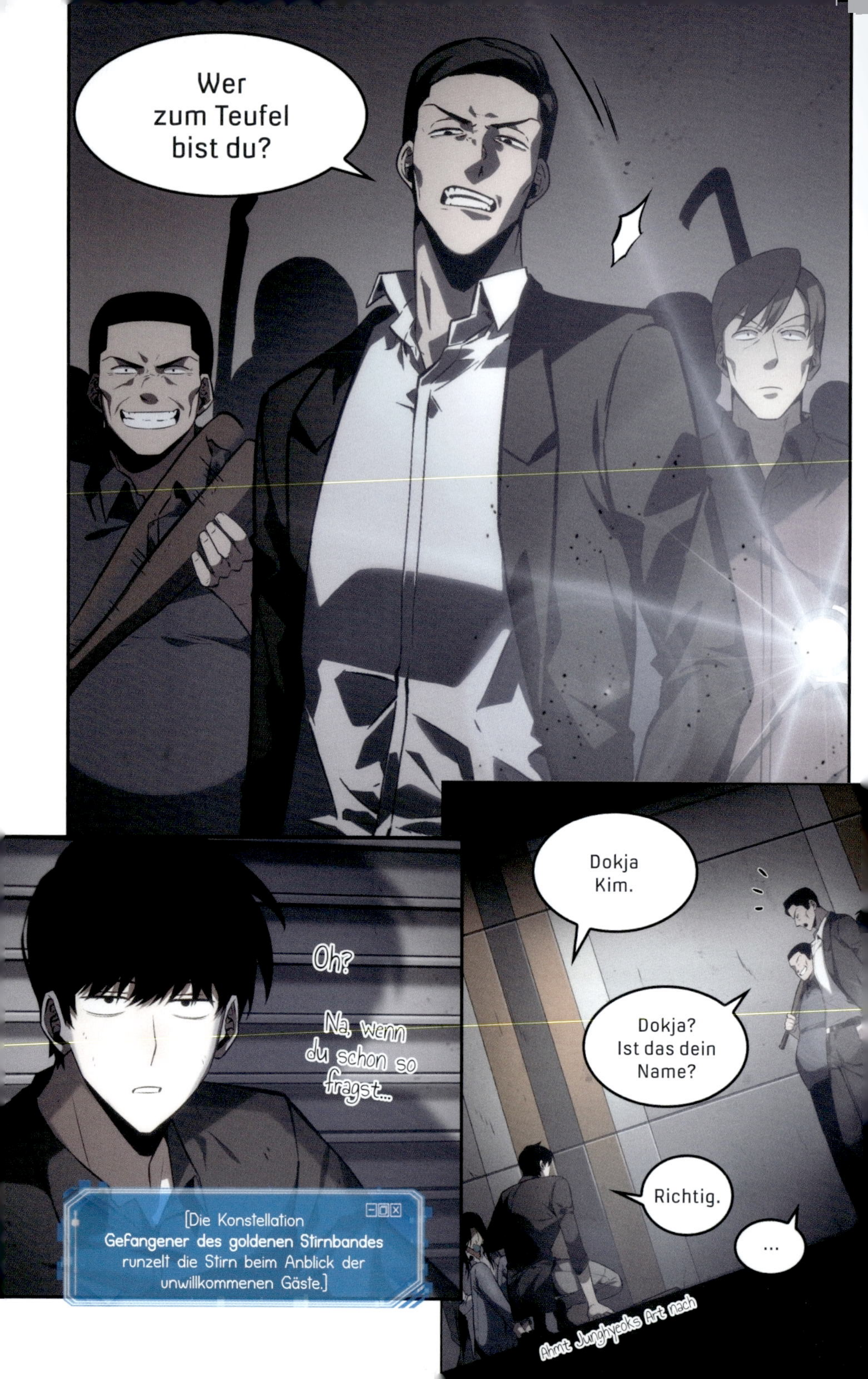

Wer zum Teufel bist du?
Oh?
Na, wenn du schon so fragst…
[Die Konstellation Gefangener des goldenen Stirnbandes runzelt die Stirn beim Anblick der unwillkommenen Gäste.]
Dokja Kim.
Dokja? Ist das dein Name?
Richtig.
…
Ahmt Junghyeoks Art nach

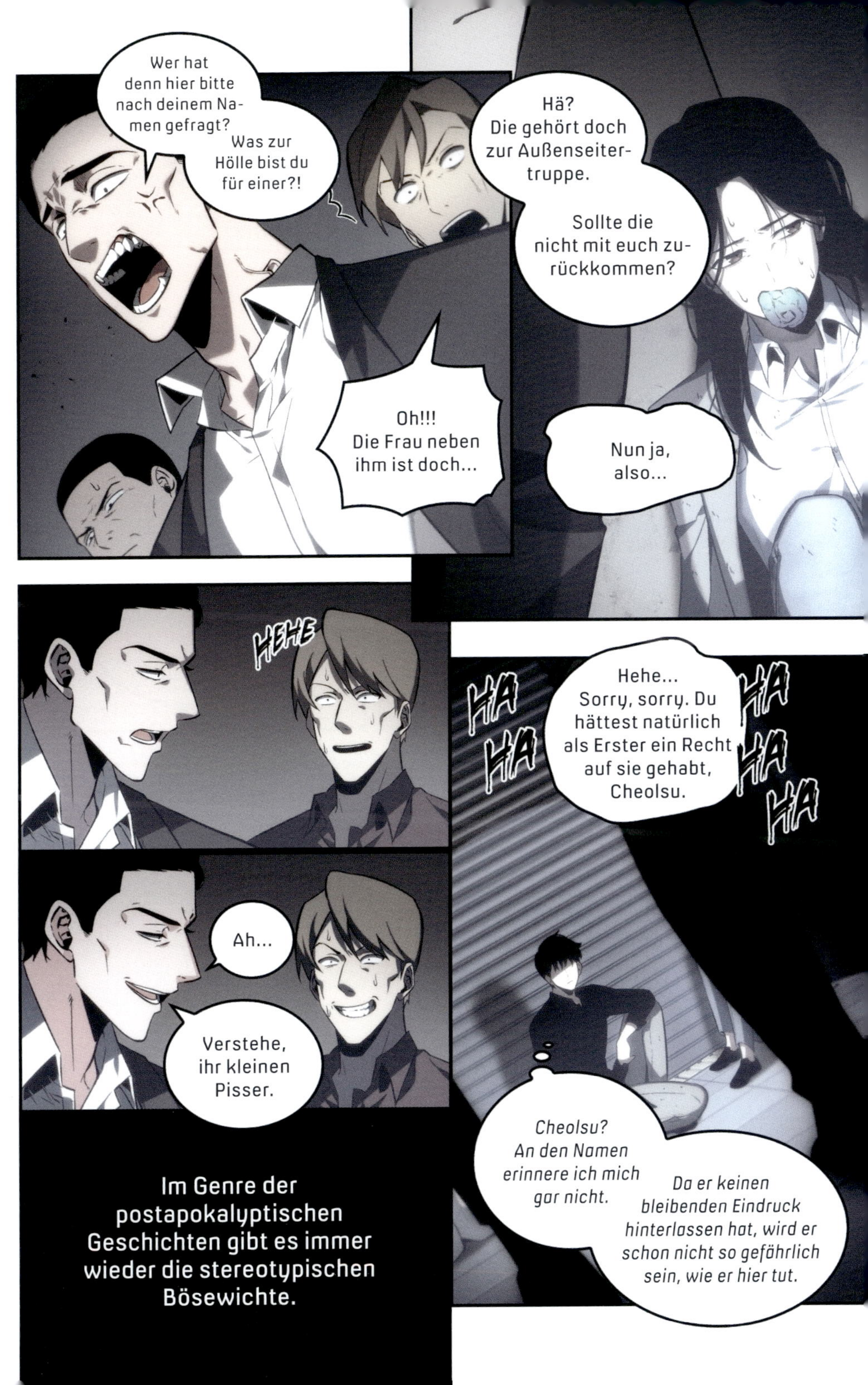
Wer hat denn hier bitte nach deinem Namen gefragt?
Was zur Hölle bist du für einer?!
Hä? Die gehört doch zur Außenseitertruppe.
Sollte die nicht mit euch zurückkommen?
Oh!!! Die Frau neben ihm ist doch...
Nun ja, also...
HEHE
Hehe... Sorry, sorry. Du hättest natürlich als Erster ein Recht auf sie gehabt, Cheolsu.
HA HA
HA HA HA
Ah...
Verstehe, ihr kleinen Pisser.
Im Genre der postapokalyptischen Geschichten gibt es immer wieder die stereotypischen Bösewichte.
Cheolsu? An den Namen erinnere ich mich gar nicht.
Da er keinen bleibenden Eindruck hinterlassen hat, wird er schon nicht so gefährlich sein, wie er hier tut.

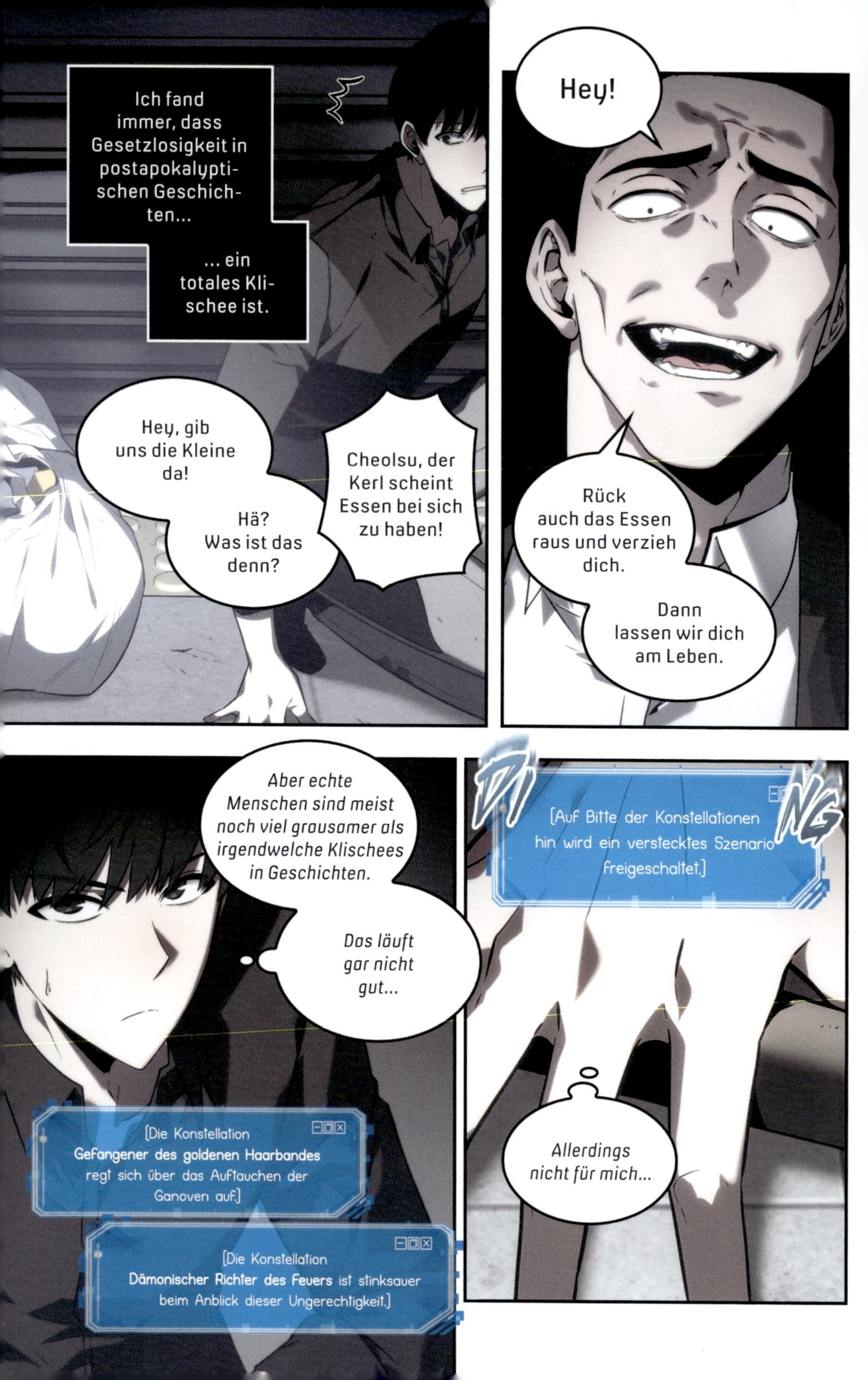
Ich fand immer, dass Gesetzlosigkeit in postapokalyptischen Geschichten...
... ein totales Klischee ist.
Hey, gib uns die Kleine da!
Hä? Was ist das denn?
Cheolsu, der Kerl scheint Essen bei sich zu haben!
Hey!
Rück auch das Essen raus und verzieh dich.
Dann lassen wir dich am Leben.
Aber echte Menschen sind meist noch viel grausamer als irgendwelche Klischees in Geschichten.
Das läuft gar nicht gut...
[Die Konstellation **Gefangener des goldenen Haarbandes** regt sich über das Auftauchen der Ganoven auf.]
[Die Konstellation **Dämonischer Richter des Feuers** ist stinksauer beim Anblick dieser Ungerechtigkeit.]
DING
[Auf Bitte der Konstellationen hin wird ein verstecktes Szenario freigeschaltet.]
Allerdings nicht für mich...

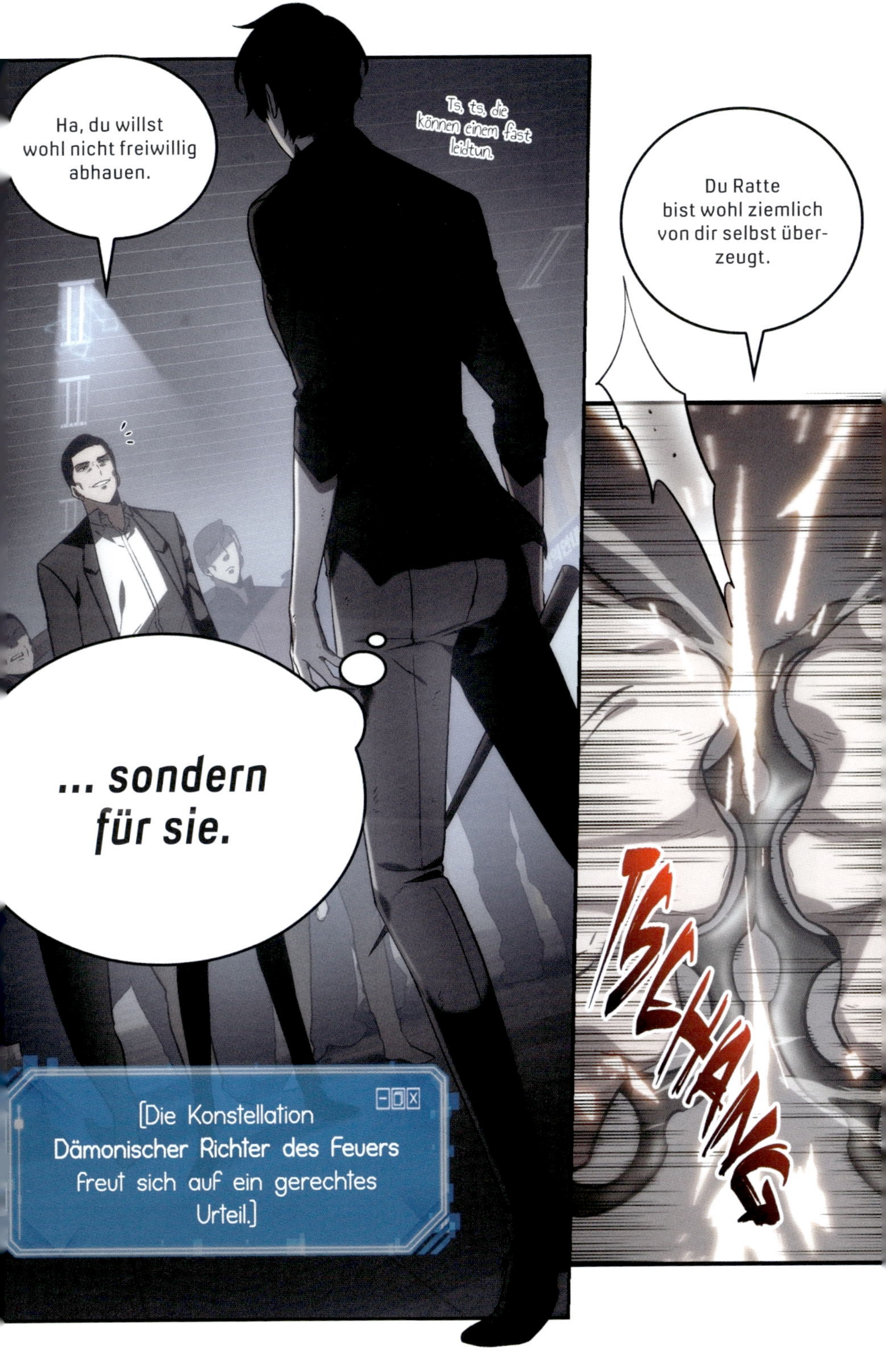
Ha, du willst wohl nicht freiwillig abhauen.
Ts, ts, die können einem fast leidtun.
... sondern für sie.
[Die Konstellation Dämonischer Richter des Feuers freut sich auf ein gerechtes Urteil.]
Du Ratte bist wohl ziemlich von dir selbst überzeugt.
TSCHANG

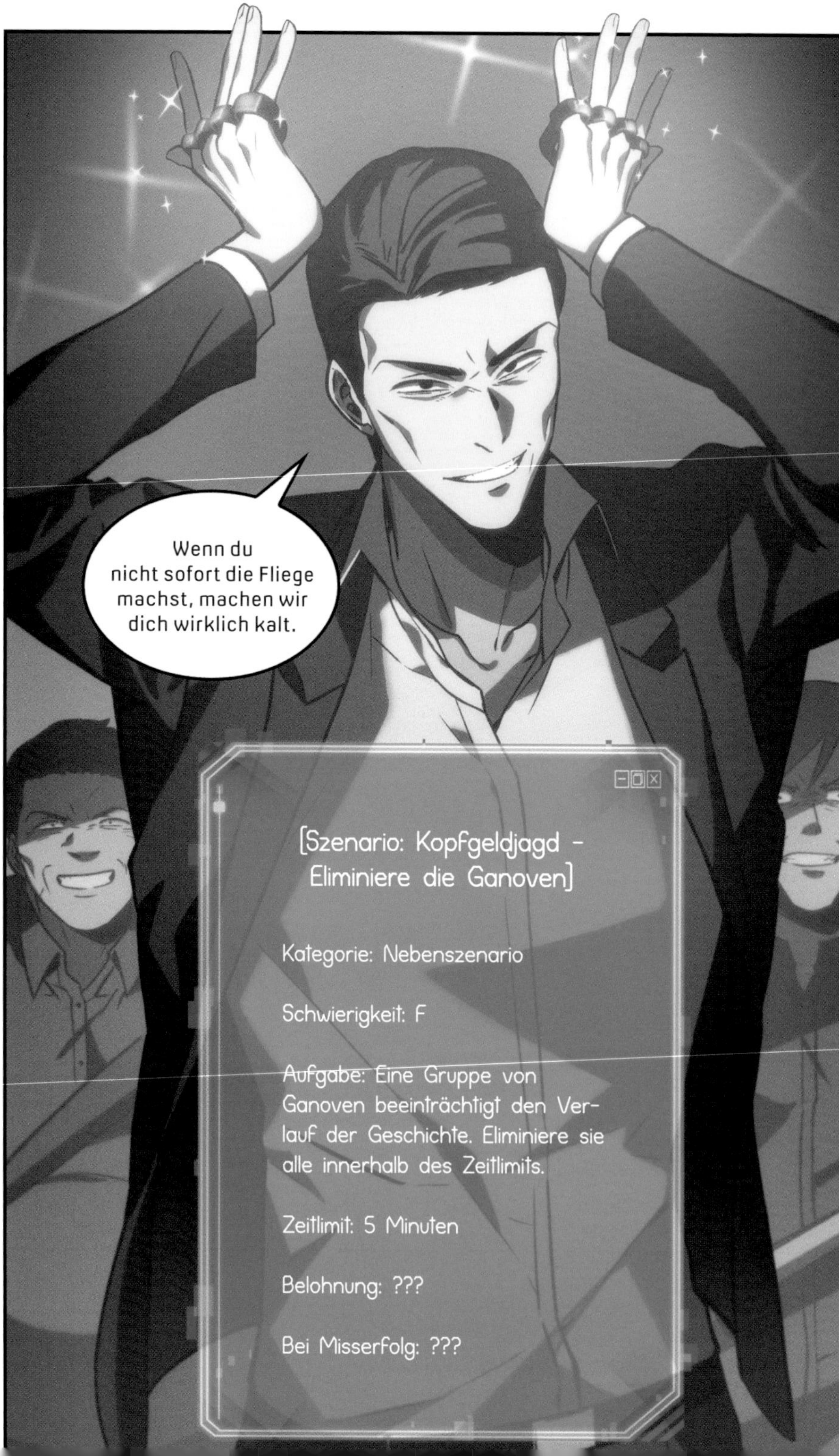
Wenn du nicht sofort die Fliege machst, machen wir dich wirklich kalt.
[Szenario: Kopfgeldjagd - Eliminiere die Ganoven]
Kategorie: Nebenszenario
Schwierigkeit: F
Aufgabe: Eine Gruppe von Ganoven beeinträchtigt den Verlauf der Geschichte. Eliminiere sie alle innerhalb des Zeitlimits.
Zeitlimit: 5 Minuten
Belohnung: ???
Bei Misserfolg: ???

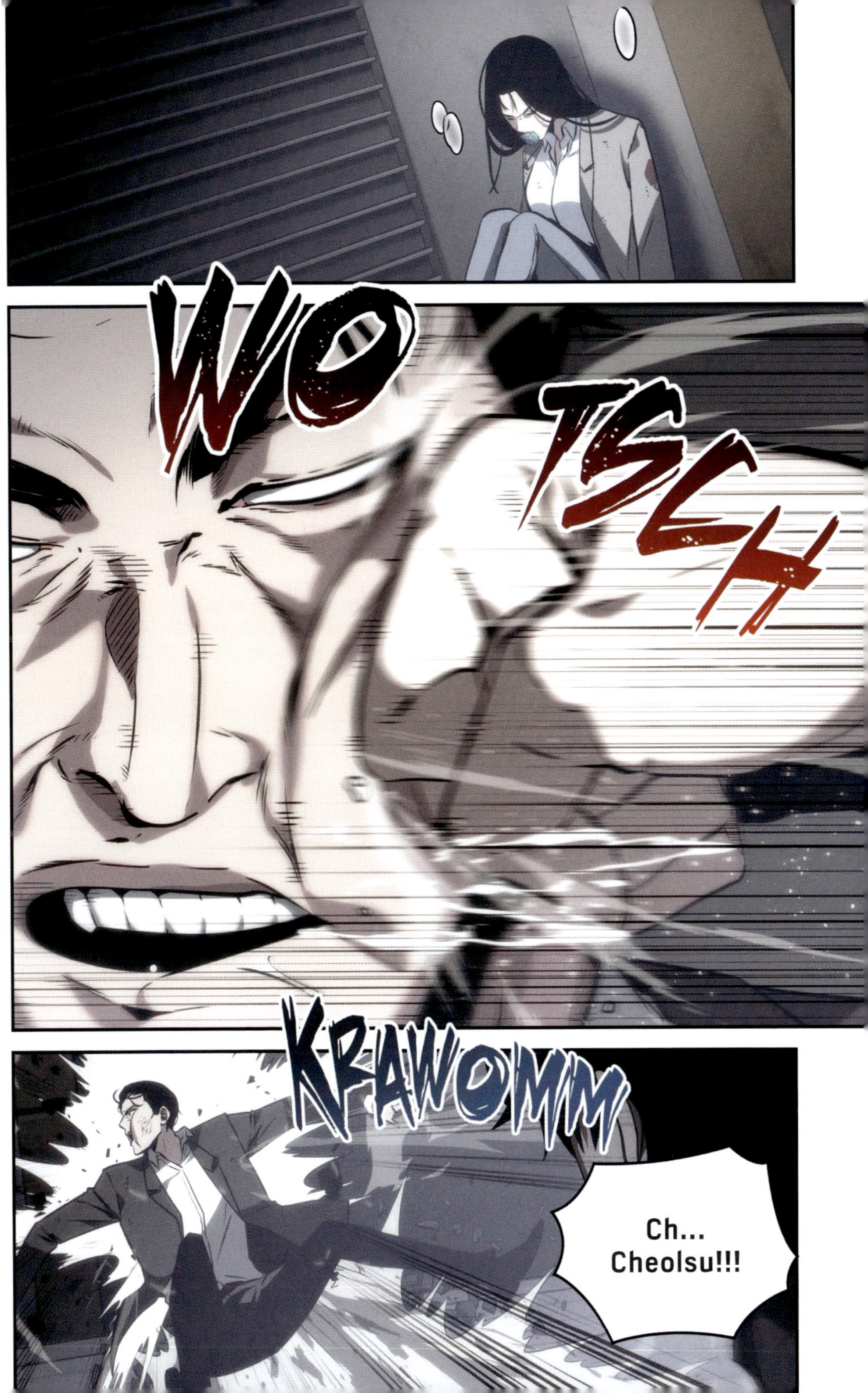
WO
TSCH
KRAWOMM
Ch...
Cheolsu!!!

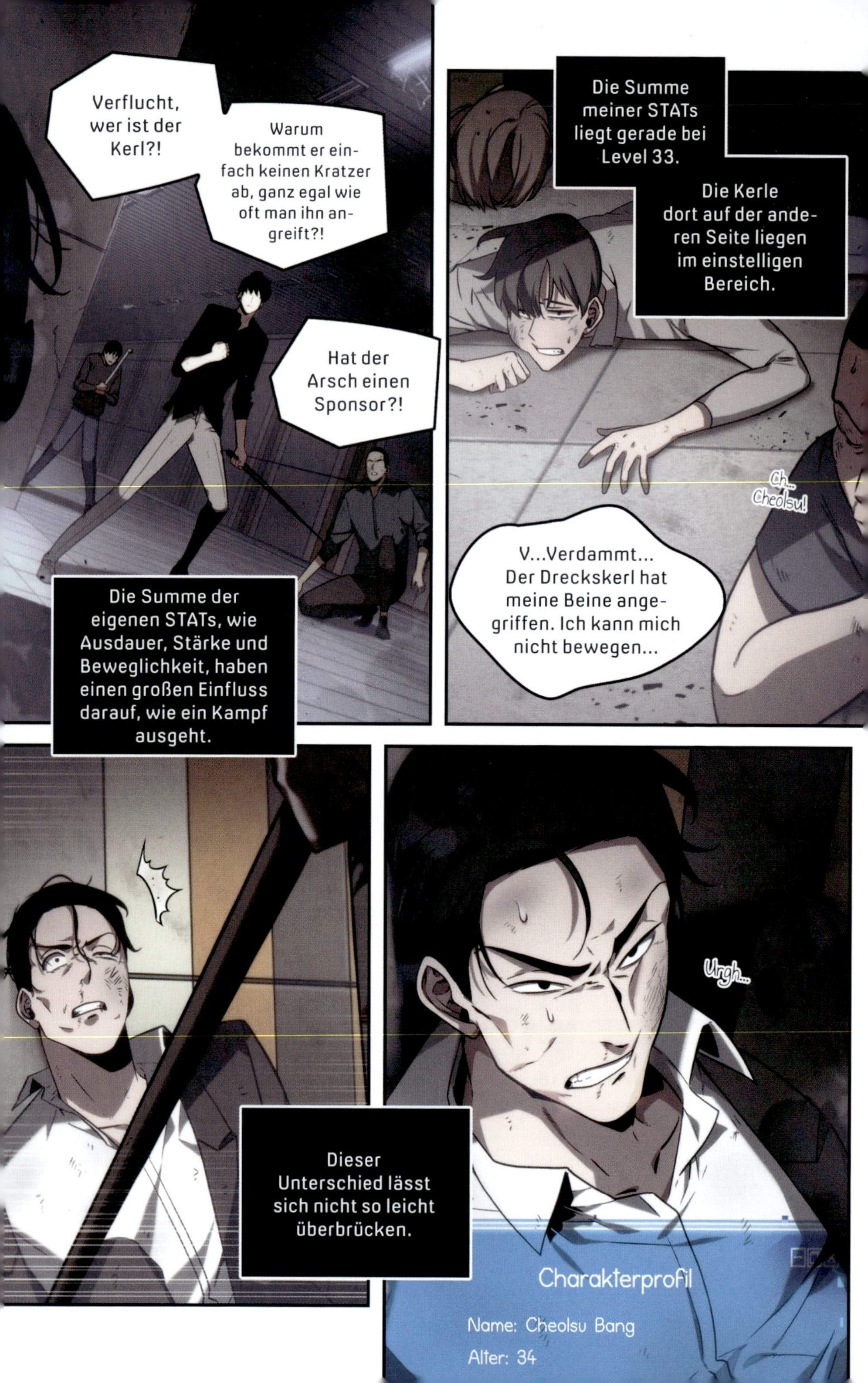
Verflucht, wer ist der Kerl?!
Warum bekommt er ein-fach keinen Kratzer ab, ganz egal wie oft man ihn an-greift?!
Hat der Arsch einen Sponsor?!
Die Summe der eigenen STATs, wie Ausdauer, Stärke und Beweglichkeit, haben einen großen Einfluss darauf, wie ein Kampf ausgeht.
Die Summe meiner STATs liegt gerade bei Level 33.
Die Kerle dort auf der ande-ren Seite liegen im einstelligen Bereich.
Ch... Cheolsu!
V...Verdammt... Der Dreckskerl hat meine Beine ange-griffen. Ich kann mich nicht bewegen...
Dieser Unterschied lässt sich nicht so leicht überbrücken.
Urgh...
Charakterprofil
Name: Cheolsu Bang
Alter: 34

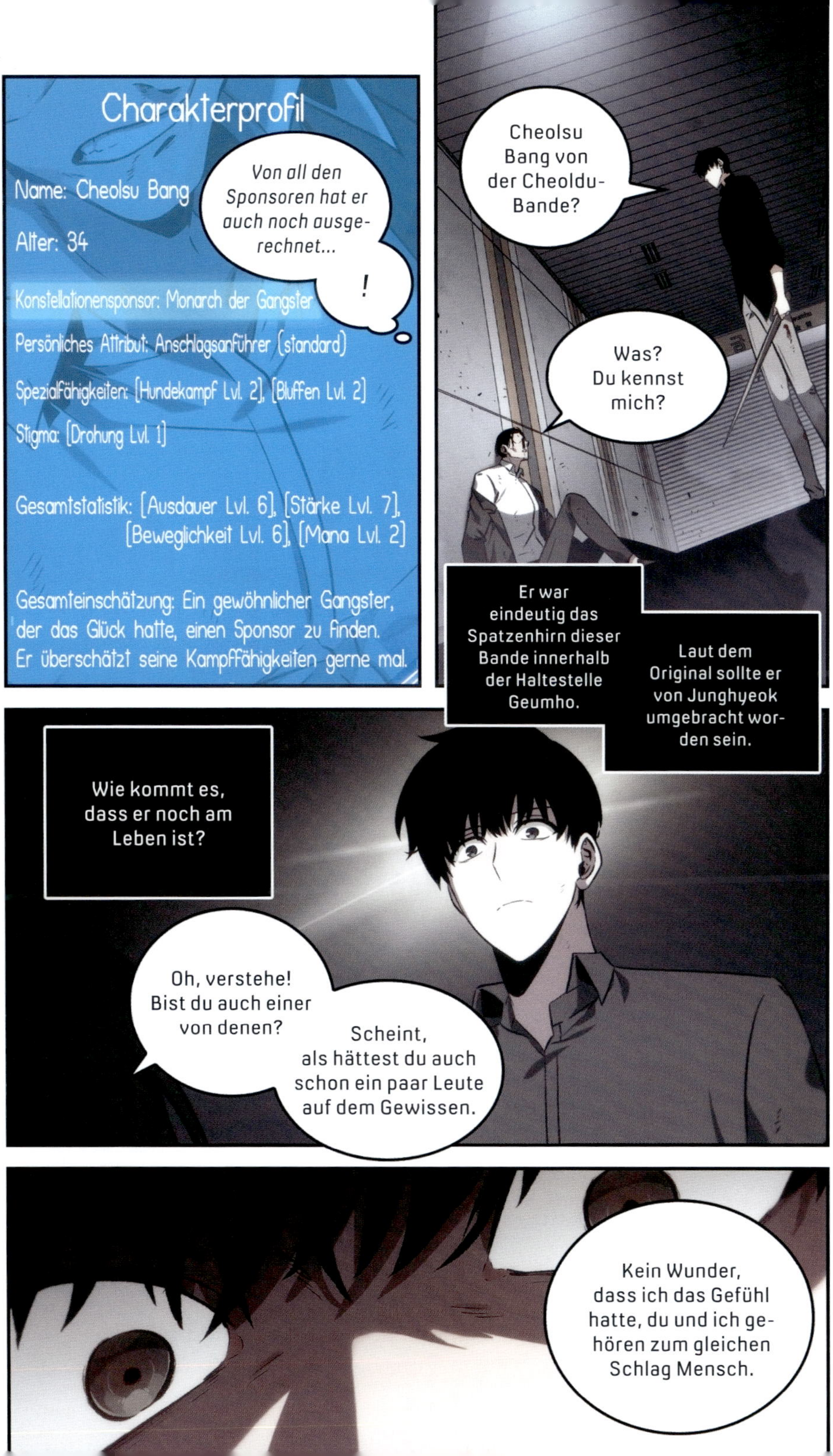

Charakterprofil
Name: Cheolsu Bang
Alter: 34
Konstellationensponsor: Monarch der Gangster
Persönliches Attribut: Anschlagsanführer (standard)
Spezialfähigkeiten: [Hundekampf Lvl. 2], [Bluffen Lvl. 2]
Stigma: [Drohung Lvl. 1]
Gesamtstatistik: [Ausdauer Lvl. 6], [Stärke Lvl. 7], [Beweglichkeit Lvl. 6], [Mana Lvl. 2]
Gesamteinschätzung: Ein gewöhnlicher Gangster, der das Glück hatte, einen Sponsor zu finden. Er überschätzt seine Kampffähigkeiten gerne mal.
Von all den Sponsoren hat er auch noch ausgerechnet...
!
Cheolsu Bang von der Cheoldu-Bande?
Was? Du kennst mich?
Er war eindeutig das Spatzenhirn dieser Bande innerhalb der Haltestelle Geumho.
Laut dem Original sollte er von Junghyeok umgebracht worden sein.
Wie kommt es, dass er noch am Leben ist?
Oh, verstehe! Bist du auch einer von denen?
Scheint, als hättest du auch schon ein paar Leute auf dem Gewissen.
Kein Wunder, dass ich das Gefühl hatte, du und ich gehören zum gleichen Schlag Mensch.

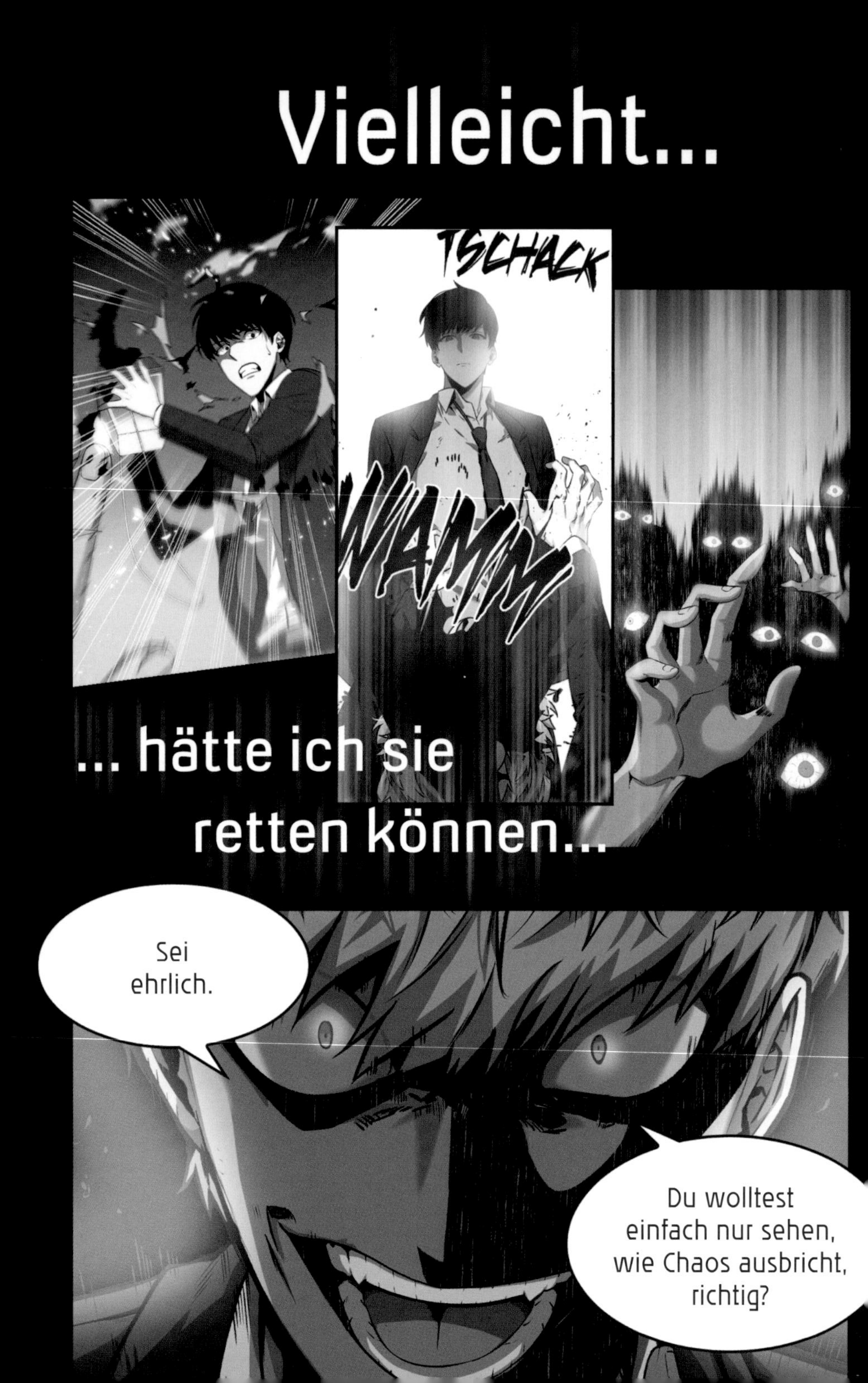
Vielleicht...
TSCHACK
WAMM
... hätte ich sie retten können...
Sei ehrlich.
Du wolltest einfach nur sehen, wie Chaos ausbricht, richtig?

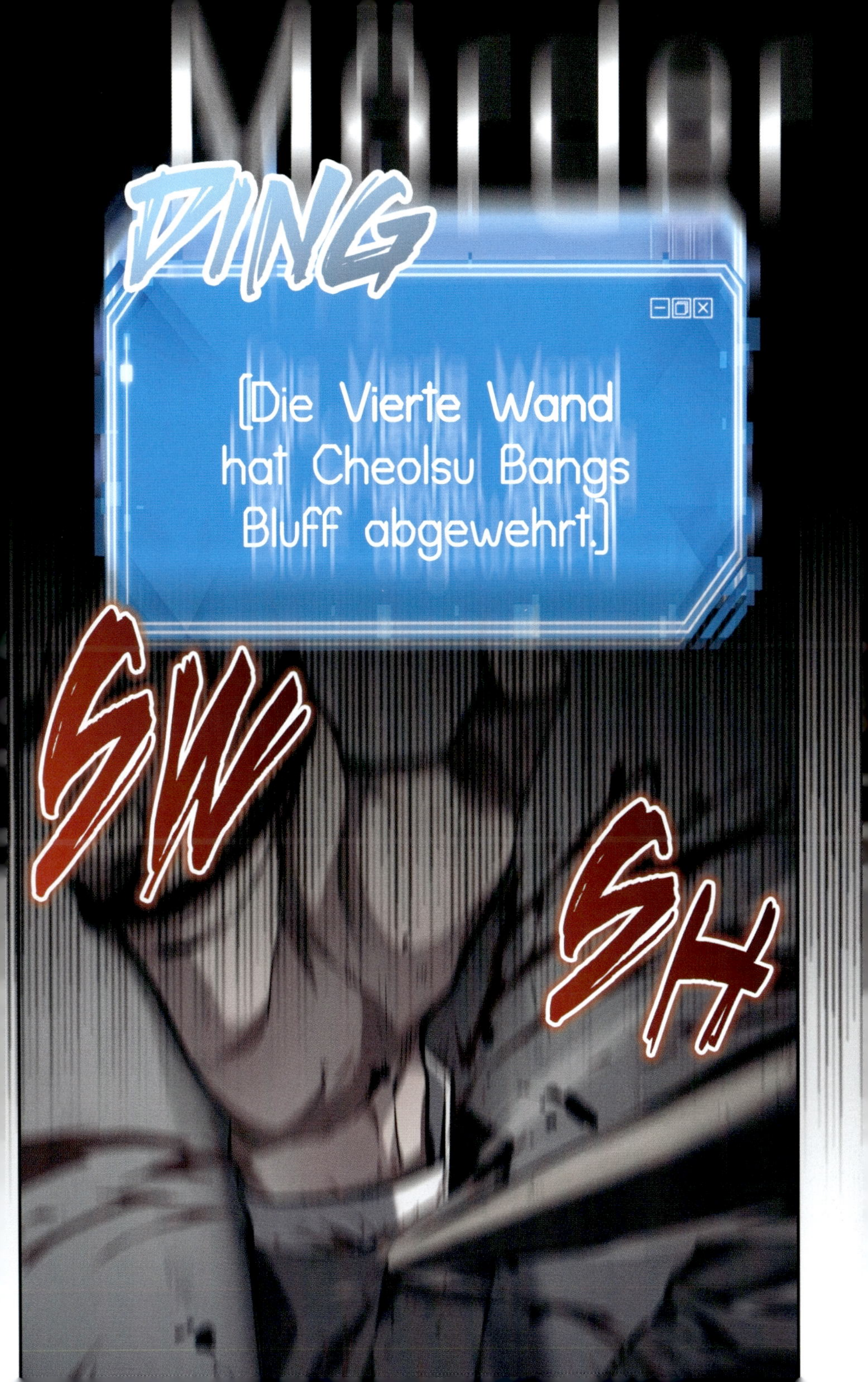
DING
[Die Vierte Wand hat Cheolsu Bangs Bluff abgewehrt.]
SW
SH

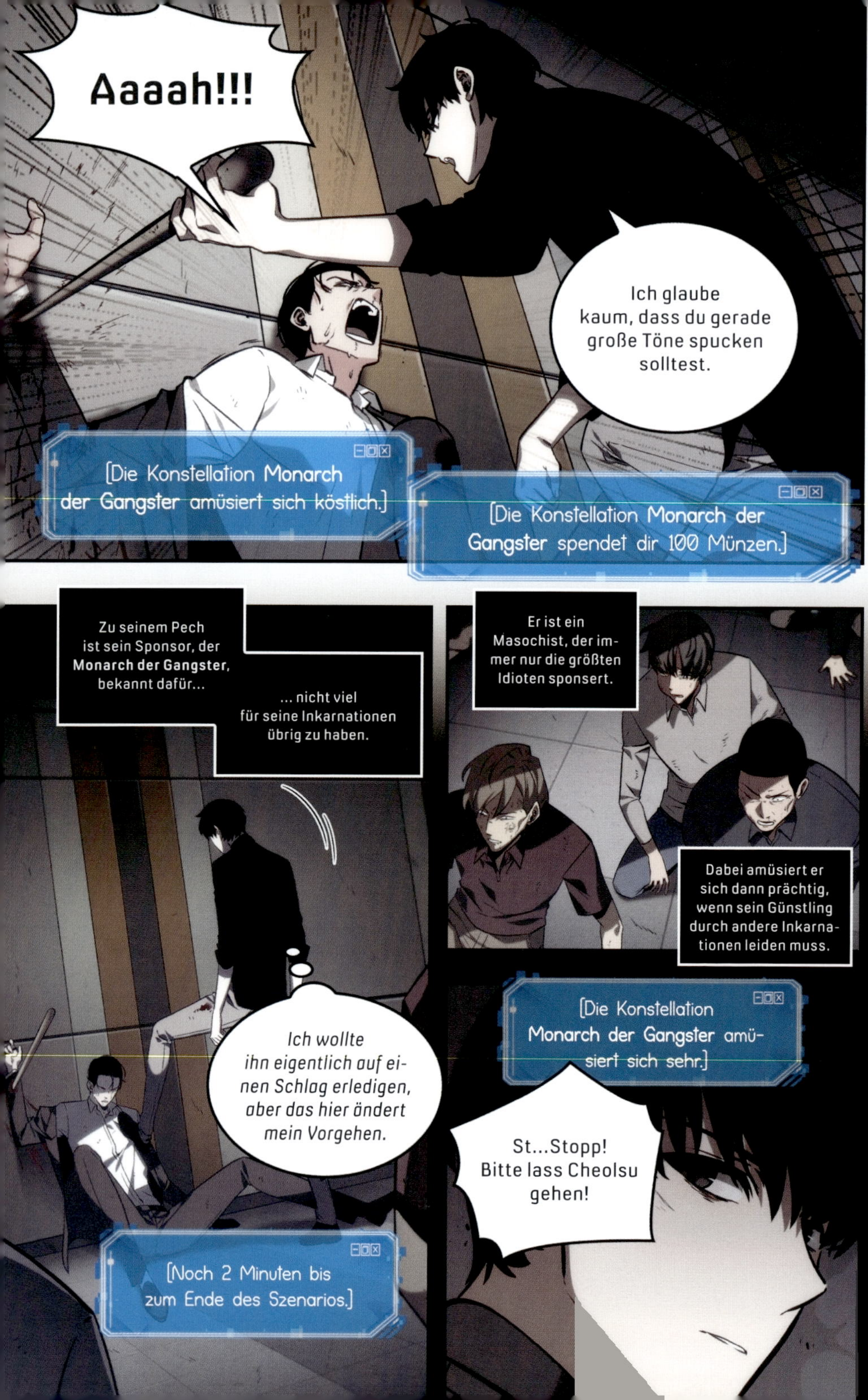
Aaaah!!!
Ich glaube kaum, dass du gerade große Töne spucken solltest.
[Die Konstellation Monarch der Gangster amüsiert sich köstlich.]
[Die Konstellation Monarch der Gangster spendet dir 100 Münzen.]
Zu seinem Pech ist sein Sponsor, der Monarch der Gangster, bekannt dafür...
... nicht viel für seine Inkarnationen übrig zu haben.
Er ist ein Masochist, der immer nur die größten Idioten sponsert.
Dabei amüsiert er sich dann prächtig, wenn sein Günstling durch andere Inkarnationen leiden muss.
Ich wollte ihn eigentlich auf einen Schlag erledigen, aber das hier ändert mein Vorgehen.
[Die Konstellation Monarch der Gangster amüsiert sich sehr.]
St...Stopp! Bitte lass Cheolsu gehen!
[Noch 2 Minuten bis zum Ende des Szenarios.]

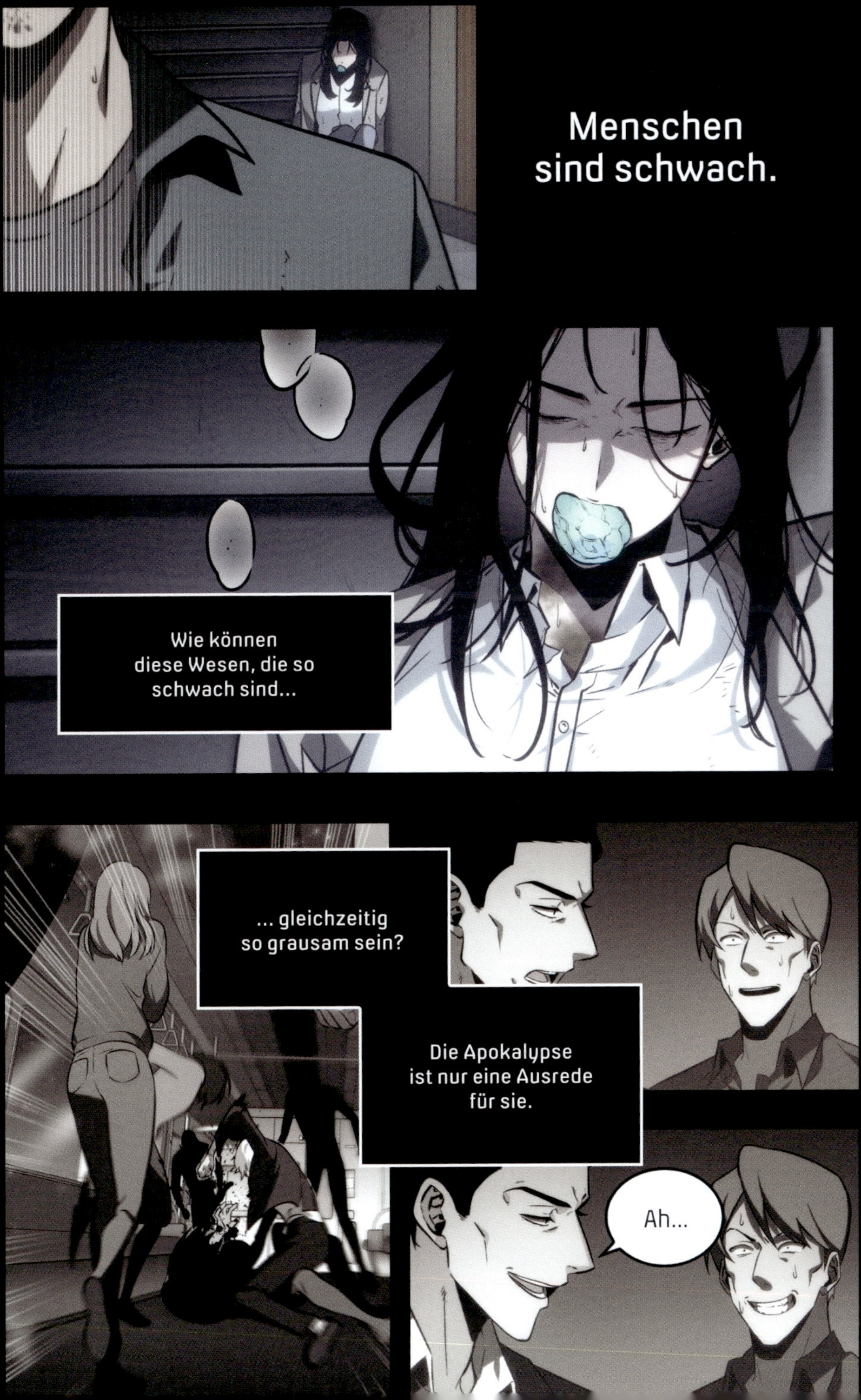
Menschen sind schwach.
Wie können diese Wesen, die so schwach sind...
... gleichzeitig so grausam sein?
Die Apokalypse ist nur eine Ausrede für sie.
Ah...

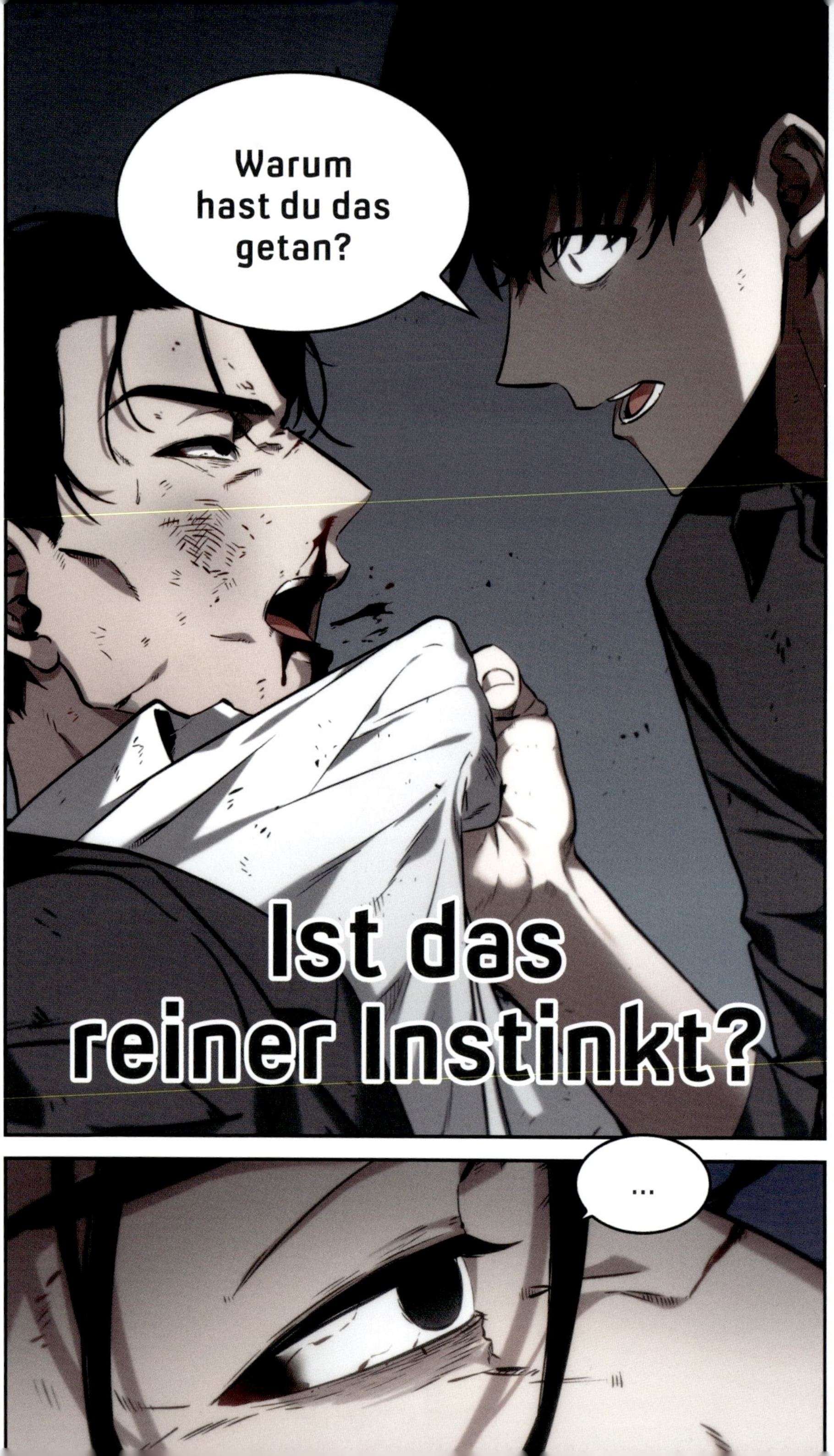
Warum hast du das getan?
Ist das reiner Instinkt?
...

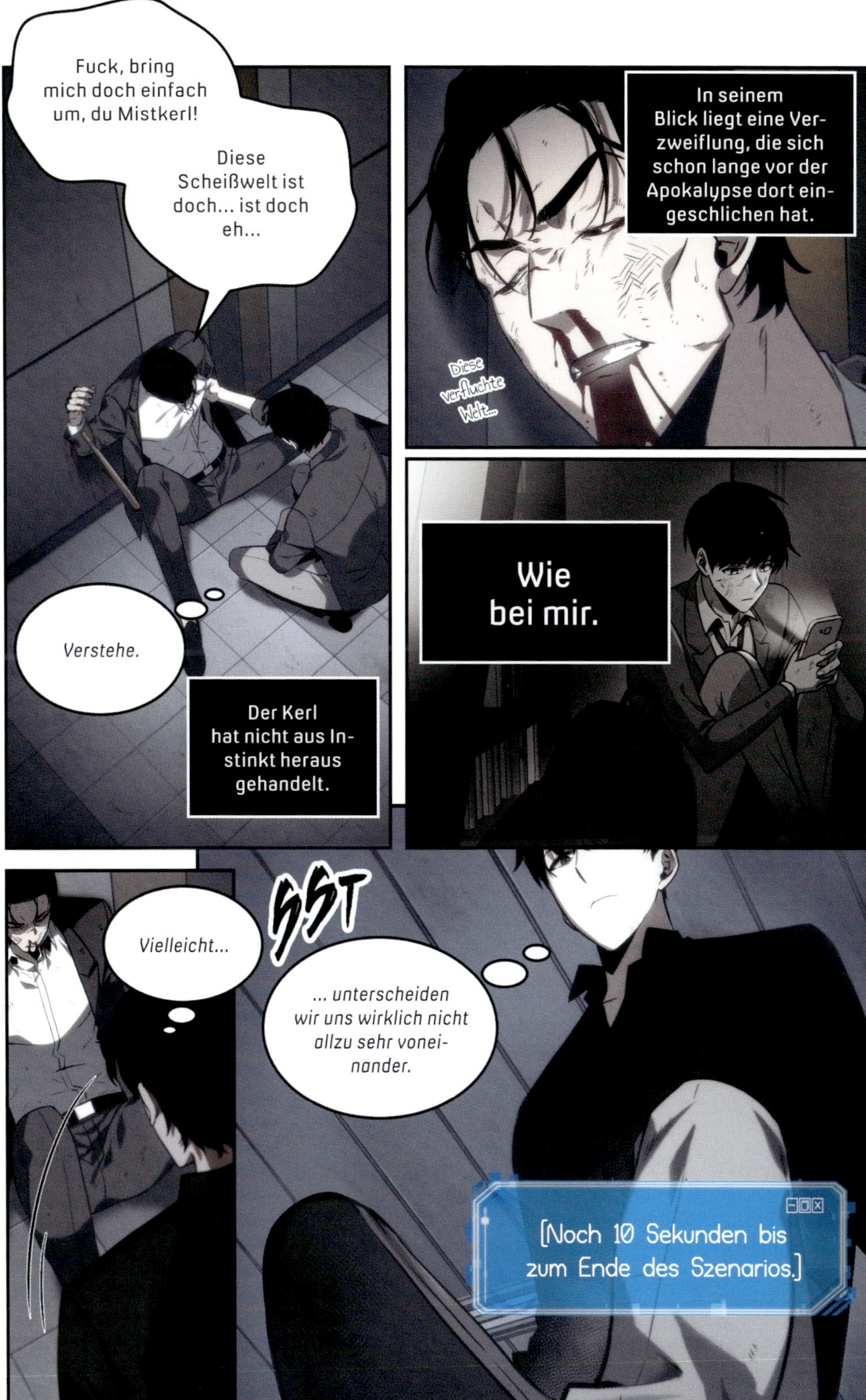
Fuck, bring mich doch einfach um, du Mistkerl!
Diese Scheißwelt ist doch... ist doch eh...
In seinem Blick liegt eine Verzweiflung, die sich schon lange vor der Apokalypse dort eingeschlichen hat.
Diese verfluchte Welt...
Verstehe.
Der Kerl hat nicht aus Instinkt heraus gehandelt.
Wie bei mir.
SST
Vielleicht...
... unterscheiden wir uns wirklich nicht allzu sehr voneinander.
[Noch 10 Sekunden bis zum Ende des Szenarios.]

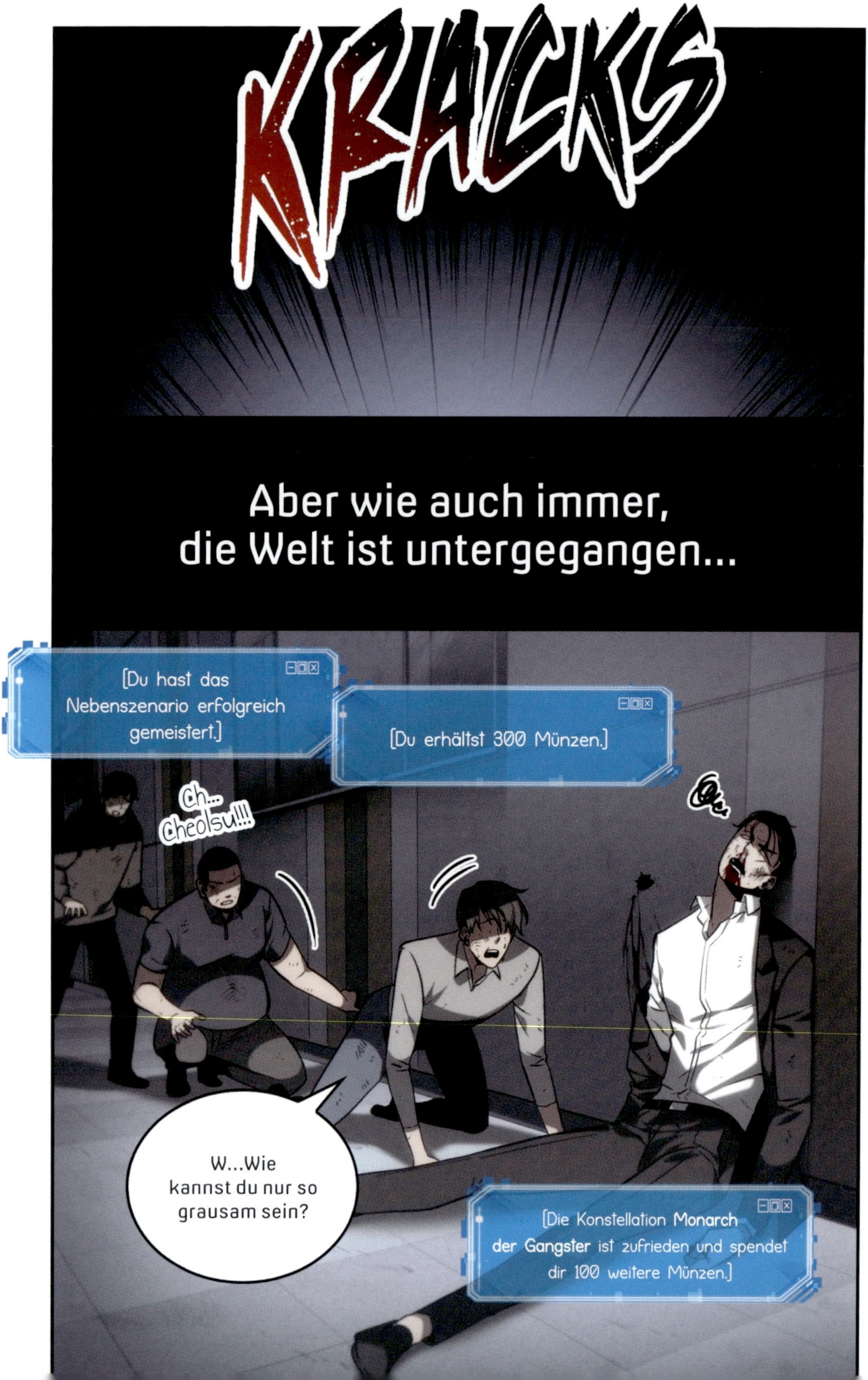
KRACKS
Aber wie auch immer, die Welt ist untergegangen...
[Du hast das Nebenszenario erfolgreich gemeistert.]
[Du erhältst 300 Münzen.]
Ch... Cheolsu!!!
W...Wie kannst du nur so grausam sein?
[Die Konstellation Monarch der Gangster ist zufrieden und spendet dir 100 weitere Münzen.]

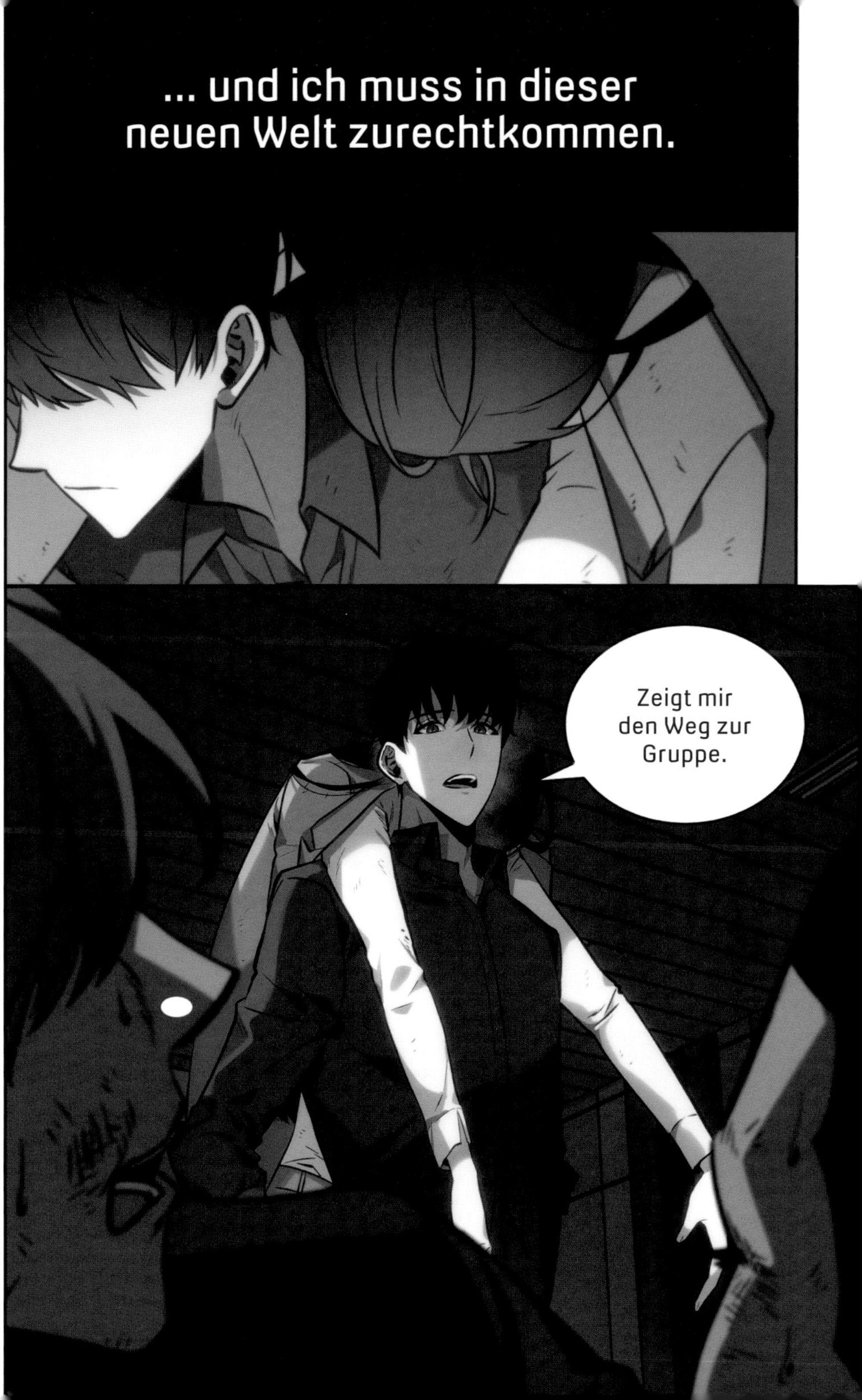
... und ich muss in dieser neuen Welt zurechtkommen.
Zeigt mir den Weg zur Gruppe.

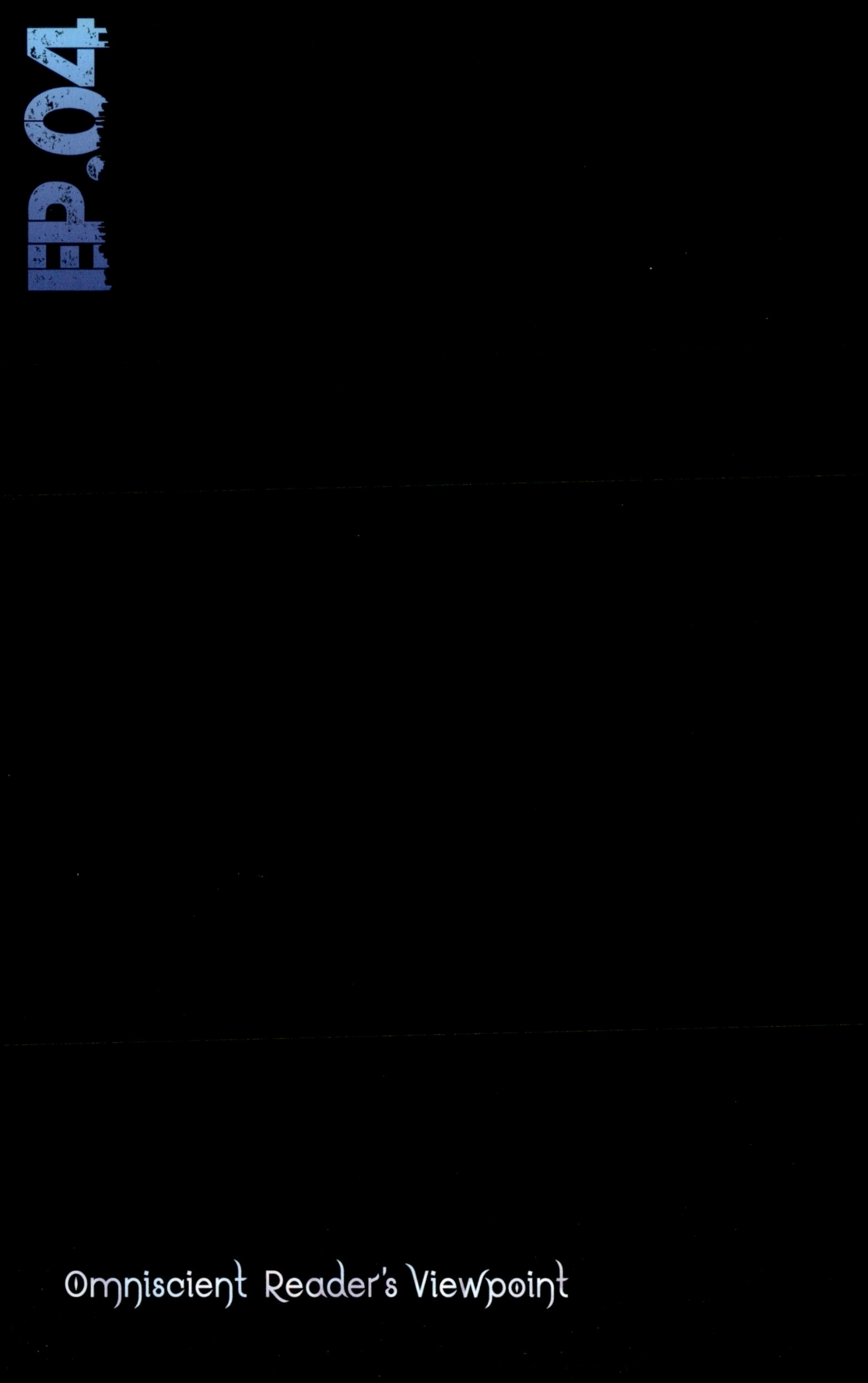
EP.04
Omniscient Reader's Viewpoint

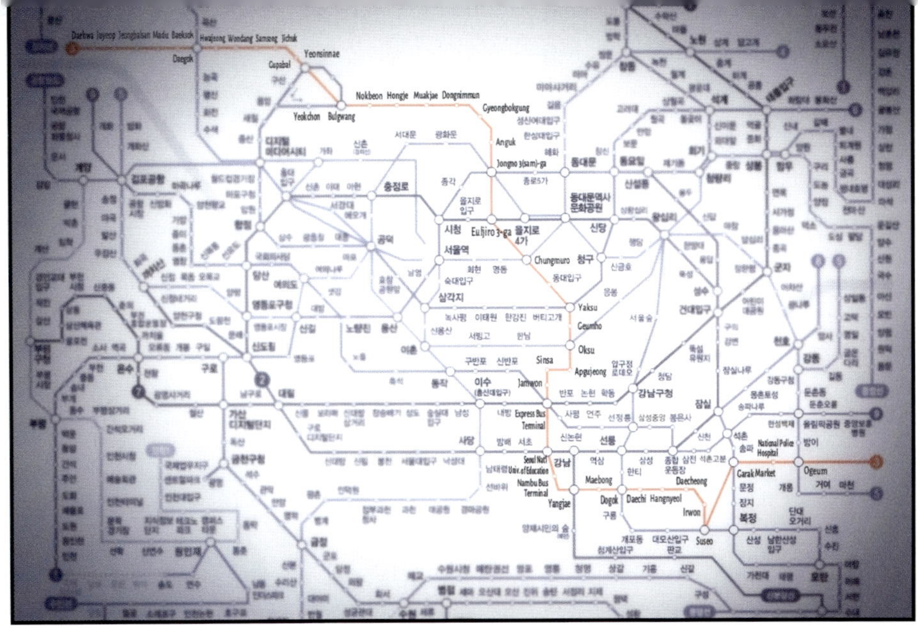

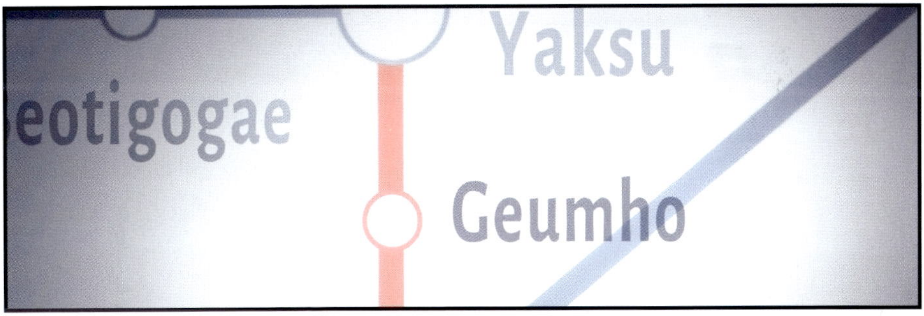
Yaksu
Geumho

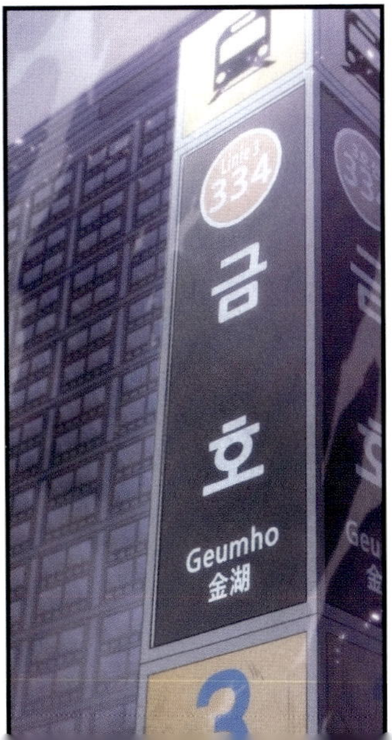
334
금
호
Geumho
金湖

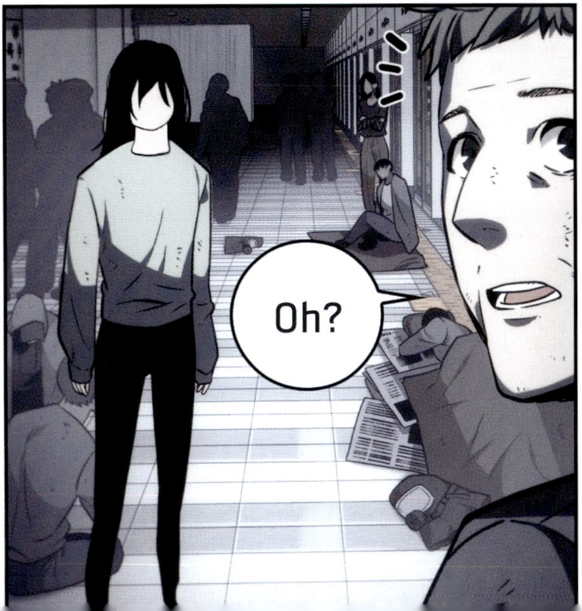
Oh?

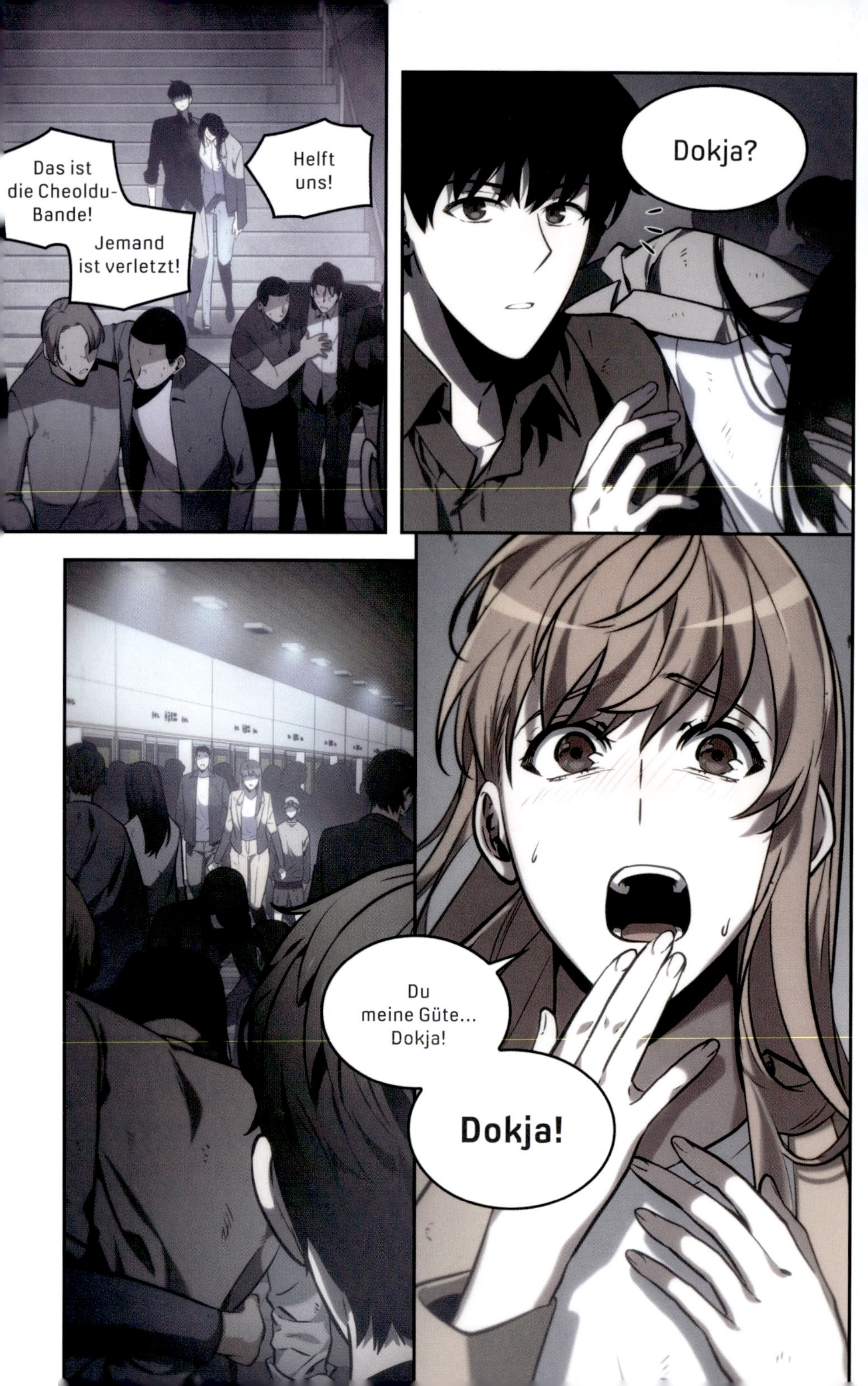
Das ist die Cheoldu-Bande!
Jemand ist verletzt!
Helft uns!
Dokja?
Du meine Güte... Dokja!
Dokja!

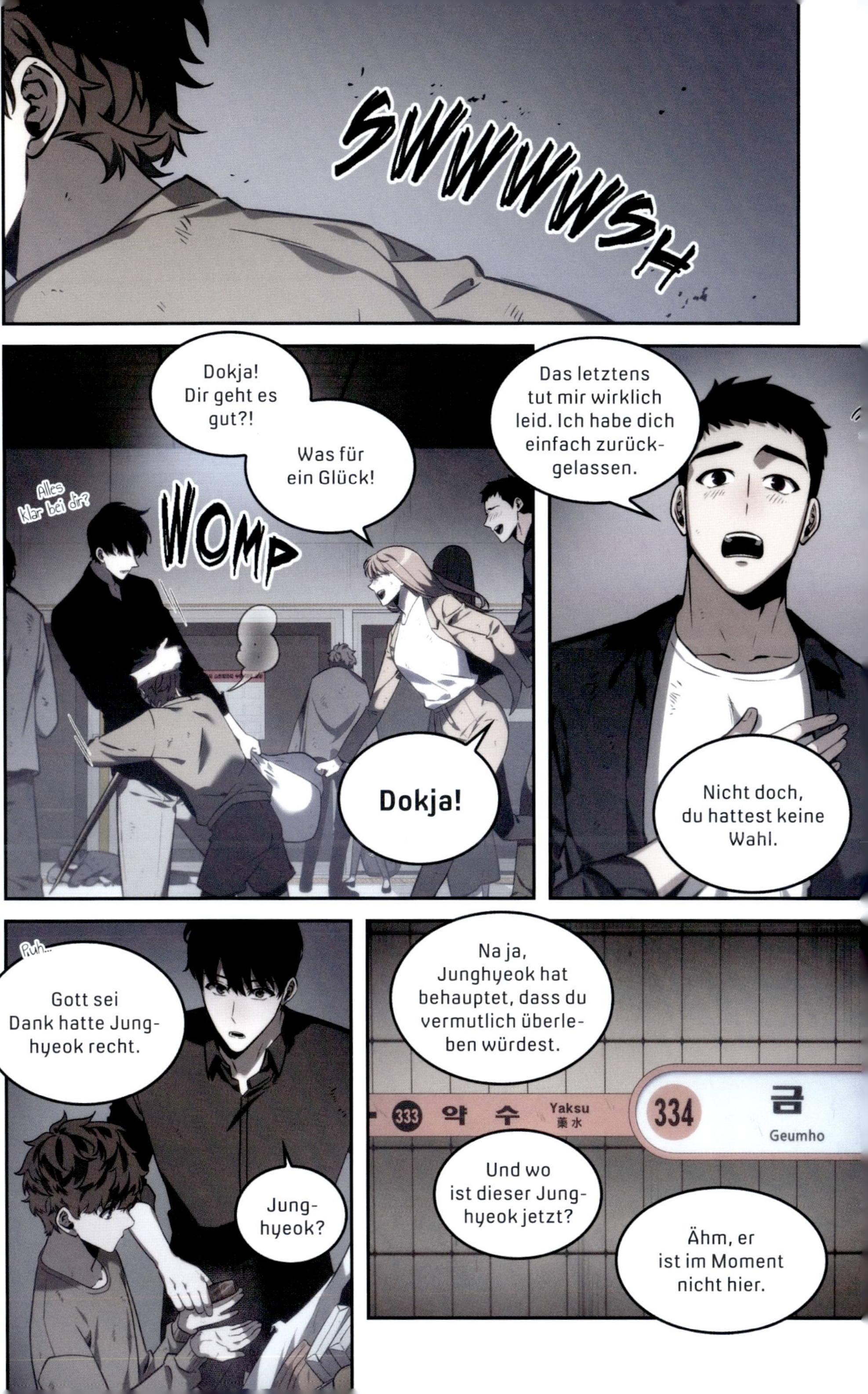

SWWWWSH
Alles klar bei dir?
WOMP
Dokja! Dir geht es gut?!
Was für ein Glück!
Dokja!
Das letztens tut mir wirklich leid. Ich habe dich einfach zurückgelassen.
Nicht doch, du hattest keine Wahl.
Puh...
Gott sei Dank hatte Junghyeok recht.
Jung-hyeok?
Na ja, Junghyeok hat behauptet, dass du vermutlich überleben würdest.
333 약수 Yaksu 薬水
334 금 Geumho
Und wo ist dieser Junghyeok jetzt?
Ähm, er ist im Moment nicht hier.

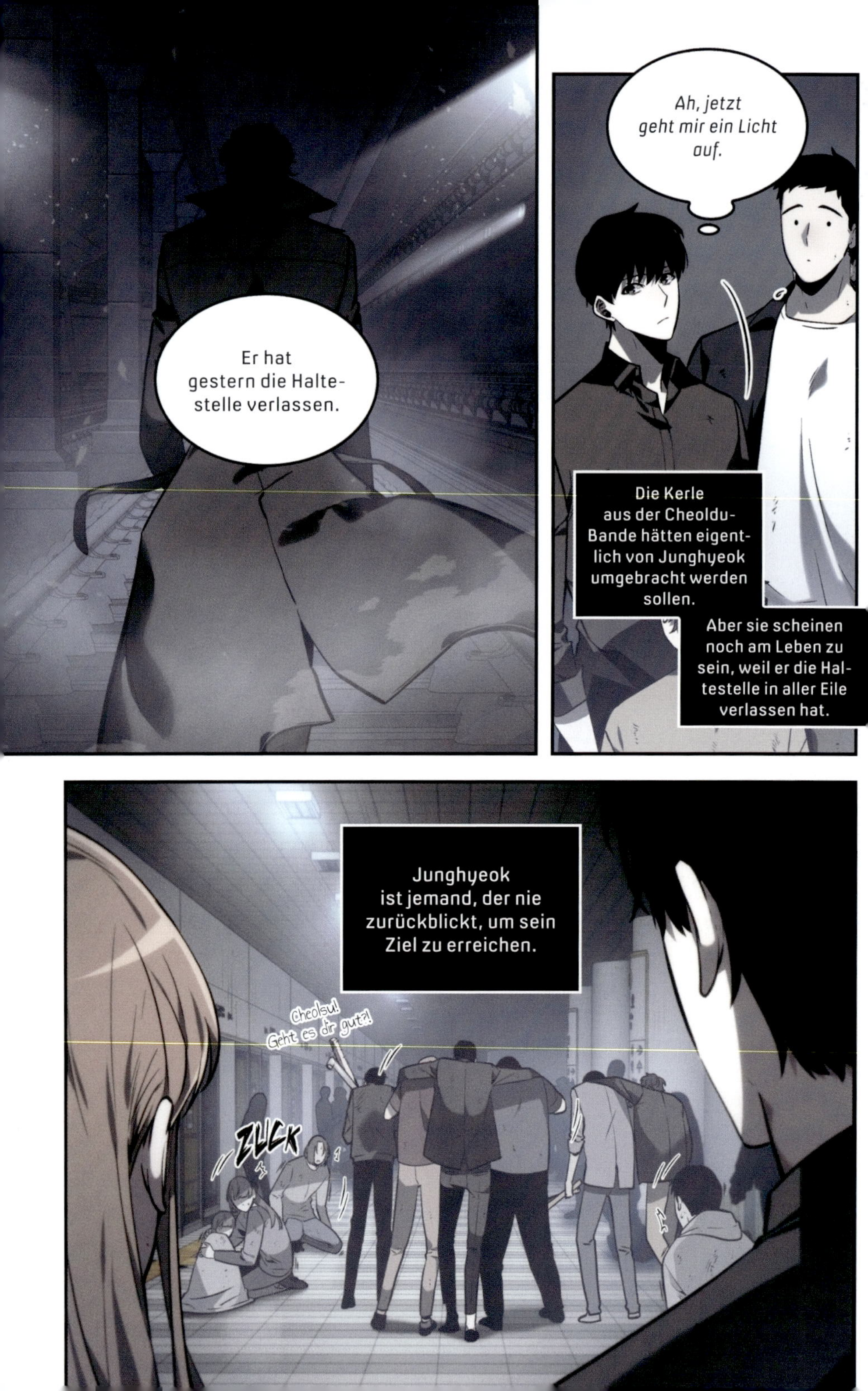
Er hat gestern die Haltestelle verlassen.
Ah, jetzt geht mir ein Licht auf.
Die Kerle aus der Cheoldu-Bande hätten eigentlich von Junghyeok umgebracht werden sollen.
Aber sie scheinen noch am Leben zu sein, weil er die Haltestelle in aller Eile verlassen hat.
Junghyeok ist jemand, der nie zurückblickt, um sein Ziel zu erreichen.
Cheolsu! Geht es dir gut?!
ZUCK

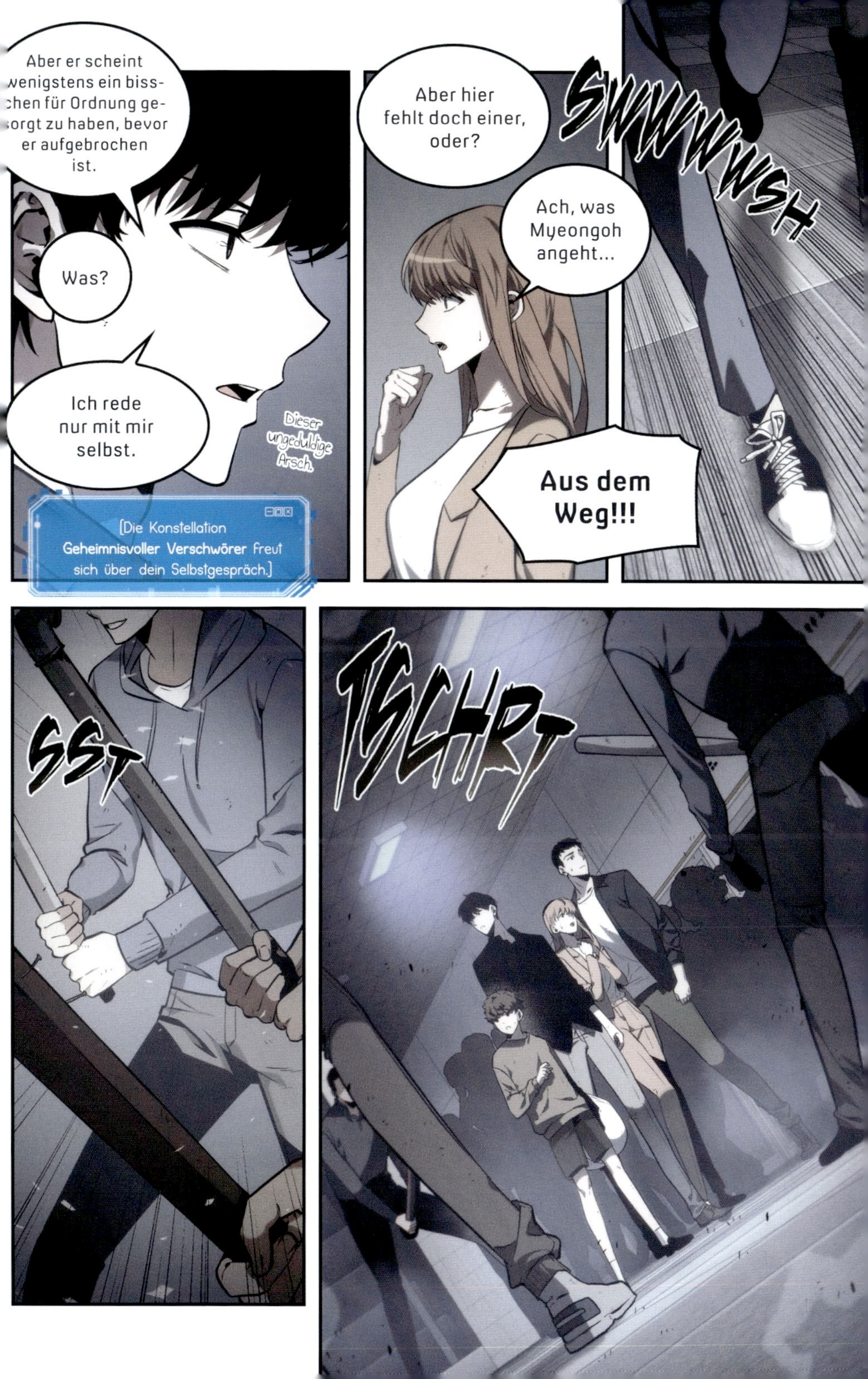
Aber er scheint wenigstens ein bisschen für Ordnung gesorgt zu haben, bevor er aufgebrochen ist.
Was?
Ich rede nur mit mir selbst.
Dieser ungeduldige Arsch.
[Die Konstellation Geheimnisvoller Verschwörer freut sich über dein Selbstgespräch.]
Aber hier fehlt doch einer, oder?
Ach, was Myeongoh angeht...
Aus dem Weg!!!
SWWWWSH
SST
TSCHRT

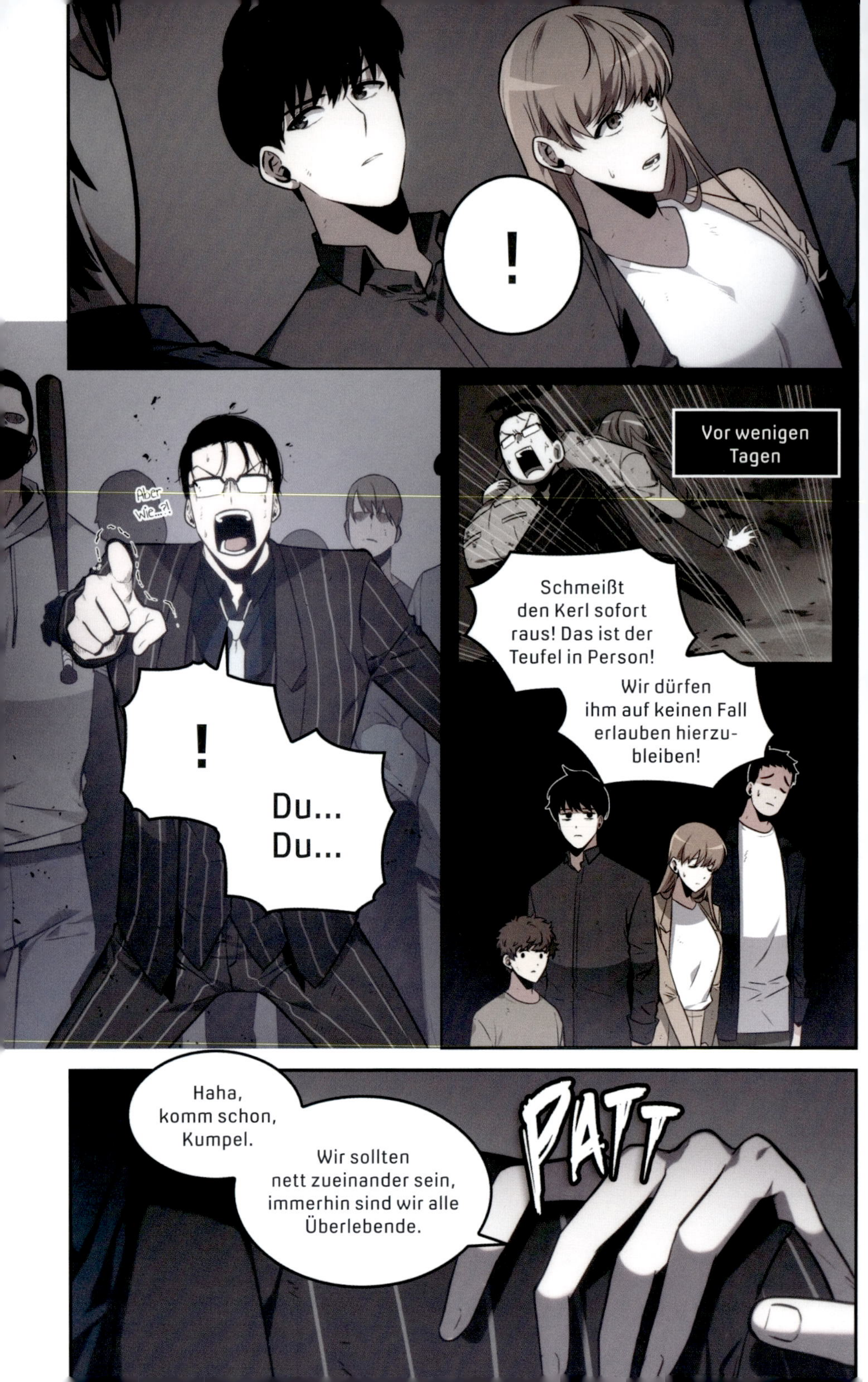
!
Aber wie...?!
!
Du... Du...
Vor wenigen Tagen
Schmeißt den Kerl sofort raus! Das ist der Teufel in Person!
Wir dürfen ihm auf keinen Fall erlauben hierzubleiben!
Haha, komm schon, Kumpel.
Wir sollten nett zueinander sein, immerhin sind wir alle Überlebende.
PATT

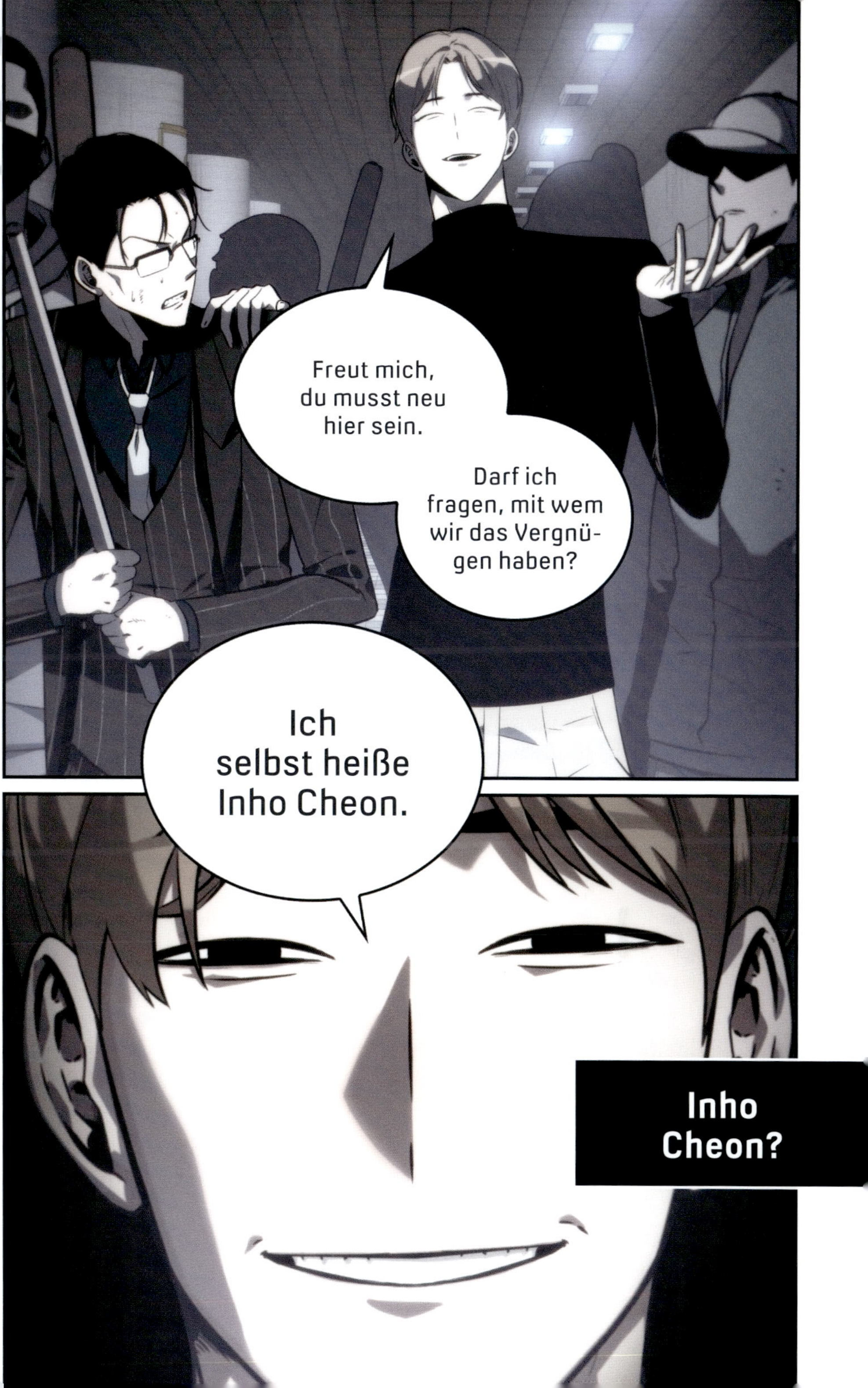
Freut mich, du musst neu hier sein.
Darf ich fragen, mit wem wir das Vergnügen haben?
Ich selbst heiße Inho Cheon.
Inho Cheon?

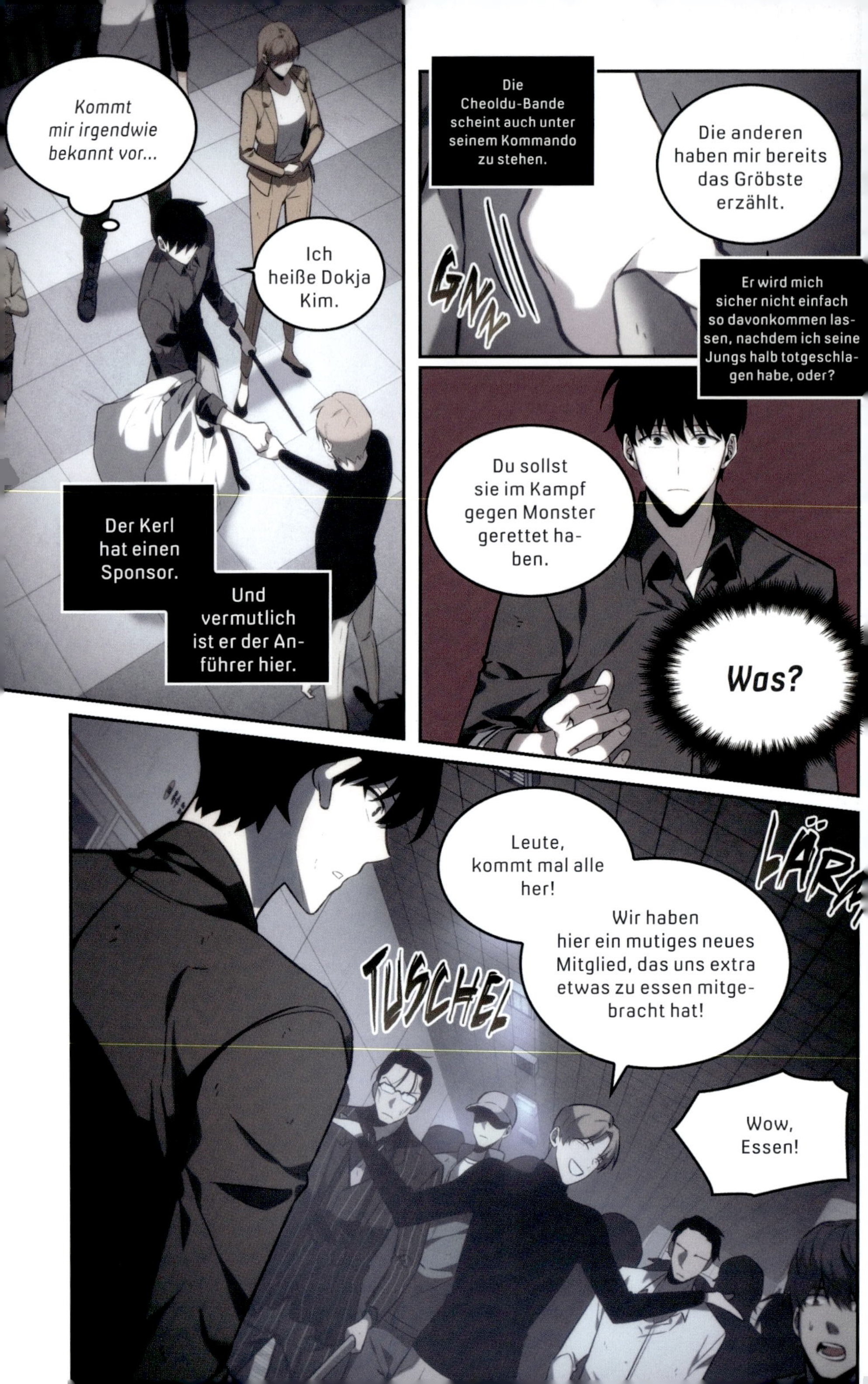
Kommt mir irgendwie bekannt vor...
Ich heiße Dokja Kim.
Der Kerl hat einen Sponsor.
Und vermutlich ist er der Anführer hier.
Die Cheoldu-Bande scheint auch unter seinem Kommando zu stehen.
Die anderen haben mir bereits das Gröbste erzählt.
GNN
Er wird mich sicher nicht einfach so davonkommen lassen, nachdem ich seine Jungs halb totgeschlagen habe, oder?
Du sollst sie im Kampf gegen Monster gerettet haben.
Was?
Leute, kommt mal alle her!
Wir haben hier ein mutiges neues Mitglied, das uns extra etwas zu essen mitgebracht hat!
TUSCHEL
LÄR
Wow, Essen!

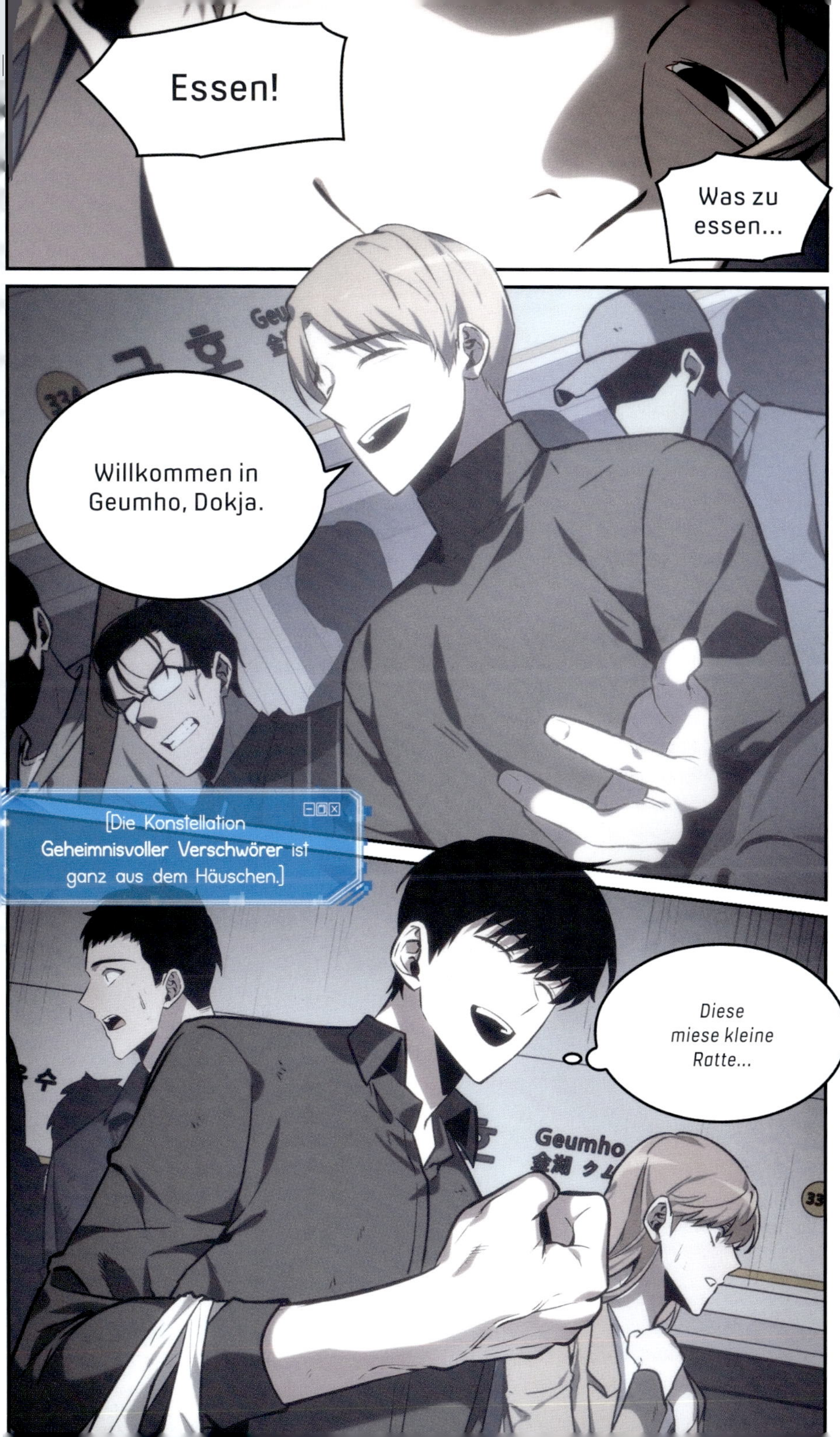
Essen!
Was zu essen...
Willkommen in Geumho, Dokja.
[Die Konstellation Geheimnisvoller Verschwörer ist ganz aus dem Häuschen.]
Diese miese kleine Ratte...
Geumho

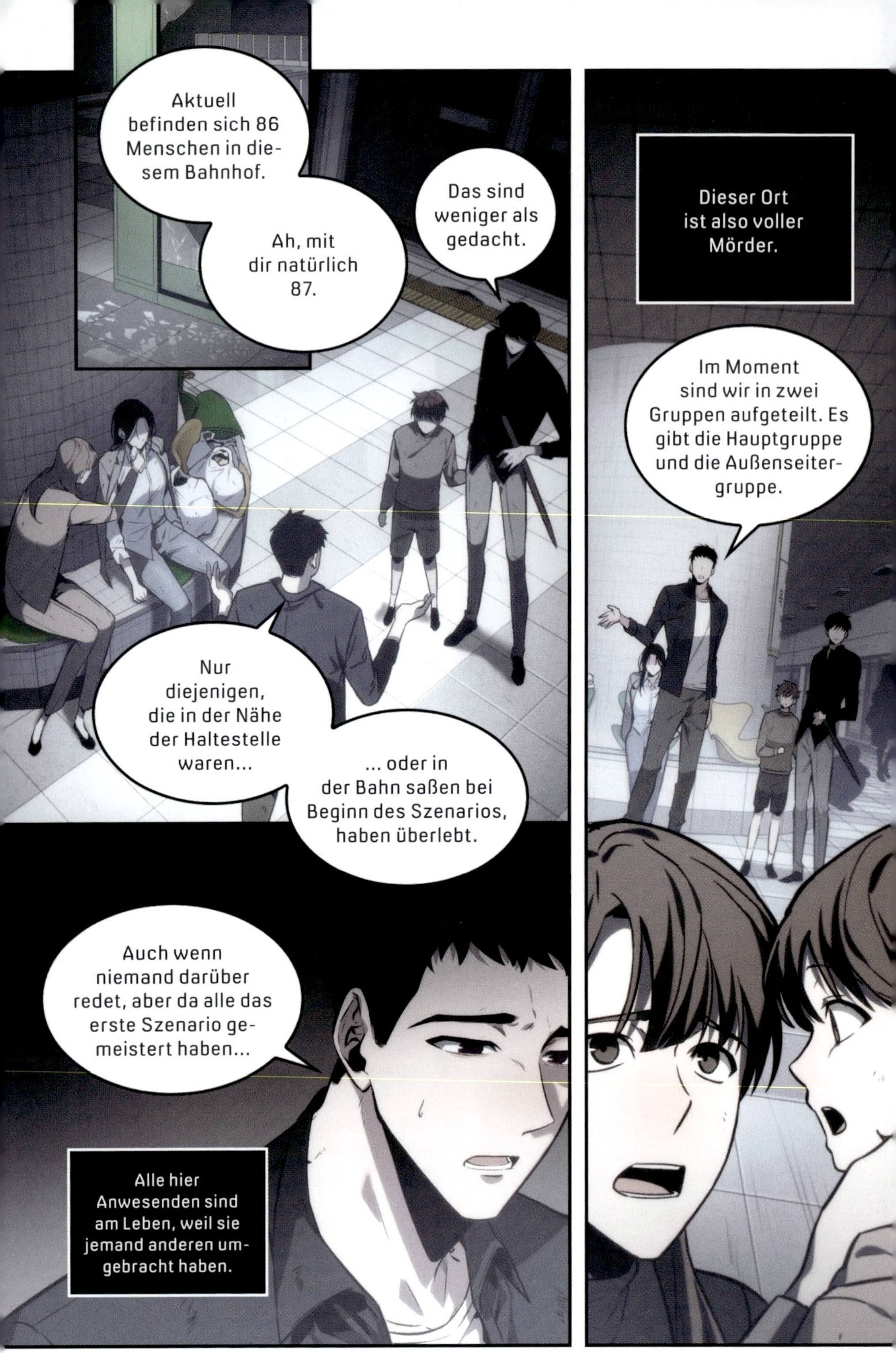

Aktuell befinden sich 86 Menschen in diesem Bahnhof.
Ah, mit dir natürlich 87.
Das sind weniger als gedacht.
Nur diejenigen, die in der Nähe der Haltestelle waren...
... oder in der Bahn saßen bei Beginn des Szenarios, haben überlebt.
Auch wenn niemand darüber redet, aber da alle das erste Szenario gemeistert haben...
Alle hier Anwesenden sind am Leben, weil sie jemand anderen umgebracht haben.
Dieser Ort ist also voller Mörder.
Im Moment sind wir in zwei Gruppen aufgeteilt. Es gibt die Hauptgruppe und die Außenseitergruppe.

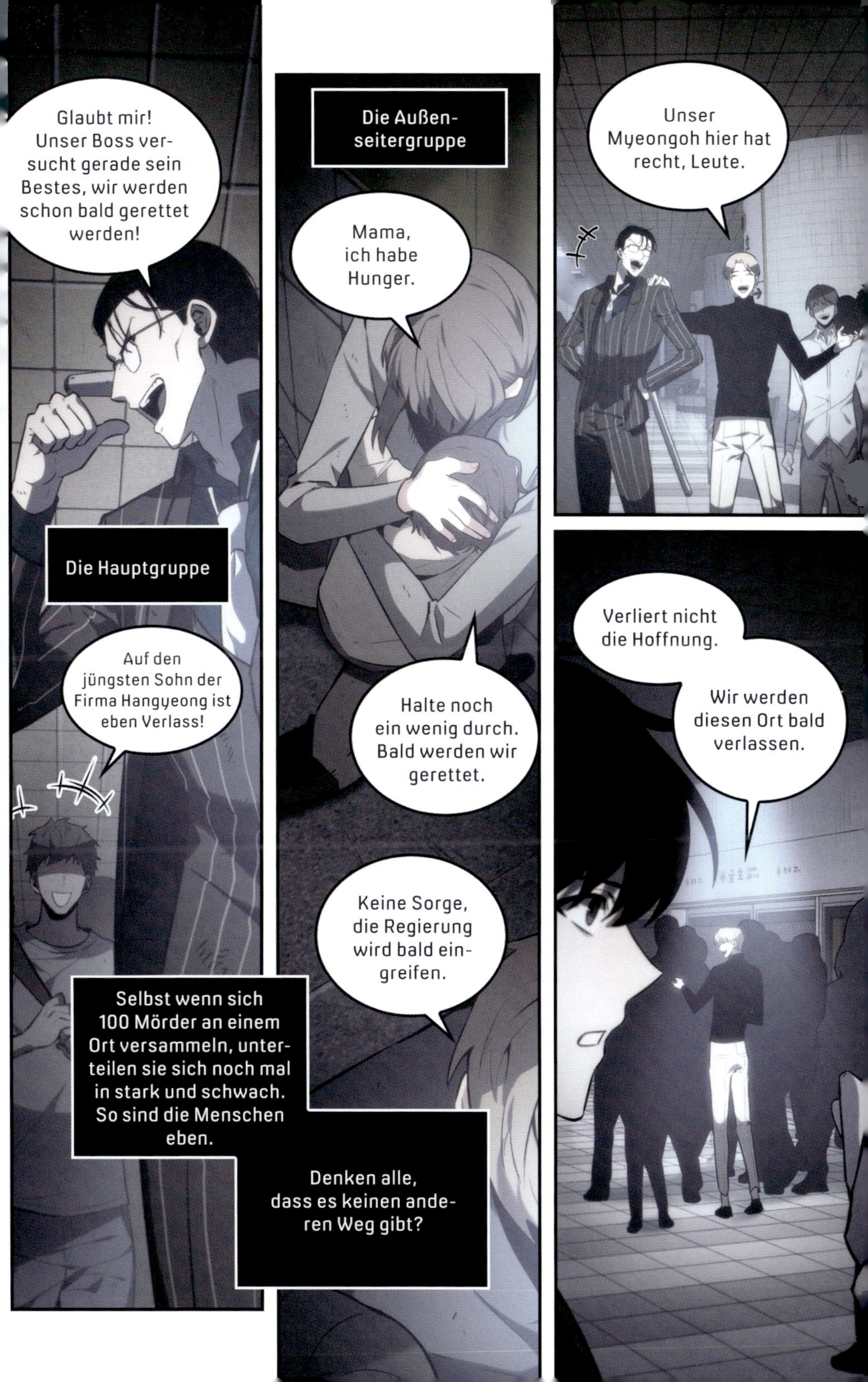

Glaubt mir! Unser Boss versucht gerade sein Bestes, wir werden schon bald gerettet werden!
Die Hauptgruppe
Auf den jüngsten Sohn der Firma Hangyeong ist eben Verlass!
Die Außenseitergruppe
Mama, ich habe Hunger.
Halte noch ein wenig durch. Bald werden wir gerettet.
Keine Sorge, die Regierung wird bald eingreifen.
Selbst wenn sich 100 Mörder an einem Ort versammeln, unterteilen sie sich noch mal in stark und schwach. So sind die Menschen eben.
Denken alle, dass es keinen anderen Weg gibt?
Unser Myeongoh hier hat recht, Leute.
Verliert nicht die Hoffnung.
Wir werden diesen Ort bald verlassen.

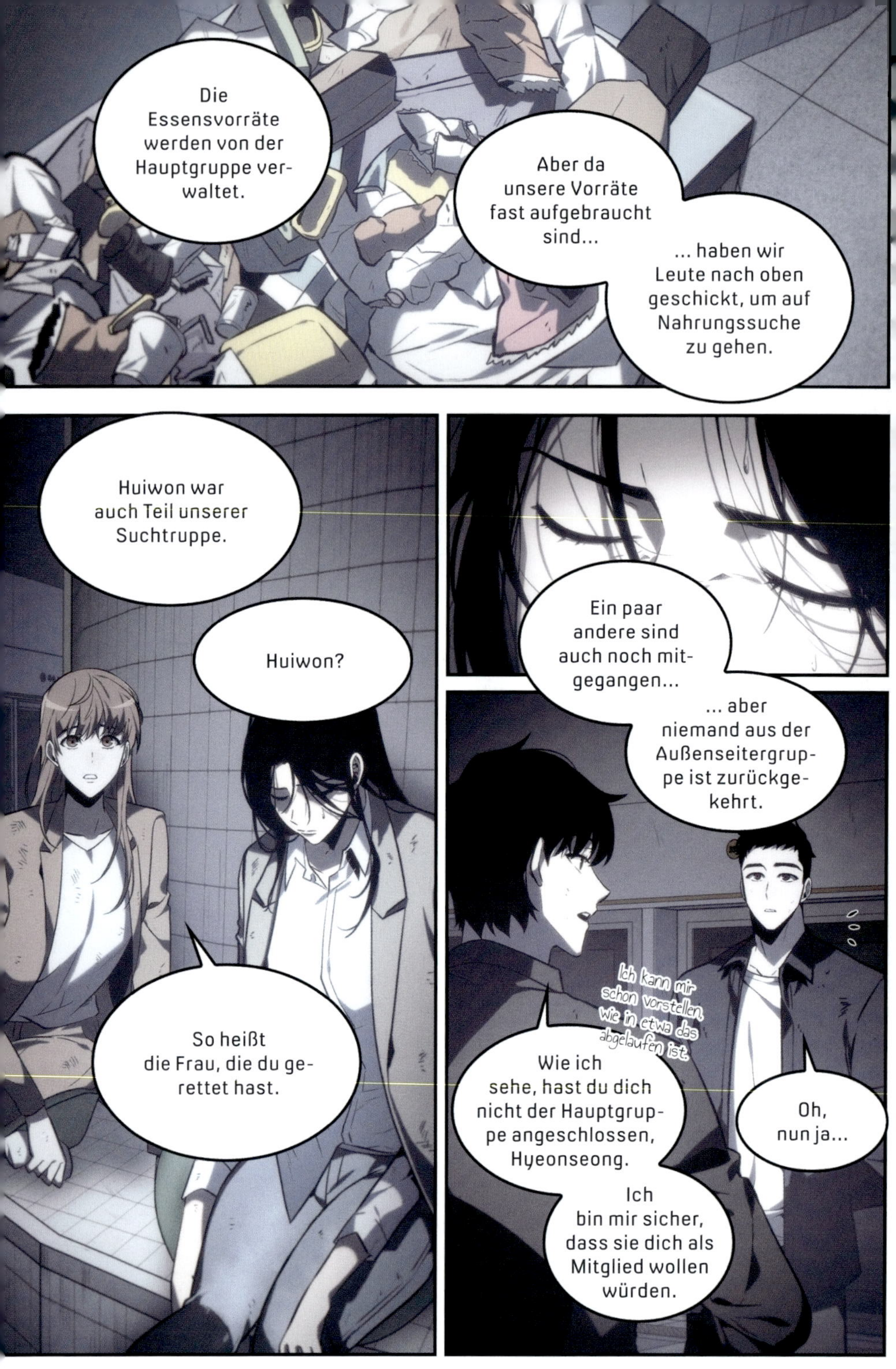
Die Essensvorräte werden von der Hauptgruppe verwaltet.
Aber da unsere Vorräte fast aufgebraucht sind...
... haben wir Leute nach oben geschickt, um auf Nahrungssuche zu gehen.
Huiwon war auch Teil unserer Suchtruppe.
Huiwon?
So heißt die Frau, die du gerettet hast.
Ein paar andere sind auch noch mitgegangen...
... aber niemand aus der Außenseitergruppe ist zurückgekehrt.
Ich kann mir schon vorstellen, wie in etwa das abgelaufen ist.
Wie ich sehe, hast du dich nicht der Hauptgruppe angeschlossen, Hyeonseong.
Oh, nun ja...
Ich bin mir sicher, dass sie dich als Mitglied wollen würden.

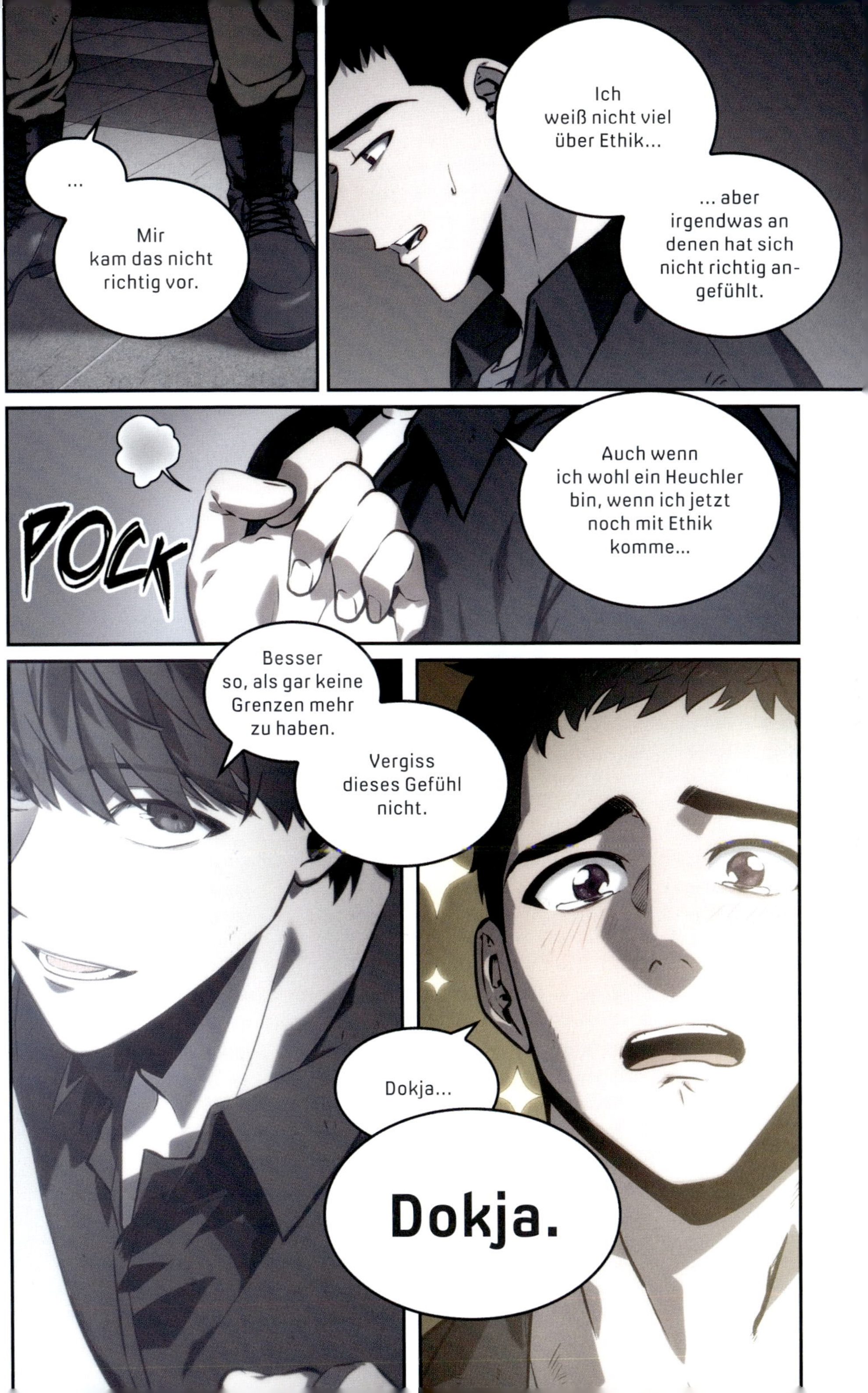
...
Mir kam das nicht richtig vor.
Ich weiß nicht viel über Ethik...
... aber irgendwas an denen hat sich nicht richtig angefühlt.
POCK
Auch wenn ich wohl ein Heuchler bin, wenn ich jetzt noch mit Ethik komme...
Besser so, als gar keine Grenzen mehr zu haben.
Vergiss dieses Gefühl nicht.
Dokja...
Dokja.

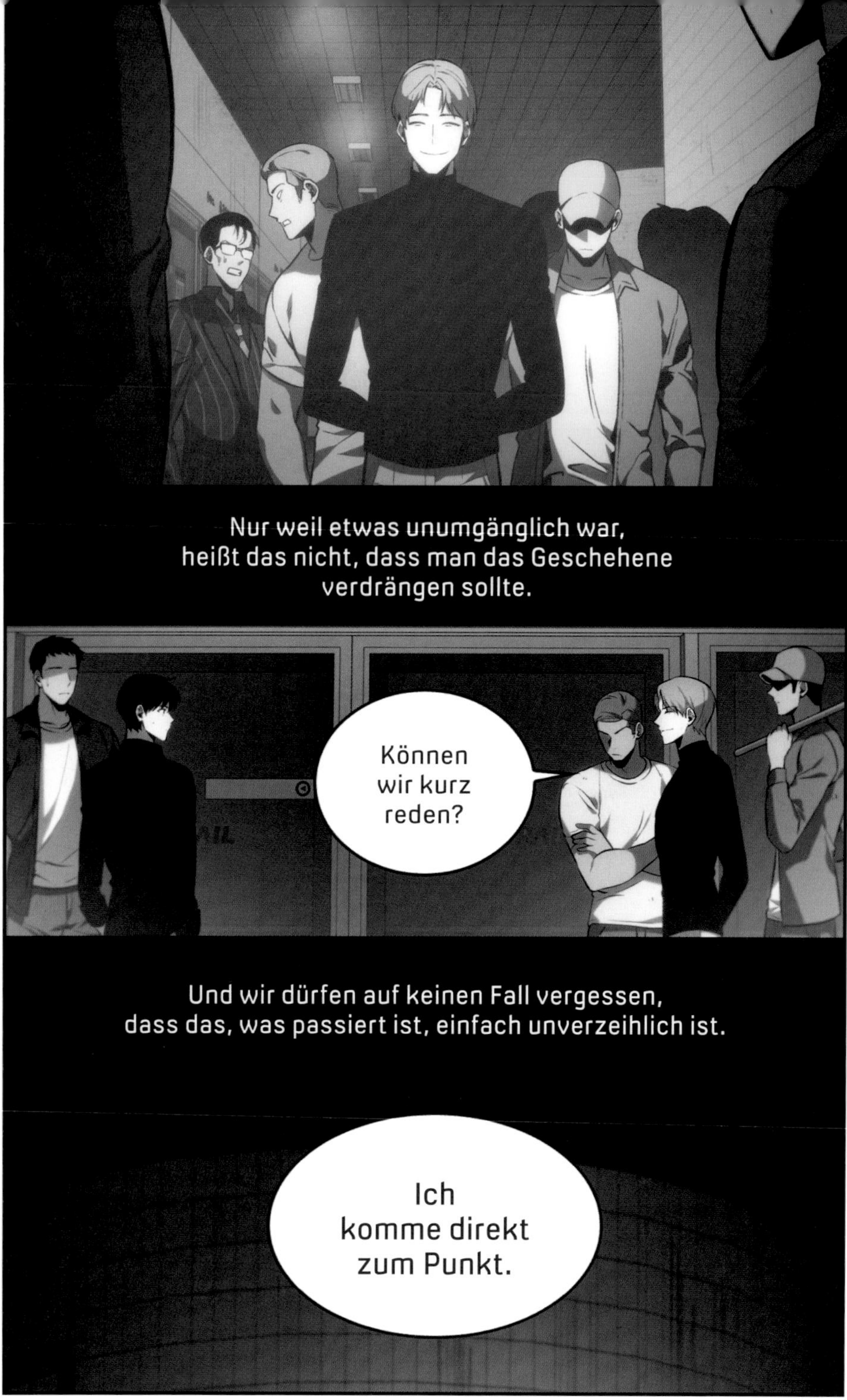
Nur weil etwas unumgänglich war,
heißt das nicht, dass man das Geschehene
verdrängen sollte.
Können wir kurz reden?
Und wir dürfen auf keinen Fall vergessen,
dass das, was passiert ist, einfach unverzeihlich ist.
Ich komme direkt zum Punkt.

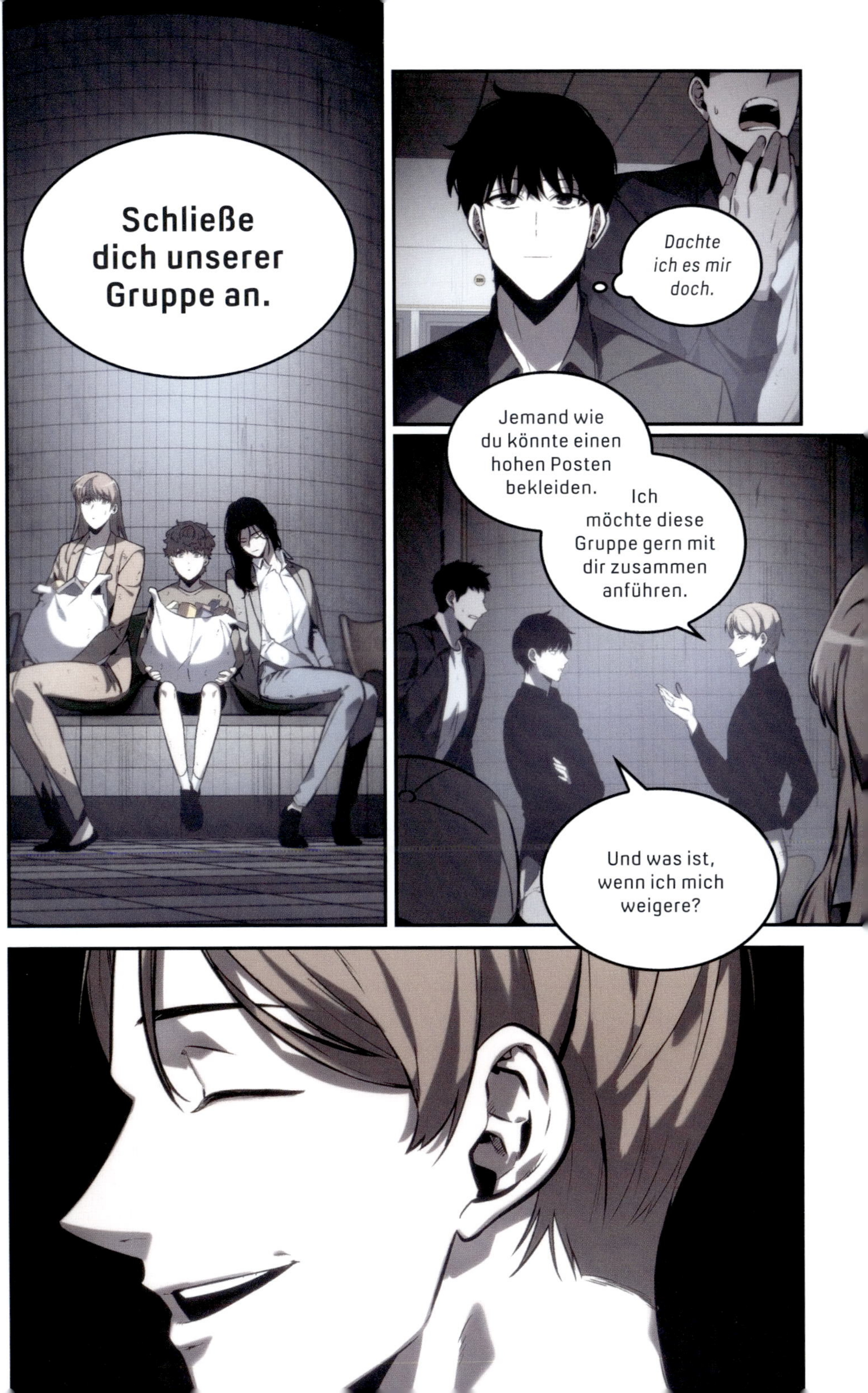
Schließe dich unserer Gruppe an.
Dachte ich es mir doch.
Jemand wie du könnte einen hohen Posten bekleiden.
Ich möchte diese Gruppe gern mit dir zusammen anführen.
Und was ist, wenn ich mich weigere?

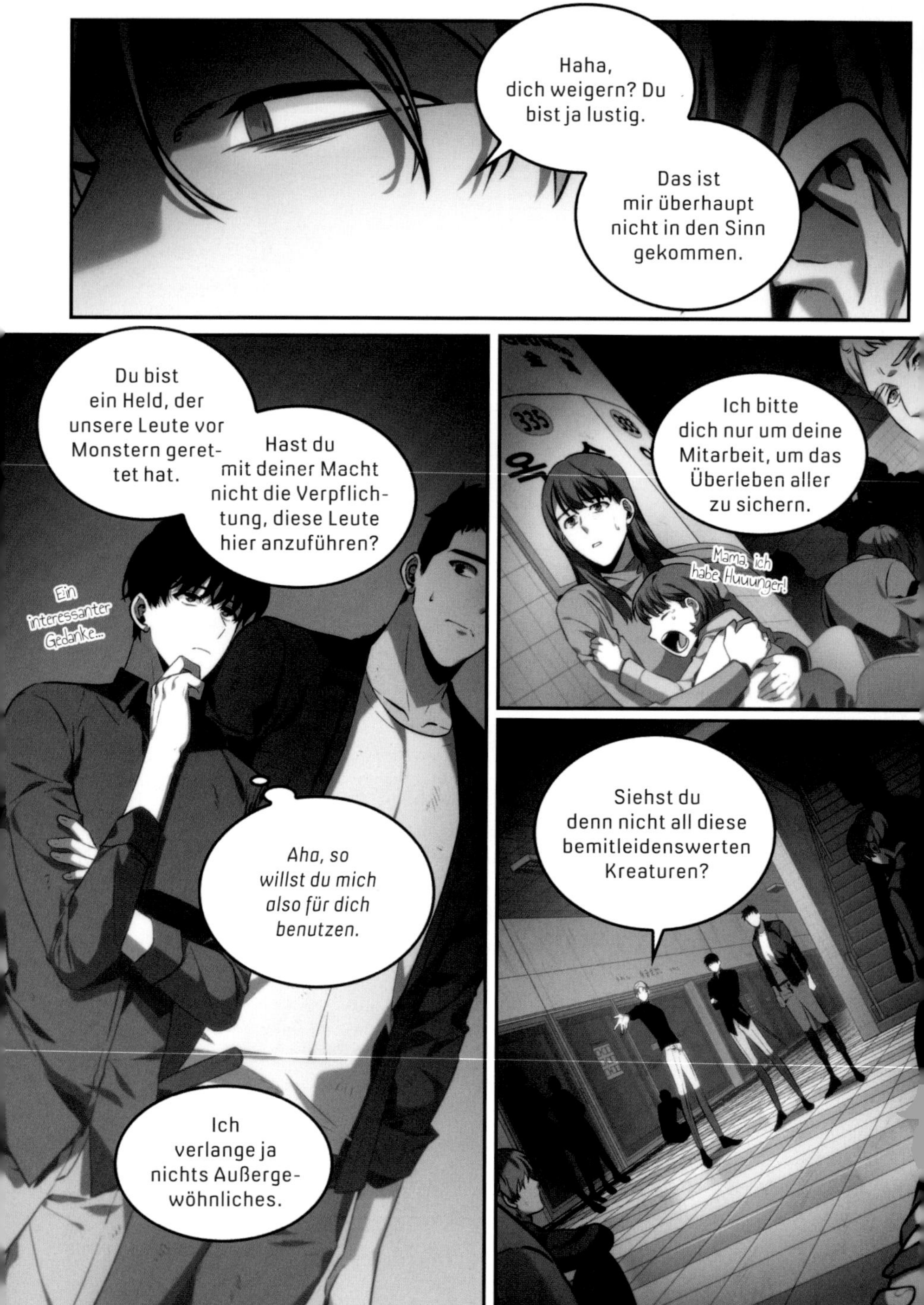

Haha, dich weigern? Du bist ja lustig.
Das ist mir überhaupt nicht in den Sinn gekommen.
Du bist ein Held, der unsere Leute vor Monstern gerettet hat.
Hast du mit deiner Macht nicht die Verpflichtung, diese Leute hier anzuführen?
Ein interessanter Gedanke…
Aha, so willst du mich also für dich benutzen.
Ich verlange ja nichts Außergewöhnliches.
Ich bitte dich nur um deine Mitarbeit, um das Überleben aller zu sichern.
Mama, ich habe Huuunger!
Siehst du denn nicht all diese bemitleidenswerten Kreaturen?

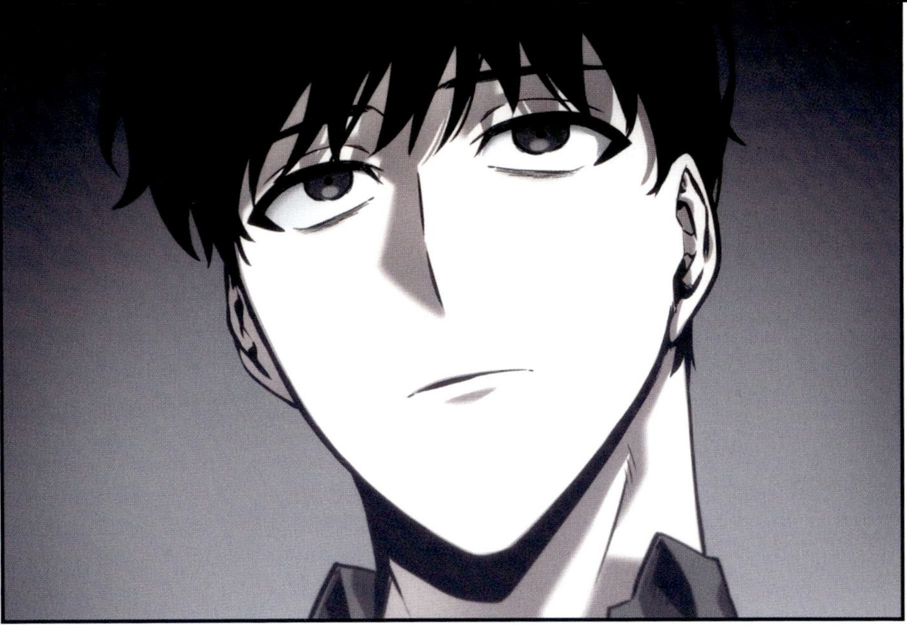

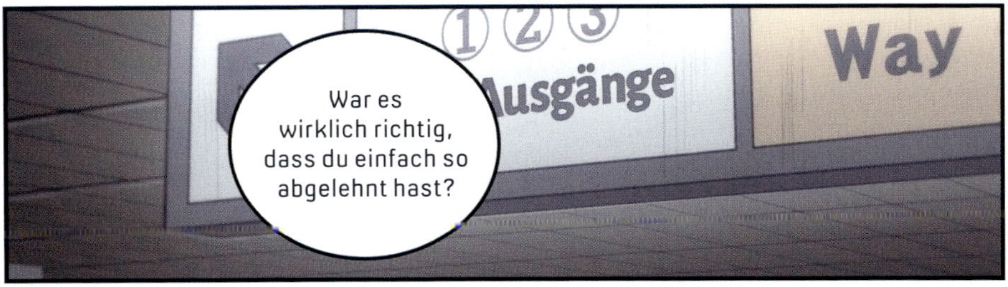
①②③
Ausgänge
Way
War es wirklich richtig, dass du einfach so abgelehnt hast?

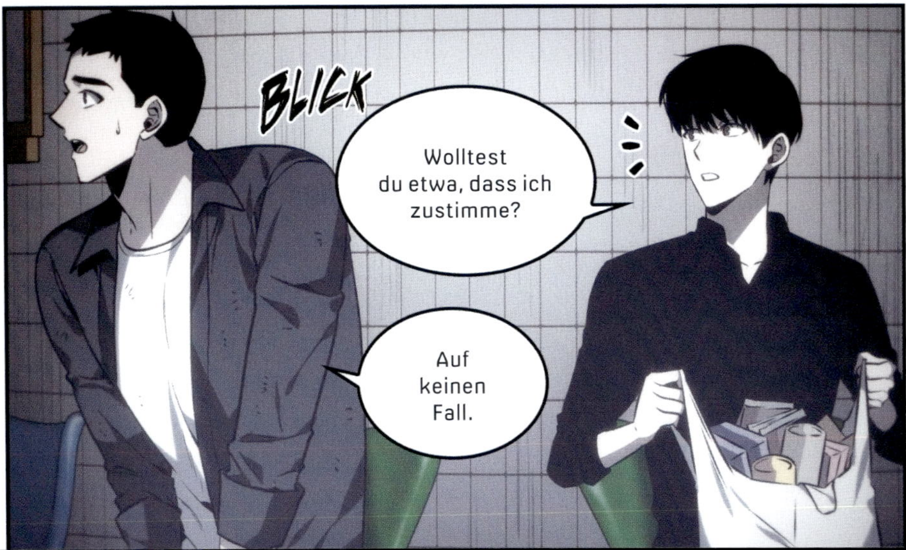
BLICK
Wolltest du etwa, dass ich zustimme?
Auf keinen Fall.

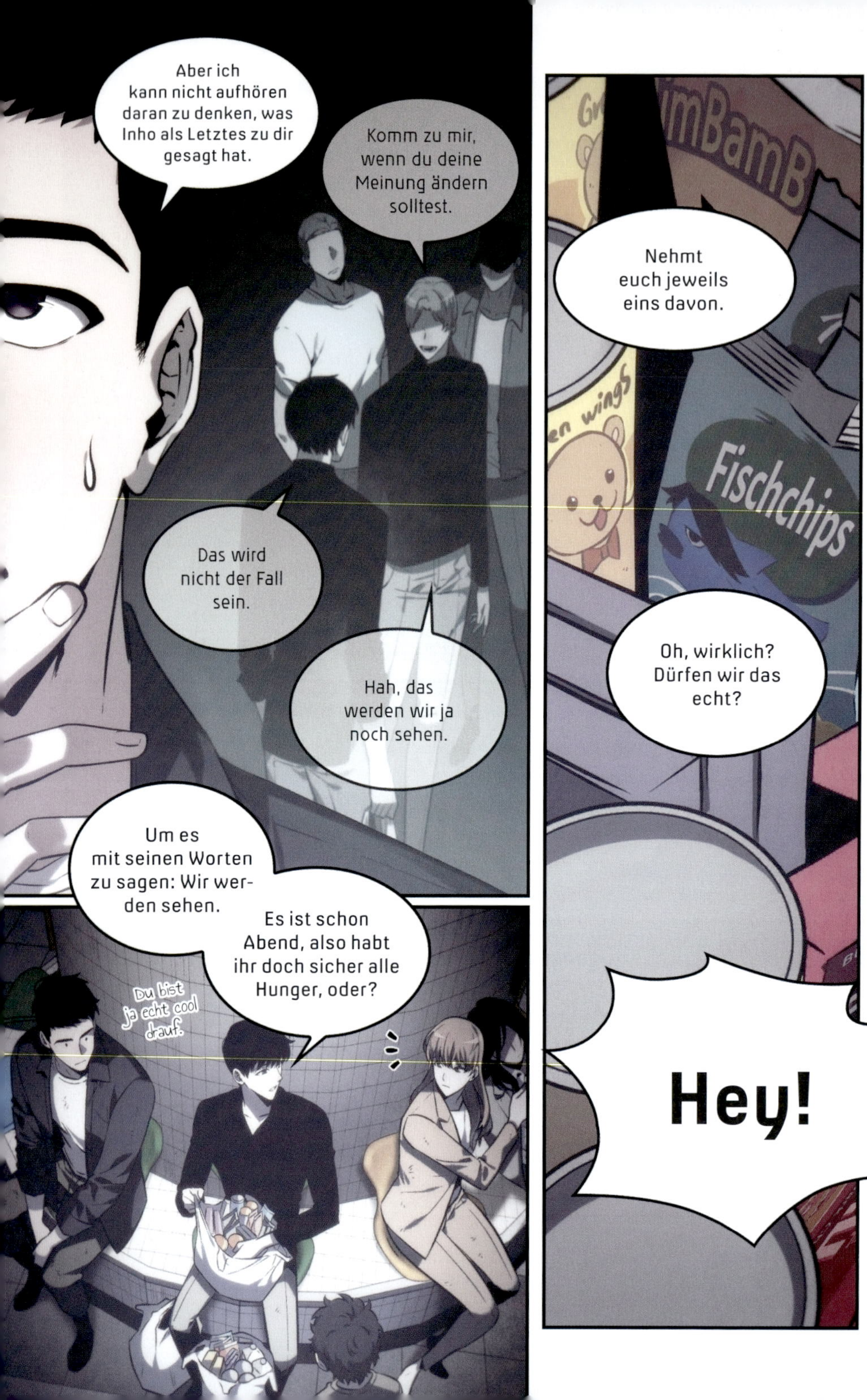
Aber ich kann nicht aufhören daran zu denken, was Inho als Letztes zu dir gesagt hat.
Komm zu mir, wenn du deine Meinung ändern solltest.
Das wird nicht der Fall sein.
Hah, das werden wir ja noch sehen.
Um es mit seinen Worten zu sagen: Wir wer-den sehen.
Es ist schon Abend, also habt ihr doch sicher alle Hunger, oder?
Du bist ja echt cool drauf.
Nehmt euch jeweils eins davon.
Fischchips
Oh, wirklich? Dürfen wir das echt?
Hey!

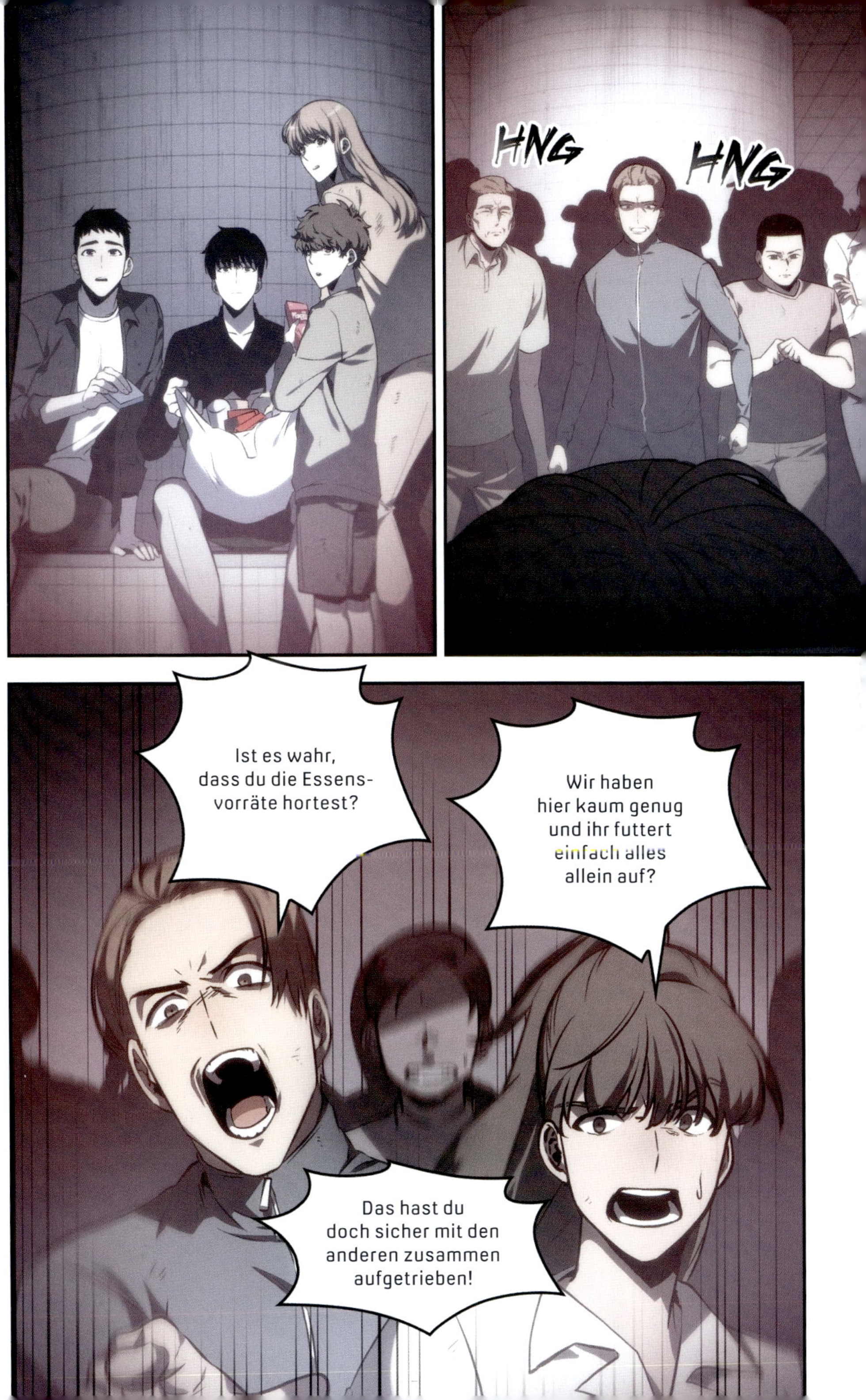
HNG
HNG
Ist es wahr, dass du die Essensvorräte hortest?
Wir haben hier kaum genug und ihr futtert einfach alles allein auf?
Das hast du doch sicher mit den anderen zusammen aufgetrieben!

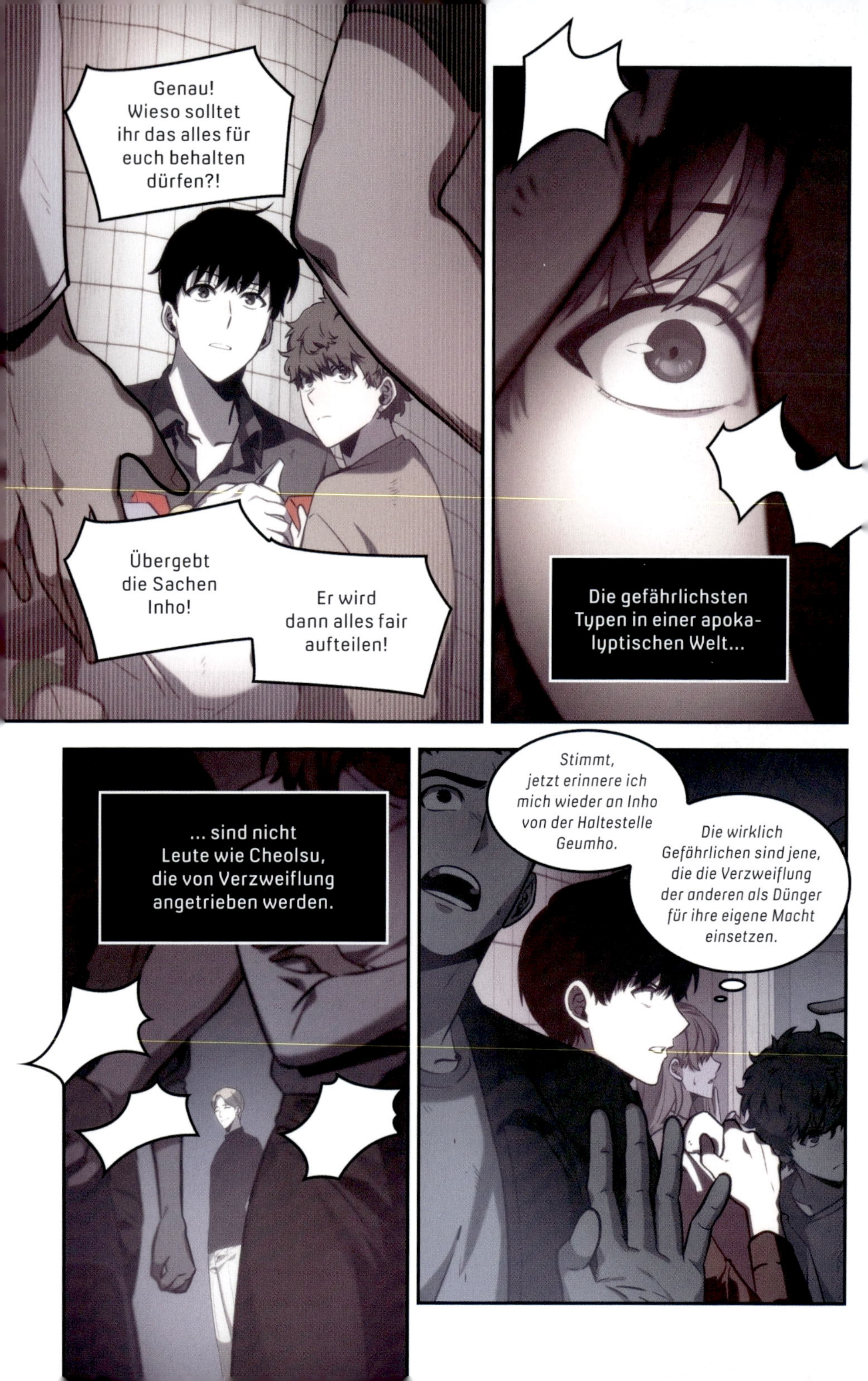

Genau! Wieso solltet ihr das alles für euch behalten dürfen?!
Übergebt die Sachen Inho!
Er wird dann alles fair aufteilen!
Die gefährlichsten Typen in einer apokalyptischen Welt...
... sind nicht Leute wie Cheolsu, die von Verzweiflung angetrieben werden.
Stimmt, jetzt erinnere ich mich wieder an Inho von der Haltestelle Geumho.
Die wirklich Gefährlichen sind jene, die die Verzweiflung der anderen als Dünger für ihre eigene Macht einsetzen.

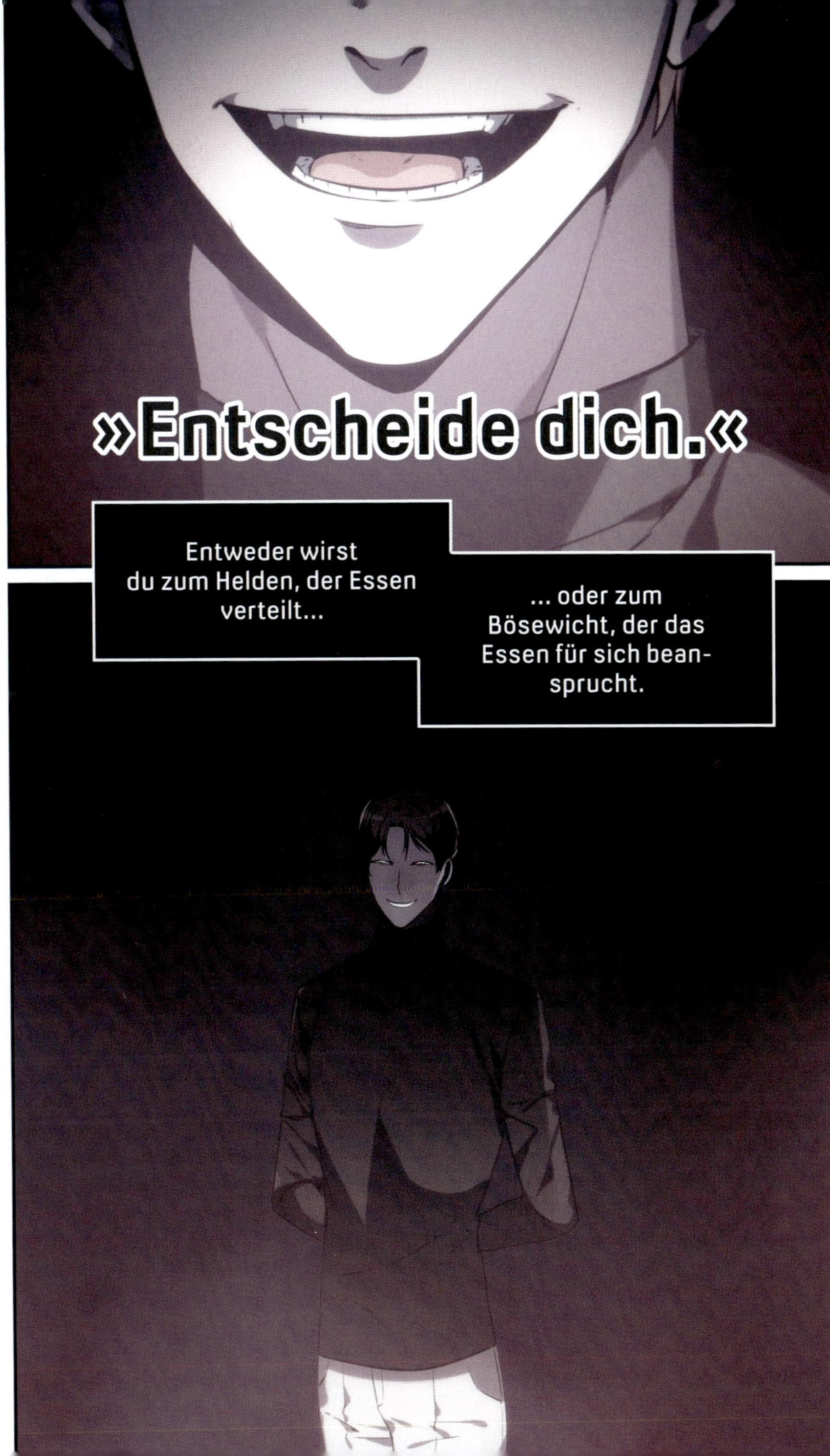
»Entscheide dich.«
Entweder wirst du zum Helden, der Essen verteilt...
... oder zum Bösewicht, der das Essen für sich bean-sprucht.

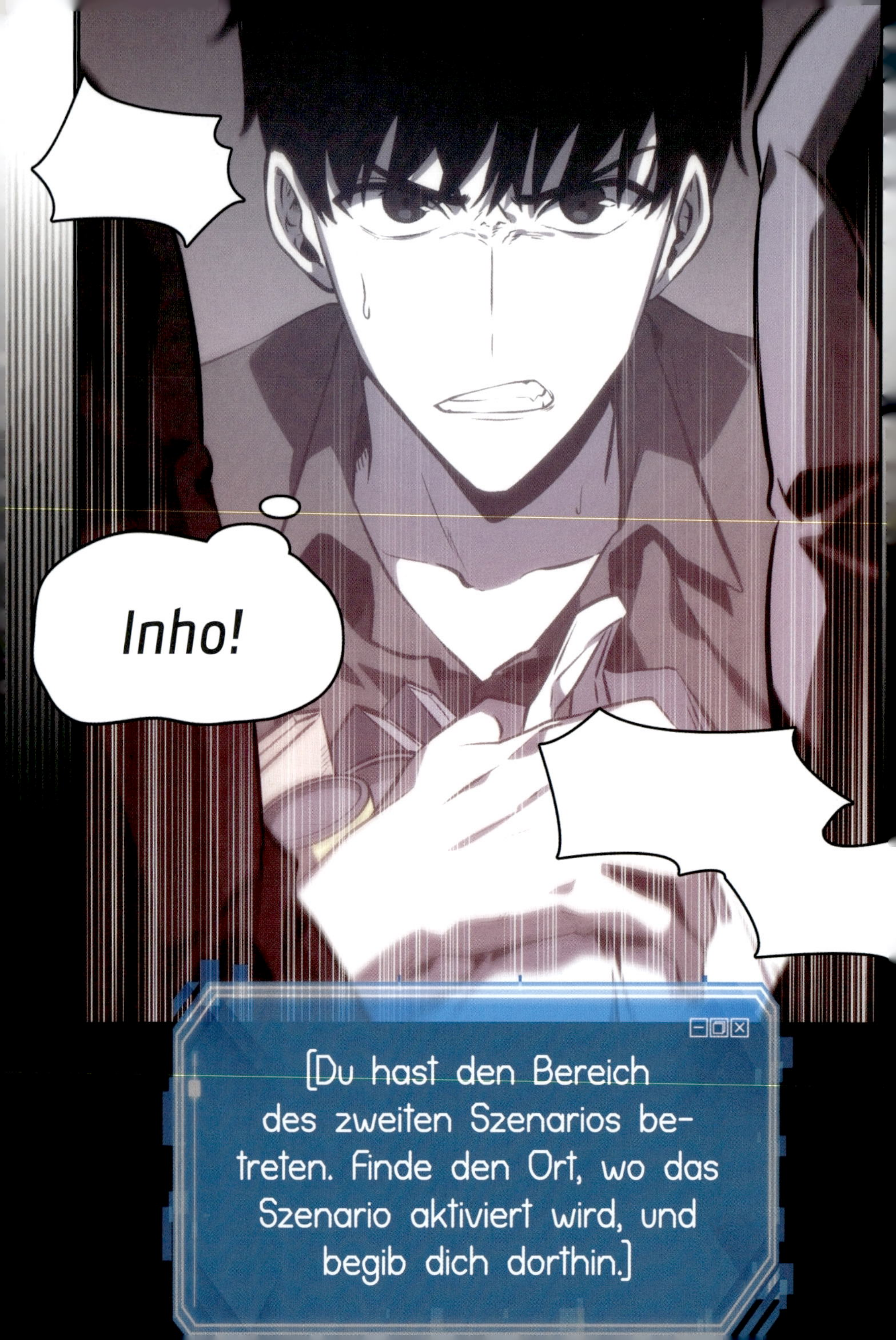
Inho!
[Du hast den Bereich des zweiten Szenarios betreten. Finde den Ort, wo das Szenario aktiviert wird, und begib dich dorthin.]

EP.04

Omniscient Reader's Viewpoint

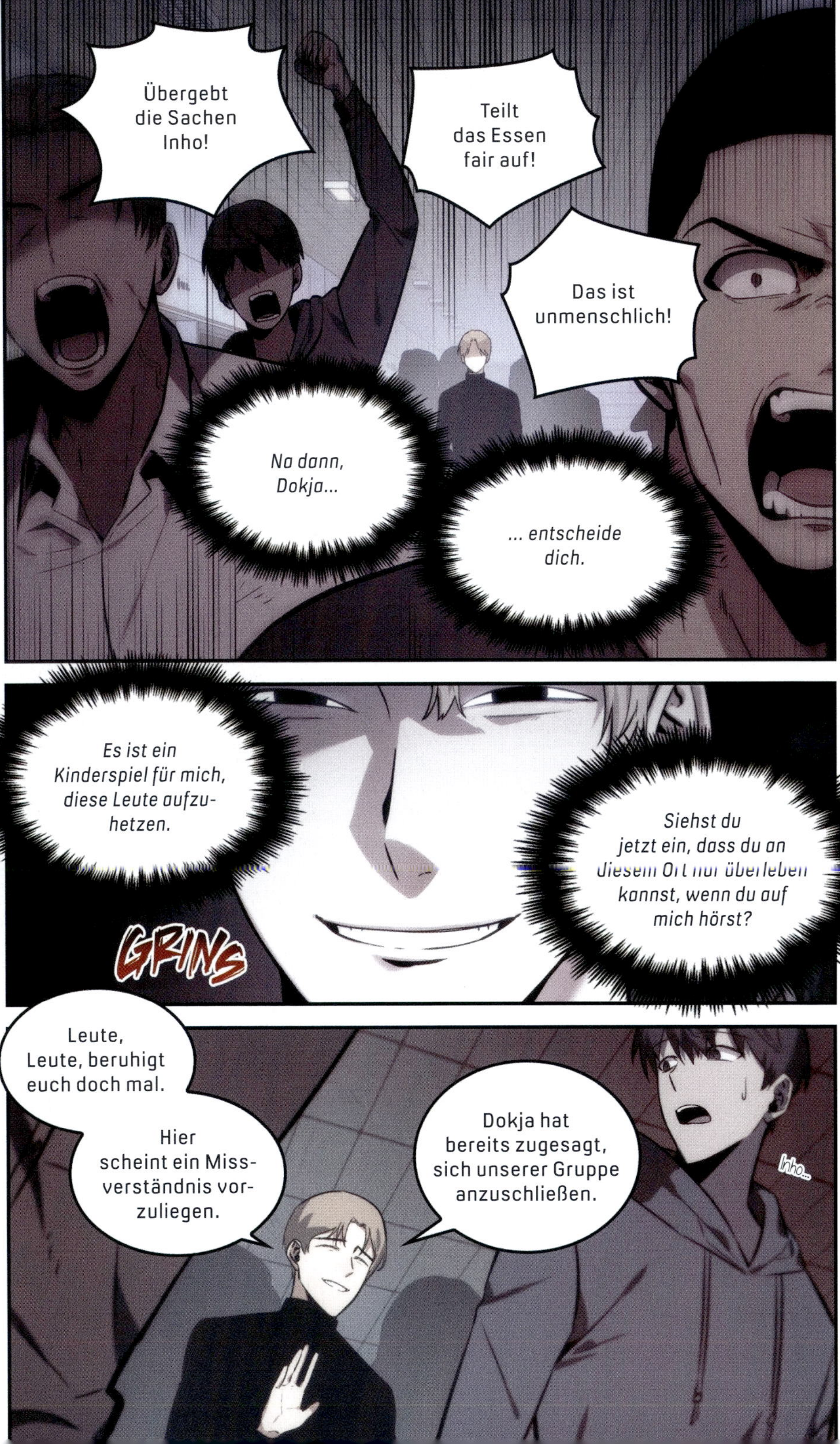
Übergebt die Sachen Inho!
Teilt das Essen fair auf!
Das ist unmenschlich!
Na dann, Dokja...
... entscheide dich.
Es ist ein Kinderspiel für mich, diese Leute aufzuhetzen.
Siehst du jetzt ein, dass du an diesem Ort nur überleben kannst, wenn du auf mich hörst?
GRINS
Leute, Leute, beruhigt euch doch mal.
Hier scheint ein Missverständnis vorzuliegen.
Dokja hat bereits zugesagt, sich unserer Gruppe anzuschließen.
Inho...

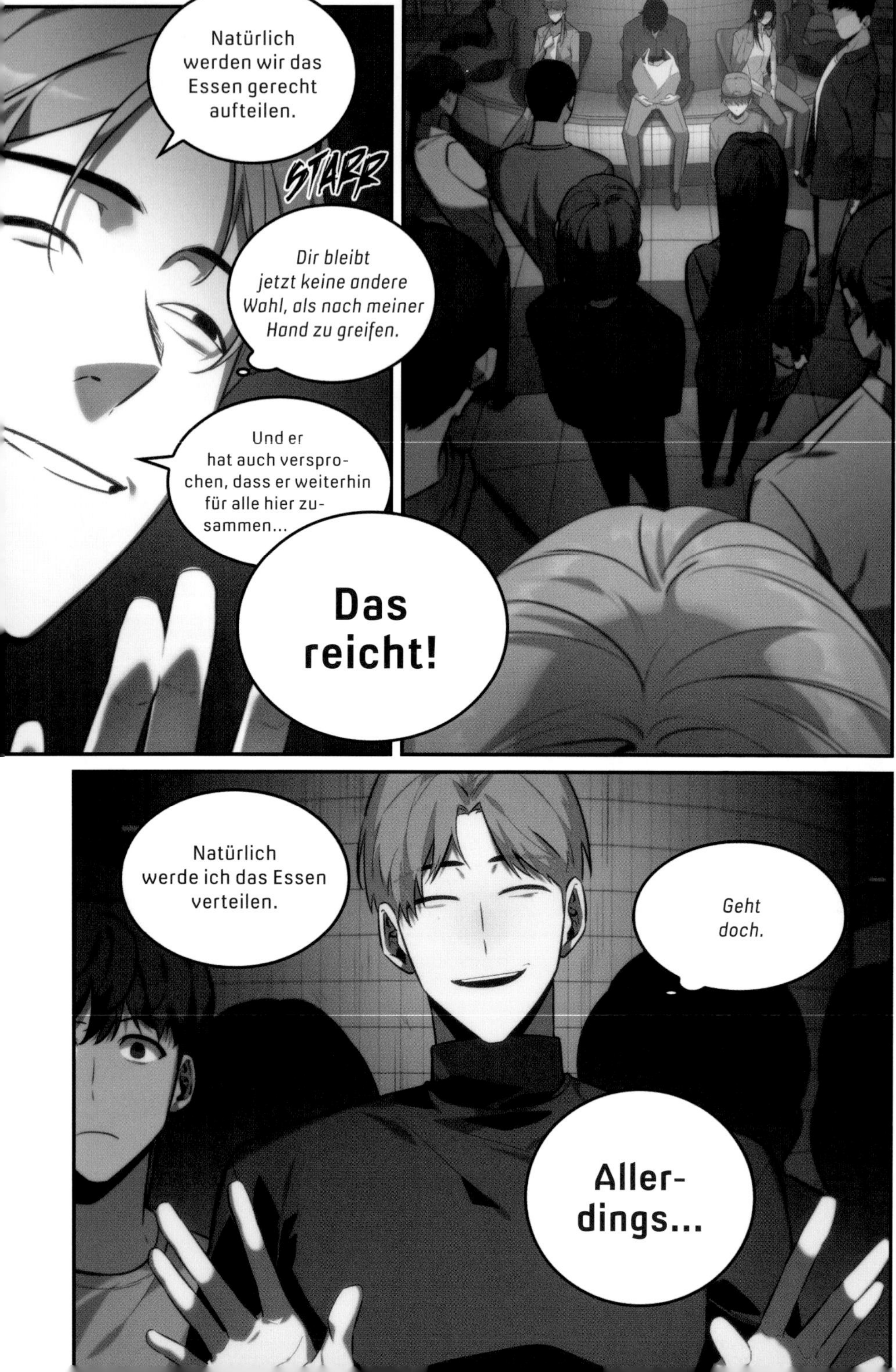
Natürlich werden wir das Essen gerecht aufteilen.
STARR
Dir bleibt jetzt keine andere Wahl, als nach meiner Hand zu greifen.
Und er hat auch verspro-chen, dass er weiterhin für alle hier zu-sammen...
Das reicht!
Natürlich werde ich das Essen verteilen.
Geht doch.
Aller-dings...

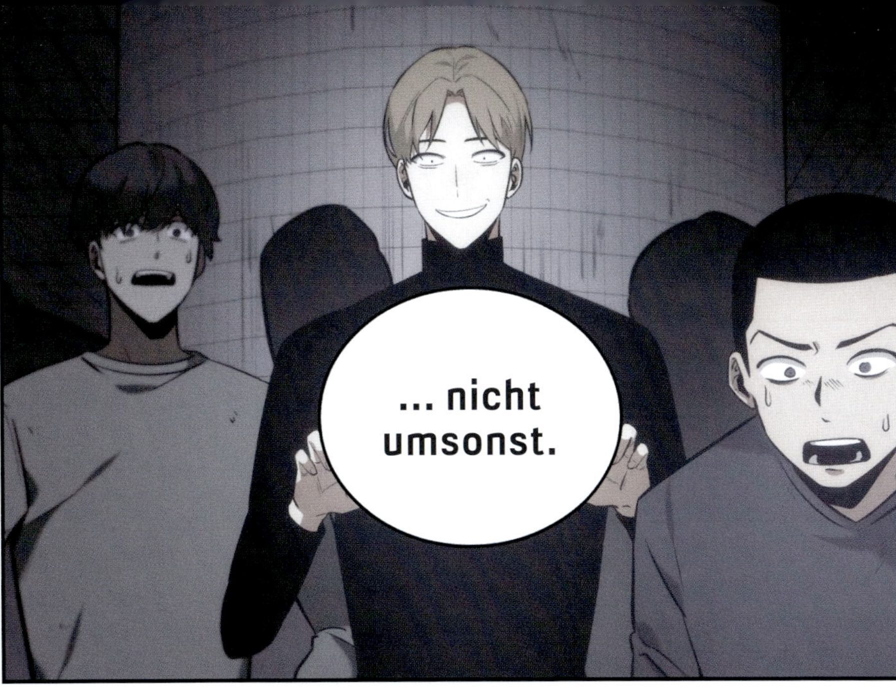
... nicht umsonst.

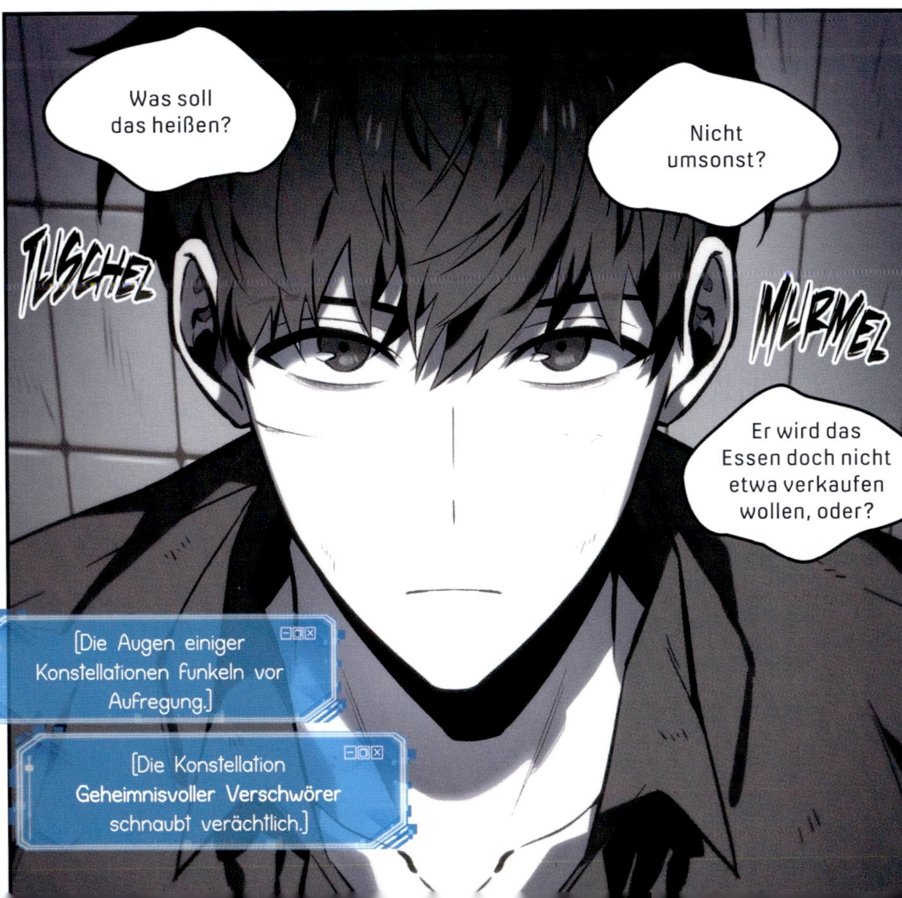
Was soll das heißen?
Nicht umsonst?
TUSCHEL
MURMEL
Er wird das Essen doch nicht etwa verkaufen wollen, oder?
[Die Augen einiger Konstellationen funkeln vor Aufregung.]
[Die Konstellation Geheimnisvoller Verschwörer schnaubt verächtlich.]

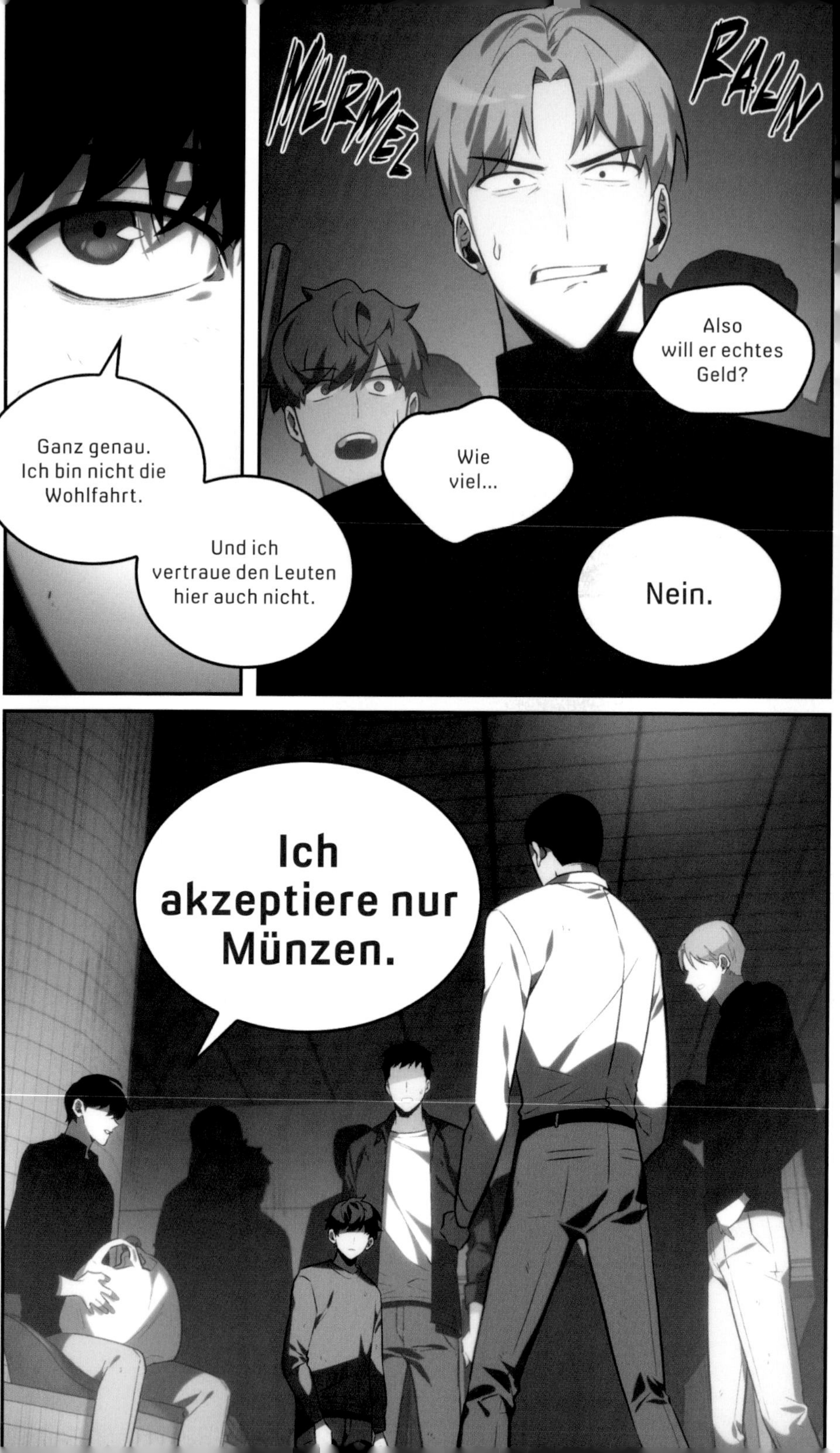
MURMEL
RAUN
Also will er echtes Geld?
Ganz genau. Ich bin nicht die Wohlfahrt.
Wie viel...
Und ich vertraue den Leuten hier auch nicht.
Nein.
Ich akzeptiere nur Münzen.

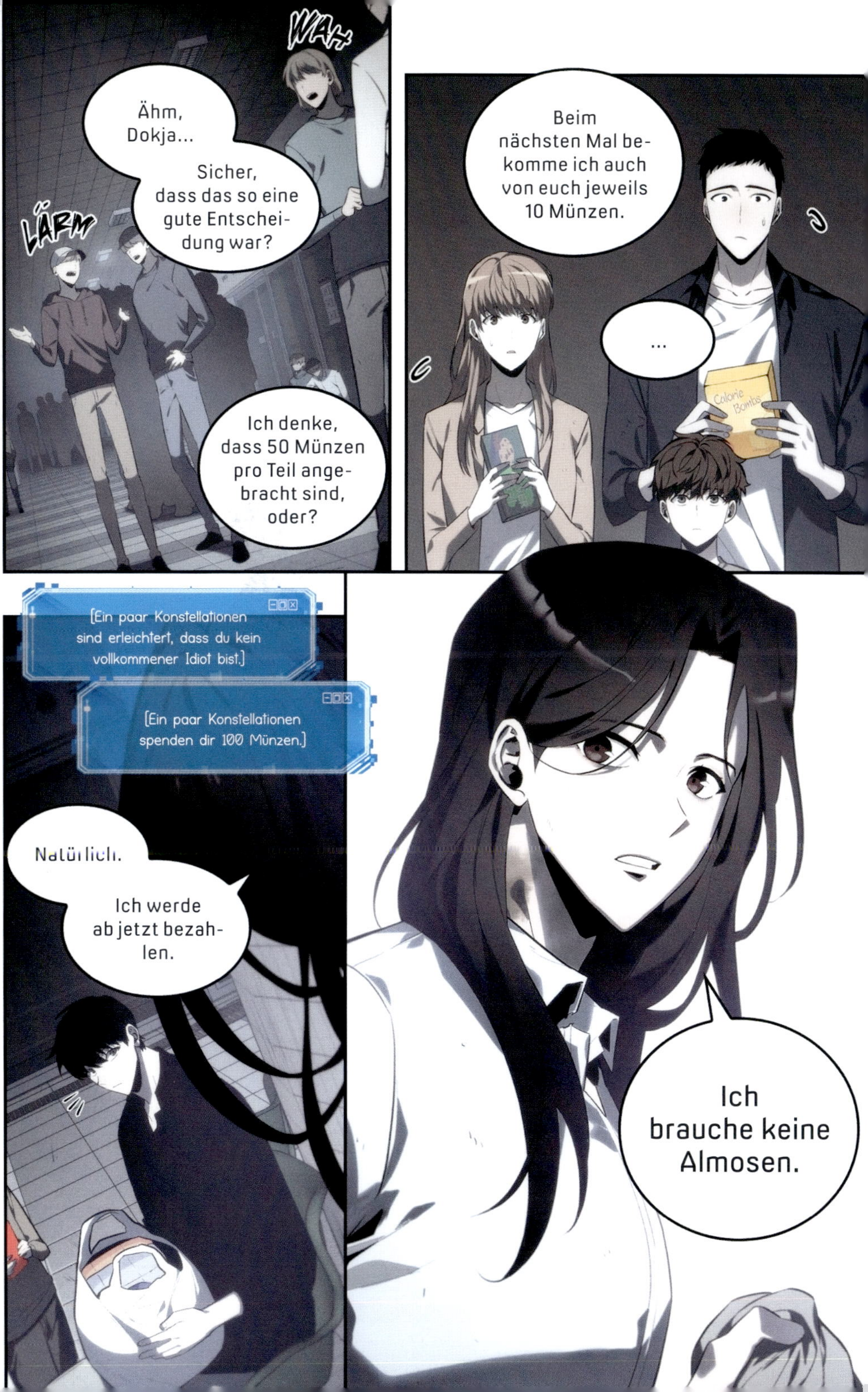
WAH
Ähm, Dokja...
Sicher, dass das so eine gute Entscheidung war?
LÄRM
Ich denke, dass 50 Münzen pro Teil angebracht sind, oder?
Beim nächsten Mal bekomme ich auch von euch jeweils 10 Münzen.
...
Calorie Bombs
[Ein paar Konstellationen sind erleichtert, dass du kein vollkommener Idiot bist.]
[Ein paar Konstellationen spenden dir 100 Münzen.]
Natürlich.
Ich werde ab jetzt bezahlen.
Ich brauche keine Almosen.

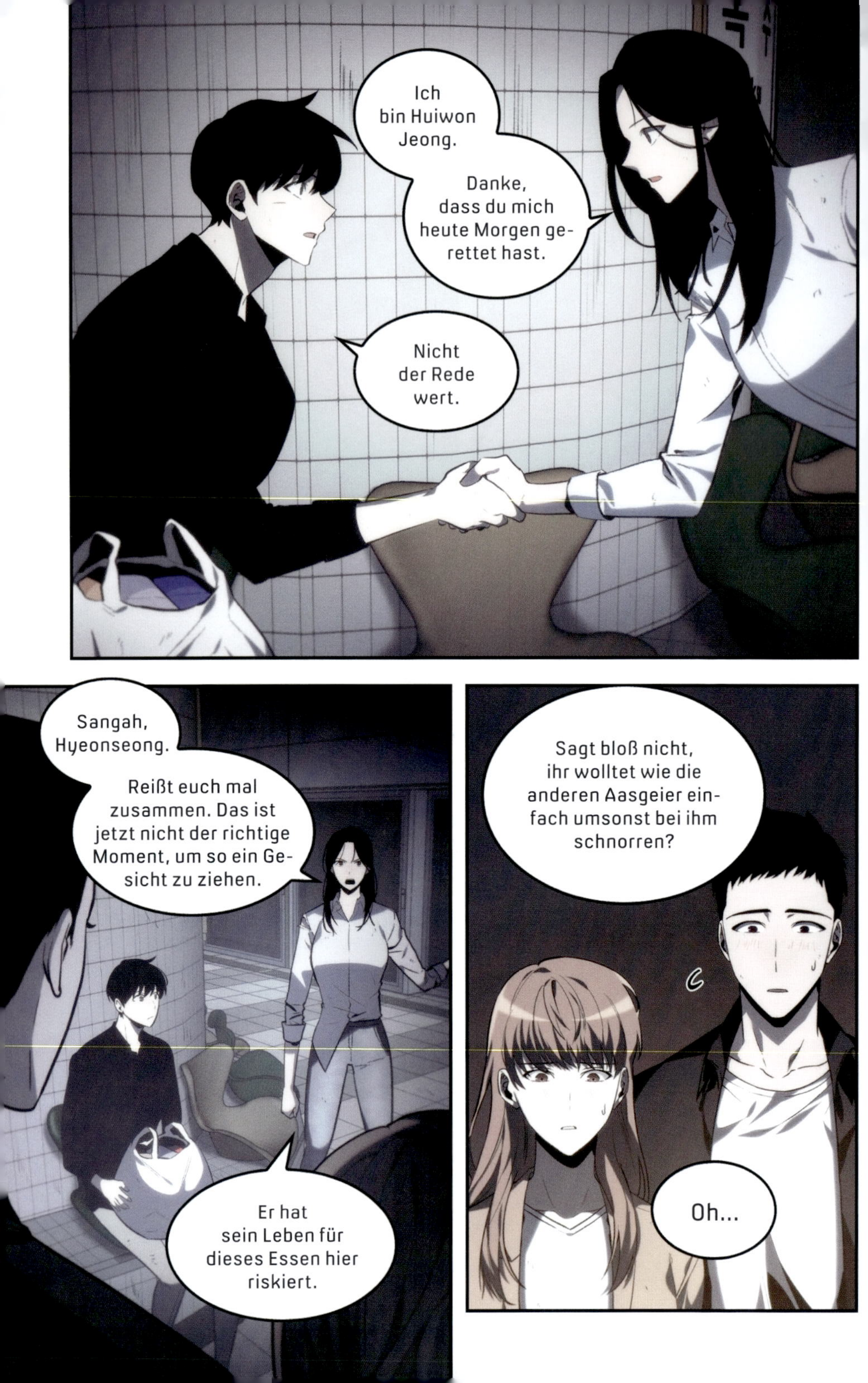
Ich bin Huiwon Jeong.
Danke, dass du mich heute Morgen gerettet hast.
Nicht der Rede wert.
Sangah, Hyeonseong.
Reißt euch mal zusammen. Das ist jetzt nicht der richtige Moment, um so ein Gesicht zu ziehen.
Er hat sein Leben für dieses Essen hier riskiert.
Sagt bloß nicht, ihr wolltet wie die anderen Aasgeier einfach umsonst bei ihm schnorren?
Oh...

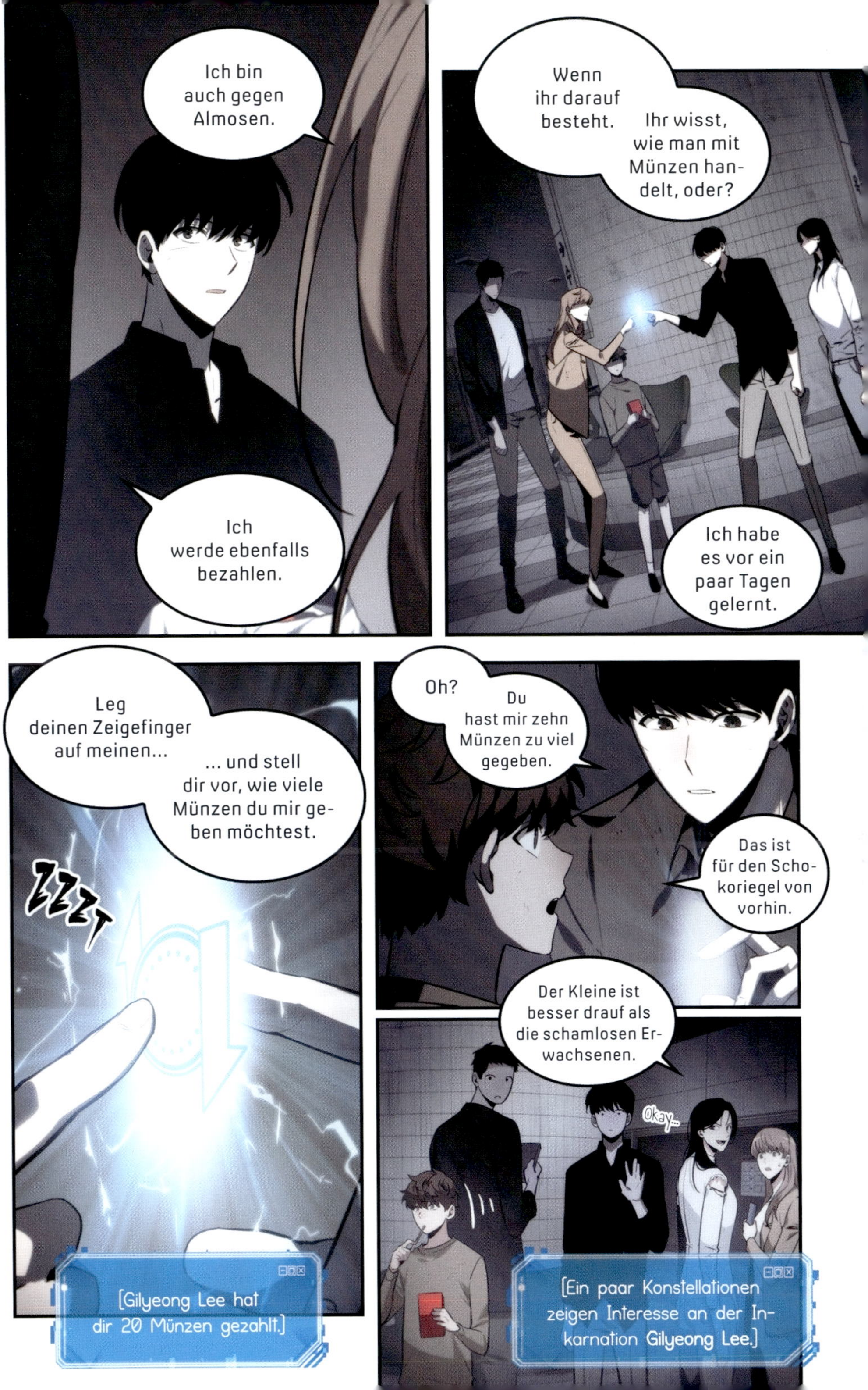
Ich bin auch gegen Almosen.
Ich werde ebenfalls bezahlen.
Wenn ihr darauf besteht.
Ihr wisst, wie man mit Münzen handelt, oder?
Ich habe es vor ein paar Tagen gelernt.
Leg deinen Zeigefinger auf meinen...
... und stell dir vor, wie viele Münzen du mir geben möchtest.
ZZZT
[Gilyeong Lee hat dir 20 Münzen gezahlt.]
Oh?
Du hast mir zehn Münzen zu viel gegeben.
Das ist für den Schokoriegel von vorhin.
Der Kleine ist besser drauf als die schamlosen Erwachsenen.
Okay...
[Ein paar Konstellationen zeigen Interesse an der Inkarnation Gilyeong Lee.]

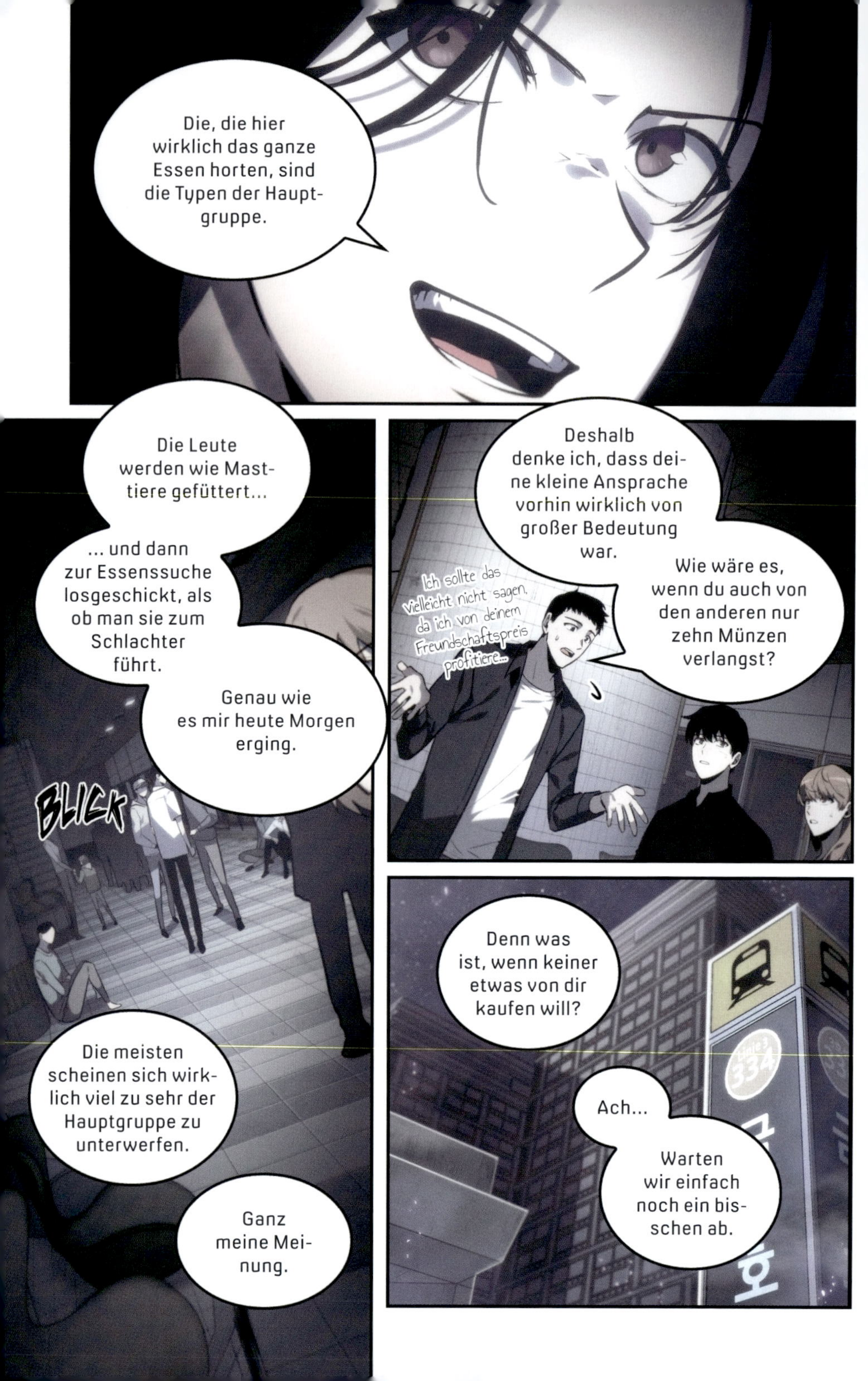
Die, die hier wirklich das ganze Essen horten, sind die Typen der Hauptgruppe.
Die Leute werden wie Masttiere gefüttert...
... und dann zur Essenssuche losgeschickt, als ob man sie zum Schlachter führt.
Genau wie es mir heute Morgen erging.
BLICK
Die meisten scheinen sich wirklich viel zu sehr der Hauptgruppe zu unterwerfen.
Ganz meine Meinung.
Deshalb denke ich, dass deine kleine Ansprache vorhin wirklich von großer Bedeutung war.
Wie wäre es, wenn du auch von den anderen nur zehn Münzen verlangst?
Ich sollte das vielleicht nicht sagen, da ich von deinem Freundschaftspreis profitiere...
Denn was ist, wenn keiner etwas von dir kaufen will?
Ach...
Warten wir einfach noch ein bisschen ab.

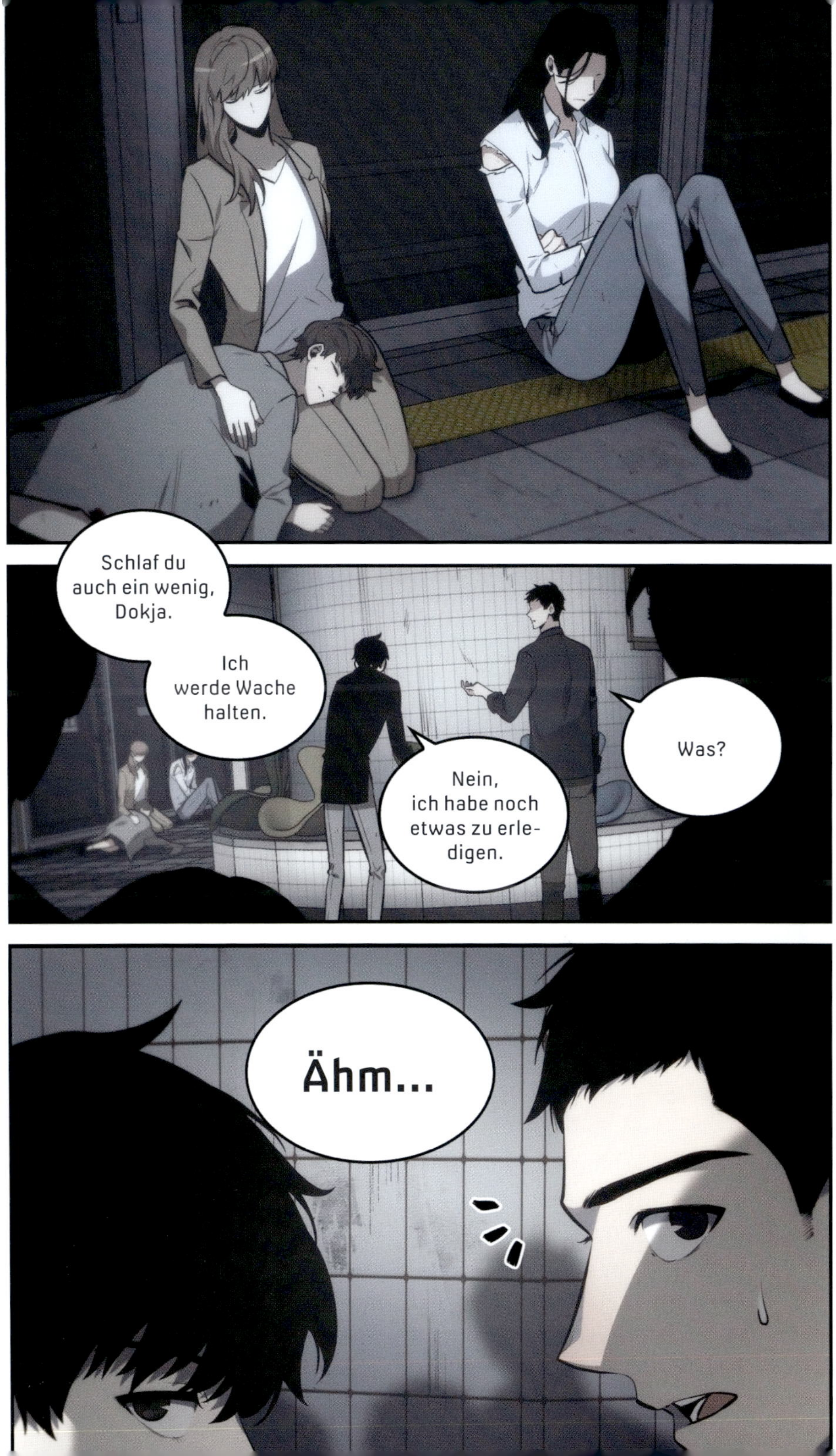
Schlaf du auch ein wenig, Dokja.
Ich werde Wache halten.
Nein, ich habe noch etwas zu erle-digen.
Was?
Ähm...

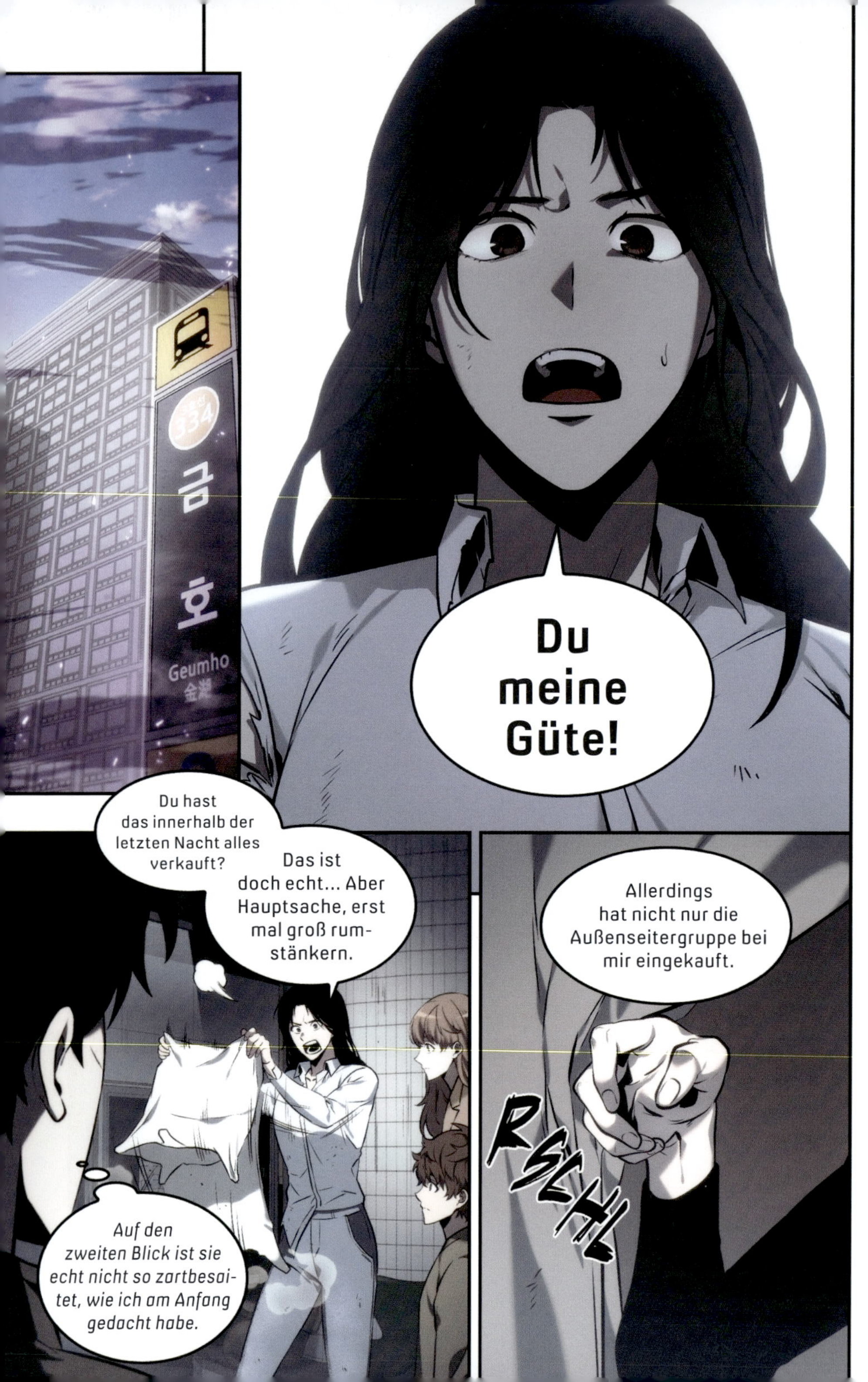
금
호
Geumho
金湖
Du meine Güte!
Du hast das innerhalb der letzten Nacht alles verkauft?
Das ist doch echt... Aber Hauptsache, erst mal groß rum-stänkern.
Auf den zweiten Blick ist sie echt nicht so zartbesai-tet, wie ich am Anfang gedacht habe.
Allerdings hat nicht nur die Außenseitergruppe bei mir eingekauft.
RSCHL

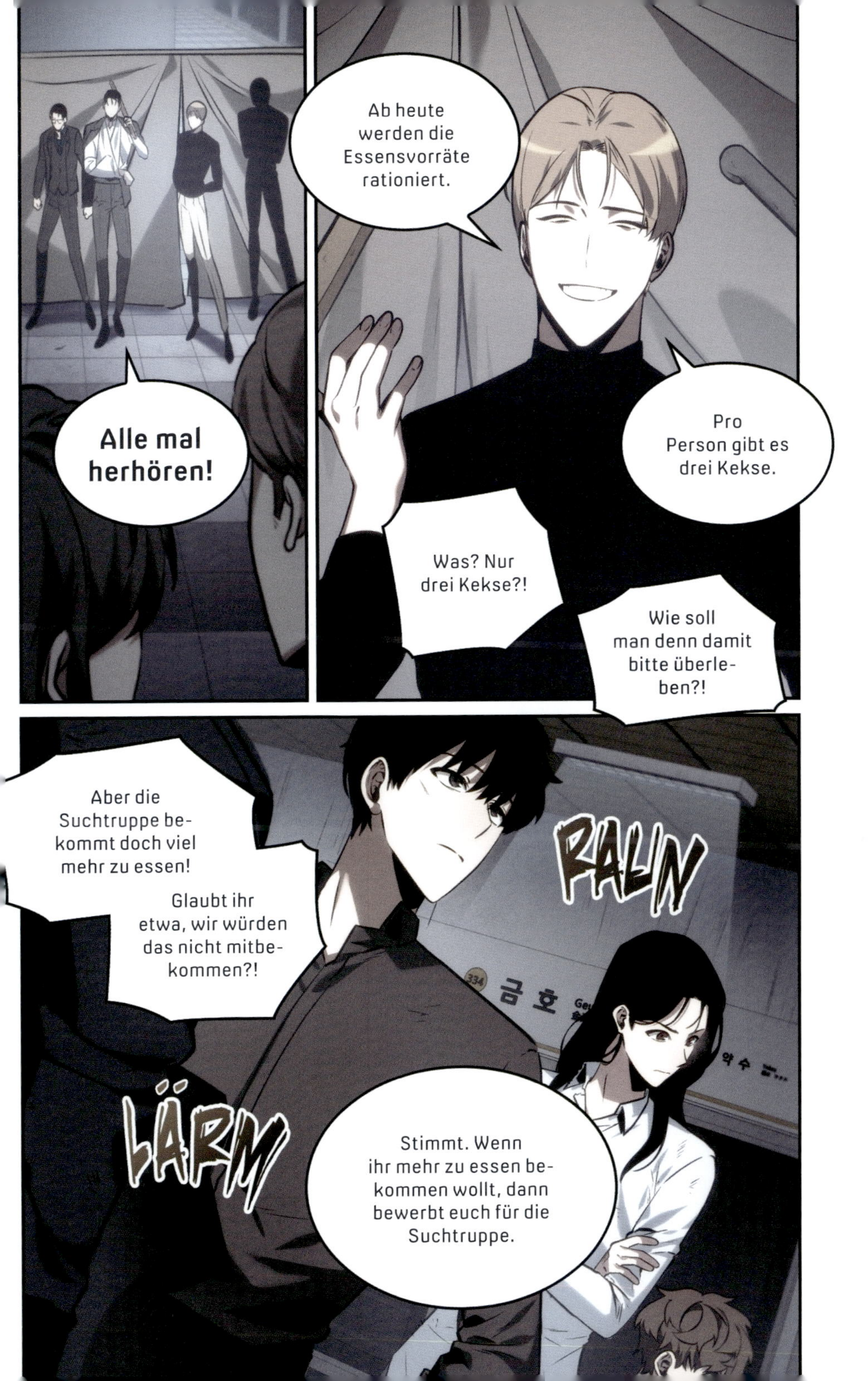
Alle mal herhören!
Ab heute werden die Essensvorräte rationiert.
Pro Person gibt es drei Kekse.
Was? Nur drei Kekse?!
Wie soll man denn damit bitte überleben?!
Aber die Suchtruppe bekommt doch viel mehr zu essen!
Glaubt ihr etwa, wir würden das nicht mitbekommen?!
RAUN
LÄRM
Stimmt. Wenn ihr mehr zu essen bekommen wollt, dann bewerbt euch für die Suchtruppe.

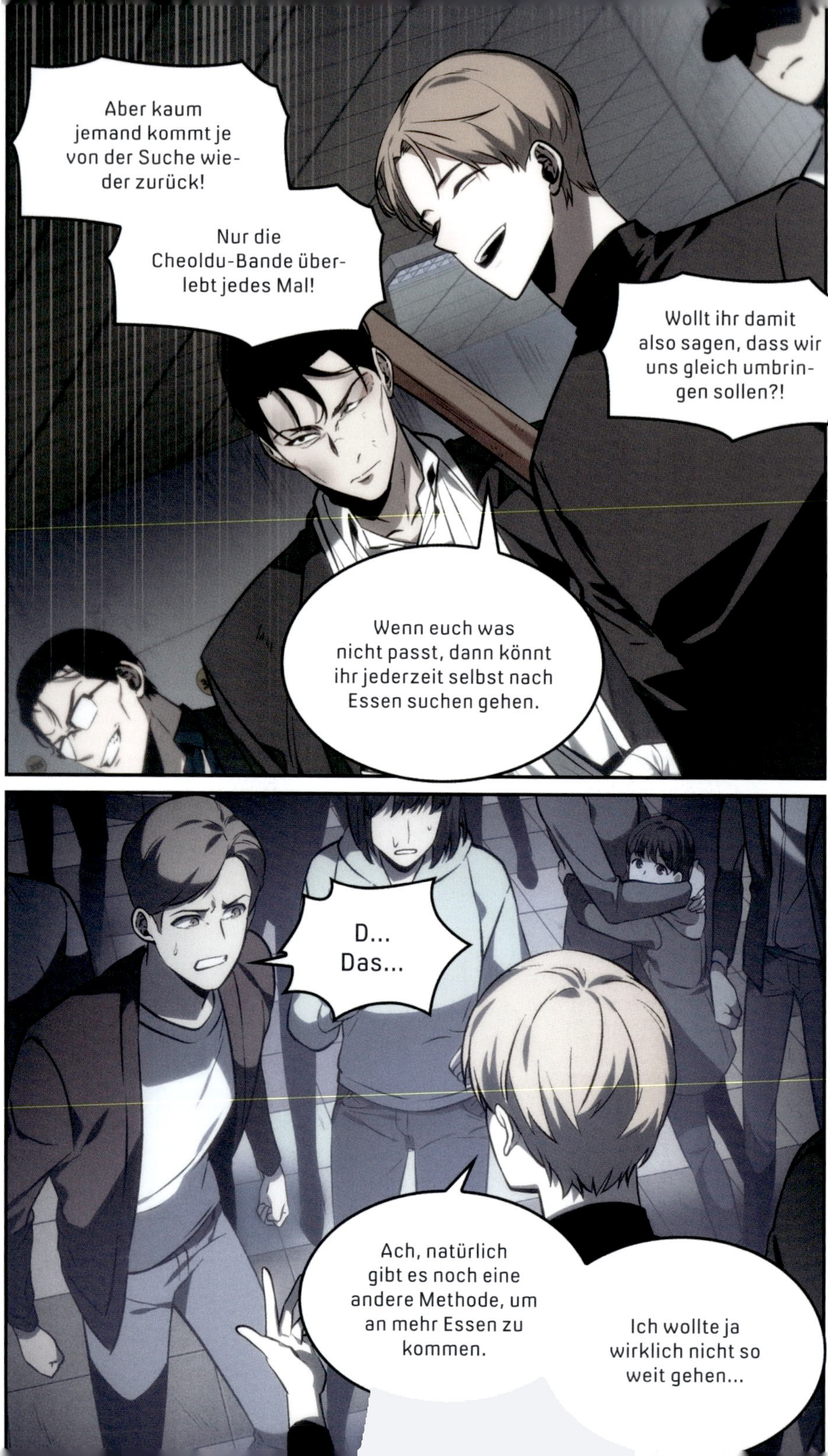
Aber kaum jemand kommt je von der Suche wieder zurück!
Nur die Cheoldu-Bande überlebt jedes Mal!
Wollt ihr damit also sagen, dass wir uns gleich umbringen sollen?!
Wenn euch was nicht passt, dann könnt ihr jederzeit selbst nach Essen suchen gehen.
D... Das...
Ach, natürlich gibt es noch eine andere Methode, um an mehr Essen zu kommen.
Ich wollte ja wirklich nicht so weit gehen...

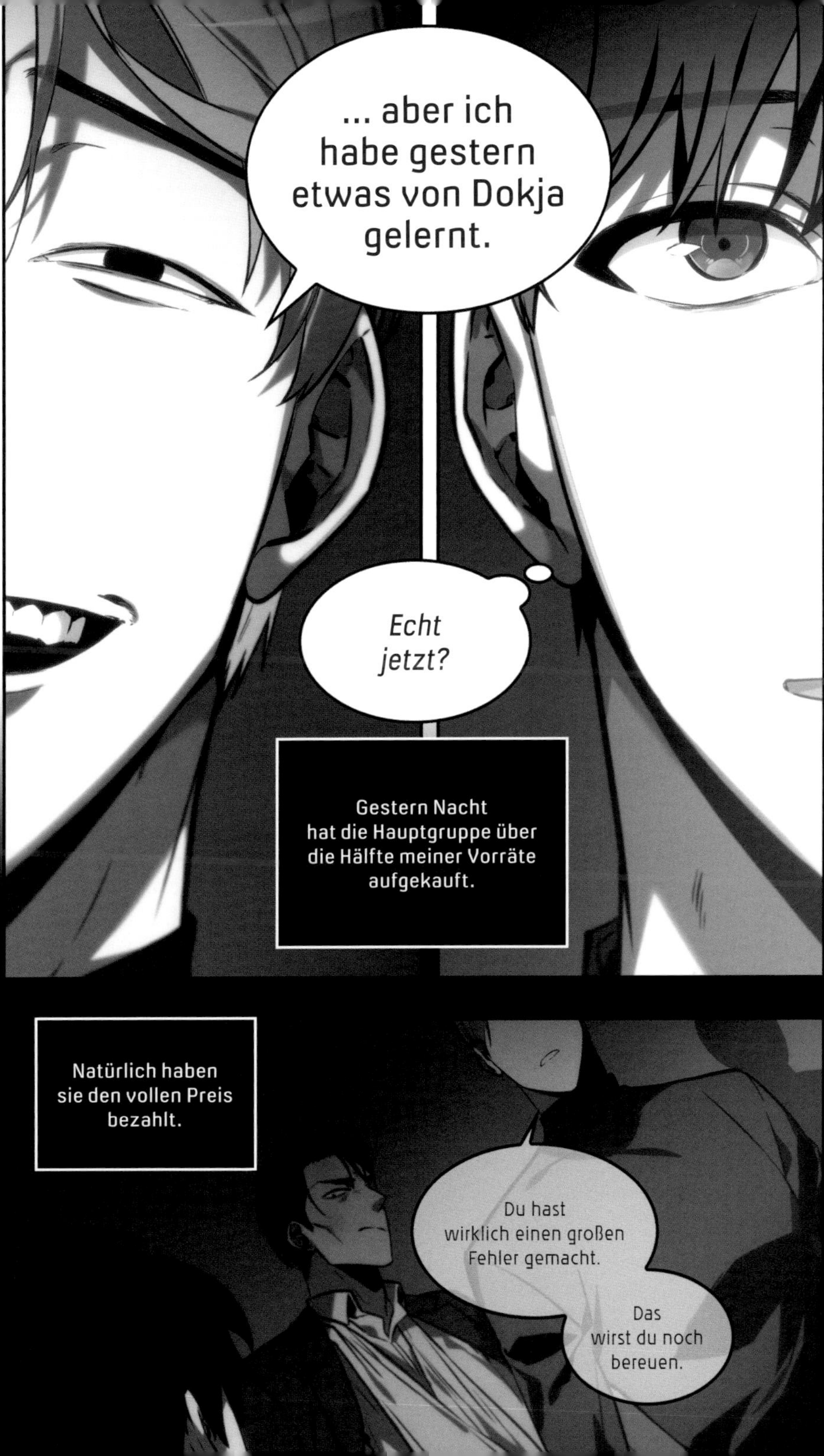
... aber ich habe gestern etwas von Dokja gelernt.
Echt jetzt?
Gestern Nacht hat die Hauptgruppe über die Hälfte meiner Vorräte aufgekauft.
Natürlich haben sie den vollen Preis bezahlt.
Du hast wirklich einen großen Fehler gemacht.
Das wirst du noch bereuen.

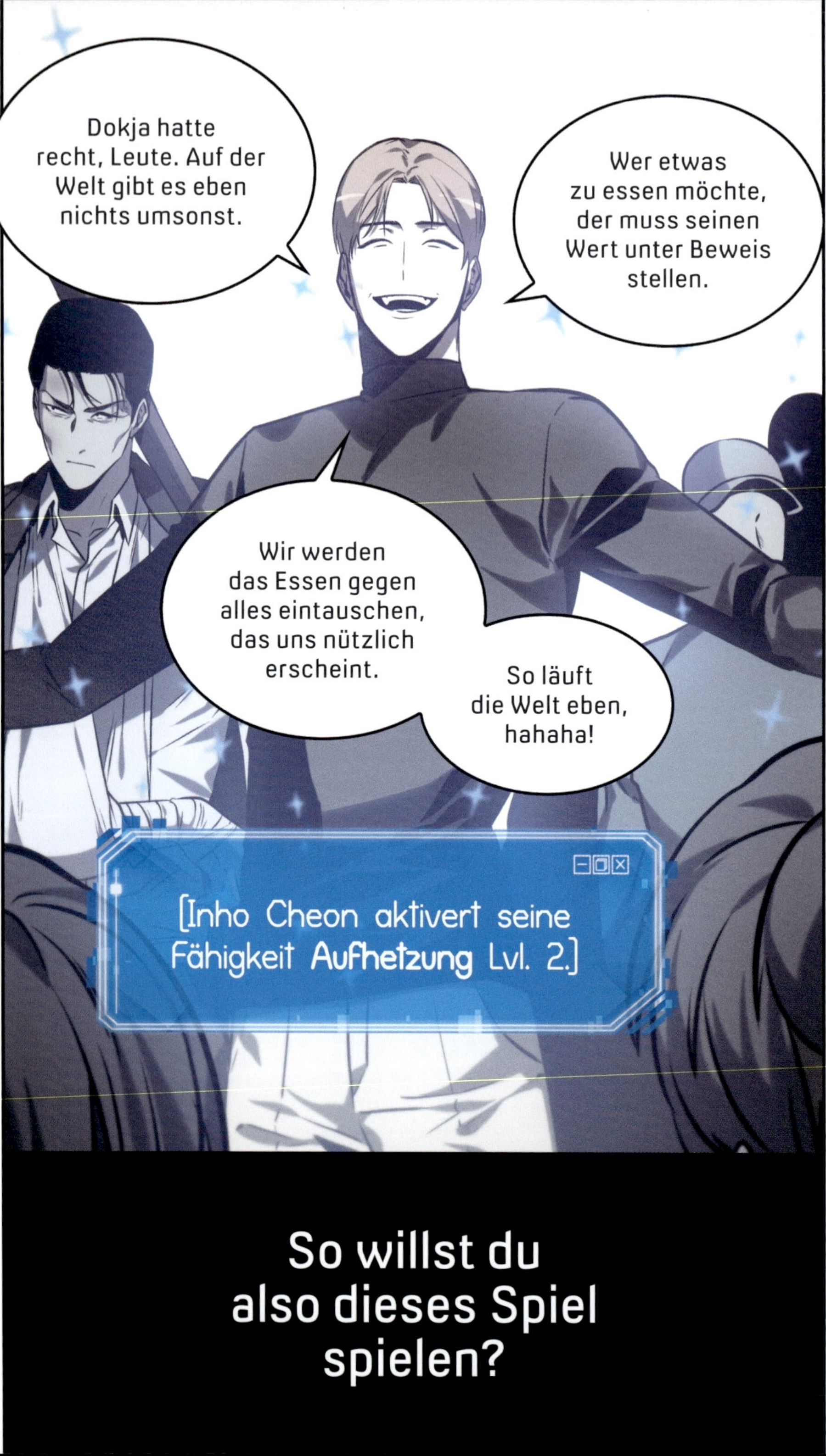
Dokja hatte recht, Leute. Auf der Welt gibt es eben nichts umsonst.
Wer etwas zu essen möchte, der muss seinen Wert unter Beweis stellen.
Wir werden das Essen gegen alles eintauschen, das uns nützlich erscheint.
So läuft die Welt eben, hahaha!
[Inho Cheon aktivert seine Fähigkeit Aufhetzung Lvl. 2.]
So willst du also dieses Spiel spielen?

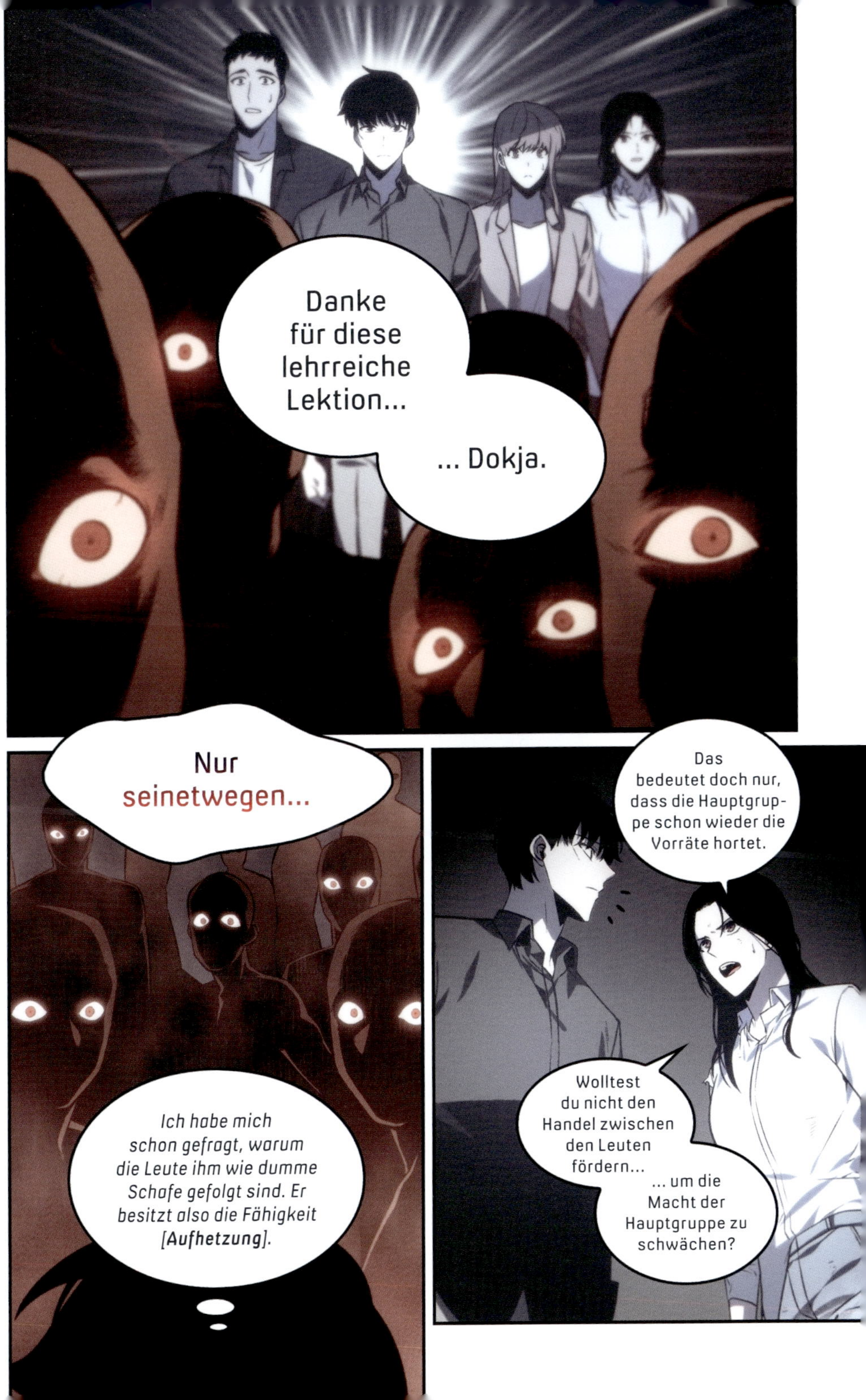
Danke für diese lehrreiche Lektion...
... Dokja.
Nur seinetwegen...
Ich habe mich schon gefragt, warum die Leute ihm wie dumme Schafe gefolgt sind. Er besitzt also die Fähigkeit [Aufhetzung].
Das bedeutet doch nur, dass die Hauptgruppe schon wieder die Vorräte hortet.
Wolltest du nicht den Handel zwischen den Leuten fördern...
... um die Macht der Hauptgruppe zu schwächen?

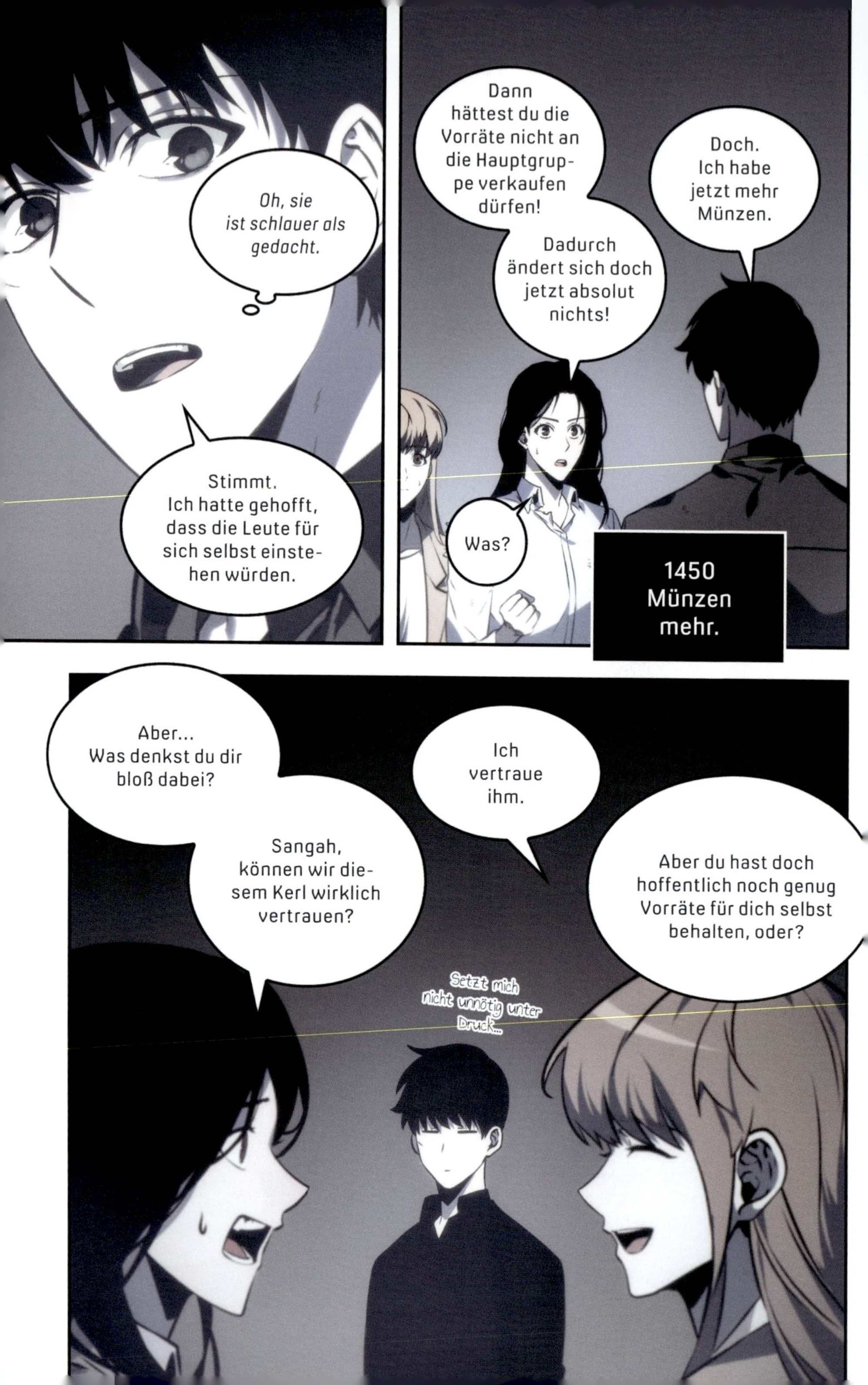
Oh, sie ist schlauer als gedacht.
Stimmt. Ich hatte gehofft, dass die Leute für sich selbst einstehen würden.
Dann hättest du die Vorräte nicht an die Hauptgruppe verkaufen dürfen!
Dadurch ändert sich doch jetzt absolut nichts!
Doch. Ich habe jetzt mehr Münzen.
Was?
1450 Münzen mehr.
Aber... Was denkst du dir bloß dabei?
Sangah, können wir diesem Kerl wirklich vertrauen?
Ich vertraue ihm.
Aber du hast doch hoffentlich noch genug Vorräte für dich selbst behalten, oder?
Setzt mich nicht unnötig unter Druck...

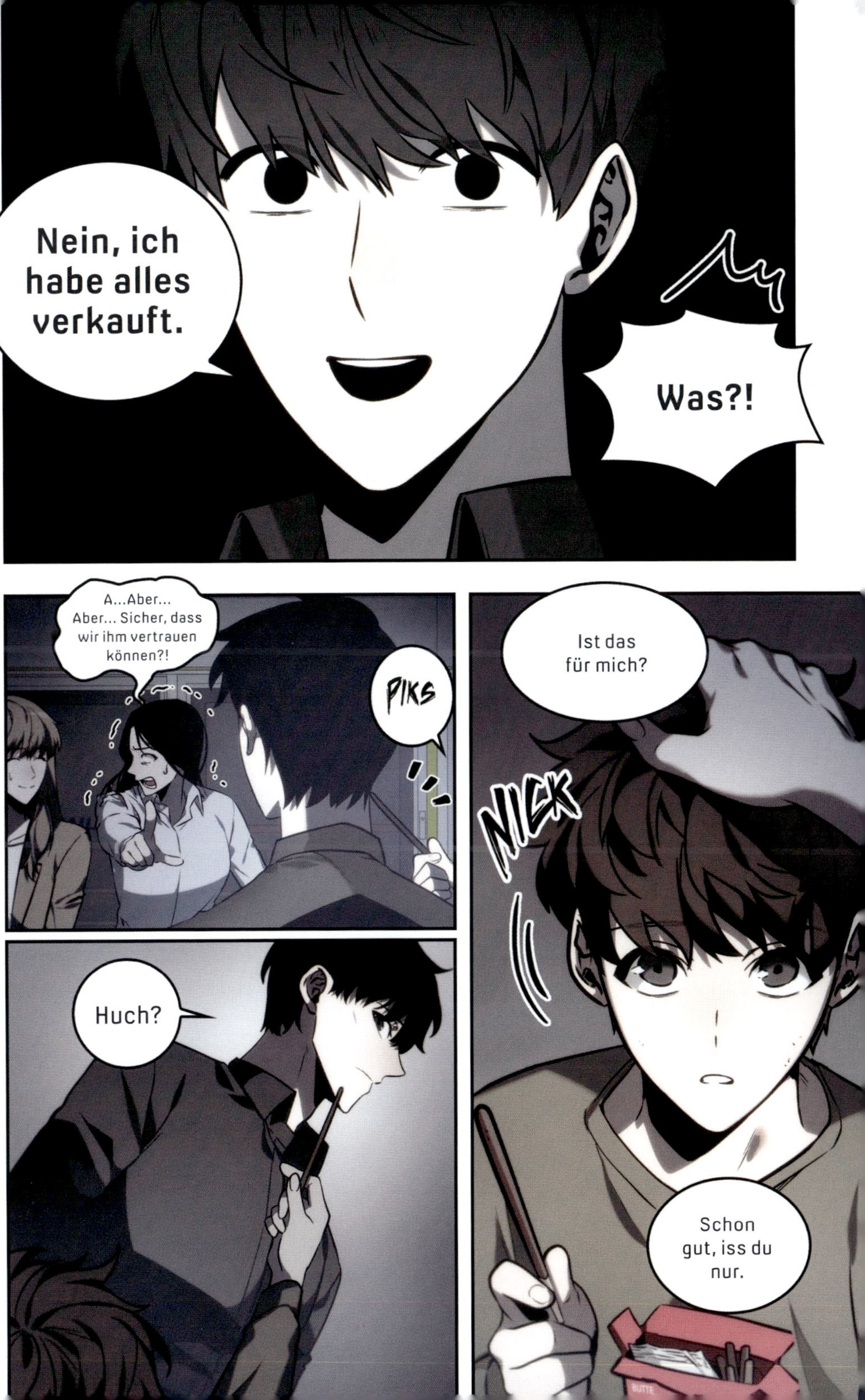

Nein, ich habe alles verkauft.
Was?!
A...Aber... Aber... Sicher, dass wir ihm vertrauen können?!
PIKS
Huch?
Ist das für mich?
NICK
Schon gut, iss du nur.

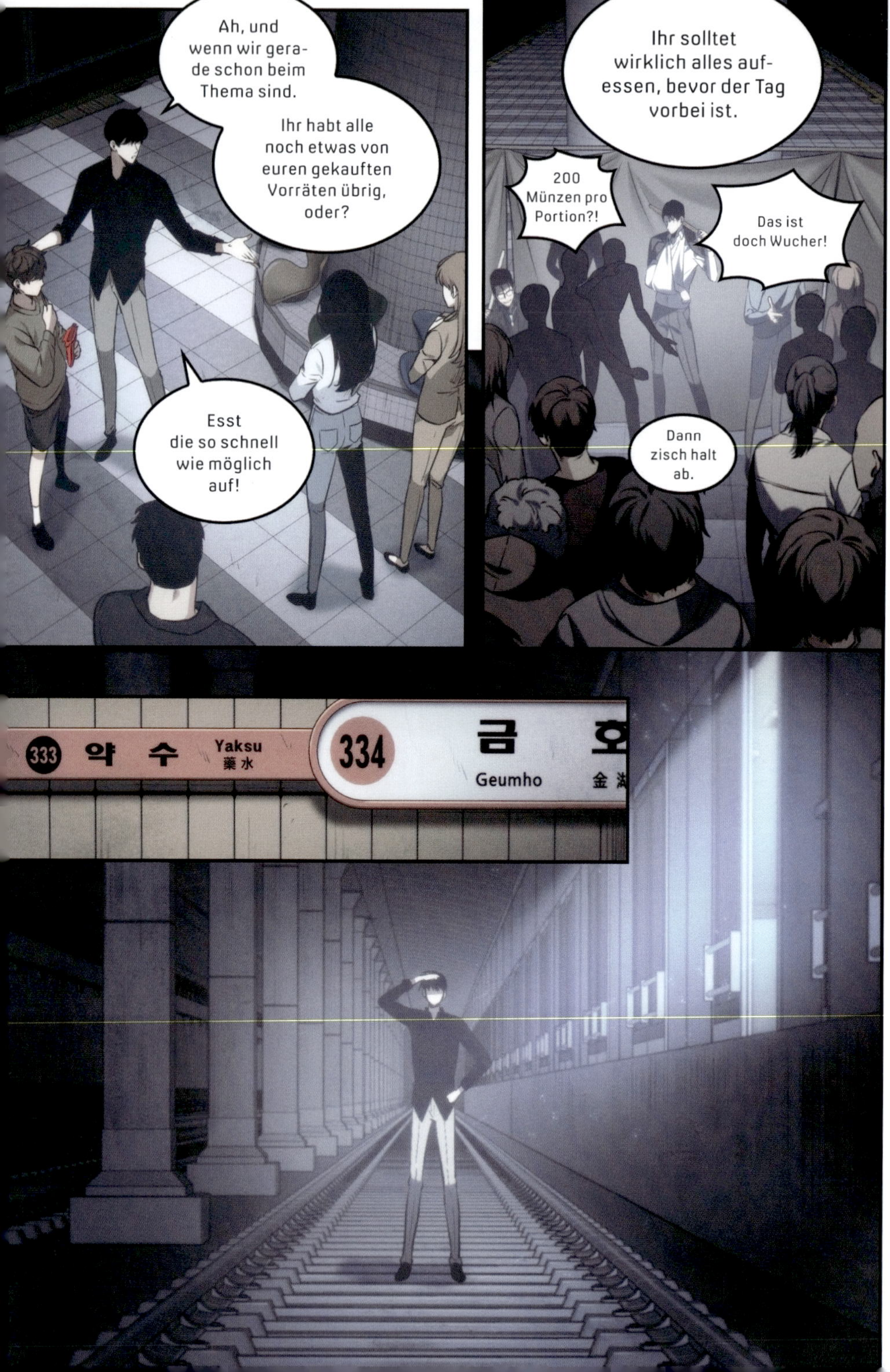
Ah, und wenn wir gerade schon beim Thema sind.
Ihr habt alle noch etwas von euren gekauften Vorräten übrig, oder?
Esst die so schnell wie möglich auf!
Ihr solltet wirklich alles aufessen, bevor der Tag vorbei ist.
200 Münzen pro Portion?!
Das ist doch Wucher!
Dann zisch halt ab.
333 약 수 Yaksu 藥水
334 금 호 Geumho

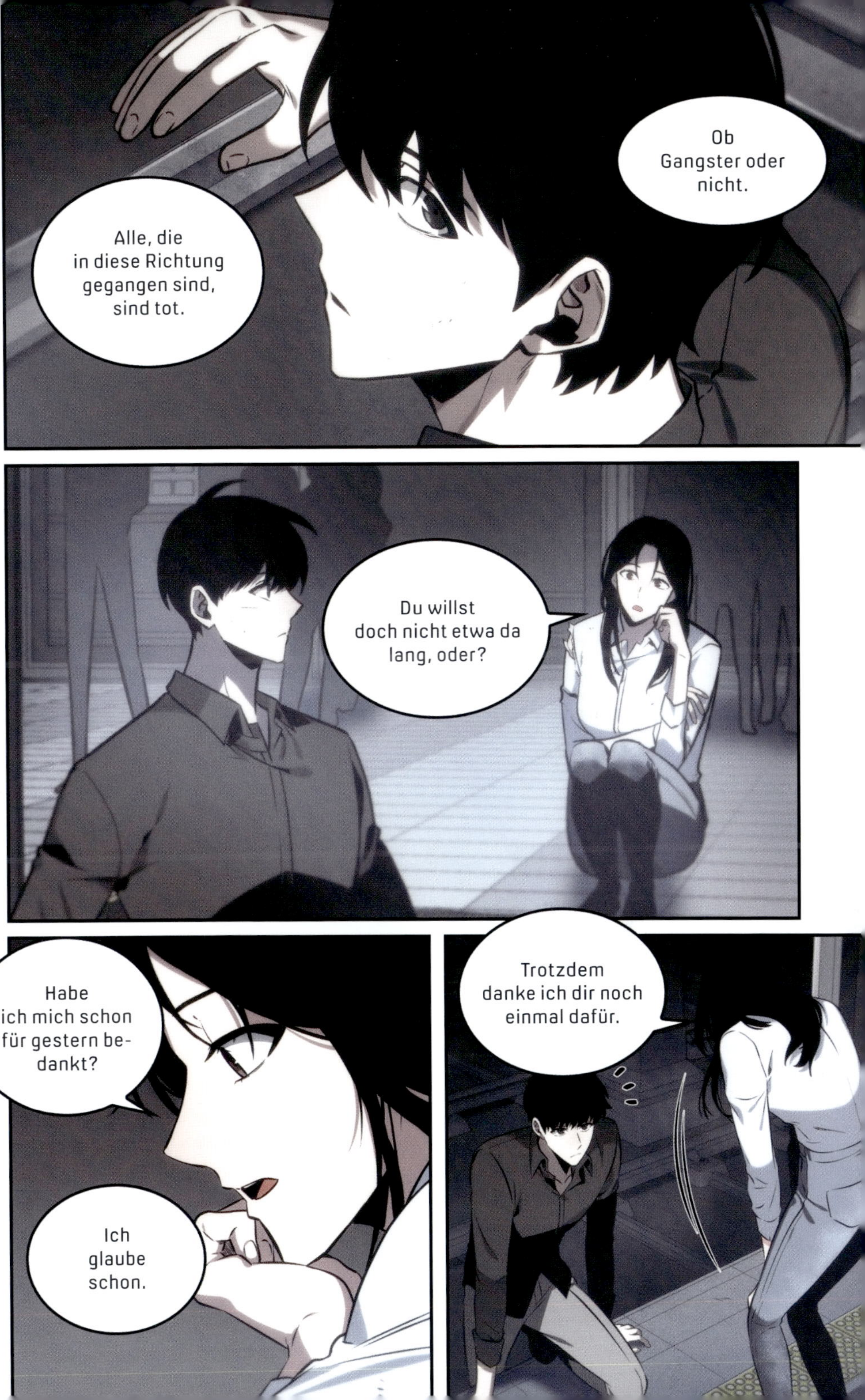
Ob Gangster oder nicht.
Alle, die in diese Richtung gegangen sind, sind tot.
Du willst doch nicht etwa da lang, oder?
Habe ich mich schon für gestern bedankt?
Ich glaube schon.
Trotzdem danke ich dir noch einmal dafür.

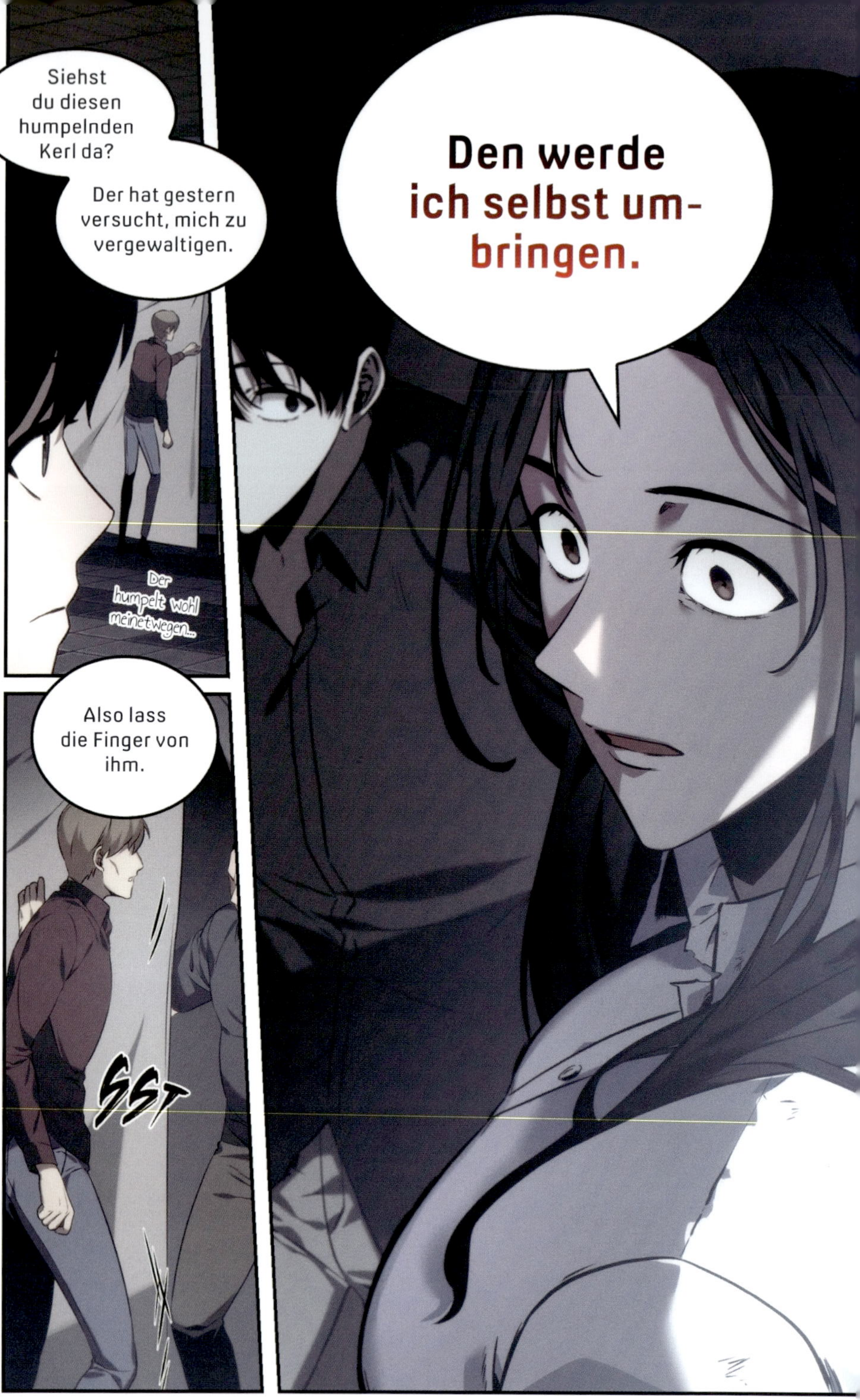

Siehst du diesen humpelnden Kerl da?
Der hat gestern versucht, mich zu vergewaltigen.
Der humpelt wohl meinetwegen…
Also lass die Finger von ihm.
SST
Den werde ich selbst um-bringen.

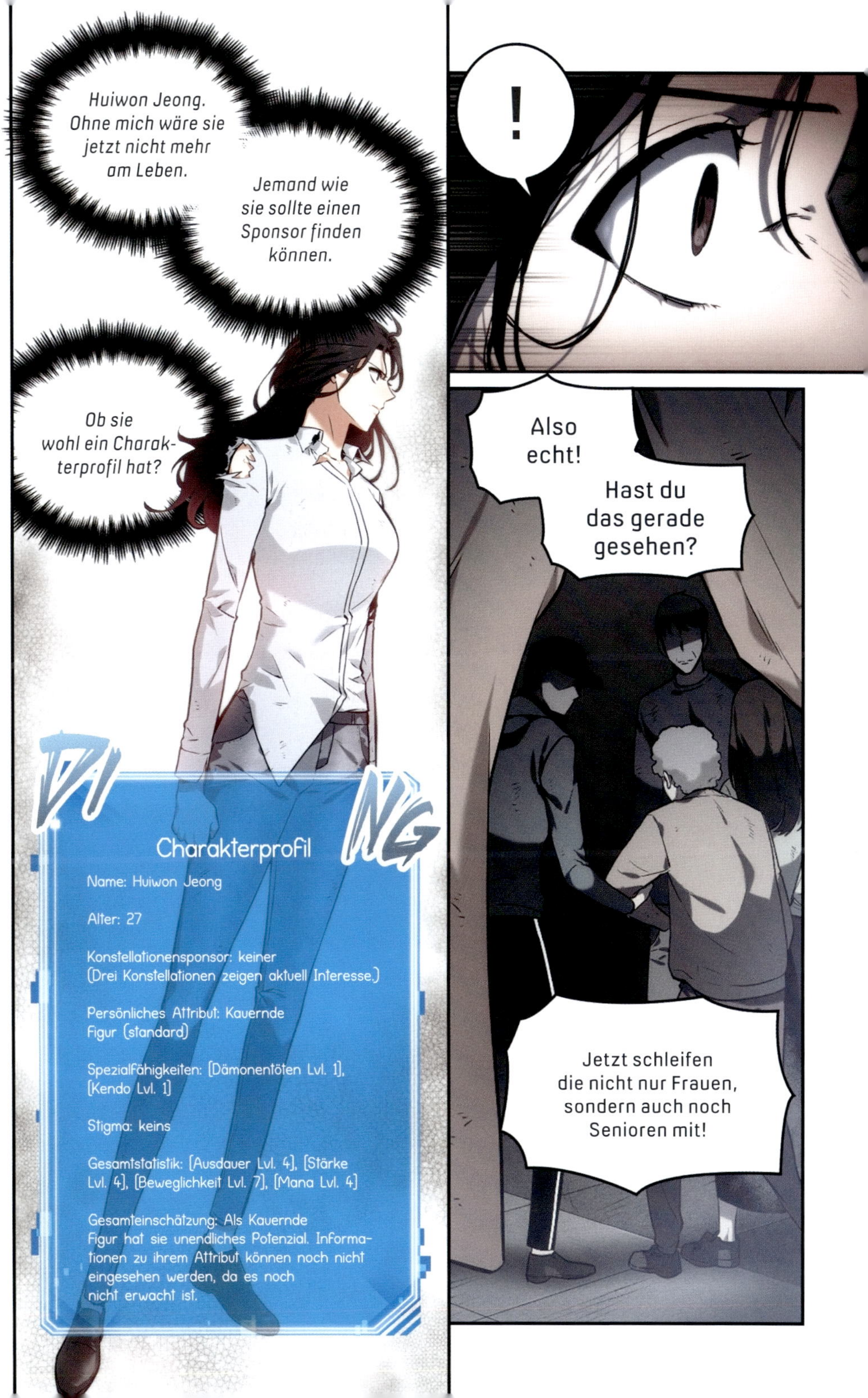
Huiwon Jeong. Ohne mich wäre sie jetzt nicht mehr am Leben.
Jemand wie sie sollte einen Sponsor finden können.
Ob sie wohl ein Charakterprofil hat?
DING
Charakterprofil
Name: Huiwon Jeong
Alter: 27
Konstellationensponsor: keiner (Drei Konstellationen zeigen aktuell Interesse.)
Persönliches Attribut: Kauernde Figur (standard)
Spezialfähigkeiten: [Dämonentöten Lvl. 1], [Kendo Lvl. 1]
Stigma: keins
Gesamtstatistik: [Ausdauer Lvl. 4], [Stärke Lvl. 4], [Beweglichkeit Lvl. 7], [Mana Lvl. 4]
Gesamteinschätzung: Als Kauernde Figur hat sie unendliches Potenzial. Informationen zu ihrem Attribut können noch nicht eingesehen werden, da es noch nicht erwacht ist.
!
Also echt!
Hast du das gerade gesehen?
Jetzt schleifen die nicht nur Frauen, sondern auch noch Senioren mit!

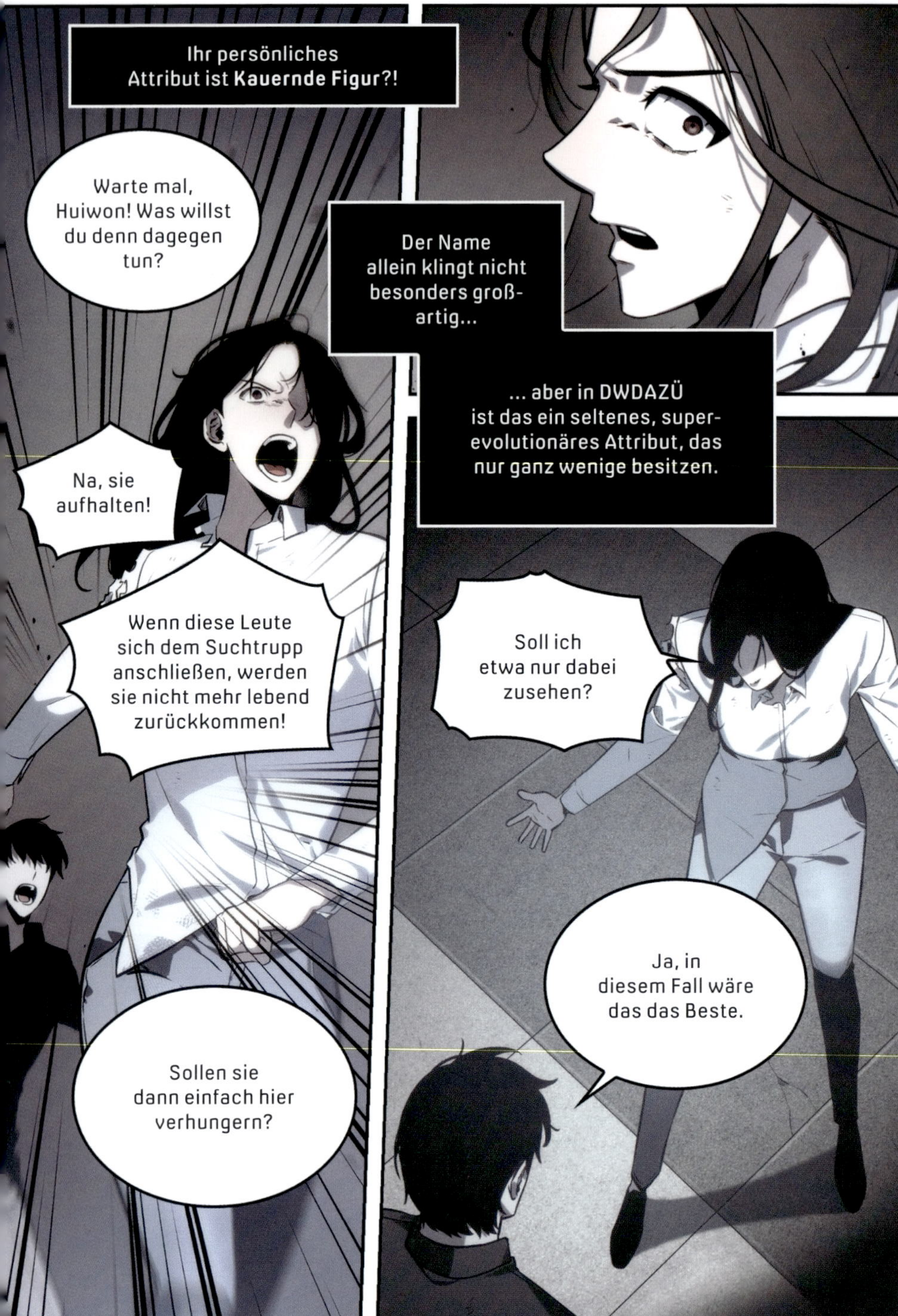
Ihr persönliches Attribut ist **Kauernde Figur**?!
Warte mal, Huiwon! Was willst du denn dagegen tun?
Der Name allein klingt nicht besonders großartig...
... aber in DWDAZÜ ist das ein seltenes, superevolutionäres Attribut, das nur ganz wenige besitzen.
Na, sie aufhalten!
Wenn diese Leute sich dem Suchtrupp anschließen, werden sie nicht mehr lebend zurückkommen!
Soll ich etwa nur dabei zusehen?
Sollen sie dann einfach hier verhungern?
Ja, in diesem Fall wäre das das Beste.

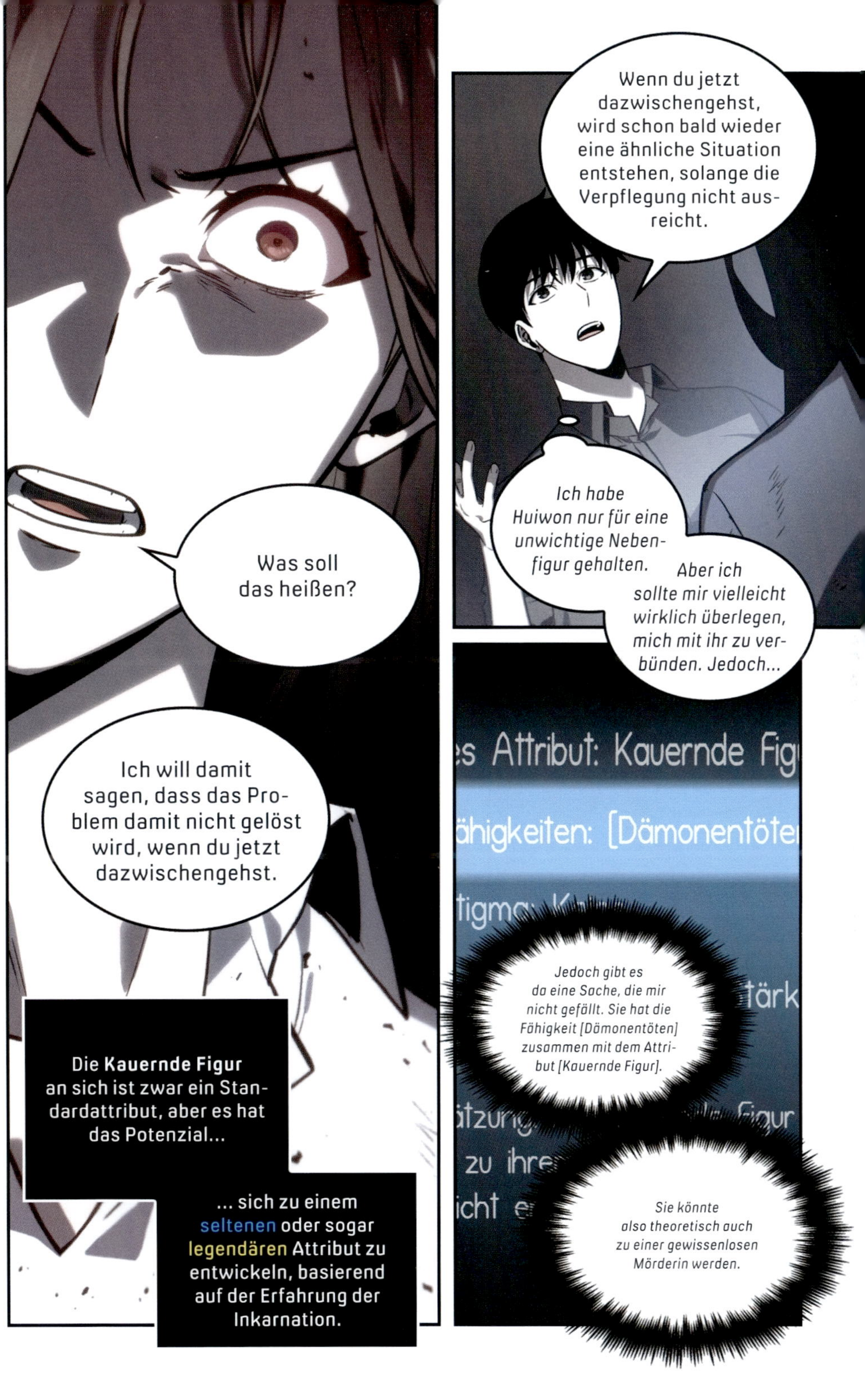

Was soll das heißen?
Ich will damit sagen, dass das Problem damit nicht gelöst wird, wenn du jetzt dazwischengehst.
Die **Kauernde Figur** an sich ist zwar ein Standardattribut, aber es hat das Potenzial...
... sich zu einem seltenen oder sogar legendären Attribut zu entwickeln, basierend auf der Erfahrung der Inkarnation.
Wenn du jetzt dazwischengehst, wird schon bald wieder eine ähnliche Situation entstehen, solange die Verpflegung nicht ausreicht.
Ich habe Huiwon nur für eine unwichtige Nebenfigur gehalten.
Aber ich sollte mir vielleicht wirklich überlegen, mich mit ihr zu verbünden. Jedoch...
Jedoch gibt es da eine Sache, die mir nicht gefällt. Sie hat die Fähigkeit [Dämonentöten] zusammen mit dem Attribut [Kauernde Figur].
Sie könnte also theoretisch auch zu einer gewissenlosen Mörderin werden.

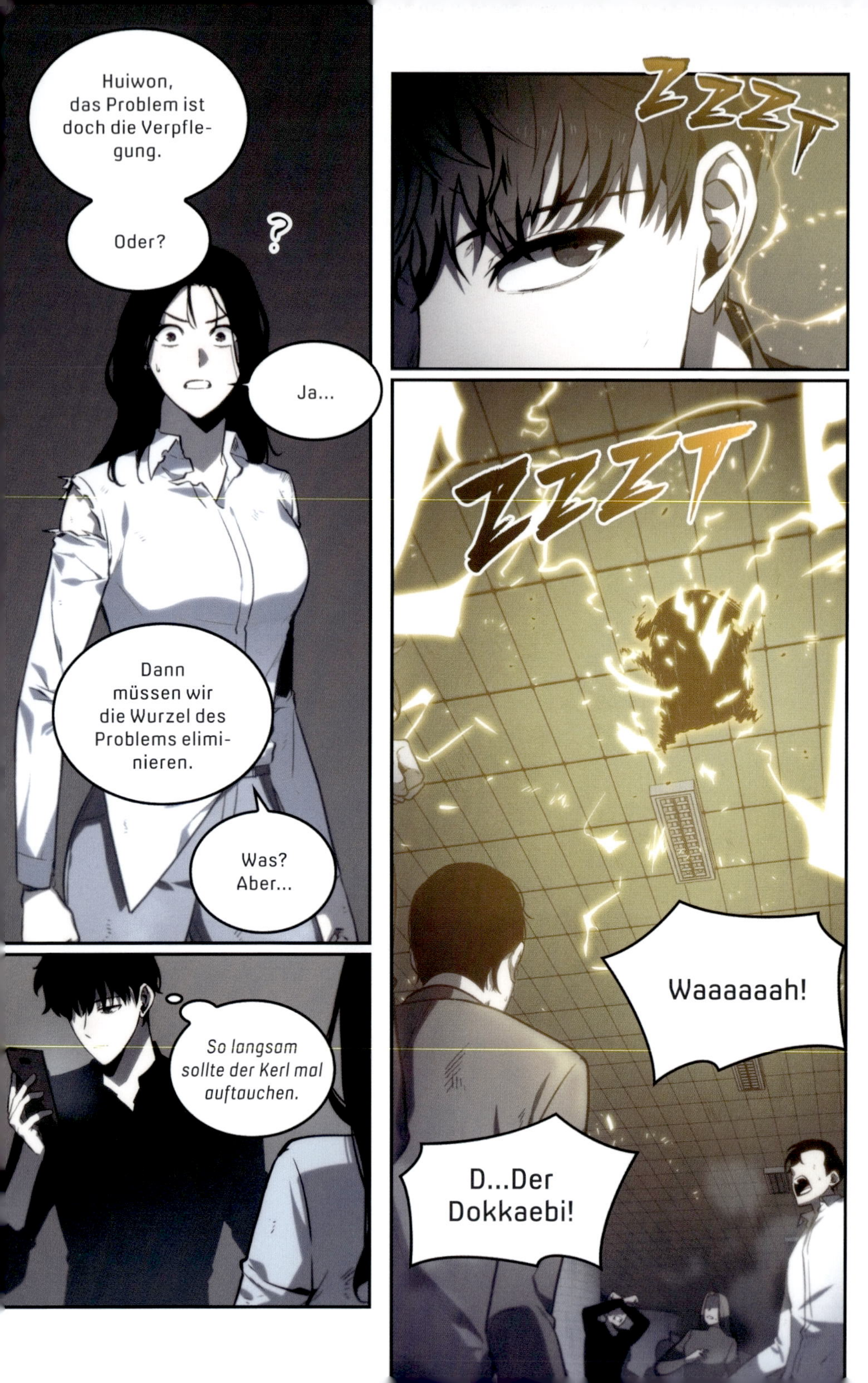
Huiwon, das Problem ist doch die Verpflegung.
Oder?
?
Ja...
Dann müssen wir die Wurzel des Problems eliminieren.
Was? Aber...
So langsam sollte der Kerl mal auftauchen.
ZZZT
ZZZT
Waaaaaah!
D...Der Dokkaebi!

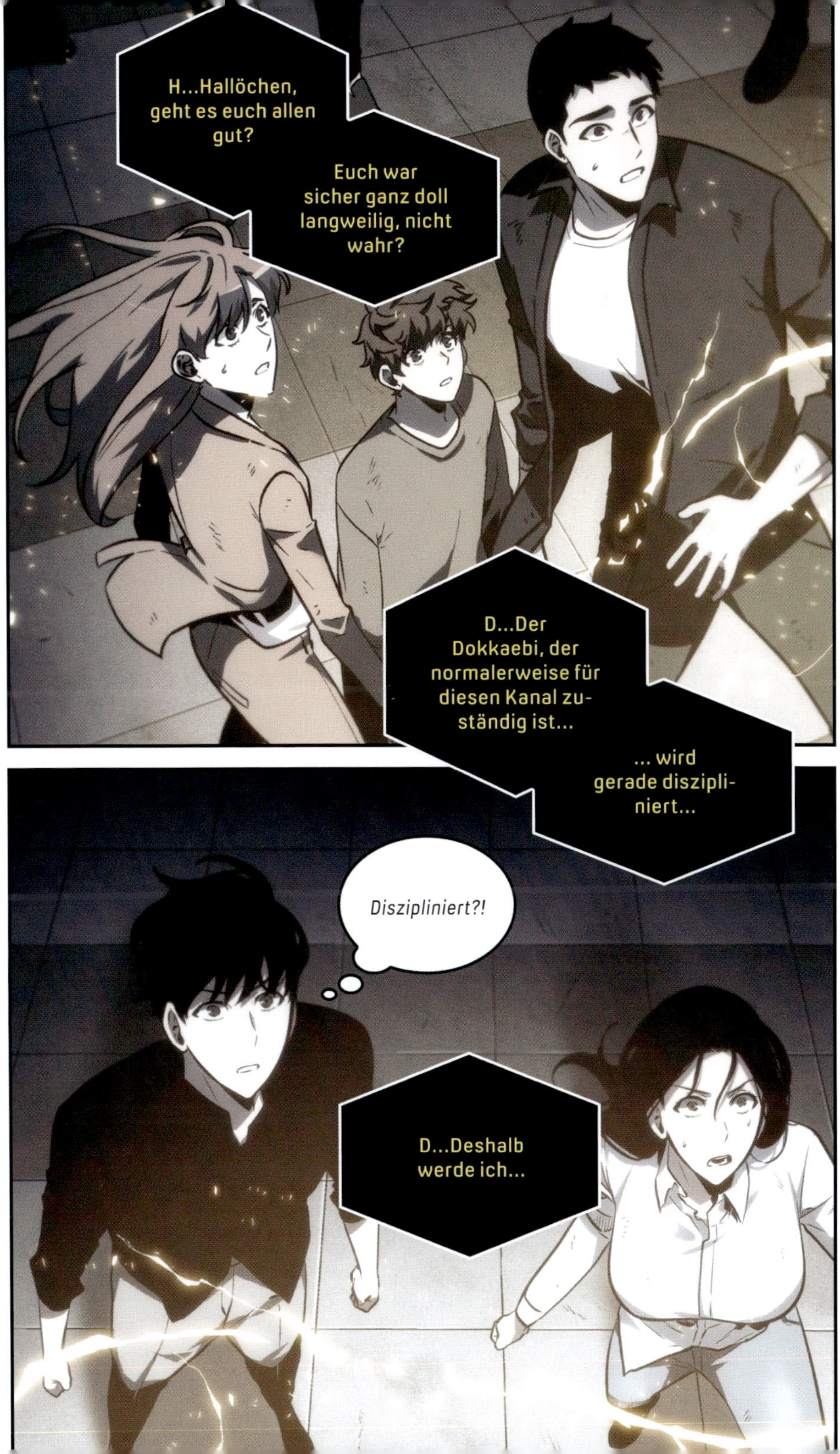
H...Hallöchen, geht es euch allen gut?
Euch war sicher ganz doll langweilig, nicht wahr?
D...Der Dokkaebi, der normalerweise für diesen Kanal zuständig ist...
... wird gerade diszipliniert...
Diszipliniert?!
D...Deshalb werde ich...

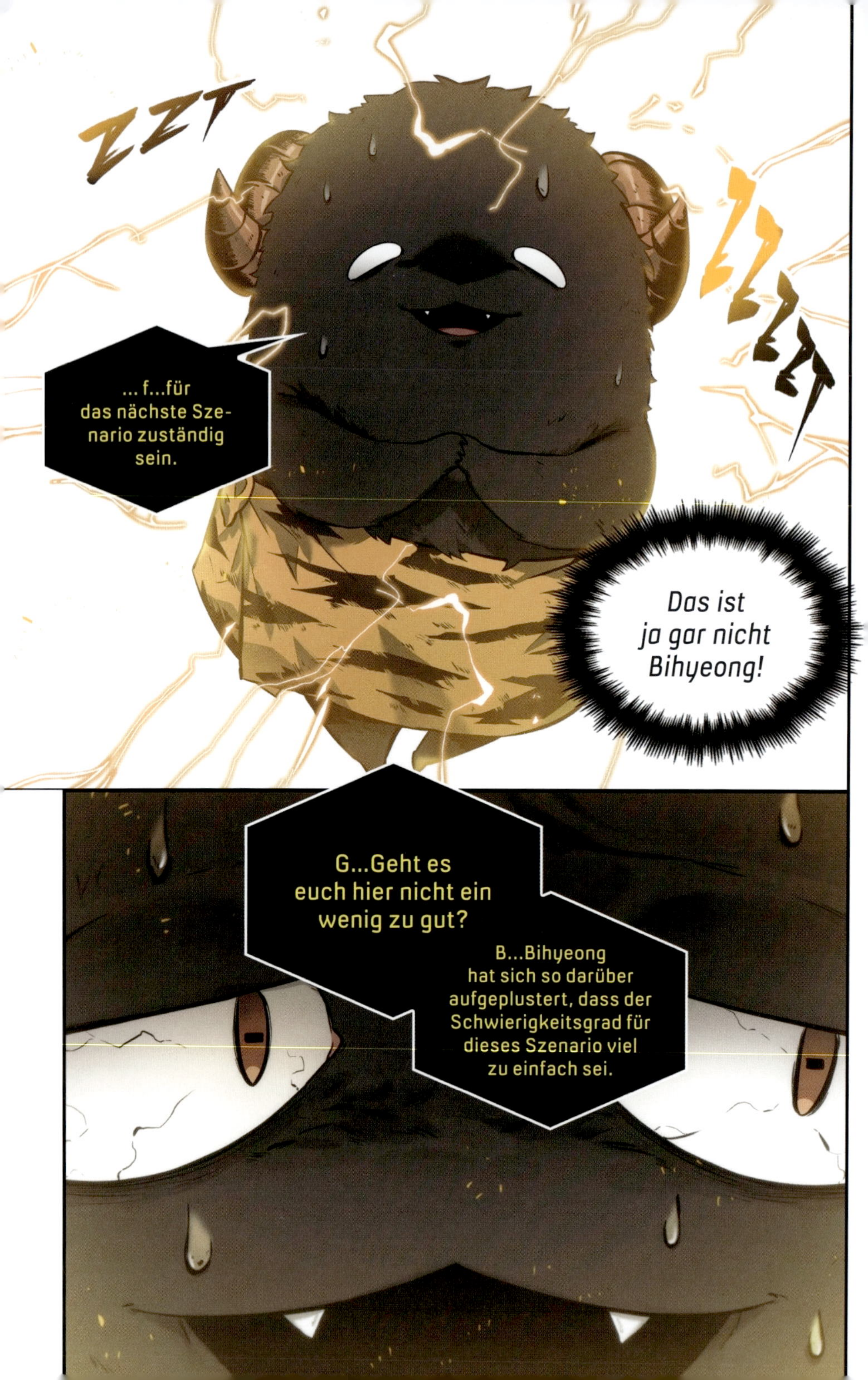
ZZT
ZZZT
... f...für das nächste Szenario zuständig sein.
Das ist ja gar nicht Bihyeong!
G...Geht es euch hier nicht ein wenig zu gut?
B...Bihyeong hat sich so darüber aufgeplustert, dass der Schwierigkeitsgrad für dieses Szenario viel zu einfach sei.

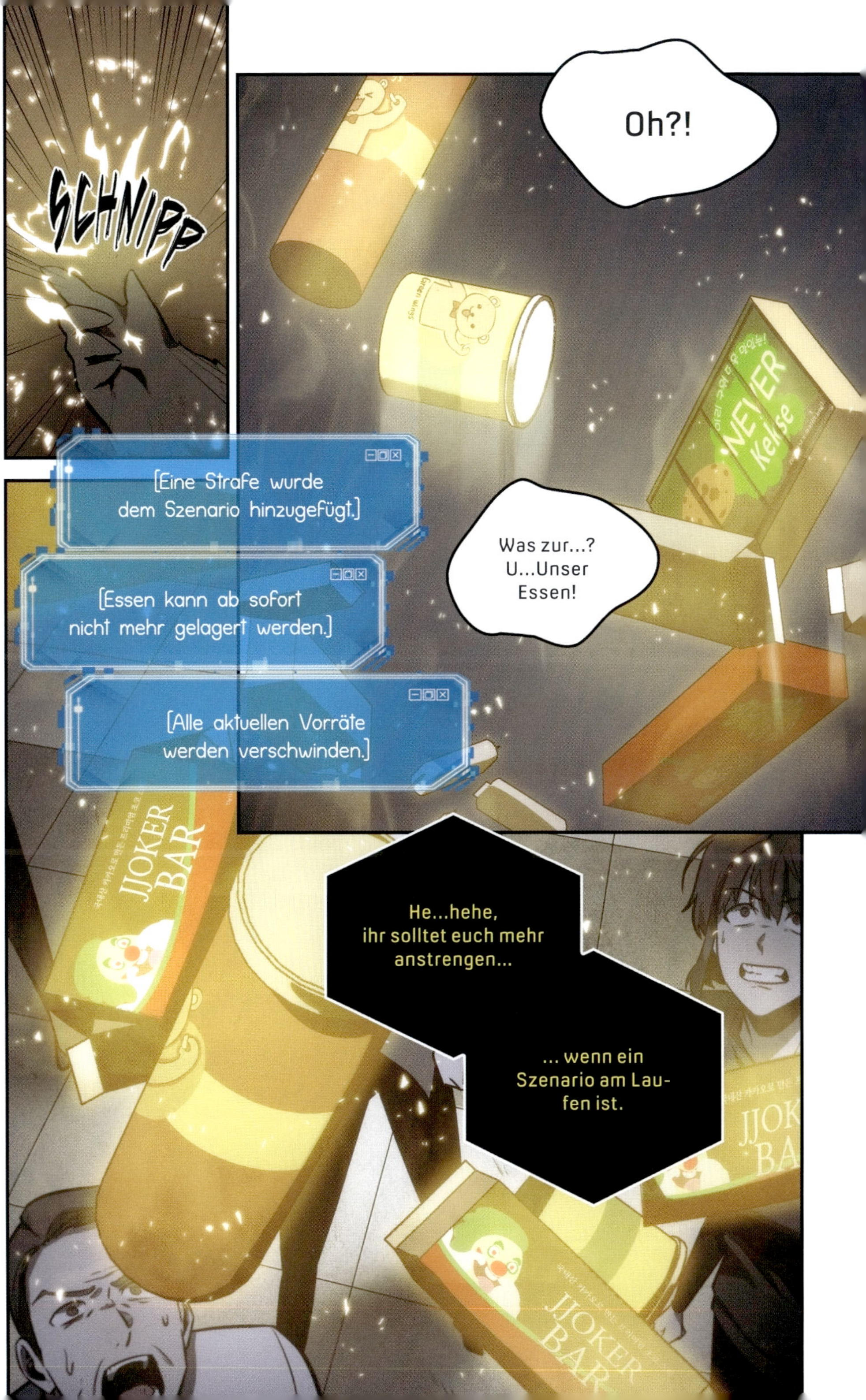
SCHNIPP
Oh?!
[Eine Strafe wurde dem Szenario hinzugefügt.]
[Essen kann ab sofort nicht mehr gelagert werden.]
[Alle aktuellen Vorräte werden verschwinden.]
Was zur...? U...Unser Essen!
NEVER Kekse
JJOKER BAR
He...hehe, ihr solltet euch mehr anstrengen...
... wenn ein Szenario am Laufen ist.

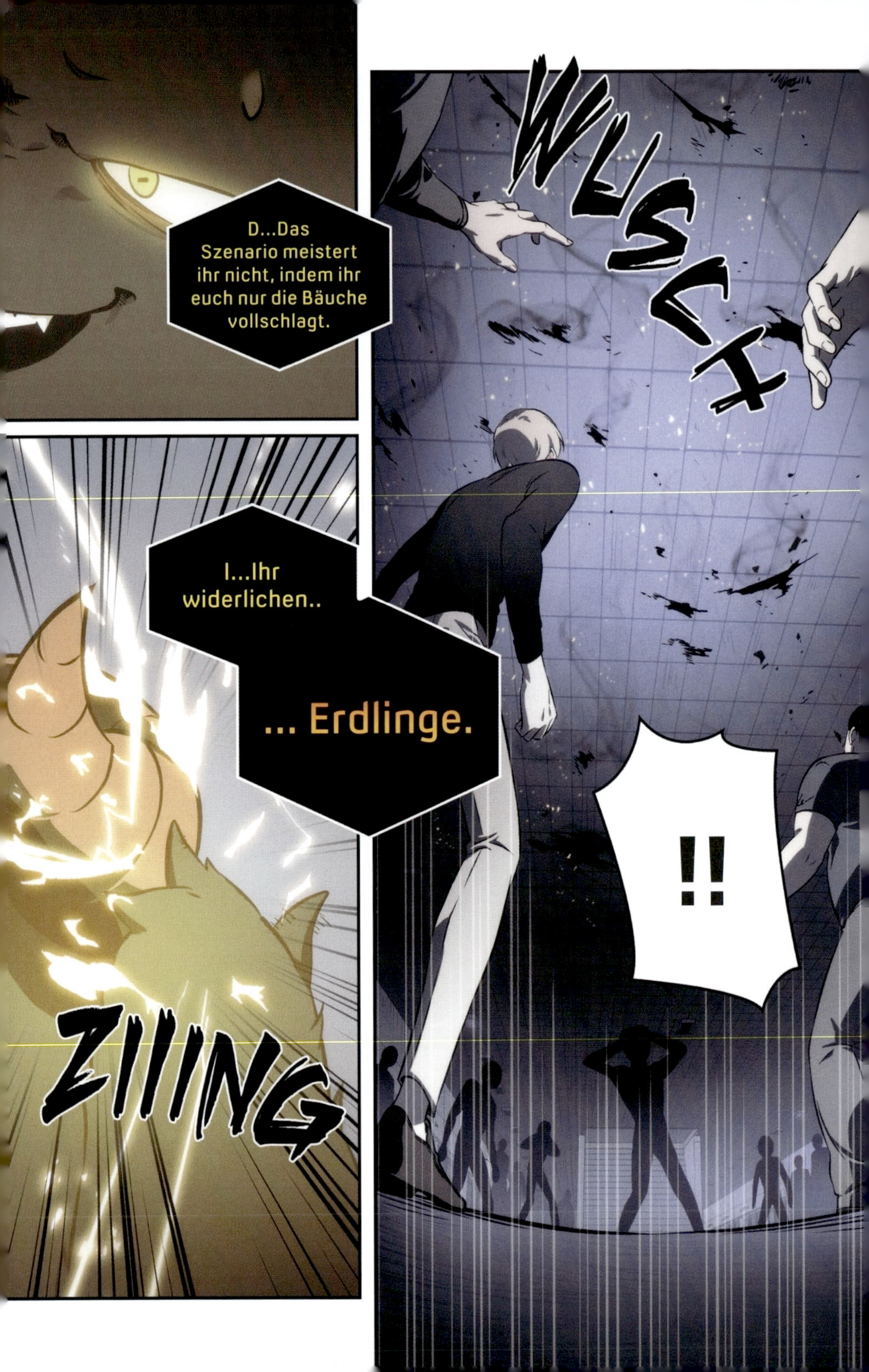
D...Das Szenario meistert ihr nicht, indem ihr euch nur die Bäuche vollschlagt.
WUSCH
I...Ihr widerlichen..
... Erdlinge.
ZIIING
!!

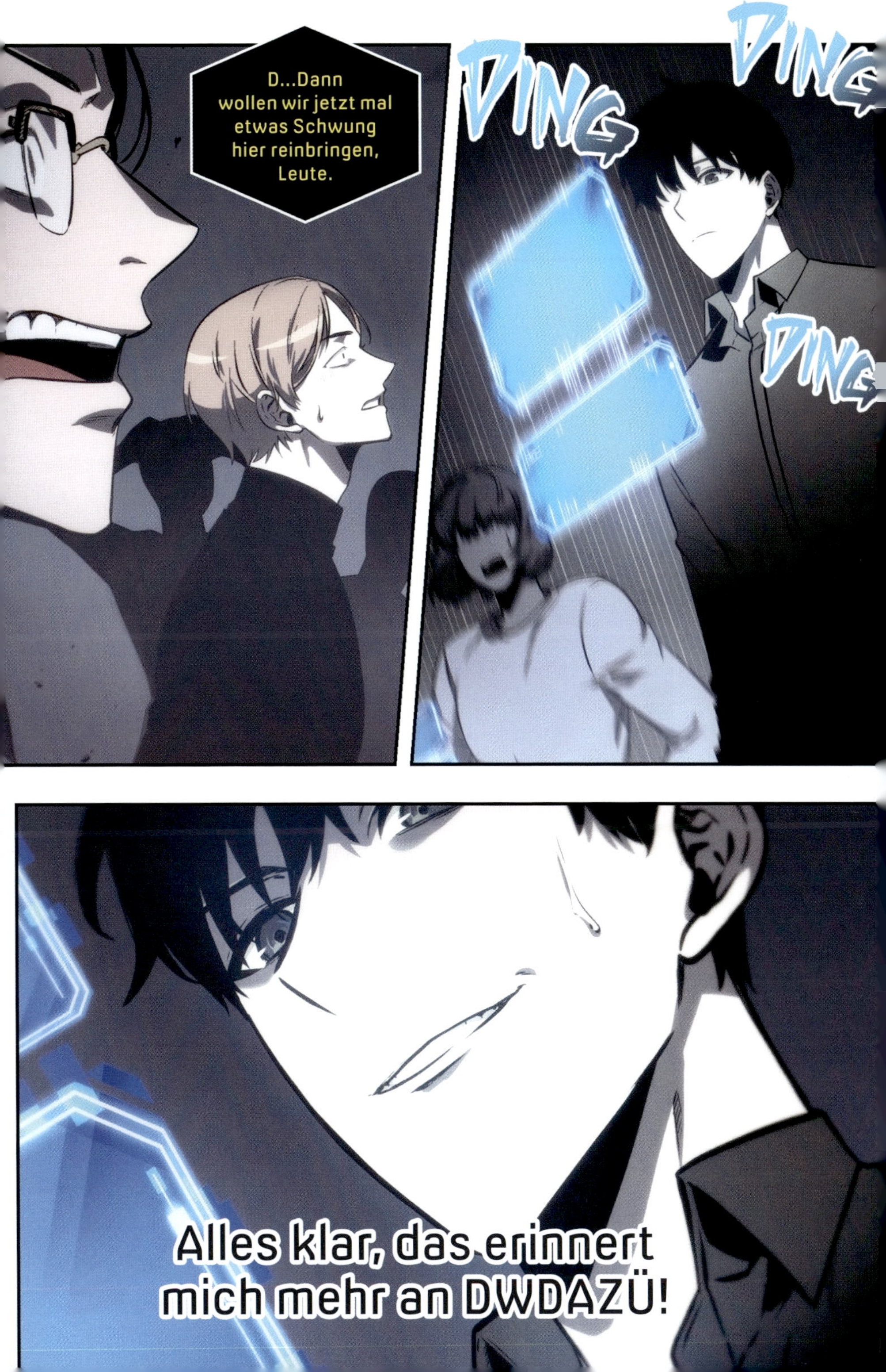
D...Dann wollen wir jetzt mal etwas Schwung hier reinbringen, Leute.
DING
DING
DING
Alles klar, das erinnert mich mehr an DWDAZÜ!

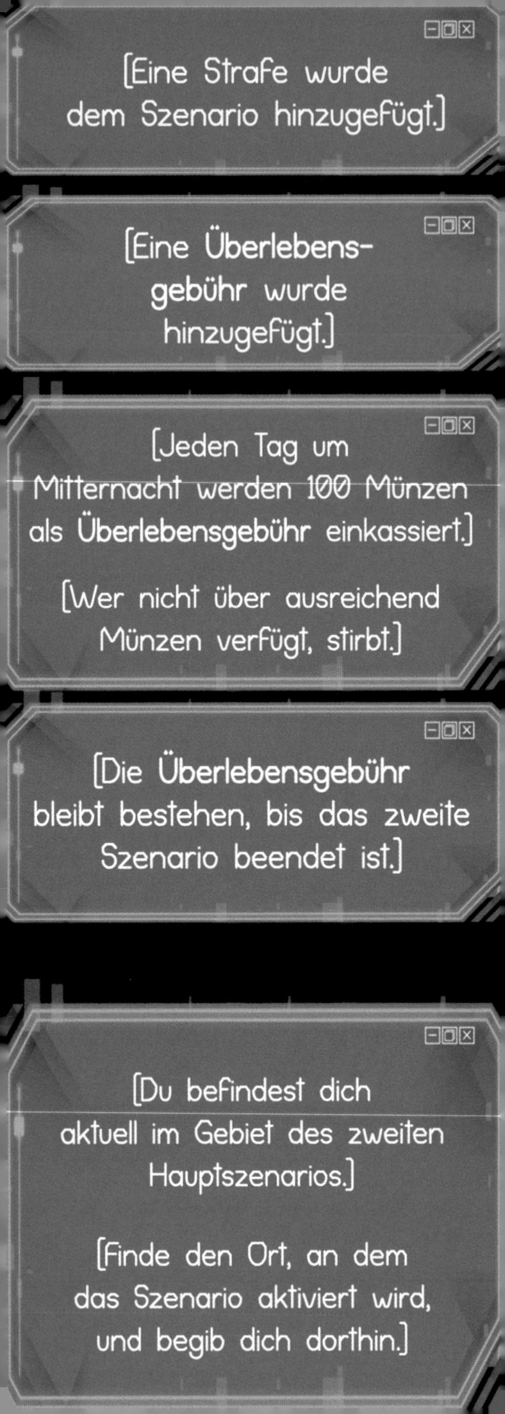
[Eine Strafe wurde dem Szenario hinzugefügt.]
[Eine Überlebens-gebühr wurde hinzugefügt.]
[Jeden Tag um Mitternacht werden 100 Münzen als Überlebensgebühr einkassiert.]
[Wer nicht über ausreichend Münzen verfügt, stirbt.]
[Die Überlebensgebühr bleibt bestehen, bis das zweite Szenario beendet ist.]
[Du befindest dich aktuell im Gebiet des zweiten Hauptszenarios.]
[Finde den Ort, an dem das Szenario aktiviert wird, und begib dich dorthin.]

Omniscient Reader's Viewpoint

Omniscient Reader's Viewpoint

NEXT

Das erwartet euch in Band 3!

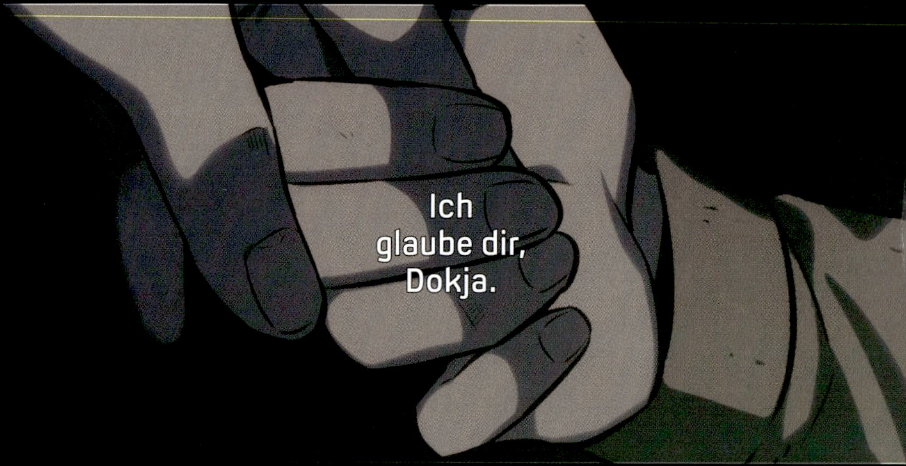

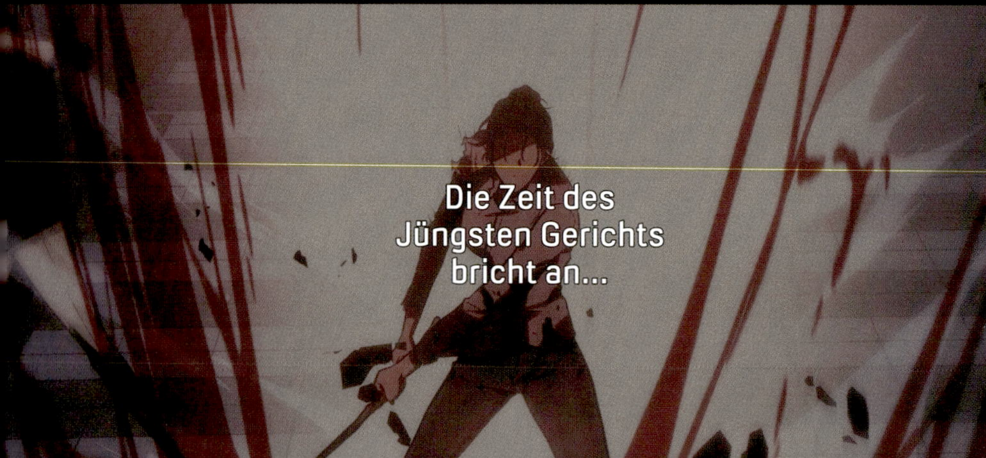

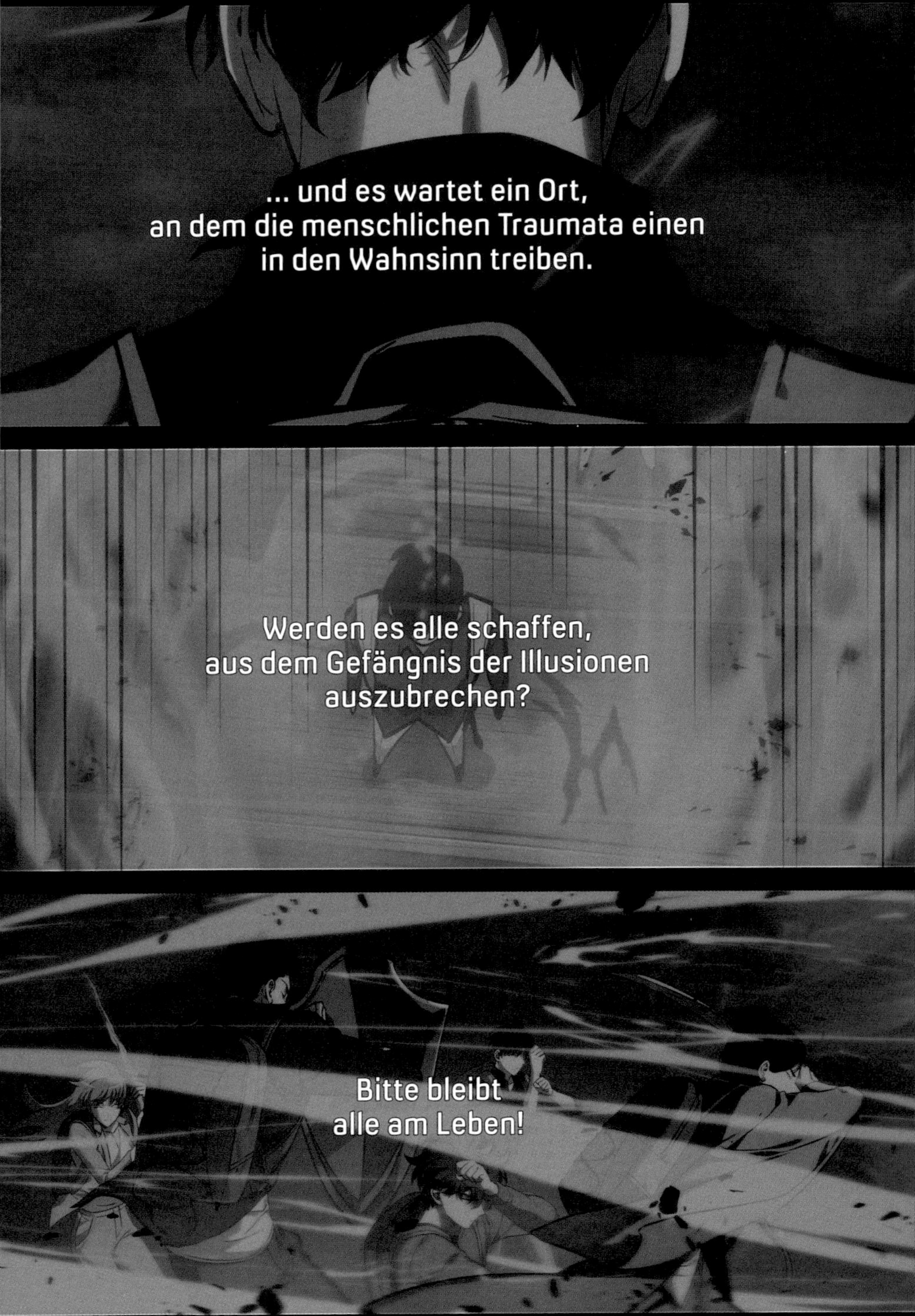
... und es wartet ein Ort,
an dem die menschlichen Traumata einen
in den Wahnsinn treiben.
Werden es alle schaffen,
aus dem Gefängnis der Illusionen
auszubrechen?
Bitte bleibt
alle am Leben!

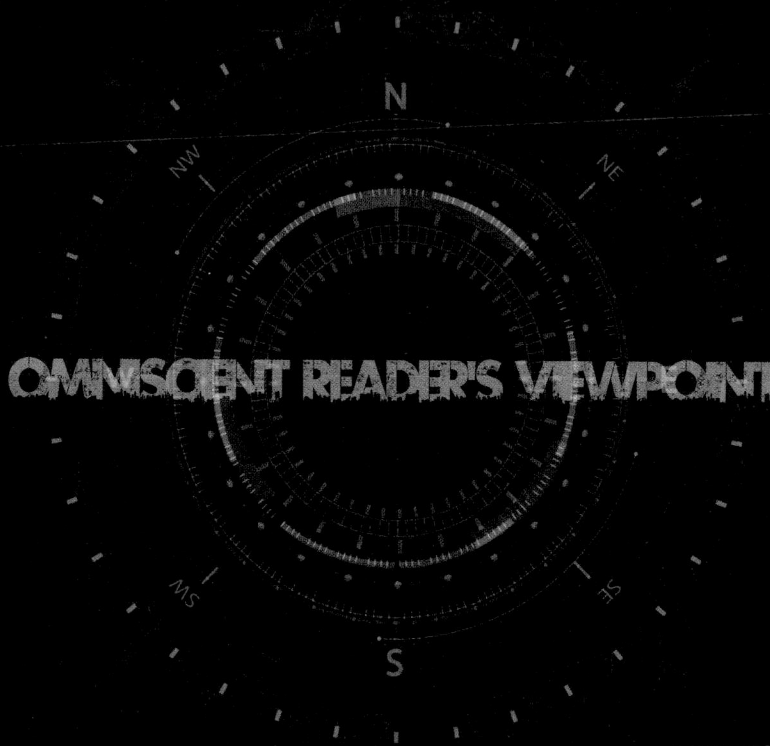
N
NW
NE
OMNISCIENT READER'S VIEWPOINT
SW
SE
S

ANOTHER CUT

Glückwunsch an den Autor,
von Seongrak Jang

Hallo, ich bin
Seongrak Jang von [Solo Leveling].
Ich gratuliere Ihnen ganz herzlich
zur Veröffentlichung von
[Omniscient Reader's Viewpoint]!
Ich unterstütze Sie als Leser!

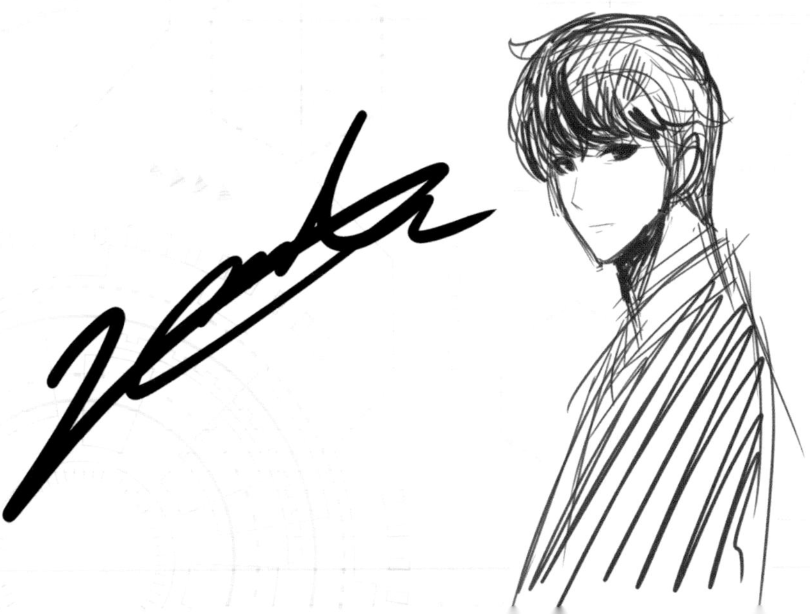

Omniscient Reader's Viewpoint

C-Lines
2024 Carlsen Verlag GmbH
Völckersstraße 14–20 • 22765 Hamburg
Aus dem Koreanischen von Jessica Walther
OMNISCIENT READER'S VIEWPOINT

German edition published by arrangement with
REDICE STUDIO through RIVERSE Inc.
Covergestaltung: Sonnenfisch Production – Laura Bartels
Textbearbeitung: Beatrice Tavares
Redaktion: Lena Dilger
Herstellung: Lena Voigt

ISBN: 978-3-551-63007-0
Mit Fragen zur Produktsicherheit wenden Sie sich bitte an:
carlsen.de/kontakt

carlsen.de/webtoons
carlsen.lnk.to/CarlsenSocialMedia
hayabusa_manga
carlsen_manga

FSC
www.fsc.org
MIX
Papier | Fördert
gute Waldnutzung
FSC® C002795

PRODUZIERT MIT VERANTWORTUNG